MIRA®

Der Preis dieses Bandes versteht sich einschließlich
der gesetzlichen Mehrwertsteuer.

Umwelthinweis:
Dieses Buch wurde auf chlor- und säurefreiem Papier gedruckt.

Küsse der Leidenschaft

Bria Hamilton hat sich fest geschworen: Einst wird das Anwesen „Concord“, das ihr durchtriebener Stiefvater Orrin unrechtmäßig an sich gebracht hat, wieder ihr gehören! Ist der Moment der Vergeltung gekommen, als der rätselhafte Lucas Kincaid auf „Concord“ erscheint und von Orrin eingestellt wird? Bria spürt, wie Lucas, ein Yankee aus New York, in ihr eine heftige Leidenschaft weckt. Nach seinem glühenden Kuss fehlt ihr nur eins zum großen Glück: die Gewissheit, dass sie eines Tages wieder rechtmäßige Besitzerin von „Concord“ sein wird ...

Jo Goodman

Küsse der Leidenschaft

Roman

Aus dem Amerikanischen von
Ute-Christine Geiler

MIRA®

MIRA® TASCHENBUCH
Band 25156
1. Auflage: Oktober 2005

MIRA® TASCHENBÜCHER
erscheinen in der Cora Verlag GmbH & Co. KG,
Axel-Springer-Platz 1, 20350 Hamburg
Deutsche Taschenbucherstausgabe

Titel der Originalausgabe:
More Than You Wished

erschienen bei: Published by Arrangement with
KENSINGTON PUBLISHING CORP.
Diese Werk wurde vermittelt durch die literarische Agentur
Thomas Schlück GmbH, 30827 Garbsen

Konzeption/Reihengestaltung: fredeboldpartner.network, Köln
Umschlaggestaltung: pecher und soiron, Köln
Redaktion: Claudia Wuttke
Titelabbildung: „John Ennis" bei Thomas Schlueck GmbH, Garbsen
Satz: Buch-Werkstatt GmbH, Bad Aibling
Druck und Bindearbeiten: Ebner & Spiegel, Ulm
Printed in Germany
ISBN 3-89941-195-1

www.mira-taschenbuch.de

1. KAPITEL

Juli 1875

Sie würde ihn nicht einstellen. Er hatte gewusst, dass er ein Wagnis einging, wenn er es so anfing, aber er hatte sich eingeredet, dass es einen Versuch wert wäre. Jetzt war der Versuch fehlgeschlagen und seine Chance vertan.

Lucas Dearborn Kincaid blickte über die glänzend polierte Oberfläche des Schreibtisches zu seiner zukünftigen Arbeitgeberin. Seiner ehemaligen zukünftigen Arbeitgeberin, verbesserte er sich in Gedanken. Hätte er gestanden, hätte er die verschwommenen Umrisse ihres Spiegelbildes in dem dunklen Walnussholz sehen können. Die Verzerrung hätte in ihren Zügen den Eindruck von Weichheit und Verletzlichkeit erweckt, wo es in Wirklichkeit keine gab.

Luke fragte sich, an welchem Punkt er ihr Interesse verloren und ob er es überhaupt je besessen hatte. Er hatte gemerkt, dass ihre Aufmerksamkeit von dem Thema ihrer Unterhaltung abgeschweift war, auch wenn ihre Augen weiter auf sein Gesicht gerichtet blieben. Sie hatte wunderschöne Augen. Trotz der Bedeutsamkeit seines Gespräches mit ihr war ihm diese Tatsache nicht entgangen. Ihre Augen besaßen dasselbe tiefe Dunkelblau wie Saphire. Doch obwohl der Farbton fast derselbe war, lag in den Edelsteinen mehr Leben.

Er war unterrichtet – nein, gewarnt – worden, dass sie anders war. Manche Leute hatten ihm das gesagt und sich dabei viel sagend mit einem Finger an die Stirn getippt, als wollten sie mit der Geste ausdrücken, was sie sich nicht in Worte zu fassen trauten. Andere schüttelten einfach nur den Kopf, eine Augenbraue zweifelnd gehoben, und maßen Luke vom Scheitel bis zur Sohle, um dann zu verkünden, dass es nicht gut gehen würde. Sie würde ihn nicht nehmen. So wie sie es ausdrückten, klang es fast so, als läge der Fehler mehr auf ihrer als auf seiner Seite, aber niemand erklärte es ihm näher.

Und er fragte nicht nach. Wenn ich zu viel Neugier zeige, so dachte er sich, dann könnte es verdächtig erscheinen. Luke wollte nicht, dass man sich an ihn erinnerte. Ihm war nicht verborgen geblieben, dass Charlestons Bürger trotz der Größe und Geschäftigkeit ihrer Stadt so wachsam wie die in einem kleineren Ort waren. Zwar hatte er das Gefühl gehabt, hier willkommen zu sein, aber das nur, weil die Bewohner wohl lieber den Feind in ihrer Mitte wissen wollten.

Denn schließlich war er ein Yankee.

Bria Hamilton wunderte sich, dass er glaubte, sie würde einen Fremden einstellen. Einen Fremden aus den Nordstaaten. Jemand in der Stadt musste sich einen Scherz erlaubt haben, indem er Lucas Kincaid hierher nach *Concord* schickte. Zweifellos waren sogar Wetten abgeschlossen worden. *Wie lange wird es dauern, bis er mit eingeklemmtem Schwanz zurückgeschlichen kommt?* Sie konnte sich ohne Schwierigkeiten vorstellen, dass darauf sogar jetzt schon eine stattliche Summe gesetzt war. Flüchtig kam ihr der Gedanke, dass Lucas Kincaid einzustellen der sicherste Weg war, den Klatsch in Charlestons vornehmen Kreisen anzuheizen.

Während sie diese verführerische Möglichkeit erwog, umspielte ein leichtes Lächeln ihre Lippen. Doch sie hatte *Concord* nicht wieder zu dem gemacht, was es heute war, indem sie wider die Vernunft handelte. Ihr Lächeln verschwand, als wäre es nie da gewesen.

Lucas blinzelte erstaunt. Einen winzigen Moment lang hatte er sich von dem kleinen Lächeln ermutigen lassen. Aber er hatte schon begriffen, dass es nicht ihm gegolten hatte. Es hatte ihre kühlen, entrückt blickenden Augen nicht erreicht; dennoch hatte er angenommen, es gäbe ihm Grund zur Hoffnung. Bria Hamilton blickte jedoch weiter durch ihn hindurch.

„Sie werden entdecken, dass ich hart arbeite, Miss Hamilton", versicherte Luke ihr und fragte sich kurz, ob er ihr das schon gesagt hatte. Nie hätte er damit gerechnet, wegen eines Paares saphirblauer Augen den Gesprächsfaden zu verlieren, aber genau das war geschehen. Während er sich nach Worten suchen hörte, überlegte er, ob dies das Ende war. Er konnte nur hoffen, dass Bria Hamiltons leidenschaftsloser Blick bedeutete, dass ihre Aufmerksamkeit wieder abgeschweift war.

„Das erwähnten Sie bereits", bemerkte Bria. „Mehrere Male." Sie beobachtete, wie er auf dem Stuhl unbehaglich hin- und herrutschte, und begriff, dass sie ihn in Verlegenheit gebracht hatte. Vermutlich wäre er lieber auf der anderen Seite ihres Schreibtisches stehen geblieben, den Hut in der Hand. Dann hätte er mit seinen Fingern auch etwas anderes zu tun gehabt, als mit ihnen nervös auf die Armlehnen seines Stuhles zu trommeln.

Bria entschuldigte sich nicht, und sie war auch nicht willens, sein Unbehagen auf Kosten ihres Wohlbefindens zu lindern. Obwohl sie ihn auf knapp sechs Fuß und damit nur ein paar Zoll größer als sie selbst schätzte, würde sie ihm nicht gestatten, den Vorteil seiner überlegenen Körpergröße gegen sie auszunutzen. „Woher stammen Sie, Mr. Kincaid?" erkundigte sie sich.

„New York."

„Aus der Stadt?"

„New York City", bestätigte er. Er lächelte kurz, ein ruhiges, leicht schiefes Lächeln, das so schnell kam und ging wie ein Sonnenstrahl, der kurz durch die Wolken bricht.

Auf Brias Stirn bildete sich eine kleine steile Falte. Sie hatte nicht damit gerechnet, dass er solch ein Lächeln haben könnte. Noch vor ein paar Augenblicken hatte er unsicher gewirkt, so als warte er auf ein Zeichen von ihr, dass sie seine Bewerbung in Betracht zog. Das Lächeln veranlasste sie zu der Frage, ob hier nicht noch etwas anderes vorging. Sie beobachtete, wie er sich mit den Fingern durch sein dunkles kaffeebraunes Haar fuhr, eine Geste, die ihr viel natürlicher bei ihm erschien als das unruhige Trommeln seiner Finger.

Solche Überlegungen verstärkten ihr Misstrauen. „Aus der Stadt New York also“, wiederholte sie leise. So gedehnt, wie sie das aussprach, klang es irgendwie exotisch. „Und was haben Sie in New York getan, das Sie dazu befähigt, auf einer Reisfarm in Carolina zu arbeiten?“

Luke wusste, dass sie nicht ganz aufrichtig war, wenn sie *Concord* als eine Farm bezeichnete. Schließlich war es eine der größten Plantagen, die den Krieg überdauert hatten. Der Besitz hatte nicht Stück um Stück verkauft werden müssen, um die Steuern zu bezahlen, wie es bei anderen Besitzungen der Fall gewesen war. Die Hamiltons hatten einen Weg gefunden, ihr Land zu behalten. Sie waren nur nicht in der Lage gewesen, das unter ihrem eigenen Namen zu tun. Bria Hamilton mochte *Concord* führen, aber die Plantage war nicht ihr Eigentum. „Ich denke nicht, dass irgendetwas von dem, was ich in New York getan habe, hier hilfreich für Sie wäre“, erklärte er. „Aber es ist einige Zeit her, seit ich dort gelebt habe. Ich habe auf Farmen in Maryland und auf Plantagen in Virginia und in der Umgebung von Raleigh gearbeitet. In Atlanta und Richmond war ich auf dem Bau beschäftigt.“

„Auf dem Bau?“ fragte sie. „Oder mit dem Wiederaufbau?“

Der Anflug von Sarkasmus in ihrem Tonfall entging Luke nicht. Ebenso wenig wie der Ausdruck des Bedauerns, der kurz über ihre Züge flog, als wäre sogar diese kleine Zurschaustellung von Gefühl ihr schon zu verräterisch gewesen. „Sie können es nennen, wie Sie wollen“, erwiderte er. „Aber ich bin kein Kriegsgewinnler, Miss Hamilton. Ich besitze kein Geld, um es in das Unglück anderer zu investieren und daraus Gewinn zu schlagen, selbst wenn ich mich dazu überwinden könnte."

Bria kniff die Augen leicht zusammen. Konnte sie ihm glauben? Er erweckte nicht den Eindruck, wohlhabend zu sein. Obwohl er sich sichtlich Mühe gegeben hatte, ordentlich auszusehen, war seine Kleidung wenn auch sorgfältig, so doch eindeutig ausgebessert und geflickt. Einer der Knöpfe seiner Jacke passte nicht ganz zu den anderen dreien, und der Faden, mit dem er angenäht war, konnte gut und gern früher einmal eine Angelschnur gewesen sein. Der rechte Ärmel hatte einen ausgefransten Saum, und der Kragen glänzte leicht, weil er zu oft nervös zurechtgezupft worden war. Sein Hemd war sauber und weiß, doch der Stoff war vom vielen Waschen ganz dünn. Kleine, gleichmäßige Stiche hielten einen Riss am Knie in einem der Hosenbeine zusammen. Seine Schuhe trugen die Spuren des langen Weges aus der Stadt hierher. Der Straßenstaub wäre weit weniger aufgefallen, wenn nicht der Versuch unternommen worden wäre, ihn notdürftig abzuwischen. Jetzt lag er in Gestalt heller Striche in den Falten und Linien, die das abgetragene Leder durchzogen.

Bria erinnerte sich an den Hut, den Addie ihm abgenommen hatte, bevor sie ihn ins Arbeitszimmer geführt hatte. Die Haushälterin hatte die Kopfbedeckung weit von sich gehalten, die vom Schweiß dunkle Krempe mit spitzen Fingern fassend, als fühlte sie sich dadurch irgendwie beleidigt. Wenn Addie Thomas das gute Stück verbrannt hatte, bevor der Nachmittag vorbei war, würde das Bria nicht sonderlich verwundern.

„Ich bin leidlich geschickt mit meinen Händen", fuhr Luke fort und schaute sie nur flüchtig an, so dass ihm Brias erschrockener Gesichtsausdruck entging, als sie dabei ertappt wurde, wie sie ihn musterte. „Ich kann beinahe alles reparieren und das neu bauen, was nicht wieder in Stand gesetzt werden kann."

Bria zwang sich, den Blick von seinen Händen abzuwenden. Jetzt war sie sich nicht länger nur des unruhigen Trommelns seiner Finger bewusst. Er hatte sie dazu gebracht, ihn auf eine Art und Weise wahrzunehmen, die sie seit Beginn des Gespräches zu vermeiden gesucht hatte. Er hatte sie dazu gebracht, ihn als Mann wahrzunehmen – mit den kurzen geraden Fingernägeln eines Mannes, breiten, starken Händen und schlanken Fingern, die sehnige Kraft verrieten. Und mit den Fingerknöcheln eines Mannes, die deutlich hervortreten würden, wenn er seine Hand zur Faust ballte und zuschlug.

Bria nahm ihre Hände vom Schreibtisch und legte sie sich in den Schoß. Außerhalb von Lukes Blickfeld verschränkte sie sie krampfhaft ineinander. Ihre Handflächen waren feucht, und die Fingerknöchel ganz weiß. „Haben Sie das auf den Farmen getan, auf denen Sie gearbeitet haben?“

Luke nickte, dann fügte er hinzu: „Ja, Ma’am. Und dabei habe ich auch noch etwas über das Säen und Ernten gelernt. Auf den Farmen gab es keine auf eine Tätigkeit beschränkte Arbeit. Am besten kenne ich mich aber auf dem Bau aus.“

„Sie sind also eine Art Handwerker.“ Bria erhielt noch einmal die Gelegenheit, das ruhige, leicht schiefe Lächeln zu studieren, das Luke Kincaids durchschnittlich gutes Aussehen plötzlich außergewöhnlich attraktiv erscheinen ließ. Dieses Lächeln betonte Augen, die beinahe wie Quecksilber glitzerten. „Habe ich etwas gesagt, das Sie erheitert, Mr. Kincaid?“

Luke hatte das Gefühl, als würde er auf seinen Stuhl gefesselt, zu gleichen Teilen gehalten von den kühlen saphirblauen Augen und dem frostigen Ton. „Nein, Ma’am“, erwiderte er vorsichtig. Bria Hamilton war mit Sicherheit die am wenigsten erheiternde Frau, die er je kennen gelernt hatte. Bis zu diesem Augenblick hatte er immer geglaubt, seine Großmutter wäre der Mensch, der diesen

Platz einnähme. Unsicher, ob sie das als Kompliment oder als Beleidigung auffassen würde, behielt Luke diese Beobachtung für sich.

„Warum der Süden?“ wollte Bria wissen. „Sicher gibt es doch genug Arbeit nördlich der Mason-Dixon-Linie und im Westen bei den Eisenbahnen.“

„Im Westen bin ich schon gewesen. Ich habe Brücken für Union Pacific gebaut und in Philadelphia und Pittsburgh gearbeitet.“

„Sie scheinen nicht lange an einem Ort zu bleiben.“

„Stimmt.“

„Dann kann ich mich also nicht wirklich darauf verlassen, dass Sie hier auf *Concord* bleiben.“

„Ich habe meine Arbeit stets beendet, Miss Hamilton, wenn es das ist, was Sie fürchten. Ich führe zu Ende, was ich beginne.“

Bria hörte die Aufrichtigkeit hinter seinen Worten. Ihm war das mehr als ernst; er war stolz darauf. Sie schüttelte kaum merklich den Kopf, um sich daran zu erinnern, dass sie sich dadurch nicht umstimmen lassen würde. Was zählte sein Stolz im Vergleich zu ihrem? Sie würde keinen Yankee anstellen. Niemand würde das von ihr erwarten.

Bei diesem Gedanken zuckte Bria unwillkürlich zusammen. Es *gab* einen Menschen, der das von ihr erwarten könnte. Sie sprang auf und stützte sich mit den Händen auf den Schreibtisch. Mit durchgedrückten Armen und in der Überzeugung, dass sie hier zum Narren gehalten wurde, sprach sie dennoch leise, so als wäre sie nicht fähig, ihrer Erbitterung freien Lauf zu lassen. „Mr. Kincaid, leider muss ich Sie davon unterrichten, dass Sie Ihre Zeit verschwendet haben, indem Sie hier herausgekommen sind. Ich bin sicher, mein Stiefvater hatte seine eigenen Gründe, Sie hierzu anzustiften. Zweifellos würde Orrin es begrüßen, jemanden hier auf *Concord* zu haben, den er als Landsmann betrachten könnte. Doch ich bin überzeugt, dass Sie sich bei uns über kurz oder lang genauso wie ein Fisch auf dem Trockenen vorkommen würden wie er."

Lucas erhob sich langsamer als Bria eben. „Ich verstehe nicht", bemerkte er. Aber das tat er sehr wohl. Sie schickte ihn fort. „Ich kenne Ihren Stiefvater gar nicht und weiß nicht, warum Mr. Orrin einen Landsmann brauchen könnte, wie Sie sagen."

„Foster", verbesserte Bria ihn geistesabwesend. „Orrin Foster ist mein Stiefvater und der Besitzer von *Concord.*" Sie verengte ihre Augen zu schmalen Schlitzen. „Das wussten Sie doch, oder?"

Lucas überlegte, wie viel er gefahrlos zugeben konnte. Am besten die Wahrheit. Lügen waren tückisch. So entschied er sich für etwas dazwischen, einen Kompromiss, der ihm nicht wirklich gefiel. „Ich kenne Ihren Stiefvater nicht", erklärte er noch einmal. „Aber ich habe mitbekommen, dass *Concord* einem Yankee gehört. Sie haben Recht, ich glaubte, es würde mir helfen, Arbeit zu finden. Doch ich dachte nie, dass es mich zu Mr. Fosters Busenfreund machen würde."

Darüber musste sie beinahe lächeln. Es überraschte sie, dass sie sich dazu in Versuchung geführt fühlte. Von dem Moment an, als Lucas Kincaid aufgestanden war, hatte sie auf das vertraute Zusammenziehen in ihrer Brust gewartet und sich dafür gewappnet, nur um zu entdecken, dass es nicht in der gewohnten Intensität kam. Wie aus einiger Entfernung hörte sie sich zu ihm sagen: „Orrins Busenfreund ist der Bourbon. Scotch, wenn es keinen Bourbon gibt. Und Madeira, falls kein Scotch da ist."

„In der Not frisst der Teufel Fliegen."

Bria blinzelte und blickte Luke verwundert an. Wenn die Anspielung in seinen Worten Absicht war, so tat er sein Bestes, es sich nicht anmerken zu lassen. Seine Augen behielten das Grau eines zugefrorenen Sees, und das schiefe Lächeln blieb diesmal aus. „Ja", sagte sie, nickte langsam, ohne ihn aus den Augen zu lassen. „Der

Teufel." Als er immer noch eine unbewegte Miene zeigte, fragte Bria: „Trinken Sie, Mr. Kincaid?"

„Nicht oft und nicht im Übermaß."

„Dann sind Sie ein maßvoller Mann."

„In mancherlei Hinsicht."

Zum ersten Mal hatte Bria das Gefühl, als durchbräche sein Blick die Barriere, die sie um sich herum errichtet hatte. Der Ausdruck in seinen Augen war sowohl nachdenklich, als auch entwaffnend, und ihr Unbehagen nahm augenblicklich zu. Sie spürte, wie ihr alle Farbe aus dem Gesicht wich. Die Haut in ihrem Nacken prickelte, und die daunenweichen Härchen dort stellten sich auf.

Lucas machte einen Schritt nach vorn. Seine Schenkel berührten die Kante des Schreibtisches. In der Absicht, ihr zu helfen, streckte er eine Hand aus.

Bria zuckte zurück. Seine Hand schien wie eine Schlange aus dem Nichts auf sie zuzustoßen, so schnell und bedrohlich. Blindlings griff sie nach der mittleren Schublade des Walnussschreibtisches und tastete nach dem Schlüssel.

Rasch zog Luke seine Hand zurück. Er richtete sich auf, wich ein paar Schritte nach hinten und blieb entspannt stehen, die Arme locker an den Seiten, die Hände leicht nach außen gedreht. „Kein Grund, zur Waffe zu greifen", sagte er, und in seiner Stimme schwang trockener Humor mit. „Ich wollte nicht respektlos sein. Einen Augenblick lang sah es nur so aus, als wollten Sie ohnmächtig werden."

„Ich bewahre meine Waffe nicht in einer Schublade auf", erklärte sie. Jetzt, da wieder eine gewisse Entfernung zwischen ihnen lag, spürte Bria, wie ihr Atem zu seinem normalen Rhythmus zurückfand. „Da habe ich den Brieföffner." Jetzt zitterten ihre Finger nicht länger, so dass sie den Schlüssel mühelos umdrehen konnte. Sie zog die Schublade auf und nahm den Brieföffner heraus. Der

Silbergriff war wunderschön mit Blumen und Schnörkeln verziert, während die Klinge stark an ein Stilett erinnerte.

Ohne den Blick von dem Mann ihr gegenüber abzuwenden, schloss Bria die Finger langsam um den Griff. „Möchten Sie sich nicht wieder setzen, Mr. Kincaid?“

Luke ließ sich auf seinen Stuhl zurücksinken. „Ja, Ma'am.“

Bria schüttelte den Kopf, während sie den Öffner weglegte und die Schublade zuschob. Sie setzte sich nicht. „Keinen Augenblick glaube ich Ihnen, dass Sie sich vor mir fürchten“, unterrichtete sie ihn. „Ihr Rückzug war ein wenig zu schnell. Ich erwähne das nur, damit Sie Ihre Schauspielerei verbessern können – für die nächste Frau, die Sie aufs Glatteis zu führen versuchen.“

Sie ist viel zu beherrscht, dachte Luke. Wie alt mochte sie sein? Vierundzwanzig? Fünfundzwanzig? Dann wäre sie sechs oder sieben Jahre jünger als er. Warum musste er also dauernd an seine Großmutter denken? Vielleicht weil Julia Dearborn die letzte Frau war, die er aufs Glatteis zu führen versucht hatte. Damals hatte er sie davon überzeugen wollen, dass er sich hinter den Ohren gewaschen hatte, obwohl er in Wahrheit genug Dreck dahinter hatte, um Rüben zu züchten. Nana Dearborn allerdings hatte ihm nicht mit einem Brieföffner gedroht. Sie hatte ihn am Schlafittchen gepackt und seine Bekanntschaft mit der Waschschüssel erneuert. Beinahe wäre er dabei ertrunken.

Sogar jetzt noch musste sich Luke bei der Erinnerung daran unwillkürlich mit der Hand an den Nacken fassen. Geistesabwesend rieb er sich die Stelle, wo er immer noch die Fingerabdrücke seiner Großmutter zu spüren meinte.

„Stimmt etwas nicht mit Ihrem Hals?“ erkundigte sich Bria.

Ein verlegenes Grinsen spielte um Lukes Lippen. Er nahm seine Hand fort und legte sie lose auf die Lehne seines Stuhles. „Nein, Ma'am.“ *Nichts, das ein Stoß dieses Dolches durch meinen Adams-*

apfel nicht kurieren könnte. Er schluckte. „Ich habe nur nachgedacht“, wich er aus. „Kennen Sie vielleicht eine andere Plantage, die Arbeit zu vergeben hat?“ fragte er, und seine Ernsthaftigkeit war nicht völlig gespielt. Vielleicht würde es auch reichen, wenn er in der Nähe von *Concord* bleiben konnte. Dann böte sich ihm möglicherweise auch die Gelegenheit, herzukommen und das herauszufinden, was er wissen wollte. „Eine, auf der die Schlachten des Krieges nicht noch einmal von vorn geschlagen werden?“

Bei dieser Bemerkung zog Bria eine Augenbraue hoch. „Ich hoffe doch, Sie haben vor, das zu erklären.“

„Sie werden es bestimmt nicht hören wollen.“

„Aber ganz gewiss doch.“

Lukes Haltung lockerte sich. Jetzt hatte er nichts mehr zu verlieren. Beinahe konnte er spüren, wie sich die Last, die er sich aufgebürdet hatte, von seinen Schultern hob. Er streckte die Beine aus, überkreuzte sie an den Knöcheln und lehnte sich in dem damastbezogenen Stuhl zurück, auf dem er saß. Zum ersten Mal, seit er in das Arbeitszimmer auf *Concord* vorgelassen worden war, gestattete er es sich, seine Umgebung zu genießen und sich vorzustellen, wie es wäre, das Recht zu haben, hier nach Belieben zu sitzen, sogar ein Bein über die Armlehne zu schwingen und den Kopf gegen das Polster sinken zu lassen. Und diesem Gedanken auf dem Fuße folgte ein anderer, einer, von dem er nicht geahnt hatte, dass er im Hintergrund lauerte, den er aber auch nicht verdrängte, als er ihm kam. Er folgte ihm, hob sein Kinn ein wenig und musterte Bria Hamilton unter halb gesenkten Lidern, während er sich vorstellte, wie es wäre, aufzustehen, um den Schreibtisch herumzugehen und ihr die Hand entgegenzustrecken, ohne dass er sich einer sechs Zoll langen Klinge gegenübersehen würde.

„Ich bin nicht Ihr Feind“, sagte er zu ihr. „Der Krieg ist vorüber. Es stimmt, ich bin ein Yankee, aber das muss kein Schimpfwort sein. Gleichgültig was Sie glauben, es ist nicht gleichbedeutend mit Ratte."

„In meinem Wörterbuch schon."

Ihm fiel auf, dass sie das ganz nüchtern sagte und dabei so überzeugt klang, dass er begriff, sie würde sich nicht leicht von ihrer Meinung abbringen lassen. Nun musterte er sie offen. Was auf den ersten Anschein wie Gefasstheit wirkte, war höchstwahrscheinlich eine Abwehrhaltung. Wenn sie wüsste, dass ihr ausdrucksloser Blick sein Interesse weckte, würde sie ihn durch einen frostigeren ersetzen. Wenn sie wüsste, dass er von dem honigblonden Haar, das sie im Nacken zu einem komplizierten Knoten aufgesteckt trug, fasziniert war, dann, so war er sich fast sicher, würde sie es sich abschneiden.

„Und so kämpfen Sie also den Krieg weiter", fuhr er fort. „Ihre Sklaven sind fort. Ihr Land gehört eigentlich gar nicht mehr Ihnen. Manchmal glaube ich fast, General Lee sprach nur für sich selbst, als er sagte, der Süden wolle sich ergeben."

„Das war auch so."

Lucas nickte langsam, immer noch nachdenklich. „Ich verstehe. Damit wollen Sie sagen, dass mich niemand anders einstellen wird."

„Nicht in dieser Gegend. Carolinas Bürger sind etwas kleinlicher als die Georgias, Virginias oder Marylands."

„Ich habe oft beobachtet, dass die Menschen so kleinlich sind, wie ihre Bedürfnisse und Wahlmöglichkeiten es zulassen. Soweit ich weiß, ist Ihr Bedarf groß. Vielleicht habe ich mich bei der Zahl ihrer Alternativen geirrt. Ich bin einer in einer ganzen Reihe von Leuten, die für Sie arbeiten wollen. Ist es so?"

„So wie ich es sehe, sind Sie in jeder Hinsicht falsch informiert", erwiderte Bria. „Ich habe nicht vor, diesen Sommer überhaupt Aushilfskräfte einzustellen. Wenn man Ihnen etwas anderes erzählt hat, dann muss ich meine Einschätzung revidieren und davon ausgehen, dass man Ihnen den Streich gespielt hat, nicht mir. Jemand muss es für einen kolossalen Scherz gehalten haben, Sie den ganzen weiten Weg hier herauszuschicken. Es tut mir Leid, dass Sie sich die Mühe umsonst gemacht haben. Ich werde veranlassen, dass Addie Ihnen etwas Anständiges zu essen vorsetzt und noch etwas für den Rückweg mitgibt, Mr. Kincaid, aber das ist alles, was Sie von mir erwarten dürfen."

Lucas war noch nicht bereit, aufzustecken. Wie Bria gab er sich nicht so einfach geschlagen. „Dann stimmt es also nicht, dass Sie einen neuen Stall bauen wollen?" Ihm entging der verärgerte Ausdruck in ihren Augen nicht. Einen Moment glaubte er, sie würde lügen.

„Auf *Concord* gibt es immer etwas, das getan werden müsste." Ausflüchte zu machen fiel ihr nicht leicht. „Na gut", seufzte sie. „Ja, ich möchte einen neuen Stall bauen. Und es gibt Stützpfeiler zu erneuern, Balken und Bodendielen auszutauschen. An einigen Stellen bröckelt der Putz, manches braucht einen neuen Anstrich, es stehen Maurerarbeiten an, und Wege sind zu pflastern und ..." Ihre Stimme war immer leiser geworden, dann verstummte sie ganz. Zum ersten Mal, seit Lucas Kincaid sich vorgestellt hatte, wich Bria seinem Blick aus. „Es gibt eine Menge zu tun, Mr. Kincaid", erklärte sie schließlich.

„Aber nicht für mich."

„Genau." Sie blickte ihm wieder ins Gesicht, denn sie hatte das Gefühl, dass sie ihm das schuldig war. „Haben Sie Familie?" fragte sie. „Gibt es Menschen, die von Ihnen abhängig sind?"

„Ja", antwortete er. „Aber nicht so, wie Sie meinen. Wenn ich nicht arbeite, Miss Hamilton, dann bin ich der Einzige, der hungrig ist."

„Dann haben Sie keine Kinder."

„Keine Kinder. Keine Frau. Ich habe eine Mutter und sechs Tanten in New York." Er zählte sie rasch an den Fingern auf. „Mary – meine Mutter. Tante Nancy, Tante Lyssa, Tante Maggie, Tante Laura, Tante Livia und Tante Madelyn."

So viele Frauen, dachte Bria, wahrscheinlich alle verwitwet. Denn der Krieg hatte nun einmal auch das Leben so vieler Männer gefordert. Das wusste sie aus erster Hand. „Wann haben Sie sie das letzte Mal gesehen?" erkundigte sie sich sanft.

„Vor einem halben Jahr."

Das überraschte sie. Aus irgendeinem Grund, vielleicht wegen der vielen verschiedenen Orte, an denen er gearbeitet hatte, hatte sie den Eindruck gehabt, er wäre viel länger fort gewesen. Ohne es eigentlich zu wollen, stellte sie die nächste Frage: „Denken Sie, es ist Zeit heimzukehren?"

„Ich bin auf dem Weg nach Hause." Er bemerkte ihre Verwirrung. „Der derzeitige Inhalt meiner Börse erfordert es, dass ich mir meine Rückreise erarbeite."

„Oh. Dann haben Sie also keine Rücklagen?"

„Nicht mehr." Er richtete sich auf. „Ich bin ein Spieler, Miss Hamilton. Einer, der zurzeit eine erstaunliche und höchst bedauerliche Pechsträhne hat. Irgendwie hatte ich gehofft, ein Job hier würde mein Glück wenden, sozusagen mein Ass im Ärmel sein. Doch ich kann erkennen, dass dem nicht so ist."

Langsam erhob Luke sich, darauf bedacht, sie nicht wieder zu erschrecken, indem er aufsprang. Doch ein gebieterisches Winken ihrer Hand hielt ihn so sicher auf, als hätte sie ihm einen Stoß gegeben. Während er sich noch fragte, wie sie mit einer eleganten Drehung ihres Handgelenkes so viel erreichen konnte, wurde ihm plötzlich klar, dass sie mit ihm gesprochen hatte. Sie musste ihre Frage wiederholen.

„Ich wollte wissen, ob Sie ein guter Spieler sind."

„Sie meinen, ob ich häufiger gewinne als verliere?"

„Ja, ich denke schon."

Luke fasste ein Stückchen Stoff seines Hemds zwischen Daumen und Zeigefinger. „Nun, das hier habe ich jedenfalls noch nicht verspielt." Er sah sie die Stirn runzeln und folgte ihrem Blick. Dass das Hemd, das er gerade trug, nicht wirklich seins war oder wenigstens bis vor kurzem nicht, hatte er vergessen. Es hatte ihn fast zwei Dollar gekostet, aber die Waschfrau, mit der er um den Preis gefeilscht hatte, hatte auch das Wesen eines Raubritters besessen. Wenn er seine ganze Garderobe von ihrer Wäscheleine hätte kaufen müssen, hätte ihn das in den Bankrott getrieben.

Er ließ sein Hemd los und lächelte selbstbelustigt. „Ich glaube, ich erwähnte meine gegenwärtige Pechsträhne schon."

„*Erstaunliches Pech* nannten Sie es, denke ich."

„Ja, aber das wird wieder umschlagen. Das tut es immer. Auf jeden Fall wäre ich kein echter Spieler, wenn ich mich ausschließlich auf mein Glück verließe."

„Sie betrügen, meinen Sie."

Luke war sicher, dass ihr Tonfall nichts Verurteilendes hatte. Wenn er in ihrer Achtung gesunken war, weil er die Karten zu seinen Gunsten mischte, dann ließ sie es sich nicht anmerken. „Lassen Sie uns sagen, ich bin ein geschickter Spieler."

Bria hatte keine Schwierigkeiten, das zu akzeptieren. Sie hatte nicht den Eindruck, als spräche er ausschließlich vom Glücksspiel. Wenigstens hoffte sie das. Sie erhob sich und ging zum Fenster. Sie meinte, seinen Blick, der ihr folgte, zu spüren, aber sie wandte sich nicht um, um zu sehen, ob sie Recht hatte. Er musste sich fragen, warum auf einmal ihr Interesse geweckt war. In Gedanken mahnte sie sich eindringlich zur Vorsicht und überlegte, ob sie es überhaupt wagen sollte.

Langsam zog sie die schweren Samtvorhänge zurück, so dass

das Sonnenlicht zum ersten Mal in das Zimmer fallen konnte. Orrin war es, der die Vorhänge geschlossen hielt. Er behauptete, das Licht schade dem kastanienbraunen Damast, mit dem Lehnstühle und Sofa bezogen waren, und den Ledereinbänden der Bücher, indem es sie ausbleiche. Das stimmte natürlich, und da er für die neuen Möbel gezahlt hatte, nachdem eine Gruppe versprengter Soldaten der Unionstruppen die alten zerlegt hatte, und da er auch die Regale wieder mit neuen Büchern bestückt hatte, nachdem dieselben Soldaten die Sammlung ihrer Familie zerstört hatten, bemühte sich Bria normalerweise, darüber keinen Streit mit ihrem Stiefvater anzufangen. Natürlich glaubte sie keinen Moment, dass ihm irgendetwas an Damaststoffen oder Ledereinbänden lag. Viel eher war der Grund seiner Abneigung gegen das Sonnenlicht darin zu finden, dass es ihm in den Augen schmerzte, wenn er unter einem Kater litt.

Energisch zog Bria nun auch noch die Vorhänge eines zweiten Fensters zurück und ging dann zum dritten. Sie hob ihr Gesicht dem Sonnenschein entgegen, drehte sich um, so dass sie seine Wärme in ihrem Nacken spüren konnte. Mit den Fingerspitzen berührte sie die kleine Einbuchtung hinter ihrem Ohr und fühlte die Hitze auf ihrer Haut. Einen Augenblick lang gestattete sie es sich, die Augen zu schließen.

„Würden Sie sagen, dass Sie ein besserer Spieler sind oder ein besserer Handwerker?" erkundigte sie sich schließlich.

Luke musste sich vorbeugen, um sie aus dem Lehnstuhl heraus anschauen zu können. Ihre Miene war nachdenklich. „Haben Sie Verwendung für das eine oder das andere?"

„Das wäre gut möglich."

Was im Grunde genommen gar keine Antwort war. „Es würde Ihnen schwer fallen, einen besseren Arbeiter in ganz Charleston zu finden", erwiderte Luke nach einer Weile. „Was das Spielen angeht, gibt es nur wenige, die mir gleichkommen."

Bria drehte sich um und sah ihn an. „Aber sie tragen alle bessere Hemden, nehme ich an“, bemerkte sie scharf.

„Ja, Ma’am. Wenn ich immer gewinnen würde, wäre es kein Spielen mehr.“

Sie nickte, zufrieden, dass er sie wegen seines Könnens nicht anlog. „Ich würde es vorziehen, wenn Sie mich ‚Miss Hamilton‘ nennen würden.“ Die Diener riefen sie Miss Bria, allerdings würde sie diese Vertraulichkeit Lucas Kincaid auf keinen Fall gestatten. Selbst wenn sie ihn einstellen sollte – was sie nicht für wahrscheinlich hielt –, glaubte Bria nicht, dass sie ihre Meinung dazu ändern würde. „Niemand auf *Concord* spricht mich mit Ma’am an.“

„Wie Sie wünschen.“ Luke überlegte, ob seine erstaunliche Pechsträhne kurz vor ihrem Ende stand. „Es ist nur, dass Sie mich ein bisschen erinnern an …“ Er brach ab, als ihm klar wurde, was er da beinahe gesagt hätte.

„Ja?“ hakte sie nach.

So viel zum Ende seiner Pechsträhne. „Meine Großmutter.“

Zuerst glaubte Bria, sich verhört zu haben. Seine *Großmutter.* War es möglich, dass er das wirklich gesagt hatte? Aber das musste er. Sie sah, wie er aus ihrem Blickfeld verschwand und sich in seinen Lehnstuhl duckte. Vermutlich war er froh, sich verstecken zu können.

Ihr Gelächter hatte beinahe die Lautstärke und den Klang von Gewehrfeuer. Luke riss die Augen auf und spähte um die Lehne seines Stuhls herum, um sich zu vergewissern, dass er wirklich nicht angegriffen wurde. Nein, sie lachte. Aus vollem Hals. Es schien kaum vorstellbar, dass ein so kräftiges Lachen aus einem so schlanken Körper kommen konnte, und doch erbebte dieser Körper darunter. Ihr Gesicht verzog sich, ihre Augen blitzten, Tränen sammelten sich unter ihren Lidern, und ihre Haut rötete sich sanft. Er sah sie tief Luft holen, nur um wieder in dieses ungewöhnliche Lachen auszubrechen. *Zittern* war ein viel zu schales Wort, um zu beschreiben, was mit ihrem Mund geschah, wenn sie versuchte, es zurückzuhalten.

Luke beugte sich weiter vor, als sie nach ihrem Taschentuch griff und sich die Augen damit betupfte.

„Bitte verzeihen Sie“, gelang es ihr zu sagen. „Ich weiß gar nicht, warum mir das passiert ist.“ Bria kehrte an den Schreibtisch zurück und setzte sich kopfschüttelnd. „Vermutlich weil es ein so unerwarteter Vergleich war.“ Sie hielt eine Hand in die Höhe, als er zu einer Erklärung ansetzen wollte. „Bitte, sagen Sie nichts. Ich denke nicht, dass ich es wissen will.“

Luke ließ sich wieder gegen die Lehne sinken, erleichtert, dass er seine Gedanken für sich behalten durfte. Im Augenblick erinnerte sie ihn nicht mehr im Mindesten an Nana Dearborn. Bria Hamiltons Augen leuchteten und glänzten von den Lachtränen, die immer noch in ihren Wimpern hingen. Die Röte, die ihr ins Gesicht gestiegen war, hatte sich noch nicht wieder verflüchtigt. Ihr Lächeln war nicht mehr so breit, wie es eben noch gewesen war, aber man konnte es noch um ihre vollen Lippen herum erkennen. Diese vollen Lippen teilten sich nun, als sie tief einatmete. Dann steckte sie ihr Taschentuch wieder in ihren Ärmel, bis nur noch der Spitzenrand zu sehen war.

Als sie ihre Hände ordentlich faltete, hob Luke den Blick. Er sah, wie sie ihre schmalen Schultern straffte und sich gerade aufsetzte. Einzig eine eigenwillige honigfarbene Haarsträhne erinnerte noch an die Frau von eben, die ebenfalls in Bria Hamiltons Körper zu wohnen schien.

„Ich glaube, wir sprachen über Ihren Erfolg als Spieler“, sagte sie. Erneut betrachtete Bria seine Kleidung, aber nicht geringschätzig, sondern nur nachdenklich. „Ich frage mich, ob Sie vielleicht an einer kleinen Wette Interesse hätten.“

Lukes Züge verrieten nichts, als er sagte: „Ich bin hergekommen, weil ich auf der Suche nach echter Arbeit bin, Miss Hamilton."

Bria überlegte, ob das stimmte. Sie vertraute Lucas Kincaid nicht völlig. „Erzählen Sie mir doch", bat sie ihn. „Woher wussten Sie, dass ich vorhabe, einen Stall zu bauen?"

Obwohl Luke von dem abrupten Themenwechsel überrascht war, glaubte er doch, dass sie ihre Gründe dafür hatte. Darum antwortete er offen: „In der Stadt spricht man davon, dass Sie ein Gestüt hier auf *Concord* einrichten wollen. Die Leute vermuten, dass Sie Ihre Pferde dafür besser werden unterbringen wollen. Mehr Zäune, mehr Weiden. Irren sie sich?"

„Nein, sie irren sich nicht. Ich habe nur noch nicht mit vielen Leuten darüber geredet." Sie senkte ihre Stimme, so dass die letzten Worte kaum mehr als ein Flüstern waren. „Noch nicht einmal mit Randall."

Luke erkannte, dass das nicht für seine Ohren bestimmt war. Sie hatte mehr zu sich selbst als zu ihm gesprochen. Darum erwiderte er nichts, sondern wartete auf ein Stichwort von ihr.

Bria kehrte in die Gegenwart zurück. „Wenn Sie aufrichtig waren und meinen Stiefvater nicht kennen, dann bleiben nur wenig Menschen übrig, die von meinen Plänen wissen."

„Austin Tipping."

Sie seufzte. „Ich nehme an, ich habe vergessen, ihm zu sagen, dass ich es nicht überall verbreitet sehen möchte. Bestimmt glaubte er mir zu helfen. Hat er sie hierher geschickt, Mr. Kincaid?"

„Er hat mir nicht davon abgeraten."

„Das hat er gewiss nicht." Bria konnte sich ohne Mühe vorstellen, dass Austin glaubte, er würde am Ende von allen Verbesserungen profitieren, die sie auf *Concord* vornahm. Er und Orrin waren sich einig und planten ihre Zukunft, als hätte sie in der Angelegenheit kein Wort mitzureden. Bria ließ sie gewähren, weil es ihr ungefährlich erschien. Schließlich war es nicht so, als könnten sie sie zwingen, willige Komplizin in ihren Plänen zu werden. *Zwingen, willig zu sein.* Bria schüttelte den Kopf. Konnte der Widerspruch darin Austin und ihrem Stiefvater entgangen sein?

„Hat Mr. Tipping Ihnen geraten, mich oder meinen Stiefvater anzusprechen?"

„Er sagte, ich solle bei Mr. Foster nachfragen", antwortete Luke. „Aber als ich mich ein bisschen umhörte, hatte ich den Eindruck, dass ich besser mit Ihnen sprechen sollte. Die Leute scheinen zu glauben, dass Sie diejenige hier sind, die die Entscheidungen trifft."

Einen Moment lang schwieg Bria und dachte darüber nach, während sie Lucas Kincaid weiter musterte. Sollte sie sich durch diese letzte Bemerkung geschmeichelt fühlen? Was veranlasste ihn zu der Annahme, dass man ihr schmeicheln konnte? „Mr. Foster wird im Lauf des Tages in die Stadt aufbrechen, wo meine Mutter sich aufhält." Zu dieser Zeit des Jahres zogen praktisch alle Landbesitzer aus ihren Häusern entlang der Flüsse Cooper und Ashley in die relative Sicherheit Charlestons. Denn schließlich war es der Höhepunkt der Malaria-Saison, und nirgendwo war die Gefahr größer als in der Nähe der sumpfigen Reisfelder von Plantagen wie *Concord.*

Ihre Mutter hatte sie schon vor mehr als einem Monat angefleht, mit ihr zu gehen, kurz nachdem Randall mit der *Cerberus* in See gestochen war, aber Bria hatte abgelehnt. Ihre Entscheidung beruhte auf der Annahme, dass ihr Stiefvater ihre Mutter in die Stadt begleiten würde. Als sie herausfand, dass dem nicht so war, war es bereits zu spät, ihre Pläne zu ändern oder sie wenigstens so zu ändern, dass es nicht aussah, als liefe sie vor Orrin davon. Außerdem hielt sie es nicht für völlig ausgeschlossen, dass er ihr folgen würde, nur um sie zu ärgern. Die Vorstellung, die vergleichsweise engen Quartiere in ihrem Sommerhaus in der Battery mit Orrin zu teilen, gefiel Bria gar nicht. Auf *Concord* konnte sie ihm wenigstens aus dem Weg gehen, und in Wahrheit hatte die derzeitige Situation einen echten Vorteil: Solange Orrin hier auf *Concord* war, konnte er nicht die Hand gegen Elizabeth erheben. Jeder Tag ohne Orrin Foster gab ihrer Mutter die Gelegenheit, gesund zu werden.

Jetzt, da Orrin sich entschlossen hatte, *Concord* zu verlassen, verspürte Bria kaum Erleichterung darüber. Sie ertappte sich bei dem Wunsch, dass ihre Mutter nicht da wäre, wenn Orrin in dem Sommerquartier eintraf.

„Wenn Mr. Foster heute noch abreist“, bemerkte Lucas, „dann gehen Sie …“

Bria unterbrach ihn. „Ich bleibe hier. Nicht, dass es Sie betrifft. Die Wette, die ich vorhin erwähnte, würde bedeuten, dass Sie nach Charleston zurückkehren müssten.“

Lucas dachte an den langen Weg zurück. Vermutlich würde sie ihm kein Pferd anbieten ohne die Garantie, dass er es zurückbrachte. Schließlich hatte er ihr ja gesagt, dass er Geld verdienen wollte, um sich seine Heimreise zu ermöglichen. Bestimmt hatte sie das nicht vergessen. Gedankenversunken rieb sich Luke mit dem Handrücken das Kinn. Seine Bartstoppeln kratzten, was ihn daran erinnerte, dass er sich nicht rasiert hatte. Er seufzte und fragte sich, ob Orrin Foster ihm wohl einen Sitz in seinem Buggy anbieten würde.

„Bis jetzt habe ich diese Wette noch nicht gehört“, sagte er. „Es könnte doch sein, dass ich sie gar nicht annehme.“

Bria verzog die Lippen zu einem spöttischen Lächeln. „Das bezweifle ich sehr, Mr. Kincaid.“

Sie ist sich ihrer Sache viel zu sicher, dachte er, und meiner Zustimmung ebenfalls. Er hingegen war sich nicht sicher, ob ihm das gefiel. Nana Dearborn. Seine Mutter. Alle sechs Tanten. Als er sich die Frauen nebeneinander vorstellte, musste er unwillkürlich lächeln. Immer schon war er der Gnade von Frauen ausgeliefert gewesen. Über den Schreibtisch hinweg Bria Hamilton betrachtend, entschied Luke, dass das nicht immer von Nachteil war. „Nun, Miss Hamilton“, sagte er. „Wie lautet die Wette?“

Sie hob eine Hand, wie um ihn aufzuhalten. „Einen Augenblick.“

Lukes Blick fiel auf ihre Hand mit den langen und schlanken Fingern. Ihr Handgelenk war zierlich. Und doch war es eine Hand, der Arbeit alles andere als fremd war: die Fingernägel kurz geschnitten, die Haut schwach gerötet und rau. Verglichen mit ihrem Teint waren die Hände leicht gebräunt. Vermutlich trug sie meist Handschuhe, nahm sich jedoch nicht die Zeit, sie zu suchen, wenn sie einmal nicht griffbereit waren. Er konnte sich gut vorstellen, dass sie sich immer schon über gewisse Benimmvorschriften im Kleinen hinweggesetzt hatte, vielleicht gar nicht als Akt der Rebellion, sondern einfach, weil sie in den Regeln keinen Sinn sah. Alle sechs Tanten würden sie mögen, und bei seiner Mutter würde es nicht lange dauern, bis sie das auch tat. Nana Dearborn würde sich im Grabe umdrehen.

Bria musterte Lucas sinnend. Da war es wieder, dieses rätselhafte Lächeln. Oberflächlich gesehen wirkte es aufrichtig, ein wenig zurückhaltend, so als wäre ihm seine Belustigung unangenehm, aber Bria stutzte trotzdem. Ein Lächeln wie dieses konnte etwas verbergen. Ein Spieler besäße ein geübtes Lächeln, warnte sie sich, und Lucas Kincaid schien ein sehr erfahrener Spieler zu sein. Bevor sie ihm traute, musste sie noch etwas herausfinden. Eine Haarsträhne, die sich aus ihrer Frisur gelöst hatte, fiel ihr ins Gesicht, und sie strich sie sich ungeduldig hinters Ohr.

„Ist es wieder Ihre Großmutter, Mr. Kincaid?“ erkundigte sie sich.

„Nein“, log er. Er bot ihr keine Erklärung für seine Erheiterung, ganz einfach, weil ihm keine einfiel. Sein Gehirn war wie leer gefegt. Die Erkenntnis, dass ihm auf die Schnelle keine Ausrede einfiel, hatte einen ernüchternden Effekt.

„Was wissen Sie von dem Hamilton-Waterstone-Schatz?“ wollte Bria plötzlich wissen.

Durch die Art, wie sie ihre Frage formulierte, wusste Lucas, dass Leugnen zwecklos wäre. „Ich kenne die Geschichte“, antwortete er. „Es *ist* doch eine Geschichte, oder? Eine Art Mythos?“

„Erzählen Sie mir, was Sie wissen.“

Er zuckte die Schultern und gehorchte. „Zwei englische Piraten …“

„Freibeuter“, verbesserte sie ihn.

„Wie bitte?“

„Sie waren Freibeuter, keine Piraten. Das ist ein wichtiger Unterschied. Sie besaßen Kaperbriefe von Königin Elizabeth, die ihnen erlaubten, spanische Schiffe aufzubringen.“

Anscheinend, dachte Lucas, hält Bria Hamilton die Geschichte für wahr. Aber schließlich war sie ja auch eine Hamilton. Davor hatte man ihn gewarnt, als er sich nach ihr erkundigt hatte. In den Köpfen derer, die er befragte, musste das besondere Erbe der Hamiltons für alle möglichen Absonderlichkeiten in der Familie als Erklärung herhalten. *Sie ist eine Hamilton, wissen Sie? Eine* von den *Hamiltons.*

„Freibeuter“, wiederholte er gehorsam. „Sie hießen James Hamilton und Henry Waterstone.“ Als sie ihn nicht unterbrach, wusste Lucas, dass er sich bei den Namen nicht geirrt hatte, und fuhr fort: „Sie erbeuteten von den Spaniern einen Schatz, der für den Papst bestimmt war. Soweit ich mich entsinne, sind sie nicht umgehend nach England zurückgekehrt.“

„Das stimmt.“

„Haben sie noch andere Schiffe aufgebracht?“

„Ja. Und mehr Beute gemacht.“

„Und sind damit um die halbe Welt gesegelt.“

„Das glauben wir wenigstens.“

„Gibt es eine Karte?“ Er runzelte die Stirn und versuchte sich an das zu erinnern, was man ihm erzählt hatte. „Nein, ein Rätsel. Zwei Rätsel. Hamilton und Waterstone.“

Bria verzog den Mund langsam zu einem Lächeln, aber nicht, weil sie belustigt war. „Also haben Sie doch aufgepasst, was die Leute geredet haben.“

„Zuzuhören schadet nie. Ich habe ja nicht gesagt, dass ich irgendetwas davon glaube.“

„Hat man Ihnen nicht noch etwas berichtet?“

„Etwas von einem Bruder von Ihnen, der auf Schatzsuche gegangen ist. Randall, nicht wahr?“

„Ja“, bestätigte sie. „Mit Unterbrechungen ist er seit Kriegsende auf der Suche. Ende Mai war er zwei Wochen lang hier.“

Zehn Jahre, schoss es ihm durch den Kopf. Sie sagte, ihr Bruder sei seit einem Jahrzehnt auf Abenteuerfahrt, jagte einem Schatz nach, der bei nüchterner Betrachtung und angesichts der inzwischen vergangenen Zeit nicht mehr als Seemannsgarn war. Wie war es gekommen, dass die Verantwortung für die Leitung von *Concord* auf ihren Schultern lastete? Weil ihr Bruder nichts damit zu tun haben wollte? Er hatte angenommen, weil Orrin Foster ein Trinker war, aber das war vielleicht gar nicht der einzige Grund, weswegen Bria Hamilton in die Bresche gesprungen war.

Obwohl er Randall Hamiltons Verhalten nicht offen kritisierte, gab Lucas sich auch keine Mühe, eine ausdruckslose Miene beizubehalten. Etwas von dem, was er dachte, zeigte sich in dem Mahlen seiner Kieferknochen und dem kühlen Blick, der in seine Augen trat.

Doch Bria ließ das nicht gelten. „Sie kennen meinen Bruder

nicht gut genug, sich ein Urteil zu erlauben, Mr. Kincaid. Ich dulde das nicht. Diesmal ist er mit meinem Segen gegangen. Auf meine Bitte hin sogar. Genauso wie jedes Mal zuvor."

Sie konnte kaum mehr als ein Kind gewesen sein, als ihr Bruder zum ersten Mal aufbrach. Fünfzehn? Höchstens sechzehn? „Dann glaubt er daran, dass es den Schatz gibt?" folgerte Lucas.

„Selbstverständlich", entgegnete sie schlicht und musterte Lucas sinnend, während sie darüber nachdachte, wie viel sie ihm verraten durfte. „Sicher können Sie sich vorstellen, dass Sie nicht der erste Glücksritter oder Mitgiftjäger sind, der annimmt, der Weg zu dem Hamilton-Waterstone-Schatz führe über mich."

Luke zog beide Brauen in die Höhe. „Ich bin nur auf der Suche nach Arbeit, Miss Hamilton, nicht nach einem Schatz. Und ganz bestimmt nicht nach einer Ehe." Bei seinen unverblümten Worten verzog sie das Gesicht. „Ich nehme an, der Weg, von dem Sie sprachen, ist der zum Traualtar."

Diesmal konnte Bria nicht umhin, den Witz als solchen zu erkennen. Ein spöttisches Lachen funkelte in seinen Augen. Ihre Lippen zuckten. Mit einem anerkennenden Nicken versetzte sie: „Ich glaube ebenfalls daran, dass es den Schatz gibt. Und wenn irgendjemand überhaupt in der Lage ist, ihn zu finden, dann ist es mein Bruder Randall."

„Andere haben sich auch schon daran versucht?"

„Im Laufe der vergangenen dreihundert Jahre gab es verschiedene Versuche, ihn aufzuspüren. Einige von meinen Vorfahren, einige von den Waterstones. Die beiden Familien haben aber nie zusammengearbeitet. Jede besitzt ein Rätsel, das von dem Mann geschrieben wurde, der den Schatz vergraben hat. Henry Waterstone hat ihn umgebracht, um das Geheimnis zu bewahren."

„Sie scheinen sehr sicher, dass Waterstone es getan hat."

„Nur weil ich eine Hamilton bin. Natürlich geben die Waterstones den Hamiltons die Schuld an dem Mord oder haben das getan, bis der Letzte von ihnen vor ein paar Jahren starb."

„Durch die Hand eines Hamilton?"

Bria war nicht gekränkt. Berücksichtigte man die Feindschaft zwischen den beiden Familien, war die Frage berechtigt. „Nicht, dass ich wüsste. Jemand hat wohl einfach versucht, das Waterstone-Rätsel zu bekommen."

„Sie wissen, dass es existiert?"

„Ich selbst habe es nie gesehen, wenn Sie das meinen. Aber ich weiß nicht, warum es nicht existieren sollte. Unseres jedenfalls gibt es." Bria entging seine Überraschung nicht. Ganz eindeutig hatte er nicht damit gerechnet, dass sie ihm das sagen würde. „Der Mann, der sich die Rätsel ausgedacht hat, war ein Kartenzeichner auf dem Waterstone-Schiff. Als er begriff, dass seine Aufgabe, den Schatz zu vergraben, praktisch ein Todesurteil war, schrieb er die Rätsel. James und Henry waren damals eher freundschaftliche Rivalen als echte Freunde, und der Kartenzeichner verließ sich darauf, dass das so blieb. Er folgerte, da beide Kapitäne bereits ihre Habgier unter Beweis gestellt hatten – denn ihr Entschluss, den Schatz zu vergraben, beruhte auf dem Wunsch, den Löwenanteil ihrer Beute für sich zu behalten und nicht der Königin abzutreten –, würden sie dann, wenn sie den Schatz heben wollten, in Streit geraten. Weil Henry und James einander nicht vertrauten, stimmten sie seinem Plan zu, dass keiner von ihnen genau wusste, wo das Versteck war. Sie einigten sich darauf, Anweisungen zu erhalten, die nur zusammen zu der Stelle führen würden. Der Kartenzeichner nahm an, er habe eine Gnadenfrist für sich herausgehandelt, da er sich nicht vorstellen konnte, dass die beiden Piraten …"

„Freibeuter", verbesserte Lucas sie.

Bria hob einen Mundwinkel zu einem selbstbelustigten Lächeln. „Er konnte sich nicht vorstellen, dass die beiden *Freibeuter* tatsächlich hinter seinem Rücken ein Abkommen treffen würden. Vermutlich endete der Pakt der beiden in dem Moment, da er die beiden Rätsel aushändigte und als Lohn für seine Mühen umgebracht wurde."

„Er hätte ihnen die Beschreibung des Versteckes geben sollen, so wie sie es verlangt hatten. Ihnen stattdessen Rätsel zu präsentieren, war ganz schön unverschämt."

„Henry dachte ganz offensichtlich ähnlich", erwiderte sie trocken. „Die Mannschaften sollten Segel in Richtung England setzen und erst ein paar Jahre später zurückkehren und den Schatz heben. Henrys Kartenzeichner war dann schließlich doch derjenige, der als Letzter lachte. Mit seiner Annahme, dass die beiden Kapitäne nie dem anderen ihre Hälfte des Rätsels geben würden, behielt er Recht. Um die Lage noch prekärer zu machen, konnte Waterstone die Sache mit dem Schatz nicht für sich behalten. Gerüchte kamen der Königin zu Ohren. Es gab Anschläge auf das Leben von James Hamilton und später auf das seiner Söhne. Henley dann, James' Sohn, kaufte Land in den Kolonien und brachte seine Angehörigen aus England hierher. Dadurch trennten sich die Wege der beiden Familien, und den Hamiltons erging es gut, auch ohne den Schatz. Die Waterstones hatten nicht so viel Glück, da sie sich nach wie vor unter dem wachsamen Auge der Königin und ihrer Nachfolger befanden."

„Bis der Letzte von ihnen ermordet wurde."

Bria verriet kein Mitgefühl. „Sie haben nie gelernt, Stillschweigen zu bewahren über das, was sie besaßen."

„Im Gegensatz zu den Hamiltons", bemerkte er knapp. „Die Wildfremden Geschichten von Schätzen und Rätseln erzählen."

Sie zuckte mit den Schultern. „Ich dachte, einer von uns sollte aufhören, so zu tun, als wüssten wir nicht beide, weswegen Sie hier sind."

Luke richtete sich auf. *Sie denkt, ich bin wegen des Schatzes hier?* Die Idee war ihm gar nicht gekommen. Selbst während er verschiedene Versionen der Geschichte von den Leuten gehört hatte, mit denen er sich unterhalten hatte, hatte er nicht bedacht, inwieweit das Auswirkungen darauf haben könnte, nach *Concord* zu reisen. Der Hamilton-Waterstone-Schatz war nur ein Mythos. Fast schien es ihm, als habe er immer schon eine Fassung der Geschichte gekannt, genauso wie er wusste, dass Ikarus der Sonne zu nah gekommen war, oder dass Pandoras Neugier Übel über die Welt gebracht hatte. Nie hatte er daran gedacht, dass es eine echte Familie Hamilton gäbe, die direkt von James Hamilton abstammte. Hölle, er war ja nie wirklich davon überzeugt gewesen, dass es James Hamilton je gegeben hatte.

„Ich bin nur auf der Suche nach Arbeit", erklärte er noch einmal.

Bria vermutete, dass es zu viel von ihm verlangt wäre, etwas anderes zuzugeben. „Wie Sie wünschen, Mr. Kincaid, aber bitte lassen Sie sich nicht zu der Annahme verleiten, mein Schweigen würde bedeuten, dass ich Ihren Worten Glauben schenke. Ich kann Ihnen versichern, das tue ich nicht." Sie machte eine Pause, holte kurz Luft und stieß sie dann wieder langsam aus. „Eines noch zu dem Rätsel", sagte sie dann. „Randall bewahrt es nicht hier auf, sondern an einem sicheren Ort. Von Zeit zu Zeit setzt mein Stiefvater es sich in den Kopf, dass es irgendwo im Haus sein muss, und beginnt eine Suche. Wenn er Sie in seine jüngsten Ränke verwickelt hat, läge es in Ihrem Interesse, es sein zu lassen. Sie werden nichts finden."

„Ich suche ja auch nicht."

„Gut."

Er ging nicht davon aus, dass sie ihm das abnahm, aber er würde nicht glaubwürdiger erscheinen, wenn er es ein weiteres Mal leugnete. Stattdessen fragte er: „Was ist mit dem Waterstone-Rätsel?"

Sie schüttelte den Kopf. „Auch nicht hier, fürchte ich. Wer auch immer den letzten Waterstone getötet hat, besitzt es."

„Dann hat Ihr Bruder nur einen Teil des Rätsels bei sich."

„Ich habe nicht gesagt, dass mein Bruder das Rätsel bei sich hat." Wenn Orrin glaubte, dass sie so einfach zu übertölpeln war, dann irrte er sich. Er hätte jemanden schicken sollen, der weniger durchschaubar war als Lucas Kincaid. In vielerlei Hinsicht war Austin Tipping ein würdigerer Gegner. „Nur, dass es sich an einem sicheren Ort befindet. Aber ja, er hat nur einen Teil des Rätsels *hier.*" Sie tippte sich an die Stirn.

Das erklärte Randalls jahrelange Abwesenheit. Mit nur einer Hälfte des Rätsels in seinem Besitz war seine Suche bestenfalls mit wirklichkeitsfern zu umschreiben. Und nur wenn man freundlich war. *Idiotisch* war ein anderes Wort, das Lucas einfiel. Er behielt beides für sich. Bria würde Kritik an ihrem Bruder jetzt genauso wenig dulden wie vorhin. „Wann erwarten Sie ihn zurück?" erkundigte er sich.

„Das weiß man nie", erwiderte sie, und ein Anflug von Sehnsucht schwang in ihrer Stimme mit, was sie mit einem Mal sehr jung erscheinen ließ. „Vermutlich wird diese Reise länger dauern als die anderen." Sie dachte an Claire und wie Randalls Blicke ihr folgten, auch wenn sie das nicht wissen konnte. „Diesmal hat er einen besonderen Passagier an Bord", teilte sie Luke mit. „Miss Bancroft ist die Patentochter des Duke of Strickland, des Mannes, der Randalls Reise finanziert. Mein Bruder hilft ihr dabei, ihren Vater und Bruder zu finden. Vielleicht sind acht Monate für die Dauer der Reise gut geschätzt. Es kann aber auch durchaus ein Jahr werden."

„Und wenn er dieses Mal nicht mit dem Schatz heimkehrt?"

„Dann wird er wieder aufbrechen", erwiderte sie nüchtern. „Ich erwähnte doch schon, dass es ihm wichtig ist."

Etwas daran, wie sie das sagte, kam Luke seltsam vor. „Ist es Ihnen nicht wichtig?"

Bria stützte beide Hände flach vor sich auf den Tisch. Einen Moment betrachtete sie nachdenklich ihre gespreizten Finger, während sie einen Entschluss fasste. Sie musste es wagen. Schließlich blickte sie auf und erklärte offen: „Der Schatz ist mir wichtig, weil er meinem Bruder wichtig ist. Ich will ihn nicht für mich. Er denkt, er muss ihn für uns alle finden, aber er ist der Einzige, der ihn braucht." Sie zögerte, dann erhob sie sich. „Randall bildet sich ein, der Schatz würde es ihm gestatten, *Concord* von unserem Stiefvater zurückzukaufen."

„Wird er das denn nicht?"

„Orrin hasst Randall. Ich weiß nicht, ob er verkaufen wird, selbst für so kostbare Juwelen, wie sie zu dem Schatz gehören sollen. Randall glaubt, Orrin würde sein Angebot annehmen, aber ich bin da nicht so sicher."

„Also kann Ihr Bruder mit dem Schatz am Ende gar nicht das bekommen, was er haben möchte."

„Die Möglichkeit hat es schon immer gegeben. Das hier ist Hamilton-Land, Mr. Kincaid. Oder wenigstens war es das bis zum Ende des Krieges und bis zu der erdrückenden Steuerlast. Meine Mutter hat Orrin Foster geheiratet und uns dadurch etwas Kostbares verschafft. Sie hat Zeit gekauft, Mr. Kincaid. Zeit für Randall, um nach dem Schatz zu suchen. Zeit für mich, bis die Plantage wieder ertragreich wurde. Wir können es meiner Mutter nie zurückzahlen, was sie für uns getan hat. Darum ist mein Plan, dass wir uns *Concord* zurückholen. Zweihundertfünfzig Jahre lang hieß dieses Land *Henley.* Ich will, dass es wieder zu *Henley* wird."

Lucas verstand fast alles, was sie sagte, bloß nicht, was das mit ihm zu tun hatte. So blickte er sie nur fragend an.

„Ich möchte, dass Sie es für mich zurückholen", erklärte Bria völlig ernst.

2. KAPITEL

Luke sagte eine Weile nichts. Er saß reglos da und dachte über ihre Worte nach. Eine ganze Reihe von Gedanken schoss ihm durch den Kopf, die sich alle um die Frage drehten, ob sie verrückt war oder er.

Ich möchte, dass Sie es für mich zurückholen.

Er nahm an, es könne nicht schaden zu fragen: „Und wie schlagen Sie vor wäre das zu bewerkstelligen?"

Brias Blick glitt zu den gepolsterten Türen. Konnte sie sich darauf verlassen, dass Orrin nicht im Flur herumschlich? Mehr als jeden anderen Raum auf *Concord* hatte Orrin dies Arbeitszimmer mit Beschlag belegt. Besucher, selbst seine Ehefrau und seine Stieftochter, waren Eindringlinge und wurden auch so behandelt. Aus Erfahrung wusste sie, dass man Gespräche, die hier geführt wurden, nicht belauschen konnte. Wenn Orrin nicht gerade mit viel Getöse nach der letzten Flasche Whiskey suchte, die er irgendwo hier versteckt hatte, hatte sie noch nie hören können, was im Zimmer vor sich ging. Selbst wenn er zu einer Partie Karten eingeladen hatte, konnte sie von ihrer Position auf der anderen Seite der Türen nur wenig über den Ausgang sagen. Ein gelegentlicher Fluch, ein lautes Lachen, aber es wäre ihr schwer gefallen, zu entscheiden, ob es von Orrin oder einem seiner Gäste stammte.

Doch das Wissen, dass sie nicht belauscht werden konnte, vermochte ihr wachsendes Unbehagen nicht zu vertreiben. „Kommen Sie mit nach draußen, Mr. Kincaid?"

Zuerst dachte Lucas, sie wollte ihm die Tür weisen. Es war offensichtlich, dass sie ihren übereilten Vorschlag bereute und ihn so weit wie möglich von *Concord* fort wünschte.

So begleitete er sie aus dem Arbeitszimmer und wandte sich nach links zur Haustür. Aber zu seiner Verwirrung deutete sie mit einer anmutigen Handbewegung zum entgegengesetzten Ende des langen Flures.

„Hier entlang, bitte. Von dort sieht man den Fluss." Damit ging sie ihm voran aus dem Haus und trat auf die breite Veranda, hielt nur kurz inne, um das atemberaubende Bild, das die Gärten, der Fluss und der Himmel boten, in sich aufzunehmen. Sie wurde der Aussicht von der Veranda nie müde, aber aus Rücksicht auf Lucas Kincaids – wie sie annahm – weniger feinsinnigen Geschmack blieb sie nicht länger stehen, um sie zu bewundern.

Lucas verweilte etwas länger als Bria auf der Veranda. Sie ist daran gewöhnt, dachte er, an die überwältigende Schönheit hier. Auf sorgfältig gepflegten Beeten standen die Blumen in voller Blüte, so dass es so aussah, als würde das Sonnenlicht durch ein Prisma gefiltert. Das ganze Farbspektrum schimmerte am Rand des sattgrünen Rasens. Begonienblüten säumten die Ränder in zartem Apricot, Orange und Gelb. Rosa Begonien waren im Schatten der hohen Eichen gepflanzt. Rosen, Kamelien und Taglilien trugen ihren Teil zu dem Feuerwerk der Farben bei. Leuchtend rote Dahlien prangten zwischen blauem Rittersporn in mit getrimmtem Buchsbaum eingefassten Rabatten.

Als sie merkte, dass Lucas zurückblieb, blickte Bria über ihre Schulter. Er stand immer noch wie gebannt an der Brüstung, eine Hand ruhte leicht auf einer dicken weißen Säule, ein Knie hatte er angewinkelt, so als sei er mitten im Schritt verharrt. Auf seinen Zügen flimmerte ein Spiel aus Licht und Schatten. Sein dichtes kaffeebraunes Haar, das an den Ohren und am Kragen ein bisschen zu lang war, schien nun dunkler als im Arbeitszimmer. Und im Gegenzug glitzerten seine grauen Augen noch heller.

Er schaute über die Gärten zum Fluss, und sein Gesichtsausdruck sagte Bria, dass er den Anblick weit mehr genoss, als sie ihm zugetraut hatte. Beschämt wandte sie sich ab und wartete auf ihn.

Sobald sie das Knirschen seiner Schritte auf dem Kiesweg hinter sich hörte, begann sie weiterzugehen, diesmal aber langsamer.

Mit einer umfassenden Handbewegung auf den ausgedehnten Garten bemerkte Lucas: „Ich kann verstehen, dass Sie *Concord* wieder in Ihren Besitz bringen wollen, aber nicht, wie ich Ihnen dabei behilflich sein könnte."

„Ihnen das zu erläutern, bin ich im Moment noch nicht bereit", erwiderte Bria. „Sie müssen bedenken, dass ich Sie ja eben erst kennen gelernt habe. Noch bin ich nicht völlig davon überzeugt, dass ich Ihnen vertrauen kann."

Mit einem trockenen Lächeln strich sich Luke das Haar aus der Stirn und blickte sie schräg von der Seite an. „Deswegen hatte ich mich schon gewundert."

„Schließlich und endlich könnten Sie in Diensten meines Stiefvaters stehen."

„Ja, das ist wahr. Vielleicht könnten Sie mir noch einmal sagen, was das sein soll, das ich für ihn tue."

„Das Rätsel finden, natürlich."

Luke nickte, antwortete aber sonst nicht, sondern tat so, als überlege er, während er in Wahrheit nur an den zarten Lavendelduft denken konnte, der ihrem Haar entströmte. Ihre Eigenheiten störten ihn nicht sonderlich. Da er die meisten seiner frühen und späteren Lebensjahre bei seiner Mutter und den sechs Tanten verbracht hatte, war er an weibliche Eigenarten gewöhnt. Viel häufiger fand er sich von ihnen fasziniert als verärgert; was die Jahre seines Lebens betraf, die dazwischen lagen, war es jedoch etwas völlig anderes.

Nana Dearborn und ihre Eigenheiten versetzten ihn auch jetzt noch in Angst und Schrecken.

„Ist etwas nicht in Ordnung?" erkundigte sich Bria.

Luke brauchte einen Moment, um zu begreifen, dass sie mit ihm gesprochen hatte. Dann schüttelte er den Kopf, aber nicht als Antwort auf ihre Frage, sondern um das strenge Gesicht seiner Großmutter zu vertreiben. „Nicht in Ordnung?"

„Mr. Kincaid, Sie sahen aus, als hätten Sie in eine Zitrone gebissen."

Was haargenau den säuerlichen Gesichtsausdruck beschrieb, den seine Großmutter aufgesetzt hatte und der bei ihr alle Gefühlsregungen abdeckte. Lucas konzentrierte sich wieder auf den zarten Lavendelduft und spürte, wie sich seine Gesichtsmuskeln entspannten. „Alles bestens."

Bria akzeptierte das und fragte nicht weiter nach. Sie zeigte zu einer sechseckigen Laube rechts von ihnen, die auf einer Lichtung zwischen den Fichten stand. „Früher befand sich dort eine Hütte. Es war das erste Gebäude, das auf *Henley* errichtet wurde. Später wurde es während der Revolution von Königstreuen niedergebrannt und nie wieder aufgebaut. Mein Großvater ließ dann die Laube dort aufstellen."

Sie befanden sich jetzt näher am Wasser. Der Cooper River schwappte gegen das Ufer, ihre Schritte mit dem beständigen Rhythmus unterlegend. Bria wandte sich zu der Gartenlaube. Sie schwiegen beide, bis sie sie erreichten. Sie stieg vor ihm die Stufen hinauf. Den Holzboden konnte sie unter ihrem leichten Gewicht leise knarren hören und lauter unter Lukes.

„Die Stufen fangen an zu verrotten", sagte er. „Sie sollten ersetzt werden, bevor jemand hindurchbricht." Sich umsehend bemerkte er Spuren von Mehltau auf dem Boden der Laube. Das Problem besteht nicht so sehr in der Nähe zum Fluss, dachte er, sondern in dem undichten Dach. Er blickte nach oben und entdeckte sofort zwei auseinander klaffende Holzbretter, die die Ursache sein konnten. Seine Augen folgten dem Weg, den das Wasser wahrscheinlich nehmen würde – und trafen geradewegs auf Bria Hamiltons interessierten Blick.

„Ah", sagte er langsam, „eine Art Test."

„Eine Art", stimmte sie ihm zu. „Obwohl ich nicht behaupten will, es bedürfe besonderer Kenntnisse, anzunehmen, dass ein paar Reparaturen gemacht werden müssen."

„Reparaturen? Ich würde die Laube einreißen und neu errichten."

Bria schüttelte den Kopf. „Das kann sich *Concord* nicht leisten. Orrin wird es nicht billigen, so viel Geld auszugeben."

Luke wandte seinen Blick von Brias Gesicht ab und fixierte einen Punkt über ihrer linken Schulter. Herabhängende Zweige behinderten seine Sicht auf das Haus, aber mit geübtem Auge erkannte er die auffälligsten Veränderungen. Er konnte die Stellen im Dach sehen, wo die neuen Schindeln nicht genau zu den alten passten. Glasscheiben, die die zerbrochenen ersetzten, waren nicht von derselben Dicke und Qualität wie die ursprünglichen. Das Sonnenlicht fiel stumpf auf diese Fenster, während es sich in den anderen spiegelte. Die beeindruckenden Säulen, die die Balkone über der Veranda stützten, waren frisch gestrichen, aber Luke wusste noch, wie sie sich unter seinen Händen angefühlt hatten. Unter der Farbe war das Holz rau. Wenn man den Anstrich entfernt, dachte er, findet man bestimmt Anzeichen für Schäden durch Feuer und Insektenfraß.

Im Geiste begab er sich in das Haus zurück und ging durch die Eingangshalle, wo der Stuck nur an bestimmten Stellen ausgebessert worden war, anstatt alles neu zu streichen. Er erinnerte sich wieder, dass sich die Türen zum Arbeitszimmer nur schwer hatten öffnen lassen, zuerst für Addie, dann für Bria, ein sicheres Anzeichen dafür, dass sie sich unter Hitze, Feuchtigkeit und zu häufigem Anstreichen verzogen hatten. Das Arbeitszimmer war erst vor relativ kurzer Zeit neu möbliert worden, Teppich und Polster waren noch nicht vom Sonnenlicht ausgeblichen. Der Schreibtisch war poliert worden, bis das Holz glänzte, und die Oberfläche zeigte noch keine Kratzer. Aber die Regale, in denen die ledergebundenen Bücher in langen Reihen standen, begannen an einigen Stellen bereits durchzuhängen. Als Bria die Vorhänge zurückgezogen hatte, waren ihm Anzeichen für eindringendes Wasser unter dem mittleren Fenster aufgefallen.

Ohne Frage musste viel getan worden sein, um *Concord* den Glanz früherer Tage zurückzugeben. Und ohne Zweifel war zu diesem Zweck viel Geld ausgegeben worden. Orrin Fosters Geld, nach dem zu urteilen, was er gehört hatte. *Concord* war hergerichtet und herausgeputzt worden wie Aschenputtel für den Ball des Prinzen. Aber irgendwo in der Nähe tickte eine Uhr, deren Zeiger sich unaufhaltsam Mitternacht näherten.

Lucas blickte wieder Bria an. „So wie ich das sehe, ist Mr. Foster zwar bereit, die Lilie zu vergolden, aber nicht, die Pflanze selbst zu düngen."

Bria fragte sich, was wohl hinter seiner Stirn vorgegangen war, als seine Augen diesen nachdenklichen Ausdruck angenommen hatten. Jetzt wusste sie es. Er hatte sich *Concord* näher betrachtet und Mängel gefunden. „Als er herkam, hatte mein Stiefvater eine Vorstellung vom Leben im Süden, die dem entsprach, was der Krieg zerstört hatte."

„Er kommt ja aus dem Norden, nicht wahr?"

„Ja, aus Philadelphia."

Lukes Lippen zuckten. „Ein Kriegsgewinnler."

Bria teilte seine Belustigung nicht. „Er dachte, er könnte einen Lebensstil aus Müßiggang, Vornehmheit und guten Manieren wieder erschaffen. Ersteres ist eine Legende – oder war es wenigstens hier. Mein Vater und meine Brüder schufteten genauso hart oder sogar noch härter als unsere Arbeiter, die *Bucks.* Und Vornehmheit und gute Manieren sind angeboren."

„Anscheinend können sie eine Generation überspringen", warf Lucas knapp ein.

Bria erschrak. Erstaunt öffnete sie die Lippen und hob ihr Kinn ein wenig an. Hatte er eben gesagt, dass ihre Manieren zu wünschen übrig ließen? Sie hatte sich alle Mühe gegeben, ihn so höflich zu behandeln wie nur irgend möglich. Schließlich hätte sie auch Addie anweisen können, ihm den Dienstboteneingang zu zeigen und ihn gleich abzuwimmeln. Stattdessen hatte sie sich durch seine Entschlossenheit, Arbeit auf *Concord* zu finden, erweichen lassen. Vielleicht hätte sie ihn sogar eingestellt, wenn er kein Yankee wäre. Es war traurige Wahrheit, dass sie beständig unter Arbeitermangel litten, aber der knappe Akzent seiner Redeweise weckte hässliche Erinnerungen in ihr, ähnlich wie wenn die Brandung nach einem Sturm Treibgut an den Strand spülte.

„Wenn ich Sie beleidigt haben sollte", erklärte Bria vorsichtig, „dann tut es mir Leid."

Luke bezweifelte, dass sie überhaupt wusste, was an ihren Worten ihn gestört hatte. Sollte er es ihr sagen oder die Sache übergehen? „Als Sie die Sklaven, die hier schufteten, so verächtlich einfach *Bucks* nannten … nun ja, das hat mich gestört."

„Himmel", bemerkte sie leise, mehr zu sich selbst als an ihn gewandt. „Und dann werfen Sie mir vor, ich würde den Krieg noch einmal ausfechten? Wie soll ich sie denn Ihrer Ansicht nach nennen?"

„Sklaven. Das waren sie ja schließlich, nicht wahr?"

Bria zuckte bei seiner Antwort nicht zusammen, aber die Worte *selbstgerechter Yankee* schossen ihr durch den Kopf. „Es gab alle Sorten von Sklaven auf dieser Plantage, Mr. Kincaid. Haussklaven wie Addie und Jebediah, Sklaven, die sich um die Gebäude und die Gärten kümmerten wie Eb und George. Manche, so wie Cutch und Mammy Komati waren freie Neger und gehörten mehr zur Familie, als Sie es sich vermutlich vorstellen können, geachtet, geehrt und sogar geliebt. Es gab Feldarbeiter und geschickte Handwerker, aber die besten und ja, auch die am besten aussehenden unter ihnen, die nannten wir schlicht *Bucks.* Meine Brüder würden sich geschmeichelt fühlen, zu ihnen gezählt zu werden. Sie wissen nichts von dem Leben hier vor dem Krieg, unter Umständen sogar noch weniger als mein Stiefvater. Vielleicht sollten Sie erst mehr darüber lernen, bevor Sie ein Urteil fällen.“

Luke war sich nicht sicher, ob er sich noch bewegen konnte, nachdem er so entschieden auf seinen Platz verwiesen worden war. Sie hatte noch nicht einmal ihre Stimme erhoben oder sich zu irgendeiner Gefühlsregung hinreißen lassen. Es gab keine Entschuldigung. Eindeutig war sie der Ansicht, er sei derjenige im Unrecht. Ein zerknirschtes Reuebekenntnis lag ihm schon auf der Zunge, als eine Bewegung zur Rechten seine Aufmerksamkeit erregte.

„Was zum …“ Er brach ab, als ein Pferd mit seinem Reiter zwischen den Bäumen hervorgaloppiert kam und gefährlich dicht am Flussufer entlangpreschte. Erdbrocken wurden durch die Luft gewirbelt und fielen ins Wasser. Das Sonnenlicht verlieh dem schweißdurchtränkten Fell des Tieres einen schwarzblauen Schimmer und beleuchtete scharf die schwere Reitgerte des Mannes im Sattel.

Luke drehte sich um, um das Vorankommen von Mensch und Tier besser beobachten zu können. Der Boden der Laube erbebte unter dem Dröhnen der Hufe, und die hölzernen Schindeln über ihnen erzitterten, als beide an ihnen vorüberdonnerten. Die dichten Zweige hätten jeden anderen Reiter zu einem vorsichtigeren Tempo veranlasst. Doch der Mann auf dem Rücken des völlig verängstigten Tieres benutzte seine Reitgerte, um abwechselnd auf die störenden Zweige und sein Pferd einzuschlagen. Sein Gesicht war vor Anstrengung gerötet, und Speichel tropfte ihm aus dem Mund, während er das Tier unter sich zu noch größerem Tempo antrieb.

„Wie der Wind, du verdammter Sack Hafer! Flieg schon, flieg!" Das Pferd preschte zwischen zwei Baumstämmen hindurch, die von Luke aus gesehen zu dicht beieinander standen, als dass er sich mit seinen Schultern hindurchzwängen könnte. Pferd und Reiter aber gelangten so mühelos hindurch wie Wasser durch ein Sieb.

Erst jetzt merkte Luke, dass er unwillkürlich die Luft angehalten hatte. Langsam stieß er sie aus, während das angestrengte Atmen des Pferdes und die Flüche des Reiters sich entfernten. „So etwas habe ich noch nie ..." Er brach ab, als er merkte, dass Bria nicht länger neben ihm in der Laube stand. Flüchtig erhaschte er einen Blick auf zierliche Knöchel und schlanke Waden, als sie ihre Röcke anhob, um die letzte Stufe hinabzueilen. Dann lief sie auch schon quer über den Rasen, geschickt den Rosensträuchern und Buchsbaumhecken ausweichend, als wären sie keine größeren Hindernisse als Pfützen. Der Saum ihres rot-altweiß-gestreiften Kleides war nun bis zu ihren Knien gerafft, und der Spitzenbesatz ihrer Unterröcke bedeckte ihre Beine nur ein wenig weiter.

Der komplizierte Knoten, zu dem ihr Haar aufgesteckt gewesen und der von einem kirschroten Band gehalten worden war, befand sich im Zustand der Auflösung. Eine dicke Locke hatte sich bereits befreit und wippte seitlich von ihrem Kopf. Es war eine deutliche Verbesserung, dass sie ihn nicht länger an seine Großmutter erinnerte.

Weniger aus Ritterlichkeit, sondern mehr aus Neugier machte er sich an die Verfolgung. Mit einer geschmeidigen Bewegung schwang er sich über die Brüstung der Laube und stürmte auf die offene Rasenfläche. Erst nachdem er angefangen hatte zu rennen, fiel ihm wieder ein, dass die Schuhe, die er trug, gar nicht seine waren, oder wenigstens noch nicht lange. Das abgetragene Leder war zu weich, so dass seine Füße mit jedem Schritt nach vorn rutschten und er sich erst die Zehen schmerzhaft an der Spitze stieß, dann hinten die Fersen scheuerte. Bria einzuholen würde viel schwieriger werden, als er gedacht hatte, besonders nachdem er bemerkt hatte, wie flink und leichtfüßig sie war.

Luke kannte ihr Ziel nicht, bis er die halb zerfallene Steinmauer sah. Es war nicht mehr zu erkennen, zu was für einem Gebäude sie einmal gehört hatte – vielleicht zu einer Vorratshütte, einem Werkzeugschuppen oder der alten Küche. Die Steine schienen sich plötzlich aus dem Boden zu erheben, auf der einen Seite war die Mauer bis zu einer Höhe von etwa vier Fuß beinahe noch intakt, und auf den beiden anderen war sie fast völlig verfallen. Ein Teil der Wand war ganz entfernt worden. Gras und Wildblumen wucherten um die eingestürzten Steine.

Noch vor der Mauer erreichte er Bria und überholte sie. Erschöpft lehnte er sich gegen die Steine, um nach Luft zu schnappen. Bria, so sah er, gestattete sich diesen Luxus nicht. Sie trat auf einen der Felsblöcke und spähte in Richtung des Waldes. Ihre Augen mit einer Hand beschattend, erklomm sie einen weiteren Stein. Ein Blick auf ihre Füße zeigte Luke, dass sie wirklich keine geflügelten Sandalen trug, wie er beinahe geglaubt hätte.

Als er wieder in ihr Gesicht schaute, starrte sie nicht länger in die Ferne, sondern beobachtete ihn. Sie zupfte am Rock ihres Kleides und strich ihn sich über den Hüften glatt, als würde dadurch der Saum über ihre Knie fallen. Dass sie so plötzlich verlegen schien, kam ihm seltsam bei einer Frau vor, die eben noch mit geschürzten Röcken über den Rasen gelaufen war.

Bria nahm seine helfend ausgestreckte Hand und stieg von ihrem Aussichtspunkt.

„Warum sind wir hier?“ erkundigte sich Luke, immer noch etwas atemlos.

„Ich bin hier, weil mein Stiefvater dabei ist, Apollo umzubringen, wenn ich ihn nicht aufhalte. Was Sie hier machen, weiß ich nicht.“

Luke beachtete ihre spitze Bemerkung nicht weiter. Anscheinend hatte sie ihm noch nicht vergeben, dass er ihre Knöchel angestarrt hatte. Wenn sie wüsste, weshalb er das getan hatte, würde sie ihn vermutlich ohrfeigen. „Das war Mr. Foster?“ fragte er darum.

Sie begriff, dass das keine echte Frage war, sondern nur Ungläubigkeit, die aus ihm sprach. Orrin Fosters Verhalten rief oft diese Reaktion hervor. Gerade wenn sie dachte, er könne sich nicht noch unmöglicher aufführen, bewies er das Gegenteil. „Ja“, sagte sie. „Der Herr und Meister von *Concord.*“

„Reitet er oft so?“

„Betrunken, meinen Sie?“

Luke war gar nicht aufgefallen, dass Foster nicht nüchtern war, aber er glaubte Bria, ohne zu zögern. „So rücksichtslos, wollte ich eigentlich sagen.“

„Rücksichtslos“, wiederholte sie leise. „Ja, das beschreibt ihn sehr gut. Diesmal aber reitet er mein Pferd. Das ist anders als sonst. Zuvor hat er das nicht gewagt.“

„Woher wissen Sie, dass er herkommen wird?“

„Weil er nicht anders kann. Diese Mauer ist eine Herausforderung für ihn. Vielleicht weil ich sie auf Apollos Rücken überspringen kann. Ich würde zulassen, dass Orrin sich den Hals bricht, wenn ich nicht fürchten müsste, dass er dabei zuerst Apollos brechen würde.“

Luke nahm das Geräusch aus dem Wald etwa zur gleichen Zeit wie Bria wahr. Sie machte einen Schritt um ihn herum, um besser sehen zu können, während Luke sich nur umzudrehen brauchte. Genau wie sie vorausgesagt hatte, tauchten Apollo und ihr Stiefvater zwischen den Bäumen auf und hielten auf die Mauer zu. Foster beugte sich dicht über die Mähne des Tieres. Von Zeit zu Zeit hob er den rechten Arm und ließ mit einer geübten Drehung seines Handgelenkes die Peitsche auf Apollos Rücken niedersausen. Vor

Schmerz aufschnaubend, legte das Tier die Ohren an und steigerte das wahnsinnige Tempo noch einmal.

Winkend und den Namen des Wallachs rufend, lief Bria ihrem Pferd entgegen. Foster ließ sich dadurch nicht beirren, aber er spürte das Tier unter sich langsamer werden und die Richtung ändern.

„Verdammt, Bria!“ schrie er und gab Apollo die Zügel frei. „Ich reite dich nieder, du Hure des Teufels!“

Bria ließ die Arme sinken. Schweißtropfen standen ihr auf Stirn und Oberlippe trotz der Tatsache, dass sie von kalter Wut erfüllt war. Sie verharrte wie erstarrt, während Apollo auf sie zugerast kam.

Sie hörte Lukes Ruf, aber erst kurz bevor sie sich zu Boden warf. Apollos Hufe donnerten näher, und dann setzten Pferd samt Reiter mühelos über sie hinweg. Bria fühlte den Boden erbeben, als sie wieder aufkamen. Sie drehte sich auf die Seite, kämpfte gegen die Unterröcke, die sich um ihre Beine gewickelt hatten, und richtete sich auf. Ihr Stiefvater lenkte Apollo immer noch zur Mauer. Der Winkel, aus dem sie darauf zuhielten, machte ein Überspringen unmöglich.

Bria wusste, sie konnte nicht noch einen Verlust verkraften. Sie war so sicher gewesen, gegen jedes Gefühl abgestumpft zu sein, doch zuzusehen, wie Apollo in seinen Tod ritt, zeigte ihr, dass sie diesen Punkt doch noch nicht erreicht hatte. Erst das kraftstrotzende Tier bei dem Versuch, Orrin Foster zu gehorchen, sterben zu sehen, würde sie jeden Gefühles berauben. Sie konnte schon spüren, wie sie sich dem Schmerz entzog und das Nichts sie zu umfangen begann.

Die Vorgänge verfolgte sie wie aus großer Entfernung, so als sei sie nichts als ein Zuschauer, der alles, auch sie selbst, beobachtete. Je weiter sie in die Leere eintauchte, desto breiter wurde das Bild und desto schärfer konnte sie alles erkennen.

So sah sie sich etwa auf halber Strecke zwischen der Mauer und den Bäumen im Gras sitzen, einen Arm flehend und zugleich furchtsam ausgestreckt. Ohne dass sie eine Chance hatte, einzugreifen, preschte Orrin auf Apollo weiter voran. Die kräftigen Muskeln des Pferdes zogen sich zusammen und streckten sich, während es zu immer größerem Tempo angetrieben wurde. Auf seinem Rücken hielt sich Orrin mit dem irrsinnigen Mut und dem schieren Glück eines Betrunkenen.

Doch vor ihnen befand sich noch Lucas Kincaid. Er kauerte auf der Steinmauer, knapp fünf Fuß über dem Boden. Seine Jacke hatte er ausgezogen, und sein sonnengebleichtes weißes Hemd schimmerte hell auf, als er sein Gewicht verlagerte. Dann verharrte er reglos, ruhig lauernd wie ein Raubtier.

Plötzlich sprang er. Er bewegte sich mit der katzengleichen Anmut eines Berglöwen und der unfehlbaren Zielsicherheit eines Falken. Apollo bäumte sich auf, dann änderte er seine Richtung und stürmte an der Mauer entlang, anstatt über sie hinwegzusetzen. Luke rammte Pferd und Reiter, aber so, dass Foster die Hauptwucht traf. Zusammen stürzten sie zu Boden, während das Pferd, von seiner quälenden Last befreit, weiterlief.

Brias Lungen füllten sich jäh mit Luft, als Körper und Geist sich wieder vereinigten. Sie erhob sich eilends, stolperte zuerst, als hätte sie einen Stoß in den Rücken erhalten, dann hastete sie zu der Stelle, wo ihr Stiefvater sich mit Lucas Kincaid auf dem Boden wälzte. Es war unglaublich, dass beide noch bei Bewusstsein waren.

„Lass ihn aufstehen, Orrin", sagte sie scharf. „Er hat dir das Leben gerettet."

Foster grunzte nur. „Er hat versucht, mich umzubringen."

Bria wich geschickt den miteinander ringenden Männern aus, bückte sich und versuchte ihren Stiefvater am Kragen zu packen. Beim ersten Mal wurde ihre Hand weggeschlagen. Doch sie gab nicht auf, und diesmal gelang es ihr, Orrin ausreichend abzulenken, so dass Lucas ihn zu Boden drücken konnte. Luke schwang ein Bein über Orrins fülligen Leib und richtete sich auf, so dass er auf dem Bauch des älteren Mannes saß. Als Orrin sich zu wehren begann, hob Lucas sich kurz an und ließ sich dann hart fallen.

„Au!" Die Luft, die dabei aus Orrins Körper gepresst wurde, stank nach Alkohol und gärendem Essen. Hätte Lucas ein brennendes Streichholz in die Wolke gehalten, hätte es gewiss eine Stichflamme gegeben. „Ich kann nicht atmen", stöhnte Orrin.

Lucas wandte sich ab. „Dann sind wir schon zu zweit."

„Sie drücken mir die Luft ab."

„Atmen Sie flacher", erwiderte Lucas ungerührt. „Sie schaffen das schon."

„Gleich muss ich kotzen!"

Diese Drohung veranlasste Lucas schließlich, den anderen loszulassen, obwohl er stark versucht war, Foster unten zu halten und an seinem eigenen Erbrochenen ersticken zu lassen. Angewidert stieß er sich ab, erhob sich und klopfte seine Kleider ab. Sein Hemd, so fadenscheinig es auch war, hatte den Kampf ohne größeren Schaden als ein paar Grasflecken überstanden. Allerdings bezweifelte Lucas, dass es aus der Wäsche, die nötig wäre, um die Flecken zu entfernen, ähnlich unbeschadet hervorgehen würde. Es war ein Zwei-Dollar-Verlust, den er vermutlich seiner derzeitigen Pechsträhne zu verdanken hatte.

Gerade als er sich vorbeugte, um seine Hose zu begutachten, fiel ihm auf, dass er noch keine Würgegeräusche von Foster vernommen hatte. Der Angriff erfolgte nur eine knappe Sekunde nach Brias Warnruf und traf ihn unvorbereitet in die Körpermitte.

Fosters Hieb in den Magen raubte Luke den Atem, dann folgte ein Schlag auf den Kopf. Luke stolperte zur Seite, rang nach Luft und sah Sterne am Rande seines Blickfeldes. Während er noch keuchend atmete, sah er, wie Bria in das Geschehen eingriff. Er schüttelte den Kopf, um sie klarer wahrzunehmen, aber er konnte trotzdem nur verschwommen erkennen, wie sie einen faustgroßen Stein hob und ihn auf Fosters Schädel niedersausen ließ, was diesen zu Boden sandte.

Ein paar Minuten später kam Lucas wieder zu sich. Bria saß neben ihm im Gras und berührte ihn leicht im Gesicht. Er bildete sich ein, dass sie ihn mit einer Miene beobachtete, die nach ihren Maßstäben höchste Besorgnis verriet. Ihre saphirblauen Augen blickten weiterhin zurückhaltend, aber ihre Unterlippe sah so aus, als habe sie eben noch daran genagt. Sie wird nicht zu viel Sorge zeigen wollen, dachte er, damit ich nicht mehr daraus lese, als beabsichtigt.

Er hob die Augenlider und spürte, wie Bria ihre Hand zurückzog.

„Gut", erklärte sie befriedigt. „Sind Sie irgendwo verletzt?"

Luke sah flüchtig zu Orrin und erinnerte sich wieder daran, dass sie ihren Stiefvater mit einem Stein niedergeschlagen hatte. „An meinem Stolz", entgegnete er schwach.

„Unsinn. Sie haben sich wacker geschlagen. Wie geht es Ihrem Kiefer?"

Er bewegte ihn nach links und rechts, erst behutsam, dann entschlossener. „Nicht gebrochen." Was nicht hieß, dass er völlig in Ordnung war. Er konnte sich gar nicht erinnern, dort getroffen worden zu sein. Wann war das geschehen? Luke wandte den Kopf ein wenig zur Seite, um Foster zu sehen, und spürte, wie sich alles um ihn zu drehen begann.

„Es wäre besser, wenn Sie einfach weiter mich ansehen würden", riet sie ihm.

Mehr als du ahnst. Lucas lächelte schief. „Wenn es sein muss." Ihm fiel auf, dass Bria nicht kleidsam errötete, wie es andere Frauen vielleicht getan hätten. Sie schien gar nicht zur Kenntnis genommen zu haben, dass er eben mit ihr geflirtet hatte. Es sei denn, ihr jähes

Erbleichen war ihre Antwort. Sein Lächeln verblasste. Er hielt den Kopf still und wandte nur den Blick in Fosters Richtung. So konnte er die Füße und den Bauch des anderen erkennen.

Bevor er wieder fortschaute, sah er, wie sich Fosters Brust hob und wieder senkte. Dabei stieß er ein lautes Geräusch aus, das ein wenig wie das japsende Bellen eines erschöpften Hundes klang.

Fragend blickte Luke Bria an. „Sein Todesröcheln?“

„Schnarchen.“

„Er schnarcht?“ erkundigte sich Luke ungläubig. Vorsichtig stützte er sich auf einen Ellbogen, um den Mann besser sehen zu können. In der Zeit, die er dafür brauchte, hob sich Orrins Brust noch einmal unter einem Atemzug, so dass sein ganzer Körper von der Anstrengung erbebte. Mehrere Bäume konnten mit weniger Krach abgesägt werden, als Orrin Foster im Schlaf erzeugte. „Dann haben Sie ihn also nicht umgebracht.“

Sie schüttelte den Kopf. „Diesmal nicht.“

„Schade.“

Bria warf ihm einen scharfen Blick zu. Meinte er das ernst? Verunsichert entschied sie, die Bemerkung am besten zu ignorieren. „Können Sie sich aufsetzen?“

Luke richtete sich auf. Dieses Mal drehte sich nicht alles um ihn. Er rollte erst seine Schultern vor und zurück, dann seinen Kopf. Dabei fiel sein Blick auf die Mauer. Aus dieser Position schien sie unwahrscheinlich hoch.

Bria folgte seinem Blick. „Sie haben sich jede Ihrer Schrammen ehrenvoll verdient“, erklärte sie. „Sie sind weit gesprungen.“

Aus dem Augenwinkel sah Lucas, dass Apollo auf die Lichtung getrabt kam. Er war noch immer verängstigt und hielt Abstand zu ihnen, beobachtete sie argwöhnisch, kam ein paar Schritte näher, nur um von Orrins Schnarchen erschreckt zurückzutänzeln. „Ist Ihr Pferd in Ordnung?“ erkundigte er sich.

„Soweit ich sagen kann, ja. Ich habe noch nicht versucht, mich ihm zu nähern."

„Ihr Stiefvater hat es hart geritten. Es muss abgerieben werden."

„Darum werde ich mich kümmern, sobald Sie wieder auf den Beinen sind."

Jetzt erst begriff Luke, dass er sie davon abhielt, sich um ihr Pferd zu kümmern. Er zog die Beine an, fand seine erste Einschätzung, dass nichts gebrochen oder verstaucht war, bestätigt und erhob sich mit einer geschmeidigen Bewegung. Eine Hand hielt er Bria hin.

„Ich vergesse immer, dass Sie so selbständig sind", bemerkte er, als sie seine Hand ignorierte und ohne Hilfe aufstand. Mit einem Schulterzucken zog er seine Hand zurück. Wenigstens hatte sie nicht nach einer Waffe gegriffen, um ihn abzuwehren. Im Moment mochte sie vielleicht nicht den Brieföffner zur Hand haben, aber er brauchte nur Orrin Fosters ausgestreckte Gestalt anzusehen, um daran erinnert zu werden, dass sie eine erfinderische Frau war.

„Das zu sein habe ich gelernt", entgegnete Bria.

Luke konnte keine Bitterkeit in ihrem Ton ausmachen, wunderte sich jedoch, welche Lektionen sie zu diesem Punkt gebracht hatten. Er beobachtete, wie sie ihre Kleider ausschüttelte. Sie hinterließ auf ihrem Rock Schmutzspuren, als sie ihn sich glatt strich. Auf ihrem Ärmel und in Höhe ihres Knies hatte sie Grasflecken. Ihre Haare hatte sie sich eilig wieder aufgesteckt, aber das Ergebnis war nicht so streng wie ihre frühere Frisur. Ein Grashalm hing ihr in den Haaren und kitzelte sie von Zeit zu Zeit leicht am Ohr, so dass sie ihn immer wieder ungeduldig fortschob.

Hauptsächlich die Tatsache, dass Luke sein Leben lieb war, hielt ihn davon ab, den Halm einfach herauszuziehen. Und in Wahrheit sah sie einfach köstlich aus. Schon erstaunlich, dachte er, was ein einfacher verirrter Grashalm gegen kühle Augen, einen strengen Mund und eine scharfe Zunge ausrichten kann. Wahrhaft erstaunlich.

Verspätet fiel ihm auf, dass Bria ihn seltsam anschaute. Er blickte erst an sich herab, dann sie wieder fragend an.

„Sie haben gepfiffen", beantwortete sie seine unausgesprochene Frage.

Hatte er das? Er versuchte sich zu erinnern. Seine Lippen waren noch leicht gespitzt, also musste es stimmen. *Meine Augen sahen den Ruhm …*, ging ihm durch den Kopf, und er erkannte das Problem. Die Melodie der *Kriegshymne der Republik* war nicht dazu angetan, ihn in Bria Hamiltons Gunst steigen zu lassen. „Entschuldigen Sie bitte", sagte er.

„Suchen Sie sich wenigstens ein anderes Lied aus." Damit drehte sie sich um und ging auf Apollo zu.

Lucas nahm rasch seine Jacke von der Mauer und schlüpfte hinein. Er holte Bria ein, als sie etwa die Hälfte der Strecke zu ihrem Pferd zurückgelegt hatte. „Was ist mit Mr. Foster?" fragte er.

„Er wird schlafen", erklärte sie ungerührt. „Dann wird es ihm gut gehen."

Die Überzeugung, mit der sie das sagte, war nicht zu überhören. Vermutlich spricht sie aus Erfahrung, überlegte Luke. „Wird er nicht böse sein?"

„Auf mich, meinen Sie? Das bezweifle ich. Wenigstens nicht mehr als sonst. Wie ich meinen Stiefvater kenne, wird er sich nicht mehr daran erinnern."

„Sich nicht erinnern? War er so betrunken?"

„Er ist beinahe immer so betrunken, Mr. Kincaid." Sie streckte einen Arm aus, um ihn aufzuhalten. „Jetzt müssen Sie bitte leise sein, oder Apollo lässt mich nicht näher kommen. Und bleiben Sie hier. Er misstraut Ihnen, wissen Sie. Schließlich haben Sie ihn angesprungen."

Luke schien es fast so, als hörte er aus ihrer Stimme so etwas wie Belustigung. Er blieb, wo er war, und bewunderte den Anblick ihrer bei jedem Schritt leicht schwingenden Röcke. Sie sprach sanft auf ihr Pferd ein, säuselte Unsinnsworte und Zuspruch. Der große schwarze Wallach tänzelte rückwärts, schnaubte und stampfte unruhig mit den Hufen, aber Bria ließ nicht nach. Ihre honigsüße Stimme lenkte von ihrem langsamen, aber entschlossenen Näherkommen ab, das ebenso mächtig und unaufhaltsam war wie der Sog des Mondes auf die Wasser der Erde.

Hier gibt es etwas zu lernen, entschied Luke. Etwas über sie und etwas, das es für ihn zu erlangen galt.

Bria bekam Apollos Zügel zu fassen und hielt ihn fest. Wenn das Pferd zurückweichen wollte, gab sie nicht nach. Sie vermied jähe Bewegungen und ließ sich nicht auf ein Kräftemessen ein, das sie nicht gewinnen konnte. Sie wusste, dass Apollos Maul nach Orrins brutalem Ritt wund sein musste. Sie rieb ihm Stirn und Nase und hielt ihm ihre Hand hin. Der Wallach suchte schnaubend nach einer Belohnung.

„Bald“, versprach sie ihm. „Ganz bestimmt. Wenn wir im Stall sind, habe ich etwas für dich.“

Das Pferd wieherte, unbeeindruckt von so vagen Versprechen.

„Süßen Hafer“, sagte sie schmeichelnd. „Oder vielleicht einen Apfel?“

Apollo schüttelte sich und begann rückwärts zu tänzeln.

Die Zügel fest in einer Hand haltend, streichelte sie dem Tier mit der anderen über die Mähne und klopfte ihm dann den feuchten Hals. Apollo warf seinen Kopf hoch, und seine Muskeln zuckten unter ihren Fingern. „Schsch“, wisperte sie. „Bei mir bist du sicher. Ich werde nicht zulassen, dass er dich noch einmal reitet.“ Sie ließ das Zaumzeug los, ohne mit dem beschwichtigenden Streicheln aufzuhören, und trat näher, bereit aufzusteigen. Apollo musste sie wieder auf seinem Rücken dulden und das möglichst bald, sonst konnte es gut sein, dass er sie gar nicht mehr akzeptierte. Sie wollte nicht, dass Orrins harte Hand das war, woran Apollo sich im Zusammenhang mit einem Reiter erinnerte.

„Brauchen Sie Hilfe beim Aufsitzen?"

Bria fuhr zu Luke herum und starrte ihn vorwurfsvoll an, während Apollo nervös zurückwich. Sie zeigte auf das Haus.

Trotz der Tatsache, dass Luke sein unpassendes Angebot bereute, war er nicht bereit, sich wie ein gescholtener junger Hund zu trollen. So blieb er stehen. Hätte sie ihm die gleiche sanfte Ermutigung zuteil werden lassen wie eben Apollo, hätte sie ein anderes Ergebnis erzielt. Dennoch war Luke eigentlich ganz froh, dass das Bria gar nicht in den Sinn kam. Er hatte wirklich keine Lust, Purzelbäume für sie zu schlagen.

Ihre Lippen verzogen sich zu einem spöttischen Lächeln. Luke verschränkte die Arme vor seiner Brust und ließ sie so wortlos wissen, dass er nicht gehen würde. „Dann ... seien ... Sie ... *still*", wies sie ihn scharf an.

Luke gab ihr durch nichts zu verstehen, ob er ihre Anweisung befolgen wollte oder nicht.

Bria schüttelte den Kopf und ging Apollo nach. Dieses Mal brauchte sie schon etwas weniger Zeit, ihn wieder zu besänftigen. Sobald sie glaubte, dass er es zulassen würde, schürzte sie ihre Röcke und stellte einen Fuß in den Steigbügel. Der Wallach schnaubte und tänzelte seitwärts. Sie ließ nicht los, zog sich hoch und schwang sich in den Sattel.

Obwohl daran gewöhnt, rittlings zu Pferde zu sitzen, hatte sie das noch nie in einem Kleid getan. Unmengen von Stoff bauschten sich um sie. Ohne in seine Richtung blicken zu müssen, wusste sie, dass Lucas Kincaid sie beobachtete. Es war schlimm genug, dass sie absolut lächerlich aussehen musste, da war es wirklich nicht nötig, sich auch noch lächerlich zu machen. So raffte sie das, was sie von ihren rot-altweiß-gestreiften Röcken fassen konnte, und steckte den Stoff so gut es ging um ihre Beine fest. Apollo begann, unter ihr unruhig zu werden und ihre Entschlossenheit zu testen, im Sattel zu bleiben. Sie begriff, dass er noch nicht so weit beschwichtigt war, dass er nicht versuchen würde, sie abzuwerfen.

So ließ sie ihre Röcke Röcke sein und fasste die Zügel mit beiden Händen. Dann tätschelte sie Apollo den Hals und begann wieder mit leiser Stimme auf ihn einzusprechen, bevor sie ihm schließlich sachte ihre Fersen in die Flanken drückte. Gehorsam begann er, sich in Bewegung zu setzen. Die Ställe lagen auf der anderen Seite des Hauses. Bria lenkte den Wallach in die Richtung und ließ ihn langsam schneller werden, bis er in einen flotten Trab verfiel.

Luke sah ihnen nach, ein schwaches Lächeln auf den Lippen. Dann blickte er zu Orrin Foster. Brias Stiefvater schlief nun fester. Die Sonne war gesunken, der Schatten der Mauer war länger geworden und reichte jetzt bis zu der Stelle, wo Foster lag. Die Kühle musste ihm angenehm sein – sein Atem ging gleichmäßiger und wesentlich weniger mühsam. Luke trat näher, bis er über dem Mann stand, und musterte ihn mehrere Minuten lang. Im Schlaf bot er einen unglaublich friedlichen Anblick. „Nicht, dass du das verdientest", sagte er leise. „Bastard."

Dann machte er einen Schritt über Orrin Foster hinweg und ging in Richtung des Hauses.

Bria war in den Ställen, als er dort ankam. Er dachte, sie würde den Stallknechten Anweisungen geben, aber sie war damit beschäftigt, Apollo selbst abzureiben. Ihre Bewegungen waren kraftvoll und energisch. Unter ihren eng anliegenden Ärmeln konnte Luke straffe Muskeln erkennen. Obwohl ihr Gesicht sanft gerötet war, schien die Arbeit sie nicht zu ermüden.

„Haben Sie niemanden, der Ihnen hilft?" fragte Luke.

Bria zog die Bürste kräftiger über Apollos Flanken. „Ich habe sie geschickt, nach Orrin zu sehen."

„Ah", versetzte Luke, dem die beiden unglücklich dreinschauenden Männer wieder einfielen, die ihm auf dem Weg wortlos entgegengekommen waren. „Das ist Strafe genug für ihre Unachtsamkeit."

Bria unterbrach ihre Arbeit und schaute ihn über ihre Schulter an. „Ich mache Tad und Geordie nicht für das verantwortlich, was geschehen ist. Ich bin die Einzige auf *Concord,* die Orrin vielleicht hätte aufhalten können. Aber ich war mit Ihnen beschäftigt."

„Also ist es meine Schuld."

Bei dieser aberwitzigen Schlussfolgerung verzog sie das Gesicht. „Wenn Sie derart darauf aus sind, die Schuld auf sich zu nehmen, dann bitte schön." Bria drehte sich wieder um, griff nach der Bürste, die auf der Abtrennung zwischen den Ställen lag, und warf sie Luke zu.

Er fing sie mühelos auf, rührte sich aber nicht von seinem Platz an der Tür der Stallbox. „Ist das eine Strafe?" wollte er wissen. „Oder bitten Sie mich um Hilfe?"

„Sowohl, als auch", erwiderte sie. „Beides oder auch Letzteres, wenn Ihnen das besser gefällt."

„Mir wäre es lieber, Sie würden es sagen."

„Na gut. Ich würde mich sehr über Ihre Hilfe freuen."

Ihr Tonfall passte zwar nicht ganz zu den Worten, trotzdem trat Luke in die Box und zog die Tür hinter sich zu. Ihre Bürstenstriche verloren ihren gleichmäßigen Rhythmus, wurden weniger energisch ausgeführt. Den engen Raum mit ihm zu teilen behagte ihr nicht, das war für Luke offensichtlich. Liegt es an mir, überlegte er, oder geht es ihr mit allen Männern so?

Beiläufig öffnete er die Tür wieder.

Bria warf ihm einen fragenden Blick zu.

„Falls Ihr Untier die Box verlassen will“, erklärte er.

Bria nickte. „Geben Sie ihm ein Stück von dem Apfel dort drüben und freunden Sie sich mit ihm an.“

Er nahm ein Apfelviertel von dem Stuhl in der Ecke und fütterte Apollo damit. Das Pferd warf seinen Kopf hoch und stieß auffordernd mit den Nüstern gegen Lukes Hand. „Wie hätten Sie ihn aufgehalten?“ erkundigte er sich beiläufig.

„Wie bitte?“

„Sie sagten, Sie wären die Einzige auf *Concord,* die Ihren Stiefvater hätte aufhalten können. Wie hätten Sie das angestellt?“

„Mein Winken war in Ihren Augen nicht überzeugend?“

Luke musste grinsen. Also hatte sie doch Sinn für Humor. „Mir hat es besser gefallen, als Sie sich zu Boden warfen.“ Genau genommen war er starr vor Angst gewesen, sie könnte niedergetrampelt werden.

„Sie müssen wissen, dass ich nicht häufig auf diese Taktik zurückgreife.“

Gott sei Dank, dachte er. Er tätschelte Apollo noch einmal die Nüstern, dann ging er auf die andere Seite des Pferdes und begann das blauschwarze Fell zu bürsten. „Welche Taktik hätten Sie sonst angewandt?“

„Ihn gut im Auge zu behalten wirkt meistens immer noch am besten“, antwortete sie. „Wenn seine Grillen dadurch nicht im Keim erstickt werden können, dann bleibt immer noch Waffengewalt.“

Luke beugte sich vor und musterte sie unter Apollos Hals hinweg.

Bria wich seinem Blick aus, gestattete sich kein Lächeln und fuhr ungerührt mit ihrer Arbeit fort.

Luke tat es ihr gleich. „Das ist Ihr Ernst.“

„Das muss es. Sie können doch selbst sehen, dass er gefährlich ist. Ich kann nicht immer das Kindermädchen für ihn spielen, Mr. Kincaid."

„Und Ihre Mutter? Ich glaube, Sie erwähnten, dass er heute zu ihr fahren wollte."

„So wie es jetzt aussieht, wird das nicht vor morgen geschehen. Meine Mutter tut gut daran, ihm nicht zu nahe zu kommen. Und ich ziehe das auch vor."

„Also gehen Sie nicht mit ihm nach Charleston."

Bria antwortete nicht sofort. Sie machte sich auch Sorgen um ihre Mutter, schuldete Lucas Kincaid aber keine Erklärung. „Essen Sie mit uns, Mr. Kincaid?" fragte sie. „Wir halten es hier nicht mit Förmlichkeiten. Inzwischen ist es zu spät für Sie, sich auf den Rückweg in die Stadt zu machen. Jeb kann Ihnen in einer der alten Sklavenunterkünfte Platz machen. Für eine Nacht wird es sicher gehen. Wer weiß, was morgen ist?" Sie zuckte die Schultern. „Orrin könnte Ihnen anbieten, mit ihm mitzufahren."

Das bezweifelte Luke stark. „Ich dachte, Sie wollten mir Arbeit geben", bemerkte er.

„Ich habe meine Meinung auch nicht geändert", versetzte sie. „Aber ich habe nie gesagt, wann."

Jebediah Brown zeigte Luke, wo er sich waschen konnte. „Das hier war früher das Haus des Aufsehers", berichtete Jeb. Er war so groß, dass er den Kopf mit dem grauen Kraushaar einziehen musste, als er das Haus betrat. „Ich werde Martha und die Mädchen mit Schrubbern und Besen herschicken. Und auch frisches Bettzeug bringen, da Sie ja über Nacht bleiben." Er kratzte sich am Kopf, während er Lucas mit gerunzelter Stirn musterte.

„Was ist?" fragte Luke.

Jeb schien sich jäh seiner Pflichten zu entsinnen. Er hob den Eimer und trug ihn zum Waschtisch. Mit seiner freien Hand wischte er die Schüssel kurz aus, dann goss er den halben Eimer hinein, den Rest schüttete er in einen Krug, der umgedreht da gestanden hatte. Beinahe lautlos bemerkte er zu sich, er sei vermutlich sauber genug. „Es macht einfach keinen Sinn", fügte er hinzu.

„Was sagten Sie?"

„Oh, manchmal rede ich mit mir selbst", erläuterte Jeb. „Sollte man am besten gar nicht drauf hören."

Luke schaute sich um. Die Unterkunft bestand aus zwei Räumen. Der, in dem er sich befand, war mit einem Herd, einem Tisch und drei Stühlen, dem Waschstand und einem Holzofen ausgestattet. Ein paar Töpfe und Pfannen hingen neben verschiedenen Kochgerätschaften an einem Regal über dem Herd. Er spähte in das angrenzende Zimmer und erblickte ein Bett, auf dem nur eine Matratze lag. Es sah nicht sonderlich einladend aus, aber er hätte ohnehin ein Strohlager im Stall oder ein Stückchen harter Erde irgendwo zwischen hier und Charleston vorgezogen.

Lukes Blick wanderte zu Jebediah zurück. Der Mann hatte gerade wieder irgendetwas vor sich hingemurmelt und schüttelte nun besorgt den Kopf. Für jemanden, der verlangte, man solle ihm keine Beachtung schenken, machte er reichlich viel Aufhebens. „Was haben Sie gerade gesagt?" erkundigte Luke sich trocken.

„Habe ich etwas gesagt?" fragte Jeb. „Ich weiß von nichts. Hören Sie gar nicht auf das, was ich sage. So halten's die meisten hier. Außer Ihnen, natürlich. Vermute, Sie sind neugierig." Er schaute nach unten und bemerkte eine Spinnwebe, die von seinem dunklen Arm herabhing. Mit einem leidgeprüften Seufzer strich er sie fort. „'s ergibt keinen Sinn", sagte er wieder und blickte Lucas direkt an. „Warum bloß sollte Miss Bria Sie zum Abendessen in das große Haus einladen und Ihnen dies Quartier hier für die Nacht anbieten?"

„Vielleicht weil ich ein Yankee bin?"

Jebediah schnaubte abfällig. „Dass Sie ein Yankee sind, müsste Ihnen eigentlich höchstens einen Haufen Scherereien einbringen. 's wär auch viel einfacher gewesen, Sie im großen Haus unterzubringen." Er hatte beide Brauen in die Höhe gezogen, und der Blick seiner schwarzen Augen war offen und irgendwie verschwörerisch. „Wollen Sie wissen, was ich denke?"

„Danach habe ich doch gefragt."

„Etwas ist faul im Staate Dänemark."

Luke blinzelte erstaunt. Jebediah hatte eben Shakespeare zitiert. Und auch noch richtig. Bevor er fragen konnte, wie das kam, hatte der andere sich schon wieder unter der Tür hindurchgeduckt und eilte nun über den Rasen zum Haus. Luke widerstand der Versuchung, ihm hinterherzurufen. Wahrscheinlich würde Jeb sowieso abstreiten, zu wissen, woher die Worte stammten.

Luke schlüpfte aus seinem Gehrock, legte ihn sorgfältig über eine Stuhllehne und zog sich dann sein Hemd aus. Auf dem Waschstand fand er ein Stück Seife und begann damit die Grasflecken auf dem Hemd zu bearbeiten. Dann breitete er es zum Trocknen aus. Als er sich gerade Wasser ins Gesicht und auf die Brust spritzte, wurde er von einer Gruppe junger Negerinnen unterbrochen. Sie betraten nacheinander die Hütte und machten sich sogleich geschäftig an die Arbeit. Nur hin und wieder warfen sie ihm verstohlene Blicke zu. Die jüngste von ihnen kicherte sogar, als er hastig sein Hemd nahm und es sich über den Kopf streifte.

Eine der Frauen war hoch gewachsen, eine andere gefällig gerundet. Zwei wiesen eine gewisse Ähnlichkeit mit Jebediah Brown auf. Schon bald hatten sie sein Quartier bewohnbar gemacht. Vermutlich war Martha diejenige, die den Besen so energisch schwang. Der Staub, den sie dabei aufwirbelte, wurde sogleich von den anderen mit feuchten Schwämmen und einem Mopp fortgewischt. Wenn die Räume auch danach noch etwas kahl wirkten, so waren sie doch nun wenigstens sauber. Das Wasser in der Waschschüssel war durch frisches ersetzt worden, und der Boden war geschrubbt. Das Bett zierten nun saubere weiße Laken, und auf dem Tisch lag ein Paket, das eine von Jebs Töchtern dort platziert hatte.

„Miss Bria sagt, Sie sollten das hier tragen“, murmelte sie, bevor sie aus dem Haus lief und sich zu den anderen gesellte.

Luke schlug die dünne Decke, in die das Päckchen eingewickelt war, zurück, wich einen Schritt nach hinten und pfiff anerkennend durch die Zähne. Eher hätte er mit einer Schlange gerechnet als mit diesen feinen Kleidern.

Er nahm den Rock, der obenauf lag, schüttelte ihn aus und hielt ihn sich an. Er würde ihm gut passen, das konnte er sofort sehen. Feiner Zederngeruch stieg ihm in die Nase. Die Kleider – wem auch immer sie gehört hatten – waren sorgfältig eingelagert gewesen. Der Gehrock war aus feinem hellbraunem Baumwollstoff, eine gute Wahl für die Hitze Carolinas. Die Hosen waren aus demselben Stoff geschneidert, die Unterwäsche bestand aus einem feineren, weichen Material, sehr viel angenehmer als das, was er derzeit trug. Bria, wenn sie denn die Sachen tatsächlich herausgesucht hatte, hatte auch braune Halbschuhe hinzugefügt und eine schwarz gestreifte Seidenweste. Das makellose weiße Hemd war von ebenso guter Qualität.

Luke schloss die Tür und sperrte sie ab, damit er nicht noch einmal gestört würde, dann nahm er die Sachen mit in das Schlafzimmer. Binnen kurzem hatte er sich umgezogen. Die Kleidungsstücke passten ihm wesentlich besser als die, die er bei seiner Ankunft in *Concord* getragen hatte. Sein Quartier konnte mit keinem Spiegel aufwarten, aber Luke konnte sich in einem der Fenster sehen und befand, dass er für eine Mahlzeit im Herrenhaus ausreichend gut gekleidet war.

Diesmal näherte er sich dem Haus vom Fluss her. Bria stand

auf der Veranda und nippte Limonade. Sie erschrak leicht, als er die breiten Stufen hinaufstieg.

„Oh, Mr. Kincaid“, sagte sie und hatte sich schnell wieder erholt. Ihr Lächeln war entschuldigend. „Ich habe Sie gar nicht gehört.“

Allerdings war das nicht der Grund für ihr Erschrecken. Irgendetwas an seiner Erscheinung hatte das bewirkt. Sie mochte gewollt haben, dass er diese Sachen trug, war jedoch nicht bereit für den Anblick, den er bot. Lucas war sich seines guten Aussehens durchaus bewusst, schließlich hatte er eine Mutter und ein halbes Dutzend Tanten, die ihm immer wieder gesagt hatten, wie attraktiv er war. Ihre Lobpreisungen hatte er nicht für bare Münze genommen, sondern mehr der Tatsache zugeschrieben, dass sie ihn liebten. Schließlich behauptete auch Thaddeus Prichetts Mutter dasselbe von ihrem Sohn, und Thaddeus besaß ein Gesicht, mit dem man die Pferde scheu machen konnte. Aber dann hatte Nana Dearborn es ebenfalls gesagt, und sie hatte das nicht anerkennend gemeint. Er wäre bei weitem zu gut aussehend, hatte sie gesagt, und stolz wie ein Gockel. Seine Augen blitzten übermütig und sein Lächeln könne sogar die heilige Johanna vom Pfad der Tugend locken.

Als Luke nur gegrinst hatte, unsicher, was er darauf erwidern sollte, hatte sie ihm eine schallende Ohrfeige versetzt. Danach nahm er einfach hin, dass er passabel aussah, bildete sich aber nichts darauf ein.

„Habe ich mich geirrt?“ fragte er. „Diese Sachen waren doch dafür gedacht, dass ich sie trage, oder?“

Wie typisch für ihn, etwas zur Sprache zu bringen, das sie lieber gemieden hätte. „Ja, ich wollte, dass Sie sie tragen. Betrachten Sie sie als Ihre.“

„Dann danke“, sagte er. „Sie passen gut.“

Sie nickte. Nur durch Aufbietung beachtlicher Willenskraft gelang es ihr, ihn nicht mit den Augen zu verschlingen. „Zuerst glaubte ich, Davids Kleider wären am besten für Sie, dann fiel mir aber die Truhe mit Shelbys Sachen ein. Und Vaters Kleider kamen nie infrage. Möchten Sie etwas zu trinken?“ Sie machte eine anmutige Handbewegung. „Eine kühle Limonade?“

Luke sah, dass sie schon ein zweites Glas fertig hatte. So nickte er und beugte sich vor, um es ihr abzunehmen.

„Wollen Sie sich nicht setzen? Die Luft, die vom Fluss herweht, ist angenehm kühl.“

Luke ließ sich auf einem Korbstuhl nieder. Ein kleiner runder Tisch, auf dem ein Krug mit Limonade stand, befand sich zwischen ihnen. Er trank einen Schluck und fragte sich, ob er zugeben sollte, dass er wusste, wer David und Shelby waren. Vermutlich war sein Schweigen beredt genug. Er kannte die Einzelheiten ihres Todes oder des ihres Vaters nicht – wusste nur, dass keiner von ihnen lang genug am Leben geblieben war, um das Ende des Krieges zu sehen. Von den Männern der Familie Hamilton hatte nur Randall die Kämpfe überlebt. Bria und Elizabeth Hamilton hatten die Kapitulation allein durchstehen müssen.

Bria stellte ihr Glas ab und nahm den Fächer von ihrem Schoß. Sie bewegte ihn sachte und reckte das Kinn, so dass die kühle Luft besser an ihren Hals kam. „Möchten Sie auch einen?“ fragte sie Lucas. „Ich kann mir gut vorstellen, dass Sie die Hitze nicht so gut verkraften.“

„Ich arbeite schon eine Weile im Süden, Miss Hamilton. Ich finde sie erträglich.“

Sie senkte den Kopf und blickte ihn offen an. „Mein Stiefvater hasst sie.“

„Weil er so viel trinkt.“

„Ich weiß. Meine Mutter hat versucht, ihm zu erklären, dass es ihm viel besser ginge, wenn er mehr von seinem Bourbon in der Karaffe ließe."

„Wie geht es ihm? Wird er am Essen teilnehmen?"

„O ja. Es braucht schon etwas mehr als eine Beule am Kopf, um Orrin länger außer Gefecht zu setzen."

„Weiß er, wie er zu der Beule gekommen ist?"

„Natürlich. Bei Ihrem Versuch, ihn umzubringen."

3. KAPITEL

„Als ich versucht habe, ihn umzubringen?" wiederholte Luke. „Ich dachte, Sie sagten, er würde sich an nichts mehr erinnern."

„Also wirklich, Mr. Kincaid. Sie müssen besser auf Ihre Worte achten. Bei Ihnen klingt es ja fast so, als wäre Mord Ihre Absicht gewesen."

Luke hob sein Glas in stummem Salut. Wieder hatte sie es geschafft, ihn aufs Glatteis zu führen, und dabei hatte er sich immer für klüger gehalten. Diese Selbsteinschätzung musste er ganz offensichtlich revidieren. Noch seltsamer aber war, dass es ihm gar nichts ausmachte. Vielleicht konnte er ja auch den Spieß umdrehen? Darüber musste er unbedingt gründlicher nachdenken.

Vor sich hin lächelnd lehnte er sich in seinem Stuhl zurück und genoss das Schweigen, das sich zwischen ihnen ausbreitete. Die kühle Brise vom Fluss trug den Duft von Rosen zu ihnen, der sich mit dem schwachen Lavendelgeruch von Brias Haar mischte.

So wie er hatte auch sie sich umgezogen. Der Grashalm war aus ihrer Frisur verschwunden, und das Band, das ihr Haar schmückte, war nicht mehr rot, sondern blau. Selbst unter der Bewegung ihres Fächers wagte keine Strähne von der ihr zugedachten Stelle zu rutschen. Das Kleid war aus mit weißen und blauen Blumen bedrucktem Musselin gearbeitet, auf dem kurzen Jäckchen wiederholte sich das Muster in einem dreireihigen Volant. Die besondere Schattierung von Delfter Blau entsprach nicht ganz der Farbe ihrer Augen, betonte sie aber aufs Vorteilhafteste.

Sie saß in einem breiten Korbsessel, so gerade und aufrecht wie eine Königin, ihre schlanken Beine züchtig unter den weiten Röcken verborgen. Ihre Arme ruhten auf den Armlehnen. Ihre einzige Bewegung war das Wedeln des Fächers.

Seine Gegenwart schien sie völlig vergessen zu haben, während sie zum Fluss schaute. Unter gesenkten Lidern, die verbargen, wohin er blickte, musterte Luke ihr halb abgewandtes Profil. Zu gern hätte er gewusst, was in ihr vorging, doch es war praktisch unmöglich, ihre Gedanken zu lesen.

Ihre Wangen waren leicht gerötet, aber Luke glaubte, dass das von der Abendwärme herrührte und nichts mit Verwirrung oder Verlegenheit zu tun hatte. Ihre vollen Lippen waren leicht geöffnet und von der Limonade feucht. Er stellte sich vor, dass sie weniger süß schmecken würden als das Getränk, obwohl er sich gern eines Besseren belehren lassen wollte.

„Ist es wieder Ihre Großmutter?“ erkundigte Bria sich und wandte ihm den Kopf zu. „Sie haben einen sehr seltsamen Gesichtsausdruck.“

„Nein, gerade habe ich nicht an sie gedacht, aber jetzt, da Sie es sagen, Sie sitzen ganz ähnlich wie sie.“ Als Bria eine Braue in die Höhe zog, musste Luke leise lachen. „Ihr Rüffel wurde zur Kenntnis genommen“, bemerkte er. „Wieder, ganz ähnlich wie Nana Dearborn.“

„Ich denke, Ihre liebe Nana gefällt mir.“

„Sie war nie meine liebe Nana. Schließlich hat sie mich nur geduldet.“

Bria verkniff sich die Erwiderung, die ihr schon auf der Zunge lag, und erklärte stattdessen: „Das tut mir Leid. Großmütter sollten jemand sein, zu dem man gehen kann, wenn einen sonst niemand versteht.“

„War Ihre Großmutter so?“

Sie schüttelte den Kopf. „Die Mutter meiner Mutter starb, als ich noch sehr jung war. Ich erinnere mich kaum an sie. Großmutter Hamilton war zum Zeitpunkt meiner Geburt schon tot. Aber ich hatte ja Mammy Komati, und sie war so, wie ich mir eine Großmutter vorstelle. Mein Vater musste sie auch nehmen, als er meine Mutter heiratete. Mutter wollte ohne sie nicht nach *Henley* kommen." Brias Lächeln war wehmütig. „Vater sagte immer, er musste sofort anfangen, eine Familie zu gründen, damit Mammy Komati etwas zu tun hatte. Dazu schnaubte sie aber nur verächtlich und unterrichtete ihn davon, dass sie auf keinen Fall die Verantwortung für die Folgen seiner Leidenschaft übernehmen würde. ‚Meinem Baby Babys machen'", imitierte Bria die tiefe Altstimme der Negerin, „‚Himmel, es ist nicht recht, dass sie so kurz hintereinander so viele Kinder kriegt. Sie werden sie am Ende noch zerbrechen, Master Andrew. Hören Sie auf mich.'"

„Mammy war eine Freundin unverblümter Rede, denke ich."

„Sehr. Ob es absichtlich oder unabsichtlich geschah, weiß ich nicht, aber mein Vater scheint auf sie gehört zu haben. David, Randall und Shelby wurden dicht nacheinander geboren. Ich kam erst Jahre später; Mammy jedoch war das auch nicht ganz recht. ‚Wurde aber auch Zeit, dass es auf *Henley* ein Mädchen gibt. Keine Ahnung, was Sie sich dabei gedacht haben, erst all diese jungen Bengel zu zeugen.'" Lucas lachte, und sie machte eine Pause. „Ich denke, da hat Vater dann begriffen, dass er es ihr nie recht machen würde, oder wenigstens, dass sie es nie zugeben würde. Er hat sie nicht nur geduldet, sondern geachtet. Und natürlich haben meine Brüder und ich sie geliebt. Sie war streng und zugleich liebevoll und konnte die erstaunlichsten Geschichten über Afrika erzählen. Zwar war sie Christin, aber sie griff auch auf Opfergaben und heidnische Heilpraktiken zurück, wenn sie glaubte, ein Gebet würde zu lange brauchen. Wir konnten mit verletzten Tieren zu ihr kommen, und sie machte sie wieder gesund. Im Großen und Ganzen konnte sie die jungen Bengel gut im Zaum halten. Nur bei mir war sie etwas weniger erfolgreich."

Luke nahm einen Schluck von seiner Limonade, so dass der

Rand des Glases sein Lächeln verdeckte. Was wäre wohl in weniger fähigen Händen aus ihr geworden? „Und wie haben Sie ihre Geduld auf die Probe gestellt?"

„Ich bin meinen Brüdern auf Schritt und Tritt gefolgt", erwiderte Bria schlicht. Als Luke sie daraufhin nur verständnislos ansah, fügte sie hinzu: „Haben Sie Schwestern, Mr. Kincaid?"

„Nein."

„Ah!" Bria nickte nachsichtig. „Dann wissen Sie nicht, wie lästig und hartnäckig wir sein können."

Langsam bekam er eine Vorstellung davon. Luke stellte sein Glas ab und streckte die Beine aus. „Ich bin willens, mich erleuchten zu lassen", verkündete er.

Bria fragte sich, was sie ihm erzählen wollte. Es war eigentlich nicht so, dass sie, was ihre Familie anging, besonders verschlossen war, sie hatte nur so selten Gelegenheit, über sie zu sprechen. Randalls jüngster Besuch hier hatte Erinnerungen geweckt, die sie verschüttet geglaubt hatte. Im Grunde genommen war es mehr Claire Bancroft gewesen, die als Passagier auf Randalls Schiff mitfuhr, die diese schönen Erinnerungen ans Tageslicht geholt hatte. Claire hatte so eine gewisse Art, Fragen zu stellen, ohne neugierig zu scheinen, und aufmerksam zuzuhören, wenn man antwortete, dass Bria sich ab und zu sogar selbst richtig zugehört hatte.

Lucas Kincaid ist auch ein wenig so, dachte sie. Er war auf eine ruhige Art und Weise scharfsichtig. Er beobachtete das, was um ihn herum geschah, aber nicht mit dem Argwohn, den sie von sich oder Randall kannte, sondern eher mit einer Art zurückhaltender Neugier, die sie interessant fand. Er war nicht misstrauisch, doch er war wachsam und sah vermutlich mehr, als er verriet. Das hieß, dass er umsichtig handeln konnte, wenn er wollte. Seine Augen blickten nicht immer ernst; in ihren Tiefen hatte sie Humor aufflackern gesehen.

Obwohl er entspannt dasaß, fragte sich Bria, ob dieser Eindruck nicht vielleicht trog. Er schien beständig über etwas nachzudenken, in seinem Kopf Überlegungen zu wälzen, während sein Körper reglos verharrte.

Er schenkte ihr sein schiefes Lächeln, und die dahinter verborgene Arroganz ließ sie beinahe nach Luft schnappen. Doch der Laut blieb ihr im Halse stecken, als sich in ihrer Brust unbekannte Hitze ausbreitete, eine so unangenehme wie unwillkommene Antwort auf dieses Lächeln. Sie hatte nicht erwartet, es anziehend zu finden oder davon berührt zu werden. Sein Blick hielt den ihren fest; sie wollte nicht wegsehen, aber auch nicht zugeben, dass zwischen ihnen etwas geschehen war. Innerhalb kürzester Zeit hatte sie sich davon überzeugt, dass dem auch gar nicht so war.

„Ich bin meinen Brüdern gefolgt, wo auch immer sie hingingen", erklärte sie, als wären ihre Gedanken nie von ihrem Gesprächsthema abgeschweift. „Sie wollten mich nicht dabeihaben, aber ihnen blieb kaum eine andere Wahl. Ich wusste zu viel, wissen Sie, und ich war mir nicht zu schade, zu petzen, um meinen Kopf durchzusetzen. Wenn sie mich aber an ihren Streichen beteiligten, konnte kein gutes Zureden oder Drohen mich dazu bringen, etwas zu verraten.

Meine Mutter verzweifelte schier am Einfluss der Jungs auf mich, und Mammy erging es kaum anders. Sie hielt ihnen Vorträge über ihre Verpflichtung mir gegenüber – was sie ebenso geduldig über sich ergehen ließen wie meine Gegenwart. Sobald sie mir aber den Rücken zuwandte, schlich ich ihnen wieder hinterher. Einmal hat Randall vorgeschlagen, mich an die Leine zu legen, aber Mammy hat ihn nur ausgeschimpft. Später am Abend fand sie mich an einen Baum gefesselt, das Gesicht gelb und blau bemalt. ‚Gefangene Indianerprinzessin' nannten meine Brüder das Spiel, denke ich. In der Zwischenzeit waren sie mit einem Boot flussaufwärts gefahren, um Emily Tippings Gouvernante zu bespitzeln. Mammy hat mir gedroht, mich in der Lage zu lassen, als Strafe für meine Leichtgläubigkeit. Ich kann Ihnen sagen, das war das letzte Mal, dass ich David, Randall und Shelby so leicht auf den Leim gegangen bin."

Lucas lachte leise. „Sie wecken in mir den Wunsch, eine Schwester zu haben."

Brias Blick verriet Unglauben. „Dann muss ich es nicht richtig erzählt haben."

Lukes Einspruch wurde durch das Öffnen der Verandatüren abgeschnitten. Addie Thomas kam hinaus. „Dinner ist fertig", sagte sie und strich sich nervös über ihre saubere weiße Schürze. Mit den Augen in Richtung des Flures zu ihrer Rechten deutend, fügte sie hinzu: „Er ist gerade die Treppe heruntergepoltert und sieht so aus, als würde er alles allein essen, wenn Sie nicht gleich gehen."

Bria nickte. „Danke, Addie. Mr. Kincaid und ich werden sofort da sein. Lass Mr. Foster nicht warten." Sie stand auf, als Addie wieder im Haus verschwand. Lucas hatte sich schon erhoben und wartete neben ihr, bereit ihr den Arm zu reichen, falls sie durch irgendein Zeichen verriet, dass sie das wollte. Was sie nicht tat. „Hier entlang, Mr. Kincaid."

Luke blieb einen halben Schritt hinter ihr. Brias gerade Haltung und ihr gerecktes Kinn führten nur dazu, dass sein Lächeln breiter wurde. Es war kein Wunder, dass ihre Brüder sie an einen Baum gefesselt hatten. Dass sie ihnen nicht egal war, konnte man daran erkennen, dass Mammy Komati sie hatte finden können. Bei ihm wäre das nicht so leicht gewesen.

Orrin Foster saß schon am Kopf der langen Tafel aus poliertem Walnussholz, als Bria und Luke eintraten. Er erhob sich halb aus seinem Stuhl, mehr aus Rücksicht auf seinen Gast als aus Höflichkeit seiner Stieftochter gegenüber. Doch dann wurde ihm die Anstrengung zu groß, und er ließ sich schwer auf den Sitz zurückfallen.

„Ich sitze rechts von Orrin", flüsterte Bria Lucas zu. „Sie werden auf dem gegenüberliegenden Stuhl Platz nehmen." Sie erhob ihre Stimme, um die Aufmerksamkeit ihres Stiefvaters zu erregen, der sich gerade die Leinenserviette über den Schoß legte. „Orrin", sagte sie, „ich glaube, Sie werden sich freuen, Mr. Kincaid kennen zu lernen. Er ist der Mann, der Ihnen heute Nachmittag das Leben gerettet hat."

Das Weiß in Fosters Augen war nicht blutunterlaufen. Die Oberlider zeigten eine gewisse Schwere, aber das schien eher daher zu rühren, dass er eben erst aufgestanden war. Der scharfe Blick aus seinen grünen Augen ruhte auf seinem Gast. „Kincaid sagen Sie? Doch nicht einer dieser verfluchten Kincaids oben aus Summerville. Die, die mir ständig ihre wertlosen Gäule anzudrehen versuchen?"

Bria sah Luke fragend an.

„Wir sind nicht verwandt, Sir", erwiderte Luke glatt. Aus dem Augenwinkel konnte er sehen, wie etwas von der Anspannung aus Brias Schultern wich. „Wenigstens nicht, dass ich wüsste. Soweit ich mich entsinne, gibt es keine Pferdehändler in der Familie."

Orrin Foster nickte. „Froh, das zu hören." Er warf seine Serviette zurück auf den Tisch und erhob sich, diesmal aber ganz. Er streckte seine Hand aus und schüttelte Lukes. „Die Kincaids schätze ich nicht sonderlich", erklärte er. „Die wollen die ganze Zeit mein Geld für nichts. Die denken wahrscheinlich, ich hätte was zum Fenster rauszuwerfen oder könnte die Qualität ihrer Tiere nicht erkennen. Was auch immer, es ist auf jeden Fall verflucht beleidigend." Er ließ Lukes Hand los. „Setzen Sie sich, mein Junge. Wir halten es hier nicht zu sehr mit Förmlichkeiten. Mrs. Foster sorgt zwar dafür, dass ich meine Manieren nicht vergesse, aber jetzt ist sie ja gar nicht da. Und meiner Stieftochter liegt nicht sonderlich viel daran, nicht wahr, Bria?"

Bria lächelte schwach und ließ sich auf dem Stuhl nieder, den Luke ihr hervorgezogen hatte. Sie wartete, bis er sich gesetzt hatte, bevor sie ihre Serviette entfaltete und Addie bedeutete, mit dem Auftragen zu beginnen.

Lucas war überrascht von Orrin Fosters offenen, freundlichen Zügen. Er besaß ein rundes Gesicht, ein breites Lächeln und vom Trinken gerötete Wangen. Doch an ihm wirkte das eher gesund. Der Mann, der hier saß, unterschied sich gewaltig von dem Volltrunkenen von heute Nachmittag.

„Sie sind also derjenige, der mir das Leben gerettet hat", sagte Orrin, ließ sich in seinen Stuhl zurücksinken und rieb sich den Hinterkopf. „Sie hätten dabei etwas sanfter vorgehen können. Jetzt habe ich eine Beule."

Lucas, der sich gerade Suppe auftat, gelang es, dabei nicht zu kleckern. Orrin Foster erinnerte sich an mehr, als Bria ihn hatte glauben machen wollen. Neben ihm stand Addie geduldig mit der Suppenterrine. Sobald er fertig war, ging sie lautlos weiter. „Ich denke, die Beule verdanken Sie dem Aufprall auf die Erde."

„Nur mal so gefragt", sagte Orrin. „Was zum Teufel haben Sie da draußen getrieben?"

Bria antwortete an Lukes Stelle. „Ich habe Ihnen doch erzählt, dass Mr. Kincaid nach *Concord* gekommen ist, weil er Arbeit sucht."

Orrin musterte Lucas weiter. „Das hat sie mir gesagt. Ich habe nicht behauptet, dass ich ihr glaube."

Luke bemerkte, dass Bria sich durch nichts anmerken ließ, ob der Seitenhieb ihr etwas ausmachte oder nicht. Ihm fielen wieder die Beleidigungen ein, die Foster seiner Stieftochter an den Kopf geworfen hatte, bevor er sie niederzureiten versucht hatte. Auch da hatte sie nicht mit der Wimper gezuckt. „Es stimmt", entgegnete Luke, „ich kam, weil ich Arbeit suche. In der Stadt erzählt man sich, dass hier auf *Concord* neue Ställe geplant wären. Ich dachte, Sie könnten vielleicht Arbeiter brauchen."

„Sie müssen sich keine Sorgen machen", schaltete Bria sich ein, „ich habe ihn nicht eingestellt."

„Ach ja?" erkundigte Orrin sich. „Sie hat Sie nicht angestellt?"

„Genau."

Orrin schmunzelte. „Sie hätten mir heute Nachmittag nicht das Leben retten sollen, Mr. Kincaid. Nicht, wenn meine Stieftochter sich so bemüht hat, es vorzeitig zu beenden. Dadurch sinken Sie in ihrer Wertschätzung." Er wandte den Kopf, so dass sein Blick auf Bria fiel. „Ich überlege mir, diesen Wallach zu erschießen", sagte er. „Das Tier ist gefährlich und unberechenbar."

Bria schluckte ihre Suppe trotz des Knotens herunter, den sie plötzlich in der Kehle spürte. „Ich werde Sie erschießen, Orrin, bevor ich zulasse, dass Sie noch einmal auf Apollo ausreiten."

Orrins mächtige Brust wurde von lautem Gelächter erschüttert, und Tränen sammelten sich in seinen Augen. Mit der flachen Hand schlug er vor Freude auf den Tisch. „Sehen Sie, was ich meine, Kincaid?" stieß er vergnügt aus. „Sie denkt sich nichts dabei, mir zu drohen. Mein Ableben zu planen ist eine ihrer Lieblingsbeschäftigungen."

„Jeder muss seine Zerstreuungen haben", bemerkte Bria ungerührt.

Orrin betupfte sich mit seiner Serviette die Augen, dann legte er sie sich wieder über den Schoß. Er lächelte immer noch, als er den Löffel voll Suppe zum Mund führte. „Haben Sie gedacht, ich würde es nicht schaffen, über die Mauer zu springen, Mr. Kincaid?"

„Ich glaubte nicht, dass irgendjemand diese Mauer überspringen könnte. Nicht an der Stelle, an der Sie es anscheinend versuchen wollten."

„Pah!" Ein paar Tropfen Suppe fielen von Orrins Löffel, als er mit dem Arm durch die Luft fuhr. „Es war dieses dumme Pferd und Brias Einmischung, die mich beinahe Kopf und Kragen gekostet hätten."

Lucas widersprach ihm nicht. Addie trat zu ihm, um ihm noch einmal von der Suppe anzubieten, doch er schüttelte den Kopf.

„Trotzdem", fuhr Orrin fort, „erinnere ich mich noch gut daran, vor dem Sprung von dem verfluchten Pferd gezogen worden zu sein. Das war gut gedacht. Ich hätte den Sprung nicht geschafft. Waren Sie das, Kincaid?"

„Ja."

„Dann verdanke ich Ihnen vermutlich mein Leben."

„Keine Ursache."

„Ich habe mich nicht bei Ihnen bedankt", stellte Orrin richtig. Er winkte Addie, seinen Teller zu nehmen. „Der Hauptgang", sagte er. „Und für mich etwas Wein. Was auch immer auf der Anrichte steht. Möchten Sie auch Wein, Kincaid?"

„Ja, danke."

An der Anrichte öffnete Addie eine Flasche Rotwein. Sie trug sie zum Tisch und goss zuerst Orrin davon ein. Er nahm einen Schluck, erklärte den Wein für hinreichend gut und wartete, dass sie ihm noch einmal einschenkte. Dann schenkte sie Luke ein und wollte die Flasche wieder auf das Sideboard zurückstellen, doch Orrin klopfte mit einem Finger auf den Tisch neben seinem Teller. Über seinen Kopf hinweg blickte die Haushälterin Bria fragend an.

Orrin bemerkte den Blick. Er packte Addies Handgelenk und hielt sie fest, nicht so, dass es ihr wehtat, aber genug, um sie daran zu erinnern, dass er es könnte. „Wem gehört *Concord,* Addie?" fragte er freundlich.

„Ihnen, Mr. Foster." Addies Gesicht verfärbte sich von Kaffeebraun zu Ebenholzschwarz.

„Und wer ist der Herr hier?“ fuhr er fort.

„Sie.“

Bria seufzte. „Hören Sie auf, Orrin. Sie haben deutlich gemacht, was Sie sagen wollten.“

„Ja?“ Er ließ Addies Handgelenk los, worauf sie die halb leere Flasche neben seinen Teller stellte. „Mr. Kincaid, Sie sind eingestellt.“ Orrin schaute Bria an, seine ergrauenden Brauen fragend gehoben und ein selbstzufriedenes Lächeln auf den Lippen. „Da. Jetzt habe ich mich angemessen bei Kincaid bedankt.“

Bria begann sich zu erheben.

„Setz dich, Mädchen“, wies Orrin sie barsch zurecht. „Und zügle dein Temperament. Ich weiß schon, woher dieses Untier von dir seine Mätzchen hat.“

Luke konnte an Bria keine Anzeichen von aufbrausendem Temperament beobachten. Wenn überhaupt, dann schien sie sich noch besser in der Gewalt zu haben als sonst. Ihre saphirblauen Augen glitzerten eisig. Beinahe war es so, als ob ihre Wut sich nach innen zu richten schien, sie erstarren ließ, statt sie mit brodelnder Hitze zu erfüllen, die sich irgendwann entladen würde.

„Setz dich“, sagte Orrin noch einmal.

Diesmal gehorchte sie und ließ sich auf ihren Stuhl zurücksinken. Die Hände hatte sie fest im Schoß verschränkt.

„Ich kann hier genauso gut wie du Entscheidungen treffen“, knurrte Orrin. Er bediente sich von dem dünn geschnittenen Roastbeef, das Addie ihm auf einem Porzellanteller anbot. „Denkst du, ich wüsste nicht, warum du Kincaid nicht anstellen wolltest? Weil er da herkommt, wo auch ich herstamme, das ist der Grund. Wussten Sie das, Kincaid? Sie wollte Sie nicht einstellen, weil Sie ein Yankee sind. Hat sie Ihnen das gesagt oder Ihnen nur eingeredet, es gäbe hier keine Arbeit für Sie?“

„Genau genommen war es von beidem etwas“, antwortete Luke.

Er nahm sich eine große Portion von dem Fleisch und merkte zum ersten Mal, wie hungrig er eigentlich war. „Ist das Ihr Ernst? Dass ich hier arbeiten kann, meine ich. Sie haben das nicht nur gesagt ..."

„Um sie zu ärgern?" vollendete Orrin den Satz für ihn. „Natürlich habe ich das. Ihr soll es nicht gefallen, sie soll es jedoch ertragen müssen. Darum geht es beim Ärgern, oder?"

„Ich denke schon."

„Gut. Dann habe ich es richtig gemacht." Er toastete sich selbst mit seinem Weinglas zu und leerte es in einem Zug, dann füllte er es sich nach. „Nun, woher aus dem Norden stammen Sie genau?"

„New York", erwiderte Lucas. Orrin Foster zeigte keine Reaktion auf diese Information. „Manhattan."

Orrin widmete sich seinem Roastbeef und nahm dann, immer noch kauend, von den Kartoffeln und den grünen Bohnen, die Addie ihm anbot. „Ganz schön groß, Manhattan", bemerkte er mit vollem Mund.

„Aus Five Points", fügte Lucas hinzu.

„Davon habe ich nie gehört", erwiderte Orrin. „Aber schließlich bin ich ja auch noch nie in New York gewesen. Kennen Sie Philadelphia?"

„Nach dem Krieg habe ich da kurz gearbeitet."

„Wir erwähnen hier nicht", Orrins voller Bariton senkte sich zu einem vertraulichen Flüstern, *„den Krieg."* Er nickte in Brias Richtung und rollte bedeutungsvoll mit den Augen. „Die Urbevölkerung schätzt das nicht."

„Ich verstehe." Er sandte einen beinahe entschuldigenden Blick zu Bria, aber sie schien in die Betrachtung ihres Tellers versunken und der Unterhaltung gar nicht zuzuhören. Das ist nur gut so, dachte er, weil ich eigentlich gar nicht weiß, wofür ich mich entschuldige. Schließlich war es das Benehmen ihres Stiefvaters, das rüde war.

„Ich bin aus Philadelphia“, verkündete Orrin. „Aus Germantown.“

„Den Ort kenne ich.“

„Schön. Aber verlassen Sie sich nicht zu stark auf mich. Ich reise morgen nach Charleston ab. Bria hätte keine Gewissensbisse, Sie Ihrer Wege zu schicken.“

„Das könnte sie?“

Orrin nickte. Er schaute zu Bria. Um ihre Lippen spielte ein leicht selbstzufriedenes Lächeln, während sie ihr Fleisch schnitt. „Es sieht fast so aus, als dächte sie gerade darüber nach.“ Er nahm sein eigenes Messer und klopfte mit der stumpfen Seite auf Brias Handgelenk. Es überraschte ihn nicht, dass sie zurückzuckte, als hätte er sie geschnitten. „Überleg es dir zweimal, bevor du Mr. Kincaid entlässt“, warnte er sie. „Einmal, wie enttäuscht ich wäre, und einmal, was deine Mutter davon hielte.“

Bria saß ganz still, den Blick starr auf Orrin gerichtet. Ihre Stimme war kaum mehr als ein Flüstern. „Ich verstehe.“

Orrin nickte zufrieden. Er lehnte sich in seinem Stuhl zurück und drehte das Weinglas zwischen seinen Fingern. „Sie können mich in der Battery finden, Kincaid, sollte es nötig werden. Ich rechne nicht damit, vor November zurückzukehren, aber lassen Sie sich versichern, dass Sie sich jederzeit an mich um Hilfe wenden können.“

Luke konnte sich nicht vorstellen, dass er sich wegen irgendetwas an Orrin Foster wenden würde. „Ja, Sir. Danke.“ Er spießte ein Stück Fleisch mit seiner Gabel auf. „Wozu genau stellen Sie mich an?“

Bria ergriff wieder das Wort. „Ich habe ihm schon gesagt, dass Sie neue Ställe nicht billigen.“

Orrin ignorierte sie. „Meinen *Sie,* dass *Concord* einen neuen Stall braucht, Kincaid?“

„Ja. Wenn Sie das Gestüt erweitern wollen, schon. Was jetzt da ist, ist zur Hälfte verrottet. Die Ställe sind erweitert, gestützt, mit Anbauten versehen und immer wieder neu gestrichen worden, aber die Abnutzungsspuren sind deutlich sichtbar. Das Dach ist undicht. Wertvolle Pferde will man im Trockenen halten. Natürlich könnte man die Löcher flicken, so wie es auch bei dem Haus hier geschehen ist, aber in wenigen Jahren wäre dann alles nur noch Flickwerk."

Als Orrin sich räusperte, klang es wie Kies, der aneinander reibt. „Das Dach ist Ihnen aufgefallen, was?"

„Unter anderem."

„Fahren Sie fort."

„Nun, ich habe das Haus nicht besichtigt, aber im Arbeitszimmer gibt es ein paar Sachen, die ich reparieren würde. Die Regale zum Beispiel, bevor sie zusammenbrechen, und wenigstens eines der Fenster, bevor die Vorhänge völlig ruiniert sind."

„Denken Sie, die Leute hier haben mich bei der Instandsetzung des Hauses übers Ohr gehauen?" wollte Orrin wissen.

„Meiner Meinung nach hat man Sie schlecht beraten, was nötig wäre, um *Concord* richtig in Stand zu setzen."

„Ha!" Er deutete mit dem Finger auf Bria. „Was habe ich dir immer über die Männer gesagt, mit denen ich zu arbeiten gezwungen war? Betrüger, alle miteinander. Die haben nur mein gutes Yankee-Geld gesehen und sich die Taschen damit voll gestopft. Und jetzt erzählt mir Kincaid, dass nachgebessert werden muss. Das stimmt doch, Kincaid? Das ist es, was Sie meinen."

„Ja."

„Was hast du dazu zu sagen, Bria?"

„Ich vermute, das heißt, dass man Sie übers Ohr gehauen hat, Orrin", entgegnete sie gelassen. „Jeder, der Ihnen Bauholz, Nägel, Farbe und Tünche verkauft hat. Von den Zimmerleuten zu den

Malern und Dachdeckern. Bei den Vorhangschneidern und Möbelschreinern bin ich nicht sicher. Ihr neuer Freund hat noch kein Urteil über deren Arbeit abgegeben."

Orrin sah Luke mit gehobenen Augenbrauen an. „Nun?"

„Die Möbel scheinen von guter Qualität zu sein", sagte er. „Aber ich räume ein, dass ich auf dem Gebiet nicht so bewandert bin."

„Worin sind Sie bewandert?" erkundigte sich Orrin und nahm einen weiteren Schluck Wein.

Lucas zuckte die Schultern. Er schaute zu Bria, konnte jedoch ihren Blick nicht auffangen. Statt ihr schenkte er nun sein schiefes Lächeln dem Grobian am Tisch. „Vermutlich könnte man mich einen Handwerker nennen."

Orrin erwiderte das Lächeln mit einem ähnlich schiefen. „Stimmt das? Und wo haben Sie sonst gearbeitet?"

Das Dinner zog sich über einen weiteren Gang hin, der allerdings aus leichteren Gerichten bestand, und endete schließlich mit köstlichem warmen Apfelkuchen. Orrin leerte die eine Flasche und trug Addie auf, eine neue zu öffnen. Er hörte Luke bei dessen Ausführungen über seine Reisen durch den Süden und den Westen zu, über seine Arbeit in den Städten. Bria trug wenig zur Unterhaltung bei, was ihm nur recht war. Orrin hatte schon lange nicht mehr mit jemandem reden können, der wie er selbst aus dem Norden kam. Seine Anwesenheit hier wurde von den Nachbarn nur geduldet, nicht begrüßt. Manchmal redete er sich ein, dass er, hätte er nicht schon eine Schwäche für Alkohol gehabt, bevor er nach *Concord* gekommen war, dann bestimmt inzwischen eine entwickelt hätte.

Am Ende des Mahles strich Orrin sich über den Bauch. „Ich vermute, Sie würden hier jede Menge Arbeit finden, wo doch alles wieder aufgebaut wird, aber ich will verdammt sein, wenn Sie mich nicht an einen Welpen erinnern, der seine Mutter sucht. Sie ziehen umher wie ein verfluchter Nomade."

Nie hätte Luke gedacht, dass Orrin Foster so scharfsinnig wäre. Was er gesagt hatte, enthielt ein Körnchen Wahrheit. „Ich habe Referenzen", erklärte er. Er merkte, dass Bria aufblickte und ihn leicht vorwurfsvoll ansah. Sie musste sich fragen, warum er ihr keine Referenzen vorgelegt hatte. „Sie sind nicht der Erste, der sich wundert, warum ich nicht lange an einem Ort bleibe."

„Nun? Wie lautet die Erklärung?" erkundigte sich Orrin. „Laufen Sie vor irgendetwas weg?" Er musterte seine Stieftochter kurz. „Was denkst du, Bria? Ist er ein Verbrecher? Deine Einladung zum Dinner war vielleicht vorschnell ausgesprochen."

Bria wartete, bis Orrin mit Lachen aufgehört hatte, bevor sie antwortete. „Ich räume ein, dass das sein könnte. Werden Sie ihn dann seiner Wege ziehen lassen?"

„Wir haben ihn noch nicht gehört. Und außerdem sagt er ja, er habe Referenzen."

„Ein Verbrecher würde nicht zögern, zu lügen", gab sie zu bedenken. „Und seine Referenzen könnten das Papier nicht wert sein, auf dem sie stehen."

Orrin nickte bedächtig. „Du hast Konföderierten-Geld als Bezahlung akzeptiert, als das keinen Cent wert war." Er musterte Lucas über den Rand seines Weinglases hinweg. „Nun, was haben Sie dazu zu sagen? Sind Sie auf der Flucht vor dem Gesetz, oder haben Sie einfach nur ein unstetes Wesen?"

„Letzteres, Sir. Mich befällt oft Wanderlust. Es bereitet mir Freude, neue Orte zu besuchen."

„Woher dieser Drang, herumzuzigeunern, wohl stammt", überlegte Orrin laut. „War Ihr Vater auch ein Streuner?"

„Das weiß ich leider nicht. Er ist kurz nach meiner Geburt verschwunden."

„Ha!“ rief Orrin triumphierend. „Da haben wir es ja. Ein Streuner, so wie der werte Papa. Ich denke, man kann auch schlechtere Charakterzüge erben.“

„Das sehe ich auch so“, pflichtete Luke ihm bei.

Orrin leerte sein Glas und goss sich noch einmal ein. Dann bot er Luke Nachschub an und lachte, als der hastig seine Hand über das Glas hielt. „Sagt er Ihnen nicht zu? Soll ich Addie eine andere Flasche öffnen lassen? Etwas Süßeres?“ Er drehte sich zu der Haushälterin um. „Addie! Unser Gast wünscht etwas Süßeres. Mach eine andere Flasche auf.“

„Nein“, widersprach Luke. „Es ist in Ordnung. Ich mag nur nicht …“

„Unsinn. Eine andere Flasche, Addie. Bria. Hilf ihr, etwas auszusuchen, das süßer ist als dein Wesen.“ Er nickte, zufrieden mit sich, als Bria sich vom Tisch erhob und zu der Haushälterin trat. Nachdem die beiden Frauen zusammen die Weine durchgesehen hatten, die auf der Anrichte standen, verließen sie den Raum. „Gut“, sagte Orrin, beugte sich vor und stellte sein Glas ab. „Wir haben einen Moment für uns.“

Luke begriff da, dass Orrin Foster kein Gelegenheits- sondern ein Gewohnheitstrinker war, jemand, der regelmäßig, stetig und ernsthaft trank. Wahrscheinlich konnte er ein gutes Viertel seiner Weinvorräte zu sich nehmen, bevor sein Denkvermögen darunter litt. Der Mann war vielleicht ein Grobian, aber er war kein Narr, es sei denn, es diente seinen Zwecken. Luke merkte, dass er sich ebenfalls vorlehnte.

„Ich halte nichts davon, uneheliche Kinder sich selbst zu überlassen“, erklärte Orrin. „Vielleicht ist es das, was Ihnen passiert ist, und vielleicht auch nicht, aber wenn es so war, dann ist das ein Verhalten Ihres Vaters, das Sie hier *nicht* wiederholen werden.“

Luke hob seine Augenbrauen. „Sir?“

„Ach, kommen Sie mir jetzt nicht mit ‚Sir'", entgegnete Orrin ungeduldig. „Ich erwarte von Ihnen, dass Sie sie heiraten, wenn Sie sie schwängern. Darauf werde ich bestehen. Wie ihre Mutter auch. Das Mädchen ist eine Schlampe, offen und ehrlich gesagt. Sonst wäre sie inzwischen verheiratet. Niemand hier will sie haben. Benutzte Ware, und alle wissen es. Von Zeit zu Zeit kommt Austin Tipping von High Point, um an ihren Röcken zu schnüffeln. Er hat dieselbe Lektion zu hören bekommen wie Sie jetzt, also denken Sie nicht, ich hätte mir nur Sie herausgepickt. Sie würde euch beide nehmen, vermutlich sogar gleichzeitig, aber sie will keine Heirat. Die Hölle wäre los, sollte es dazu kommen."

Orrin lehnte sich wieder zurück und streckte seine Beine lang unter dem Tisch aus. „Ich wollte es Ihnen nur von vornherein sagen. Sie ist ein verführerisches kleines Ding. wie Sie ja sicher gesehen haben. Schon immer gewesen. Das weiß sie auch. Aber natürlich mimt sie das Unschuldslamm und sieht so aus, als könne sie kein Wässerchen trüben." Orrins Mund verzog sich zu einem öligen Lächeln, während er Luke aus schmalen Augen musterte. „Aber es gibt ja noch andere Stellen, wo man ihn reinstecken kann, ohne dass er vor Kälte zusammenschrumpft. Eine ganz besonders, wenn man keine Bastarde will."

Lucas stellte sich vor, wie es wäre, wenn er über den Tisch nach Orrin greifen und ihn mit dem Gesicht in die Reste seines Apfelkuchens drücken würde. Es war kaum befriedigend. Vor seinem geistigen Auge sah er sich einen Fuß auf Fosters Hals stellen und ihm langsam die Luft abdrücken. Fosters Augen traten hervor, und seine Gesichtsfarbe änderte sich von Hochrot zu einer sehr interessanten Schattierung von Pflaumenblau.

„Verstehen Sie mich, Kincaid?" Orrin klopfte mit seinem Zeigefinger auf den Tisch, um Lukes Aufmerksamkeit zu erregen. „Es schien mir eben so, als hörten Sie nicht zu."

„Ich habe Sie gehört, Sir“, erwiderte Luke ruhig. „Und ich verstehe Sie.“

„Gut.“ Er deutete mit dem Daumen hinter sich zum Flur, von wo Brias und Addies Schritte erklangen. „Gerade rechtzeitig.“ Als sie den Raum betraten, fragte Orrin: „Wo sind also Ihre Referenzen? Ich würde sie mir gern ansehen, bevor ich nach Charleston aufbreche.“

Sie steckten in seinem anderen Rock. Luke merkte, dass er das Foster nicht sagen wollte. Falls Brias Stiefvater erführe, dass sie ihm frische Kleider gegeben hatte, dann würde er sie vermutlich nur wieder mit neuen Vorwürfen überhäufen. „Ich habe sie im Augenblick nicht bei mir.“

„Wo haben Sie sie denn?“

Bria enthob Lucas einer Antwort. „Sie sind wahrscheinlich in seinem Zimmer.“

„In seinem Zimmer?“ wiederholte Orrin. „Du hast dem Mann ein Zimmer gegeben?“

„Ich habe Jeb aufgetragen, ihn zu der alten Hütte des Aufsehers zu bringen. Es war ja nur für eine Nacht gedacht. Jetzt, da Sie ihn angestellt haben, wird er wohl länger hier irgendwo wohnen müssen.“

Der Blick, den Orrin Luke zuwarf, schien zu besagen: *Sehen Sie? Ihre Gastfreundschaft hatte den Zweck, Sie für sich allein, abseits des Hauses unterzubringen.* „Ich möchte diese Referenzen sehen“, war jedoch alles, was er laut sagte.

Luke stieß sich vom Tisch ab. „Ich werde sie holen. Entschuldigen Sie mich bitte.“ Es gelang ihm mit viel Mühe, sich davon abzuhalten, im Sturmschritt zur Tür zu laufen, aber nur knapp. Als er das Haus verlassen hatte, blieb er stehen. Die kühle Brise vom Fluss wehte nun stärker. Sie war erfrischend, irgendwie reinigend. Luke verspürte plötzlich den Drang, am Fluss entlang zu seiner Hütte zu gehen. Seit der erste Gang aufgetragen worden war, hatte er das Gefühl gehabt, durch Schweinemist zu waten. Addie sollte Orrin besser sein Essen in einen Trog schütten.

Langsam überquerte Lucas die Veranda. In was bin ich hier nur wieder geraten, fragte er sich und dachte an seine Mutter. „Das ist alles deine Schuld“, sagte er leise. Seine Tanten kamen ihm als Nächstes in den Sinn. „Und eure auch.“

Als er zurückkam, saß Bria still am Tisch. Orrin hatte sich aufgerafft, sich von seinem Stuhl zu erheben und zur Anrichte zu gehen, um sich eine Zigarre auszuwählen. Der Tisch war abgeräumt und Addie fortgeschickt worden. Kerzenlicht verlieh dem Raum die Illusion von Wärme. Die flackernden Flammen spiegelten sich in den Fensterscheiben. Die wachsenden blaugrauen Schatten zwischen den Bäumen draußen waren das erste Anzeichen für die anbrechende Nacht. Irgendwo in der Ferne erklang der Ruf eines Käuzchens, das auf der Jagd nach Mäusen über den Feldern seine Kreise zog.

Luke hielt Orrin den Umschlag hin, den er in der Hand hatte.

„Legen Sie ihn auf den Tisch. Ich lese es gleich.“ Er suchte weiter in dem Kästchen nach einer Zigarre, die ihm zusagen würde.

Luke ging zu seinem Stuhl und tat, wie ihm geheißen. Er sah, wie Brias Blick flüchtig zu den Papieren glitt, aber sie machte keine Anstalten, sie zu nehmen.

Bria sprach leise, und ihre Stimme hatte die inzwischen vertraute Kälte. „Mein Stiefvater hat angeregt, dass ich Sie heute Abend noch im Haus herumführe, bevor Sie sich zurückziehen.“

„Wie Sie wünschen.“

„Das hat nichts mit meinen Wünschen zu tun, Mr. Kincaid. Ich dachte, das hätte ich deutlich gemacht.“

Orrin ließ das Zigarrenkästchen mit einem Knall zufallen. „Oh, das hast du, meine Liebe.“ Er roch noch einmal an der Zigarre, das würzige Aroma sichtlich genießend. „Perfekt.“ Er zog eine kleine, an einer Kette befestigte Schere aus seine Westertasche und knipste das eine Ende der Zigarre ab. „Darf ich Ihnen auch eine anbieten, Kincaid?"

„Ja, danke." Luke nahm das Kästchen entgegen und wählte mit wesentlich weniger Sorgfalt als Orrin. Der entfernte für ihn das eine Ende und entzündete ein Streichholz. Der Tabak war sehr kräftig, so dass Luke bei seinem ersten Zug beinahe husten musste.

„Vorsichtig", mahnte Orrin, eine kleine Rauchwolke ausstoßend. „Die werden eigens für mich hergestellt. Meine eigene Mischung. Die meisten Menschen finden sie gewöhnungsbedürftig."

Zu diesem Personenkreis zählte Luke sich auch. Durch den Rauch konnte er sehen, dass es Bria schwer fiel, ein Lächeln zu unterdrücken, und er fragte sich, ob seine grünliche Gesichtsfarbe wohl der Grund für ihre Belustigung war. Sie war eine hartherzige Frau. Ich könnte sie zähmen, dachte er, sie dazu bringen, eines ihrer seltenen, bezaubernden Lächeln zu zeigen, falls ich bereit bin, mich noch mehr zum Narren zu machen. Es war kein gutes Zeichen, dass er sich ernsthaft in Versuchung geführt fühlte.

Orrin stellte einen gläsernen Aschenbecher auf den Tisch und setzte sich. Er hielt die Zigarre mit den Zähnen und nahm den Umschlag. „Du bist leicht zu durchschauen, Bria", erklärte er undeutlich, während er die Papiere herausholte. „Sie hasst Zigarrenrauch", vertraute er Lucas an. „Normalerweise verlässt sie mit ihrer Mutter den Raum, sobald ich das Kästchen öffne. Es müssen diese Empfehlungsschreiben sein, die sie auf ihrem Stuhl halten. Entweder das, oder sie wartet darauf, dass Ihnen schlecht wird."

Es kostete Luke größte Mühe, sich nicht zu verschlucken.

„Brauchen Sie einen Schlag auf den Rücken, Kincaid?" erkundigte sich Orrin geistesabwesend. Er entfaltete den ersten Brief und überflog den Inhalt. „Das sieht in Ordnung aus. Sie haben das nicht selbst geschrieben, oder?"

„Nein, Sir."

Orrin stieß einen leisen Grunzlaut aus und schwieg, bis er alle Schreiben gelesen hatte. Er steckte das letzte wieder in den Umschlag zurück und reichte ihn Luke. „Scheint mir in Ordnung zu sein", sagte er. „Geben Sie Bria den Stapel, wenn Sie wollen. Vielleicht kennt sie die eine oder andere Familie. Sie kann sie lesen, während ich Sie durchs Haus führe. Ich würde mir Ihre Meinung gern selbst anhören." Bria bedachte er mit einem warnenden Blick, als sie sich zu erheben begann. „Ich kenne mich aus", erklärte er ihr kühl. „Du bist nicht eingeladen, uns zu begleiten."

„Ich wollte Mr. Kincaids Referenzen im Salon lesen", erwiderte sie und nahm den Umschlag von Lucas entgegen. „Gestatten Sie das?"

„Nun gut. Gib uns einen Augenblick Zeit. Ich werde dort mit Kincaids Führung anfangen. Du kannst dann hinein, wenn wir wieder weg sind."

Luke bemerkte, dass Bria zu einem Protest ansetzen wollte, aber sie verkniff ihn sich und fügte sich mit mehr Anmut, als er unter denselben Umständen aufgebracht hätte.

Orrins Führung war gründlich, doch über das Haus selbst wusste er nicht viel zu erzählen. Luke vermutete, Fosters Interesse hatte ursprünglich eher der unwiderlegbaren Grandeur der Plantage gegolten. Als er *Henley* – wie der Besitz damals hieß –, übernahm, musste das Haus noch Kriegsspuren getragen haben. Plündernde Yankees hatten erheblichen Schaden angerichtet, es aber letztlich nicht niedergebrannt. Dass Orrin die Plantage von den Hamiltons für nicht mehr als die Steuerschuld übernommen hatte, war nichts anderes als Diebstahl. Einzig Elizabeths Heirat mit Orrin hatte verhindert, dass der Besitz ihnen völlig entglitt. Die Tatsache, dass Fosters Kauf legal und sogar von der Regierung abgesegnet war, machte den Verlust umso schmerzlicher.

Sich umsehend fiel Luke die Sorgfalt auf, mit der das Gebäude errichtet und später erhalten worden war. Er konnte verstehen, warum die Hamiltons es zurückbekommen wollten. Orrin konnte die Schönheit des Hauses bewundern, aber er konnte seine Wurzeln nicht richtig würdigen.

„*Concord* ist wie eine Frau mit einem guten Knochenbau", sagte Luke zu ihm, da er glaubte, Orrin könnte diesen Vergleich verstehen. Sie befanden sich auf dem Dachboden, und Luke deutete auf die Balken des Dachstuhles direkt unter dem Mansardendach. „Wenn sie altert, wird sie immer noch schön sein. Sie wird nicht ewig jung bleiben, aber das Alter wird sie interessanter erscheinen lassen, und feine Fältchen verleihen ihr höchstens Charakter. Manche werden sie sogar für schöner halten als in ihrer Jugend."

Orrin runzelte die Stirn. „Wer sollte so etwas behaupten? Jemand, der vergessen hat, wie sich festes Fleisch anfühlt? Ich jedenfalls will kein Haus mit schlaffen Brüsten."

Luke gelang es, sein Aufseufzen mit einem Hüsteln zu kaschieren. Er tat so, als betrachtete er interessiert die Deckenkonstruktion. Danke, Mutter, dachte er trocken. Nancy. Lyssa. Marie. Laura. Livia. Madelyn. *Danke euch allen.* „Nun, um im Bild zu bleiben, einen schlaffen Busen werden Sie aber bekommen, wenn Sie immer nur oberflächliche Reparaturen ausführen lassen. Bei richtiger Behandlung wird dieses Haus uns beide lange überdauern, und man wird ihm nie sein wahres Alter ansehen, außer auf eine Art, die es wertvoller macht."

Das verstand Orrin. „Sie meinen, es wird in zehn Jahren mehr wert sein als zu dem Zeitpunkt, an dem ich es gekauft habe."

„Berücksichtigt man, wie günstig Sie das Haus erstanden haben dürften, würde ich sagen, könnte sein Wert auf das Zehnfache des Kaufpreises steigen."

Orrin rieb sich die Unterseite seines Kinns und kniff die Augen zusammen. „Des Kaufpreises? Und was ist mit dem Geld, das ich bisher hineingesteckt habe? Was mit dem Geld, das ich Ihrer Meinung nach jetzt noch hineinstecken muss?"

„Wenn Sie keinen einzigen Cent mehr für Reparaturen ausgeben wollen, dann ist das Geld, das Sie bisher dafür ausgegeben haben, verloren. Auf der anderen Seite aber machen Sie, wenn Sie noch einmal investieren und die Arbeiten gründlich ausführen lassen, keinen Verlust, sondern einen erklecklichen Gewinn."

Orrin schwieg, während er das verdaute. „Sie verdienen sich Ihren Lebensunterhalt damit, nicht wahr? Einem Mann in die Tasche greifen und ihm die Börse plündern? Haben Sie das in Atlanta, Richmond und Philadelphia getan? Wird eigentlich niemand mehr für Diebstahl gehängt?"

Luke fand, dass diese Frage aus Orrin Fosters Mund sehr interessant war. „Sie haben doch meine Referenzen gelesen. Die Leute, für die ich gearbeitet habe, waren sehr zufrieden mit mir."

„Zu zufrieden, möchte man meinen." Er machte eine wegwerfende Geste. „Ich sage ja nicht, dass Sie ein Lügner sind, Kincaid. Ich nehme nur mein Recht wahr, vorsichtig zu sein. Schließlich haben Sie selbst behauptet, ich hätte mich schon einmal von den Menschen hier übers Ohr hauen lassen. Es gibt nur ein oder zwei Gründe, weswegen ich überhaupt halbwegs bereit bin, Ihnen zu trauen. Der eine ist, dass Sie ein Yankee sind, und der andere, dass es meiner Stieftochter ein Dorn im Auge ist. Nun, ich bin bereit, Ihnen eine Summe Geld zur Verfügung zu stellen und Ihnen bei der Sägemühle in Charleston Kredit einzuräumen, aber Sie sollen wissen, dass ich die Ausgaben höchstpersönlich überwachen und Ihre Empfehlungsschreiben überprüfen werde. Wenn es etwas gibt, das ich wissen sollte, dann sagen Sie es mir jetzt. Verschwenden Sie weder mein Geld noch meine Zeit. Sie werden nicht wollen, dass Sie vor dem Gesetz fliehen müssen, wenn Sie es jetzt noch nicht tun."

Luke stützte sich gegen einen Dachbalken, was gut war, denn so konnte er den Drang bezwingen, seine Hände Orrin Foster um die Kehle zu legen. „Das ist deutlich genug, Mr. Foster."

„Warum glauben Sie, können Sie besser mit den Leuten hier umgehen als ich?" erkundigte der sich. „Denen wird es genauso viel Freude machen, Sie zu übertölpeln wie mich."

„Das sollten wir abwarten", erwiderte Lucas. Er wollte nicht sagen, dass er das Problem zuvor nicht gehabt hatte. Angesichts von Orrin Fosters Auftreten konnte er sich gut vorstellen, dass die Kaufleute und Handwerker sich besondere Mühe gegeben hatten, ihn um sein Geld zu erleichtern. „Sie haben viele Arbeiten gleich nach dem Krieg ausführen lassen. Damals waren Waren knapp, und die Preise liefen genauso aus dem Ruder wie die Emotionen. Seitdem hat sich einiges geändert."

„Sie haben nicht genug Zeit im Süden verbracht, wenn Sie das wirklich glauben", entgegnete Orrin mit einem abfälligen Schnauben.

„Was hat Sie eigentlich hierher geführt?" fragte Luke.

„Die günstige Gelegenheit und die Umstände."

„Und was hält Sie hier?"

Orrin hob die Hände. „Die Hamiltons sind nicht die Einzigen, die an diesem Land hängen. Jetzt ist es *Concord.*" Er trat an eines der Mansardenfenster und klopfte auf das Glas, um auf das Land unten zu zeigen. „Es gehört mir, so weit das Auge reicht. Ich verlasse es nicht."

Darauf konnte Luke nichts erwidern. Das Haus hatte eine Art Bann über ihn geworfen. Henley Hamilton hatte Steine, die als Schiffsballast hergebracht worden waren, für den Bau seines Hauses verwendet. Die Ziegelsteine glichen sich sehr, und das obwohl in einem Schiff unmöglich genug Steine für den ganzen Bau transportiert worden sein konnten. Es mussten ein halbes Dutzend oder mehr Schiffe gewesen sein, bevor Henley genug beisammen hatte, um mit dem Bau zu beginnen. Im 17. Jahrhundert war das eine beachtliche Leistung. Dieses Haus stellte eine Zuflucht für Henley Hamilton und seine Familie dar, und es war mit viel Liebe errichtet worden.

„Wie viel?" wollte Orrin wissen.

Luke schüttelte den Kopf, um ihn zu klären. Er duckte sich und trat hinter den Dachbalken hervor, dorthin, wo er sich besser aufrichten konnte. „Verzeihung?"

„Wie viel, verflucht noch einmal, wird es mich kosten?"

Luke nannte ohne zu zögern einen Preis. Seit Orrin mit der Führung begonnen hatte, hatte er in seinem Kopf die Zahlen überschlagen. Es war eine gute Schätzung. Das wusste er, und es waren sogar Schwierigkeiten mit einberechnet, die vielleicht erst später auftreten würden. Und wenn keine unerwarteten Ausgaben dazukamen, musste Foster unter Umständen nicht einmal die volle Summe zahlen.

Orrin wich nach hinten, als hätte er einen Stoß erhalten. „So viel?"

„Um es richtig zu machen, ja", antwortete Luke. „Und anders werde ich es nicht machen."

„Für Sie ist es einfach, ein Mann mit Prinzipien zu sein, solange ich Sie bezahle", erklärte Orrin mürrisch.

Luke musste lächeln. „Ja, Sir."

„Nun denn. Sie sollen es haben. Aber es bleibt natürlich auf meinen Konten. Denken Sie nicht, Sie könnten sich bedienen, ohne dass jemand etwas merkt." Damit wandte sich Orrin zu der schmalen, steilen Treppe um. Eine Hand auf das Geländer legend, stieg er vorsichtig die ersten Stufen hinab. „Und denken Sie an das, was ich Ihnen über meine Stieftochter gesagt habe. Sie wird versuchen, Ihnen mein Geld abzuschwatzen, wenn Sie ihr Grund zu der Annahme geben, dass ihr das gelingen könnte. Braucht ständig Geld für irgendetwas, so eine ist sie, jawohl. Und es wird nur schlimmer werden, wenn sie erst einmal die Beine für Sie breit gemacht hat, Kincaid. Hören Sie auf mich. Werfen Sie sie über einen Tisch und nehmen Sie sie, wenn es sein muss, aber lassen Sie sich nicht in ihr Bett locken. Eine Frau sollte nicht so viel Macht haben."

Als Orrin die Stufen weiter hinabstieg, atmete Luke erleichtert auf. Die Versuchung, seinen Abgang mit einem kräftigen Tritt in den Hintern zu beschleunigen, war beinahe unwiderstehlich geworden.

Bria lag in ihrem Bett und starrte an die Decke. Das Fenster ihres Zimmers stand offen, und die langen, leichten Vorhängen blähten sich und flatterten leise wie Segel im Wind. Die Petroleumlampe auf ihrem Nachttischchen flackerte trotz des schützenden Glaskolbens. In den Schatten, die über die Zimmerdecke wanderten, konnte sie keine vertrauten Formen erkennen. Sie wirkten einfach nur bedrohlich.

„Lächerlich", wisperte sie, während sie einen weiteren formlosen Schatten über die Decke zur Wand und nach unten gleiten sah. Wie ein sich ausbreitender Fleck füllte er Ritzen und Dellen. Sie schloss die Augen und legte sich auf die Seite, um sich angenehmeren Gedanken zuzuwenden, die sie leichter einschlafen lassen würden.

Doch sie kamen nicht.

Schließlich stand sie auf und ging zum Fenstersitz. Von hier aus konnte sie die Gärten und die Bäume sehen, die den Fluss säumten. Kiefern und Weiden waren einfach zu unterscheiden. Die Eichen erkannte sie ebenso wie die Lorbeerbäume und die Lorbeerkirschen an der Form ihrer Kronen. Bria lehnte sich weiter aus dem Fenster, so dass sie die Ställe und die Nebengebäude erspähen konnte.

Dahinter, kaum sichtbar bis auf die Dächer, die im Mondlicht wie gespenstige Handabdrücke schimmerten, lagen die Überreste der Sklavenunterkünfte.

Die meisten der Häuser waren unbewohnt und mussten abgerissen werden, damit das Holz als Baustoff und Brennmaterial dort verwendet werden konnte, wo es dringender benötigt wurde. Aber Orrin erlaubte es nicht. Die Tatsache, dass es die Hütten gab und dass sie zum großen Teil leer standen, war Orrins Weise, Bria und Elizabeth an den Sieg des Nordens zu erinnern. Und auch an *seinen* Sieg, obwohl er selbst nie gekämpft hatte. Doch sein Vermögen hatte er gemacht, indem er die Waffen und Kriegsmaschinen produziert hatte, und so hatte er mehr zu dem Sieg beigetragen als eine ganze Kompanie Soldaten.

Auf der Plantage gab es noch über hundert Arbeiter, zumeist Schwarze. Die eine Hälfte lebte schon vor dem Krieg auf *Henley*, die anderen kamen später von den umliegenden Besitzungen hinzu, um sich, nachdem sie nun frei waren, Arbeit zu suchen, wo sie wollten. Für ein Stück Land und einen kleinen Lohn bestellten sie die Felder von *Concord.* Etwas von dem Reis und der Baumwolle behielten sie für sich, den Rest verkauften sie an Bria. Es stand ihnen zwar frei, ihre Ernte anderweitig zu verkaufen, aber der Preis, den sie zahlte, war gerecht, und außerdem übernahm sie die Kosten für den Transport in die Stadt.

Die Häuser auf den Landstückchen waren in manchen Fällen gerade mal bessere Schuppen. Obwohl sich die Lebensumstände allmählich verbessert hatten, erreichten die meisten nicht die Größe oder die Ausstattung der Sklavenunterkünfte auf *Henley.* Bria hatte Orrin vorgeschlagen, den Arbeitern zu erlauben, das Bauholz aus den leer stehenden Gebäuden für ihre Häuser zu nehmen. Zu ihrer Überraschung hatte er sofort zugestimmt, nur um sie gleich darauf daran zu erinnern, mit wem sie es zu tun hatte, indem er einen Preis dafür festsetzte, den sich keine der Familien leisten konnte. Die Unterkünfte blieben unverändert stehen.

Gelegentlich fiel Bria auf, dass das eine oder andere Brett von der Rückseite eines Hauses oder ein paar Dielenbretter fehlten. Fensterscheiben schienen nie zu zerbrechen oder einen Sprung zu bekommen, sie verschwanden einfach. Diese Vorfälle meldete sie Orrin nicht. Denn sooft ihr Stiefvater auch seine Gegnerschaft gegen die Sklaverei bekundete, so wenig war er doch bereit, etwas am gegenwärtigen Stand der Dinge zu ändern. Die nötigen Reformen einzuleiten, das war in seinen Augen Sache der Besiegten.

Bria lehnte sich wieder zurück. In Lucas Kincaids Haus brannte kein Licht. Sie hatte vor kurzem Orrins schwere Schritte auf dem Weg in seine Räume gehört. Lucas müsste etwa zur selben Zeit sein Quartier aufgesucht haben. Bria wünschte sich, sie hätte da schon nach ihm Ausschau gehalten. Sie wollte wissen, was entschieden worden war. Orrin und Luke waren nicht gerade redselig gewesen, als sie von der Besichtigung zurückkamen. Wenn ihr Stiefvater in solcher Stimmung war, wusste Bria es besser, als ihn herauszufordern. Sie hatte sich zurückgezogen, sobald Orrin ein kleines, freundschaftliches Kartenspiel vorschlug.

Ein Geräusch im Flur erregte ihre Aufmerksamkeit. Sie legte den Kopf auf die Seite und lauschte. Sie vernahm Schritte, die ihr nicht vertraut waren. Orrins waren unverwechselbar, und Addies leicht schlurfende und Jebs eiligere kannte sie genau.

Rasch streifte Bria sich einen Baumwollmorgenrock über. Sie zog die Aufschläge vor dem tiefen Ausschnitt ihres Nachthemdes zusammen und öffnete vorsichtig die Tür, spähte erst nach rechts, dann nach links.

Unweit von ihr auf dem Flur stand Lucas Kincaid, der sich einen Finger an die Lippen hielt.

„Ich schreie nicht, keine Sorge“, erklärte sie gekränkt. Dachte er etwa, sie wäre schreckhaft, oder dass es ihr an einem Mindestmaß von Vernunft mangelte? „Wo wollen Sie hin?“

„Schwimmen.“

„Der Fluss liegt in der Richtung.“ Sie öffnete die Tür weiter und deutete über ihre Schulter.

„Ich weiß, wo der Fluss ist. Ich kann ihn schließlich von meinem Fenster aus sehen.“

Bria wusste, dass das vom Aufseherhaus nicht möglich war. Eine steile, kleine Falte bildete sich zwischen ihren Brauen. „Wo genau *befindet* sich denn Ihr Fenster?“

Er deutete eine Tür weiter. Der Raum, der an Brias grenzte. „Ihr Stiefvater bestand darauf“, sagte er. In seiner Stimme klang keine Belustigung mit. „Hätten Sie Lust, mit mir zum Fluss zu gehen?“

4. KAPITEL

„Mit Ihnen gehen?“ fragte Bria mit hochgezogenen Brauen. „Zum Schwimmen?“

„Nun, ich will mich nicht ertränken“, sagte Lucas. „Sie können sich zu mir ins Wasser gesellen oder nicht, ganz wie Sie wünschen.“

„Ich denke nicht.“

Er zuckte die Schultern. „Gut.“ Luke ging weiter den Flur hinab.

„Warten Sie!“

Gehorsam blieb er stehen und wandte sich halb zu ihr um. „Ja?“

„Wollen Sie wirklich schwimmen gehen?“

Luke nickte.

„Aber es ist doch schon so spät.“

Da er nicht die Notwendigkeit verspürte, seine Taten ihr gegenüber zu rechtfertigen, zuckte Luke einfach noch einmal mit den Schultern. Er drehte sich um und ging weiter in Richtung Treppe. Als diesmal hinter ihm ihre Bitte, stehen zu bleiben, erklang, ignorierte er sie.

Das Verlangen nach einem reinigenden Bad im Fluss war seit dem Dinner stetig in ihm gewachsen, und er wusste genau, dass er ohne unmöglich schlafen konnte. Ein paar Stunden mit Orrin Foster Karten zu spielen hatte das Verlangen nach Reinigung nur verstärkt, nicht gelindert.

Als Luke an der Treppe ankam, blickte er zurück. Bria stand nicht länger im Flur. Und ihre Tür war geschlossen. Er verspürte ein vages Bedauern, dass sie aufgegeben hatte. Gedankenverloren fuhr er sich mit einer Hand durchs Haar. Vermutlich war es ohnehin besser, wenn sie sich morgen unterhielten. Sich den Schmutz von Orrin Fosters Gesellschaft abzuwaschen war nur einer der Gründe für den Wunsch nach einem kühlen Bad im Fluss.

Er eilte die Treppe hinab.

In ihrem Zimmer war Bria zu dem Sitz am Fenster zurückgekehrt. Sie saß dort mit angezogenen Knien und wartete, ob das, was Luke behauptet hatte, tatsächlich der Wahrheit entsprach. In warmen Sommernächten hatten sich ihre Brüder gewöhnlich aus dem Haus zum Fluss geschlichen. Wenn sie sich anstrengte, hatte sie sie fast hören können. Mammy Komati, der diese nächtlichen Ausflüge nicht verborgen geblieben waren, hatte Bria gewarnt, sich daran zu beteiligen. *Manchmal haben Jungs eine Art Fieber im Blut. Du lässt sie schön in Ruhe, Miss Bria. Sonst kriegst du auch eines Tages das Fieber.*

Bria wusste eigentlich gar nicht, warum sie dieses eine Mal auf Mammy Komati gehört hatte. Sie war natürlich schon etwas älter und vernünftiger gewesen. David war fast schon ein Mann, der nun eine Schwäche für Emily Tipping hatte, nicht mehr für deren Gouvernante. Randalls und Shelbys Liebschaften wechselten damals jeden Sonntag, abhängig, welches Mädchen den hübschesten Hut trug.

Bria musste unwillkürlich lächeln. Da bemerkte sie eine Bewegung unter ihrem Fenster. Sie konnte seinen unbekümmerten Gang erkennen, als er durch die Gärten schlenderte. Er blieb nicht stehen, schien aber auch nicht in Eile zu sein. Und er war eindeutig in Richtung Fluss unterwegs.

Mit einer geschmeidigen Bewegung sprang Bria auf und streifte sich den Morgenrock ab. Aus ihrem Schrank nahm sie ein marineblaues Ginghamkleid und zog es über das Nachthemd. Sie fand die Strümpfe, die sie zuvor getragen hatte, und setzte sich auf den Bettrand, um sie sich anzuziehen. Nachdem sie in ihre Schuhe geschlüpft war, blieb sie noch kurz vor dem Frisiertisch stehen und bürstete ihr Haar, bevor sie es rasch zu einem Zopf flocht.

Neugier war es, die sie nun zum Fluss führte, kein Fieber in ihrem Blut.

Langsam ging Bria am Wasser entlang, nach Lucas Kincaid Ausschau haltend. Der Mond schien hell genug, so dass Bria glaubte, er müsse leicht zu sehen sein. „Mr. Kincaid", rief sie mit gedämpfter Stimme. „Sind Sie hier?"

Keine Antwort. Wann immer sie sich nach einem verräterischen Platschen umsah, war es ein Fisch, der nach Luft schnappte. War er am Ende doch ertrunken? „Mr. Kincaid?" Sie folgte dem Fluss ein paar Schritte weiter, während sie seinen Namen rief. Sicherlich würde er sie hören und antworten, wenn es ihm gut ging. Sie legte sich die Hände trichterförmig um den Mund. „Mr. Kincaid!"

„Sie werden noch alle auf *Concord* aufwecken."

Erschreckt von der Stimme in ihrem Rücken, stolperte Bria und wäre beinahe in den Fluss gefallen. Kräftige Männerhände umfassten von hinten ihre Taille und bewahrten sie davor. Luke zog sie an sich. Für einen Moment war Bria sprachlos. Als sie aber ihre Stimme wieder fand, klang der Laut, den sie ausstieß, wie der Schrei eines verletzten Tieres.

Luke ließ seine Hände sofort fallen, aber er war nicht schnell genug, ihr auszuweichen. Sie fuhr herum, die Hände geballt, und legte ihr ganzes Körpergewicht in den Schlag, als würde sie einen Hammer schwingen. Die Wucht ihrer Drehung war so groß, dass sie weitertaumelte, während Lucas getroffen stolperte.

Er entfernte sich dabei vom Fluss, während sie wieder gefährlich dicht an den Uferrand kam. Diesmal versuchte Luke nicht, sie zu retten. Er rieb sich noch sein schmerzendes Kinn, als sie tatsächlich ausrutschte.

Luke setzte sich im Schneidersitz ins Gras. Von diesem Punkt aus konnte er nicht sehen, wie Bria ins Wasser rollte. Er musste sich mit dem Geräusch rutschender Steine und ein paar erstickten

Lauten zufrieden geben. Er fand, dass es genug war. Das laute Klatschen, mit dem sie im Wasser landete, tat ihm besonders gut.

Tastend fuhr Luke sich mit der Zungenspitze über die Zähne. Sie waren alle noch da, und keiner schien locker. Ganz bestimmt würde morgen früh ein Bluterguss sein Kinn zieren, und er wollte lieber nicht daran denken, wie er den Orrin Foster erklären sollte. Er dachte immer noch über dieses Problem nach, das lädierte Kinn nachdenklich in eine Hand gestützt, als Bria das Ufer erklomm.

Ihre Kleider waren nass, und ihre Schuhe gaben ein quietschendes Geräusch von sich, das man über das Tropfen ihres Kleides und ihrer Haare hören konnte, als sie auf ihn zuging. Er richtete sich auf und hielt eine Hand abwehrend in die Höhe. „Das ist nah genug. Ich habe schon eine Blessur, die ich nur schwer werde erklären können. Für eine zweite wird mir unmöglich etwas einfallen."

Bria nahm wortlos den Rock ihres Kleides und begann ihn auszuwringen. Als sie fertig war, sah sie sich um und entdeckte einen umgestürzten Baumstamm, nicht weit entfernt. Stumm marschierte sie dorthin und setzte sich, Luke den Rücken zugewandt. Sie beugte sich vor und zog sich die durchweichten Schuhe aus. Sie drehte sie um, damit das Wasser herauslaufen konnte, bevor sie ihre Strümpfe abstreifte, zusammenrollte und hineinsteckte.

Dann stand sie auf, setzte sich anders herum hin, so dass sie Luke nun ansah. Er saß nicht länger im Schneidersitz, sondern hatte sich auf die Ellbogen gestützt im Gras ausgestreckt. Er blickte über den Fluss. Sie konnte seinen Gesichtsausdruck nicht deutlich genug sehen, um zu erkennen, ob er böse auf sie war, aber sie war sich sicher, dass seine Geduld erschöpft war.

Sie nahm ihren Zopf und wrang ihn aus. Kaltes Wasser lief ihr in den Ausschnitt. Sie versuchte es noch einmal, hielt aber jetzt den Zopf ein Stück von sich weg. „Das da drüben ist Beau Rivage", bemerkte sie leise. „Es hat einmal einen gewaltigen Skandal gegeben, als einer der Söhne sich der *Underground Railroad* anschloss und Sklaven in den Norden brachte. Das war lange bevor irgendjemand ahnen konnte, dass nur ein Krieg die Differenzen zwischen dem Norden und dem Süden beilegen könnte. Mammy Komati sagte, dass monatelang nur über Graham Denison gesprochen wurde, als es herauskam. Die Denisons konnten sich noch nicht einmal mehr sonntags in der Kirche sehen lassen. Und Graham ist schließlich einfach verschwunden."

Lukes Antwort bestand aus einem unverbindlichen Brummen. Er schaute Bria nicht an.

Sie ließ ihre Schultern sinken. Ihren Zopf loslassend, stützte sie sich mit den Händen auf dem rauen Baumstamm der umgestürzten Sumpfeiche ab. „Es tut mir Leid, Mr. Kincaid. Dass ich Sie geschlagen habe, meine ich. Ich habe nicht lange darüber nachgedacht, sondern einfach …" Sie zögerte. Keine Erklärung, die sie ihm geben wollte, kam ihr in den Sinn. „Es ist einfach geschehen."

Luke glaubte ihr. Sie hatte keine Zeit gehabt, sich ihre Reaktion zu überlegen. Wenn sie das getan hätte, wäre ihm genug Zeit geblieben, dem Schlag auszuweichen. Nein, dahinter steckte etwas anderes. Sie hatte in blinder Panik gehandelt. Oder in Furcht.

„Es lag nicht in meiner Absicht, Sie zu erschrecken. Ich dachte, Sie hätten mich kommen gehört, bei dem Lärm, den ich gemacht habe."

Bria schüttelte den Kopf. Sie erinnerte sich noch gut an seine leichten Schritte vorhin im Flur vor ihrem Zimmer. Er hatte zwar keinen Lärm gemacht, aber sie glaubte auch nicht, dass er vorgehabt hatte, sie zu erschrecken. „Ich habe Sie nicht gehört", erklärte sie. „Nicht, bis Sie dicht hinter mir waren. Ich dachte, Sie wären untergegangen und seien von der Strömung flussabwärts getrieben worden."

Er wandte den Kopf. Das war ihr Ernst. Sie hatte sich Sorgen gemacht, dass ihm etwas zugestoßen war. Das erklärte, warum sie so abgelenkt gewesen war und ihn nicht gehört hatte. „Ich war damit beschäftigt, mich wieder anzuziehen“, sagte er. „Dafür wollte ich ungestört sein.“

„Oh.“ Dann war er also nackt geschwommen. Ihre Brüder, das wusste sie, hatten das auch immer getan. Das war eine der Sachen gewesen, über die sie immer verschwörerisch geflüstert hatten, als wäre sie nicht selbst inzwischen alt genug, zu begreifen, um was es ging. „Sie hätten doch auf meinen Ruf antworten können.“

„Und riskieren, dass Sie zu mir kommen?“

In dem Punkt musste Bria ihm Recht geben. „Stimmt. Es ist gut möglich, dass ich das getan hätte.“

Luke zog eine dunkle Braue in die Höhe. Er hatte nicht damit gerechnet, dass sie das zugeben würde. „Ich dachte, Sie wollten in Ihrem Zimmer bleiben.“

„Ich habe meine Meinung geändert.“

Das war offensichtlich. Nur das Warum war noch unklar. „Kommen Sie besser her zu mir“, bemerkte er. „Es gibt keinen Grund, unnötig Aufmerksamkeit zu erregen, indem wir lauter sprechen, als wir müssten.“

Bria schaute an sich herab. Sie fror in ihrem nassen Kleid, und ihr Hemd klebte an ihr wie eine faltige zweite Haut.

Luke blickte sich um. „Ich habe irgendwo eine Decke. Die habe ich mir aus der Hütte geholt, bevor ich herkam.“

Darum hatte es so lange gedauert, bis er im Garten erschienen war. Bria begann mit den Augen den Boden nach der Decke abzusuchen.

Luke erspähte sie zuerst. Der graue Wollstoff war nur schwer neben dem Steinhaufen zu erkennen, neben dem sie lag. Luke kam auf die Füße und hob die Decke auf. Ihm entging nicht, dass Bria trotz ihres Zitterns kurz zögerte, bevor sie zu ihm trat. Er wartete geduldig, bis sie ein paar Schritte vor ihm stehen blieb. „Da, bitte." Dabei schüttelte er die Decke auffordernd.

„Möchten Sie sich nicht draufsetzen?" fragte sie. Inzwischen schlugen ihr die Zähne so heftig aufeinander, dass sie aufpassen musste, sich nicht auf die Zunge zu beißen.

Statt einer Antwort schüttelte er die Decke auf und hielt sie ihr auf. „Kommen Sie her", sagte er. „Dann kann ich sie Ihnen um die Schultern legen." Sie ignorierte sein Angebot, nahm sie selbst und legte sie sich um. „Möchten Sie zum Haus zurück?"

Sie verneinte. „Ich habe ein paar Fragen."

„Das dachte ich schon." Er deutete auf eine dunkle Stelle zwischen den Bäumen. „Gehen Sie dahin und ziehen Sie Ihr Kleid aus. Wenn Sie es mir zuwerfen, werde ich es über einen Zweig hängen, damit es etwas trocknen kann. Ihr Unterhemd drücken Sie so gut es geht aus, dann wickeln Sie sich fest in die Decke ein. Soll ich ein kleines Feuer anzünden?"

„O nein", wehrte sie eilig ab. „Das könnte jemand sehen."

Luke fragte nicht wer. Vielleicht wusste Bria, dass Orrin Foster nicht so fest schlief, wie er glauben machen wollte. „Dann fangen Sie an. Es sei denn, Sie möchten doch lieber, dass ich Sie zum Haus zurückbringe."

„Nein." Sie wollte keine nasse Spur durchs Haus ziehen. Ihr Stiefvater hatte vor, schon früh nach Charleston aufzubrechen, so dass er klar genug im Kopf war, um Fragen zu stellen. Wenn er irgendwie herausfände, dass sie heute Nacht am Fluss gewesen war, würde er nie aufhören, ihr deswegen zuzusetzen. „In Ordnung, ich gehe schon."

Bria duckte sich und verschwand zwischen den Bäumen. Sie warf Lucas nicht ihr Kleid zu, wie er es vorgeschlagen hatte, sondern trug es über ihrem Arm, als sie wieder hervorkam. Dann reichte sie es ihm und war ihm dabei nahe genug, um sein schwaches Lächeln zu bemerken.

Luke nahm ihr das Kleid ab und hängte es über zwei gerade, kräftige Äste, die er zuvor für diesen Zweck ausgewählt hatte. „Da", sagte er und wich einen Schritt zurück, um sein Werk zu bewundern. „Wo möchten Sie sitzen?" Er sah, dass Bria bereits eine Stelle mit einem weichen Polster aus Blättern und Kiefernnadeln entdeckt hatte.

Luke gesellte sich zu ihr und setzte sich etwa eine Armeslänge entfernt von ihr hin. Aus dem Augenwinkel sah er sie ein Stück abrücken. „Wird Ihnen langsam wärmer?"

Bria nickte, selbst erstaunt von der Entdeckung, dass es so war. Ihre Zähne hatten aufgehört zu klappern, und ihre Haut war nicht länger von einer Gänsehaut überzogen. „Es tut mir wirklich sehr Leid", erklärte sie leise.

„Schon gut. Ich denke, Sie hat es schlimmer erwischt."

„Mein Kleid wird wieder trocknen. Aber Sie werden bestimmt einen Bluterguss bekommen."

Vorsichtig bewegte Luke sein Kinn, dann fasste er sich an die Stelle, wo sie ihn getroffen hatte. Es tat eindeutig weh. „Stimmt."

„Was werden Sie sagen?"

Er zuckte die Schultern. „Vermutlich, dass es heute Nachmittag geschehen ist, die Haut sich aber erst jetzt verfärbt. Irgend so etwas werde ich mir einfallen lassen."

Bria erinnerte sich daran, dass Orrin ihn beinahe übertölpelt hatte. „Sie sind keine große Kämpfernatur, nicht wahr?"

Luke verkniff sich ein Grinsen. Auf diese Frage hätte sie, irgendwo in der Nähe von Five Points gestellt, eine völlig anders lautende Antwort erhalten. „Nein", pflichtete er ihr bei. „Das bin ich nicht."

„Haben Sie Brüder?"

„Nein."

Bria nickte wissend. Das hatte sie erwartet. „Das erklärt es. Sie sind ein Einzelkind."

„Und darum bin ich keine Kämpfernatur?“ Er erwog diesen Gedanken belustigt. „Wie kommen Sie zu diesem Schluss?“

„Meine Brüder haben viel gekämpft. Sie hatten einander zwar gern, aber es gab Zeiten, da wurde es ein bisschen wüst. An manchen Sommertagen rauften sie so hitzig miteinander, dass sie in eine Staubwolke gehüllt waren. Mammy Komati leerte dann immer einen Eimer mit Wasser über ihnen aus. Meist half das, sie abzukühlen. Vermutlich erhält man, wenn man Brüder hat, jede Menge Gründe, zu lernen, wie man kämpft, und ebenso viele Vorwände, das in die Tat umzusetzen, was man lernt.“

Im Schutz der Dunkelheit wurde Lukes Grinsen breiter. „Da haben Sie vermutlich Recht, Miss Hamilton.“

Bria zog ihre Knie an und strich die Decke über ihnen glatt. Dann schlang sie ihre Arme darum. „Zu welcher Entscheidung sind Sie und Orrin nach der Besichtigung gekommen?“

Luke konnte sich nicht vorstellen, dass es Bria Hamilton möglich gewesen wäre, weniger geschäftsmäßig auszusehen als gerade jetzt, aber er bezweifelte nicht, dass sie entschlossen war, alles Wissenswerte zu erfahren. Ihre Stimme hatte alle Nachdenklichkeit verloren, sie klang klar und nüchtern, voller Selbstbewusstsein. „Ich habe ihm einen Preis für die Renovierung von *Concord* genannt, und er hat ihn akzeptiert.“

Bria hob den Kopf. „Ist das Ihr Ernst?“

Luke nickte.

Misstrauisch verengte sie die Augen. „Welchen Preis?“ Wenn Orrin einer unvernünftig niedrig geschätzten Summe zugestimmt hatte, wäre nichts erreicht.

Luke sagte ihr, wie viel, und erfuhr die Befriedigung, zu sehen, wie ihre Augen groß wurden. Sie starrte ihn an. Er hatte nicht den Eindruck, dass sie ihm nicht glaubte, sondern eher, dass sie sich davor fürchtete.

„Kann das wahr sein?“ flüsterte sie heiser.

Diesmal legte Luke eine Hand aufs Herz. „Ich schwöre.“

Sie lächelte, ohne zu merken, welche Wirkung das auf ihren Begleiter hatte. Sie sah weder, wie Lukes Augen dunkler wurden, noch spürte sie, wie ihm das Herz gegen die Rippen pochte. Sie wusste nicht, dass sein Mund plötzlich ganz trocken wurde oder dass in seinen Ohren ein leises Dröhnen war. Kurz schloss Bria die Augen. Diese Neuigkeiten waren einfach unvorstellbar wundervoll. Als sie die Lider wieder aufschlug, sah sie, dass Luke in beinahe derselben Stellung dasaß wie sie.

„Das ist herrlich“, sagte sie.

Luke schwieg einen Moment, da er seiner Stimme nicht traute. Als er schließlich sprach, war sein Ton beinahe so trocken wie sein Mund. „Als ob Sie es nicht genau so geplant hätten“, entgegnete er. „Die ganze Sache trägt von vorn bis hinten Ihre Handschrift, Miss Hamilton. Sie sind klug, wirklich sehr klug. Das muss ich Ihnen lassen.“

„Normalerweise würde ich mich durch eine Anerkennung meiner Intelligenz geschmeichelt fühlen, Mr. Kincaid, aber ich bin mir nicht ganz sicher, dass Sie es als Kompliment gemeint haben.“

Er lachte leise und warf ihr einen schiefen Blick zu. „Doch. Ihre Vorstellung heute Abend beim Dinner war meisterlich. Ich gehe gern und oft ins Theater. Daher will es etwas heißen, wenn ich Ihnen sage, dass es zwischen Atlanta und New York keine Schauspielerin gibt, die sich mit Ihnen messen kann.“

„Sie schmeicheln mir.“

„Ich spreche nur die Wahrheit.“

„Gut zu wissen, dass ich zur Not auch auf den Bühnenbrettern eine Karriere beginnen kann. Und, Mr. Kincaid, wenn mein Stiefvater darauf kommt, dass meine Hand heute Abend im Spiel war, dann ist alles verloren.“

„Ich habe keinen Grund, ihm das zu verraten. Schließlich habe ich hier eine Arbeit."

Bria biss sich auf die Lippen, um ein Lächeln zu unterdrücken. „Ach ja?"

„Ganz bestimmt. Wussten Sie schon von Anfang an, dass Sie solchen Erfolg haben würden?"

„Natürlich nicht. Wenn das so wäre, denken Sie dann, ich wäre Ihnen hierher gefolgt? Ich habe mir gute Chancen ausgerechnet, ihn dazu zu bewegen, Sie anzustellen, aber dass er Ihren Rat *Concord* betreffend annehmen würde, das war mehr, als ich mir erhofft hatte. Bis ich Sie heute Abend reden hörte, wusste ich gar nicht genau, was Sie von dem Haus hielten."

„Sie haben ausgezeichnete Arbeit dabei geleistet, kein Vertrauen in meine Meinung zu bekunden."

„Ich habe auch jetzt kein Vertrauen zu ihr", verriet sie ihm. „Orrin vertraut ihr. Ich weiß selbst sehr gut, was hier getan werden müsste, Mr. Kincaid. Ihre Einschätzung deckt sich mit meiner. Orrin vertraut Ihnen, weil er keine andere Wahl hat. Ich traue Ihnen, weil es bei mir andersherum ist. Fragen Sie sich selbst, welches Vertrauen Ihnen wichtiger ist."

Das wusste Lucas bereits. So stellte er eine Frage, auf die er selbst keine Antwort hatte. „Warum hasst Ihr Stiefvater Sie?"

„Er hasst mich nicht."

„Nein?"

„Nein."

„Dann …"

„Er hat Angst vor mir. Das ist ein Unterschied."

Luke erinnerte sich wieder an ihre Antwort, als Foster ihr Pferd bedroht hatte. Ihm fielen andere Wortgefechte vom vergangenen Abend ein und wie sie ihm gesagt hatte, sie habe seine kaum verhüllte Drohung verstanden. *Denk besser zweimal darüber nach, ob du Mr. Kincaid gehen lassen solltest,* hatte Foster gesagt. *Einmal wie enttäuscht ich wäre und einmal, wie sehr deine Mutter es wäre.* „Was glaubt er, wollen Sie ihm antun?"

„Das hat er doch heute Abend gesagt."

„Ja?"

„Er sagte, ich würde versuchen ihn umzubringen."

„Sie meinen, das war sein Ernst?"

„Ich glaube schon. Wenigstens schien es mir immer so."

„Aber das ist doch ..."

Bria lächelte geheimnisvoll. Ihre dunkelblauen Augen verrieten nichts. „Absurd?" beendete sie den Satz für ihn. „Ist es das?" erkundigte sie sich dann mit hochgezogenen Brauen.

Da er merkte, dass er kurz davor stand, ihren Köder zu schlucken, hielt Luke lieber den Mund. Hatte er nicht heute Abend selbst mit dem Gedanken gespielt, Orrin Foster das eine oder andere anzutun? Mehrmals. Und doch war es Bria gewesen, die den Mann mit einem faustgroßen Stein unschädlich gemacht hatte, als es hart auf hart kam.

Vielleicht konnte Foster die Absichten seiner Stieftochter besser beurteilen als er, Lucas. Er kannte sie schon länger. Und vor allem kannte sie ihn länger.

„Wie wird Orrin das Geld bereitstellen?" fragte Bria.

Es war fast so, als hätte ihr Gespräch eben gar nicht stattgefunden. „Er sagte, er wolle ein separates Rechnungskonto eröffnen und mir Kredit bei den Lieferanten in Charleston einräumen. Er will die Ausgaben selbst überwachen."

Bria nickte. Das war so, wie sie es erwartet hatte. „Das wird es erschweren", überlegte sie laut.

„Was?"

Erst da merkte sie, dass sie ihre Gedanken ausgesprochen hatte. Was würde er denken, wenn er wüsste, was sie plante? Vorsichtig erklärte sie: „Auf *Concord* gibt es neben dem Haus noch vieles andere, das in Stand gesetzt werden muss."

„Der Preis, den ich Ihrem Stiefvater genannt habe, deckt auch die Kosten für neue Ställe ab."

Das hoffte sie. Die Summe, die Lucas genannt hatte, war enorm. „Verbesserungen", erwiderte sie vage. Arbeiten, die Orrin Foster niemals billigen würde, selbst dann nicht, wenn ein anderer Yankee sie ihm vorschlug.

„Welche Verbesserungen?"

„Das geht Sie nichts an."

„Geht mich nichts an? Aber wie soll ich dann …"

„Sie fallen nicht in Ihren Verantwortungsbereich." Bria spürte, wie ihre Ungeduld wuchs. „Ich bin dafür verantwortlich." Lukes Anspannung war beinahe greifbar, so wie ihre auch. „Was ist?" fragte sie, als das Schweigen unerträglich wurde.

„Ich werde mir von Ihnen nicht in meine Arbeit und das, was ich zu tun versprochen habe, hineinpfuschen lassen. Die Vereinbarung gilt zwischen mir und Ihrem Stiefvater, nicht Ihnen."

„Und dass, wie Sie vorhin selbst bemerkten, das alles nur auf mein Betreiben hin zu Stande gekommen ist, zählt nichts?"

„Ich bin Ihnen dankbar dafür. Aber das heißt nicht, dass ich wegschaue, während Sie meine Arbeit untergraben." Zum ersten Mal sah er echte Panik in Brias Zügen, wich jedoch von seinem Standpunkt nicht ab. „Ihr Stiefvater hat mich davor gewarnt, dass Sie Geld verlangen würden. Darum geht es doch, oder?"

Bria erwiderte nichts.

„Er wartet nur auf so etwas, Miss Hamilton. Sie täten gut daran, welchen Plan auch immer Sie hegen, ihn noch einmal neu zu überdenken."

Bria konnte nicht länger sitzen bleiben. Sie sprang auf. In ihrer Hast trat sie auf einen Zipfel der Decke. Der Knoten unter ihrem

Arm löste sich, und bevor sie es verhindern konnte, rutschte ihr der Stoff bis auf die Taille.

Luke hatte Brias plötzliche Bewegung verfolgt. Nun hing sein Blick wie gebannt auf ihren runden Brüsten, deutlich sichtbar unter dem feuchten Hemd, das an ihrer Haut klebte, und betont durch den silbrigen Strahl Mondlicht, der ihr über die Schulter fiel. Luke blinzelte weder, noch rührte er sich.

Genauso wenig wie Bria.

Sie blickte ihn wie erstarrt an. Ihre Reglosigkeit war so vollkommen, dass es schien, als habe sie sogar aufgehört zu atmen.

Lucas erhob sich langsam und ging vorsichtig auf sie zu. Bei seinem bedächtigen, behutsamen Näherkommen blieb sie, wie sie war. Als er vor ihr stand, nahm er nicht ihre Hände, sondern fasste den Rand der Decke. Ohne den Blick von ihrem zu wenden, zog er den Stoff wieder nach oben, bis ihre Brust ganz bedeckt war. Dann knotete er die Enden zusammen, zog sie fest, und nur ein Mal berührten bei all dem seine Fingerknöchel das feuchte Material ihres dünnen Hemdes.

„Ich habe nicht vor, Foster irgendetwas zu verraten“, erklärte er ruhig. Er ließ seine Hände sinken. „Dieses Versprechen kann ich halten, solange Sie es mir nicht unmöglich machen. Verstehen Sie?“

Bria holte kurz Luft und nickte.

Luke wich einen Schritt zurück. „Gut.“

Ich werde nur sicherstellen müssen, dass du mich nicht erwischst.

Orrin brach früh am nächsten Morgen auf. Bria war nicht im Geringsten betrübt, dass Lucas ihn begleitete. Er hatte zwar nicht gerade erfreut gewirkt, als Orrin das vorschlug, aber er hatte auch keine Einwände erhoben. Schließlich hätte er im Lauf der Woche ohnehin fahren müssen. Mit den Lieferanten und Händlern musste gesprochen und Verträge geschlossen werden, Material bestellt und nach *Concord* geliefert werden.

Kurz vor dem Aufbruch fing Bria Luke in der Eingangshalle ab, während Orrin schon in die Kutsche stieg. „Vergessen Sie Ihre Koffer nicht", sagte sie mit einem Anflug von Sarkasmus zu ihm.

Er blinzelte verwundert. Sie hatte außer der Begrüßung heute Morgen kein Wort mit ihm gewechselt. Keinen Augenblick glaubte er, dass ihr Schweigen für ihren Stiefvater inszeniert war. „Wovon reden Sie?" erkundigte er sich betont geduldig.

„Ihre Kleidung. Ich weiß nicht, warum Sie es für nötig hielten, gestern hier in diesen Lumpen herzukommen, aber Sie sollten mit einer besseren Garderobe zurückkehren. Ich werde Sie nicht länger mit den Sachen meines Bruders versorgen."

Luke trug den Rock aus feinem Tuch, den sie ihm gestern gegeben hatte. Bria hatte Recht, er hatte andere Kleidung in Charleston. Sie befand sich auf dem Zimmer, das er sich genommen hatte, solange er seine Nachforschungen anstellte, um zu entscheiden, wie er am besten Zutritt auf *Concord* bekäme. Vor ein paar Tagen noch hatte es so ausgesehen, als wäre Bria Hamilton der Schlüssel. Alles, was er über sie erfahren hatte, legte die Vermutung nahe, dass sie ihn weniger schnell wieder seiner Wege schicken würde, wenn er den Eindruck erweckte, Arbeit zu brauchen. Orrin Foster, auf der anderen Seite, galt als unzugänglich, und man hielt es allgemein für unwahrscheinlich, dass er die Entscheidungen auf *Concord* traf. Damit blieb nur noch Elizabeth Hamilton Foster übrig, aber Lucas hatte entdecken müssen, dass alle, die sie kannten, auffällig wortkarg waren. Andrew Hamiltons Witwe besaß immer noch großes Ansehen. Sie war kein Thema für Klatsch, wenigstens nicht in Anwesenheit eines Yankee.

„Ich werde sehen, was ich tun kann", erwiderte Luke. „Aber

stellen Sie sich bitte selbst die Frage, ob Sie mir gestern auch nur einen Bruchteil Ihrer Zeit geschenkt hätten, wenn ich nicht so ausgesehen hätte, als brauchte ich Arbeit."

Das überraschte Bria so, dass sie Luke, der sich auf dem Absatz umdrehte und zur Tür eilte, beinahe entwischen ließ. Von draußen rief Orrin nach ihm. „Warten Sie!" Sie hatte die Hand schon ausgestreckt, um ihn am Ärmel festzuhalten, doch das war nicht nötig. Auf der Türschwelle blieb er stehen und sah über die Schulter zu ihr. Sein Blick, der auf ihre Hand fiel, war spöttisch genug, dass sie sie zurückzog.

„Was ist?" fragte er.

„Dann sind Sie gar kein Spieler?" Bria gelang es nicht ganz, die wachsende Verzweiflung in ihrer Stimme zu verbergen. Sie selbst hörte sie, und sie wusste, Lucas Kincaid würde sie nicht entgehen.

Er antwortete nicht gleich, erwiderte ihren Blick mit ernster Miene. „Ich spiele, Miss Hamilton. Immer." Damit ging er.

Bria sah ihm nach. Es war ihr unmöglich, ihn zurückzurufen, nicht solange ihr Stiefvater alles beobachtete – abgesehen davon, dass sie es gar nicht wollte. Erst als Addie neben sie trat, wandte sie den Kopf und blickte nicht länger der fahrenden Kutsche nach.

Ins Haus tretend schloss Bria die Tür. „Was ist, Addie?"

Addies kräftige Hände waren schon immer irgendwie zu groß für ihre zierliche Figur gewesen. Jetzt tat sie so, als reibe sie diese Hände an ihrer Schürze ab, doch Bria wusste, dass sie sie eigentlich aus Sorge hätte ringen wollen. „Sie sehen besorgt aus, Miss Bria. Ist irgendetwas nicht in Ordnung?"

Bria legte ihr leicht eine Hand auf die Schulter und schüttelte den Kopf. „Nein, Addie", erwiderte sie ruhig. „Ich werde mir nur einfach einen besseren Plan ausdenken müssen."

Allerdings war das leichter gesagt als getan. Während der nächsten Wochen gab es so viel zu tun, dass Bria kaum Zeit dafür fand.

Drei Feldarbeiter und ein Kind erkrankten am Sumpffieber. Bria besuchte sie, brachte Medizin und Essen, wusste aber gleichzeitig, dass beides nicht viel helfen würde. Manche Menschen starben, ob sie nun behandelt wurden oder nicht, andere überlebten rätselhafterweise unter den gleichen Umständen. Bria hätte als Erste zugegeben, dass es vor allem ihr half, wegen eines Problems etwas zu unternehmen. Sie musste einfach etwas tun.

Als sie über das Sumpfland zu den Arbeiterfamilien ritt, um Lebensmittel zu bringen, war so gut wie kein Zoll ihrer Haut entblößt. Selbst an den heißesten Tagen trug sie Reithandschuhe und eine langärmelige Jacke über ihrer Bluse. Ihr Reitrock endete mehrere Zoll über ihren Knöcheln, ihre Stiefel waren kniehoch. Auf ihrem Kopf saß ein Strohhut, von einem schwarzen Ripsseidenband gehalten. Die breite Hutkrempe schützte ihr Gesicht vor den unerbittlichen Sonnenstrahlen.

Die Männer auf den Feldern machten es anders. Sie zogen sich bis auf die Hosen aus, so dass ihre Rücken wie polierter Obsidian schimmerten, während sie sich über ihre Arbeit beugten. Die meisten von ihnen verzichteten auf eine Kopfbedeckung, so dass ihre Stirnen vom Schweiß glänzten. Sie unterbrachen kurz ihre Arbeit und hoben grüßend die Hand, wenn sie an den unter Wasser stehenden Reisfeldern vorbeiritt. Unwillkürlich musste sie daran denken, wen von ihnen das Fieber wohl als Nächsten erwischen würde.

Zur heißesten Zeit des Tages, wenn sogar die Moskitos wegen der Hitze nicht um sie schwirrten, wünschte sich Bria, sie wäre bei ihrer Mutter in Charleston, könnte die kühle Brise und ein Eis genießen. Doch sie träumte nie lange davon. Orrin Foster war dort, und auch Lucas Kincaid. Bria wusste, sie hatte die richtige Entscheidung getroffen, indem sie hier geblieben war.

Nicht nur die Malaria bescherte ihr viel Arbeit. Während eines nächtlichen Gewitters schlug der Blitz in eine uralte Eiche ein. Der

Baum hatte schon auf dem Land gestanden, bevor die ersten Siedler aus Europa an Carolinas Küsten gelandet waren. Die Roteiche war über dreißig Yards hoch und warf zu bestimmten Tageszeiten einen fast doppelt so langen Schatten. Das laute Krachen, mit dem der Baumriese gespalten wurde, ließ Bria in ihrem Bett auffahren. Diesen Laut konnte man nicht mit einem Donner verwechseln.

Sie trat auf die Veranda, wo sich bald schon Jeb und Addie zu ihr gesellten. Dort saßen sie für den Rest der Nacht, lauschten dem Regen und trauerten wie um einen alten Freund. Beim ersten Licht des Tages wurde der Schaden in seinem ganzen Ausmaß ersichtlich. Der Stamm der Roteiche war in der Mitte gespalten worden, und die noch stehende Hälfte konnte so nicht überleben – wenigstens nicht mit derselben Würde wie zuvor. Zögernd ordnete Bria an, sie zu fällen.

Die bei dem Gewitter umgestürzte Baumhälfte hatte die kleine Räucherhütte unter sich begraben. Nachdem der Schutt weggeräumt worden war, ließ sie das geräucherte Fleisch und die Geräte in die Sommerküche bringen. Die Aufseherhütte war von der ausladenden Krone der Eiche beschädigt worden. Kleinere Zweige waren durch die Fenster gedrungen, und ein dicker Ast ragte über dem Bett aus der Wand.

„Wie ein Messer durch Butter“, bemerkte Jeb, der die Verwüstung mit so etwas wie Bewunderung in Augenschein nahm. „Wenn das nicht die Höhe ist! Himmel, wenn Mr. Kincaid hier gewesen wäre …“ Seine Stimme erstarb, als ihm Brias unnatürliche Ruhe auffiel.

„Ja“, versetzte sie. „Wenn Mr. Kincaid nur hier gewesen wäre!“

Nach den Regenfällen hatte sie Wasser aus dem angeschwollenen Fluss in die Reisfelder leiten lassen, bis die Pflanzen ganz unter Wasser standen, denn an den jungen Trieben hatte man Schädlinge gefunden.

Bria inspizierte das Wachstum der Setzlinge täglich und verglich es im Geiste mit dem erfolgreicher Ernten. Oft arbeitete sie in dem kleinen Gewächshaus, das Randall ihr hatte bauen lassen. Vom Haus aus nicht zu sehen, stand es auf einer Lichtung südlich davon. Halb als Gewächshaus, halb als Labor geplant, hatte Randall es mit einigen seiner wissenschaftlichen Geräte ausgestattet, damit sie sich leichter tat, die Lebensgrundlage von *Concord* zu züchten. Er hatte ihr gezeigt, wie man ein Mikroskop benutzte, und welche Aufzeichnungen sie machen musste, die ihr bei den folgenden Experimenten helfen würden. Außerdem hatte er ihr beigebracht, wie man das Wachstum zügelte und die Pflanzen künstlich bestäubte. Zwar teilte Bria Randalls breites naturwissenschaftliches Interesse nicht, aber ihre Reispflanzen waren ihr wichtig. Seit sie mit den Experimenten begonnen hatte, hatte sie zwei neue Sorten gezüchtet, die beide robuster und weniger schmackhaft für Raupen waren. Nur die Larven der Blattfalter fraßen sie unvermindert gern.

Lucas Kincaid kehrte an einem Samstag zurück, volle zehn Tage nach seiner Abreise. Bria wusste nichts von seiner Ankunft, bis sie ihn vor dem Haus des Aufsehers stehen und den Schaden begutachten sah. Sie zügelte Apollo, stieg aber nicht ab, sondern ließ ihr Pferd Lucas an die Schulter stupsen.

„He!" rief er und verlagerte sein Gewicht, damit er nicht stürzte. Er ließ seinen Hut fallen und hob ergeben die Hände. „Ich habe nichts für dich." Um seine Worte zu unterstreichen, steckte er die Hände in seine Taschen und zog sie leer wieder heraus. „Glauben Sie, er versteht mich?" erkundigte er sich bei Bria.

„Vermutlich nicht. Er ist verzogen. Er denkt, jeder habe eine Belohnung für ihn." Damit griff sie in ihre Jackentasche und zeigte ihm den kleinen Apfel, den er später erhalten sollte. Nachdem sie ihn wieder verstaut hatte, sagte sie: „Er mag es, wenn man ihm die Nüstern streichelt."

Leise lachend kraulte Luke den Wallach gehorsam. „Sieht aus, als hätten Sie hier einen ganz schönen Sturm gehabt", bemerkte er. „Wann?"

Sie überlegte und rechnete zurück. In letzter Zeit schienen die Tage miteinander zu verschmelzen. „Vor vier ... nein, fünf Tagen."

Luke nickte. Er schaute sich um, nicht sicher, was an der Umgebung der Hütte anders war.

„Die alte Roteiche", half ihm Bria schließlich. „Der Blitz hat sie getroffen." Immer wieder während seiner Abwesenheit hatte sie über das, was er kurz vor seinem Aufbruch gesagt hatte, nachdenken müssen. *Aber stellen Sie sich bitte selbst die Frage, ob Sie mir gestern auch nur eine Sekunde Ihrer Zeit geschenkt hätten, wenn ich nicht so ausgesehen hätte, als brauchte ich Arbeit.* Wenn sie ihn jetzt ansah, schmuck in einen schwarzen Anzug mit weißem Hemd und burgunderroter Krawatte gekleidet, wusste Bria, dass sie ihm von Addie die Tür hätte weisen lassen. Seine Hosenbeine steckten noch in seinen Reitstiefeln. Dass er einen langen Ritt hinter sich hatte, sah man seiner Kleidung nicht an. Bria wunderte sich, ob er einfach so reinlich war, oder ob Orrin ihm die Kutsche für die Rückfahrt zur Verfügung gestellt hatte. Sie hoffte, Letzteres wäre der Fall. Der Gedanke, dass er auf seine Erscheinung besonderen Wert legen könnte, störte sie.

„Was ist los?" fragte er. Luke war ihr missbilligender Blick nicht entgangen, der nun auf dem Kragen seines weißen Hemdes ruhte. Worauf dieser ihm prompt zu eng wurde.

„Wie sind Sie hierher gekommen?" wollte sie wissen.

„Mit der Kutsche. Ihr Stiefvater sagte, er wolle eine mieten, wenn er und Ihre Mutter wieder nach *Concord* zurückfahren."

„Oh."

Aus Gründen, die sich Luke entzogen, wich ihre Missbilligung. Hatte sie gedacht, er habe die Kutsche gestohlen? Luke bückte sich und hob seinen Hut auf, fuhr sich mit den Fingern einmal durchs Haar, bevor er ihn sich wieder aufsetzte. „Gab es noch andere Schäden?"

Jetzt sieht er wie der Spieler aus, der er zu sein behauptet, dachte Bria. Oder wie sie sich einen Spieler vorstellte. Es bereitete ihr keine Schwierigkeiten, ihn vor ihrem geistigen Auge an einem Kartentisch sitzen zu sehen. Sie hätte ihn von Addie ganz sicher wegschicken lassen, da es ihr nie eingefallen wäre, er könnte ihr von Nutzen sein.

Bria schüttelte den Kopf, nicht als Antwort auf Lukes Frage, sondern um klar zu werden. Unter ihr begann Apollo unruhig zu werden. „Wie bitte?" fragte sie. „Ich … es tut mir Leid …"

„Schäden", wiederholte er. „Ich hatte mich nach sonstigen Schäden erkundigt."

„Die Räucherhütte wurde zerstört. Es gibt ein paar Dämme und Bewässerungsschleusen, die repariert werden müssten, aber das hat nichts mit dem Sturm zu tun. Die Eiche habe ich fällen lassen."

„Das haben Sie?" Er schaute über Brias Schulter zu der Stelle, wo der Baum gestanden hatte. Er fragte sich, wie es ihm nur hatte entgehen können, dass ihre breite Krone fehlte. Jetzt, da er es wusste, schien ihr Fehlen offensichtlich. Er fragte sich, ob sie so etwas wie Trauer über den Verlust des alten Baumriesen empfand. Ihre Stimme hatte gefühllos geklungen, als sie erwähnte, dass sie ihn hatte fällen lassen. „Es tut mir Leid wegen des Baumes", erklärte er.

Bria zuckte mit den Schultern.

Luke musterte sie noch einen Augenblick. War es ein völliges Fehlen von Gefühlen oder ein Zuviel davon, das sie so reagieren ließ? Als ihm keine weitere Erwiderung einfiel, fragte er: „Was ist mit dem Holz?"

„Das wurde zur Sägemühle gebracht. Es war noch brauchbar."

Er nickte. „Gut, dann kann ich ..."

„Ich fürchte nicht", unterbrach sie ihn kühl. „Ich habe damit bereits etwas vor."

Luke erkundigte sich nicht, was. Sie würde es ihm gewiss nicht sagen, und außerdem legte Orrin Foster wohl gewöhnlich solche Entscheidungen ohnehin in ihre Hände. „Was ist mit den Schäden hier?" Er deutete über seine Schulter zu der ehemaligen Aufseherhütte. „Wollen Sie es reparieren lassen?"

„Nicht mit meinem Holz."

„Gut. Vielleicht komme ich später dazu. Dann stört es Sie also nicht, wenn ich weiter im großen Haus wohne?"

„Doch", erwiderte sie. „Ich werde es nur nicht verhindern können." Ihr knappes Lächeln war bar jeder Erheiterung. „Hat Orrin Sie nicht eingeladen, genau das zu tun?"

„Das hat er, aber ich hatte nicht vor, es anzunehmen." Er blickte von den zerbrochenen Fensterscheiben seiner ehemaligen Behausung zu Bria. „Jetzt allerdings schon."

„Ich habe dabei mitzureden, wo im Haus Sie untergebracht werden", teilte sie ihm mit. „Es wird nicht länger neben meinem Zimmer sein. Sie können Randalls früheres Zimmer haben. Es ist größer und besser eingerichtet."

„Und es liegt auf der anderen Seite des Hauses."

„Genau." Bria zog an Apollos Zügeln und wendete das Pferd. Bevor sie ihm die Fersen in die Flanken drückte, fragte sie Luke: „Werden Sie mir beim Dinner Gesellschaft leisten?"

„Ich wusste nicht, ob ich eingeladen bin."

„Eben gerade wurden Sie es."

Das Dinner stellte sich als schweigsame, manchmal etwas angespannte Angelegenheit heraus, und daran änderte sich im Lauf der nächsten drei Wochen wenig. Lukes Versuche einer Unterhaltung wurden höflich abgeblockt. Bria war nie grob, aber sie ermutigte ihn auch in keiner Weise. Als Luke sich eines Abends erkundigte, ob sie Lust hätte, mit ihm Karten zu spielen, schaute sie ihn an, als sei er von allen guten Geistern verlassen. Er merkte, dass er mit jedem so verbrachten Abend immer mehr mit Orrin Fosters Sammlung alkoholischer Getränke liebäugelte.

Am Tag war Luke überaus beschäftigt. Er hatte Zugang zum ganzen Haus und nutzte die sich ihm so bietenden Gelegenheiten bestmöglich. Bria war oft auf den Feldern, und zu den Zeiten, da sie ihn überraschend aufsuchte, arbeitete er stets, wie es von ihm erwartet wurde. Sie und Apollo waren von den acht Fenstern des Dachgeschosses aus leicht zu erkennen.

Bis jetzt war seine Suche vergeblich gewesen. Orrin Foster hatte ihm zu wenig Anhaltspunkte gelassen. Wesentlich erfolgreicher und befriedigender waren dagegen die Fortschritte bei der Renovierung von *Concord.* Luke hatte eine kleine Arbeitertruppe, die er aus den Männern ausgewählt hatte, die überall auf der Plantage eingesetzt wurden. Alle waren ihm von Bria empfohlen worden, und er hatte keinen Grund zu der Annahme, dass sie ihm seine Aufgabe erschweren wollte, indem sie ihm ungeeignete oder aufrührerische Männer vorschlug.

Jeder von ihnen arbeitete hart. Sie murrten nicht, standen früh vor Tag auf, damit sie auf dem Dachboden arbeiten konnten, bevor die Temperaturen dort unerträglich wurden. Unter Lukes Aufsicht ersetzten sie die maroden Stützbalken durch neue. Danach konnten sie einen Tag Pause machen, bis die roten Dachziegel geliefert wurden, da sie schneller als geplant gearbeitet hatten.

Manchmal wusste Bria nicht, was sie von dem halten sollte, was mit *Concord* geschah. Meistens beobachtete sie Lucas aus der Entfernung, wie er an der Seite seiner Männer arbeitete. Ab und zu setzte er seinen Hut ab und wischte sich mit dem Ärmel über die Stirn. Wenn er kein Hemd trug, nahm er ein Taschentuch aus seiner Hosentasche. Zu Anfang hatte seine Haut hell in der Sommersonne geschimmert, jetzt nahm sie allmählich eine braune Tönung an.

Im Tageslicht zeigte sein Haar nicht länger das dunkle Kaffeebraun wie bei ihrem ersten Treffen. Bria fiel nun darin ein feuriges Rot auf, wann immer er sich die Haare zurückstrich. Das tat er oft: wenn er nachdachte, wenn ihm heiß war, wenn er verärgert war und häufig in ihrer Gegenwart, wenn er verwirrt war.

Bria verstand das alles. Besonders die Verwirrung. Ihr erging es nicht anders. Das Unbehagen dieses Gefühls oder der anderen Empfindungen, die er in ihr weckte, mahnten sie zur Vorsicht. Darum hielt sie Abstand. Rücksichtslos verdrängte sie jedes Gefühl, das in ihr aufkeimen wollte. Es war fast so, als hielte sie ihren Kopf unter Wasser. Manchmal meinte sie, keine Luft zu bekommen.

Meist ging solchen Momenten ein Blick aus unergründlichen grauen Augen voraus oder ein Lächeln, das zugleich fragend und wissend war. Bria begann ernsthaft darüber nachzudenken, sich nach Charleston zu flüchten, nur damit ihr einmal eine Atempause vergönnt war.

Lucas Kincaid brachte sie auf eine Art und Weise durcheinander, die nichts mit seinem Gesicht oder seiner Gestalt zu tun hatte. Er hatte ihr detaillierte Pläne für die Ställe und die Anlage des Gartens gezeigt. Damit sie sie besser ansehen konnte, hatte er sie auf dem Schreibtisch im Arbeitszimmer ausgerollt. Ein anderer Mann hätte sie vielleicht mit großer Geste und voller Stolz präsentiert, aber Lucas zeigte sie ihr, damit sie sie billigte.

„Hat Orrin nicht schon seine Einwilligung gegeben?" hatte sie gefragt.

„An Mr. Fosters Einwilligung liegt mir nichts, ich will Ihre."

Überrascht begriff sie, dass er ihr nicht schmeicheln wollte. Er meinte es ernst. Da er wusste, wie wichtig ihr die Ställe waren, zeigte er ihr seine Pläne. Natürlich hatte sie ihr Einverständnis gegeben. Was er vorhatte, entsprach genau ihren Wünschen. Sie hatte ein paar Änderungsvorschläge und die, die eine Verbesserung darstellten, übernahm er, und bei den anderen erläuterte er, warum sie sich nicht verwirklichen ließen. Sie hatte ihm gedankt, nicht nur für die Pläne selbst, sondern dafür, dass er sie mit einbezogen hatte, obwohl sie ihm den feinen Unterschied nicht verraten hatte.

Es gab noch mehr Pläne, wie sie kurz darauf entdeckte. Die, die er ihr gezeigt hatte, hatten ihre Neugier geweckt, und so machte sich Bria auf die Suche. Während Luke auf dem Dach zu tun hatte, schlich sie sich in sein Zimmer. Zwar war ihr dabei nicht ganz wohl, aber sie sagte sich, da sie wusste, wie groß das war, was sie suchte, musste sie nicht alle seine Sachen durchwühlen. Wie sich herausstellte, befand es sich an der zweiten Stelle, an der sie nachsah: unter seinem Bett.

Bria setzte sich auf den Fußboden und betrachtete noch einmal den Plan für die Ställe. Vorsichtig legte sie ihn beiseite und schaute sich fasziniert den darunter liegenden an. Es zeigte kein Gebäude, sondern eine weitläufige Gartenanlage. Sofort erkannte sie in dem, was sie sah, eine Erweiterung der Gärten auf *Concord.* Er hatte die ganze Zeit geahnt, dass das, was er zu Gesicht bekommen hatte, nur eine kleinere und zudem weniger durchdachte Version dessen war, was vor dem Krieg existiert hatte.

Lucas' Plan besaß die perfekte Symmetrie und die klassischen Proportionen der Lustgärten, die die Schlösser Europas umgaben. In der Gegend hier hatte nur Middleton Place so großartige Gärten sein Eigen nennen können. Was Lucas vorschlug, umfasste aber nicht fünfundsechzig Morgen wie die Middleton'schen Vorkriegsgärten, sondern seine Pläne erstreckten sich über das ganze Land an allen Seiten um das Haus herum, so weit das Auge reichte. Es gab

Irrgärten, durch die man schlendern konnte, Teiche, in denen sich das Blau des Himmels spiegelte. Im Frühling wäre es, als würde aus dem Boden ein Feuerwerk sprießen. Azaleen und Kamelien würden in all ihren prächtigen Farben blühen. Es gab Wege, die in die kleinen Wälder führten, wo Luke Stellen für die Bepflanzung mit Rhododendren, Stechpalmen und Glyzinien vorgesehen hatte. Am Rande der Haine, nahe den Sklavenquartieren waren Wiesen ganz den Wildblumen überlassen. Er hatte kleine Zeichnungen von Pflanzen, die ihm in den Sinn kamen, angefertigt. Bria erkannte wilde Geranien und Hyazinthen, Blauglöckchen, Leberblümchen, roten Sonnenhut und wilde Melisse.

Sie schüttelte den Kopf, beinahe in Ehrfurcht für den Detailreichtum und die Durchdachtheit der Anlage. Er hatte die Blumen nicht einfach wahllos ausgesucht, sondern so, dass ihre Blüten den Beeten und Wiesen von Frühjahr bis Sommer Farbenpracht verleihen würden.

Noch etwas an dem Plan entging ihr nicht. Nirgendwo darauf waren die Sklavenquartiere oder das Aufseherhäuschen zu sehen.

Bria schaute auch die anderen Blätter durch. Zum größten Teil bestanden sie aus genaueren Zeichnungen von Bereichen des Hauses, die in Stand gesetzt werden sollten. Manche Aspekte der Konstruktion hatte er skizziert, so dass die Männer, die für ihn arbeiteten, seinen Plänen leichter folgen konnten.

Es war bemerkenswert. Und beunruhigend.

Wer war Lucas Kincaid?

Wenn sie ihn weiter auf Abstand hielt, würde sie das nie herausfinden. Sie wusste nur nicht, wie sie das Problem anders angehen sollte. Drei Tage brauchte sie, um sich zu einer Entscheidung durchzuringen. Der erste Schritt würde sein, ihn in ihr Gewächshaus einzuladen.

Luke machte sich nicht die Mühe, seine Überraschung zu verhehlen. Bria war darauf gefasst, dass er sich über ihre Einladung wunderte. Sie hatte in den drei Wochen seit seiner Rückkehr keinen Schritt auf ihn zu gemacht. Selbst wenn er vermutet hatte, sie würde sich darüber freuen, dass er ihr seine Pläne für die Ställe zeigte, war ihr Dank doch kühl und knapp ausgefallen. Genauso gut hätte sie ihm dafür danken können, dass er ihr den Zucker reichte. Inzwischen hatte er genug Mahlzeiten mit ihr eingenommen, um mit dem Ton vertraut zu werden.

„Das würde ich gern", sagte er. „Bisher habe ich das Gebäude nur von außen gesehen." Er glaubte nicht, dort etwas zu finden, deshalb war es einer der wenigen Orte, die er noch nicht erforscht hatte. Ein Mal hatte er versucht, es zu betreten und festgestellt, dass es abgeschlossen war.

„Ich halte es verschlossen", erklärte Bria. „Einiges von der Ausstattung ist wertvoll, wenn auch nur für mich. Ich sorge mich, dass Tiere eindringen und meine Experimente vernichten könnten."

Jetzt war Lukes Interesse geweckt. „Sie machen Experimente?"

„Mhm. Mit Reispflanzen. Mit Baumwolle hatte ich keinen großen Erfolg." Leichtfüßig stieg sie die Verandastufen hinab und wartete auf Luke. Er schien zu zögern. „Hier entlang", sagte sie freundlich.

Geistesabwesend strich sich Luke das Haar aus der Stirn. Er sah sie lächeln, während sie ihn beobachtete, konnte sich aber nicht erklären, warum. Als er neben ihr ging, fragte er: „Heißt das, dass Sie mir verziehen haben?"

„Ihnen verziehen?"

„Für die Nacht am Fluss ..." Er beendete den Satz nicht. Einen Augenblick dachte er, sie würde in Ohnmacht fallen. „Miss Hamilton?"

Bria sah sich wieder in ihrem nassen Hemd praktisch nackt vor ihm stehen, vor Kälte und Angst wie erstarrt seinen Blicken preisgegeben. Sie konnte immer noch die federleichte Berührung seines Daumens spüren, als er die Decke über ihre Blöße zog. Noch tagelang hatte sich das wie ein Brandmal auf ihrer Haut angefühlt.

„Sprechen Sie nicht wieder davon“, sagte sie gepresst. Rücksichtslos rang sie die Gefühle nieder, die auf sie einstürmten. Wieder meinte sie, sie hielte ihren Kopf unter Wasser. Sie hielt den Atem an. Die Übelkeit, die das Aufwallen der Gefühle begleitete, ließ nach. Schließlich ging sie weiter.

5. KAPITEL

Luke schwieg den Rest des Weges zum Gewächshaus. Entweder störte es Bria nicht, oder es fiel ihr gar nicht auf. Er wunderte sich über ihre Fähigkeit, Unangenehmes aus ihrem Leben zu verbannen. Wo verstaute sie es, und wie konnte sie es dort halten? Er hatte noch kein Haus gebaut, in dem nicht Platz war für den Krimskrams, der sich im Leben eines jeden Menschen ansammelte. Dort verstauten die Leute die Sachen, die sie nicht länger sehen wollten oder nicht mehr brauchten. Manchmal wurden bestimmte Dinge auch nur wegen ihres Erinnerungswertes aufgehoben.

Und dann gab es noch die Sachen, die niemand anders sehen sollte.

Luke wachte aus seiner Versunkenheit auf, als Bria das Gewächshaus aufsperrte. Nachdem sie die Tür geöffnet hatte, trat sie zurück und bedeutete ihm, einzutreten. Dieser Ort war ihre Zuflucht, und so war er sich der Ehre, die sie ihm erwies, bewusst. Er konnte sich nicht vorstellen, dass sie viele Leute hierher einlud.

Die Luft war stickig und leicht modrig. Luke konnte die nährstoffreiche Erde in den dicht gedrängt stehenden Blumentöpfen auf der Bank an der Wand riechen. Das Gewächshaus war nicht sonderlich groß, aber das musste es auch nicht sein für Brias Zwecke. Mit geübtem Auge schätzte Luke es auf etwa drei mal vier Yards. Oben spannte sich der hellblaue Himmel über beschlagenen Fensterscheiben.

Bria ging um Luke herum zwischen den Arbeitstischen hindurch und stieß die Fenster auf. „Ich bin froh, dass ich heute hergekommen bin“, erklärte sie. „Mit das Schwierigste bei einem Gewächshaus ist, die Temperatur zu kontrollieren. Wenn ich nicht vorsichtig bin, verbrennen mir die Setzlinge.“

„Was genau tun Sie hier?“ erkundigte sich Luke. Außer den Töpfen auf der Bank gab es flache, mit Wasser und Schlamm gefüllte Schalen, in denen zarte grüne Schößlinge sprossen. Auf einem Arbeitstisch stand zwischen Bechergläsern, Pflanzgeräten und von der hohen Luftfeuchtigkeit gewellten Papieren ein Mikroskop.

„Nur ein paar Sachen, die Randall mir gezeigt hat. Mein Bruder ist Naturwissenschaftler. Das wussten Sie doch, oder?“

Luke schüttelte den Kopf. „Ich dachte, er wäre auf der Suche nach dem Hamilton-Waterstone-Schatz.“

Bria konnte keinen Spott aus Lukes Ton bei der Erwähnung des Schatzes heraushören. Das war selten bei Leuten, die nicht zur Familie gehörten. „Das ist er auch“, erwiderte sie, „aber das ist nicht das, was er sein Leben lang tun will. Eigentlich war die Schatzsuche und die Lösung des Rätsels Shelbys Vorstellung von einem aufregenden Abenteuer. David war der Erbe der Plantage und hätte sie geführt, aber Randall ist dazu bestimmt, Naturforscher zu sein. Er hat zwei Jahre in Oxford studiert. Wo haben Sie studiert, Mr. Kincaid?“

Lucas beugte sich gerade über das Mikroskop, drehte an den Rädchen und stellte den Spiegel richtig ein, so dass er das Objekt auf dem Trägerglas erkennen konnte. So antwortete er ohne nachzudenken. „Princeton.“ Seine Hand verharrte mitten in der Bewegung, als er hörte, was er gesagt hatte. Langsam richtete er sich auf und blickte Bria an. „Es gibt keinen Grund für Sie, so selbstzufrieden auszusehen. Sie hätten jederzeit einfach fragen können.“

„Das habe ich doch.“

„Und ich habe geantwortet. Ohne dass man mir Daumenschrauben anlegen musste. Wollen Sie sonst noch etwas wissen?“

Ihre Entschlossenheit geriet ins Wanken. Bria klang beinahe müde, als sie fragte: „Warum sind Sie hier, Mr. Kincaid?“

„Ich dachte, meine Arbeit spricht inzwischen für sich selbst."

„Ihre Arbeit verrät etwas über Ihre Fähigkeiten, aber nichts über Sie persönlich."

„Nicht? Das ist merkwürdig." Er schaute sich in aller Ruhe im Gewächshaus um, bevor er seine durchdringenden Augen wieder auf sie richtete. „Ihre Arbeit verrät mir eine Menge über Sie." Er wartete nicht, dass sie fragte, was er meinte. In Wahrheit war er sich gar nicht sicher, ob sie das tun würde. „Dadurch erfahre ich, was Ihnen wichtig ist. Ihre Familie. Dieses Land. Ihre Privatsphäre." Er sah, wie sie ihr Gewicht leicht verlagerte, sonst blieb sie still, das Kinn gereckt und die Schultern gerade. „Sie sind klug. Sogar sehr klug. Ihnen reicht es nicht, eine Sache gut zu machen. Sie möchten alles besser machen. Ihnen liegt daran, Dinge zu verbessern, selbst wenn das bedeutet, ihre Natur zu verändern. Die Leute, die für Sie arbeiten, werden nicht missachtet. Sie dulden keine Dummköpfe." Ein schwaches Lächeln spielte um seinen Mund. „Höchstens bei Ihrem Stiefvater machen Sie da eine Ausnahme."

„Und bei Ihnen." Sie lächelte nicht.

„Und bei mir", pflichtete Luke ihr bei, ohne gekränkt zu sein. „Soll ich fortfahren?"

„Wie Sie möchten."

„Sie gehen Verantwortung nicht aus dem Weg und können schwierige Entscheidungen fällen. Genauer noch, Sie können unter schwierigen Umständen Entscheidungen treffen. Die Tatsache, dass Sie während der Malaria-Zeit hier auf *Concord* bleiben, legt die Vermutung nahe, dass Sie entweder uneigennützig oder furchtlos sind oder sich einfach nur verstecken. Man könnte fast sagen …"

„Bitte hören Sie auf", fiel sie ihm ins Wort. „Das reicht."

Luke versuchte nicht, seinen Gedanken laut zu Ende zu führen. Bria war ganz blass geworden, und sie biss sich auf die Lippe, als könne sie so verhindern, dass sie zitterte. Ihre Augen jedoch blieben ausdruckslos. Wenn sie wirklich, wie man sagte, das Fenster zur Seele waren, dann besaß Bria Hamilton keine.

Luke wandte sich von ihr ab, brach die Spannung, die sie wie mit unsichtbaren Fäden band, und warf ihr eine Rettungsleine zu. „Erzählen Sie mir doch von Ihren Experimenten."

Es dauerte einen Augenblick, bevor Bria ihre Stimme wieder fand. „Ich versuche widerstandsfähigere Reissorten zu züchten. Randall sagte, das sei machbar. Haben Sie von Gregor Mendel gehört?"

„Nein."

„Vor Jahren hat er die Ergebnisse seiner Forschungen über die Vererbungslehre veröffentlicht. Er hat jahrelang mit künstlicher Bestäubung Kreuzungen bestimmter Blumen gezüchtet und daraus seine Schlüsse gezogen. Ich habe sein Buch in der Bibliothek, falls Sie daran interessiert sind." Bria schüttelte den Kopf, die Lippen spöttisch verzogen. „Nein, natürlich interessiert es Sie nicht. Es ist sehr trocken zu lesen, wirklich, und nicht jedermanns Geschmack."

„Ich bin sicher, dass Sie Recht haben", sagte er. „Und es ist wirklich nett von Ihnen, dass Sie nicht eigens darauf hinweisen, dass ich vermutlich kein Wort davon verstehen würde."

„Oh, ich meinte nicht ..."

„Ich weiß. Fahren Sie fort, erzählen Sie weiter."

Bria trat an den Tisch, auf dem die Schalen mit den Reissetzlingen standen. „Ich bin nicht sicher, ob der Anbau dieser Reissorte in der Gegend noch länger sinnvoll ist, nicht, wenn sie nicht ertragreicher wird. Man braucht zu viele Arbeiter für die Ernte. Wenn wir uns darauf einigen können, nicht über die Sklaverei grundsätzlich zu streiten, dann lassen Sie mich sagen, dass dadurch wenigstens ausreichend Arbeiter für den Anbau und die Ernte von Reis vorhanden waren. Seit Ende des Krieges jedoch hat jede Plantage damit zu kämpfen, genug Arbeiter für die Reisfelder zu finden."

„Das ist beileibe keine Überraschung. Die Arbeitsbedingungen sind schrecklich. Man muss bis zu den Knöcheln im Wasser stehen. Es gibt giftige Schlangen, Spinnen, Mückenschwärme. Und natürlich die Malaria."

„Denken Sie etwa, ich wüsste das nicht selbst?" Bria merkte, dass sie ihre Stimme erhoben hatte, und kämpfte entschlossen ihre Verärgerung nieder. „Außerdem haben wir vermehrt Konkurrenz aus den Staaten im Westen, die Getreide liefern. Dort können auf den weiten Ebenen Maschinen eingesetzt werden, die für die Bodenverhältnisse und die Landschaft hier ungeeignet sind. Das könnte durchaus, mehr als alles andere, das Ende für das ‚Carolina-Gold' bedeuten.

Es ist nicht das erste Mal, dass meine Familie auf Änderungen am Markt reagieren muss. Auf dieser Plantage wurde früher ein Vermögen mit Indigo verdient. Seit der Unabhängigkeit hat man damit kein Geld mehr machen können, da die englischen Zahlungen ausblieben. Nach und nach stelle ich die Felder auf Baumwolle um und erweitere die Pfirsichgärten. Ich hoffe, dass *Concord* eines Tages auch für seine Vollblüter bekannt sein wird; in der Zwischenzeit jedoch versuche ich herauszufinden, wie man die Reisernte verbessern kann. In einer Hinsicht haben Sie mit dem, was Sie über mich gesagt haben, Recht, denke ich: Ich möchte die Natur verändern. Wenn es mir gelingt, eine aromatische Art zu züchten, die sich leichter anbauen und mit geringerem Aufwand ernten lässt, dann können wir weiter Reis anpflanzen. Wenn nicht …" Bria zuckte die Schultern. „Dann können wir es nicht."

Luke musste nicht vorgeben, beeindruckt zu sein, denn er war es wirklich. „Wie lange arbeiten Sie schon daran?"

„Ich schätze, es sind jetzt etwa sechs Jahre. Damals hat Randall mir das Gewächshaus gebaut, nicht lange nachdem ich die Verantwortung für die Führung der Plantage übernommen hatte. Vor dem

Krieg hatten wir einen Aufseher und einen Verwalter, die sich um das meiste kümmerten. Mein Vater und David wussten alles über jeden Zoll von *Henley*, aber zu der Zeit, als Orrin kam, waren sie längst tot. Ein paar Jahre lang versuchte er sich daran, *Concord* zu leiten. Wir können uns glücklich schätzen, dass er das Interesse daran verloren hat."

Luke bemerkte, dass in Brias Ton keine Bitterkeit mitschwang. Sie stellte nur eine Tatsache fest. Sie konnte nicht älter als achtzehn oder neunzehn gewesen sein, als sie die Plantage von Orrin übernahm. Er hob einen der Tontöpfe von der Bank und fuhr mit dem Finger über die gefiederten Spitzen der hellgrünen Triebe. Sie fühlten sich samtweich an. „Das ist kein Reis", sagte er und roch an der Pflanze. „Das riecht wie Dill."

„Ist es auch. Ich ziehe Kräuter. Mammy Komati hatte immer einen Kräutergarten für ihre Heiltränke, Umschläge und so weiter. Ein wenig davon habe ich hier." Sie nahm einen Topf mit Minze und hielt ihn sich unter die Nase. „Ich nutze sie kaum. Es gibt noch einen Kräutergarten auf *Concord*, um den sich eine von Jebs Töchtern kümmert. Ich baue sie nur weiter wegen ihres Duftes und der Freude an, die ich daran habe. Dadurch bleibt sie mir nahe." Sie hatte nicht gewusst, dass sie diesen Gedanken aussprach, bis es zu spät war, die Worte zurückzunehmen. Sich der Tatsache bewusst, dass Lukes Augen auf sie gerichtet waren, stellte sie den Blumentopf zurück. Verlegen begann sie, herabgefallene Erde mit der Hand wegzuwischen. „Das klingt ziemlich albern, nicht wahr?"

„Feinfühlig", verbesserte er sie. „Für mich klingt es feinfühlig."

Bria blickte jäh auf. Luke stand nun sehr nahe, und sie hatte keine genaue Vorstellung davon, wie er das geschafft hatte, ohne dass es ihr aufgefallen war. Den Dill hatte er abgestellt. Mit seiner einen Hand stützte er sich leicht auf den Tisch, die andere hielt er locker an der Seite. Er bedrohte sie in keiner Weise, und doch geriet Brias Herzschlag ins Stolpern. Sie blickte ihm in die Augen, unfähig, irgendwo anders hinzuschauen.

„Darf ich Sie küssen, Miss Hamilton?"

Ihre Augen weiteten sich kaum merklich. Sie sagte nicht Ja, aber sie sagte auch nicht Nein. Stattdessen fragte sie: „Warum wollen Sie das tun?"

Seine Pupillen vergrößerten sich. „Weil ich finde, dass ich Ihnen in einem Punkt sehr ähnlich bin. Auch ich will etwas an der Natur der Dinge ändern."

Luke wartete, dass Bria zurückwich oder den Kopf abwandte. Als sie keines von beidem tat, senkte er seinen ganz vorsichtig. Ihre Lippen waren weich und trocken. Trotz der schwülen Hitze im Gewächshaus waren sie kühl. Er berührte mit seinem Mund sacht den ihren, erst die Oberlippe, dann die untere. Nur einen Moment blieb er so. Dann wich er zurück und löste zögernd seine Lippen von ihren.

Als ob sie neben sich selbst stünde, beobachtete Bria, wie sie sich Luke entgegenbog, nur ein ganz kleines bisschen, kaum wahrnehmbar. Ihre Fersen blieben auf dem Boden, und sie hob auch nicht die Arme. Sie presste sich nicht an ihn. Sie schwankte bloß, und das nur einen Moment lang.

Und doch empfand sie abgrundtiefe Scham. Sie schluckte sie hinunter wie Galle, die hochstieg. Es brannte, und beinahe keuchte sie auf, aber diese ätzende Hitze war dem anderen Gefühl bei weitem vorzuziehen. Sie wollte *das* nicht fühlen. Sie wollte *gar nichts* fühlen.

„Das werden Sie nicht wieder tun, ja?" bat sie.

Er fragte sich, welches Versprechen er bereit war, ihr zu geben. „Nicht bald", erwiderte er schließlich. *Nicht bald genug*, schoss es ihm durch den Kopf.

Bria spielte mit dem Schlüssel in der Tasche ihrer Schürze. Sobald sie merkte, dass er sie dabei beobachtete, hörte sie auf.

„Ich muss gehen", verkündete er. „Ich habe meine Arbeit jetzt schon ziemlich lange unterbrochen. Die anderen werden sich wundern, wo ich bleibe." Er lächelte und zog sein Taschentuch hervor, um sich etwas Erde von den Händen zu wischen. „Ich finde selbst zurück."

Bria nickte. Sie sah ihm nach. Als sie sicher war, dass er nicht umkehren würde, ließ sie sich zu Boden sinken und vergrub ihr Gesicht in den Händen. Ihre Schultern zuckten, aber ihre Augen blieben trocken. Tränen wären eine Erleichterung gewesen.

Sie sah ihn erst zum Dinner wieder. Er hatte sich gewaschen und umgezogen. Dort, wo es noch feucht war, lockte sich sein Haar. Die harte Arbeit des Tages war ihm nicht mehr anzusehen – bis auf die ruhige Zufriedenheit, die er ausstrahlte und die sich nicht wegwaschen ließ. Als er sich auf seinen Stuhl setzte, schaute Bria an sich herab. Sie hatte lediglich ihre Schürze abgelegt.

Da sie nicht unnötig seine Aufmerksamkeit auf sich ziehen wollte, begann sie unauffällig an ihren Ärmeln zu zupfen, die immer noch hochgerollt waren, und zog sie bis zum Handgelenk herunter. Während Lucas sich von der Servierplatte bediente, die Addie ihm hinhielt, strich Bria sich ein paar widerspenstige Haarsträhnen hinters Ohr und ihren Ausschnitt glatt.

Sie verharrte mitten in der Bewegung, als sie Lukes schwaches Lächeln bemerkte. Sofort ließ sie die Hände sinken, reckte ihr Kinn und schaute ihn an, forderte ihn heraus, eine Bemerkung zu machen.

Was er prompt tat. „Sind Sie nun mit der Katzenwäsche fertig?"

Bria blieb vor Überraschung der Mund offen stehen. Ihr fiel keine andere Erwiderung ein, als alles rundweg abzustreiten, aber eine so durchsichtige Reaktion wäre unklug. Bevor er noch etwas sagen konnte, fasste sie sich wieder und schloss den Mund. Sie bedachte Addie mit einem vernichtenden Blick, weil die Haushälterin leise kicherte. Ihr entging nicht, dass dieser Blick keine Wirkung zeigte. Addie lächelte immer noch breit, als sie mit der Servierplatte neben sie trat.

Bria seufzte. „Müssen Sie Ihre Gedanken eigentlich immer laut aussprechen, Mr. Kincaid?“

„Sie machen es mir schwer, der Versuchung zu widerstehen“, erwiderte er. „Ich fürchte, ich besitze so gut wie keine Beherrschung in dieser Beziehung, und bei Ihnen besonders wenig.“

Bria blickte auf und erklärte mit einem abfälligen Schnauben: „Also ist es meine Schuld!“

Luke zuckte die Schultern und widmete sich seinem Essen. „Wenn Sie es so wollen. Allerdings hatte ich das nicht gemeint. Denn schließlich sagte ich, ich sei derjenige, dem es an Disziplin mangelt. Ob Sie mich in Versuchung führen oder nicht, spielt dabei keine Rolle.“

Diese Antwort war unerwartet. Bria wusste nicht, was sie davon halten und ob sie ihm überhaupt glauben sollte. Sie nahm ihre Gabel und spießte ein paar Möhrenscheiben auf. Tief in Gedanken betrachtete sie sie stirnrunzelnd, bevor sie das Gemüse wieder sinken ließ. Als sie aufblickte, sah sie, dass Luke sie beobachtete. Er schien auf etwas zu warten, obwohl sie in seiner Miene keinen Hinweis finden konnte, worauf.

Ihre Finger schlossen sich um ihr Wasserglas, und sie hob es an die Lippen. Ihr Mund war mit einem Mal so trocken, dass sie kein Wort über ihre Zunge bekommen hätte. Sie trank einen großen Schluck, sich der Tatsache deutlich bewusst, dass Lukes Augen auf ihre Lippen und ihren Hals gerichtet waren. Er erwiderte ihren Blick, als sie fertig war und das Glas wieder abstellte.

Schnippisch erkundigte sie sich: „Denken Sie, ich wollte darauf etwas erwidern?"

„Wollen Sie nicht?"

„Nicht jeder hat die Angewohnheit, jeden beliebigen Gedanken, der ihm durch den Kopf schießt, laut zu äußern."

Luke hob eine Augenbraue. „Beliebig?"

„Seien Sie nicht kleinlich, Mr. Kincaid. Ich meinte nur …"

„Luke", unterbrach er sie.

„Wie bitte?"

„Ich heiße Luke. Diese Förmlichkeit zwischen uns finde ich ermüdend, und außerdem weisen Sie mich viel wirksamer in meine Schranken, wenn Sie dabei meinen Vornamen benutzen. Nana Dearborn hat das immer getan."

Wieder seine Großmutter, dachte Bria. Ihre Lippen zuckten ein wenig. Sie vermutete, Nana Dearborn hatte stets peinlichst über Förmlichkeiten gewacht, selbst im Umgang mit ihrem Enkel. „Ich wette, sie hat Sie Lucas genannt."

„Stimmt."

Bria zögerte, da sie wartete, er würde sie bitten, das nicht auch zu tun. Als er jedoch nichts sagte, begriff sie, dass die Wahl bei ihr lag. Sie neigte den Kopf leicht in seine Richtung und gab nach. „Nun gut … *Luke.*"

Er lächelte breit. „Königlich eingelenkt, Miss Hamilton. Die Vorstellung, was Sie mit einem Zepter und einem Thron zu Stande gebracht hätten, ängstigt mich."

„Jetzt machen Sie sich über mich lustig."

Lukes Lächeln wurde nur noch breiter. „Ja", erklärte er ohne Reue. „Genau."

Völlig entwaffnet von diesem simplen Eingeständnis und seiner guten Laune, wandte sich Bria wieder ihrem Essen zu. Sie konnte sich nicht daran erinnern, warum sie es für nötig befunden hatte, ihn zurechtzuweisen. Jetzt schien es ihr, als ob alles, was sie hatte einwenden wollen, besser ungesagt bliebe.

Erst als Addie begann, das Dessert aufzutragen, fiel Bria auf, dass sie die Mahlzeit in einvernehmlichem Schweigen eingenommen hatten. Noch vor drei Wochen oder sogar gestern hätte sie das für unmöglich gehalten. Ihr war nicht bewusst gewesen, dass sie es sich gewünscht hatte. Und es gefiel ihr. Sehr.

„Addie." Luke deutete auf das Stück Pfirsich-Charlotte vor sich. „Das hier ist köstlich. Haben Sie es gemacht?"

„Das ist Elsie Browns Werk", erwiderte Addie. „Sie ist sehr stolz auf ihre Pfirsich-Charlotte."

„Das kann sie auch sein. Ich werde ihr nachher selber sagen, wie gut sie ist."

„Das freut sie gewiss. Master Andrew hat sich immer eigens bei ihr bedankt. Und die Jungs haben versucht, sie ihr unter der Nase wegzustehlen. Aber in letzter Zeit scheint es so, als wüsste niemand hier mehr eine gute Charlotte zu würdigen." Der Blick unter hochgezogenen Brauen, den sie Bria zuwarf, sagte all das, was sie nicht aussprach.

Als Addie den Speisesalon verlassen hatte, fühlte sich Bria genötigt zu erklären: „Ich fürchte, ich vergesse von Zeit zu Zeit die gebotene Höflichkeit. Mein Vater hat es damit sehr genau genommen. Ihm war es wichtig, die Leute wissen zu lassen, dass er ihre Arbeit schätzt. Orrin gibt sich diesbezüglich natürlich nicht die geringste Mühe, aber ich habe es eigentlich anders gelernt. Vermutlich sollte ich froh sein, dass Addie mich daran erinnert."

Luke ertappte sich wieder einmal bei der Frage, was mit Elizabeth Foster war und welche Rolle sie nun auf *Concord* spielte. Bria hatte nicht aus freien Stücken angefangen, von ihrer Mutter zu erzählen, und Luke hatte nie das Gespräch auf sie gebracht. Aus Gründen, die er nicht ganz verstand, war Elizabeth kein Gesprächsthema.

Er nahm einen weiteren Bissen von der Charlotte. Die süßen Pfirsiche schienen auf seiner Zunge zu zergehen. „War Addie schon immer hier?"

„Solange ich denken kann. Sie wurde hier geboren. Durrel, ihr Ehemann, ist nach dem Krieg in den Norden gegangen. Er hatte vor, dort viel Geld zu verdienen und nach ihr zu schicken. Inzwischen ist er sechs Jahre fort, und sie hat noch kein Wort von ihm gehört."

„Warum hat sie ihn nicht begleitet?"

„Es ist nicht einfach, etwas zu verlassen, das einem vertraut ist", erwiderte Bria. „Wenigstens ist es das, was Addie vermutlich sagen würde. Ich weiß, sie liebt Durrel. Ein Teil von ihr wollte bestimmt gehen."

„Also hat er sie verlassen?"

„Sie glaubt das nicht." Bria schwieg einen Moment und dachte nach. Ihre Miene verriet leichte Besorgnis. „Ebenso wenig wie ich", bemerkte sie schließlich. Plötzlich sah sie Luke an, selbst überrascht von ihren Worten. „Ich habe das nie zuvor zu jemandem gesagt, noch nicht einmal Addie."

„Was vermuten Sie denn?"

Eigentlich hätte sie sich denken können, dass Luke sie dazu bringen würde, ihre Befürchtungen auszusprechen. Es entsprach einfach nicht seinem Wesen, um den heißen Brei herumzureden. „Ich fürchte, Durrel ist tot."

„Tot?"

„Wissen Sie nicht, was das heißt?" entgegnete Bria schärfer als beabsichtigt. „Oder möchten Sie, dass ich es näher ausführe?" Augenblicklich tat ihr Ausbruch ihr Leid. Es war die Beklemmung, die sie selbst bei dem Thema empfand, aus der heraus sie ihn so angefahren hatte. „Ich entschuldige mich", erklärte sie ein wenig steif. „Es war nicht ..."

Luke hob abwehrend die Hand. „Nein, nicht. Es war gedankenlos von mir. Ich habe die unangenehme Natur des Themas nicht bedacht. Verzeihen Sie mir, dass ich es angeschnitten habe."

Bria hatte keinen Grund, an seiner Ernsthaftigkeit zu zweifeln. Sie musste sich eingestehen, dass sie selbst darüber reden wollte. „Ihnen wird das gewiss merkwürdig vorkommen, aber ich möchte das Thema jetzt doch zu Ende bringen."

„Gut."

„Was wissen Sie über den *Klan?*"

„Nicht viel. Gibt es ihn hier?"

Bria nickte. „Soweit ich es verstanden habe, existiert eine Gruppe in Georgetown County. Wie übrigens überall in Carolina. Die Weißen haben Angst vor den befreiten Schwarzen. Irgendjemand stiehlt etwas oder sorgt für einen Aufruhr, dann wird der Falsche beschuldigt, der Ruf nach Rache wird laut, und bevor man sich versieht, ist jemand tot. Es ist egal, wer angefangen oder wer die Sache angeheizt hat, gewöhnlich hat der, der am Ende tot ist, eine dunkle Hautfarbe."

„Und Sie glauben, so etwas ist Addies Ehemann passiert?"

„Es ist möglich", erwiderte sie leise. Bria wich Lukes Blick aus, und ihre Stimme war kaum hörbar. „Es ist wahrscheinlich."

Luke fragte sich, was Bria wusste oder zu wissen glaubte. Er sagte jedoch nichts, sondern wartete, dass sie weitersprach. Sie schwieg so lange, dass er anzunehmen begann, sie hätte weiter nichts zu sagen. Trotzdem wartete er noch ein wenig länger.

„Orrin", sagte Bria schließlich und belohnte so seine Geduld. „Er war nicht glücklich mit Durrels Plan, fortzugehen."

„Warum?"

„Durrel war Stallmeister." Ihre Stimme wurde klarer, während sie erzählte. „Es war allgemein bekannt, dass er mehr über Pferdezucht wusste als sonst jemand in ganz Carolina. Seinem Urteil vertraute nicht nur mein Vater bedingungslos, auch andere Farmer und Plantagenbesitzer fragten ihn auf Auktionen um Rat. Sie müssen wissen, dass die Ställe praktisch leer standen, als Orrin meine Mutter heiratete. Es gab ein paar Zugpferde und Maultiere, aber die guten Reittiere waren längst von den Armeen beider Seiten konfisziert worden. Mir war es gelungen, Apollo zu retten, aber ..."

Luke zeigte ein schiefes Lächeln. „Aber der ist ein Wallach."

„Genau." Bria merkte, dass sie sein Lächeln erwiderte. „Orrin lag mehr an der Pferdezucht als an den anderen Bereichen der Plantage. Er erkannte Durrels Geschick auch daran, dass die anderen Pflanzer mit ähnlichen Plänen ihn ihm abspenstig zu machen versuchten. Dadurch geriet mein Stiefvater in eine Klemme. Er musste Durrels Lohn immer wieder erhöhen – was ihm nicht gefiel –, und er musste sich Durrels Urteil beugen – was ihm noch weniger zusagte. Als Durrel beschloss, *Concord* zu verlassen, vermutlich von einem Pferdezüchter aus dem Norden dazu verleitet, den er auf einer Auktion kennen gelernt hatte, fühlte sich Orrin wohl betrogen."

„Hat er das gesagt?"

Bria schüttelte den Kopf. „Nein. Nie. Er schimpfte eine Weile vor sich hin, trank mehr als gewöhnlich, und dann schien er sich plötzlich damit abzufinden. In den Tagen kurz vor Durrels Abreise war er bester Laune. Ich erinnere mich, dass meine Mutter ihn fragte, ob er einen Ersatz für Durrel gefunden habe. Er verneinte. Damals schon kam mir das komisch vor. Gute Laune zu haben gehörte nicht zu Orrins Wesen."

Bria schob den Teller mit ihrem ungegessenen Stück Pfirsich-Charlotte von sich. „Ich fürchte, damals habe ich nicht genug darüber nachgedacht. Offen gesagt, ich wusste nicht recht, was ich davon halten sollte. In den vergangenen sechs Jahren hatte ich allerdings genügend Zeit, darüber nachzudenken, was geschehen ist."

„Und keinen Beweis, der Ihre Schlussfolgerungen untermauert", vermutete Luke.

„Natürlich. Orrin kann oder kann nicht Mitglied des *Klans* sein. Es ist wahrscheinlich, dass er es ist, sogar irgendwo verständlich." Sie bemerkte Lukes fragenden Blick. „Mein Stiefvater möchte wie die anderen Landbesitzer hier sein. Er möchte dazugehören. Er würde dem *Klan* beitreten, um Teil des neuen Südens zu werden, selbst wenn das hieße, gegen seine Überzeugungen zu handeln. In Wahrheit muss er das gar nicht. Allerdings würde er seine Beteiligung vor meiner Mutter und mir geheim halten, da es seinen Zwecken nützt, die Übel der Sklaverei anzuprangern. Es gefällt ihm, uns daran zu erinnern, wie *Henley* an den Punkt gelangen konnte, an dem er es an sich reißen konnte."

„Dann denken Sie, er hat jemanden angestiftet, Addies Ehemann etwas anzutun?"

„Ja. Anstiften ist das richtige Wort. Orrin mag selbst nichts unternommen haben, außer die Sache ins Rollen zu bringen. Ich bezweifle, dass Durrel weiter nach Norden als bis zum Pee Dee Fluss gekommen ist."

Sie verfielen beide in Schweigen, bis die Türen zum Speisesalon aufgingen und Addie eintrat, um sich zu erkundigen, ob sie Kaffee wollten. Als sie ablehnten, räumte sie rasch den Tisch ab und ging dann wieder.

„Spricht sie nie darüber?" wollte Luke wissen, als sich die Türen wieder hinter ihr geschlossen hatten und ihre Schritte verklungen waren.

„Nein. Vielleicht will sie lieber glauben, dass Durrel sie verlassen hat. Wenn sie das glaubt, was ich denke, würde das bedeuten, dass sie für seinen Mörder arbeitet." Bria schob ihren Stuhl nach hinten. „Auf jeden Fall möchte ich nicht unbedingt mit ihr darüber reden. Und ich hoffe, Sie werden meinen Wunsch achten und ebenfalls über die Angelegenheit Stillschweigen bewahren. Wie Sie bemerkt haben, fehlt es mir an Beweisen, und es ist unwahrscheinlich, dass ich welche finden werde. Traurige Wahrheit ist, dass selbst Orrins eigenhändig geschriebenes und unterzeichnetes Geständnis nutzlos wäre."

Das glaubte Luke ihr. Er nickte nur, während er überlegte. „Ich habe Lust auf einen Spaziergang. Möchten Sie sich mir anschließen?"

„Nein. Danke. Ich muss noch Rechnungen durchsehen und eine Liste der Dinge, die morgen zu erledigen sind, aufstellen."

„Zwei gute Vorwände, nicht mit mir allein sein zu müssen."

„Ja, genau."

Lachend erhob Luke sich. Er ging um den Tisch herum und hielt Bria den Stuhl, während sie aufstand. „Ich bin überrascht, dass Sie das so einfach zugeben."

Bria blieb stehen. „Ich auch", entgegnete sie leise. Bevor er noch etwas sagen konnte, floh sie aus dem Raum in die vergleichsweise Sicherheit des Arbeitszimmers.

Er sah ihr nach, unternahm aber keinen Versuch, ihr zu folgen. Er erkannte, dass Bria für den heutigen Abend genug verraten hatte. Ohne große Mühe konnte er sich vorstellen, dass sie während des Restes der Nacht im Geiste immer wieder das Gesagte durchgehen würde. Luke wäre es lieber, sie würde über den Kuss nachdenken. So wie er.

Sein Spaziergang führte ihn an den Fluss. Mehr als eine Stunde saß er am Ufer, genoss die kühle Brise und beobachtete die flackernden Lichter im Herrenhaus. Ab und zu warf er einen Stein über das Wasser und lauschte dem leisen Platschen.

Er wusste nicht, ob er hier am richtigen Ort war, aber er hatte unleugbar das Gefühl, nach Hause gekommen zu sein. Seit er auf *Concord* angefangen hatte, gestattete er sich die Illusion, für sich selbst zu arbeiten, statt für einen anderen. Er dachte bei den Bauarbeiten nicht nur daran, was gut für das Haus war, sondern auch an seine Ideen. Das hatte er noch nie zuvor getan. Und er war sich keineswegs sicher, ob es so klug war, das jetzt zu tun.

In Gedanken ging er durch, was Bria heute Abend über Orrin Foster erzählt hatte, dann verglich er es mit dem, was er aus eigener Erfahrung über den Mann wusste. Luke dachte an seine Mutter, alle seine sechs Tanten und jeden anderen, mit dem er über das gesprochen hatte, was ihn hierher geführt hatte. Würden sie Orrin Foster wieder erkennen? Und wenn sie das nicht täten, wie konnte er dann etwas beweisen?

Die Frage beschäftigte ihn noch immer, als er ins Haus zurückkehrte. Kurz kam ihm der Gedanke, dass er vielleicht noch einmal das Arbeitszimmer durchsuchen sollte, aber als er die Halle betrat, sah er einen Lichtschein unter der Tür. Bria war noch dort.

So ging Luke zurück und schlüpfte in das Musikzimmer. In diesem Raum hielt er sich nicht oft auf, und soweit er sagen konnte, benutzte Bria ihn nie. Gelegentlich sah er Addie oder eines der Hausmädchen den großen Flügel polieren oder mit einem Staubwedel über die Tasten gehen. Das Zimmer war mit zwei Sofas möbliert und verschiedenen Queen-Anne-Stühlen. Es gab genug Platz, weitere Stühle für ein Konzert dazuzustellen oder die vorhandenen an den Rand zu räumen, um eine Tanzfläche zu erhalten. Die Akustik war verbesserungswürdig, aber alles in allem war es kein schlechter Raum für eine kleine musikalische Darbietung.

Luke zog die Bank unter dem Flügel hervor und setzte sich. Er klappte den Deckel auf und ließ seine Finger über die Tasten gleiten. Sie waren schwergängig und reagierten nur zögerlich auf den Druck seiner Finger. Es war lange her, seit jemand auf dem Instrument gespielt hatte.

Er streckte die Finger, dann spielte er die C-Tonleiter. Manche

Töne klangen so schief, dass er zusammenzuckte. Entschlossen begann er noch einmal von vorn, und dieses Mal gelang es ihm besser, so dass er ein paar kompliziertere Tonübungen folgen ließ. Seine Finger wurden geschickter, und die Tasten ließen sich mit weniger Kraft drücken. Nichts änderte sich an den verstimmten Tönen, doch er ließ sich davon nicht entmutigen. Als er sich für die Aufgabe genügend vorbereitet fühlte, versuchte er sich an einer von Chopins leichteren Etüden. An manchen Stellen waren seine Finger unbeholfen, und ab und zu geriet er ins Stolpern, wenn ihm die Noten nicht gleich einfielen. Wenn er die Augen schloss, war es leichter.

Die Töne stiegen empor, füllten den Raum. Dass gelegentlich ein falscher darunter war, störte ihn nicht. Seine Finger fanden die Melodie, und Musik umgab ihn.

„Wer hat Ihnen das erlaubt?"

Luke hielt inne. Er hatte nicht gehört, wie die Tür geöffnet wurde, aber Brias wütende Stimme zu überhören wäre unmöglich gewesen. Er machte die Augen auf und wandte sich fragend zu ihr um. Wie lange stand sie schon dort? Hatte sie versucht, sich bemerkbar zu machen, als sie hereinkam, oder hatte sie ihn erst eine Weile beobachtet?

„Mir war nicht klar, dass ich dafür eine Erlaubnis brauche", entgegnete er ruhig. „Sollte das in der Tat der Fall sein, dann hat sie mir vermutlich Ihr Stiefvater gegeben, der mir sagte, ich dürfe mich frei im ganzen Haus bewegen."

Bria spürte, wie sie rot im Gesicht wurde. Ihre Finger verkrampften sich um die Türklinke. „Aber nicht, um alles nach Belieben zu benutzen", antwortete sie. „Das ist mein Flügel. Sie dürfen ihn nicht anfassen. Das verbiete ich."

Augenblicklich nahm Luke die Finger von den Tasten und verschränkte sie in seinem Schoß. Ihr Griff um die Türklinke war so fest, dass ihre Fingerknöchel ganz weiß waren. *Sie hält sich fest,* dachte er. *Sie zittert vor Wut.* Er achtete nicht auf ihre Worte. Die waren die eines Kindes, das nicht teilen konnte. Doch ihr Ton war schmerzerfüllt, gequält und wies auf eine verborgene Wunde hin.

Er erhob sich und schob die Bank wieder unter den Flügel. Dann klappte er den Deckel über die Tasten und schloss den Flügel. Seine Finger ließ er nicht noch einmal über das Ebenholz gleiten, sondern trat sofort zurück. Er blieb vor Bria stehen und blickte ihr ins Gesicht. „Ich bitte um Entschuldigung", erklärte er ernst.

Sie wollte seine Entschuldigung annehmen, aber die Worte blieben ihr im Hals stecken, und ihre Füße wollten ihr nicht gehorchen; sie waren wie festgenagelt.

Luke schickte sich an, das Zimmer zu verlassen, fand jedoch den Weg versperrt. „Ihr Stiefvater gab mir seine ausdrückliche Erlaubnis, etwas ganz Bestimmtes in diesem Haus zu benutzen", verkündete er ausdruckslos.

„Nicht meinen Flügel", entgegnete Bria.

„Nein. Sie." Luke sah, wie Bria nach Luft schnappte, und wusste, sie begriff, was er gemeint hatte. Als er dieses Mal Anstalten machte, zu gehen, drückte sie die Klinke, und die Tür schwang auf. Sie presste sich mit dem Rücken dagegen, während sie darauf wartete, dass er an ihr vorüberging. „Gute Nacht, Bria."

Es war Stunden später, als Luke die misstönenden Laute von willkürlich angeschlagenen Klaviertasten hörte. Im Musikzimmer musste der Lärm ohrenbetäubend sein, während er in seinem Schlafzimmer nur schwach zu hören war.

Er setzte sich auf. Das musste Bria sein. Niemand sonst würde das Instrument anfassen. Anders als er kannten die Dienstboten die diesbezügliche Vorschrift bestimmt.

Luke fand seine Hosen, die er über eine Stuhllehne gelegt hatte, und streifte sie sich rasch über, dann stopfte er sein Nachthemd in den Bund. Der Stoff bauschte sich um seine Hüften, und ein Blick beim Vorübergehen in den Spiegel zeigte ihm, dass er nicht gerade präsentabel aussah. Mit einer Hand fuhr er sich durchs Haar und glättete die widerspenstigen Strähnen. Es half kaum. Schulterzuckend ging er weiter.

Erst als er schon fast vor dem Musikzimmer stand, fragte er sich, warum er überhaupt hergekommen war. Entgegen seiner sonstigen Art hatte er nicht nachgedacht, bevor er handelte, sondern war einfach dem ersten Impuls gefolgt. Das tut Bria mir an, begriff er. Oder vielleicht tat er sich das auch selbst an. Luke war sich nicht sicher. Er wusste nur, sobald es um sie ging, reagierte er heftig und oft unüberlegt.

Die Tür stand offen, und Luke trat auf die Schwelle. Der Anblick von Bria, neben der Bank vor dem Flügel kniend, ließ ihn erstarren.

Mit einer Hand umklammerte sie die Ecke des Hockers, in der anderen hielt sie ein dickes Staubtuch. Damit rieb sie die dunklen Holzbeine mit mehr Kraft ab, als sie beim Abreiben von Apollo einsetzte. Das Holz glänzte unter ihren Bemühungen.

Als sie mit allen Beinen und dem Sitz fertig war, lehnte sie sich zurück, um ihre Arbeit zu begutachten. Von seinem Standpunkt aus konnte Luke keine Stelle entdecken, die sie vergessen hatte, aber offensichtlich war Bria unzufrieden. Sie begann noch einmal, die Sitzbank zu polieren, diesmal mit noch kräftigeren, beinahe strafend heftigen Bewegungen.

Nachdem sie diesmal die Bank zu Ende bearbeitet hatte und das Ergebnis augenscheinlich befriedigend fand, dachte Luke, sie würde aufhören. Der Flügel glänzte bereits wie ein Spiegel. Das Licht der Lampen schimmerte auf dem Musikinstrument wie Mondlicht auf einem dunklen Teich. Dass auch die Tasten abgewischt worden waren, wusste Luke, weil das die Misstöne verursacht haben musste, die ihn hergebracht hatten.

In der Erwartung, dass Bria, da sie fertig war, nun das Staubtuch zur Seite legen würde, blieb Luke stehen. Was er dann sah, bannte ihn einen Moment länger auf die Schwelle.

Bria begann wieder von vorn. Mit weiten, kreisenden Bewegungen rieb sie das Gehäuse des Flügels ab. Um die Mitte zu erreichen, musste sie sich auf Zehenspitzen stellen. So arbeitete sie sich langsam um das Instrument herum, so dass sie, wenn sie aufblicken würde, Luke sähe.

Als sie mit der Flügeloberseite fertig war, widmete sie sich den Beinen und den Seiten. Sie polierte den Notenständer und den Deckel, dann wieder die Tasten. Luke schien es, als hörte sie die harten, misstönenden Laute, die sie erzeugte, gar nicht. Er ließ sie gewähren, bis sie wieder auf dem Boden neben der Bank kniete, so wie er sie vorgefunden hatte. Erst als sie von neuem anfing, den Hocker abzureiben, beschloss er, einzugreifen.

Obwohl er das Zimmer keineswegs geräuschlos durchquerte, nahm er nicht an, dass Bria ihn hören würde. Selbst als er sich neben sie hockte, zeigte sie durch nichts, dass sie seine Anwesenheit zur Kenntnis nahm. Unverändert rieb sie die Bank ab. Unter dem dünnen Material ihres Nachthemdes konnte Luke sehen, wie ihre Muskeln sich spannten.

Bis auf die von der Anstrengung herrührende Röte in ihren Wangen war ihr Gesicht blass, ihre Miene wie versteinert. Sie biss die Zähne so fest zusammen, dass Luke sich wunderte, ob es möglich sei, dass sie unter dem Druck zerbrachen.

„Miss Hamilton …“

Sie putzte unvermindert weiter und zuckte nicht einmal mit der Wimper.

Diesmal sprach Luke bestimmter. „Bria!“

Sie zeigte keine Reaktion.

Er legte seine Hand auf ihr Handgelenk und wiederholte ihren Namen. „Bria!“

Es kam für ihn nicht völlig unvorbereitet, als sie sich gegen ihn warf. Nur weil er so etwas befürchtet hatte, hatte er überhaupt gezögert, sie zu berühren. Und Brias Kraft war nicht unbeachtlich.

Ihr Gewicht reichte aus, ihn stolpern zu lassen, obwohl er damit gerechnet hatte. Es gelang ihm zwar, ihren Sturz mit seinem Körper abzufangen, aber dann musste er schon ihren Angriff abwehren.

Bria hatte ihre Finger zu Klauen gekrallt, mit denen sie auf Luke losging. Nur weil sie wegen ihrer Arbeit so kurze Fingernägel hatte, richtete sie keinen großen Schaden an, obwohl er an Hals und Schulter blutete.

Mit mehr als einem schmerzerfüllten Aufkeuchen konnte Luke den Kratzer nicht quittieren. Brias Knie bohrte sich in seinen Schenkel, und die Vorstellung, dass sie es hochreißen und möglicherweise irreparablen Schaden anrichten könnte, spornte ihn dazu an, sie zu überwältigen. Das war leichter gesagt als getan, selbst wenn er seine ganze Kraft einsetzte. Bria wehrte sich mit aller Macht.

Sie trat und wand sich und schlug mit ihren Fäusten um sich. Ihren Kopf benutzte sie wie einen Rammbock und traf ihn unter dem Kinn, so hart, dass er Blut schmeckte.

Luke drehte sich auf die Seite, um zu sehen, ob er sie festhalten konnte, indem er einen Arm und ein Bein über sie schlang. Doch sie zappelte und wand sich so lange, bis es ihr gelang, ihre Zähne tief in seine Schulter zu graben.

Diesmal keuchte Luke nicht nur auf, sondern schrie auch, da ihm der Schmerz das Wasser in die Augen trieb. Er fluchte tonlos, dann lauter, als sie ihn erneut beißen wollte. Er musste sich sehr beherrschen, sie nicht einfach ins Gesicht zu schlagen.

Mit der nächsten Drehung seines Körpers drückte er Bria unter Einsatz seines ganzen Gewichtes zu Boden. Er spürte ihren Atem auf seiner Haut, als ihr die Luft aus den Lungen wich. Aber er gab nicht nach. Sie stemmte sich gegen seine Schultern und versuchte ihn abzuwerfen. Er war unerbittlich. Bria holte tief Luft und spannte sich unter ihm an, um sich unter ihm hervorzuwinden. Doch er verhinderte das geschickt und hielt sie weiter am Boden. Inzwischen schien sie das Gefühl für Zeit und Raum verloren zu haben und nur noch instinktiv zu kämpfen, da es einfach nicht in ihrer Natur lag, aufzugeben.

Gegen Ende des Kampfes ging ihr Atem abgehackt und stockend. Sie wehrte sich nur noch sporadisch und ohne rechte Kraft gegen ihn. Luke ging das Bild eines Schmetterlings, dessen Flügel er auseinander zwang, durch den Kopf, was ihm gar nicht gefiel. Es machte ihm keine Freude, Bria so festzuhalten, und er verspürte auch nicht den Wunsch, sich für die Wunden, die sie ihm zugefügt hatte, zu rächen.

Er hatte sich dazu verpflichtet gefühlt, sie aufzuhalten. Denn er glaubte, dass sie aufgehalten werden wollte. Da war ein Augenblick gewesen, nicht länger als ein Herzschlag, als sie ihn mit echten Gefühlen in den Augen angesehen und angefleht hatte, sie aufzuhalten. Dann, geradeso, als könnte sie es sich selbst nicht eingestehen, hatte sie ihre ganze Wut auf ihn gelenkt.

So hielt Luke sie also nun, sein Griff fest und unnachgiebig. Und obwohl Bria das in diesem Moment nicht klar war, bedeutete das auch Sicherheit und Schutz. Luke verharrte so, bis er ihren Körper unter sich erschlaffen fühlte.

Da erst rollte er sich von ihr herunter und blieb mehrere Minuten neben ihr auf dem Boden liegen. Halb rechnete er damit, Addie oder Jeb oder irgendeinen anderen der Hausangestellten auf der Türschwelle stehen zu sehen. Doch niemand erschien. Offensichtlich besaßen sie alle einen tiefen Schlaf oder ihnen war jede Einmischung strikt untersagt worden.

„Bria?“ Ihre Stirn war mit einem leichten Schweißfilm überzogen. Ihre Wangen waren noch gerötet. Luke setzte sich auf und rutschte näher zu ihr. Dann zog er einen Zipfel seines Nachthemdes aus seiner Hose und wischte ihr das Gesicht ab. Einmal flatterten kurz ihre dunklen Wimpern, dann lag sie wieder still.

Sie war ein unhandliches Bündel und nicht leicht aufzuheben, aber als er Bria erst einmal in seinen Armen trug, war es nicht mehr allzu schwer. Aus Sorge, sie könnte wieder aufwachen und sich erneut gegen ihn wehren, gelang es Luke, die Stufen beinahe so schnell hochzusteigen wie ohne seine Last. Die Tür zu ihrem Zimmer stand einen Spaltbreit offen, und er stieß sie mit dem Fuß ganz auf. Es brannten keine Lampen, aber durch das Fenster fiel genug Mondlicht, um ihm den Weg zum Bett zu weisen.

Er legte Bria auf die zerknüllten Laken und Decken, dann machte er einen Schritt nach hinten. Da erst bemerkte er, dass Brias Nachthemd nach oben gerutscht war und den Blick auf ihre wohlgeformten Schenkel freigab, die im Mondschein verführerisch schimmerten. Mit einem Laut, der halb Seufzen und halb Stöhnen war, zog er den Saum nach unten über ihre Knie. Er würde sich mit der Erinnerung daran, wie sich ihre Beine angefühlt hatten, zufrieden geben müssen.

Luke zündete die Petroleumlampe auf ihrem Nachttisch an und stellte den Docht so ein, dass die Flamme sie nicht stören würde. Auf seinen nächtlichen Streifzügen durch das Haus war ihm aufgefallen, dass unter ihrer Tür oft ein Lichtschein zu sehen war. Zuerst war er besonders vorsichtig gewesen, weil er annahm, dass sie so spät noch arbeitete oder las oder an ihrem Schreibtisch saß. Einmal erkundigte er sich bei Addie unauffällig danach, indem er ganz allgemein Brias seltsame Arbeitszeiten ansprach. Die Haushälterin hatte ihm geantwortet, dass Bria immer bei Licht einschlief. *Sie mag die Nächte nicht dunkel. Schon seit Jahren.*

Luke fragte nicht weiter, sondern wunderte sich nur, wie lange *seit Jahren* wohl genau war. Seit ihrer Kindheit? Seit dem Krieg? Seit Orrin Foster nach *Henley* gekommen war? Danach konnte er Addie unmöglich fragen, und Bria noch viel weniger, aber er ließ die Lampe an, damit alles wie gewohnt für sie war.

Dann verließ er lautlos das Zimmer und zog die Tür mit einem leisen Klicken ins Schloss, um sich nun seinen eigenen Wunden zuzuwenden.

Bria musste sich keine große Mühe geben, um Luke in der nächsten Woche aus dem Weg zu gehen. Es war sogar erstaunlich leicht. Von Morgengrauen an war sie auf den Feldern, um die Erntevorbereitungen zu treffen. Sie überprüfte die Pflanzen, schätzte ihre Reife und bestimmte, welche Felder zuerst abgeerntet werden sollten. Fast täglich trafen Wanderarbeiter ein, um ihre Dienste anzubieten, trotzdem machte Bria sich Sorgen, ob sie genug Männer und Frauen für die anstehende Arbeit hatte.

Obwohl sie ihre Sorgen nicht mit Luke teilte, vermutete sie, dass seine Arbeiter das taten. Einer nach dem anderen kamen sie zu ihr und erklärten, sie seien ihrer Pflichten im Haus entbunden, um auf den Feldern auszuhelfen.

Da so viel zu tun und zu erledigen war, kam Bria manchmal erst bei Einbruch der Dämmerung nach Hause. Sie suchte Lukes Gesellschaft nicht, auch dann nicht, wenn er gerade sein Dinner einnahm. Sie entschied sich meistens, sich sofort auf ihr Zimmer zurückzuziehen, wo ein von Addie bereitetes heißes Bad sie erwartete. Manchmal aß sie, während sie im Badezuber saß, manchmal schlummerte sie ein, bevor sie essen konnte.

Sie schlief tief und traumlos, wofür sie von ganzem Herzen

dankbar war. Während des Tages, so musste sie entdecken, war es zwar leicht, Lucas Kincaid aus dem Weg zu gehen, aber ihn aus ihren Gedanken zu verbannen war keineswegs so einfach.

Ihre Erinnerung an das, was sich im Musikzimmer zugetragen hatte, war nur bruchstückhaft. Sie sah immer wieder bestimmte Bilder wie durcheinander gewirbelte Momentaufnahmen vor ihrem geistigen Auge.

Einmal lag sie ausgestreckt auf Lukes schlanker Gestalt. Ein andermal kniete sie vor dem Flügel. Sie sah ihr Spiegelbild in dem blank polierten Holz. Da war ein Bild, auf dem sie unter Lukes Körper gefangen lag. Eines, wo sie ihr Gesicht an seiner Schulter vergrub. Das Gefühl, das sie dabei erfasste, war so heftig, dass ihr beinahe übel wurde. Sie konnte sich an den Geschmack seiner Haut auf ihrer Zunge erinnern. Und dann wiederum sah sie ihre Finger auf den Tasten des Flügels und hörte die Misstöne, die sie erzeugte.

Mehr als einmal fand Bria sich auf Apollos Rücken sitzend wieder, die Hände über die Ohren gelegt. Doch die Töne aus dem Musikzimmer in jener Nacht wollten nicht verstummen.

Nur Arbeit vermochte sie zu dämpfen. Kurz vor der Ernte ordnete Bria an, die überfluteten Felder trockenzulegen. Das Wasser, das zu den Pflanzen geleitet worden war, wurde nun durch dieselben Kanäle und Gräben abgelassen. Die letzte Ernte vor Ausbruch des Krieges hatte auf *Henley* fast fünfhunderttausend Pfund Reis erbracht. Nun hoffte Bria auf einen halb so großen Ertrag in diesem Jahr. Das wäre ein Sieg über all die Hindernisse, die ihr in den Weg gelegt worden waren.

Am Morgen des 5. September erklärte Bria den Reis für erntereif. Männer und Frauen begannen mit langen Sicheln eine Schneise durch die Felder zu schlagen. Sie bewegten sich mit solcher Präzision und solchem Gleichmaß, dass ihre Sicheln im Takt schwangen. Aus der Entfernung sahen sie aus wie eine Armee aus Insekten.

Der geschnittene Reis wurde über Nacht auf den Stoppeln zum Trocknen liegen gelassen. Am nächsten Tag morgens gingen die Frauen über die Felder und bündelten den Reis, während die Männer weiter schnitten. Wagen bewegten sich langsam schaukelnd über die abgeernteten Felder, um mit den Bündeln beladen zu werden. Die wurden dann über die unebenen Wege abtransportiert. Als einer ihrer Fahrer krank wurde, sprang Bria für ihn ein und lenkte selbst das schwere Gefährt zur Mühle.

Wenn Bria gewusst hätte, dass das Luke von seiner eigenen Arbeit wegholen würde, hätte sie es sich sicher zweimal überlegt.

Für Luke, der aus einem der Schlafzimmerfenster im oberen Stockwerk blickte, war ihr Einsatz der Tropfen, der das Fass zum Überlaufen brachte. Er ließ alles stehen und liegen und rannte zu Bria. Als er bei ihr ankam, war sie bereits vom Kutschbock gestiegen und half beim Abladen der Ernte.

Er verstellte ihr den Weg. Als sie gegen ihn stieß, weil sie ihn über ihre Last hinweg nicht sehen konnte, nahm er ihr die Bündel ab und trug sie selbst in die Mühle. Er ließ seine Last dort fallen, wo die anderen Arbeiter es auch taten. Als er wieder ins Freie trat, sah er gerade Bria wieder nach einem Bündel greifen. Wieder nahm er es ihr ab, drehte sich aber nicht gleich um, um es fortzuschaffen.

„Sie setzen sich dort drüben hin“, sagte er und deutete mit dem Kopf zu dem schattigen Platz unter einer Eiche. „Und da bleiben Sie, bis dieser Wagen leer ist. Dann bringe ich Sie dorthin, wo Sie Apollo gelassen haben, und fahre danach die nächste Fuhre holen.“ Er sah, wie sie den Mund öffnete, um ihm zu widersprechen. Luke kniff die Augen zusammen und bedachte sie mit einem so durchdringenden Blick, dass sie es sich anders überlegte. Sich durchaus bewusst, dass sie das als Herausforderung auffassen konnte, verließ er sich darauf, dass die Anwesenheit der Arbeiter um sie herum sie eines Besseren belehren würde. Ein Anflug von Verärgerung glitt über ihre Züge, dann fügte sie sich.

„Gut", erklärte sie, drehte sich um und ging zu der schattenspendenden Eiche. Und weiter.

Schließlich, als er wieder einmal aus der Mühle trat, sah Luke sie im Haus verschwinden und kurze Zeit später wieder mit Addie und Martha, die beide Tabletts mit Sandwiches für die Arbeiter trugen, herauskommen. Während Addie das Essen auf den bereits abgeladenen Teil des Wagens stellte, holten Bria und Martha Krüge mit kaltem Wasser von der Pumpe.

Als der Wagen leer war bis auf einen Korb mit Broten und ein Fass Wasser, das zu den Feldarbeitern gebracht werden sollte, erklomm Bria den Fahrersitz. Luke saß bereits dort und dirigierte die Pferde, den Wagen in einem weiten Bogen zu wenden. Sie kannten die Richtung, so dass er sie kaum lenken musste.

Der Tag war klar und schön. Das Sonnenlicht tauchte die Baumwipfel in ein leuchtendes Grün, das die tiefdunklen Schatten unter ihnen wie Samt erscheinen ließ. Brias Gesicht wurde von der breiten Krempe eines Strohhutes beschattet, der keinen Anspruch darauf erhob, ein modisches Accessoire zu sein. Das Hutband war vom Schweiß dunkel, und die ganze Kreation wurde nur notdürftig von einem schwarzen Ripsseidenband gehalten. Wenn Bria ein Schlagloch auf dem Weg vor ihnen entdeckte, hielt sie den Hut fest.

Luke schaute sie von der Seite an. „Wenn Sie es leid sind, das Ding festzuhalten, dann können Sie immer noch das Band fester binden."

Brias Lippen wurden schmal, aber sie schluckte die Worte, die ihr auf der Zunge lagen, herunter.

Luke zuckte bloß die Schultern. „Wie Sie wünschen."

Der Wagen holperte über den Weg. Von Zeit zu Zeit stieß Brias Arm gegen Lukes, aber diese Berührung war nicht zu vermeiden. Denn wenn sie nicht ihren Hut festhalten musste, war sie gezwungen, sich am Rand ihres Sitzes festzuklammern. Luke schien das Schweigen zwischen ihnen nicht im Mindesten unbehaglich zu finden. Bria erging es anders.

„Sie hätten Ihre Arbeit nicht unterbrechen müssen, um hier herauszukommen", bemerkte sie schließlich.

„Es wäre sicher ziemlich schwierig, dort weiterzuarbeiten und hier zu sein, meinen Sie nicht?"

„Was ich meinte", erwiderte sie fest, „war, dass Sie nicht hätten herkommen müssen."

Luke tat so, als dächte er darüber nach. „Nein, vermutlich nicht."

„Warum dann ..."

„Das", unterbrach er sie, „sollte doch offensichtlich sein, selbst für Sie. Ich bin nach *Concord* gekommen, weil ich helfen wollte. Jetzt, da die Ernte in vollem Gang ist, habe ich aber keine Arbeiter, während Sie hier die Taten des Herkules zu wiederholen versuchen. Ich dachte, Sie würden wenigstens die Hilfe begrüßen, wenn auch nicht die Gesellschaft. Falls Sie so weitermachen wollten wie letzte Woche, wo Sie fast bis zur Bewusstlosigkeit geschuftet haben, nur um mich zu meiden, dann lassen Sie sich sagen, dass das jetzt vorbei ist."

„Es ist Erntezeit", erläuterte sie. „Alle arbeiten hart."

Luke zog an den Zügeln und legte die Bremse ein. Abrupt blieb das Gespann stehen. Staub stieg unter den Pferdehufen auf. Er drehte sich auf dem Sitz um und gab sich keine Mühe, seine Ungeduld zu verhehlen. Als Bria zurückwich, biss er die Zähne nur kräftiger aufeinander. Die Zügel mit einer Hand fassend, nahm er ihr Kinn zwischen Daumen und Zeigefinger und hob es an, so dass er ihre Augen sehen konnte.

„Es sind aber nicht *alle,* die mir wichtig sind.“ Sein Blick glitt zu ihrem Mund. „Ach, zur Hölle“, sagte er leise. „Warum soll ich es überhaupt erklären?“

Und dann küsste er sie.

6. KAPITEL

Bria verharrte regungslos. Die Berührung seines Mundes war zuerst nur ganz leicht, und seine Finger unter ihrem Kinn übten mehr Druck aus als seine Lippen. Es war kein überwältigender, alles verzehrender Kuss – oder wenigstens nicht von Anfang an. Bria blieb reglos sitzen, stützte sich Halt suchend am Rand des Sitzes ab, während die Welt um sie herum aus den Angeln gehoben schien.

Behutsam versuchte er, ihre Lippen auseinander zu drängen, und ließ seine Hände sinken. Sachte strich er mit seinem Mund über ihre Lippen. Ein Mal. Zwei Mal. Unter dieser sanften Überredung öffnete sich Brias Mund wie von selbst.

Luke wagte nicht, sich zu bewegen. Mit dem Teil seines Verstandes, mit dem er noch klar denken konnte, wusste er, dass er diesen kleinen Erfolg besser nicht ausnutzen sollte. Bria erwiderte seinen Kuss nicht wirklich, sondern ließ sich nur von ihm küssen. Er zog sich zurück, bemüht, sein trauriges Lächeln vor ihr zu verbergen, damit sie nichts von seinem Verlangen für sie merkte.

Als er seine Augen öffnete, sah er, dass sie ihn anstarrte. „Schließen Sie nie die Augen?“ fragte er leise.

„Wenn ich schlafe.“

Luke konnte ein Lächeln nicht unterdrücken. Neckend entgegnete er: „Aber nicht, wenn Sie küssen.“

Bria wusste nicht, was sie antworten sollte, und obwohl sie lieber den Blick abgewandt hätte, stellte sie fest, dass das gar nicht so einfach war. Selbst ohne Zuhilfenahme seiner Hände, seiner Arme oder seiner Lippen hielt er sie gefangen. So schüttelte Bria nur den Kopf.

Eine steile kleine Falte trat zwischen Lukes Augenbrauen. Geistesabwesend fuhr er sich mit den Fingern durchs Haar. „Bria?“

Ihr breitkrempiger Sonnenhut warf einen Schatten über ihre Züge. Trotzdem sah er, dass sie ihn fragend anblickte.

„Sie sind schon zuvor geküsst worden, nicht wahr?"

„Selbstverständlich."

Luke hielt das in keiner Weise für selbstverständlich. Nichts an Bria Hamilton war so, wie es auf den ersten Blick schien. „Außer in dem Gewächshaus."

„Sie sind nicht der einzige Mann, den mein Stiefvater dazu eingeladen hat, sich meiner zu bedienen", erwiderte sie knapp. „Dachten Sie das?"

Nun wusste Luke nicht, was er darauf sagen sollte. Sein sanftes, leicht schiefes Lächeln verschwand.

Bria hatte das Gefühl, endlich wieder Luft zu bekommen. Sie hob ihr Kinn, fast ein wenig trotzig. „Was überrascht Sie daran, Mr. Kincaid? Die Tatsache, dass mein Stiefvater das tut, oder dass ich es erwähne? Noch vor einer Woche haben Sie es doch selbst gesagt. Es war Ihre letzte Bemerkung, bevor Sie das Musikzimmer verlassen haben. Hatten Sie das etwa vergessen?"

„Nein", entgegnete Luke. „Ich hatte es nicht vergessen."

„Dann glaubten Sie vielleicht, ich hätte es. Oder vielleicht dachten Sie auch, dass es die guten Manieren von mir verlangen würden, nicht mehr davon zu sprechen." Bria zuckte die Schultern. „Verzeihen Sie bitte, aber an Ihrem Wohlbefinden liegt mir nicht so viel, dass ich mein eigenes dafür opfere."

Die Pferde begannen unruhig zu stampfen, und Luke beruhigte sie, dankbar für die Ablenkung. „Sie müssen wissen, dass ich diese Worte bereue."

„Muss ich das?" fragte sie. „Entsprachen sie nicht der Wahrheit? Hat mein Stiefvater Ihnen kein solches Angebot gemacht?"

„Das ist völlig gleichgültig."

„Ihre Entschuldigung kommt ein wenig spät."

„Dafür haben Sie gesorgt, indem Sie mir aus dem Weg gegangen sind."

„Schieben Sie mir nicht die Schuld dafür zu", verlangte Bria. „Wenn Ihr Gewissen Sie geplagt hätte, hätten Sie einen Weg gefunden, Ihr Bedauern zum Ausdruck zu bringen."

Zu seiner Schande konnte Luke nicht anders, als ihr Recht zu geben. Die Pferde begannen wieder unruhig zu werden. Er löste die Bremse und ließ die Zügel knallen. Langsam rollte der Wagen vorwärts. Aus dem Augenwinkel sah er Brias zufriedenes Lächeln. Sie wusste, dass sie diesmal gewonnen hatte.

Knarrend und ächzend schaukelte der Wagen über die holperige Straße. Luke konzentrierte sich darauf, den tiefsten Furchen auszuweichen. Gelegentlich blickte er sich um. Nirgends konnte er Brias Pferd, irgendwo im Schatten angebunden, entdecken. „Wo haben Sie Apollo gelassen?"

„John Whitney hat ihn nach Hause gebracht."

„Dann ist er also schon im Stall?"

„Nein", antwortete Bria. „Ich meinte, dass John Apollo mit zu sich nach Hause genommen hat. John war zu krank, um zu gehen. Ich werde mir Apollo später wieder holen, wenn wir mit dem Feld hier fertig sind."

Mit ihr darüber zu streiten wäre witzlos, das wusste Luke. Es war ohnehin besser, sie im Auge zu behalten, wenn er sichergehen wollte, dass sie nicht vor Erschöpfung zusammenbrach.

Bei Einbruch der Dämmerung musste Luke einräumen, dass er dichter davor stand als Bria. Sein Kreuz schmerzte von dem häufigen Bücken, um die Reisbündel aufzuheben und dann auf den Wagen zu werfen. Die Frauen, die um ihn herum arbeiteten, unterhielten sich und sangen, aber Luke hatte schon bald jede Lust verloren, einzustimmen.

Bria fuhr den Wagen langsam entlang der Reihen über das Feld.

Da sie genau wusste, wie anstrengend die Arbeit war, bot sie Luke zweimal an, mit ihm den Platz zu tauschen. Er lehnte beide Male ab. Bei jeder Fahrt zur Reismühle nötigte er Bria, ihm die Zügel zu geben. Und wenn sie ankamen, erlaubte er ihr nicht, beim Abladen mit anzufassen.

Nach einer Fahrt ging sie ins Haus und suchte ihm Handschuhe für seine blasenübersäten Hände. Beim nächsten Halt holte sie ihm zur Stärkung eine große Portion von Elsies Pfirsich-Charlotte. Beim dritten Mal bat sie Addie, dafür zu sorgen, dass am Abend ein heißes Bad auf ihn wartete, wenn sie mit ihm und Apollo heimkehrte.

Den Wagen mussten sie am Wegesrand stehen lassen und das letzte Stück zu Johns Haus zu Fuß zurücklegen. Bria versicherte ihm, sie könne sehr gut allein gehen, aber Luke beachtete sie nicht. So zuckte sie die Schultern und schlug ein zügiges Tempo an. Der Weg war ihr vertraut, so dass die einbrechende Dunkelheit sie nicht wirklich behinderte. Selbst als der Pfad schmaler wurde und sie nicht länger nebeneinander gehen konnten, geriet sie nicht ins Straucheln. Als sie jedoch hörte, wie Luke hinter ihr zurückfiel, verlangsamte sie ihre Schritte.

„John Whitney hat früher im Haupthaus gearbeitet", erzählte sie. „Orrin fand ihn überheblich und entließ ihn. Lange Zeit hat Addie mich mit Essen zu ihm geschickt. Ich denke, sie hatte Angst, dass John nicht für sich selbst sorgen könnte." Bria blickte über die Schulter zu Luke. Dass er nur stockend vorankam, konnte sie mehr hören als sehen. Einen Moment wartete sie, bis er aufgeholt hatte, dann fuhr sie fort: „Wie sich herausstellte, gelang es John jedoch sehr gut, allein zurechtzukommen. Wir haben uns darauf geeinigt, Addie nichts davon zu verraten, da es ihr Freude macht, sich um andere zu kümmern. Und mir hat es Spaß gemacht, ihn zu besuchen."

Johns Haus lag in der Mitte von mehreren Morgen gerodeten

Landes. Es war nicht größer als das des Aufsehers, aber es war gut in Stand gehalten. Die weiß getünchten Wände ließen es nachts weniger einladend erscheinen als am Tag, da es beinahe gespenstisch wirkte. Die dunklen Efeuranken, die an den Wänden entlang, über die Fenster und den Kamin emporkletterten, wirkten wie Blutrinnsale.

Licht fiel durch ein offenes Fenster nach draußen, doch das Flackern des Kerzenscheins war die einzige Bewegung innen.

„Lebt John allein?“ erkundigte sich Luke.

Bria nickte. Vor sich konnte sie Apollo sehen, dessen Zügel um einen Pfosten vor der Tür geschlungen waren. „Sie sollten besser hier bleiben“, sagte sie und hob eine Hand, um Luke aufzuhalten. „Vielleicht hat John einen Malariaanfall. Besser, Sie setzen sich keiner Gefahr aus und warten hier.“

Luke schnaubte abfällig. „Was ist mit Ihnen?“

„Ich bin schon mein ganzes Leben hier und habe mich bisher nicht angesteckt. Aber niemand kann sagen, was es Ihrem blauen Yankeeblut antäte.“

„Ah ja. Mein blaues Yankeeblut. Natürlich. Ich werde hier warten.“ Er stand dicht hinter ihr, als sie anklopfte, und folgte ihr auf dem Fuße, nachdem sie eingetreten war. Ihren strafenden Blick quittierte er lediglich mit einem Schulterzucken. Vielleicht wäre noch eine Zurechtweisung erfolgt, aber ein Stöhnen aus dem angrenzenden Raum hielt Bria davon ab.

John lag ausgestreckt auf dem Rücken im Bett, inmitten zerwühlter weißer Laken, ein starker Kontrast zu seinem dunkel glänzenden Körper. Als würde er von einer unsichtbaren Hand angestoßen, rollte er seinen Kopf von einer auf die andere Seite, aber sonst war er reglos. Als Luke und Bria näher traten und Licht aus dem anderen Zimmer hineinfiel, konnte man erkennen, dass Johns Gesicht und Brustkorb von einem Schweißfilm überzogen waren.

„Hinter dem Haus ist eine Pumpe, Luke. Holen Sie mir einen Krug Wasser." Bria dachte nicht weiter über ihre Anweisung nach, sondern ging einfach davon aus, dass sie befolgt wurde.

Als er mit dem Wasser zurückkam, hatte sie die Laken glatt gezogen und Tücher gefunden, mit denen sie Johns Haut abgerieben hatte. „Im Haus befindet sich Medizin", bemerkte sie zu Luke. „Addie wird wissen, was Sie Ihnen geben muss. Nehmen Sie Apollo und holen Sie die Arznei. Sie müssen nicht selbst zurückkommen. Jeb wird sie mir bringen oder einen der Stallburschen schicken."

„Ich werde kommen", entgegnete er fest. „Werden Sie es schaffen?"

Bria warf ihm nur unter hochgezogenen Brauen einen herablassenden Blick zu. Es gelang ihr ausgezeichnet, damit auszudrücken, dass sie hier mit John sicherer war, als sie es je bei Luke gewesen war.

„Verstanden", erwiderte er knapp. „Ich werde nicht lange brauchen."

Daran hielt er sich. Innerhalb einer Stunde kehrte er mit der Arznei *und* Addie zurück. „Hätten Sie sie aufhalten können?" wollte er wissen, als Bria ihn missbilligend anschaute.

Da sie ihren Platz an Johns Bett bereits Addie hatte überlassen müssen, sparte sie sich eine Antwort auf seine Frage.

Addie scheuchte sie weiter fort, während sie sich über John beugte. „Er ist nur noch ein Schatten seiner selbst", sagte sie leise. „Isst er irgendetwas von dem, was ich ihm zu essen schicke?"

Luke und Bria blickten sich an. Sicher, John war krank, aber das Einzige, was an ihm an einen Schatten erinnerte, war seine dunkle Hautfarbe. Er war von stämmiger Statur mit einem kräftigen Nacken und breiten Schultern. Er sah so aus, als äße er alles, was Addie ihm sandte, und mehr.

Die Haushälterin stellte den Korb mit der Arznei, Brühe und

herzhafterem Essen neben sich auf den Boden. Dann nahm sie das Tuch, das über Johns Stirn lag und tauchte es in den Krug. Weder für Bria noch für Luke hatte sie einen Blick übrig, als sie es auswrang. „Gehen Sie schon", sagte sie. „Alle beide. Jetzt kümmere ich mich um ihn. Miss Bria, Sie werden sehen, Martha kommt sehr gut allein zurecht. Aber lassen Sie sie nichts durcheinander bringen, ja?"

„Alles wird genauso gemacht, wie du willst", erwiderte Bria ruhig. „Ich werde jemanden herschicken, der morgen früh nach dem Rechten schaut."

„Das wäre sehr nett." Addie wischte Johns Hals und sein Gesicht ab. „Gehen Sie", sagte sie noch einmal. „Sonst wird Mr. Kincaids Bad kalt."

Luke sah Bria fragend an und lachte leise vor sich hin, als sie seinem Blick auswich. Er folgte ihr nach draußen, wo Apollo neben der Stute stand, auf der Addie hergeritten war. Beinahe automatisch ging er auf sie zu, damit Bria ihr eigenes Pferd reiten konnte.

Bria zögerte, als Luke die Zügel loszubinden begann. „Ich denke, wir sollten Dulcie für Addie hier lassen. Vielleicht muss sie in der Nacht Hilfe holen."

„Gut." Er band die Zügel wieder fest und kam zu Apollo. Bevor Bria es ihm verwehren konnte, hatte er sich schon in den Sattel geschwungen. „Ich gehe nicht zu Fuß", erklärte er. „Und Sie auch nicht." Er hielt ihr seine Hand hin. „Kommen Sie. Wir können zusammen reiten."

„Das ist lächerlich. Ich gehe zu dem Wagen zurück und fahre ihn in die Ställe."

„Da ist er schon. Ich habe einen der Stallburschen geschickt, ihn zu holen." Er hielt ihr weiter die Hand hin. „Kommen Sie."

Weil es so schien, als wäre es ihm völlig gleichgültig, lenkte Bria ein. Sie legte ihre Hand in seine und wurde mühelos auf den Platz hinter ihm gezogen.

„Sie müssen sich an mir festhalten“, sagte er. Sein Ton verriet nichts von dem Lächeln, das seine Lippen kräuselte. Luke spürte, wie Bria sich zurechtsetzte. „Wäre es nicht bequemer, wenn Sie sich rittlings hinsetzen?“

Bria wusste, dass sie dann vor allem sicherer sitzen würde, ob es bequemer sein würde, konnte sie nicht sagen. „Ich brauche Hilfe“, erwiderte sie schließlich. Luke fasste augenblicklich nach hinten, um sie festzuhalten, während sie ein Bein über Apollos Rücken schwang, eine Aufgabe, die ihr Reitrock ihr erleichterte. Zum Schluss rutschte sie so weit wie möglich nach hinten. „Ich bin fertig.“

„Sie müssen sich an mir festhalten“, erklärte Luke. Als sie mit ihren Händen nur leicht seinen Rock fasste, griff er hinter sich und packte sie sanft an den Handgelenken. „So.“ Damit legte er sich ihre Hände um die Taille und hielt sie da einen Moment. „Können Sie das?“

Wütend auf sich selbst, hätte Bria ihn am liebsten angefahren, doch sie bezwang sich und erwiderte bloß: „Ja.“

Luke drückte Apollo die Fersen in die Flanken und wendete das Pferd. Nachdem sie die Lichtung hinter sich gelassen hatten, fand der Wallach seinen Weg durch den Wald genauso mühelos wie seine Herrin zuvor. Als sie auf die offene Straße kamen, ließ Luke Apollo auch hier das Tempo bestimmen.

„Erwartet mich wirklich ein Bad?“

Hinter seinem Rücken runzelte Bria die Stirn. „Ein eiskaltes.“

Als er sich vorstellte, mit welchen Blicken sie ihn bedachte, musste er grinsen. „Für eine gelegentliche nette Geste würde ich nicht geringer von Ihnen denken“, bemerkte er. „Und da Ihnen diese Nettigkeiten so wenig Freude bereiten, denke ich auch nicht besser von Ihnen.“

„Am liebsten wäre mir, Sie würden überhaupt nicht an mich denken.“

Luke schwieg einen Augenblick, dann sagte er: „Das ist, fürchte ich, nicht möglich."

Bria, die kurz davor gewesen war, sich gegen seinen Rücken zu lehnen, richtete sich kerzengerade auf. „Ist es wegen dem, was Orrin Ihnen gesagt hat?" wollte sie wissen. Bevor Luke antworten konnte, fuhr sie fort: „Ich weiß, Sie haben gehört, wie er mich eine Schlampe genannt hat. Das hat er mir ins Gesicht gesagt. Was er hinter meinem Rücken über mich erzählt, will ich mir gar nicht erst vorstellen."

„Bria ...", sagte Luke in einem Tonfall, der sie aufhalten sollte. Stattdessen blieb Apollo stehen, während Bria weitersprach, als hätte Luke nichts gesagt.

„Sie haben doch schon zugegeben, dass eine solche Unterhaltung stattgefunden hat", fuhr sie fort. „Dass er Ihnen angeboten hat, sich meiner zu bedienen, ist schließlich Beweis genug."

„Bria." Diesmal sprach Luke ihren Namen mit mehr Entschlossenheit. „Können Sie das nicht einfach aus ...?"

„Aus meinem Gedächtnis streichen?" unterbrach sie ihn. „Als ob es nie geschehen wäre? Ich bin sicher, das könnte ich." Sie lachte kurz und ohne Freude. „Meine Mutter würde Ihren Vorschlag gewiss begrüßen. Haben Sie sie am Ende etwa in Charleston getroffen? Ihr wäre es am liebsten, es gäbe keine Unstimmigkeiten." Wieder wartete sie seine Antwort nicht ab. „Es war genauso, als Macauley Stuart hier war. Das war der Arzt, der sich um Claire Bancroft kümmerte. Randall musste zustimmen, ihn auf die Reise mitzunehmen, wenn er die Mittel für die Fahrt erhalten wollte, darauf bestand Claires Patenonkel. Als die *Cerberus* in Charleston anlegte, hatte Randall praktisch keine andere Wahl, als dem Arzt zu gestatten, Claire nach *Concord* zu begleiten.

Ich tat, was ich konnte, um Stuart aus dem Weg zu gehen, und es gelang mir auch eine Weile. Ich merkte es beinahe sofort, dass

Orrin den Arzt ins Vertrauen gezogen hatte. Dr. Stuarts Verhalten änderte sich nicht in der Gegenwart anderer, aber sobald wir allein waren, sagte und tat er Dinge, die mir verrieten, dass er sich Orrins Meinung über mich angeschlossen hatte. Eines Abends erwischte er mich in dem kleinen Wäldchen unweit der Laube. Als ich von ihm verlangte, er solle mich in Ruhe lassen, nannte er mich eine Schlampe, eine Dirne, so wie mein Stiefvater es tut. Da begriff ich, wie überzeugend Orrin sein Bild von mir zeichnet."

Bria entging nicht, dass Luke inzwischen beinahe genauso steif im Sattel saß wie sie. Obwohl sie nicht länger die Arme um seine Taille geschlungen hatte, konnte sie die Anspannung seiner Muskeln spüren. „Was?" fragte sie ihn in sanft herausforderndem Ton. „Leugnen Sie etwa, dass das so ist? Wie können Sie das, wenn Orrin Ihnen einen ähnlichen Vorschlag gemacht hat?"

„Was ist geschehen?" fragte Luke stattdessen. „In dieser Nacht. Ist Stuart zudringlich geworden?"

„Nein. Ich würde es nicht als zudringlich bezeichnen. Nicht mehr, als Ihre Küsse Zudringlichkeiten sind." Bria fühlte, wie sich Lukes Körper unter diesem Pfeil anspannte. Apollo begann unruhig zu scharren. „Ich habe geschrien, und Randall kam mir zu Hilfe. Danach hat Stuart mich nicht wieder belästigt."

„Das kann ich mir vorstellen", bemerkte Luke trocken.

„Gut. Dann wissen Sie, was Randall mit Ihnen anstellen wird."

Luke konnte beinahe spüren, wie ihm die Nase gebrochen wurde. „Was haben Sie Randall gesagt, was geschehen ist?"

Bria zuckte die Schultern. „Ich sagte, Stuart habe mich geküsst."

Luke überlegte einen Augenblick. „Aber nicht, dass er Sie beschimpft hatte, oder dass Ihr Stiefvater ihn Ihnen auf den Hals gehetzt hatte."

„Nein“, räumte Bria ein. „Das nicht.“

„Warum nicht?“

„Er hätte Stuart umgebracht und wäre dann zu Orrin gegangen.“

Luke nickte. Das erklärte, warum Orrin Foster noch am Leben war. Bria hatte so gehandelt, um ihren Bruder zu beschützen, nicht Foster oder den Arzt. „Und Sie haben davon nie etwas Ihrer Mutter erzählt?“

„Nein“, entgegnete sie tonlos.

Luke begriff, dass die Unterhaltung wieder an ihrem Ausgangspunkt angekommen war. „Weil es ihr am liebsten wäre, wenn es keine Unstimmigkeiten gäbe“, sagte er.

Als sie ihre eigenen Worte aus seinem Munde hörte, merkte Bria, wie eine gewisse Müdigkeit sie überkam. „Das hätte ich nicht sagen sollen. Es ist nicht die ganze Wahrheit.“

„Was *ist* denn die Wahrheit?“ wollte Luke wissen.

Bria umfasste erneut seine Taille und gab Apollo selbst die Fersen. „Ich möchte nach Hause“, sagte sie bloß. „Das ist die Wahrheit.“

Luke ruhte sich in dem Bad aus, das ihn in seinem Zimmer erwartet hatte. Im Gegensatz zu Brias düsteren Prognosen war das Wasser immer noch warm genug, um es zu genießen. Jeder einzelne seiner Muskeln schmerzte. Das Gefühl war nicht völlig unangenehm. Harte Arbeit hatte er noch nie gescheut, aber das, was er heute auf den Reisfeldern erlebt hatte, übertraf all seine anderen Erfahrungen. Morgen würde es ihm schwer fallen, am Frühstückstisch zu erscheinen, ohne zu hinken oder bei jeder Bewegung schmerzerfüllt zu stöhnen.

Seine Hände lagen locker auf dem Rand der Kupferwanne. Er drehte sie um und betrachtete müßig seine Handflächen. Die Haut war rot und rissig. Wenn er die Hände zu Fäusten ballte, würde er unter seinen Fingerspitzen die Anfänge von Blasen spüren können. Es wäre viel schlimmer, hätte Bria ihm keine Handschuhe gegeben.

Sein Magen knurrte. Zu viele Stunden waren verstrichen, seit Bria ihm das Stück noch warme Pfirisich-Charlotte gebracht hate.

Luke ließ seine Hände fallen, und Wasser schwappte gegen seine Brust. Tiefer in die Wanne sinkend, schloss er die Augen.

Bria benutzte ihre Schuhspitze, um an Lukes Tür anzuklopfen. Als sie keine Antwort erhielt, balancierte sie das Tablett, das sie trug, auf einer Hand, während sie mit der anderen die Klinke nach unten drückte. Vorsichtig stieß sie die Tür auf und trat ein. Auf dem Nachttisch brannte eine Petroleumlampe, die genügend Licht spendete, damit Bria erkennen konnte, dass Luke schlief.

Allerdings hatte sie erwartet, ihn im Bett vorzufinden, nicht im Badezuber. Entschlossen wandte sie den Blick ab, fasste das Tablett mit dem Essen fester und trug es zum Fußende des Bettes. Dort stellte sie es ab und ging rückwärts zur Tür.

„Sie starren." Luke öffnete die Augen und blickte sie amüsiert an. Ihm entging nicht, dass Bria sich nicht bewegte. Sie hatte immer noch ihre leichte Jacke und den Reitrock an. Ihre Bluse war am Hals aufgeknöpft. Das einzige andere Zugeständnis an ihre eigene Bequemlichkeit war, dass sie den strengen Haarknoten in ihrem Nacken gelöst hatte. Durch den Zopf, zu dem sie ihr dunkel honigblondes Haar nun geflochten trug, zog sich ein grünes Band. „Sie starren immer noch", bemerkte er. „Vielleicht erzähle ich das Ihrem Bruder, damit er Ihnen eins auf die Nase gibt."

Da blinzelte sie, ging jedoch nicht auf seine Worte ein, so als hätte sie sie gar nicht gehört. „Sie haben gelächelt", sagte sie, und in ihrem Tonfall schwang so etwas wie Ehrfurcht mit.

„Ja?“

„Im Schlaf.“

Zu einem anderen Zeitpunkt hätte er über ihre Verwunderung sicher gelacht, aber ihre Ernsthaftigkeit verhinderte das. „Das ist gut möglich.“

„Sie *haben* gelächelt.“

„Dann wird es so sein.“ Luke überlegte einen Moment. „Ah“, sagte er leise, und bei der Erinnerung kehrte das Lächeln zurück. „Ich habe an die Pfirsich-Charlotte gedacht.“ Das war nicht die ganze Wahrheit. Bria hatte eine tragende Rolle dabei gespielt, denn er hatte nicht daran gedacht, die Torte zu essen, sondern dass sie sie ihm gebracht hatte.

„Pfirsich-Charlotte“, wiederholte sie. „Wirklich?“

„Wirklich.“ Als Luke sich den Bauch rieb, geriet das Wasser in dem Zuber in Bewegung.

Der Hauch eines Lächelns spielte um Brias Mund. „Sieh mal an. Ich glaube nicht, dass ich je von Elsies Pfirsich-Charlotte geträumt hätte, auch wenn ich sie sehr gern esse.“ Plötzlich fiel ihr wieder einer der Gründe ein, aus dem sie hier war. „Ich habe Ihnen Essen gebracht“, erklärte sie und deutete zu dem Tablett auf dem Bett.

„Danke sehr.“

Bria trat von einem Fuß auf den anderen. Ihre Lippen teilten sich.

Luke beobachtete sie. „Wollten Sie noch etwas?“

Allerdings, aber sie hatte nicht das Gefühl, dass sie bereit war, diesem Impuls zu folgen. So wandte sie den Blick von Lukes Augen ab und ließ ihn über seine Züge abwärts gleiten, bis er auf seine Schultern fiel. Mit keinem Hinweis auf das, was sie vorhatte, und selbst keiner klaren Vorstellung davon, ging sie zu dem Badezuber.

„Bria?“ Luke glaubte nicht, dass sie ihn gehört hatte. Er zog die

Knie an und richtete sich auf. „Wünschen Sie mir angenehme Träume und gehen Sie“, verlangte er. Das Wasser wurde langsam kalt, aber für seinen Geschmack bei weitem nicht schnell genug.

Sie kniete sich neben dem Zuber auf den Boden. „Wo ist Ihr Schwamm“, wollte sie wissen. „Schon gut. Ich sehe ihn.“ Sie nahm ihn von einem nahen Stuhl. „Und die Seife?“

Unter seinem rechten Fuß spürte Luke etwas Rechteckiges. Er war sich nicht völlig sicher, dass sie nicht selbst suchen würde, und so griff er eilig danach und reichte ihr das Seifenstück.

Bria tauchte den Schwamm ins Wasser und rutschte auf Knien zum Ende des Zubers. „Beugen Sie sich vor.“ Als Luke nicht sofort gehorchte, drückte sie ihm sanft den Schwamm an die Schulter. Wasser rann in kühlen Bächen über seinen Rücken. „Das ist besser. Sie kommen hier doch gar nicht hin.“

Luke widersprach ihr nicht, aber nur, weil er keinen zusammenhängenden Gedanken fassen konnte. Jeder Muskel in seinem Rücken spannte sich, als sie den eingeseiften Schwamm darauf legte. Er war jedoch nicht so sprachlos, dass er nicht einen erstickten Laut zu Stande bringen konnte.

Bria seifte ihm die Schultern ein und fuhr mit dem Schwamm von einer zur anderen Seite. Als er seinen Kopf nach vorn sinken ließ, rieb sie den Schwamm über seinen Nacken, dann tiefer, sein Rückgrat entlang, bis sie ihre Hände ins Wasser hätte tauchen müssen. Seine glatte Haut fühlte sich fest an, und sie konnte das Spiel seiner Muskeln darunter spüren.

Luke hob den Kopf und rollte seine Schultern, um die Schwere daraus zu vertreiben. Sein Blick fiel auf den Spiegel über seiner Ankleidekommode. Er konnte sein eigenes Spiegelbild darin sehen, und Brias Gesicht dicht über seiner Schulter. Unwillkürlich musste er lächeln. Sie hatte ihre Augen fast so fest zusammengekniffen, wie sie den Schwamm umklammerte. Weit davon entfernt, sich wohl zu fühlen, bezweifelte er, dass sie irgendetwas von dem genoss, was sie tat. *Warum, in drei Teufels Namen, tut sie es dann?*

„Ich nehme ihn jetzt", sagte er und griff hinter sich nach dem Schwamm. Dabei strich er mit seiner Hand über ihre Fingerspitzen, und sie erstarrte augenblicklich. „Sie haben genug getan." Mehr als genug, dachte er. Wahrscheinlich würde er die ganze Nacht kein Auge zutun.

Ungelenk kam Bria auf die Füße. Sie wischte ihre feuchten Hände an ihrem Reitkostüm ab. Wasser und Staub hinterließen eine schmutzige Spur darauf. „Ich bin keine Schlampe", erklärte sie unvermittelt und floh aus dem Zimmer.

Am nächsten Tag arbeiteten sie nicht zusammen und auch am übernächsten nicht. Luke wusste, das war so von Bria beabsichtigt. Er begann zu begreifen, dass jede Auseinandersetzung mit ihm sie für ein paar Tage verschwinden lassen würde. Es war nicht so, dass sie irgendwo hinging, um sich zu verkriechen, sondern nur, dass sie nirgendwo anzutreffen war. Sie verließ *Concord* nie, aber es war, als sei sie vom Erdboden verschluckt.

Johns Zustand verschlechterte sich nicht. Als Luke ihn besuchte, erfuhr er, dass Addie Anzeichen einer allmählichen Erholung zu erkennen glaubte, aber nicht zu viel hineinlegen wollte.

„Miss Bria war soeben selbst hier", erklärte Addie, während sie den Korb auspackte, den er mitgebracht hatte. „Da kann es kaum sein, dass sie Sie hierher geschickt hat."

„Nein", gab Luke ihr Recht. „Ich wollte mich selbst von Johns Fortschritten überzeugen."

Um Addies dunkle Augen bildeten sich feine Fältchen, als sie lachte. „Den Wagen zu fahren ist harte Arbeit."

Luke zuckte lässig mit den Schultern, verdarb aber die Wirkung sogleich, indem er das Gesicht vor Schmerz verzog. Auf seinem

Rücken und in seinen Schultern konnte er die Verspannung seiner Muskeln spüren. „Sehr hart", musste er einräumen. „Aber deswegen bin ich wirklich nicht gekommen."

Addie unterbrach ihre Arbeit und schaute auf. Ihre Miene verriet Neugier, war aber auch irgendwie wissend, und als sie sprach, hatte ihr Ton sowohl etwas von einer Frage als auch von einer Feststellung. „Sie und Miss Bria haben wieder einen Streit gehabt?"

Luke antwortete aufrichtig. „Ich weiß nicht."

Addie lachte erneut. „Kann sein, dass Miss Bria mit sich selbst im Streit liegt."

„Tut sie das oft?"

Achselzuckend fuhr Addie fort, den Korb auszuräumen. „Nicht mehr und nicht weniger, als jeder von uns es tut. Am besten, man geht ihr aus dem Weg."

„Das macht sie einem leicht genug." Luke zog einen Stuhl unter dem Tisch vor, drehte ihn um und setzte sich rittlings darauf. Seine Arme auf die Lehne stützend, erkundigte er sich: „War sie wirklich eben erst hier?"

Addie nickte. „Sie müssten ihr im Wald begegnet sein."

„Das bin ich nicht. Sie muss mich zuerst gesehen haben."

Bei dieser Bemerkung hielt Addie inne. Sie setzte zu sprechen an, überlegte es sich dann aber anders, und beugte sich wieder über ihre Arbeit.

„Addie", sagte Luke. „Im Grunde genommen bin ich gekommen, Sie zu sehen. Erklären Sie mir, warum Bria sich so verhält."

„Das steht mir nicht zu."

„Wem dann?"

„Niemandem, denke ich."

Seine Ungeduld und Verzweiflung entluden sich in einem tiefen Seufzer. Dann versuchte er es von anderer Seite. „Versteckt sie sich noch vor anderen Menschen als nur mir?"

„Das müssen Sie mir sagen“, entgegnete Addie. „Haben Sie schon einmal gesehen, dass sie *Concord* verlässt?“

„Nicht seit ich hier bin.“

Addie drehte ihre Handflächen nach oben. „Das muss Ihnen doch etwas verraten.“

„Wollen Sie etwa andeuten, dass sie die Plantage *nie* verlässt?“

„Nicht seit sie eine Wahl in der Sache hat.“ Addie zog den Kopf ein und presste ihre vollen Lippen zusammen, so als hätte sie schon zu viel verraten.

„Wen meidet sie in Charleston?“

Addie drehte sich um und ging zu dem Herd, auf dem sie Hühnerbrühe erwärmte. Sie hob den Topfdeckel, roch an der Suppe und rührte sie um.

„Addie“, sagte Luke.

Gegen seinen flehenden Tonfall war sie nicht gefeit. Mit schwingenden Röcken fuhr sie zu ihm herum, die Hände in die Hüften gestemmt. „Jetzt hören Sie mir mal zu, Mr. Kincaid. Ich mag Sie sehr gern, und soweit ich das beurteilen kann, tun das die meisten Menschen, die hier arbeiten. Aber das heißt nicht, dass ich Ihnen verrate, was Miss Bria Ihnen selbst sagen kann. Und es gibt hier auch sonst niemanden, der das täte, darum sparen Sie sich Ihren Atem. Wenn Sie etwas wissen wollen, fragen Sie sie.“ Um seiner nächsten Frage zuvorzukommen, hob Addie abwehrend eine Hand. „Vergessen Sie, was Mr. Foster Ihnen über sie erzählt hat. Ich kann dafür eine Menge Schwierigkeiten bekommen, wenn ich das sage, aber ich kann mich nicht entsinnen, einmal etwas Wahres aus dem Mund dieses Mannes gehört zu haben. Der letzte Mann, der auf ihn gehört hat, hat als Lohn eine Menge Schrammen abbekommen.“

„Sie meinen Dr. Stuart.“

Addies Überraschung war unverhohlen. „Wer hat Ihnen den Namen verraten?“

„Miss Bria."

Addie überlegte eine Weile, bevor sie nachdenklich bemerkte: „Dann ist es gut möglich, dass sie sich bereit macht, Ihnen zu sagen, was nicht über meine Lippen kommt." Sie wich nicht länger Lukes Blick aus, sondern erwiderte ihn offen. „Wenn sie das tut, seien Sie ja sanft mit ihr."

Danach presste Addie ihre Lippen fest zusammen. Langsam erhob Luke sich und überlegte, ob er ihr noch etwas würde entlocken können. „Eine Sache noch, Addie", sagte er und nahm den leeren Korb. „Wegen des Flügels im Musikzimmer." Er sprach nicht weiter, weil Addie schon den Kopf schüttelte.

„Den dürfen Sie nicht spielen", erwiderte sie rasch. „Miss Bria wird es nicht gefallen."

Da wusste Luke, dass ihn niemand im Haus in jener Nacht am Klavier gehört hatte. Dann hatte auch niemand Brias befremdliches Verhalten später mitbekommen. „Gut", antwortete er. „Aber warum?"

Addies Züge entspannten sich. Die Falte zwischen ihren Brauen verschwand, und ihr Gesichtsausdruck wurde beinahe sehnsuchtsvoll. „Miss Bria und ihr Vater haben früher so oft gemeinsam Klavier gespielt. Vermutlich schadet es nichts, wenn Sie das wissen. Sie hat ihren Vater geliebt. Oft haben sie stundenlang nach dem Dinner gespielt. Es schien, als füllte damals die Musik das ganze Haus. Wo Miss Bria sich die ganze Zeit draußen herumtrieb mit diesen Lausebengeln, die ihre Brüder waren, da brachte die Musik sie ins Haus zurück." Addie schüttelte den Kopf, und ihre Nachdenklichkeit verschwand. Hinter sich konnte sie die Brühe simmern hören. Sie drehte sich um und nahm den Topf vom Herd. „Es bereitet ihr keine Freude mehr. Darum sollten Sie nicht auf dem Flügel spielen."

„Das werde ich bestimmt nicht vergessen", erwiderte Luke. „Danke, Addie."

Sie zuckte die Schultern und hielt ihr Gesicht abgewandt. Erst als sie hörte, wie die Tür geöffnet und wieder geschlossen wurde, betupfte sie ihre feuchten Augen mit einem Zipfel ihrer Schürze.

„Hätten Sie Lust auf eine Partie Poker mit mir?"

Luke blickte von dem Buch auf, das er las, und starrte Bria erstaunt an. Sie hatte ein Spiel Karten in der Hand und mischte sie, während sie auf der Türschwelle zur Bibliothek stand.

„Sie müssen mich nicht so entgeistert anschauen", bemerkte sie. „Ich kann spielen."

„Was mich so erstaunt, ist, dass Sie wieder reden."

Bria hielt den Kopf schief, und eine steile Falte bildete sich auf ihrer Stirn. „Was für eine seltsame Feststellung", erwiderte sie. „Mir war nicht bewusst, dass ich damit aufgehört hatte."

„Sie haben aufgehört, mit mir zu reden."

„Ich habe Sie ja auch nicht gesehen."

„Und warum wohl?"

„Ich dachte, weil Sie beschäftigt waren. Wollen Sie etwa andeuten, Sie hätten mich absichtlich gemieden?"

Luke legte sein Buch zur Seite und kam auf die Füße. „Ich kann sehen, dass ich Ihnen hoffnungslos unterlegen bin."

„Nett gesagt", entgegnete Bria. Sie hörte auf, die Karten zu mischen, und hielt sie noch einmal hoch. Dabei lächelte sie spöttisch. „Sie haben mir mal erzählt, Sie wären ein Spieler. Sollen wir?"

„An welchen Einsatz denken Sie?"

„Cents."

„Das klingt nicht sehr interessant."

„Etwas anderes zu verlieren kann ich mir nicht leisten."

„Aber dann vertun Sie auch die Chance, etwas anderes zu gewinnen." Luke zog ihr einen Stuhl unter dem Kartentisch hervor. Obwohl das dunkle Holz sorgfältig poliert worden war, war die Oberfläche mit Kratzern überzogen und von heißer Asche und Ringen nasser Weingläser gezeichnet. „Haben Sie daran gedacht?“ fragte er und nahm ihr gegenüber Platz.

„Mr. Kincaid“, erwiderte sie. „Wenn ich gewinne, dann sind Sie kein guter Spieler.“

„Sie halten mich für so gut?“

„Keine Ahnung. Ich weiß nur, wie schlecht ich bin.“ Sie teilte je fünf Karten aus. „Die Chips sind in der Schublade hinter Ihnen.“

Luke drehte sich auf seinem Stuhl um und fand sie in der mittleren Schublade in der Kommode hinter seinem Rücken. Er nahm Chips im Wert von fünf Dollar für jeden von ihnen heraus, dann warf er einen in die Mitte und wartete, dass Bria es ihm nachtat. „Um anzufangen, müssen Sie etwas in die Mitte legen“, erinnerte er sie nach einem Augenblick.

„Wie bitte?“ Sie blickte von der Betrachtung ihrer Karten auf. „Oh. Ja. Natürlich.“ Sie nahm ihren Zeigefinger und schob zögernd einen Chip zu seinem.

„Sie müssen ihn auch loslassen“, zog er sie auf.

„Hm.“ Langsam nahm Bria ihre Hand fort.

Luke musste grinsen. Er verstand, warum Bria nur um kleine Münzen spielen wollte. Zu einem höheren Einsatz hätte sie sich nie überwinden können. Er warf einen weiteren Chip auf den Tisch. „Zwei Karten, bitte.“

Bria gab ihm zwei und nahm selbst drei.

„Das kostet einen Chip“, teilte Luke ihr mit. Er sah ihr zu, wie sie sich fast widerwillig von einem trennte, und stellte sich innerlich auf ein langes Spiel ein.

Die ersten sechs Runden gewann er. Luke deutete auf Brias schwindenden Stapel Spielchips. „Sind Sie sicher, dass Sie weiterspielen wollen?“ fragte er. „Ich würde Sie nur ungern in den Bankrott treiben.“

Bria schob ihm die Karten zu. „Sie teilen aus."

Luke lehnte sich in seinem Stuhl zurück und streckte seine Beine unter dem Tisch aus, während er zu mischen begann. „Wer hat Ihnen beigebracht, Poker zu spielen?" erkundigte er sich.

„Meine Brüder."

Er lachte leise und schüttelte den Kopf. „Sind Sie sicher, dass sie es Ihnen richtig beigebracht haben? Ich meine, haben Sie je gegen sie gewonnen?"

Bria richtete sich auf. „Sie hätten nicht …" Ihre Stimme verlor sich, während sie seine Frage erwog.

„Bria", sagte Luke sanft. „Schließlich haben sie Sie ja auch an einen Baum gebunden, um mit Ihnen ‚Gefangene Indianerprinzessin' zu spielen."

Langsam nickte sie, und ihre strahlend saphirblauen Augen weiteten sich. „Stimmt." Sie musste über ihre eigene Gutgläubigkeit lachen. „All diese Jahre bin ich nie misstrauisch geworden. Ich glaubte einfach, ich hätte kein Glück oder kein Talent für dieses Spiel. Randall wird mir einiges zu erklären haben."

„Am besten können Sie es ihm heimzahlen, wenn Sie das Spiel richtig lernen." Er sah, wie ihre Miene nachdenklich wurde. „Ich kann es Ihnen beibringen, wenn Sie wollen."

Bria nickte entschlossen. „Sehr gern", antwortete sie. „Es ist fast unanständig, wie sehr ich mich darauf freue, Randall zu schlagen."

„Gut." Er war seltsam erleichtert bei der Entdeckung, dass sie sich tatsächlich über etwas freuen konnte. „Wir werden zunächst ein paar Runden mit offenen Karten spielen."

Luke erwies sich als geduldiger Lehrer. Brias Brüder hatten ihr zwar keine Regeln verschwiegen, ihr aber falsche Angaben über die Wahrscheinlichkeit, eine bestimmte Kartenkombination zu bekommen, vermittelt. So versuchte sie stets eher Straßen und Flushs zu bekommen, statt sich mit zwei Paaren oder einem Drilling zufrieden zu geben. Sie gab Karten auf, die ihr zum Gewinn verholfen hätten, um zu versuchen, weniger wahrscheinliche Kombinationen zu erhalten.

Und ihre Brüder hatten ihr nichts über das Bluffen beigebracht. Wie Luke vermutet hatte, ging ihr das, sobald sie verstanden hatte, was für eine wichtige Rolle es beim Poker spielte, in Fleisch und Blut über.

„Was haben Sie von John gehört?“ erkundigte er sich.

Bria nahm den Blick nicht von den Karten. „Wollen Sie mich ablenken?“

„Im Grunde genommen, ja. Wenn ich kann. Aber es wäre besser, wenn Sie lernen könnten, sich während des Spiels zu unterhalten. Das wird Ihren Bruder gewiss beeindrucken.“

Sie warf ihm einen misstrauischen Blick zu. „Wirklich?“

Luke nickte.

„Oh. Na gut. Ich habe mit Jebediah gesprochen, als er heute Abend zurückkehrte. Eine Karte bitte.“ Bria legte eine Karte zur Seite und ersetzte sie durch die, die Luke ihr zuschob. Ohne ihre Karten neu zu ordnen, blickte sie ihn an. Ihre Züge verrieten nichts. „Er sagt, Johns Fieber sei heute am späten Nachmittag gesunken. Seitdem schläft er ruhig.“ Sie runzelte die Stirn. „Sie müssen nicht glauben, Sie müssten seine Stelle einnehmen, bis er wieder gesund ist.“

„Das glaube ich nicht“, erwiderte Luke. „Ich tue es, weil ich es möchte.“

Sie nickte leicht und schaute wieder auf ihre Karten. „Habe ich schon gesagt, wie dankbar ich Ihnen bin?“

„Nicht mit Worten. Aber ich denke, Sie schrubben nicht jedem Mann, der für Sie arbeitet, den Rücken, oder?“ Luke bemerkte, dass Bria blasser wurde. „Dachten Sie, ich würde das nicht ansprechen?“ wollte er wissen.

„Ich hatte gehofft, Sie würden es einfach aus Ihrem Gedächtnis streichen."

Er erinnerte sich, genau das zu ihr gesagt zu haben. „Ich hätte nie vorschlagen sollen, dass Sie das tun." Er würde sie nicht seine eigenen Worte gegen ihn verwenden lassen. „Das war falsch. Es war falsch von mir."

Bria zog mit Lukes letzter Erhöhung gleich und schob fünf Chips in die Tischmitte. „Ihnen fällt das leicht, nicht wahr? Zuzugeben, dass Sie einen Fehler gemacht haben, meine ich."

„Nicht sonderlich leicht", verbesserte er sie. „Aber ich finde es wichtig und notwendig." Er machte eine kleine Pause, und ein selbstbelustigtes Lächeln spielte um seine Lippen. „Bei den wenigen Gelegenheiten, bei denen es stimmt."

Bria nickte knapp. „Die Lehren Ihrer Großmutter?"

„Himmel, nein." Luke war selbst über seine Heftigkeit überrascht. „Nana Dearborn machte keine Fehler."

„Verstehe."

„Meine Mutter hat mich gelehrt, dass es schlimmer ist, einen Fehler nicht zuzugeben, als ihn überhaupt zu machen."

„Das gefällt mir."

„Ich denke, Sie würden sie mögen." Er deutete auf ihre Hand. „Zeigen Sie mir Ihre Karten."

„Ich habe gezahlt, damit ich Ihre zuerst sehe."

Luke deckte sie auf. „Drei Damen."

Bria legte drei von ihren Karten auf den Tisch. „Ich habe Buben", erklärte sie.

„Tut mir Leid." Luke streckte die Hand nach dem Haufen Chips in der Tischmitte aus und begann sie einzusammeln.

„Nicht so voreilig", mahnte Bria. „Ich habe außerdem noch dieses Paar Dreien. Das ist ein Full House, denke ich."

Luke schob die Chips zu ihr und sah ihr dabei zu, wie sie sie einsammelte. Ihr erfreutes Lächeln hatte eindeutig etwas Boshaftes. „Ich empfinde fast Mitleid mit Randall“, bemerkte Luke.

„Sie sollten Mitleid mit sich selbst haben. Mir wird er keine Schuld geben, sondern Ihnen, dass Sie es mir beigebracht haben.“

Falls möglich, wurde ihr Lächeln noch boshafter. Sie genießt das, begriff Luke. Er gewann die folgende Runde, sie wieder die nächste. Nachdem er noch vier Mal gewonnen hatte, beschlossen sie, dass es genug war. „Morgen Abend gebe ich Ihnen die Chance, sich Ihr Geld zurückzuholen“, schlug er ihr vor.

Bria stand auf und ging zum Schreibtisch. „Ich sollte Sie darauf aufmerksam machen, dass Sie bislang noch nichts von meinem Geld gesehen haben. Bis jetzt habe ich nur Chips verloren.“ Sie zog eine Schublade auf und nahm einen kleinen Lederbeutel heraus. Als sie aufblickte, entdeckte sie, dass Lucas sie eindringlich musterte. „Dachten Sie, ich würde meine Schulden nicht zahlen?“

„Ich habe mir mehr Sorgen wegen des Brieföffners gemacht, den Sie dort aufbewahren.“

Sein Tonfall war so trocken, dass Bria nicht sagen konnte, ob er scherzte. „Das würde ich nicht tun“, erwiderte sie schließlich.

Luke zeigte sein schiefes Lächeln, dann lachte er und duckte sich, als sie mit dem Beutel nach ihm warf, der harmlos über seinen Kopf segelte.

„Ein klügerer Mann hätte ihn aufgefangen, Mr. Kincaid.“ Bria gelang es, ihn vor Luke aufzuheben. Sie hielt ihn außer Reichweite, während sie die Münzen abzählte. „Hier“, sagte sie und legte den Betrag vor ihm auf den Tisch. „Alle Schulden in voller Höhe bezahlt.“

Luke bekämpfte den Wunsch, sie am Handgelenk zu fassen und auf seinen Schoß zu ziehen. Sie hätte dort bequem hingepasst mit ihrem sanft gerundeten Gesäß und ihren weichen Schenkeln. Andere Frauen, die er kannte, hätten das nicht nur begrüßt, sondern sogar erwartet. Aber nur ein Narr würde das von Bria Hamilton annehmen. So legte er seine Hand auf das Geld und steckte es in seine Tasche.

Bria setzte sich wieder, diesmal aber auf den Stuhl neben ihn. „Denken Sie, mein Stiefvater ist ein guter Pokerspieler?“ fragte sie leichthin.

Luke ließ sich von ihrem beiläufigen Tonfall nicht täuschen. „Er ist besser als Sie.“

„Das ist kaum ein Maßstab.“

„Stimmt.“ Er hob eine Braue, als er ihre Reaktion studierte. „Es gibt keinen Grund, pikiert auszusehen. Ich habe Ihnen nur Recht gegeben. Nun gut, da es Ihnen ernst ist, dann würde ich sagen, er ist etwas besser als ein guter bis mittelmäßiger Spieler. Ich hatte noch nicht viel Gelegenheit, sein Geschick mit den Karten zu testen. Hier auf *Concord* haben wir nur ein paar Runden gespielt und vielleicht ein Dutzend weitere in Charleston. Ich verfüge nicht über die Mittel, mich mit Mr. Foster und seinen Freunden an einen Tisch zu setzen. Ich wurde nur eingeladen, wenn er sich langweilte.“

„Haben Sie ihn beim Spiel mit seinen Freunden beobachtet?“

„Nur ein Mal. Ich habe ihm einen Auftrag zum Unterschreiben gebracht und wurde in den Raum vorgelassen, in dem er spielte. Auf dem Tisch lag eine Menge Geld, und als ich ging, war es in den Besitz Ihres Stiefvaters übergegangen.“

„Hat er betrogen?“

„Nicht, dass ich es sehen konnte.“

„War er betrunken?“

„Er trank. Ich kann nicht beurteilen, ob er betrunken war. Mr. Fosters Aufnahmefähigkeit für alkoholische Getränke ist wirklich bemerkenswert.“

„Konnten Sie gegen ihn gewinnen?“

Luke kniff die Augen zusammen und betrachtete Bria. Sie hatte sich nicht bewegt, und ihr Gesichtsausdruck verriet nichts. In seinen Gedanken jedoch hatte sie sich mit funkelnden Augen vorgebeugt. Er erwog seine Antwort sorgfältig, eine Falle ahnend. „Vielleicht."

„Vielleicht?" Bria runzelte die Stirn. „Das sagt gar nichts."

„Es ist ehrlich. Wenn Sie die Zusicherung haben möchten, dass ich jederzeit gegen Ihren Stiefvater gewinnen kann, dann kann die Antwort nur ‚vielleicht' lauten. Ob ich jede Runde gegen ihn gewinnen kann? Nein. Kann ich die meisten Runden in einem fairen, ausgeglichenen Spiel gegen ihn gewinnen? Ja. Aber kann ich garantieren, dass ich eine bestimmte Spielrunde gewinne? Nein."

„Ich dachte, Sie sagten, Sie seien gut."

„Das sagte ich. Und ich bin es. Aber ich weiß auch, dass manchmal Dame Fortuna viel entscheidender ist als jedes Geschick. Wenn sie also die ganze Zeit an Mr. Fosters Seite ausharrt, dann würde es mir schwer fallen, den Tisch zu verlassen und auch nur noch mein Hemd mein Eigen zu nennen. Verstehen Sie, was ich meine? Man würde es jedenfalls nicht Glücksspiel nennen, wenn der Ausgang feststünde." Er musterte Brias vollkommenes Gesicht. Das einzige Anzeichen ihres Missfallens war, dass sie sich auf die Unterlippe biss.

„Können Sie sich vorstellen, mir zu verraten, was Sie mit diesen Fragen bezwecken?" erkundigte sich Luke. „Sie haben etwas vor, nehme ich an."

Bria ließ von ihrer Unterlippe ab. „Das habe ich. Doch ich denke nicht, dass ich es Ihnen schon verraten will." Sie erhob sich. „Möchten Sie einen Drink, Mr. Kincaid?"

„Ja. Und ich dachte, wir hätten uns darauf geeinigt, dass Sie mich Luke nennen, Bria."

„Stimmt." Sie ging zu dem Schrank aus Walnussholz, in dem ihr

Stiefvater seine alkoholischen Getränke aufbewahrte. „Ist Bourbon nach Ihrem Geschmack?“

„Ja, bitte.“

Sie nickte und nahm die Karaffe heraus. „Woran ich mich nicht erinnern kann, ist, dass ich Ihnen erlaubt hätte, mich Bria zu nennen.“

„Das haben Sie auch nicht, Bria.“

Dieses eine Mal gelang es Bria nicht, ihre Züge zu beherrschen. Die Spuren ihres Lächelns waren noch zu sehen, als sie sich mit der Karaffe und den beiden Gläsern zu Luke umdrehte. „Sie müssen der Fluch im Leben Ihrer Großmutter gewesen sein“, bemerkte sie beiläufig.

„Das war ich.“

Bria schaute erstaunt auf. In seinem Ton war keine Spur von Belustigung zu hören gewesen. „Es tut mir Leid. Ich wollte nicht andeuten …“

Er winkte ab. „Ist schon gut. Es stimmt ja.“

Bria goss ihm drei Finger hoch Bourbon ein, für sich selbst zwei Finger. „Warum haben Sie bei ihr gelebt?“

„Meine Mutter hat mich zu ihr geschickt. Nana Dearborn hatte sie davon überzeugt, dass es besser für mich wäre.“

„Wollten Sie zu ihr?“

„Nicht im Mindesten.“ Er hob sein Glas an die Lippen und nahm einen Schluck. Der Whiskey rann ihm weich die Kehle herab und hinterließ eine angenehme Wärme. „Meine Mutter ließ sich aber nicht davon abbringen. Als ich sah, dass keine meiner Tanten sie umstimmen konnte, begriff ich, dass auch sie nicht auf mich hören würde. Also ging ich zu meiner Großmutter. Es war nicht halb so schlimm, wie ich es mir ausgemalt hatte. Mit der Zeit habe ich gelernt, wie ich mit Nana Dearborn umgehen musste, und blieb acht Jahre, bis ich sechzehn war. Ich zog zu meiner Mutter zurück, bis ich aufs College ging." Ihrer nächsten Frage kam Luke zuvor. „Ja, diesmal wollte ich gehen. Mutter hatte jahrelang für meine Ausbildung gespart."

„Wie hat sie das gemacht?" erkundigte sich Bria. Sie setzte sich wieder und hob ihr Glas zum Mund. Über den Rand hinweg studierte sie ihn. „Verzeihen Sie, das geht mich eigentlich gar nichts an, oder?"

„Ich weiß nicht", erwiderte Luke offen. „Ich bin mir nicht ganz sicher, was Sie etwas angeht. Da ich Gast in Ihrem Haus bin, haben Sie sicher das Recht, Fragen nach meinen Lebensumständen zu stellen."

Bria wusste, dass das nicht stimmte. Ihre Mutter wäre über ihre Manieren entsetzt. Luke war einfach nur höflich, aber warum er sich ihr gegenüber so freundlich verhielt, verstand sie nicht ganz. „Es ist nur, dass mir einfiel, wie Sie meinem Stiefvater erzählten, dass Ihr Vater fortgegangen ist. Hat Ihre Mutter wieder geheiratet?"

„Nein. Sie führt eine Pension in der Stadt. Meine Tanten leben bei ihr."

„Es muss ein großes Haus sein, wenn es Platz für Ihre sechs Tanten und Gäste bietet."

„Groß genug."

Bria seufzte und nippte an ihrem Glas. „Wissen Sie, eigentlich tut mir Ihre Großmutter Leid. Sieben Töchter und keine davon möchte bei ihr leben."

Unauffällig schaute Luke auf Brias Glas. Sie hatte nicht genug getrunken, um die Wirkung des Alkohols zu spüren. Luke entschied, sie nicht in ihrer Einschätzung zu berichtigen und ihr zu raten, ihr Mitleid nicht an Nana Dearborn zu verschwenden. Er stellte sein Glas ab und nahm die Karten auf. Er mischte sie ein paar Mal und teilte je fünf aus.

„Was ist?“ fragte sie erstaunt. „Ich dachte, wir hätten aufgehört zu spielen.“

„Um Geld“, entgegnete er. „Diesmal schwebt mir ein anderer Einsatz vor.“

Bria hob ihre Karten nicht auf. „Ich fürchte, ich werde nicht spielen, ohne zu wissen, was ich riskiere.“

„Wenn ich gewinne, müssen Sie mir sagen, warum Sie vor ein paar Tagen wirklich in mein Zimmer gekommen sind. Verliere ich, beantworte ich Ihnen jede Frage, die Sie mir stellen möchten.“ Eigentlich hatte er damit gerechnet, dass sie eine Weile darüber nachdenken würde, aber sie leerte ihr Glas in einem Zug, stellte es ab und nahm die Karten. Sie fächerte sie auf und hielt sie so vor sich, dass er nur ihre unergründlichen Augen sehen konnte, als sie ihm ihre Antwort gab.

„Ich nehme die Wette an“, verkündete sie.

Luke konnte nicht sagen, ob sie dabei lächelte. Als sie die Karten senkte, tat sie es jedenfalls nicht.

„Zwei Karten“, verlangte sie.

Er teilte sie ihr aus, nahm aber keine für sich selbst.

„Sie müssen sich Ihrer Sache sicher sein“, bemerkte sie.

„Das bin ich.“ Damit blätterte er eine Straße auf den Tisch, von der Sechs bis zur Zehn.

„Sehr gut.“ Dann drehte sie ihre Hand um, so dass er sehen konnte, sie hatte nur Kreuz. „Aber dies ist besser.“ Bria nahm die Karaffe und schenkte sich nach.

„Müssen Sie sich Mut antrinken?“ zog Luke sie auf. „Sie haben doch gewonnen.“

Bria beachtete ihn nicht weiter und nahm einen tiefen Schluck. Sie spürte beinahe unverzüglich, wie sich ungewohnte Hitze in ihr ausbreitete. „Haben Sie nicht gesagt, dass, wenn der Ausgang feststeht, es kein Glücksspiel mehr ist?“

„Sie wussten, dass Sie gewinnen würden?"

„Nein, ich wusste, dass Sie es würden. Der Grund, aus dem ich vor ein paar Tagen in Ihr Zimmer kam, ist die Frage, die ich Ihnen jetzt stellen werde."

Lukes Interesse war geweckt. „Und?" drängte er.

„Und ..." Bria leerte ihr Glas. Die Finger, mit denen sie es hielt, waren ganz weiß. „Und ich habe mich gefragt, ob Sie wohl einverstanden wären, mich zu heiraten."

7. KAPITEL

Bria rollte das leere Glas zwischen ihren feuchten Handflächen. „Ich bin bereit, Sie für Ihre Mühen zu bezahlen. Im Grunde genommen würde ich Sie gewissermaßen anstellen. Sie kamen auf der Suche nach Arbeit nach *Concord.* Das ist die Arbeit, die ich Ihnen anbiete."

„Heirat", sagte Luke mit ausdrucksloser Stimme. „Heirat mit Ihnen."

„Nun, ja. Es wäre keine Hilfe, wenn Sie jemand anders heiraten würden." Plötzlich fiel Bria etwas ein, das ihr zuvor gar nicht in den Sinn gekommen war. „Gibt es eine andere?" fragte sie. „Sie sagten, Sie seien nicht verheiratet, aber ich habe gar nicht daran gedacht, zu fragen, ob Sie eine Verlobte oder einen Schatz haben."

Damit eröffnete sie ihm einen Fluchtweg und wies ihm sogar noch die Richtung. Er brauchte lediglich zu lügen. „Nein", erwiderte er. „Es gibt niemanden." Luke studierte einen Moment nachdenklich das leere Glas in ihren Händen, dann warf er einen prüfenden Blick zu der Kristallkaraffe.

Bria entging das nicht. „Ich bin nicht betrunken", erklärte sie. „Ich habe eine Weile lang darüber nachgedacht, also müssen Sie nicht glauben, es wäre der Whiskey. Es stimmt, die kleine Stärkung war nötig, um die Frage zu stellen, aber das ist alles. Mein Verstand ist nicht verwirrt."

„Sie werden sicher verstehen, wenn ich mir mein Urteil darüber vorbehalte."

„Wie Sie wünschen." Bria stellte ihr Glas ab und faltete die Hände im Schoß, um sie still zu halten. „Ist Ihnen auch so warm? Soll ich ein Fenster öffnen?"

„Die Wärme wird wohl am Whiskey liegen", entgegnete Luke trocken.

„Oh." Sie lächelte schwach. „Ich habe nicht viel Erfahrung mit Alkohol. Ich persönlich, meine ich. Was er bei meinem Stiefvater anrichtet, weiß ich natürlich." Sie nahm die Karten, mit denen sie gewonnen hatte, fächerte sie auf und begann sich damit Luft zuzuwedeln. „Ist mein Gesicht so rot, wie es sich anfühlt?"

„Ganz genau so."

„Das hier läuft nicht gut, nicht wahr? Sie haben auf meinen Antrag noch nicht geantwortet."

Luke erhob sich. „Ich denke, wir sollten auf die Veranda hinausgehen. Frische Luft würde Ihnen nicht schaden." Er trat hinter Brias Stuhl und hielt ihn, während sie aufstand. Dann bot er ihr seinen Arm, um sie zu stützen. Als sie ihn ohne Zögern ergriff, ahnte Luke, dass sie die Wirkung des Whiskeys spürte.

Er geleitete sie zu einem der breiten Korbstühle, bevor er seinen Arm zurückzog. Mit einem Anflug gesetzter Würde ließ sie sich in den Stuhl sinken.

„Warum lächeln Sie?" fragte Bria. „Es nützt nichts, es zu leugnen. Mein Blick ist noch nicht so verschwommen, dass ich nichts mehr sehen kann."

Luke versuchte gar nicht, seine Belustigung zu verhehlen. Sein Lächeln wurde sogar breiter, so dass sich um seine Augen Fältchen bildeten. „Ich bin sicher, für Sie ergibt diese Äußerung Sinn."

„Selbstverständlich", erwiderte sie indigniert. „Sonst hätte ich sie nicht ausgesprochen."

Er nickte. „Ich musste lächeln, weil Sie sich auf den Stuhl wie eine Sultanin auf ihren Thron gesetzt haben. Und wenn Ihr Ton noch gebieterischer wird, dann werde ich über kurz oder lang anfangen, mich zu verbeugen und vor Ihnen auf dem Boden zu kriechen."

Darüber dachte Bria einen Augenblick nach. „Meinen Sie, ich sollte Ihnen jetzt gestatten, ebenfalls Platz zu nehmen?"

„Das würde ich begrüßen."

Mit einem wahrhaft königlichen Recken ihres Kinnes deutete Bria auf den Stuhl neben sich. Sie nickte billigend, als er sich setzte. „Ich sollte die Sultanin sein", bemerkte sie.

„Das dachte ich immer schon." Er streckte sich in seinem Stuhl aus und legte seine Ellbogen leicht auf die Armlehnen. Dann verschränkte er die Hände über seinem flachen Bauch. Während er seine Daumen leicht gegeneinander schlug, blickte er auf den Garten hinaus. Glühwürmchen flogen über und um die Hecken, gingen an und wieder aus wie in der Ferne funkelnde Sterne.

„Sie haben unsere Wette nicht vergessen, oder?" fragte Bria. Sie hatte ihre königliche Haltung und ihren gebieterischen Tonfall aufgegeben. In ihrer Stimme lag die Ernsthaftigkeit eines jungen Mädchens.

„Nein, ich habe sie nicht vergessen." Er hatte gehofft, sie hätte das. „Muss ich heute Nacht antworten?"

„Müssen Spielschulden nicht gleich bezahlt werden?"

„Manchmal wird auch ein Schuldschein akzeptiert. Wenn man denjenigen kennt und weiß, dass er sein Wort hält." Luke betrachtete nicht länger die Gärten, sondern Bria. „Erlauben Sie mir, heute Nacht darüber nachzudenken?"

Sie nickte. Schließlich, so sagte sie sich, hätte er auch sofort ablehnen können. Die Tatsache, dass er es sich überlegen wollte, gab Anlass zu Hoffnung. „Sie haben noch nicht gefragt, wie viel ich Ihnen zahlen würde. Ich habe etwas Geld beiseite gelegt, aber das wird in Ihren Augen vermutlich eher ein Bettel sein, verglichen mit dem, was ich von Ihnen verlange."

„Ich habe kein Interesse an Ihrem Geld, Bria."

„Aber das müssen Sie doch. Ich möchte, dass Sie es als eine Art Anstellung betrachten."

„Das glaube ich Ihnen gern. Dann könnten Sie mit mir genauso umspringen wie mit einem einfachen Arbeiter."

„Nun“, antwortete sie langsam. „Ich muss zugeben, Ihren Einwand finde ich verwirrend, Mr. Kincaid ... *Luke* ... meine ich. Sie erwarten nicht eine wirkliche Ehe, oder? Das war nicht, was ich vorgeschlagen habe.“

Luke ertappte sich bei dem Wunsch, den Whiskey mit nach draußen genommen zu haben. Ein Drink wäre jetzt angebracht. „Ich dachte, Sie hätten mich gefragt, ob ich einverstanden wäre, Sie zu heiraten?“

Bria war augenblicklich erleichtert. „Ja, Sie erinnern sich richtig. Einen Moment dachte ich, Sie hätten etwas anderes gehört. Wir können Frau und Mann sein, ohne eine Ehe zu führen. Das machen viele Leute.“

„Ich glaube nicht, dass die an die Sache so berechnend herangehen. Sie treten in der Erwartung vor den Altar, dass es eine Verbindung von Herz und Verstand sein wird.“

Der Ausdruck von Brias dunkelblauen Augen verlor seine Verschwommenheit, als sie Luke ansah. „Sie müssen ein Romantiker sein“, erklärte sie schließlich.

„Kann sein.“

„Ich bin es nicht.“

„Zu diesem Schluss bin ich auch schon gekommen.“

„Dann verstehen Sie, was ich will“, sagte Bria.

„Nicht im Entferntesten.“

Sie seufzte. „Sind Sie absichtlich so schwierig, oder ist der Drink daran schuld, dass es so aussieht?“

„Etwas von beidem. Erzählen Sie mir noch einmal, was Sie wollen.“

„Heiraten Sie mich“, begann sie. „Auf begrenzte Zeit. Wir werden einen streng vertraulichen Vertrag aufsetzen, in dem das festgelegt ist. Sie können sich von mir scheiden lassen. Diese Genugtuung will ich Ihnen zugestehen, den Grund dürfen Sie bestimmen. Ich schere mich nicht um meinen Ruf, und die Leute werden glauben, was immer Sie sagen."

„Warum sollten sie das?" wollte er wissen. „Ich bin doch ein Fremder hier."

„Genau. Die Leute kennen mich. Oder wenigstens denken sie das. Ich bemühe mich, sie nicht zu enttäuschen." Sie machte eine wegwerfende Handbewegung. „Egal. Ich kann mich auch von Ihnen scheiden lassen, wenn Ihnen das lieber ist."

„Wenn es ohnehin in einer Scheidung enden soll, warum dann überhaupt heiraten?"

„Weil Sie als mein Ehemann *Concord* für mich sichern können."

Luke kniff die Augen zu schmalen Schlitzen zusammen. „Und wie soll ich das tun?"

„Sie gewinnen es im Spiel von meinem Stiefvater."

Die Tatsache, dass es ihr völlig ernst war, konnte Luke nicht davon abhalten, lauthals zu lachen.

Bria blieb von seiner Reaktion unbeeindruckt. „Das meine ich ernst", sagte sie und bereitete sich darauf vor, ihn von ihrer Idee zu überzeugen. „Sie könnten es schaffen. Man muss ihn nur so manipulieren, dass er dem Einsatz zustimmt."

„In ganz Carolina gibt es nicht genug Whiskey dafür. Das wird er nie tun."

„Er wird. Ich kann ihn dazu bringen."

Luke widersprach nicht, damit sie fortfuhr: „Nun gut. Wie wollen Sie erreichen, dass ich gewinne? Wir haben uns doch vorhin schon darüber unterhalten. Es gibt keine Gewissheit, Bria. Sie selbst haben gegen mich gewonnen."

„Mir macht es nichts aus, wenn Sie betrügen."

„Vielen Dank für Ihre Erlaubnis, aber ich dachte immer, ihr Südstaatler wäret auf euren Ehrenkodex besonders stolz."

„Das war der alte Süden."

Luke ertappte sich dabei, wie er erneut leise lachte. „Tatsächlich", erwiderte er leise. „Und wenn ich *Concord* gewonnen habe? Was geschieht dann?"

„In einer wildromantischen Geste übereignen Sie mir alles."

Luke ließ seinen Kopf gegen die Stuhllehne sinken und schloss die Augen. „Ja", sagte er. „Ich stelle es mir gerade vor. Die Urkunde liegt auf dem Tisch neben den Karten, mit denen ich gewonnen habe. Die Tinte von unseren Unterschriften ist noch nicht trocken. Überwältigt von meiner wildromantischen Geste werfen Sie mir die Arme um den Hals und küssen mich voll auf den Mund." Er hob ein Augenlid, um Brias Reaktion beobachten zu können. Sie lächelte skeptisch. „Es ist ein sehr netter Kuss", fuhr er fort. „Sie haben eine Menge gelernt in den fünfzehn Jahren, die wir bereits verheiratet sind."

Luke sah Bria erstarren und lenkte ein. „Dann eben zwölf."

„In ganz Carolina gibt es nicht genug Whiskey", zitierte sie ihn. „Ich dachte, es ließe sich innerhalb eines Jahres erreichen."

Luke pfiff leise. „Warum nicht einfach abwarten, ob Ihr Bruder mit dem Schatz heimkehrt?"

„Ich habe gewartet. Jahrelang habe ich gewartet. Es ist Zeit, dass ich selbst etwas unternehme."

„Sie glauben, dass er ihn findet, nicht wahr?"

„Ja. Eines Tages. Aber ich möchte nicht von ihm abhängig sein."

„Von mir schon?"

„Das wäre ich nicht", entgegnete sie. „Für Sie wird es ein Job sein."

„Sparen Sie Ihr Geld für den Wetteinsatz, mit dem Sie Ihren Stiefvater in das Spiel locken wollen."

„Dafür habe ich bereits Geld."

„Dann planen Sie das also schon eine gewisse Zeit."

Bria schüttelte den Kopf. „Nein. Das Geld stammt aus den Gewinnen der Ernte des vergangenen Jahres. Es war für Ausbesserungen in der Mühle und an den Ställen vorgesehen. Fluttore mussten repariert werden. Mein Stiefvater weiß nicht, dass ich das Geld habe. Er würde entscheiden wollen, was damit geschieht, wenn ich ihm davon erzählen würde."

„So benutzen Sie also sein Geld gegen ihn."

„Es ist *mein* Geld. Die Gewinne verdanken wir meiner Umsicht und meinen Entscheidungen. Orrin zahlt mir keinen Lohn für meine Arbeit, und ich habe ihn nie darum gebeten." Bria hob eine Hand und rieb sich die Schläfen. Sie konnte die ersten Anzeichen für Kopfschmerzen spüren. „Wenn Sie glauben wollen, dass ich von ihm stehle, dann bitte sehr. Ich jedenfalls kann mit diesem moralischen Fehltritt leben."

Luke zuckte mit den Schultern. „Ich habe kein Urteil abgegeben." Er beobachtete ein paar Augenblicke lang, wie sie sich die Schläfen massierte. „Kommen Sie her."

Ihre Finger verharrten mitten in der Bewegung. „Wie bitte?"

„Kommen Sie her. Bringen Sie das Kissen mit und setzen Sie sich hierhin." Er richtete sich auf und deutete zwischen seine gespreizten Beine. „Ich vertreibe Ihre Kopfschmerzen. Das ist nur gerecht, da ich vermutlich für sie verantwortlich bin."

„Nein", antwortete sie ehrlich. „Das war, glaube ich, der Whiskey."

Luke lächelte und klopfte auffordernd auf seinen Stuhl. „Ich verspreche, Sie werden es nicht bereuen."

Bria bereute es, sobald sie sich erhob. Ihre Beine waren nicht mehr ganz in der Lage, ihr Gewicht zu tragen. Sehr vorsichtig überwand sie die kurze Entfernung zu Luke. Er nahm ihr das Kissen ab und legte es vor seinem Stuhl auf den Boden. Bria drehte sich um und ließ sich mit gebauschten Röcken darauf sinken.

„Lehnen Sie sich zurück", trug Luke ihr auf.

Sie tat, wie ihr geheißen.

„Schließen Sie die Augen."

„Sie sind schon zu."

Luke beugte sich vor und sah, dass das stimmte. Ganz gewiss lag es an dem Whiskey, dass sie so fügsam war. „Ich werde Ihnen jetzt meine Hände auf die Schultern legen."

„In Ordnung." Sie wappnete sich für seine Berührung. „In gewisser Weise muss es für Claire so sein."

„Claire?" Luke legte ihr leicht seine Hände auf die Schultern. Mit seinen Daumen beschrieb er in ihrem Nacken zwei kleine Kreise.

„Randalls Passagier", sagte sie. „Claire Bancroft. Ich habe schon früher von ihr gesprochen."

Irgendetwas im Zusammenhang mit Dr. Macauley Stuart, wie Luke sich wieder entsann. „Sie erwähnten einen Arzt, der sie begleitet. Hat sie oft Kopfschmerzen?"

„Das weiß ich nicht. Vielleicht. Ich habe an sie denken müssen, weil ich meine Augen geschlossen habe und Sie mir gesagt haben, was Sie tun werden. Randall musste das bei Claire immer tun. Darin war er sogar sehr gut. Selbst Cutch war in der Beziehung nicht so zuverlässig wie Randall. Und Dr. Stuart ist es gewiss nicht zur zweiten Natur geworden."

„Ist Claire blind?"

Bria nickte. „Hatte ich das nicht gesagt? Nein, vermutlich nicht. Es ist nicht das Erste, das einem bei dem Gedanken an Claire einfällt. Wenn Randall auch nur halb so klug ist, wie ich denke, dann heiratet er sie. Ich bin sicher, dass er sie liebt."

„Sieh mal einer an", bemerkte Luke leise. Seine Daumen arbeiteten sich an ihrem Hals nach oben. Als Antwort auf den Druck seiner Finger ließ Bria ihren Kopf nach vorn hängen. Zum ersten

Mal konnte er spüren, wie etwas von der Anspannung aus ihren Muskeln wich.

„Sieh mal einer an, was?"

„Dass Sie eine mögliche Verbindung zwischen Liebe, Ehe und Klugheit eingestehen."

„Bewerten Sie es nicht über. Ich sprach von Randall. Für ihn ist es richtig."

„Dann ist er wildromantisch."

Bria lachte leise. Lukes Finger fühlten sich auf ihrer Kopfhaut erstaunlich gut an. „Bezweifeln Sie das? Er ist in der Südsee, um ein uraltes Rätsel zu lösen und einen Schatz zu suchen. Natürlich hat er sich selbst davon überzeugt, dass er das aus praktischen Erwägungen heraus tut – schließlich hat er seine Forschungen, die diese Einschätzung unterstützen – aber ich würde sagen, dass mein Bruder ganz bestimmt ein Romantiker ist."

Lukes Finger verharrten. „Es ist die Mission", teilte er ihr mit. „Alle Romantiker haben eine Mission."

Bria fühlte, wie er ihre Kopfhaut wieder zu massieren begann. Die Nadeln, die ihren Haarknoten hielten, fielen nacheinander zu Boden. Sie beugte sich nach vorn, so dass sie außerhalb seiner Reichweite war, und drehte den Kopf, bis sie sein Gesicht sehen konnte. Zwischen seinen Brauen stand eine steile kleine Falte. „Sie klingen, als wüssten Sie darüber Bescheid."

Luke umfasste ihren Kopf mit beiden Händen und drehte ihn wieder nach vorn, dann fuhr er mit den Fingern erneut in ihr Haar. „Ich habe *Don Quijote* gelesen."

Bria glaubte ihm das zwar, aber nicht, dass dort die Antwort auf ihre Frage zu finden war.

„Haben Sie eigentlich daran gedacht, dass Sie im Grunde genommen gar nicht viel über mich wissen?" fragte Luke.

Es war fast erschreckend, festzustellen, dass ihre Gedanken sich in dieselbe Richtung bewegten. „Ich gehe ein Risiko ein", erwiderte Bria. „Das weiß ich. Genau wie meine Mutter, als sie Orrin heiratete."

Luke verzichtete auf die Frage, ob Elizabeth Hamilton gewonnen oder verloren hatte. Das zu sagen war nicht leicht. Sie hatte das Recht erworben, auf *Henley* zu bleiben, aber konnten all die vielen Jahre mit Foster noch als Sieg angesehen werden? „Ich habe Fotografien Ihrer Mutter im Empfangssalon gesehen", verkündete Luke und fuhr fort, mit seinen Fingern müßig durch ihr Haar zu fahren. „Und im Musiksalon hängt ihr Portrait. Sie ist eine hübsche Frau. Sie hätte gewiss jeden anderen wählen können, stelle ich mir vor, und doch hat sie sich für Foster entschieden."

„Sie ist schön", verbesserte Bria ihn. „Und sie hatte weniger die Wahl, als Sie denken. Doch Sie haben Recht: Sie hat sich für Orrin Foster entschieden. Wer kann sagen, ob eine andere Entscheidung besser gewesen wäre? Auf jeden Fall hätte es schlimmer kommen können. Sie hat die beste Entscheidung getroffen, die sie konnte, angesichts der Informationen, die sie besaß."

„So wie auch Sie es zu tun glauben."

Bria nickte mit Nachdruck. „Ja. Genau wie ich es tue." Sie ließ den Kopf nach vorn sinken, ohne ihn wieder zu heben. Als Luke ihr seine Hände auf die Schultern legte, verspannte sie sich nicht.

Er wusste, dass er sie dazu bringen konnte, ihre Meinung zu ändern. Stattdessen wechselte er das Thema. „Ich konnte nicht anders als bemerken, dass es nirgendwo im Haus Aufnahmen Ihres Stiefvaters gibt."

„Das ist seine Entscheidung. Er wollte kein Hochzeitsbild machen lassen, als er und Mutter geheiratet haben."

„Aber es gibt auch kein Portrait."

„Von Zeit zu Zeit spricht er davon, eines anfertigen zu lassen, beauftragt jedoch keinen Künstler. Dabei ist es überfällig. Er war nie so gut aussehend wie mein Vater, aber immerhin einigermaßen ansehnlich."

Lukes tiefes Lachen erklang. „Schonen Sie ihn nur nicht."

Bria lächelte schläfrig. „Ich denke, meine Kopfschmerzen sind verschwunden."

„Wenn Sie das nur denken, dann sind Sie noch nicht bereit, aufzustehen."

Sie würde nie bereit sein, aufzustehen. Das hatte Luke bewirkt. Da ihr nicht einfiel, wie sie es ihm verbieten könnte, ließ sie ihn gewähren.

Sie wachte auf, als er sie die Stufen hochtrug. Unter dicht bewimperten Lidern, die sie nur einen Spalt weit hob, betrachtete sie sein energisches Kinn und seinen fein gezeichneten Mund. „Das haben Sie schon zuvor getan."

„Nur ein Mal."

„Mm." Bria schloss die Augen wieder und bettete ihren Kopf an seine Schulter.

Erst am nächsten Morgen wachte sie auf.

„Warum hast du mich nicht geweckt?" Bria schlug ihre Decke zurück und stieg aus dem Bett.

„Ich wecke Sie doch jetzt", erwiderte Martha ungerührt. „Mr. Luke sagte, wenn ich Sie vor zehn nicht zu sehen bekäme, sollte ich Sie holen gehen."

Bria schaute auf die Uhr über dem Kaminsims und nahm mit einem verstimmten Ausruf die Tageszeit zur Kenntnis. „Du weißt doch, dass ich gewöhnlich schon Stunden vorher aufstehe."

Martha nickte. Es gab viele Tage, an denen Bria als Erste auf den Beinen war. „Er hat gesagt, Sie würden unter dem Wetter leiden."

Unter dem Whiskey, übersetzte Bria für sich.

„Wie bitte, Miss Bria?"

„Nichts." Sie hatte gar nicht gemerkt, dass sie laut gesprochen hatte. Sehnsuchtsvoll blickte sie zu der abgeschirmten Ecke ihres Schlafzimmers. Dort wartete ein Bad auf sie, und sie hatte keine Zeit, es zu nehmen. „Leg meine Reitkleidung auf das Bett, Martha. Ich wasche mich heute an der Schüssel."

Sobald ihre Kleider bereit lagen, schickte Bria Jebs Tochter aus dem Zimmer. Sie wollte sich nur flüchtig waschen und rasch anziehen, ohne sich vor jemandem für ihre Eile rechtfertigen zu müssen. Unten angekommen, winkte sie ab, als sie darauf hingewiesen wurde, dass das Frühstück ihrer im Speisesalon harrte. Sie blieb nur lang genug stehen, um sich nach Johns Zustand zu erkundigen, als sie Addie auf die Küche zugehen sah.

„Ich bin auf dem Weg, dem Mann etwas Vernünftiges zu kochen", antwortete die. „Noch vor Ende der Woche wird er wieder gesund und munter wie ein Fisch im Wasser sein. Falls Sie Mr. Luke suchen, er hat mich abgelöst, so dass ich herkommen konnte."

Bei dieser Auskunft ließ Bria die Schultern sinken. Sie konnte schließlich kaum zu Johns Haus reiten und dort von Luke die Antwort auf ihren Vorschlag verlangen.

„Alles in Ordnung, Miss Bria?" fragte Addie. „Mr. Luke sagte, es könnte sein, dass Sie sich heute Morgen nicht ganz auf der Höhe fühlen."

Oder einfach nur grässlich.

„Verzeihung?"

„Nichts, Addie. Und ich suche Mr. Luke nicht." Damit schlüpfte Bria aus dem Haus, bevor Addie sie genauer ansehen und ihre Antwort als Lüge entlarven konnte.

Apollo war nur zu froh, seiner Herrin zu gehorchen und die Straße entlangzugaloppieren. Eine Staubwolke markierte den Weg von Pferd und Reiterin. Als sie an den Reisfeldern ankamen, zügelte Bria den Wallach zu einem leichten Trab. Sie beobachtete prüfend das Vorankommen der Arbeiter und schätzte, dass es noch zwei Tage dauern würde, bis der ganze Reis geerntet war. Danach ritt sie die Fluttore und Kanäle ab und hielt nach Abnutzungsspuren Ausschau, die bedeuten würden, dass die Reparaturen eher früher als später durchgeführt werden müssten.

Ihr Weg führte sie weiter durch die Obstgärten und Baumwollfelder, dann am Flussufer entlang, bevor sie ins Haus zurückkehrte. Nicht ein Mal bekam sie Luke zu Gesicht, obwohl sie Addie zu John zurückkehren gesehen hatte.

Die Türen zum Arbeitszimmer stieß Bria schließlich mit mehr Kraft auf, als nötig gewesen wäre. Sie trat schnellen Schrittes hindurch, während sie sich schon ungeduldig die Reithandschuhe auszog. In ihrer Aufregung wurde sie ungeschickt, so dass sie kurz davor stand, wütend mit dem Fuß aufzustampfen. *Er geht mir aus dem Weg.*

„Entschuldigung?"

Bria riss den Kopf hoch. Luke stand hinter dem Schreibtisch und stützte sich mit den Händen darauf ab. Vor ihm lagen seine Zeichnungen ausgebreitet. Er hatte sie studiert, bis sie ihn unterbrochen hatte. „Sie sind mir aus dem Weg gegangen."

„Wirklich? Ich bin hier gewesen."

„Heute Morgen waren Sie bei John Whitney."

„Das war aber sehr spät am Morgen, eher schon Vormittag", entgegnete er. „Beim Frühstück habe ich auf Sie gewartet. Als Sie nicht erschienen, begriff ich, dass ..."

„Sie haben Martha aufgetragen, mich schlafen zu lassen."

„Ist das ein Vorwurf? Vielleicht sollten Sie erst einmal richtig hereinkommen." Er winkte sie in den Raum.

Bria zog sich die Handschuhe aus und warf sie auf einen Tisch in der Nähe. Sie schloss die Türen, atmete tief ein und langsam wieder aus und zwang sich, nicht auf das Lächeln zu achten, das Lukes

Mund umspielte. „Ich wünschte, Sie hätten sich nicht eingemischt", erklärte sie. „Martha hätte mich sonst eher geweckt."

„Dann entschuldige ich mich hiermit." Er sah, dass Bria ihn erwartungsvoll anschaute. „Sollte ich noch mehr sagen? War ich nicht zerknirscht genug?"

Die Muskeln in Brias Kiefer spannten sich. Als sie jedoch bemerkte, dass Lukes Blick darauf fiel, hörte sie auf, mit den Zähnen zu knirschen. Nachdem sie jahrelang so wenig und manchmal sogar gar nichts gefühlt hatte, war in Lucas Kincaids Nähe zu sein für sie wie in Brennnesseln zu fallen. Ständig stach und piekte es sie irgendwo. Das machte es ihr schwer, ihre Verletzlichkeit zu ignorieren. „Sie waren unendlich zerknirscht", versicherte sie ihm.

„Und unendlich begriffsstutzig. Ich fürchte, ich weiß nicht, was Sie sonst noch von mir hören wollen."

„Wollen Sie etwa sagen, dass Sie unsere Abmachung von gestern vergessen haben?"

Luke setzte sich und betrachtete Bria nachdenklich. „Nein, nicht im Geringsten. Aber bei Ihnen war ich mir nicht so sicher. Es musste von Ihnen angesprochen werden. Und ich wüsste gern noch etwas mehr darüber."

„Was? Wollen Sie, dass ich meinen Vorschlag noch einmal wiederhole?"

„Ja. Doch diesmal ohne den Whiskey." Er legte seine Fingerspitzen aneinander und stützte sein Kinn darauf. „Ich muss ganz sicher sein, dass das genau das ist, was Sie wollen, Bria."

„Wie Sie möchten", erwiderte sie nach einer kurzen Pause. Sie durchquerte das Zimmer zum Schreibtisch und blieb ihm gegenüber auf der anderen Seite stehen. Ihre Arme hingen locker an ihren Seiten, die Handflächen leicht nach außen gekehrt. „Ich habe Sie gefragt, ob Sie bereit wären, mich zu heiraten."

Diesmal konnte Luke keine Anzeichen froher Erwartung in ihrer Miene erkennen. Ihre saphirblauen Augen blickten kühl. „Dann lautet meine Antwort Ja", sagte er. „Ja, ich werde Sie heiraten."

Bria nickte langsam.

„Vielleicht sollten Sie Platz nehmen."

„Mir geht es gut." Tastend fand sie die Armlehnen des Stuhles hinter sich und ließ sich langsam darauf nieder. „Sie haben verstanden, dass es eine legale Heirat sein wird, nicht wahr?"

„Das dachte ich. Legal, aber nicht real."

„Ja. Genau. Legal, aber nicht real."

Luke entging nicht, dass sie erleichtert schien, weil er diese Unterscheidung getroffen hatte. Sie würde viel weniger erleichtert sein, wenn sie merkte, dass er den Unterschied nicht ganz verstand. „Atmen Sie noch?" fragte er.

Bria hob die Augenbrauen, während sie Luft durch die Nase einsog. „Ja."

„Sie müssen auch wieder ausatmen."

„Ja. Das weiß ich." In Wahrheit hatte er Recht. Ein paar Augenblicke lang hatte sie vergessen zu atmen. „Mir geht es bestens."

„Möchten Sie einen Drink?"

„Nein!"

Lukes Blick fiel auf Brias Reithandschuhe auf dem Tisch neben der Doppeltür. Sie war direkt von draußen in das Arbeitszimmer gekommen, ohne zu ahnen, dass sie ihn vorfinden würde. Unwillkürlich überlegte er, was sie hier hatte arbeiten wollen. „Halte ich Sie von irgendetwas ab?"

„Das kann warten."

Luke stellte fest, dass ihm diese Antwort sehr gefiel. Sie war nicht oft müßig. Die Bilder, die ihm beim Gedanken an sie durch den Kopf schossen, zeigten sie meist in Bewegung: wie sie über die Wiese rannte, um Apollo einzuholen; wie sie in vollem Galopp durch den Park ritt; wie sie das Flussufer hinabkullerte. Und jetzt war sie hier mit ihm, die Rollen ihres ersten Zusammentreffens vertauscht. Während er hinter dem Schreibtisch saß, befand sie sich in der unangenehmen Position davor und wollte etwas von ihm.

Sie war außergewöhnlich hübsch. Feine Strähnen ihres glänzenden honiggoldenen Haares umrahmten ihr Gesicht. Ihr Teint war klar und zart, ihr Mund voll und rosa. Sie hatte eine schmale Nase und anmutig geformte Wangenknochen. Ihre langen Wimpern verliehen ihrem Blick etwas Rätselhaftes, verbargen ihre unergründlichen saphirblauen Augen aber nicht völlig.

Bria knöpfte ihre Jacke auf und ließ sie offen. Dort, wo ihre Bluse an ihrer Haut klebte, zupfte sie an dem Stoff. Der Tatsache, dass sie direkt vom Feld hereingekommen war, mit einer feinen Staubschicht bedeckt, war sie sich nur allzu bewusst, ebenso wie des Schweißes, der ihr in kleinen Rinnsalen den Rücken hinablief. Als sie unter Lukes Musterung ihr Kinn unmerklich hob, tat sie es nur, weil sie nicht wusste, was sie sonst tun sollte.

„Sie starren mich an“, bemerkte sie schließlich.

Luke war nicht im Geringsten verlegen. „Ich weiß. Vermutlich werden Sie sich daran gewöhnen müssen. Es sei denn, Sie verbieten mir das Vergnügen in unserem Ehevertrag ausdrücklich.“ Er beobachtete, wie ihr Blick kühler wurde, und wusste, dass sie das erwog. Die Augen zusammenkneifend, betrachtete er sie. „Sie mögen es nicht, wenn ich Ihnen ein Kompliment mache.“

„Ach? War das eine Schmeichelei?“

Über ihre Frage dachte er einen Moment ernsthaft nach, obwohl sie ihn nur hatte ärgern wollen. „Vielleicht nicht. Die Tatsache, dass ich aus Ihrer Gegenwart irgendein Vergnügen beziehe, ist eher mir als Ihnen zu verdanken.“ Er gestattete sich ein schwaches Lächeln, als sie darauf nichts zu erwidern wusste. Später würde ihr gewiss noch etwas einfallen, wenn sie nicht länger so müde wäre – und dann wäre die Hölle los. Um diesen Augenblick hinauszuzögern, stellte er die Frage, die ihn am meisten beschäftigte: „Dachten Sie wirklich, ich würde Ihren Vorschlag ablehnen?"

„Ich weiß nicht", entgegnete sie aufrichtig. Ein erschöpftes kleines Lächeln begleitete dies Eingeständnis. Bria legte den Kopf nach hinten, so dass er an der Stuhllehne ruhte. Ihr Blick blieb an der Bücherreihe oberhalb von Lukes Kopf hängen. „Ich habe mir nicht gestattet, darüber nachzudenken."

„Würden Sie den Vorschlag lieber zurückziehen? So weitermachen, als hätten Sie mich nie gefragt?"

„Nein." Sie schaute ihn an. „Haben Sie Zweifel?"

„Immer. Aber deshalb würde ich meine Meinung nicht ändern, wenn es das ist, was Sie wissen wollen." Er sah, wie sich Erleichterung über ihre Züge legte. „Wann ist die Hochzeit?"

„Ich dachte vielleicht im Dezember, nachdem Mutter und Orrin aus Charleston zurückgekehrt sind. Traditionell ist der Winter die Zeit der gesellschaftlichen Ereignisse, und das gäbe meiner Mutter genug Zeit, alle Vorbereitungen zu treffen. Das wird ihr gefallen."

„Dann wird sie nicht versuchen, es Ihnen auszureden?"

Bria antwortete nicht sofort. Die Reaktion ihrer Mutter auf diese Neuigkeit war schwer vorherzusagen. „Sie wird sich freuen, dass ich endlich heirate", sagte sie schließlich langsam. „Sie wünscht sich das, seit ich siebzehn bin. Acht Jahre sind eine lange Wartezeit, aber ich bin nicht sicher, ob sie meine Wahl gutheißen wird."

„Weil ich ein Nordstaatler bin."

„Es ist wohl kaum an ihr, deswegen Steine auf mich zu werfen. Sie hat Orrin geheiratet, wissen Sie noch? Nein, ich denke an den Umstand, dass Sie praktisch kein Geld haben. Deswegen wird sie sich Sorgen machen. Und sie wird nicht sonderlich begeistert von meiner Ankündigung sein, dass wir vorhaben, hier zu leben."

Luke hatte darüber schon nachgedacht. „Wird Ihr Stiefvater nichts dazu zu sagen haben, dass wir auf *Concord* bleiben wollen?"

„Er wird uns nicht fortschicken. Er mag Sie, und er möchte, dass Sie die Arbeiten am Haus beenden. Obwohl er mich lediglich toleriert, weiß er doch, dass er die Plantage nicht allein führen kann. Wir machen jetzt im vierten Jahr hintereinander Gewinn. Das ist mehr, als jeder andere hier in der Gegend geschafft hat, und wenn auch sonst nichts, so will Orrin Foster doch auf keinen Fall diese Möglichkeit zum Prahlen verlieren."

„Also wird er nichts dagegen einzuwenden haben, dass wir unter seinem Dach leben", sagte Luke. „Aber was ist mit der Heirat?"

„In der Angelegenheit hat er nichts zu sagen."

„Was eigentlich keine Antwort auf meine Frage ist." Luke fügte nicht hinzu, dass Orrin Foster sich seltsam besitzergreifend zeigte, wenn es um Bria ging. Er bot sie an, als wäre es sein Recht. Er beleidigte sie, in ihrer Gegenwart und hinter ihrem Rücken, aber er war wie besessen von ihr. Luke schien es, als fürchtete Orrin seine Stieftochter, war jedoch auf der anderen Seite wie gebannt von ihr. „Wird er versuchen, Sie davon abzuhalten, mich zu heiraten?"

Bria runzelte die Stirn, zum ersten Mal verunsichert angesichts ihres Vorhabens. „Orrin kann … nachtragend sein."

„Er ist wie ein Hund mit seinem Knochen."

Brias Kopf ruckte nach oben. „Was?"

Ihre Reaktion überraschte Luke. „Sie müssen doch wissen, dass er Sie will."

„Ja", erwiderte sie langsam. „Ich habe Ihnen ja gesagt … für die Plantage. Darum wird er nicht verlangen, dass wir von hier weggehen."

Luke schüttelte den Kopf. Er begriff, dass er ihr seinen Verdacht mitteilen musste. „Das ist nicht der einzige Grund. Er will Sie für sich selbst … wie ein Mann eine Frau will."

Mit einer flüssigen Bewegung sprang Bria auf die Füße. Eine Hand legte sie sich über ihren in Aufruhr befindlichen Magen. „Sie irren. Er hat nie … *nie* …“ Sie schluckte den Rest ihrer Worte zusammen mit der aufsteigenden Galle hinunter.

Luke erhob sich und kam hinter dem Schreibtisch hervor; als er aber sah, dass Bria vor ihm zurückwich, blieb er stehen. „Sie können doch nicht so naiv sein, dass Sie das nicht auch schon vermutet haben“, bemerkte er. „Oder war es nur noch ein weiteres Thema, über das Sie sich nicht nachzudenken gestattet haben?“ Sobald er das gesagt hatte, wusste er, dass er Recht hatte. Seine Stimme nahm einen leicht spöttischen Tonfall an. „Und Sie haben behauptet, Ihre Mutter wäre diejenige, die keine unangenehmen Wahrheiten hören will.“ Wenn sie sich nicht den Bauch halten müsste, dann würde sie, da war er sich sicher, beide Hände über die Ohren legen.

„Hat Orrin Ihnen das gesagt?“ fragte sie. Dann noch einmal lauter: „Hat er?“

„Nicht in Worten.“ Luke trat zu dem Schrank mit dem Whiskey.

„Ich will keinen Drink.“

„Doch, das wollen Sie. Sie wissen es nur noch nicht.“ Er goss Bria einen kleinen Schluck ein und brachte ihr das Glas. „Nehmen Sie. Ich verspreche, es wird helfen.“

„Sie werden nicht auch in Zukunft über mein Leben bestimmen wollen, oder?“

„Mir ist nie der Gedanke gekommen, dass das möglich wäre.“ Er hielt ihr das Glas hin und drückte es ihr in die Hand. Als sich ihre Finger darum schlossen, ließ er es los, dann lehnte er sich mit der Hüfte gegen den Schreibtisch. Er beobachtete, wie Bria es vorsichtig an die Lippen hob, aber sie benetzte sie kaum, bevor sie es wieder sinken ließ. „Vielleicht sollten Sie sich setzen.“

Bria ließ sich in den Stuhl sinken. Mit beiden Händen hielt sie das Glas und starrte in die bernsteinfarbene Flüssigkeit.

„Es tut mir Leid, Bria." Luke fiel auf, dass er diese Worte in letzter Zeit oft zu ihr sagte. Vermutlich sollte er sich gleich daran gewöhnen, weil er bestimmt auch weiterhin Grund genug dafür haben würde. „Ich wusste nicht, wie wenig Sie über Orrin Foster wissen."

Sie gab einen kleinen, traurigen Laut von sich. „Ich dachte, ich verstünde ihn ganz gut." Bria schaute zu Luke auf. „Er schlägt meine Mutter, wissen Sie?"

Luke schüttelte den Kopf. „Nein, das wusste ich nicht."

Aber Bria sah, dass er nicht überrascht war. „Am Anfang geschah es nicht so oft. Monate vergingen ohne einen Zwischenfall. In den letzten paar Jahren ist es häufiger geworden. Das letzte Mal kurz bevor Randall da war. Mutter hat behauptet, sie sei die Treppe hinuntergefallen. Das stimmte zwar, ließ aber Orrins Beteiligung daran unerwähnt."

„Hat er sie gestoßen?"

„Ich war nicht dabei. Addie war irgendwo in der Nähe. Sie sagte, sie hätten gestritten, und dann sei meine Mutter gestürzt, aber sie hat nichts sehen können. Es kann sein, dass er sie gestoßen hat, allerdings glaube ich nicht, dass er wollte, dass sie fällt, oder wenigstens nicht die Treppe hinunter."

„Haben Sie Ihre Mutter gefragt?"

„Ja, aber sie wollte von ihrer ursprünglichen Geschichte nicht abweichen. Auch Randall konnte nichts aus ihr herausbekommen. Sie hütete noch das Bett, als er ankam. Dr. Stuart hat sie behandelt." Bria nahm einen Schluck von dem Whiskey. Von ihrem Magen aus schoss eine Hitzewelle durch ihren Körper, die aber in dem Moment verebbte, in dem sie merkte, dass auch ihre Übelkeit verschwunden war. „Natürlich vermutete Randall die Wahrheit, konnte jedoch nichts tun. Für Mutter hätte es alles nur schlimmer gemacht, wenn er Orrin zur Rechenschaft gezogen hätte. Er wusste, dass er bald wieder fortmüsste und sie über den Tag seiner Abreise hinaus nicht würde beschützen können."

„Und so übertrug er ihren Schutz Ihnen."

„Ich habe ihn übernommen", verbesserte sie ihn. „Randall hat angeboten, mich und Mutter auf der *Cerberus* mitzunehmen. Ich habe abgelehnt. Mutter wäre nie gegangen, und ich konnte sie nicht hier allein lassen. Und dann war da auch noch *Concord.* Ich will es führen. Das konnte Randall noch nie verstehen. Er denkt, dass es eigentlich seine Aufgabe sei und er irgendwie seine Pflichten vernachlässigt." Bria zuckte die Schultern und nahm einen weiteren Schluck von ihrem Drink. „Ich habe es Claire überlassen, ihn davon zu überzeugen, dass er sich irrt. Sie hat vermutlich mehr Überzeugungskraft als ich."

Luke bereitete die Vorstellung Schwierigkeiten. „Was ist mit Ihrem Bruder? Wird er es akzeptieren?"

„Nein", entgegnete sie unverblümt. „Nicht bis er sich mit eigenen Augen davon überzeugt hat, dass ich glücklich bin."

„Und werden Sie das sein?"

„Ich kann für die Dauer seines Besuches so tun. Er wird es glauben wollen."

„Verstehe", antwortete Luke und musterte sie eindringlich. „Haben Sie bedacht, was das alles mit einschließt? Ich könnte mir vorstellen, dass er mehr verlangt als Ihr Wort und ein strahlendes Lächeln. Davon, denke ich, wird er sich kaum narren lassen." Er beugte sich vor und nahm Bria das leere Glas ab. Absichtlich streifte er dabei mit seinen Fingern über ihre, und sie zuckte unwillkürlich zurück. Mit einer Bewegung seines Kinns deutete er darauf. „Das meine ich. Sie wollen vielleicht keine wirkliche Ehe, aber Sie müssen die Leute davon überzeugen, dass Sie eine führen. Sie können nicht länger vor mir zurückzucken, als hätte ich eine ansteckende Krankheit. Diese Geste lässt sich nicht mit Schüchternheit erklären, mädchenhafter Scheu oder neckischem Flirten. Sie sollten über Ihr Vorhaben noch einmal nachdenken, wenn Sie es nicht lernen können, meine Berührung zu ertragen. Anderenfalls ließe sich niemand überzeugen, und am allerwenigsten Ihre Familie."

Bria wusste, dass er Recht hatte. „Das kann ich lernen", sagte sie.

„Mein Gott, Bria. Hören Sie sich eigentlich selber zu? Sie sagen das, als seien Sie gezwungen, über die Planke zu gehen. Das alles ist doch *Ihre* Idee, nicht meine." Als sie weiter so dasaß, als müsse sie all ihren Mut zusammennehmen, machte er eine wegwerfende Handbewegung. „Das schaffen Sie nicht. Das soll keine Herausforderung sein, sondern nur die Feststellung einer Tatsache. Sie müssen sich etwas anderes ausdenken, damit Ihr Plan aufgeht."

Erst nachdem Luke schon ein paar Schritte in Richtung Tür gemacht hatte, begriff Bria, dass er das Zimmer verlassen wollte. „Nein!" rief sie und sprang auf. „Ich kann es tun. Ich *kann* es."

Luke blieb stehen und drehte sich langsam auf dem Absatz um. „Um mich davon zu überzeugen, wird mehr als Ihr Wort nötig sein."

Bria nickte. Als sie auf ihn zuging, geschah das ohne ihre gewohnte Zurückhaltung. Sie zögerte nur den Bruchteil einer Sekunde, bevor sie sich auf die Zehenspitzen stellte und ihm die Arme um den Nacken schlang. Ihr Körper schmiegte sich wie von selbst an seinen, und sie hob ihr Gesicht.

„Das ist immerhin ein Anfang", erklärte Luke ruhig. Er fuhr mit den Händen unter ihre Jacke und umfasste ihre Taille. Bria verspannte sich am ganzen Körper und presste sogar die Lippen zusammen. „Glauben Sie, den Leuten würde das nicht auffallen?" Er zog sie fester an sich. „Atmen." Als sie gehorchte, fühlte er das Heben und Senken ihrer Brust an seiner. Sie musste die Berührung auch gespürt haben, denn sie hielt sofort wieder die Luft an.

Luke lächelte, ließ den Kopf sinken, bis sich ihre Stirnen berührten. „Weißt du, Bria, bei jeder anderen Frau würde ich diese Atemlosigkeit als Kompliment auffassen. Bei dir aber, fürchte ich, ist es etwas, das du zu überwinden lernen musst. Jetzt hol noch einmal Luft, bevor du ohnmächtig wirst."

Bria atmete tief ein. Bevor sie den Atem wieder ausstieß, sagte sie rasch: „Ich werde Sie küssen."

„Das hatte ich gehofft."

Sie überwand die kurze Entfernung zwischen ihren Mündern, bevor sie darüber nachzudenken begann, warum sie das lieber nicht tun sollte. Seine Lippen waren warm, blieben aber passiv. Sie verstärkte den Druck, so wie er es bei ihr getan hatte. Er rührte sich nicht, folgte ihr noch nicht einmal einen winzigen Augenblick lang, als sie sich von ihm löste. „Du musst auch deinen Teil tun."

„Ich bin kein begnadeter Schauspieler. Aber vielleicht kann ich dir Ermutigung geben. Komm, küss mich noch einmal."

Als sie seine Lippen dieses Mal berührte, fühlte sie, wie sich sein Mund unter ihrem zu bewegen begann. Er sog ganz zart an ihren Lippen, kostete ihren Geschmack. Sie verlor sich nicht in der Liebkosung, sondern konzentrierte sich darauf, achtete auf die Nuancen: wie sich seine Lippen teilten; seine Kopfhaltung; die Zärtlichkeit seines Mundes. Sie machte ihm das alles nach, und als er mit seiner Zunge über ihre Lippen strich, wich sie nicht entsetzt zurück.

Luke öffnete ein Auge und sah, dass sie ihn aus weit aufgerissenen Augen anstarrte. Unter seinem leisen Lachen erbebten ihrer beider Münder. Er hob den Kopf. „Du willst vielleicht deine Augen schließen", flüsterte er.

„Warum? So kann man viel besser denken."

„Das mag schon sein, aber es ist etwas, was bei einem Kuss erwartet wird."

„Meinst du, wir müssen unsere Zuneigung oft öffentlich mit dem Austausch von Zärtlichkeiten bekunden?"

„Nein. Gar nicht." Dann, bevor sie zu viel Erleichterung empfinden konnte, fügte er hinzu: „Das würde nicht im Geringsten helfen, zu beweisen, dass du eine glückliche Ehe führst."

„Nicht?"

Er schüttelte den Kopf. „Gestohlene Augenblicke der Zweisamkeit, darauf kommt es an."

„Gestohlene Augenblicke der Zweisamkeit", wiederholte sie. Der Ausdruck in ihren tiefblauen Augen war zweifelnd.

„So in etwa." Luke warf einen betont verstohlenen Blick nach rechts und links, dann küsste er Bria mitten auf den Mund. „Als hätten wir uns ins lauschige Gartenhaus fortgeschlichen", erklärte er.

Bria musterte ihn mit vor Überraschung offenem Mund. Sie musste versehentlich doch die Augen geschlossen haben, denn sie schwankte leicht. „Wir haben kein lauschiges Gartenhaus", erwiderte sie, ein wenig stolz, dass sie zu dieser sachlich richtigen Bemerkung imstande war.

„Ich werde eines bauen. In der Zwischenzeit ..." Er blickte rasch über seine Schulter, dann küsste er sie wieder. „Wir werden uns um die Hausecke stehlen, wenn wir glauben, dass niemand hinsieht."

Bria runzelte die Stirn. „Jetzt verwirrst du mich."

Himmel, das wollte er auch hoffen.

„Ich meine, wir küssen uns doch eigentlich nur, weil jemand hinsieht, oder? Wir tun nur so, als wüssten wir es nicht."

„Ja", bestätigte Luke. Sie war nicht halb so durcheinander, wie es ihm lieb wäre. „Genau. Umarmungen auf dem Flur ..." Er senkte wieder den Kopf, und diesmal hob sie ihm den Mund entgegen. Luke musste denken, dass er sich an den Geschmack von Whiskey gewöhnen könnte, wenn er ihn nur immer so schmecken konnte. Mit seiner Zunge drängte er ihre Lippen auseinander und fuhr mit ihr über ihre Zähne. Er spürte ein Zittern in ihren Armen, kurz bevor sie sie fester um seinen Nacken schlang. Luke hob den Kopf ein Stück. „Hinter den Ställen …“ Er küsste ihre Mundwinkel. „Auf dem Rücksitz der Kutsche …“ Er vertiefte den Kuss, und diesmal erwiderte Bria ihn aus ganzem Herzen. Sie schmiegte sich an ihn, bog sich ihm entgegen und gab sich den neuen Empfindungen hin. Es bedurfte einiger Anstrengung auf Lukes Seite, aber als er ein Auge öffnete, sah er, dass ihre beiden geschlossen waren. „An der Mauer des halb verfallenen Gebäudes …“

Bria riss den Kopf zurück. Sie stemmte sich gegen Lukes Schultern und wand sich aus seinen Armen. Ihre Augen glitzerten unnatürlich in ihrem blassen Gesicht. „Nein“, sagte sie. Das Beben in ihrer Stimme war kaum wahrnehmbar. „Da wird es keine gestohlenen Augenblicke geben.“

„Bria.“ Da er wusste, wie fruchtlos es wäre, sie festhalten zu wollen, ließ Luke seine Hände locker an seine Seiten sinken. Er beobachtete, wie sie zum Tisch ging, um ihre Handschuhe zu nehmen. „Ignoriere mich nicht, Bria.“

In dem Blick, den sie ihm zuwarf, stand Verachtung. „Soll das eine Drohung sein?“

Lukes graue Augen verrieten nur stählerne Entschlossenheit, keine Gefühle. „Denke, was immer du willst. Aber verlass diesen Raum nicht, ohne irgendeine Erklärung abzugeben.“

Bria schlug mit den Handschuhen auf die Tischplatte. Das Geräusch hörte sich an wie das Zischen einer Peitsche. Sie drehte sich zu Luke um. „Was denkst du, willst du wissen? Wir haben beide unseren Part gespielt. Ich bin mit dem Üben für heute fertig.“

Diese einfache Erklärung befriedigte Luke nicht. „Es war etwas anderes“, sagte er.

„Es war nichts.“

„Es war alles andere als nichts.“

„Belass es dabei, Luke.“

Mehr als alles andere war es Brias Benutzung seines Namens, die ihm deutlich machte, wie sehr sie ihn besänftigen wollte. „War es der Kuss?“

„Ja ... nein ...“ Bria erkannte, dass sie sich mit jeder Antwort in die Ecke manövrierte. Wenn sie Ja sagte, dann gestand sie damit ein, dass der Kuss mehr für sie gewesen war als Üben, wenn sie verneinte, dann hieß das, dass es einen anderen Grund gab. „Kannst du die Sache nicht einfach auf sich beruhen lassen?“

„Nicht dieses Mal“, entgegnete er ruhig. „Was ist mit der Mauer, Bria? Das ist doch der Grund, weswegen du mich fortgestoßen hast, nicht wahr? Weil ich die Mauer erwähnt habe. Was hat es mit diesem Ort auf sich?“

Eine Stelle oberhalb seiner Schulter fixierend, antwortete Bria: „Früher war es das Eishaus.“

Was keine Erklärung für ihr Verhalten war. Luke fuhr sich mit einer Hand durch die Haare und versuchte in ihrer verschlossenen Miene zu lesen. „Wie lange ist es her, seit es benutzt wurde?“

„Zehn Jahre.“

„Vor dem Kriegsende?“ fragte er. „Oder danach?“

„Vorher.“

Sie muss fünfzehn gewesen sein, überlegte Luke. Und es war am Ende der Kämpfe. Beauregard hatte die Evakuierung von Charleston im Februar des Jahres angeordnet. Sherman marschierte wieder, und kleine Trupps von Yankees waren raubend und plündernd auf der Suche nach Vorräten durch die Gegend gezogen. Luke wusste, Brias Vater war bei Vicksburg gefallen und Shelby bei Manassas.

Bei Kriegsende war Randall noch im Militärgefängnis in New York gewesen. David hingegen wurde nie erwähnt. Bis jetzt hatte Luke angenommen, dass er woanders als auf *Concord* umgekommen war. Aber wer hatte dann die Geschäfte auf der Plantage geführt? Nicht Bria. Nicht damals.

Luke legte den Kopf schief und musterte Bria genauer. „Wie ist dein Bruder David gestorben?"

„Yankees."

„Hier auf *Concord?*"

„Hier auf *Henley.*" Ihre Augen waren trocken, ihre Stimme klang ausdruckslos. „Es hieß noch *Henley,* als er starb. Es war sein Zuhause." Wie es das für keinen von uns seitdem mehr gewesen ist, dachte sie. Für keinen der Überlebenden. „Sie kamen auf der Suche nach Pferden und Nahrungsmitteln. Es gab nicht viel, was sie nicht fanden. Es war nicht genug Zeit, etwas zu verstecken. Wir wussten nicht, dass sie kamen, bis es zu spät war."

„Bria?" Sie wandte den Blick zu Luke. Er ließ sie nicht wieder wegsehen. „Wurde David im Eishaus umgebracht?"

„Nein. Das geschah oben, als er unsere Mutter beschützte." Brias Pause war nicht länger als ein Herzschlag. „Im Eishaus wurde ich vergewaltigt."

Luke nahm ihre Erklärung ohne unmittelbare sichtbare Reaktion entgegen. Er zuckte nicht zusammen oder machte sich über ihren Schmerz lustig. Er zeigte kein Mitleid und verriet so auch nicht, dass er in irgendeiner Weise erwartete, dass sie Schuld oder Scham empfand. Noch ließ er sich irgendwie Befriedigung anmerken, dass er endlich die Antwort auf seine Frage erhalten hatte. Er akzeptierte es als eines der vielen Dinge, die er über sie wusste, wie die Farbe ihrer Augen, die Form ihres Mundes oder die Tatsache, dass sie Pfirsich-Charlotte beinahe so gern aß wie er.

Mit gerunzelter Stirn betrachtete Bria ihn. Dass er nichts sagte, machte sie wahnsinnig, doch es sorgte auch dafür, dass sie im Raum blieb. Sie hatte vorgehabt, einfach zu gehen. Jetzt erkannte sie dies Verhalten als das, was es war: theatralisch und irgendwie kindisch. Als Strafe dafür, dass er ihr das Geständnis abgepresst hatte, hatte sie ihn mit ihrer letzten Bemerkung an den Schreibtisch nageln und seinem schlechten Gewissen überlassen wollen.

Nun aber war sie es, die wie erstarrt dastand, weil er kein Urteil abgab und kein Entsetzen zeigte. Es war beinahe so, als glaubte er, es wäre etwas, worüber sie reden könnte. „Willst du, dass ich etwas sage?“ fragte sie schließlich.

„Wenn du möchtest.“

„Als ob wir über das Wetter reden?“

Luke legte den Kopf schief und zuckte die Schultern. „Du sagst das, als wäre das Wetter bedeutungslos. Die meisten Leute können sich sehr darüber aufregen, weißt du?“

Bria wollte sich nicht aufregen. Während sie noch darüber nachdachte, spürte sie, wie ein unbekannter Schmerz hinter ihren Augen entstand. Sie blinzelte. Ihre Wimpern fühlten sich schwer an, feucht. Luke verschwamm vor ihren Augen. „Ich denke, ich will es dir erzählen.“

Er hätte ihre Stimme nicht wieder erkannt, hätte er nicht selbst gesehen, wie sie sprach. Sie war belegt und klang ein bisschen gepresst, so wie wenn Sandpapier über Holz rieb. Luke lehnte sich wieder an den Schreibtisch hinter sich, streckte die Beine aus und stützte sich links und rechts mit den Händen ab. Er bot ihr keinen Stuhl an, sondern wartete geduldig, bis Bria selbst entschieden hatte, ob sie sitzen oder stehen wollte.

Sie ließ ihre Handschuhe zurück auf den Tisch fallen, bewegte sich aber nicht von der Stelle. „Es waren sieben Yankees. Nur drei kamen zum Eishaus. Ich weiß nicht, was sie da zu finden hofften. Es war leer. Wie bei allem anderen machte die Blockade der Konföderierten es unmöglich, Eis zu bekommen. Jeb hatte mich dorthin geschickt, damit ich mich verstecke. Ich weiß, er dachte, dort wäre ich sicher.

Sie fanden mich hinter der Tür kauernd. Ich konnte sonst nirgendwo hingehen. Ich glaube nicht, dass ich geschrien habe, als sie mich packten. Ich erinnere mich daran, dass eine große schwarze Spinne innen an der Tür entlangkletterte. Sie hätte doch irgendwie zucken müssen, wenn ich geschrien hätte, meinst du nicht?"

Luke nickte langsam. Sie hatte nicht geschrien, weil sie Angst gehabt hatte, jemand könnte ihr zu Hilfe kommen. Was hätte ein Einzelner schon gegen drei bewaffnete Yankees ausrichten können, außer das eigene Leben verlieren?

„Ich habe mich gegen sie gewehrt. Damit habe ich keine Sekunde aufgehört. Ich wusste, ihnen würde das nichts ausmachen, aber mir machte es furchtbar viel aus." Tränen hingen an ihren Wimpern, dann fielen sie. Sie fuhr fort und kümmerte sich nicht um ihre nassen Wangen. „Der Jüngste von ihnen war als Erster dran. Die anderen haben ihn angestachelt. Ich glaube, er wollte gar nicht. Er war zuvor noch nie mit einem Mädchen zusammen gewesen. Das wussten sie und wollten, dass er anfängt. Sie sagten, ich sei sein Geschenk." Ein zitternder Atemzug ließ sie erbeben, und Bria hob unbeholfen ihre Hand. Sie presste sie auf den Mund und hielt ihn sich zu, als könne sie dadurch ihre Gefühle unterdrücken. Ihre Augen waren dunkle Seen in ihrem Gesicht, und dann glitt sie zurück durch die Zeit.

8. KAPITEL

„Sie ist dein Geschenk, Ohio. Los, nimm sie.“ Ohio wich einen Schritt zurück. Das Mädchen wehrte sich wie eine Wildkatze. Er wusste, dass Daniel und George keine Geduld mit ihr haben würden. Sie wollten keinen Kampf. Sie waren des Kämpfens müde.

„Du wirst doch nicht etwa Angst haben?“ Daniel hüpfte auf einem Bein, als das Mädchen ihn traf. „Au! Jesus, Maria und Josef! George, kannst du sie nicht besser festhalten? Bei Gott, ich könnte schwören, sie hat noch ein zweites Paar Beine unter ihren Röcken.“

Von dem Bild erregt, das er da gezeichnet hatte, entriss Daniel das Mädchen seinem Gefährten und warf es sich über den Arm, so dass es mit dem Kopf nach unten hing. Die weiten Röcke fielen ihm über das Gesicht, versperrten ihm die Sicht. Mit der Kraft der Verzweiflung wand und wehrte es sich. Ohne sich mit den Händen abstützen zu können, schrammten Kopf und Wange über den rauen Boden, während sich Daniel davon überzeugte, dass seine Gefangene tatsächlich nur zwei Beine besaß.

Sie trug weder Krinoline noch Unterröcke; die waren besonderen Anlässen vorbehalten, nicht einem gewöhnlichen Arbeitstag. Ihr Unterkleid bauschte sich um ihre Hüften. Darunter steckten ihre Beine in knielangen Baumwollunterhosen. Keinem der Männer fiel auf, dass deren Saum mit einem blassblauen Band verziert war. Sie konnten ihren Blick einfach nicht von dem dunkel-honigblonden Haar in ihrem Schritt wenden. Bei jedem ihrer Tritte klaffte der Schlitz in ihrer Hose ein Stück weit auf.

„Mutter Gottes“, flüsterte Daniel und starrte auf sie hinab. „Habt ihr so etwas schon mal gesehen? Wie eine Rosenblüte.“

Da verstärkte sie ihre Bemühungen, diesmal aber, um ihre Beine zusammenzupressen. Eine Hand fuhr durch den Schlitz und fasste sie dort an. Sie erstarrte, als ein Finger in sie eindrang. Sie biss sich so fest auf die Lippen, dass sie Blut schmeckte.

Daniel hob den Finger an seine Nase und roch. Genüsslich schloss er die Augen. „Das ist ein berauschendes Parfüm", erklärte er. „Das muss Ambrosia sein. Davon wirst du was abhaben wollen, Ohio. Sie ist so unerfahren wie du. Es ist nur passend, wenn du sie als Erster kriegst." Das Mädchen hatte wieder angefangen, sich zu wehren, und Daniel ließ es fallen.

Es verlor keine Zeit, auf Händen und Knien fortzukriechen, doch dann wurde es von einem Stiefel im Kreuz zu Boden gedrückt. Diesmal war es nicht Daniel, der es festhielt, denn der schloss gerade die Tür und verbannte damit die letzten Strahlen der blassen Wintersonne aus dem Eishaus. Der Stiefel gehörte dem größten der drei Männer, und er benutzte sein Gewicht, um ihrer aller Beute unten zu halten.

„Los, Ohio", sagte Daniel. „Worauf wartest du noch? Brauchst du etwa Hilfe?"

Ohio konnte einfach nicht von ihr wegsehen. Sie versuchte verzweifelt, sich gegen Georges Gewicht aufzulehnen. Genug Kraft, dass sich ihr Körper ein paar Zoll über den Boden hob, hatte sie, aber nicht, um sich zu befreien. Sie drehte den Kopf und schaute über ihre Schulter. Das Letzte, was Ohio sah, bevor Daniel die Tür schloss, war ein Paar saphirblauer, anklagender Augen.

„Na?" wollte Daniel wissen. „George und ich werden nicht den ganzen Tag warten. Wenn du sie haben willst, dann nimm sie jetzt." Daniel verließ den Platz an der Tür und ging zu ihr. Er kniete sich neben sie und packte sie an der Schulter. „Lass sie uns umdrehen. Wir müssen etwas mit ihren Beinen anstellen, wenn unser Junge da je sein Ding reinkriegen soll."

George hob seinen Fuß lang genug, dass Daniel sie auf den Rü-

cken drehen konnte, dann trat er sie in den Magen. Sie konnten alle hören, wie ihr die Luft für einen Moment zischend aus den Lungen wich. George nutzte die Zeit, sich auf der anderen Seite neben sie zu knien. Ohne es miteinander abzusprechen, drückten sie ihr die Arme und Schultern auf den Boden, dann griffen sie unter ihre Röcke und zogen ihre Beine auseinander.

„Besser du machst, dass du zwischen ihre Schenkel kommst, Junge", riet Daniel. „Wenn nicht, dann pflüge ich diesen jungfräulichen Acker selbst."

Obwohl sie weiter um sich trat, traf sie nichts als Luft. Jede Bewegung ihres Körpers schien sie nur noch weiter zu öffnen. Sie bäumte sich auf und spürte ihre Kräfte nachlassen. Mit ihrem Wehren vermochte sie nichts gegen die Männer auszurichten, auch nicht gegen den Jungen, der schließlich zwischen ihren Beinen kniete.

„Tu so, als wäre es dein Bajonett", riet Daniel ihm. „Mach es schnell und hart. Hölle, sie wird noch nicht einmal schreien."

Um sicherzugehen, dass sie das nicht tat, nahm George die Hand von ihrem Arm und hielt ihr damit den Mund zu. „Nun mach schon."

Irgendwie war sie sogar dankbar für die verschwitzte Hand über ihrem Mund. Trotz ihres festen Vorsatzes hätte sie geschrien, aufgeheult vor Schmerz. So grub sie ihre Zähne in Georges Hand, als wäre sie ein Lederstreifen.

„Gott verdammt", schrie George und riss seine Hand weg. „Sie hat mich gebissen." Er rieb seine Hand an seinem Hemd, das sofort blutverschmiert war.

Ihr ganzer rechter Arm war taub. Erst als sie das Gefühl hatte, hundert Nadeln würden sie gleichzeitig dort stechen, merkte sie, dass er ihn nicht länger zu Boden drückte. Ihre Finger zuckten. Innerhalb weniger Sekunden konnte sie sie zu einer lockeren Faust ballen. Als sie auch wieder ihren Unter- und Oberarm spürte, beschloss sie, zu handeln. Mit schier unmenschlicher Anstrengung gelang es ihr, ihre Hand in Richtung von Ohios Kopf zu schwingen. Sie traf ihn auf die Wange.

Er empfing den Schmerz genauso lautlos wie sie, dann brach er über ihr zusammen.

„Was zum Teufel ist los?" Daniel fühlte, dass sie sich wieder stärker wehrte, und konnte nur knapp einem Hieb ausweichen. „George, vergiss deine Hand, um Himmels willen, und komm her. Sie hat Ohio niedergeschlagen, und er liegt auf ihr."

George grunzte. „Das ging aber schnell."

Daniel packte Ohio beim Kragen und hob ihn von ihr fort. Der Junge rührte sich und kam schließlich auf die Knie. „Komm her und hilf mit, diese Rebellenkatze zu bändigen."

Als sie begriff, dass sich nun Daniel zwischen ihre Schenkel drängen wollte, wehrte sie sich stärker und trat wild um sich, biss sich auf die Lippen und schmeckte Blut. Eine Hand fuhr in ihren Ausschnitt und begann ihre zarten Brüste grob zu kneten.

Georges Knie rutschte von ihrer Schulter. Er musste sie nicht länger festhalten. Und außerdem gefiel es ihm viel besser, ihren Busen unter seiner Hand zu spüren.

Ohio, der neben ihr kniete, wandte den Kopf zur Seite und übergab sich.

„Himmel", fluchte Daniel. „Geh raus, wenn du es nicht aushalten kannst."

Ohio kroch fort und musste sich noch einmal übergeben. An der Tür sackte er zusammen und wartete.

Der ohrenbetäubende Schuss überraschte sie alle. In der Enge des Eishauses dröhnte er ihnen noch lange in den Köpfen, nachdem er verklungen war.

„Jesus, Maria und …" Daniel brach ab, als er begriff, dass er getroffen worden war. „George …"

Die Warnung kam zu spät für George. Die nächste Kugel drang von unten durch sein Kinn und bohrte sich ihren Weg durch seinen Gaumen ins Gehirn. Sein Kopf wurde zurückgerissen, und er war tot, bevor er auf dem Boden aufschlug.

Sie schleuderte die Waffe von sich und stemmte sich gegen Daniels Schultern. Sein Körper lag schwer und unbeweglich über ihr, so dass sie sich Stück für Stück unter ihm hervorwinden musste. Ohio unternahm nichts, weder um ihr zu helfen, noch um sie aufzuhalten. Nachdem die Revolverschüsse zu einem gedämpften Dröhnen in ihren Ohren verklungen waren, konnte sie ihn weinen hören.

Daniels Stimme war schwach. „Ohio? Bist du da?" Er war sich nicht sicher, ob das Weinen nicht von ihm kam. In seinen Augen standen Tränen, und er schmeckte Blut. Als das Mädchen sich befreit hatte, rollte er sich auf den Rücken und tastete nach der Wunde in seinem Hals. Blut strömte mit jedem Schlag seines Herzens hinaus. „Ohio?"

Sich an der Tür abstützend, kam der Junge auf die Füße. Er tastete nach dem Griff und zog die Tür auf. Zwielicht erhellte dürftig die Dunkelheit des Eishauses. Flüchtig sah er den Toten und den Sterbenden auf dem Boden, aber bei ihrem Anblick verzog er keine Miene. Es war das junge Mädchen, das in der Ecke kauerte, dem seine Aufmerksamkeit galt.

Es starrte ihn aus blicklosen Augen an. Sie wirkten scharf und klar, und doch kam es ihm vor, als stünde er weit von ihm entfernt – oder es von ihm. Das Mädchen regte sich nicht und hob auch nicht die Hand, um sich zu schützen. Das ließ es sowohl verletzlich als auch seltsam trotzig wirken, als forderte es ihn heraus, dieses Bild zu vergessen zu suchen.

Die Waffe sahen sie beide zur selben Zeit. Sie lag auf dem Boden, dort, wo das Mädchen sie hingeschleudert hatte. Es machte keine Anstalten, sie zu nehmen. Ohne die junge Frau aus den Augen zu lassen, ging er einen Schritt darauf zu, bückte sich und hob sie auf. Er steckte sie in den weiten Ledergürtel unter seiner Jacke, genau dorthin, wo sie sie gefunden hatte.

„Ich werde den anderen sagen, dass sie sich auf und davon gemacht haben", erklärte er gefasst. „Niemand wird Fragen stellen." Damit verließ er das Eishaus, das Gesicht abgehärmt, die Augen müde, wie die eines alten Mannes.

Plötzlich wurde es Bria wieder bewusst, dass sie sich im Arbeitszimmer befand. Sie saß mit angezogenen Beinen auf dem Lehnstuhl, die Hände im Schoß zu lockeren Fäusten geballt. Vorsichtig probierte sie, ob sie ihr gehorchten, bewegte sie und strich ihre Röcke glatt. Sie konnte spüren, dass ihre Handflächen feucht waren.

Luke saß auf dem gepolsterten Hocker zu ihren Füßen, der viel zu niedrig war, als dass es für ihn bequem sein konnte. Und doch saß er ruhig da, während er darauf wartete, dass sie weitersprach.

„Als die Yankees fort waren, kam Jeb mich holen. Wir haben ihre Leichen im Boden des Eishauses verscharrt. Später haben wir David auf dem Familienfriedhof begraben.

Ich habe Mutter erzählt, was mir zugestoßen ist. Sie hielt mich fest in den Armen, wiegte mich, als wäre ich wieder ihr Baby. Zwei Soldaten waren ins Haus eingedrungen, hatten sie in ihrem Schlafzimmer aufgestöbert ... David hat den einen umgebracht, der andere tötete David." Brias Stimme war gepresst, kaum mehr als ein Flüstern. „Danach, sagt sie, hat niemand mehr sie angerührt. Sie hat gesagt, sie hätte sich umgebracht, wenn sie das getan hätten."

Bria schaute Luke an. „Hätte ich das tun sollen?" Der Ausdruck in ihren Augen war gehetzt, ihre Miene flehentlich. „Hätte ich mich umbringen sollen?"

Einen Augenblick lang konnte er nicht sprechen. Er hatte ihr ohne einen Kommentar abzugeben oder eine Frage zu stellen zugehört. Doch es war nicht die Tatsache, dass er sich so sehr zurückgehalten hatte, die es ihm nun erschwerte, seine Stimme zu benutzen. Es war viel eher Ärger, der ihm die Kehle zuschnürte, und er schluckte ihn herunter, da er nutzlos war.

Luke schüttelte den Kopf. „Nein", erklärte er fest. „Du hättest dich nicht umbringen sollen."

„Aber ..."

„Nein", widersprach er sanft. „Deine Mutter hat darüber geredet, als wäre das alles eine Schande, als hätte sie den Übergriff selbst zwar ertragen, doch nicht mit dem, was danach folgte, leben können. Aber da gibt es keine Schande, es sei denn, du willst sie auf dich nehmen. Was damals hier geschehen ist, wurde dir angetan, Bria. Gegen deinen Willen, nicht mit deiner Zustimmung. Du warst unglaublich tapfer. Du hast dich sellbst gerettet. Du hast dir nichts ..." Er brach ab und sah sie eindringlich an, doch sie wich seinem Blick aus. „Weiß eigentlich irgendjemand außer Jeb, dass du die Soldaten getötet hast?"

Bria starrte auf ihre Hände. „Addie."

„Deine Mutter?"

Bria schüttelte den Kopf.

„Randall?"

„Nein!"

„O Bria, ich glaube, dein Bruder hätte es verstanden. Er hätte sich gewünscht, sie selbst zu erschießen."

Sie begann an ihrer Unterlippe zu nagen, während sie das erwog.

„Du hast in Notwehr gehandelt", fuhr Luke fort. „Dieser Junge hat dir die Waffe praktisch in die Hand gedrückt. Er hat dich tun lassen, was er, wie er wusste, selbst hätte tun sollen, aber nicht konnte. Wenn du am Ende den Colt genommen hättest, als er auf dem Boden lag, hätte er sich vermutlich noch nicht einmal gewehrt, wenn du ihn erschossen hättest. Er muss sich gefragt haben, ob du es tun würdest."

Das hatte sie sich selbst oft genug gefragt. „So oft kommt es mir vor, als sei das alles jemand anderem geschehen; ich weiß nicht mehr, was ich denke. Am Anfang hatte ich Albträume. Sie haben mir nichts ausgemacht, selbst wenn ich schweißnass und am ganzen Körper zitternd aufwachte. Wenn die Furcht dann verging, konnte ich so tun, als wäre es wie jeder andere Albtraum, der nichts mit meinem wirklichen Leben zu tun hat. Vielleicht habe ich auch den getötet, den sie Ohio nannten. Es gab Albträume, in denen ich genau das getan habe. Niemand anderer war mit mir in dem Eishaus. Vielleicht ist auch gar nichts geschehen. Oder vielleicht haben sie ein anderes Mädchen dort vergewaltigt, und ich habe alles nur mit angesehen, zu sehr verängstigt, um irgendetwas zu unternehmen."

Sie merkte nicht, dass ihr wieder Tränen über die Wangen rannen, bis Luke ihr ein Taschentuch in die Hand drückte. Es war feucht und ganz zerknittert, und sie begriff, dass er dies schon zuvor getan hatte. Es lag etwas Vertrautes in dem Gefühl des Stoffes zwischen ihren Fingern, an der Bewegung, mit der sie es an ihr Gesicht hob.

Luke sah ihr zu, wie sie sich erst die Tränen wie ein kleines Kind aus den Augen rieb, sich dann die Wangen damit abwischte. Sie besitzt nicht viel Erfahrung mit Tränen, wurde ihm klar. Diesmal musste seine Miene seine Gedanken verraten haben.

Brias unsicheres Lächeln war irgendwie entschuldigend. „Ich weine nicht oft", flüsterte sie. Zum ersten Mal fiel ihr auf, dass Luke seinen Rock nicht mehr trug. Er hatte ihn nachlässig auf den Schreibtisch geworfen. Sein weißes Oberhemd war an der einen Schulter so nass und zerknittert wie das Taschentuch, das sie hielt.

Sie hob den Kopf und sah ihn plötzlich wieder vor sich, wie er vorhin am Schreibtisch gelehnt hatte. Sie hatte dort bei ihm gestanden, ihr Gesicht an seiner Schulter, sich an seinem Hemd festklammernd. Sie schluchzte so heftig, dass es ihr schon allein bei der Erinnerung wieder schwer fiel, Luft zu bekommen. Er hielt sie locker umfangen, die Hände in ihrem Rücken verschränkt, und sein Kinn ruhte auf ihrem Haar.

Bria sah wieder an sich herab, dann zur Tür. Ihre Reithandschuhe lagen auf dem Tischchen. Dort hatte sie gestanden, als sie zu sprechen begann. Wie es kam, dass sie nun auf dem Stuhl saß, wusste sie nicht.

Sie hielt ihm die Hand hin, um das Taschentuch zurückzugeben.

Luke lächelte. „Nein. Behalte es diesmal."

Diesmal. Also hatte er es ihr schon zuvor in die Hand gedrückt.

„Ich denke, ich habe fast zu viel gesagt", erklärte Bria atemlos.

„Du hast genau so viel gesagt, wie gesagt werden musste. Nicht mehr, nicht weniger."

„Du wirst doch nicht … du wirst nicht wiederholen, was ich …"

Um Bria einen weiteren Moment der Verunsicherung und Sorge zu ersparen, fiel er ihr ins Wort. „Nein", erklärte er. „Ich werde nichts sagen." Er musterte sie prüfend und fragte sich, ob er würde sehen können, ob sie ihm glaubte. Es schien, als wolle sie ihm vertrauen, nicht dass sie es tat. „Weißt du, dass Addie vorhin da war?"

Das wusste Bria nicht. Unwillkürlich drehte sie den Kopf, als erwarte sie halb, Addie noch an der Tür zu sehen. „Ich habe sie nicht gehört."

„Sie kam, um zu sagen, dass das Dinner fertig sei. Ich denke nicht, dass sie damit rechnete, dich hier vorzufinden." Er erinnerte sich noch deutlich an Addies erstaunte Miene, als sie die Türen öffnete – Bria auf dem Boden kniend, Luke neben ihr kauernd. Unwillkürlich hatte Addie besorgt einen Schritt nach vorn gemacht, erstarrte aber, als sie Brias ersten gequälten Schluchzer hörte. Luke winkte sie fort, und sie entfernte sich rasch. „Ich denke, sie hat verstanden, was geschehen ist“, sagte er.

„Das kann sie nicht. Ich verstehe mich ja selbst nicht. Ich habe nie …“

„Du hast bei weitem nicht oft genug geweint.“

Das stimmt, dachte Bria. „Ich wusste nicht, dass ich es kann.“

Luke erhob sich. Er streckte ihr eine Hand hin und wartete geduldig, dass sie sie ergriff. Als sie neben ihm stand, sagte er: „Ich bringe dich auf dein Zimmer. Da wäschst du dir das Gesicht und ziehst dich um, und in einer halben Stunde treffen wir uns im Speisesalon.“

Sie hob den Kopf. Sein Blick fand ihren und hielt ihn fest. Langsam nickte sie. Als sie sah, wie sich seine Mundwinkel hoben und das Lächeln seine Augen erreichte, fühlte sie sich genötigt, ihn zu warnen. „Du darfst das hier nicht überbewerten. Ich werde nicht immer so leicht zu lenken sein.“

Sein Lächeln wurde breiter. „Dass es anders sein könnte, wäre mir nicht im Traum eingefallen.“

Als Luke seine Taschenuhr hervorzog, war es kurz nach halb. Während er sie wieder wegsteckte, betrat Bria den Speisesalon.

„Bin ich zu spät?“ fragte sie.

„Nein, gar nicht. Ich war drei Minuten zu früh.“

Bria lächelte. Es war nicht so schwierig, ihm gegenüberzutreten, wie sie befürchtet hatte, und in der kurzen Zeit, die sie allein gewesen war, hatte sie sich Schlimmes ausgemalt. Vermutlich hatte er das geahnt. Wenn er ihr mehr Zeit gelassen hätte, wären vielleicht Tage vergangen, bevor sie in der Lage gewesen wäre, sich mit ihm an einen Tisch zu setzen.

Martha trug die Mahlzeit auf. Bria entdeckte, dass ihr Appetit sie nicht völlig verlassen hatte. Es gab Momente, wenn Lukes Blick auf ihr ruhte, in denen es ihr schwer fiel zu schlucken, aber nicht, weil ihr in seiner Gegenwart unbehaglich zu Mute war. Es war, weil ihr so warm wurde.

Luke dagegen bereitete es Schwierigkeiten, sich auf die Mahlzeit zu konzentrieren. Das Hühnchen und die Klöße hätten aus Pappe sein können, so viel Beachtung schenkte er ihnen. Wenn sein Blick auf Brias frisch gewaschenes Gesicht fiel, wollte er nicht wieder wegsehen.

Außer den ein wenig schweren Augenlidern und den sanft geröteten Wangen gab es keine Anzeichen ihrer Tränen von vorhin. Anders als sonst schien sie angeregt; ihre Augen wirkten vielleicht etwas strahlender als sonst. Manchmal bemerkte sie, dass er sie ansah, und dann schaute sie rasch fort, nur um kurz darauf unter gesenkten Wimpern einen Blick auf ihn zu wagen. Er fragte sich, ob sie wusste, dass ihm jedes Mal der Atem stockte, wenn sie das tat.

Sie unterhielten sich über unwichtige Dinge, bis Martha ihnen das Dessert servierte.

„Ich wollte mit dir über John Whitney sprechen", begann Luke beiläufig. Mit der Gabel spießte er ein Stück gezuckerten frischen Pfirsich auf und hob es an seine Lippen.

Bria schaute ihn verständnislos an. Von allen Sachen, die er zu ihr hätte sagen können, hätte sie mit diesem Thema am wenigsten gerechnet. „John? Was ist mit ihm?"

„Eigentlich geht es um sein Haus."

„Gut, was ist damit?"

Bei der Wachsamkeit, die plötzlich in ihrem Ton mitschwang, hob Luke die Augenbrauen. Ihm war ebenfalls nicht entgangen, wie sie unwillkürlich die Schultern straffte. „Als ich ihn heute besucht habe, hatte ich Gelegenheit, sein Haus im Tageslicht zu sehen.

Dabei konnte ich nicht umhin, zu bemerken, dass kürzlich Reparaturen an seinem Dach durchgeführt wurden."

„Tatsächlich?"

„Mit genau dem Material, das wir zur Ausbesserung des Daches hier verwendet haben."

„Da musst du dich irren. Vielleicht sind es Überreste dessen gewesen, was ihr ausgetauscht habt."

„Manches bestimmt, anderes war neu. Die alten verbogenen Nägel kann er nicht genommen haben. Seine sind neu."

„Nägel sind Nägel. Du kannst mir nicht weismachen, dass du Nägel wieder erkennst."

„Ich erkenne neue Nägel, wenn ich sie sehe. Und ich habe sie auf Johns geflicktem Dach im Sonnenlicht glänzen gesehen."

„Aber du kannst nicht wissen, ob sie dir gehören."

„Ich weiß, dass die Schachtel auf Johns Nachttisch eine von vielen ist, die ich in den letzten Wochen aus meinem Bestand vermisse. Darin waren nicht immer nur die Streichhölzer, die John jetzt darin aufbewahrt."

„John Whitney ist kein Dieb."

„Das habe ich auch nicht gesagt. Ich dachte, du könntest es gewesen sein."

Bria versuchte Empörung zu heucheln. „Ich?"

„Mir kam der Gedanke, als ich die ausgeführten Arbeiten an Johns Haus bemerkte, dass ich mir vielleicht einmal auch die Häuser der anderen Arbeiter auf *Concord* ansehen sollte. Ich kann nicht behaupten, dass ich völlig überrascht war, als ich herausfand, dass an fast allen Häusern vor kurzem Reparaturen vorgenommen worden sind. Frisches Bauholz taucht als Stützbalken auf, neue Ziegelsteine in alten Schornsteinen. Wenn ich hineingegangen wäre, hätte ich gewiss Farbe gefunden, die genau so aussieht wie die, die ich für verschiedene Räume in diesem Haus hier ausgesucht habe." Luke verengte die Augen. „Stimmt das, Bria? Hätte ich das vorgefunden?"

Sie zuckte die Schultern. „Keine Ahnung. Woher soll ich das wissen?"

„Warum hast du nicht gesagt, dass du Orrins Geld wolltest, um ihnen zu helfen?"

„Ich helfe niemandem."

„O doch, das tust du. Das ist es, was du an dem ersten Abend gemeint hast, unten am Flussufer. Du hast von Verbesserungen gesprochen. Aber du hast sie nicht genauer beschrieben, und als klar wurde, dass ich nicht mitspielen wollte, hast du es nicht wieder erwähnt."

Bria schwieg trotzig.

„Es ist gefährlich", erklärte Luke und beugte sich vor. Als er nach ihrer Hand greifen wollte, nahm sie sie rasch vom Tisch und legte sie sich in den Schoß. „Sehr gefährlich sogar. Was, wenn Orrin es herausfindet?"

„Da gibt es nichts für ihn herauszufinden."

„Hast du keine Angst, dass es für sie üble Folgen haben kann? Und für dich auch?"

„Es gibt nichts für Orrin herauszufinden", wiederholte sie.

Luke schob seinen Teller zurück. „Es ist mir egal, ob du es vor mir abstreitest. Das macht keinen Unterschied, verstehst du? Ich weiß, was ich weiß. Ich habe es mit eigenen Augen gesehen. Ich muss es mir nicht von dir bestätigen lassen."

„Warum sprichst du es dann an?"

„Weil ich Angst um dich habe."

Sie hob ihr Kinn, als wolle sie ihre Verletzlichkeit leugnen. „Um mich Angst haben? Nach dem, was ich dir vorhin erzählt habe, zweifelst du daran, dass ich auf mich selbst aufpassen kann?"

„Nicht. Das ist nicht dasselbe, Bria. Nicht im Entferntesten dasselbe."

„Ich weiß nicht, was du meinst."

„Doch", beharrte er. „Du weißt es. Orrin kann dich treffen, indem er John, Addie oder Martha und Jeb und jedem anderen etwas antut, dem du irgendwie geholfen hast. Ich weigere mich, zu glauben, dass du das nicht bedacht hast. Wenn es um dich geht, magst du unbesonnen sein, aber du würdest nie ein Risiko eingehen, wenn es anderen schaden könnte."

„Was hat das alles mit dir zu tun?"

„Lass mich dir helfen, Bria. Ich kann dafür sorgen, dass altes Baumaterial zur Verfügung steht, indem ich es mit mehr Sorgfalt abnehmen lasse. Ich kann den Pächtern zeigen, wie man mit neuen Ziegelsteinen und Bauholz Ausbesserungen durchführen kann, ohne dass es einem ungeübten Auge auffällt."

„Ich kann mich noch gut an deine Worte unten am Fluss erinnern. ‚Ich werde nicht zulassen, dass Sie die Arbeit gefährden, die ich zu leisten versprochen habe.' Erinnerst du dich noch daran, Luke, wie du das gesagt hast?"

„Ja", sagte er ruhig.

„Du hast damals auch versprochen, dass du Orrin nichts verraten würdest, jedenfalls wenn ich es dir nicht unmöglich machen würde, zu schweigen. Nun, habe ich das? Kannst du die Beweise, die du selbst gesehen hast, vergessen und so tun, als wären sie dir nie aufgefallen?"

Luke zögerte nicht mit seiner Antwort. „Nein, das kann ich nicht tun. Und du solltest es besser wissen, als mich darum zu bitten." Etwas von der rosigen Farbe wich aus ihren Wangen, während sie überlegte, was das bedeutete. „Aber ich weiß nichts davon, dass du mich jetzt dazu zwingst", fuhr Luke fort.

„Du meinst, du wirst nichts darüber sagen?" Er schwieg so lange, dass Bria schon nicht mehr glaubte, er würde überhaupt antworten. „Luke?"

„Was würdest du davon halten, wenn wir nächste Woche schon heiraten?“ fragte er.

Bria zwinkerte überrascht.

„Ohne deine oder meine Familie. Außerhalb von Charleston vielleicht, wo man dich nicht kennt. Vor einem Friedensrichter oder in einer kleinen Kirche.“

„Aber warum …“ Sie brach ab, als sie begriff, warum. „Ist das der Preis für dein Schweigen?“

Luke erwiderte nichts, so dass Bria ihre eigenen Schlüsse ziehen musste.

Sie runzelte die Stirn und betrachtete seinen Vorschlag im Geiste von allen Seiten. „Weißt du“, erklärte sie schließlich, „dass ich mich nicht entscheiden kann, ob du zu viel oder zu wenig verlangst. Wie kann ich sicher sein, dass du nicht nach der Hochzeit neue Forderungen stellst?“

„Das kannst du nicht.“

„Welchen Vorteil hast du davon, wenn unsere Hochzeit vorverlegt wird?“

„Meine Seelenruhe, dass es vollbracht ist.“

Sie musterte ihn nachdenklich. „Und das ist alles?“

„Das ist alles.“

„Und du wirst Orrin nichts wegen der anderen Sache sagen?“

Das hatte er sowieso nie vorgehabt. „Kein Wort.“

„Nun gut. Wir können heiraten, sobald die Ernte eingebracht ist. Vielleicht ist es ohnehin klüger, meine Familie vor vollendete Tatsachen zu stellen.“

Das sah Luke ebenso.

Bria schob ihren Stuhl zurück und erhob sich. „Du verstehst natürlich, dass es mich nicht geneigt macht, das Bett mit dir zu teilen, wenn ich mich auf diese Art manipuliert sehe.“

Luke brach in schallendes Gelächter aus, so dass Bria zurückwich, worauf er nur noch heftiger lachen musste. „O Bria. Keinen Augenblick habe ich angenommen, du wolltest das Bett mit mir teilen."

Als sie aus dem Zimmer rauschte, lachte er immer noch leise in sich hinein.

Die Ernte war nach zwei Tagen eingebracht, aber der Reis musste noch gedroschen werden. Nach dem Waschen und Schälen wurde er in Säcke gefüllt, auf einen Dampfer verladen und zum Markt geschafft. Bria beaufsichtigte nicht nur den ganzen Prozess, sie feilschte auch persönlich mit dem Kapitän des Dampfers und dem Mittelsmann, der den Reis in Charleston verkaufen sollte, um die besten Preise. Der Ertrag von *Concord* betrug in diesem Jahr zweihunderttausend Pfund. Das war zwar nicht so viel wie 1860, aber ein ansehnlicher Erfolg und ein guter Gewinn, von dem die Pächter ihren Anteil ausbezahlt bekamen.

Am Abend des 30. September konnte man überall auf *Concord* die Feiern anlässlich der gelungenen Ernte hören.

Luke fand Bria draußen auf der Veranda. Mit angezogenen Knien saß sie dort auf den Stufen, ein aufgeschlagenes Buch ungelesen neben sich. Im verblassenden Licht des Tages sah der lange Rock ihres roten Seidenkleides wie dunkler Wein aus, der sich über den Boden ergoss.

Er ließ die Tür mit einem hörbaren Schnappen zufallen. Bei dem Geräusch drehte sie sich um. Als sie ihn ansah, war ihre Miene unergründlich. Weder wirkte sie erfreut noch ablehnend.

„Ich dachte, du hättest dich schon für die Nacht zurückgezogen", bemerkte sie. „Da du dich sofort nach dem Dinner ins Arbeitszimmer begeben hast, rechnete ich nicht mehr damit, dich heute Abend noch einmal zu sehen."

Mit wenigen Schritten überquerte Luke die Veranda, bis er neben Bria stand. Er bückte sich und hob das Buch auf. *„Alice im Wunderland"*, las er den Titel vor. „Gefällt es dir?"

Bria nickte. „Claire hat es mir empfohlen." Auffordernd hielt sie ihre Hand hin, und Luke gab es ihr. Sie streckte die Beine aus und legte es sich auf den Schoß. „Sie hat mehr Bücher als Kleider mit an Bord der *Cerberus* genommen. Wenigstens hat Randall das behauptet. Cutch und Stuart haben ihr immer vorgelesen."

Luke lehnte sich mit den Schultern an eine der weißen Säulen. „Wer ist Cutch?"

„So etwas wie Randalls erster Offizier. Schon lange vor der Proklamation war er ein Freigelassener. Mein Vater hat ihm seine Papiere gegeben, nachdem er David vor dem Ertrinken gerettet hatte."

„Und er hat sich entschieden, hier zu bleiben?"

Bria sah zu ihm auf. „Das kommt dir seltsam vor, nicht wahr? Vermutlich hast du *Onkel Toms Hütte* gelesen."

„Zwei Mal."

„Wir waren nicht alle wie Simon LeGree." Bria drehte sich wieder um und schaute über die Gärten. In der Entfernung konnte sie Musik und die Stimmen der Feiernden hören. Die Frauen hatten für das Fest gebacken, es wurde gesungen und getanzt. Und die Männer würden Alkohol aus den Verstecken holen. Morgen würde keiner fähig sein zu arbeiten, und Bria hatte den Tag daher zum Ruhetag bestimmt. „Wolltest du etwas Besonderes?" fragte sie Luke.

„Ich dachte, du solltest wissen, dass ich alles arrangiert habe." Er versuchte ihre Reaktion auf diese Neuigkeiten einzuschätzen, aber es gelang ihm nicht. „Wir können morgen heiraten."

Sie nickte langsam. „Weil du es nach jener Nacht mit keinem Wort mehr erwähnt hast, dachte ich, du würdest vielleicht doch lieber warten."

„Ich habe gewartet", erwiderte er. „Mehr als zwei Wochen länger, als ich vorhatte. Ich nahm an, du wolltest *Concord* nicht mitten in den Verkaufsverhandlungen verlassen. Hatte ich Recht?"

„Ja", bestätigte sie ihm. „Es waren zu viele Einzelheiten, um sie einem anderen zu überlassen. Niemand anders hätte einen fairen Preis für die Ernte erzielen können. Was hast du arrangiert?"

„Wir können in Summerville heiraten. Es ist nicht so weit weg wie Georgetown. So musst du *Concord* nicht länger als für einen Tag verlassen."

Weiter als bis zu den benachbarten Plantagen war Bria in den vergangenen Jahren nicht fort gewesen. Es war unwahrscheinlich, dass sie jemanden sehen würde, den sie kannte. Hamilton war ein verbreiteter Name, so dass zu bezweifeln war, dass jemand die Verbindung zu *Concord* ziehen würde. „Sehr gut", sagte sie. „Um wie viel Uhr soll ich fertig sein?"

„Am besten brechen wir nach dem Frühstück auf. Wir nehmen die Kutsche." Luke musterte Brias unbewegte Miene. „Möchtest du es dir noch einmal überlegen?"

„Was noch einmal überlegen?" verlangte sie zu wissen. „Dich zu heiraten oder dich morgen zu heiraten?"

„Beides."

Sie wandte sich zu ihm um und blickte ihm fest in die Augen. „Ich habe meine Meinung nicht geändert. Du etwa?"

„Nein."

Sie nickte wieder. Diese Antwort hatte sie erwartet, aber sie verstand sie nicht. „Ich kann mir einfach nicht vorstellen, warum du zustimmst."

Ein rätselhaftes Lächeln spielte um seinen Mund. „Nicht?"

Bei der Hitze, die ihr daraufhin in die Wangen stieg, war Bria dankbar für die anbrechende Nacht. Ihre Reaktion war ihr peinlich. Sie starrte auf ihren Schoß, und mit ihren Fingern fuhr sie den Rand des Buches nach. „Auch auf die Gefahr hin, dass du mich wieder auslachst, möchte ich dich noch einmal daran erinnern, dass ich nicht das Bett mit dir teilen werde."

„Das habe ich nicht vergessen." Luke stieß sich von der Säule ab und ließ sich neben Bria auf den Stufen nieder. Er nahm das Buch von ihrem Schoß und legte es zur Seite. „Aber es wird gestohlene Augenblicke geben", erklärte er. „Dafür werde ich leben."

Brias zögerndes Lächeln schien ihn geradezu einzuladen. Luke neigte den Kopf und bedeckte ihre Lippen mit seinen. Vor Überraschung vergaß sie den Mund zu schließen. Sie schmeckte süß und herb zugleich. Erst hob sie ihre Hände bis zu seinen Schultern, dann schlang sie sie ihm um den Nacken. Er zog sie näher, und sie schmiegte sich an ihn. Der Kuss wurde leidenschaftlicher; sie wich nicht zurück, als er mit seiner Zunge ihre liebkoste.

Das leise Schnappen der Tür hinter ihnen war nicht laut genug, dass sie auseinander fuhren. Jebediah musste sich zwei Mal räuspern.

Luke löste sich von Bria und schaute zur Tür. Dabei benutzte er seine Schulter, um Bria so gut es ging abzuschirmen. Aber gegen seine belegte Stimme konnte er nichts tun. „Was ist, Jeb?"

Er antwortete Luke nicht, sondern reckte den Hals, um Bria besser sehen zu können. „Alles in Ordnung, Miss Bria?" fragte er. „Oder wollen Sie, dass ich mir einen Stock suche und ihn fortjage wie die anderen?"

Luke hob die Augenbrauen. Sein Blick flog von Jeb zu Bria.

Bria richtete sich auf, ließ die Arme sinken und schaute über Lukes Schulter. Jeb betrachtete prüfend seine Hände, als wollte er Maß nehmen. „Mir geht es gut", versicherte sie ihm. „Kein Grund, Mr. Kincaid zu vertreiben."

Jeb nickte, und er reckte seine Schultern, als sei ihm eine schwere Bürde abgenommen. „Nur dass Sie es wissen, Mr. Luke, es hätte keinen Spaß gemacht."

„Vermutlich sollte mir das ein Trost sein", entgegnete Luke trocken. „Wer war denn der letzte Unglückliche, den du seiner Wege geschickt hast?" Aus dem Augenwinkel konnte Luke sehen, wie Bria den Kopf schüttelte, doch Jeb war nicht so aufmerksam.

„Das wird Mr. Austin Tipping gewesen sein."

„Er scherzt", mischte sich Bria rasch ein. „Jeb, sag so etwas nicht, am Ende glaubt Mr. Kincaid dir noch."

„Mr. Kincaid glaubt ihm tatsächlich", bemerkte Luke. „Nur vielleicht das mit dem Stock nicht."

„Nun", erwiderte Jeb lang gezogen. „Ich habe daran *gedacht*, mir einen für ihn zu besorgen. Aber ich habe die Tür aufgehalten, als Miss Bria sie ihm zeigte."

Luke nahm Brias Kinn zwischen Daumen und Zeigefinger und hob ihr Gesicht. „Stimmt das? Du hast Mr. Tipping die Tür gewiesen?"

Er verlangt nicht von mir, dass ich antworte, weil er verärgert ist, sondern weil er belustigt ist, begriff Bria. „Doch, das habe ich", räumte sie ein. „Mehrmals."

Luke war sich ziemlich sicher, Bria ahnte nicht, dass ihre dunklen Augen tanzten oder dass sie nicht länger eiskalt glitzerten, sondern strahlten. „Ganz offensichtlich fällt es Mr. Tipping schwer zu verstehen, was es heißt, die Tür gewiesen zu bekommen."

Jeb lachte tief auf. „Nun, das kann man wohl sagen, Miss Bria. Mr. Luke, ich bin gekommen, um Ihnen noch einmal mitzuteilen, dass Sie eingeladen sind, mit uns unten an den alten Docks das Erntefest zu feiern. Man kann die Narren bis hier herauf hören."

„Bria?" Luke schaute sie fragend an.

Sie nickte. „Ja, Jeb, wir kommen. Wir haben noch etwas zu feiern außer der Ernte. Morgen heirate ich Mr. Kincaid."

Jeb starrte sie mit beinahe komisch überraschter Miene an. „Wirklich?"

„Wirklich", bestätigte Luke. „Miss Bria und ich fahren morgen früh nach Summerville."

„Summerville?" Jetzt war Jeb argwöhnisch. „Miss Bria, wollen Sie etwa sagen, dass Ihre Mama nichts davon weiß? Sie wollen nicht in Charleston mit Ihrer Familie und Ihren Freunden heiraten?"

„Ich weiß, was ich tue", erklärte Bria. Sie stand auf und strich ihre Röcke glatt. Ohne einen Blick zurück begann sie in Richtung der alten Docks zu gehen.

Jeb hatte seinen breiten Mund zusammengepresst, und seine Stirn zeigte tiefe Falten. Er kratzte sich am Hinterkopf. „Wissen Sie denn auch, was Sie tun?" wollte er von Lucas wissen.

Luke sprang auf. „Das ist eine sehr gute Frage, Jeb. Was ich jetzt tue, ist dorthin zu gehen, wohin sie mich führt."

Diese Auskunft vermochte Jeb nicht zu beruhigen. Als Luke Bria eingeholt hatte, folgte er ihnen in gemächlicherem Tempo.

Das Fest dauerte bis in die frühen Morgenstunden. Bria hatte sich schon vorher zurückgezogen, aber Luke war bis zum Schluss geblieben. Als sie sich am Morgen trafen, war es nicht schwer zu erkennen, dass Luke sich großzügig aus dem Schnapskrug bedient hatte, der herumgereicht worden war.

Doch er stritt das ab. „Ich habe nicht viel getrunken", versicherte er ihr. „Nur oft." Als sie über diese absurde Unterscheidung lachen musste, zuckte er zusammen und bat sie, ihre Erheiterung leiser zu äußern.

Ein Stallbursche wartete mit der offenen Kutsche vor dem Eingang, sobald sie das Frühstück beendet hatten. Luke erkannte in ihm den Fiedelspieler vom vergangenen Abend wieder. Dem jungen Mann sah man nicht an, dass er stundenlang gespielt und zwischen den Liedern dem Apfelschnaps reichlich zugesprochen hatte. Luke betrachtete ihn voller Neid.

„Tad wird fahren“, flüsterte Bria ihm zu, als Luke die Hand nach den Zügeln ausstreckte, und steuerte ihn zum Kutschenschlag.

„Du genießt das“, bemerkte er vorwurfsvoll und sah sich mit schweren Augen um. Gratulanten säumten die halbrunde Auffahrt. Sie winkten, als er seine Hand hob.

„Ich genieße es ungeheuer“, erwiderte sie. „Das ist ein Unterschied.“

Luke grinste unwillkürlich, verzog dann aber vor Schmerz das Gesicht. Er rieb sich die Schläfen und trat zur Seite, damit Bria einsteigen konnte. Nachdem sie Platz genommen hatte, streckte sie die Hand aus, um Luke zu stützen, während er selbst einstieg. Er ließ sich schwer in den Sitz neben sie fallen.

„Lächle“, sagte sie zu ihm. „Und winke. Fahr los, Tad. Wir sind fertig.“

Nachdem sie die Auffahrt hinter sich gelassen hatten, nahm Bria ihre Hand, die sie auf Lukes Ellbogen gelegt hatte, fort und rückte ein Stück von ihm ab. „Wenn du magst, kannst du schlafen. Mir macht das nichts aus. Ich werde dich wecken, bevor wir in Summerville eintreffen.“

„Ich danke dir für das Angebot, aber ich glaube, ich kann es schaffen, wach zu bleiben, wenigstens bis die Zeremonie vorüber ist.“ Vor sich sah er Tads Schultern zucken. „Und du, Kutscher, unterdrück dein Gelächter. Du bringst die Kutsche zum Schaukeln.“

Trotz seiner anders lautenden Beteuerungen musste Luke geweckt werden, bevor sie in die Stadt fuhren. Er erholte sich schnell, schüttelte die letzten Reste von Schläfrigkeit und Kater ab und wies Tad den Weg zu der Kirche, in der die Hochzeit stattfinden sollte.

Der Geistliche erwartete sie bereits zusammen mit den Trauzeugen. Luke holte die Heiratslizenz hervor und gab sie ihm. Aus dem Augenwinkel bemerkte er Brias Überraschung darüber, dass er daran gedacht hatte. Er hätte ihr sagen können, dass sie schon den größten Teil der Woche in seiner Tasche gesteckt hatte, verzichtete aber darauf. Er hatte nur aufpassen müssen, welchen Rock er heute Morgen anzog. Jeb hatte ihm dabei geholfen, indem er den richtigen herausgelegt hatte.

Die Zeremonie selbst dauerte nicht lange. Der Geistliche hatte einen ernsten Gesichtsausdruck und tat sehr feierlich, aber seine Stimme klang freundlich und wohlwollend. Er führte die Trauung durch, als bereitete es ihm Freude, das zu tun.

Bria hatte nicht an einen Ring gedacht, bis es an der Zeit war, dass Luke ihr einen an den Finger steckte. Ihre Hand zitterte leicht in seiner größeren, und der schmale Goldreif glitzerte im Sonnenlicht. Bria starrte ihn mit angehaltenem Atem an, als er ihn ihr vorsichtig über den Finger streifte. Es stand außer Frage, dass dieser Ring wie für sie gemacht war. Er passte ihr perfekt.

Irgendwo hinter sich hörte Bria Frau und Tochter des Geistlichen Tränen der Ergriffenheit vergießen. Sie schaute Luke an. Er musterte sie eindringlich mit sowohl erwartungsvollem als auch zärtlichem Gesichtsausdruck. Sie hatte gar nicht gemerkt, dass sie selbst auch weinte, bis er sie sanft an der Wange berührte. Als er seinen Finger wieder zurückzog, glitzerten die Tränen darauf fast ebenso hell wie der Goldreif.

Tad wartete breit lächelnd vor der Kirche auf sie, als sie durch das breite Portal traten. Er brachte sie zum *Mille House,* so wie Luke es geplant hatte, und aß in der Kutsche, während Bria und Luke im Gasthof speisten.

Am Ende des Mahles packte Bria das Stück Kuchen, um das sie gebeten hatte, sorgfältig in eine Serviette. Als sie Lukes fragenden Blick auf sich spürte, sah sie auf. „Für Tad“, erklärte sie. „Ich will es mir nicht als Andenken hinter die Spiegel stecken, falls du das gedacht hast.“

„Du weißt nicht, was ich denke“, entgegnete er. „Aber ich kann dir versichern, es hat nichts mit dem Kuchen zu tun. Meinetwegen kannst du ihn dir an den Hut stecken, wenn du willst." Einen Augenblick schien ihm, als sei Bria versucht, genau das zu tun. „Ich musste nur denken, wie ausnehmend schön du heute aussiehst."

Bria wich seinem Blick unbehaglich aus. „Ich habe nicht gefragt, was du denkst. Das wollte ich gar nicht wissen."

„Trotzdem wollte ich es dir sagen."

Sie konnte sich noch immer nicht dazu bringen, ihn anzusehen. „Danke."

Luke stand auf und hielt ihr die Hand hin. Als sie sich erhob, raschelten ihre seidenen Röcke leise. Ihr Kleid war eher schlicht und nicht aufwendig verziert, doch der Stoff schimmerte in genau dem Blau ihrer Augen. Sie trug kleine Perlenohrringe und eine Kamee am Hals. Nichts an dem Kleid oder den Accessoires war ungewöhnlich, bis auf die Art und Weise, wie sie darin aussah. Er wusste, dass Bria möglichst wenig auffallen wollte, aber er bezweifelte, dass das bei ihrem Aussehen möglich war.

Sein Verdacht bestätigte sich, als sie den Gasthof verließen und Tad sahen, wie er sich über den Rand der Kutsche beugte und mit einem Weißen sprach. Der Mann tippte sich grüßend an den Hut, als er sie erblickte, wandte sich aber ab und eilte die Straße hinab, bevor sie an der Kutsche ankamen.

„Wer war das, Tad?" fragte Luke, nachdem sie losgefahren waren.

„Bloß jemand, den ich von den Pferdeauktionen kenne. Sie müssen ihn beim Dinner gesehen haben. Er hat auch dort gegessen."

Luke hatte niemanden bemerkt. „Was wollte er?"

„Er hat sich nur nach Pferden erkundigt. Hatte gehört, dass Miss Bria das Gestüt erweitern will. Wollte wissen, ob sie das im *Mille House* war." Tad nahm die Zügel in eine Hand und schob sich mit der frei gewordenen den Hut zurecht. „Hoffe, es macht Ihnen nichts aus, dass ich ihm gesagt habe, es wäre so. Konnte nicht erkennen, dass es Schaden anrichtet. Wird ohnehin kein Geheimnis bleiben, dass es eine Hochzeit gegeben hat."

Luke schaute zu Bria. Ihr Gesicht war blasser als eben noch. Er lehnte sich zurück und legte den Arm über die Rückenlehne. „Tad hat Recht. Es sollte nie ein Geheimnis bleiben."

„Ich weiß. Ich hatte nur gehofft, es Mutter selbst zu erzählen. Ich möchte nicht, dass sie es von irgendeinem wohlmeinenden Bekannten in Charleston erfährt. Das hätte ich bedenken müssen." Mit großen Augen blickte sie Luke an. „Hast du es deiner Familie mitgeteilt?"

Er nickte. „Ich habe einen Brief an meine Mutter geschrieben und einen an jede meiner Tanten. Ein Brief an alle wäre zwar genug gewesen, aber es wird ihnen Freude machen, sie auszutauschen. Jeder habe ich etwas anderes über dich verraten. Es wird ihnen gefallen, sich daraus ein Bild von dir zu machen."

Bria krauste die Stirn. „Ich dachte nicht, dass es über mich so viel zu berichten gäbe. Was hast du geschrieben?"

„Nur kleine Einzelheiten", erwiderte er. „Die Farbe deiner Augen ... dein Haar ... die kleine Falte, die sich zwischen deinen Brauen bildet, wenn du nachdenkst." Luke musste grinsen, als Bria die Finger auf die Stelle legte und da erst merkte, dass sie das tat. Sie rieb sich die Nasenwurzel, doch Luke fasste sie am Handgelenk und zog ihre Hand weg. Dann beugte er sich rasch vor und küsste die Falte. „So. Nun ist sie weg." Er ließ ihr Handgelenk nicht los, sondern nahm es und legte sich ihre Hand auf den Oberschenkel – geradeso, als sei es das Natürlichste der Welt. Die Falte zwischen ihren Brauen bildete sich wieder, aber Bria schien es nicht zu merken, und er machte sie nicht darauf aufmerksam.

„Einer von ihnen – Tante Nancy, glaube ich – habe ich erzählt, dass du wie eine Amazone reitest. Tante Lys wird wissen, dass du nicht viel auf Konventionen gibst und deine Röcke bis über die Knie raffen und über eine Wiese rennen kannst, wenn es nötig ist."

„O nein. Das hast du nicht ..."

„Doch." Er klang nicht entschuldigend. „Ich habe ihnen von deinem seltenen Lächeln und deiner stolzen Haltung berichtet. Tante Madelyn wird sich darin wieder erkennen. Ihnen allen habe ich geschrieben, wie du mir den Antrag gemacht hast." Bei ihrem entsetzten Blick musste er grinsen. „Allerdings habe ich mir die Freiheit genommen, die Sache so auszuschmücken, dass du sie nicht wieder erkennen würdest. Bei mir klang es wie eine wildromantische Geste von dir. Dadurch werden sie dich gleich ins Herz schließen, besonders aber Mutter und Tante Laura."

Bria wollte ihre Hand zurückziehen und strich dabei damit über seinen Oberschenkel. Sie wünschte sich, sie hätte ihre Handschuhe angelassen. Die Wärme seines Beines schien durch den Stoff seiner Hosen ihre Haut zu versengen. „Warum willst du, dass sie mich mögen? Was macht es für einen Unterschied ..."

„Weil ich dich mag", erwiderte er schlicht. „Und wenn ich ihnen Grund zur Sorge gäbe, dann würden sie nicht zögern, die Reise nach *Concord* anzutreten."

„Wäre das schlimm?"

„Es wäre wie ein zweiter Einmarsch von William Tecumseh Sherman."

Bria war sich nicht sicher, ob sie jemals zuvor schon über eine Anspielung auf den Krieg gelacht hatte. Und sie wunderte sich, dass sie es jetzt konnte. Beinahe kam es ihr respektlos vor, als beschmutze sie dadurch die Erinnerung an ihre Brüder und ihren Vater. Dann musste sie wieder an Lukes irgendwie trocken-liebevollen und schwach entsetzten Tonfall denken und spürte erneut Gelächter in sich aufsteigen. Ist das der Anfang der Heilung? fragte sie sich.

Die Kutsche fuhr durch ein Schlagloch, und als Bria wieder auf dem Sitz landete, war sie ein paar Zoll näher an Luke. Sie musterte ihn argwöhnisch.

„Tad?“ rief er dem Kutscher zu. „Pass auf. Sonst denkt meine Frau noch, ich hätte dich bestochen, so zu fahren, dass sie mir auf den Schoß fällt.“

„Jawohl, Sir.“

Das Licht der Kutschenlaternen tauchte Brias Gesicht in einen warmen Schein. Ihre Augen leuchteten, und sie wandte sich nicht ab, als Lukes Blick über ihre Züge glitt. Als er an ihren Lippen hängen blieb, benetzte sie sie unwillkürlich mit ihrer Zungenspitze. Das geschah völlig unbeabsichtigt und ohne Berechnung und war deswegen umso verführerischer.

Luke umfing ihr Gesicht mit einer Hand und rieb mit seinem Daumen über ihre Wange. Sie war so zart und warm wie ein Blütenblatt in der Sonne. „Ich mag dich“, sagte er leise.

„Das glaube ich tatsächlich.“ Ihre Stimme klang leicht verwundert. „Ich mag dich auch.“ Da begriff sie, dass sie das auch meinte. Sie lächelte. „Wirklich.“

Er lachte. „Wir können Freunde sein, Bria. Nichts in unserer Abmachung verbietet uns das.“

Über die Abmachung wollte sie nicht nachdenken. Vor mehr als einer Woche hatten sie gemeinsam den Vertrag aufgesetzt; Brias Absichten wurden darin eindeutig benannt, und Freundschaft war nicht ausgeschlossen. Sie nickte. Luke war ihr so nahe, dass sein Lachen sie an den Lippen gekitzelt hatte. „Das würde mir gefallen. Es wäre schwierig, es vorzutäuschen.“

„Genau das habe ich auch gedacht. Sollen wir unseren Pakt besiegeln?“

Bria musste daran denken, wie ihre Brüder mit ihren Freunden so etwas zu besiegeln pflegten. „Mit Blut?“

„Ich dachte eigentlich, ein Kuss wäre ausreichend. Wenn du aber …“

„Nein“, beeilte sie sich zu sagen, „ein Kuss ist in Ordnung.“ Verstohlen warf sie einen Blick zu Tad, der vor ihnen auf dem Kutschbock saß. „Wie wir es geübt haben.“

Er wartete, dass sie zu ihm kam. Bria legte ihm die Hände auf die Schultern, hob ihm das Gesicht entgegen und drückte ihre Lippen auf seine.

Luke ballte die Hände zu Fäusten, damit er sie nicht einfach in seine Arme riss. Das konnte warten. Es musste warten. Für den Moment war es genug, ihren Mund auf seinem zu spüren, die Spitze ihrer rosa Zunge über seine Lippen lecken zu fühlen. Er öffnete den Mund und sog an ihrer Zunge. Der Druck ihrer Finger in seinem Nacken verstärkte sich. Das kurze Aufkeuchen, das sich ihr entrang, verschluckte er.

Als er sie schließlich anfasste, dann nur, um sie ein Stück von sich abzurücken. Luke holte keuchend Luft und stieß sie langsam wieder aus. Suchend musterte er Brias weiche Züge. „Ich hoffe, das heißt, dass du geneigt bist, mich dein Bett teilen zu lassen.“

9. KAPITEL

Sie blinzelte. *Ich hoffe, das heißt, dass du geneigt bist, mich dein Bett teilen zu lassen.* Bria benötigte ein paar Augenblicke, bis sie die Bedeutung von Lukes Worten begriffen hatte. „Ich dachte, das sei unmissverständlich geklärt", fauchte sie und fuhr zurück. „Ich habe dir doch gesagt …"

„Du hast erklärt, du hättest nicht vor, in mein Bett zu kommen. Dann musst du aber die Notwendigkeit einsehen, dass ich in deines komme."

„Genau genommen, nein. Die sehe ich überhaupt nicht."

Luke blickte zu Tad. Es schien nicht so, als belauschte der Kutscher sie, dennoch senkte Luke seine Stimme etwas, um ganz sicherzugehen. „Das ist nicht zu ändern, Bria. Denkst du, die Dienstboten würden nicht darüber reden, wenn wir unsere Ehe mit getrennten Schlafzimmern begännen?"

„Wir führen keine richtige Ehe", zischte Bria.

„Daran muss ich nicht erinnert werden, aber vielleicht hast du vergessen, es war deine Idee, dass wir so tun als ob."

„Mutter und Orrin haben auch getrennte Schlafzimmer. Niemand bezweifelt, dass sie verheiratet sind."

Diese Information vermochte Luke nicht von seinem Kurs abzubringen. „Am Anfang haben sie aber im selben Raum geschlafen, oder?"

Bria antwortete nicht sofort. Sie hätte ihm jetzt ohne weiteres eine Lüge auftischen können – die er später als solche entlarven würde. „Ja", sagte sie darum schließlich leicht verstimmt. „Das muss jedoch nicht heißen, dass wir es ihnen nachtun müssen."

Luke lachte leise. „Bloß weil sie nirgendwo geschrieben stehen, heißt das nicht, dass es keine Regeln gibt. Man weiß nichts von ihnen, bis man sie bricht, aber sie sind da. Willst du es wirklich riskieren, dass irgendjemand – Addie oder Martha vielleicht – etwas über unsere Lebensgewohnheiten erzählt?"

Es waren nicht die Lebensgewohnheiten, die Bria Sorgen machten, sondern die Schlafgewohnheiten. „Das hast du von Anfang an gewusst", hielt sie ihm vor.

„Ja."

Dieses einfache Eingeständnis trug nicht dazu bei, sie ihm gewogen zu stimmen. „Es gefällt mir nicht, in eine Ecke manövriert zu werden."

„Das gefällt wohl niemandem", erwiderte Luke. Er wollte die Hand nach ihr ausstrecken, besann sich aber dann eines Besseren. Was als Trost gedacht war, konnte leicht als Zudringlichkeit missverstanden werden. „Wenn die Aussicht, im selben Bett zu schlafen, dich so beunruhigt, dann kann ich auch in meinem Zimmer schlafen und mir Mühe geben, dass es so aussieht, als würde ich regelmäßig deines aufsuchen. Ich denke, so könnte es gehen."

Bria fiel es augenblicklich leichter, zu atmen und nachzudenken. Es war, als hätte Luke aufgehört, wie ein bedrohlicher Schatten vor ihr zu lauern. „Es gibt da einen angrenzenden Schlafraum", bemerkte sie nach einer kurzen Pause. „Den, in dem Orrin dich in der ersten Nacht auf *Concord* einquartiert hatte."

„Mammy Komatis altes Zimmer."

„Ja. Wir könnten die Verbindungstür öffnen, dass es so aussieht, als benutztest du ihn."

Luke tat so, als zöge er das in Erwägung. „Vermutlich könnten wir sagen, dass mich dein Schnarchen stört."

Bria riss die Augen auf. „Ich schnarche nicht."

„Wie willst du das wissen?"

Seine Logik raubte ihr einen Moment die Sprache. „Oh, na gut. Aber niemand wird fragen, warum wir in getrennten Räumen schlafen, wenn sie aneinander grenzen."

„Die Dienstboten können darüber nur spekulieren, aber deine Mutter wird wissen wollen, warum. Und wenn sie das nicht tut, dann wird Orrin von einem von uns eine Erklärung fordern."

Bria ließ sich gegen die Lehne ihres Sitzes sinken. In der Entfernung sah sie flüchtig die erleuchteten Fenster von *Concord* einladend blinken. Sie seufzte. „Hast du etwa vor, so ein Ehemann zu sein, der aufreizenderweise immer Recht hat?"

„Himmel, ich hoffe nicht."

Das kam so inbrünstig, dass Bria auflachen musste. „Gut. Ich glaube nämlich nicht, dass ich dich dann gut leiden könnte." Sie warf ihm einen Blick von der Seite zu. „Und ziehe daraus bloß nicht den Schluss, dass ich dich jetzt mag. Da bin ich mir gar nicht mehr sicher."

Luke lächelte trocken. „Ich würde mich nie so weit versteigen."

Das quittierte Bria mit einem abfälligen Schnauben. Dann wandte sie sich ab, blickte zum Haus und tat so, als störte es sie nicht im Mindesten, dass sie bei ihrer ersten ehelichen Auseinandersetzung den Kürzeren gezogen hatte.

Eine strahlende Addie öffnete ihnen die Tür, sobald sie aus der Kutsche stiegen. Jeb stand hinter ihr in der Eingangshalle und lächelte nicht minder herzlich.

Die Haushälterin schlug die Hände zusammen und kicherte wie ein junges Mädchen, als Luke Bria kurzerhand auf die Arme hob und sie über die Türschwelle trug. Doch als er sie absetzen wollte, hielt sie sich an seinem Hals fest und warf einen viel sagenden Blick zur langen Treppe nach oben. „Sie haben das angefangen, mein Herr, nun muss ich darauf bestehen, dass Sie es zu Ende führen", erklärte sie.

Jeb zog Addie aus dem Weg. „Ist das nicht ein Wunder?" sagte er. „Miss Bria hat sich tatsächlich getraut."

Addie betupfte sich mit einer Ecke ihrer Schürze die Augen,

während sie dabei zusah, wie Luke seine Braut die Treppe hinauftrug. Sie schnüffelte hörbar und erwiderte Brias Winken. Sobald das Paar um die Ecke entschwunden war, sagte sie zu Jeb: „Jetzt können wir uns den heißen Tee und den Kuchen, die Elsie vorbereitet hat, schmecken lassen."

„Gute Idee", pflichtete Jeb ihr bei.

Bria löste ihre Arme von Lukes Nacken, sobald die beiden außer Sicht waren. „Lass mich runter", befahl sie knapp.

Allzu bereitwillig gehorchte Luke. „Das hättest du auch schon zwanzig Stufen eher sagen können."

„Hätte ich", stimmte sie zu und strich ihre Röcke glatt. Aus Gründen, die sie nicht ganz verstand, war sie diejenige, die außer Atem war. „Aber diese Rücksichtnahme hast du dir verscherzt, indem du mich über die Türschwelle gewuchtet hast."

Luke grinste. „Ich wuchte Bauholz", erklärte er. „Dich habe ich getragen." Um seine Worte zu unterstreichen, hob er Bria mühelos hoch, warf sie sich über die Schulter und „wuchtete" sie so den Rest des Flures zu ihrem Schlafzimmer. Aus ihrer Kehle drangen erstickte Laute, aber Luke beachtete sie nicht weiter. Hinter sich trat er die Tür zu und durchquerte mit seiner Last den Raum. Er ließ sie auf die Matratze fallen und blieb vor dem Bett stehen, als warte er nur darauf, dass sie ihm etwas an den Kopf warf.

Doch dann wurde ihm verwundert klar, dass sie lachte. Ihre Augen strahlten, ihr wunderschönes Gesicht war sanft gerötet und ihr Mund weit geöffnet. Sie drehte sich auf den Rücken und lachte aus vollem Hals. Da begriff er, dass die erstickten Laute kein Protest gewesen waren; sie hatte versucht, ihr Gelächter zu unterdrücken.

Seine Verblüffung war deutlich an seinen Zügen abzulesen, was dazu führte, dass Bria nur noch heftiger lachen musste.

Luke setzte sich neben sie auf das Bett und wartete, dass sie sich beruhigte. Schließlich gluckste sie nur noch hin und wieder leise.

Luke beugte sich über sie und wischte ihr mit dem Zeigefinger die Tränen aus den Augenwinkeln. „Du bist genauso schlimm wie Addie", erklärte er leise. „Und ich habe schon beinahe befürchtet, sie würde mit ihren Tränen das Foyer überschwemmen."

Bria fasste sich, schob seine Hand fort und zog aus ihrem Ärmel ein Taschentuch hervor, mit dem sie sich die Augen wischte. Ihr Lächeln war noch nicht ganz verblasst, als sie schließlich fertig war. „Du tust manchmal die erstaunlichsten Sachen, Mr. Kincaid."

Luke hob die Augenbrauen und betrachtete Brias strahlende Augen. „Ich?"

„Das weißt du doch. Mich über die Schulter zu werfen war nichts, was man gewöhnlich tut. Du hast es nicht getan, um mich zu ärgern, oder? Sag bitte, dass du nicht wolltest, dass ich deswegen böse auf dich bin."

„Die Wahrheit ist, Mrs. Kincaid, dass ich über deine Reaktion gar nicht lange nachgedacht habe. Für meinen Geschmack warst du ein bisschen zu geziert, und ich war auf der Suche nach Abhilfe. Ich wollte dich nicht verärgern, aber es hätte mich nicht gewundert, wenn du es gewesen wärst."

Darüber dachte Bria kurz nach. „Eigentlich müsste ich dir widersprechen", sagte sie. „Aber das kann ich nicht, und das finde ich wirklich ziemlich Besorgnis erregend. Ich denke nicht, dass ich gern so nachgiebig bin."

„Ich bezweifle, dass es eine dauerhafte Wesensänderung ist. Du wirst dich jeden Moment davon erholt haben."

„Meinst du?"

Er nickte. „Ganz sicher." Luke legte sich neben sie, faltete die Hände über der Brust und verschränkte seine Finger.

Bria drehte den Kopf und sah ihn an. „Was tust du da?"

„Ich provoziere deine baldige Genesung."

„Du provozierst *mich.*“ Sie hob die Hand und deutete auf die Tür hinter sich. „Dein Bett ist in dem Zimmer.“

Luke richtete sich auf, aber erst, nachdem er ihr einen zarten Kuss auf die Lippen gehaucht hatte. „Du bist geheilt.“

Bria musste feststellen, dass sie ihn nicht strafend ansehen und zur selben Zeit lachen konnte. Sie begnügte sich damit, weiter auf die Verbindungstür zu zeigen.

Luke erhob sich, drehte den Docht der Lampe auf Brias Nachttisch auf und nahm sie mit zum Nebenraum. Der Schlüssel steckte im Schloss. Er drehte ihn um und rüttelte an der Türklinke, dann warf er einen prüfenden Blick über die Schulter; Bria beobachtete ihn genau.

„Es ist zwecklos so zu tun, als ließe sie sich nicht öffnen“, erklärte sie. „Ich kann es jederzeit selbst probieren.“

Luke trat zur Seite und machte eine einladende Geste. „Dann bitte sehr.“

Bria hatte nicht damit gerechnet, dass er sie beim Wort nehmen würde. Sie war sich sicher, dass er nur bluffte. „Luke, mach keine Witze. Öffne die Tür.“

Er drehte den Schlüssel noch einmal um, drückte die Klinke herunter und zog. Die Tür erbebte unter der Kraft seiner Arme, aber sie gab nicht nach.

Bria stand auf. „Das ist nicht lustig.“

Luke trat schweigend zur Seite und hielt die Lampe hoch, so dass Bria sehen konnte, was sie tat. Sie ging genauso wie er vor und erzielte dasselbe Ergebnis.

Verärgert versetzte Bria der Tür einen Tritt, was ohne Wirkung blieb, außer für ihren Fuß, der nun schmerzte. „Verdammt“, fluchte sie mit gedämpfter Stimme. „Verdammt, verdammt, verdammt.“

„Geh zur Seite“, riet Luke ihr. „Ich habe größere Füße und kenne auch mehr Flüche.“

Bria schaute erst auf Lukes Stiefel, dann zu ihm hoch. Seine Lippen zuckten. „Ersteres trifft bestimmt zu“, versetzte sie, „aber sei dir bei Letzterem nicht so sicher.“

Das glaubte Luke ihr sofort. „Was willst du tun?“

„Du musst vom Flur aus das Zimmer betreten. Warte, ich zünde noch rasch eine zweite Lampe an, bevor du die da mitnimmst.“ Das war schnell getan, und Luke ging hinaus. Sie saß auf dem Lehnstuhl und zog sich gerade Schuhe und Strümpfe aus, als er weniger als eine Minute später wieder erschien. Eilig schob sie ihre Röcke über ihre Knie und stand auf. „Sag jetzt nicht, mit der anderen Tür gibt es auch ein Problem!“

„Gut, dann sage ich es eben nicht.“

„Das ist doch nicht zu glauben.“ Eine Haarsträhne fiel ihr in die Stirn. Bria pustete sie ungeduldig fort, während sie Luke auf den Flur folgte. Sie zog und drückte an der Tür und bewies Luke, dass sie sich tatsächlich besser mit Flüchen auskannte als er.

„Leise“, warnte er. „Addie und Jeb sind noch auf. Sie werden dich hören.“

Geschlagen ließ sich Bria gegen die Tür sinken. Sie schloss die Augen und rieb sich mit einer Hand die Stirn. „Kannst du das morgen reparieren?“ fragte sie müde.

„Natürlich. Ich kann es auch jetzt gleich reparieren, wenn du willst.“

„Das hätte ich gern“, erwiderte sie. „Aber das wird nur Fragen nach sich ziehen, die ich heute Nacht nicht beantworten will.“ Sie ließ von ihrer Stirn ab und schaute ihn an. „Du kannst in meinem Zimmer auf dem Boden schlafen.“

„Danke, aber dem ziehe ich mein eigenes Bett vor.“

Bria wurde klar, dass sie diese Diskussion nicht auf dem Flur führen konnten. Sie fasste Luke an seinem Ärmel und zog ihn hinter sich in ihr Schlafzimmer. Als die Tür hinter ihnen wieder zu war, drehte sie sich um. „Du hast mir doch vorhin alle Gründe aufgezählt, warum du nicht dort schlafen solltest."

„Das war, als noch dein Bett zu teilen die Alternative war", entgegnete er. „Den angrenzenden Schlafraum zu benutzen war ein Kompromiss, der wenigstens einigermaßen Sinn machte. Auf dem Fußboden schlafen geht zu weit."

„Dann schlafe *ich* eben auf dem Boden."

„Gut."

Bria blieb der Mund offen stehen. „Ist das dein Ernst?" erkundigte sie sich ungläubig. „Du meinst, du willst mich auf dem Boden schlafen lassen?"

„Ich meine, dass du hier im Bett neben mir schlafen solltest, wenn dir der Sinn danach steht", antwortete Luke. „Die Wahl liegt ganz bei dir." Damit ging er zum Bett und stellte die Lampe auf den Nachttisch. „Für den Fall, dass du dich entschließt, dich zu mir zu legen, welches ist gewöhnlich deine Seite?"

„Ich habe keine Seite. Ich schlafe sehr unruhig und brauche das ganze Bett für mich."

Luke wusste, dass sie ihn mit dieser Auskunft abzuschrecken hoffte. Doch in Wahrheit hatte die Vorstellung von Brias Armen und Beinen, verschlungen mit seinen eigenen, überhaupt nichts Abschreckendes, ganz im Gegenteil. „Ich werde mir alle Mühe geben, es dir recht zu machen."

„Das wird nicht nötig sein." Sie trat an die Zedernholzkommode am Fußende ihres Bettes und begann Decken und Bettlaken herauszuziehen. Daraus bereitete sie sich ein Lager auf dem Teppich vor dem Kamin. Sie strich alles glatt und prüfte die Weichheit mit einer Hand. Es war nicht sehr bequem.

Hinter sich hörte sie Lukes Stiefel polternd auf den Dielen landen und blickte über die Schulter. Er zog sich gerade seinen Rock aus. „Du hast nicht etwa vor, dich hier umzuziehen, oder?"

„Ich habe überhaupt nicht vor, mich umzuziehen, ich will mich nur bis auf die Unterhose ausziehen und ins Bett kriechen."

Bria wandte den Kopf ab und schloss die Augen, als böte das zusätzlichen Schutz. „Hast du kein Nachthemd?"

„In meinem Zimmer."

„Ich hole es dir."

„Das ist doch lächerlich. Wir schlafen schließlich nicht zusammen. Bleib einfach, wie du bist, dann bin ich in einer Minute unter der Decke."

Es dauerte etwas länger. Bria zählte im Geiste die Sekunden und knirschte fast mit den Zähnen, während er sich gemächlich an ihrer Waschschüssel wusch und sich danach mehr Zeit beim Zusammenlegen seiner Kleidung ließ, als unbedingt notwendig war. Erst als sie das Knarren der Bettfedern hörte, drehte sie sich wieder zu ihm um. Flüchtig sah sie Lukes sonnengebräunte Schultern und Brust, als er sich zudeckte. Nur um zu beweisen, dass ihr Mund nicht völlig trocken war, sprach Bria.

„Und jetzt soll ich mich umziehen?"

„Was?" Luke stützte sich auf einen Ellbogen, wodurch das Betttuch wieder von seinen Schultern und ein Stück nach unten rutschte. „Es klingt, als hättest du den Mund voll Murmeln. Das ist doch bestimmt keine Rhetorikübung, die du da machst, oder?"

„Nein, eine Übung in Geduld", erwiderte sie überdeutlich. „Dreh dich um."

„Soll ich die Lampen löschen?"

„Nein!" Bria hielt abwehrend die Hand hoch. In seiner Eile, sie zu beruhigen, rutschte sein Betttuch noch etwas tiefer. „Ich mache die eine aus und drehe die andere herunter."

Luke nickte und wünschte sich, er hätte nicht vergessen, dass sie nicht im Dunkeln schlief. Er machte keine Bemerkung, als sie zum Nachttisch ging. Ihre Haut schimmerte sanft im Lampenschein. Sie beugte sich vor und hob einen der Glaszylinder an. Dann spitzte sie die Lippen, als erwarte sie einen Kuss, und blies vorsichtig die Flamme aus. Den Docht der zweiten Lampe drehte sie herunter.

„Du hast dich nicht abgewandt“, sagte sie verärgert, während sie ein Kissen vom Bett nahm und auf ihr Lager warf. „Außerdem kannst du nicht beide Kissen haben. So, und jetzt roll dich auf die Seite.“

Obwohl er sich eher wie Brias Schoßhund als ihr Ehemann vorkam, gehorchte Luke. Wenigstens hatte sie nicht von ihm verlangt, dass er erst Männchen machte. Und selbst das hätte er mit einer Bereitwilligkeit getan, die sie beunruhigt und ihn beschämt hätte. Der Laut, der sich bei dieser Vorstellung seiner Kehle entrang, klang halb wie ein Lachen und halb wie ein Knurren.

„Was war das?“ wollte Bria wissen. Sie wand und reckte sich umständlich, während sie mit den kleinen Perlmuttknöpfen am Rückenteil ihres Kleides kämpfte.

„Nichts.“

„Das war kein Schnarchen? Du schnarchst nicht etwa schon, oder?“

„Ich schnarche nicht“, erwiderte er. „Und ich weiß das genau.“

Bria unterbrach ihre Verrenkungen. Nachdem er ihr gesagt hatte, dass es weder eine Ehefrau noch eine Verlobte oder Liebste gab, hatte sie nicht weiter über seine Erfahrung mit Frauen nachgedacht. Sie ließ ihre Hände sinken. „Kennst du eigentlich viele Frauen?“ erkundigte sie sich.

„Wie kannst du daran zweifeln? Nana Dearborn, meine Mutter, Tante Nancy, Tante …“

„Die meinte ich nicht. Mir geht es um andere Frauen.“

„Dann muss ich nachfragen, ob du ganz allgemein kennen oder kennen im biblischen Sinn meinst.“

„Im biblischen Sinn“, antwortete sie mit schmalen Lippen. Sie sah, dass er sich umdrehen wollte. „Nein, bleib, wie du bist. Ich bin noch nicht fertig. Ich komme nicht an alle Knöpfe dran.“

Luke seufzte. „Du solltest dir von mir helfen lassen. Ich habe einige Erfahrung damit. Schließlich habe ich Frauen aus Kleidern geholfen, seit ich kurze Hosen trage.“

Bria lachte leise. „Jetzt sprichst du wieder von deinen Tanten.“

„Ich sollte gekränkt sein, dass du das so schnell erraten hast.“ Ohne in ihre Richtung zu blicken, hob Luke eine Hand und winkte sie zu sich. „Ich verspreche, dass ich die Augen nicht aufmachen werde.“

Bria war sich nicht sicher, ob sie ihm glauben konnte, ging aber trotzdem um die Zedernholz-Kommode und das Bett herum, bis sie dicht vor ihm stand. Sie setzte sich auf den äußersten Rand der Bettkante und hörte das Rascheln der Laken, als er sich aufsetzte und näher kam. „Nur ein paar Knöpfe noch“, sagte sie. „Dann kann ich mich allein aus dem Kleid befreien.“

„Wie du willst. Ich muss nur einmal kurz gucken, damit ich weiß, wo ich anfangen muss.“ Er fand den ersten Knopf und schloss die Augen wieder. „Willst du wirklich von den anderen Frauen wissen?“

„Nein“, gab Bria zu. Die Berührung seiner Finger war federleicht. „Das war die falsche Frage. Ich denke, ich wollte wissen, ob du je verliebt warst.“

„Ah“, erwiderte er. „Das ist eine völlig andere Frage.“ Luke fand den nächsten Knopf und schob ihn durch das Knopfloch. Durch die Seide hindurch konnte er die Wärme ihrer Haut spüren, die genauso glatt war wie der Stoff. „Miss Abigail Chesterfield. Ich war heftig in sie verliebt.“

Bria versuchte sich umzudrehen. Sie wollte sein Gesicht sehen.

„Meine Augen sind immer noch zu“, versicherte er ihr.

Das war nicht der Grund gewesen, weshalb sie ihn ansehen wollte. Beinahe hätte sie ihm das gesagt. Stattdessen hielt sie die Worte zurück und wunderte sich, dass sie ihm überhaupt hatte sagen wollen, wie Leid es ihr tat. Wenn sie nicht sehr aufpasste, würde Luke noch anfangen, sie für romantisch zu halten. „Erzähl mir von Miss Chesterfield."

Luke lachte. „Sie hätte dir zwei blaue Augen verpasst, wenn du sie so genannt hättest. Abby war der einzige Name, auf den sie hörte, und sie war die beste Billardspielerin von Water Street. Jeder Junge in Five Points war in sie verliebt."

Bria hob eine Augenbraue. „Wie alt warst du?" wollte sie wissen.

„Sechs."

„Und wie alt war sie?"

„Dreizehn, denke ich. Ich habe viel an sie gedacht während meiner Zeit bei Nana Dearborn. Daran habe ich erkannt, dass ich in sie verliebt war. Ich musste öfter an sie denken als an Jack Green, und dabei war Jack mein bester Freund."

„Ich vermute, das ist als Maßstab für wahre Liebe genauso gut wie alles andere. Hast du sie je wieder gesehen?"

Luke war damit fertig, Brias Kleid aufzuknöpfen. Er spürte, wie sie sich erhob. Als er seine Augen öffnete, stand sie vor ihm und versuchte zu verhindern, dass ihr Ausschnitt weiter nach unten rutschte. Bei einer Schulter gelang es, nicht aber bei beiden gleichzeitig. Er war beinahe dankbar, als sie wieder zu ihrem Lager vor dem Kamin zurückkehrte. Er drehte ihr den Rücken zu und versuchte eine bequeme Stellung zu finden, was, wie er herausfand, bei der Schwere in seinen Lenden unmöglich war – wenigstens, solange er nicht tief in Brias Schoß war.

„Hast du sie je wieder gesehen?" wiederholte Bria ihre Frage. Sie streifte sich ihr Kleid ab und warf es auf einen Stuhl. Dann nahm sie ihr Nachthemd von dem Haken in ihrem Kleiderschrank und schlüpfte damit unter ihre Decken.

Als er schließlich antwortete, war Lukes Stimme ein wenig heiser. Jedes Rascheln von Seide und Batist ließ neue quälende Bilder vor seinem geistigen Augen entstehen. „Ja, ich habe sie wieder gesehen. Ich bin zu ihr gegangen, sobald ich nach meiner Rückkehr ausgepackt hatte. Sie hatte ein Kind auf dem Arm, und ein anderes hing ihr am Rockzipfel, während sie mit dem Queue in der Hand in Campbell Allens Saloon darauf wartete, dass sie an die Reihe kam." Er seufzte. „Abby war immer noch verteufelt hübsch. Es hat mich zwei Dollar gekostet."

Das Rascheln hörte abrupt auf. Bria steckte den Kopf unter der Decke vor und starrte auf Lukes Rücken. „Was genau hat dich zwei Dollar gekostet?"

Er lachte leise. „Ich habe sie beim Billardspiel an sie verloren." Luke drehte sich auf die andere Seite und schaute Bria an, die sich prompt wieder die Decke über den Kopf zog. „Was hast du denn gedacht? Dass ich für mein Vergnügen bezahlt habe?"

Sie schnaubte abfällig. „Da ist kein Vergnügen dabei."

Luke wartete, bis sie unter ihrer Decke fertig war. Schließlich tauchte sie mit ihrer Unterwäsche in der Hand wieder auf. Sie legte sie neben sich auf den Boden und zog ihr Nachthemd zurecht. Dann klopfte sie ihr Kissen zurecht, schob einen Arm darunter und bettete ihren Kopf darauf. Sie schloss die Augen. „Bria?"

„Hm?"

Lukes Stimme war sanft. „Man kann darin Vergnügen finden."

Bria ballte ihre Hände zu lockeren Fäusten, aber sie antwortete nicht. Lange bevor sie selbst Schlaf fand, hörte sie seinen gleichmäßigen Atem.

Addie klopfte an Brias Schlafzimmertür. Als keine Antwort ertönte, drückte sie ihr Ohr an das Holz. Es war still. Sie runzelte die Stirn und blickte Martha fragend an. Das Tablett in Marthas Hand schwankte leicht, während sie überlegten, wie sie am besten weiter vorgingen.

„Schwer zu sagen, was jetzt zu tun ist“, bemerkte Addie. „Miss Bria wird nicht gern den halben Tag verschlafen.“

„Wahrscheinlich ist sie ganz erschöpft.“

Addie versuchte Marthas Augenzwinkern und ihr breites Grinsen zu ignorieren, hatte aber Mühe, sich selbst ein Lächeln zu verkneifen. „Das ist eine Tatsache. Vielleicht sollten wir warten.“

Als die Tür plötzlich geöffnet wurde, erschraken die beiden Frauen. Luke steckte den Kopf heraus, und über seine verstrubbelten Haare hinweg konnten sie Bria in der Mitte des großen Bettes tief und fest schlafen sehen. Ein Berg Decken lag auf dem Boden neben ihr, wohin sie sie im Schlaf wohl von der Matratze geschoben hatte. Einer ihrer Füße hing über die Bettkante, ein Arm lag dort, wo bis eben gewiss noch Luke gewesen war. Ihr Haar breitete sich wie ein seidiger Fächer über beide Kissen aus, und ihre Lippen waren zu einem süßen, befriedigten Lächeln verzogen.

„Ach du liebe Güte, Mr. Luke“, wisperte Addie und starrte mit weit aufgerissenen Augen auf Bria. „Du liebe Güte.“

„Das werte ich als Kompliment“, erwiderte Luke. Er schaute auf Marthas Tablett. „Und das ist bestimmt unser Frühstück. Guten Morgen, meine Damen.“ Damit ergriff er das Tablett, musste jedoch daran ziehen, bevor Martha es losließ. Als er es dann in den Händen hielt, schloss er die Tür, hörte jedoch trotzdem noch Marthas geflüsterte Bemerkung. „Sie ist erschöpft, so viel steht fest. Ich sollte mir wünschen, dass mein Mann mich mal so erschöpft.“

„Pst, Martha.“ Aber Addie lächelte dabei selbst.

Luke grinste, als er sich umdrehte. Er stellte das Tablett auf das Bett, dann ließ er sich selbst auf der Matratze nieder. „Du kannst jetzt die Augen aufmachen, Bria. Du hast sie beide davon überzeugt, dass alles so ist, wie es sein sollte. Ich habe es fast selbst geglaubt." Nur das hartnäckige Ziehen in seinen Lenden hielt ihn davon ab. Luke schob den Arm, den sie über sein Kissen gestreckt hatte, zur Seite. „Los, aufstehen", befahl er und setzte sich im Schneidersitz hin. Dann beugte er sich über das Tablett und hob nacheinander die Deckel von allen Schüsseln an, die sich darauf befanden. Die verführerischen Düfte, die ihm dabei in die Nase stiegen, versprachen ein wahres Festmahl.

Übernächtigt und mit müden Augen stützte Bria sich auf die Ellbogen. Sie rümpfte anmutig die Nase, als die köstlichen Gerüche aus den Schüsseln zu ihr wehten. Mit einer Hand fuhr sie sich durch ihr verwuscheltes Haar und strich es sich über die Schulter. Als Luke ihr ein Stück gebratenen Speck unter die Nase hielt, blinzelte sie, dann fielen ihr die Augen wieder zu. Trotzdem nahm sie es sich.

„Hast du kein Hemd?" fragte sie. Er nahm einen großen Teil des Bettes ein, wie er so dasaß, von den Hüften aufwärts nackt.

„Guten Morgen, Mrs. Kincaid." Er lächelte, während er auf den Stuhl zeigte, über den Bria ihr Kleid am Abend geworfen hatte. „Das ist dort irgendwo."

Bria drehte sich um, um zu sehen, wohin er deutete. Als sie sich wieder umwandte, war sein Gesicht dicht vor ihrem.

„Ich habe ‚Guten Morgen, Mrs. Kincaid' gesagt." Damit küsste er sie leicht auf den Mund, sich darauf verlassend, dass sie zu überrascht wäre, um nach ihm zu schlagen.

„Eigentlich hatte ich gedacht, diese gestohlenen Momente seien nur dem Fall vorbehalten, dass jemand in der Nähe ist."

Luke wich zurück. „Betrachte es als Übung. Es wird ein langer Tag voller Schauspieleinlagen werden, auch wenn deine Vorlage schon ausgezeichnet war. Ich hätte nicht gedacht, dass du so schnell vom Boden ins Bett gelangen könntest." Sie hatte ihn aus tiefstem Schlaf gerissen, als sie neben ihm auf die Matratze gehechtet war. „Hast du sie kommen hören, oder hat dich Addies Klopfen geweckt?“

„Ich habe sie schon auf der Treppe gehört.“ Bria nahm sich einen Teller und tat sich Eier und eine weitere Scheibe Schinken auf. „Ich habe einen leichten Schlaf“, log sie und beugte sich über ihr Essen. In Wahrheit hatte sie nur schlecht und mit Unterbrechungen geschlafen. Ihre Schultern und ihr Rücken taten ihr weh. In ihrem Nacken war eine schmerzende Stelle, die sie sich nicht zu massieren traute, aus Angst, sich zu verraten.

„Dann hat es dir nichts ausgemacht, auf dem Boden zu schlafen?“

„Nein.“ Bria griff nach einem warmen Brötchen und biss ab. Etwas von dem schlechten Geschmack ihrer Lügen schluckte sie damit herunter. „Überhaupt nicht.“ Es gab viele Brötchen. Sie konnte vermutlich noch stundenlang lügen, wenn sie es sich geschickt einteilte. „Trotzdem musst du etwas wegen der Türen zu Mammys ehemaligem Zimmer unternehmen.“

„Sobald wir genug Zeit hier verbracht haben. Addie und Martha werden erwarten, dass wir es nicht eilig haben, unten zu erscheinen.“ Luke hielt abwehrend die Hände in die Höhe, als Bria ihre Lippen zusammenpresste und seine unschuldige Miene aus zusammengekniffenen Augen musterte. „Es war dieses glückselige Lächeln, das du aufgesetzt hattest, das dafür verantwortlich ist“, verteidigte er sich. „Wenn du vorhattest, vor dem Mittagessen diesen Raum zu verlassen, dann hättest du nicht so übertreiben sollen. Verrätst du mir, an was du gedacht hast?“

Bria schüttelte den Kopf, beugte sich über ihren Teller und widmete sich ihrem Frühstück.

„Ich habe nachgedacht, Mr. Luke“, begann Addie.

Luke schaute von seiner Arbeit auf. Er kniete auf dem Treppenabsatz zum dritten Stock und kratzte Farbe von der Täfelung. Seine Haare und seine Kleidung zierten unzählige weiße Farbflecken. Er richtete sich auf, reckte sich und wischte sich die Hände an seinen Hosenbeinen ab. „Worüber, Addie?"

„Über Mammy Komatis Zimmer."

„Und?" Nachdem Bria am Morgen ausgeritten war, hatte Luke die Schlüssel wieder hervorgeholt, die wirklich zu den Türen passten, und hatte sie aufgesperrt, genau wie er es versprochen hatte. Das konnte Addie nicht meinen. „Das musst du näher erklären."

Addie spreizte ihre Hände auf ihrer Schürze. „Nun, es ist nur so, dass Sie und Miss Bria mehr Platz brauchen werden. Da Mr. Orrin die Räume des Hausherren bewohnt und Miss Elizabeth ihr eigenes großes Zimmer hat, ist es für Sie und Miss Bria ziemlich eng."

Luke trat an die Stufen und setzte sich. Mit dem Farbkratzer klopfte er sich nachdenklich ans Knie, während er überlegte, worauf Addie hinauswollte. „Fahr fort."

„Es ist so, dass Miss Brias Raum eigentlich früher das Kinderzimmer war. Er ist nicht sehr groß. Aber direkt daneben befindet sich Mammys leer stehendes Zimmer. Würde das kein gutes Ankleidekabinett abgeben? Wir könnten Mammys altes Bett entfernen und den Schrank aus Miss Brias Zimmer hineinstellen. Martha wird heute Nachmittag sowieso Ihre Sachen umräumen. Es ist nur einleuchtend, wenn wir sie zusammen mit den Möbeln umräumen, in denen sie untergebracht sind."

„Das leuchtet ein", erwiderte Luke langsam. Als er an Brias Reaktion auf diesen Plan dachte, stahl sich ein Lächeln auf seine Züge. Er hatte sich schon damit abgefunden, in Mammy Komatis schmalem Bett zu schlafen, bis sich eine Gelegenheit ergab, das zu ändern. „Hast du schon Miss Bria von deiner Idee erzählt?"

„Nein, Sir. Sie ist noch nicht wieder zurück, und ich hätte es gern bis zum Dinner erledigt."

„Schön, Addie. Fang an, aber dass du und Martha mir ja nicht selbst den Schrank und das alte Bett schleppt. Ein paar von den Männern, die für mich arbeiten, werden euch helfen. Was Miss Bria angeht, warum berichtest du ihr nicht beim Dinner heute Abend von deiner Idee? Sagen wir, beim Dessert?" Es gab schließlich keinen Grund, sich das ganze Abendessen verderben zu lassen.

Luke gelang es, Bria davon abzuhalten, vor dem Dinner in ihr Zimmer zu gehen, um sich frisch zu machen. Als Addie schließlich verkündete, was sie den Nachmittag über getan hatte, ließ sich Bria sprachlos gegen die Stuhllehne sinken. Auf der anderen Seite des Tisches zuckte Luke hilflos die Schultern. Sein Lächeln war sowohl unschuldsvoll als auch übermütig.

„Du hättest es ihr ausreden können", bemerkte Bria vorwurfsvoll, nachdem Addie gegangen war. „Hast du es überhaupt versucht?"

„Mir fiel nichts ein, was dagegen einzuwenden wäre. Was hätte ich sagen sollen? Nein, Addie, lass alles so, wie es ist, weil meine Frau von mir erwartet, dass ich in Mammys Bett schlafe?"

„Ein simples ‚Nein' hätte es auch getan. Du hättest ja nichts erklären müssen."

„Du vielleicht nicht, aber ich denke, Addie hätte von mir einen Grund hören wollen."

Bria schob den Teller mit ihrem ungegessenen Apfelkloß von sich. „Und was sollen wir jetzt tun? Hast du wenigstens darüber nachgedacht? Schließlich kann ich kaum von ihr verlangen, dass sie wieder alles rückgängig macht."

„Nein, das kannst du vermutlich nicht." Luke beäugte ihr Dessert verlangend. „Willst du das nicht essen?"

Bria schüttelte den Kopf. Sie sah ihm dabei zu, wie er über den Tisch langte und den Teller zu sich zog. „Wie kannst du das so gleichgültig hinnehmen?"

„Aber das tue ich nicht“, widersprach er, „nur hat es auf meinen Appetit keinen Einfluss.“ Luke entging Brias resignierter Seufzer nicht. Rasch steckte er sich ein Stück Apfelkloß in den Mund, damit er kauen musste und sich so nicht durch ein triumphierendes Lächeln verriet.

„Ich gehe nicht davon aus, dass du willens wärest, mir das Bett zu überlassen.“

„Ich gehe nicht davon aus, dass ich das würde.“ Er betrachtete sie nachdenklich. „Ich bin aber immer noch willens, es zu teilen.“

Bria lehnte sein Angebot an diesem Abend ebenso ab wie an jedem folgenden Abend auch. Eine Woche nach ihrer Hochzeit hatte sie blassviolette Schatten unter den Augen und Schmerzen an so vielen Körperstellen, dass es Addie auffallen musste.

Als Addie Bria bei einem Nickerchen im Empfangssalon ertappte, konnte sie ihre Gedanken nicht länger für sich behalten. Sie breitete eine Decke über Bria, die sich dabei zu regen begann.

„Wie spät ist es?“ erkundigte sie sich schläfrig.

Addie schnalzte leise mit der Zunge. „Arme Kleine. Die Uhr in der Eingangshalle hat gerade erst halb neun geschlagen. Soll ich Ihnen auf Ihr Zimmer helfen? Möchten Sie heute früh ins Bett gehen?“

„Nein“, wehrte Bria rasch ab. Der Diwan war sehr bequem. „Mir geht es hier bestens.“

Addie schaute sie mit wissendem Blick an. „Das will ich meinen. Ich hoffe, ich kann meine Meinung unverhohlen sagen. Mr. Luke hat Sie offensichtlich nicht annähernd genug schlafen lassen. Wenn Miss Elizabeth hier wäre, würde sie Ihnen erklären, dass Sie nicht jede Nacht unter ihm liegen müssen.“

Peinlich berührt, kniff Bria die Augen zusammen und stöhnte leise. Ihr fiel keine Erwiderung ein, die Addies Sorgen beschwichtigen oder sie am Weitersprechen hindern würde.

„Ich hatte angenommen, Mr. Luke wäre vernünftiger, aber der Mann kann einfach nicht richtig denken, wenn Sie in der Nähe sind. Es ist für uns alle offensichtlich, dass er Sie am liebsten überhaupt nicht mehr aus dem Bett herauslassen würde, wenn er könnte." Addie tätschelte Bria aufmunternd die Schulter. „Sie ruhen sich hier jetzt ein wenig aus. Inzwischen wird Jenny Ihnen ein Bad einlassen und Badesalz hineintun, das die Schmerzen in Ihren Muskeln lindert. Mr. Luke ist gegangen, nach John zu sehen. Wenn Sie wollen, werde ich mit ihm reden, wenn er zurückkehrt."

Bria wusste nicht, wie sie mit all den Gefühlen, die dabei in ihr aufwallten, umgehen sollte. Von Addies Interesse war sie zugleich gerührt und verlegen. Sie wollte gleichzeitig lachen, dass alles so falsch verstanden worden war, und weinen, weil sie es nicht richtig stellen konnte.

Sie öffnete die Augen und griff nach Addies Hand, drückte sie, während sie bat: „Sag bitte nichts zu Mr. Luke. Ich bin jetzt eine verheiratete Frau, Addie. Ich lenke meinen Mann auf meine Art und Weise."

„Mr. Luke ist nicht *Concord*", bemerkte Addie. „Und er ist nicht Orrin Foster. Wenn der Tag je kommt, an dem Sie denken, dass Sie Mr. Luke lenken, sagen Sie es Addie. Das wird der Tag sein, an dem ich weiß, dass er *Sie* lenkt."

Bria war sich nicht sicher, dass sie das gern hörte. Ihre Stirn legte sich in Falten, während sie überlegte, was Addie damit meinte.

Addie entzog Bria ihre Hand und stand auf. „Zerbrechen Sie sich darüber nicht den Kopf", riet sie. „Ich gehe mich jetzt um das Bad kümmern."

Es war schon spät, als Luke das Schlafzimmer betrat, das er mit Bria teilte. Er erwartete, sie wie schon oft schlafend auf dem Boden vorzufinden. Nur einmal hatte sie versucht, das Bett für sich zu beanspruchen. Doch sobald er neben sie unter die Decken schlüpfte, war sie aufgewacht und hatte sich, da er nicht bereit war, es aufzugeben, müde auf den Boden zurückgezogen. Heute Nacht war das nicht der Fall. Er fand sie im Ankleidezimmer, bis zu ihren wohlgeformten Schultern im Wasser sitzend.

Luke blieb auf der Türschwelle stehen, bis Bria ihn bemerkte. Langsam schlug sie die Augen auf, und es dauerte einen Moment, bis ihr Blick sich klärte. Ihre Lider waren schwer, und die langen Wimpern betonten die violetten Schatten unter ihren Augen. „Ich wollte dich nicht wecken", erklärte er und räusperte sich, da seine Stimme belegt war. „Ich hatte nicht damit gerechnet, dich hier zu finden."

„Ist es schon so spät?" Bria wusste, dass er immer erst sehr spät in ihr gemeinsames Schlafzimmer kam. Sie schlief nur selten, auch wenn sie oft so tat. „Ich sollte lieber aus dem Zuber steigen."

Luke nahm das Handtuch und reichte es ihr. Er tat so, als merke er nicht, dass sie unwillkürlich tiefer in die Wanne rutschte. Auf ihren Schultern glitzerten Wassertropfen. „Brauchst du Hilfe?"

„Nein." Sie begann sich sorgsam ihr Gesicht abzutrocknen und fügte verspätet hinzu: „Danke."

Das war genau die Antwort, die Luke erwartet hatte, dennoch empfand er Enttäuschung. Er wollte sich gerade zurückziehen, als sie ihn aufhielt.

„Ich habe nachgedacht", sagte sie leise, „wenn du es gern möchtest … das heißt, wenn du willst … nun, ich habe darüber nachgedacht, dass ich es ertragen könnte."

Einen Augenblick lang schwieg er. „Ertragen?" fragte er schließlich gekränkt. „Glaubst du wirklich, das ist es, was ich von dir will? Dass du es einfach erträgst?" Damit verließ er das Ankleidezimmer und zog die Tür hinter sich ins Schloss.

Er lag schon im Bett, als Bria ins Schlafzimmer kam. Nur eine einzelne Lampe brannte noch, der Docht zurückgedreht, genauso, wie sie es gemacht hätte. Es ließ sie nicht unberührt, dass er das getan hatte. Nie beklagte er sich, dass die Flamme jede Nacht brannte, bis sie von selbst erlosch.

Bria zog den Gürtel ihres Morgenmantels fester, als sie ans Bett trat. Luke lag so, dass er ihr den Rücken zukehrte. „Bist du böse?“ erkundigte sie sich. Als er nicht antwortete, fragte sie: „Schläfst du schon?“

Luke rollte sich auf den Rücken, legte sich den Arm über die Stirn und schaute Bria an. „Nein und nein.“

„Oh.“

Er hob seine andere Hand und hielt sie Bria hin. „Komm her.“

Diesmal zögerte sie nicht. Sie legte ihre Hand in seine und ließ sich von ihm widerstandslos aufs Bett ziehen und setzte sich mit überkreuzten Beinen etwa in Hüfthöhe neben ihn. Ihr Morgenmantel teilte sich, und der Stoff ihres Nachthemdes spannte sich straff über ihren Knien. Der schwere Knoten, zu dem ihr feuchtes Haar im Nacken aufgesteckt war, hatte sich gelockert.

„Hier“, sagte Luke, als Bria begann, mit ihrem Haar herumzuspielen. „Lass mich.“ Er richtete sich auf und setzte sich hinter sie. Dann fing er an, die Nadeln, die ihre Haare hielten, herauszuziehen, legte sie auf das Bett und breitete ihre honigfarbenen Locken aus. „Vertraust du mir, Bria?“

„Das weißt du doch.“ Sie legte ihren Kopf in den Nacken und schloss die Augen. Seine Finger fühlten sich so gut in ihrem Haar an. „Das habe ich dir ja schon am ersten Tag gesagt.“

„Das bezog sich auf meine Fähigkeit, dieses Haus in Stand zu setzen“, erinnerte er sie. „Ich habe mich gefragt, ob du mir inzwischen auch in anderer Hinsicht vertraust.“

„Ich habe dich gebeten, mich zu heiraten.“

„Du vertraust mir, dass ich dir *Concord* zurückholen kann.“

„Dann weiß ich nicht, was du meinst. Wie soll ich dir denn noch vertrauen?“

„Als Mann.“

„Das verstehe ich nicht.“

Seine Finger verharrten. Luke beugte sich vor, bis sein Mund dicht an ihrem Ohr war. „Doch, das tust du.“

Bria ballte die Hände zu Fäusten. Tränen brannten hinter ihren Augenlidern. „Ich habe Angst“, erklärte sie beinahe tonlos. „Die ganze Zeit habe ich solche Angst.“

Er nickte. Seine Finger glitten aus ihrem Haar, als er seine Arme um sie schlang. Sanft zog er sie an sich, so dass ihr Rücken an seiner Brust ruhte, und rieb mit seinem Kinn über ihr Haar. „Ich will nicht, dass du vor mir Angst hast. Nie. Ich werde dir nicht wehtun, Bria. Teile das Bett mit mir. Es gab nie einen Grund für dich, auch nur eine einzige Nacht auf dem Boden zu verbringen. Ich werde dich nicht anrühren; nicht, wenn du denkst, es wäre etwas, das man ertragen müsse. Ich werde warten, bis du es genießen kannst.“

Dann hauchte Luke ihr einen Kuss auf die Schläfe. Ihre Haut war warm und weich unter seinen Lippen. Er näherte seinen Mund ihrem Ohr und spürte, wie sie leise erschauerte. Der Druck seiner Arme verstärkte sich. „Denn es ist etwas, das man genießen kann“, flüsterte er. „Wenn du dazu bereit bist, zeige ich es dir.“

„Was, wenn ich nie bereit sein werde?“ Bria erschauerte erneut.

„Das wirst du.“ Er lehnte sich zurück und begann wieder ihr Haar auszukämmen. Innerhalb weniger Minuten hatte sie das Gefühl, zu zerschmelzen. Luke half ihr, den Morgenmantel abzustreifen, und bettete sie auf die Matratze. Bria schmiegte sich unter die Decken, die er über sie breitete. Sie rührte sich nicht, nicht, als er über sie nach der Lampe griff, um sie zu löschen, und nicht, als er sich neben ihr ausstreckte. Es war das erste Mal seit ihrer Hochzeit, dass Bria vor ihrem Ehemann einschlief.

Gerade als das Frühstück serviert wurde, verkündete Jeb, dass Mr. Orrin und Miss Elizabeth zurück seien.

Bria hob abrupt den Kopf und blickte Luke entsetzt an. „Sie sind zu früh“, sagte sie.

Luke nickte. „Drei Wochen.“

„Sie müssen von der Hochzeit erfahren haben.“

Luke war zu demselben Schluss gekommen. Er stand auf und umrundete den Tisch. Er hielt Bria den Stuhl, als sie sich erhob. „Es wird alles gut gehen“, flüsterte er.

„Das kannst du nicht wissen.“

„Ich wiederhole nur die Worte, die du zu mir gesagt hast, als du mir deinen Plan mitgeteilt hast.“

Sie besaß den Anstand, schuldbewusst auszusehen. „Vielleicht habe ich gelogen.“ Sie seufzte. „Du solltest mir besser deinen Arm reichen. Meine Beine tragen mich nicht so sicher, wie sie sollten.“

Luke begleitete Bria nach draußen vor die Eingangstür. Sobald die Kutsche in Sicht kam, eilte Jeb an ihnen vorbei, um die Ankömmlinge zu begrüßen und beim Abladen der Koffer und Truhen zu helfen.

Bria stand auf der untersten Stufe und stellte sich auf die Zehenspitzen. Schon von weitem konnte sie erkennen, dass die Kutsche nur mit wenig Gepäck beladen war. „Mutter muss es eilig gehabt haben, uns zu sehen“, teilte sie Luke mit. „Sie kommt mit weniger zurück, als sie mitgenommen hat.“

Luke verzichtete darauf, Bria daran zu erinnern, dass es auch Orrin gewesen sein könnte, der für den hastigen Aufbruch verantwortlich war. Er wartete neben ihr auf der Stufe, bis die Kutsche vor dem Haus stehen blieb. Dann war Bria nicht mehr zu halten, sie ließ seinen Arm los und lief zu ihrer Mutter.

Orrin stieg zuerst aus der Kutsche. Sein Gesicht war dunkelrot, und Zorn umgab ihn wie eine unsichtbare Wolke. Daran änderte sich nichts, als er seine Stieftochter erblickte. Er drehte sich um, um Elizabeth hinauszuhelfen, sprach aber zu Bria. „Ich hoffe, du kannst etwas mit ihr anstellen“, erklärte er barsch. „Sie hat nicht aufgehört zu weinen, seit wir die Nachricht erhalten haben. Himmel, bin ich Frauentränen leid. Ich brauche einen Drink.“

Dann verließ Elizabeth Hamilton Foster die Kutsche. Ihr Gesicht war gramgezeichnet und blass. Bis auf die violetten Schatten um ihre Augen war ihr Teint, den sie so sorgsam vor Sonne schützte, farblos. Sie war eine zierliche Frau mit feinen Zügen. Ihre Zerbrechlichkeit wurde von der Vorsicht unterstrichen, mit der sie die Stufen hinabstieg, und von der Hast, mit der sie Brias Hilfe annahm. Dennoch zeigten Elizabeths kastanienbraune Augen kein Zeichen der Wiedersehensfreude, als sie sich zu ihrer Tochter umwandte. Kein einziges Mal hob sie ihr Taschentuch, um den Tränenstrom aufzuhalten, der über ihre Wangen rann.

„Mutter?“ Bria schlug das Herz bis zum Hals. Sie schaute Orrin erklärungsheischend an. Der gegenwärtige Zustand ihrer Mutter stand in keinem Verhältnis zu der Nachricht von Brias Heirat. „Was ist mit ihr geschehen, Orrin?“ Aber Orrin war schon dabei, die Eingangsstufen hochzugehen. „Was hast du ihr angetan?“ rief sie ihm nach.

„Nichts“, stieß Orrin aus und drängte sich an Luke vorbei ins Haus.

Luke eilte zu seiner Schwiegermutter. Jeb stützte Elizabeth schon auf ihrer anderen Seite.

„Ich hab sie, Miss Bria“, verkündete der Diener. „Sie können sie loslassen. Ich bringe sie sofort auf ihr Zimmer. Wollen Sie, dass ich nach Dr. Edwards schicken lasse?“

Bria trat zurück. „Ich weiß nicht. Mutter? Brauchst du einen Arzt? Bist du verletzt? Hat Orrin dir wehgetan?“

Elizabeth schüttelte den Kopf. Die Beine gaben unter ihr nach.

Jeb hielt sie aufrecht, doch Luke hob sie kurzerhand auf die Arme. „Es ist gut, Jeb. Ich trage sie. Hilf dem Kutscher beim Abladen und schicke Tad zum Arzt. Bria, komm mit mir."

Bria erhob keinen Einspruch, dass er die Führung übernahm. Sie lief voraus, öffnete Türen und deckte das Bett ihrer Mutter auf. Sie blieb daneben stehen, bis Luke sie in den Flur zog, als Addie kam.

„Es gibt nichts, was du im Moment für sie tun kannst", bemerkte er. „Sie ist gar nicht bei sich. Ich bin nicht sicher, dass sie weiß, wer du bist."

Bria nickte. Ihre Hände waren eiskalt, und ihr Herz schien frosterstarrt. Sie verschränkte die Arme vor der Brust, wie um die Kälte abzuwehren. „Was ist mit ihr los? Ich habe sie nur ..." Sie brach ab, als ihr Schreckliches dämmerte. „O mein Gott, nein. Nein!" Sie drehte sich auf dem Absatz um und wich Luke geschickt aus, der sie zurückhalten wollte. Sie lief den Flur und die Treppe hinab, immer zwei Stufen auf einmal nehmend, und stieß die Tür zu Orrins Arbeitszimmer auf. Er saß zusammengesunken in dem großen Lehnstuhl, als sie hereinstürmte.

Bria schlug Orrin das Glas aus der Hand, so dass der Whiskey sich über seinen Schoß ergoss und das Glas auf dem Boden zersprang. „Sieh mich an, verdammt noch mal!" schrie Bria. „Ist es Randall? Ist es das, was du mir nicht sagen willst? Ist es Randall?"

Orrin schaute zu ihr auf. Seine Lippen verzogen sich verächtlich, doch seine blutunterlaufenen Augen waren noch klar genug, um sie herausfordernd anzublicken. „Und ein Glück, dass er nicht mehr da ist, sage ich. Auf Randall, auf den schwarzen Bastard, der mit ihm segelt, und auf jede andere Seele, die mit an Bord war. Sie sind alle weg. Die *Cerberus* ist weg. Das verfluchte Hamilton-Rätsel ist weg."

„Nein!" Bria zitterte am ganzen Leib. „Das hast du dir nur ausgedacht, um Mutter zu verletzen! Du lügst, um uns beiden wehzutun."

Luke hatte genug gehört. Schweigend durchquerte er den Raum und legte seine Arme um Bria. Zuerst wehrte sie sich, doch dann sank sie einfach gegen ihn und barg ihr Gesicht an seiner Schulter. Über ihren Kopf hinweg blickte Luke zu Orrin. „Stimmt es?" fragte er.

Orrin nickte. Er lächelte nicht länger, sondern beobachtete Brias Reaktion auf Lucas Kincaid genau. „Die Nachricht erreichte Charleston gestern Nacht. Vermutlich wird es heute in der Zeitung stehen. Wir haben nicht gewartet, es dort zu lesen. Ich habe bei den Behörden nachgefragt. Scheint so, als sei das Schiff in einem Sturm vor der südamerikanischen Küste gesunken. Das Einzige, was sicher feststeht, ist, dass jeder, der an Land gespült wurde, tot war, und dass das Schiff die *Cerberus* war. Soweit man sagen kann, befand es sich auf der Heimfahrt."

Luke legte Bria eine Hand auf den Rücken und rieb sie dort sachte. Ihr Zittern ließ nicht nach. „Komm", sagte er leise. „Ich bringe dich nach oben."

Bria verschlief den Rest des Vormittags und den größten Teil des Nachmittags. Sie überließ sich Lukes Fürsorge, ohne zu protestieren. Sie hörte, wie er sich mit Dr. Edwards beriet, wollte aber gar nicht wissen, was gesprochen wurde. Sie aß, als er ihr Essen brachte, und trank, als er ihr ein Glas an die Lippen hielt. Mit ernster, leiser Stimme berichtete er ihr, wie es ihrer Mutter ging, und obwohl Bria ihm genau zuhörte, schien es, als spülte Lukes Stimme einfach über sie hinweg wie eine seichte Welle. Am Ende hatte sie nichts, das ihr Halt gab.

Luke aß mit ihr in ihrem Schlafzimmer. Sie nahm die Nachricht unbewegt entgegen, dass er Orrin über ihre Heirat informiert hatte. Sie erkundigte sich nicht nach der Reaktion ihres Stiefvaters, und Luke erzählte ihr nichts von der Pistole, mit der der ihn bedroht hatte.

Es war nicht Verzweiflung, die Bria still und reglos machte. Der Schmerz dieses Gefühls wäre wenigstens *etwas* gewesen. Jetzt hatte sie nichts. Sie konnte ihr eigenes Herz weder schlagen hören noch fühlen. Wenn sie mit ihren Fingernägeln die zarte Haut an ihrem Handgelenk ritzte, spürte sie keinen Schmerz. Gedanken kamen ihr langsam oder gar nicht. Sie schien alles wie durch einen dichten Schleier wahrzunehmen.

Luke lag im Bett und beobachtete sie. Bria saß zusammengerollt und mit angezogenen Knien auf dem Fenstersitz, den Kopf an die Fensterscheibe gelehnt. Sie war ihm zugewandt, bemerkte aber offenbar seine Musterung nicht. Mondlicht beleuchtete ihre Züge. Ihre Haut schimmerte durchscheinend wie die Innenseite einer Austermuschel. Trotz des kühlen Abends und der leichten Brise, die die Gardinen blähte, trug sie keinen Morgenrock, nur ihr Nachthemd. Geistesabwesend fuhr sie mit ihren Fingern das blaue Band nach, das den Ausschnitt zusammenhielt.

Er stützte sich auf einen Ellbogen. Die Bewegung vermochte nicht ihre Aufmerksamkeit zu erregen. „Willst du die ganze Nacht dort sitzen?“ fragte er leise.

Bria schüttelte den Kopf. Ihr Haar fiel ihr lose über die Schulter. „Ich habe darauf gewartet, dass du einschläfst. Ich werde heute Nacht bestimmt sehr unruhig sein und wollte dich nicht stören.“

„Du störst mich jetzt. Komm her.“

Zum ersten Mal an diesem Tag zögerte Bria, Lukes Anweisungen zu befolgen. Ihre Blicke trafen sich, und sie sah, dass er sie sehr eindringlich anschaute. Wie von Geisterhand angestoßen, erhob sie sich, trat lautlos an das Bett und schlüpfte unter die Decke, die Luke einladend anhob.

Luke stützte sich weiter auf einen Ellbogen, so dass sein Gesicht dicht vor ihrem war. „Es tut mir so Leid, Bria.“

Sie nickte. Ihr Mund war trocken. Unter dem Laken suchte sie nach seiner Hand. Ihre Finger schlossen sich um seine. Er widersetzte sich ihr nicht, als sie sie anhob und sich auf die Brust legte. Sie beobachtete ihn, besorgt, er würde nicht verstehen, denn sie hatte keine Worte, es zu erklären.

Lukes Stimme war unendlich zärtlich. „Bist du dir sicher, Bria? Es ist nicht als Strafe gedacht."

Sie nickte. „Ich möchte wieder fühlen", flüsterte sie. „Auch wenn ich denke, dass ich es nicht ertragen kann, möchte ich wieder fühlen können."

10. KAPITEL

Ihre Brust füllte Lukes Hand. Unter dem glatten Batiststoff von Brias Nachthemd war ihre Haut ganz kühl. Die Spitze ihrer Brust verhärtete sich unter seinen Fingern, als er sie vorsichtig unter ihrer Hand hervorzog. Sie glitten wie fünf einzelne Wasserrinnsale über ihre Haut, bevor sie sich auf ihren Rippen wieder vereinigten.

Mit einer Hand schob Luke die Decken bis zu ihrer Taille herunter. Mondlicht und blassgraue Schatten zeichneten die Konturen ihres Halses und ihrer schmalen Schultern. Ihr dünnes Hemd schmiegte sich an ihre Haut. Sie starrte ihn aus weit aufgerissenen Augen an, die fast schwarz waren.

Sanft umfasste er ihr Gesicht und hielt es so vorsichtig wie eine zerbrechliche Kostbarkeit. Seine Finger berührten sie am Ohr, und sein Daumen ruhte auf einem Mundwinkel. Dann neigte Luke den Kopf und drückte seine Lippen auf die kleine steile Falte zwischen ihren Brauen. Als Nächstes küsste er ihren Haaransatz, danach ihre Schläfe und ihre kühle Wange.

Schließlich hob er den Kopf und schaute suchend in Brias reglose Züge. Seine Fingerspitzen ließ er leicht über ihre Wange streichen; eine seidige Strähne steckte er ihr hinter das Ohr. Sein Blick fiel auf den schwachen Puls, der an ihrem Hals klopfte.

„Atmest du noch?“ flüsterte er.

Brias Nicken war kaum wahrnehmbar.

Luke musste lächeln. Er kam näher und legte sich so hin, dass er sie mit seinem Körper berührte. Er war hart und heiß. Es gab keinen Zweifel daran, was das war, das sich gegen sie presste. Luke entging nicht, wie Brias Augen sich weiteten.

„Das kommt erst später“, versicherte er ihr. „Vielleicht gehen wir heute gar nicht so weit.“

Ihr Blick war noch immer zweifelnd, aber um ihre Lippen spielte ein Lächeln. Sie schlug schüchtern die Augen nieder. „Ich weiß nie, was du als Nächstes sagen wirst."

„Ich überrasche mich selbst manchmal." Er senkte seinen Mund auf ihre Schulter und verbarg so sein Lächeln. Mit seinen Lippen fuhr er ihr Schlüsselbein nach, und an ihrem Halsansatz angekommen, kostete er ihre Haut und hinterließ dort, wo seine Zähne gewesen waren, ein schwaches Mal. Als sie ihm ihren Hals bot, küsste er sie unter das Kinn.

„Genauso, wie wir es geübt haben", sagte er. Dann bedeckte er mit seinen Lippen ihre.

Ihr Mund war feucht, wo sie mit ihrer Zungenspitze darüber gefahren war. Luke drängte ihre Lippen auseinander. Er kostete sie, und sie schmeckte wie Honig, süß und warm. Spielerisch stieß er gegen ihre Zähne, wich zurück, um sie auf den Mundwinkel zu küssen, ihr Kinn, die kleine Vertiefung unter ihrem Ohr, um dann plötzlich zu ihrem Mund zurückzukehren und dort diesmal beharrlicher zu sein, an ihren Lippen zu saugen und den Kuss zu vertiefen.

Bria suchte nach Halt in den Laken, vergrub ihre Finger darin und zerknüllte den Stoff. Lukes Gewicht schien ihr die Luft aus den Lungen zu drücken, und sein Mund stahl ihr den verbliebenen Atem. Er lag nicht ganz auf ihr, nicht zwischen ihren Schenkeln. Er hatte nicht versucht, ihr Nachthemd nach oben zu schieben, ihre Arme oder Beine festzuhalten. Eigentlich hielt er sie nur mit dem Druck seines Mundes fest und mit Küssen, die sich nicht so sehr von anderen unterschieden, die sie zuvor bereits getauscht hatten.

Luke hob den Kopf. Er legte sich wieder auf die Seite und stützte sich auf den Ellbogen, um besser ihr Gesicht studieren zu können. Bria hatte die Augen fest geschlossen. Mit einer Hand berührte er sie an der Schulter, dann strich er zärtlich über ihren Arm zu ihrer zur Faust geballten Hand. „Bria", sagte er leise. „Sieh mich an."

Sie schlug die Augen auf. Luke. Sein dunkles Haar war zerzaust, da er sich mit den Fingern hindurchgefahren war. Im Mondlicht glitzerten seine grauen Augen silbrig. Sein leicht schiefes Lächeln war ein wenig spöttisch, während er sie eindringlich musterte, aber Bria wusste, dass er sich über niemanden als sich selbst lustig machte.

Langsam öffnete sie eine Faust und hob ihre Hand zu Lukes Mund. Sie legte einen Finger über seine Lippen, als er zu sprechen ansetzte. „Ich will nicht, dass du aufhörst", flüsterte sie.

Luke hielt ihre Hand fest und küsste die Fingerspitzen, bevor er sie fortzog. „Du verstehst nicht. Wenn ich annehmen muss, dass ich dich zu etwas zwinge, dann bereitet es mir kein Vergnügen."

„Aber ..."

„Ich bin keiner von ihnen."

Bria musste nicht fragen, wen er meinte. „Vielleicht sollte ich die Augen diesmal auflassen."

Luke setzte sich auf. Ohne Bria zu berühren, rollte er sich über sie und verließ auf der anderen Seite das Bett. Er streckte ihr die Hand entgegen. „Wenn du so entschlossen bist ..."

Bria legte ihre Hand in seine und ließ sich von ihm aus dem Bett helfen. Als sie von der Matratze glitt, rutschte ihr Nachthemd bis zu ihren Hüften nach oben. Sie sah, dass Lukes Blick an ihren nackten Schenkeln hängen blieb. In einem Augenblick, in dem sie sich ihrer selbst seltsam bewusst war, merkte Bria, dass sie absichtlich langsam aufstand, und dass es ihr nicht unwillkommen war, dass Luke ihre Beine betrachtete. Dann bedeckte das Nachthemd sie wieder bis zu den Knöcheln.

Sie folgte Luke zum Fenstersitz. Er ließ sich zuerst nieder, in der Ecke, in der sie noch vor kurzem gesessen hatte. Ein Bein zog er an, das andere streckte er aus. Er fasste sie am Handgelenk und zog sie zwischen seine Beine, so dass ihr Rücken an seiner Brust ruhte und seine Schultern und Arme sie schützend hielten.

Bria schmiegte sich an ihn, den Kopf leicht zur Seite geneigt. Wenn sie ganz still saß, konnte sie spüren, wie sein Atem über ihre Haare strich.

So verharrten sie für eine lange Zeit. Eine seiner Hände lag auf ihrer Hüfte, die andere an ihrem Ellbogen. Manchmal rieb sein Kinn über ihren Hinterkopf. Sein Atem ging gleichmäßig und leicht, und während die Minuten verstrichen, merkte sie, wie ihr eigener Atem sich dem sanften Heben und Senken seiner Brust anpasste.

„Ich habe dich vorhin beobachtet", brach er das Schweigen. „Als du hier saßest. Wusstest du das?" Luke spürte unter seinem Kinn ihr kaum merkliches Kopfschütteln. „Ich wollte zu dir gehen, aber ich wollte dich auch ansehen. Du bist so wunderschön, Bria."

„Nicht ..."

„Du bist schön."

„Ist das so wichtig?"

„Ich weiß nicht. Es ist nur einfach so. Ich wollte dir nicht schmeicheln."

Sie drehte den Kopf ein Stück, so dass sie ihn ansehen konnte. „Schmeicheleien stören mich nicht", wisperte sie.

„Lügnerin." Er fuhr ihr mit den Fingern durchs Haar. „Du hasst sie." Sachte zog er an ihren Haaren, und sie ließ ihren Kopf nach hinten gegen seine Schulter sinken, so dass sie ihm den Mund zum Kuss zu bieten schien. Ohne Vorwarnung nahm er die Einladung an und küsste sie fest. Als die erste Überraschung verklungen war, erwiderte sie den Kuss. Seine andere Hand ruhte an ihrem Hals, unter seinen Fingerspitzen spürte er ihren Puls schlagen. Sie bog sich ihm entgegen und wand sich in seinen Armen. Er brach den Kuss ab und schaute sie an. Ihre Augen hatten sich verdunkelt.

Das war ein Anfang.

Bria holte tief Luft und lehnte sich gegen ihn. Sie spürte seine Finger in ihrem Haar. Die Berührung war so besänftigend wie sein

Atem, der über ihr Ohr strich. Er flüsterte ihren Namen. Der Klang seiner Stimme fuhr ihr unter die Haut, durch den Körper bis in ihren Unterleib.

Zärtlich hob er ihre Haare an und schob sie zur Seite. Mit seinem Mund berührte er sie am Hals, dann am Nacken. Er küsste sie auf die Schulter, einmal da, wo der Stoff ihres Nachthemdes sie bedeckte, und einmal dort, wo sie bloß war. Einen Finger ließ er unter den Rand des zarten Batistes gleiten und fuhr mit ihm den Rand entlang, sodass manchmal seine Knöchel ihre Haut streiften.

Der Träger fiel ihr über die Schulter, und fahles Mondlicht schien auf ihre Haut. Dorthin küsste er sie wieder.

Brias Haut erwärmte sich mit jeder Liebkosung. Als sie seine Zungenspitze zart auf ihrer Schulter fühlte, erschauerte sie, aber nicht vor Kälte oder etwa Widerwillen. Erregung und Vorfreude waren der Grund dieses Erschauerns. Ihr kam nicht einmal die Idee, sich ihm zu entziehen.

Dann rutschte der andere Träger auf ihren Arm, und Luke schob den Stoff bis über ihren Ellbogen. Der Ausschnitt ihres Nachthemdes glitt nach unten, bis er nur noch von den Spitzen ihrer Brüste gehalten wurde. Sie hob eine Hand, zögerte kurz, nahm die Enden der Schleife und zog daran. Sie beugte sich ein Stück vor.

Dann drehte sie den Kopf, so dass sie Luke sehen konnte. „Atme", mahnte sie ihn leise und ließ die Enden los.

Ihre Brüste schimmerten blass, die Spitzen dunkelrosa. In Lukes Augen war jede Brust so erlesen geformt wie der Apfel, dessen Verlockung Adam erlegen war. Er entdeckte, dass Brias Warnung berechtigt gewesen war, denn ihm stockte der Atem. Zischend holte er zwischen zusammengebissenen Zähnen Luft.

Luke schlang einen Arm um Bria, genau unter ihrem Busen. Sie ließ sich in seine schützende Umarmung sinken, erst ein wenig steif, dann entspannter, als sie sich an das Gewicht seines Armes über ihren Rippen gewöhnt hatte. Ihr Kopf ruhte an seiner Schulter.

„Leg meine Hand auf deine Brust."

Bria schloss kurz die Augen. Warm strich sein Atem über ihren Hals. Die empfindliche Haut an ihrem Haaransatz im Nacken begann zu prickeln. Ihre Brüste ruhten leicht auf seinem Unterarm. Bei jeder Bewegung, jedem Atemzug spürte sie ihre Haut an seiner reiben. Sie berührten sich, ohne sich anzufassen.

Ihre Hand fand seine. Sie formte seine Finger zu einer flachen Schale und hielt sie dicht über ihre Brust, die sich hob und senkte, wobei ihre harte Brustspitze immer wieder sacht dagegen stieß. Dann drückte sie seine Hand fest darauf.

„Schau es dir an, Bria. Schau auf uns."

Bria gehorchte und blickte an sich herab. Lukes Finger, die unter ihrer Hand lagen, waren lang, schlank und dunkler als ihre. Neben seiner wirkte ihre Haut fast farblos.

„Das ist meine Hand", flüsterte er heiser. „Meine."

Bria nickte. Nie würde sie sie verwechseln. Sie hatte sie gesehen, wie sie kraftvoll einen Hammer hielt, nach Apollos Zügeln griff, Karten austeilte. Sie hatte gesehen, wie er sich mit dieser Hand durchs Haar gefahren war. Die kleine halbmondförmige Narbe unterhalb seines Ringfingers war ihr vertraut, genauso wie die Schwiele oben an seinem Mittelfinger. Es war eine schöne Hand. Sanft. Geschickt. Stark. Er hob sie, wenn er seine Worte unterstreichen wollte, und er rieb sich mit ihr die Schläfe, wenn er nachdachte.

Und jetzt hielt er mit ihr so unendlich zärtlich ihre Brust, dass Bria einen süßen Schmerz verspürte.

Ihre Stimme war belegt. „Ich kenne deine Hand."

„Und die hier?"

Bria beobachtete, wie er seine andere Hand hob und auf ihren Schenkel legte. Behutsam raffte er den Stoff ihres Nachthemdes, zog den Saum nach oben über ihre Knie. Sie lächelte. „Die Hand kenne ich auch."

Luke nickte. Seine Finger verharrten. „Gut." Er ließ sie unter ihr Nachthemd schlüpfen, umfasste ihr Knie. Dann wanderten sie höher, ihren Oberschenkel entlang, erst an der Rückseite, dann an der Seite und schließlich innen. Seine Liebkosung hatte keinen Rhythmus, mal war sie federleicht, mal fest, mal lang gezogen, mal kurz. Manchmal folgte sie einer geraden Linie, manchmal kleinen Spiralen.

Woran Bria zu keiner Sekunde zweifelte, war, dass seine Erkundungen ein Ziel hatten.

Während sie seine Hand anschaute, regte sich in ihr eine gewisse Unruhe. Ein leises Stöhnen, halb Protest, halb Ermutigung, entrang sich ihrer Kehle. Genau über ihrem Knie verharrten Lukes Finger ein zweites Mal.

Sein Mund war dicht an ihrem Haar. „Was willst du?"

Zuerst versagte ihr die Stimme, und sie konnte das Wort nur mit den Lippen formen. Sie wandte den Kopf und wiederholte es, diesmal an seinem Mund. „Mehr."

Sie hob ihr Gesicht und überwand die Entfernung zwischen ihnen. Sie küsste ihn. Drängte seine Lippen mit ihren auseinander. Ihre Zunge zuckte in seinen Mund und stahl ihm den Atem – und ihren eigenen auch.

Bria ließ Lukes Hand los, die über ihrer Brust lag. Sie spürte, wie er den Druck seiner Handfläche verstärkte, damit über ihr zartes Fleisch rieb und es sachte zu kneten begann. Dann rollte er behutsam die empfindliche Spitze zwischen Daumen und Zeigefinger, zupfte daran. Bria wand sich unter der Liebkosung.

Durch ihr dünnes Nachthemd spürte sie seine harte Erregung. Sie wollte fortrutschen, aber Luke schlang einen Arm um sie und hielt sie fest.

„Hier", flüsterte er mit heiserer Stimme. „Bleib einfach … noch einen Moment länger." Der Druck seiner Arme ließ augenblicklich nach, damit sie wusste, dass sie jederzeit aufstehen und fortgehen könnte, wenn sie wollte.

Ob absichtlich oder unabsichtlich, konnte sie nicht sagen, aber sie presste sich fester gegen ihn. Gefangen zwischen Lachen und Stöhnen, barg Luke sein Gesicht in Brias duftendem Haar.

Bria fühlte die Erschütterung in seiner Brust an ihrem Rücken. Ihre Mundwinkel hoben sich. Ihre Lippen teilten sich, und ihr Atem ging abgehackt, als Luke sich ihrer anderen Brust zuwandte. Sie schien unter seiner Berührung anzuschwellen, und Hitze breitete sich von dort über ihre Haut aus. Zuerst nur an Brustkorb und Hals, dann auch in ihrem Gesicht. Ihre Wangen fühlten sich köstlich warm an, und ihre Lider wurden schwer. Sie senkte sie, dann schloss sie die Augen.

Luke liebkoste ihre Brüste, streichelte die empfindlichen Unterseiten, die äußere Wölbung bis zu ihren Schultern. Er hob ihre Arme, als sie sich zurücklehnte, und legte sie sich um den Hals, dann fuhr er sie zart mit den Fingerspitzen nach. Er folgte ihren sanft geschwungenen Rundungen. Er knabberte an ihrem Ohr und fuhr mit der Zungenspitze die Ohrmuschel nach.

Vor ihrem geistigen Auge sah Bria sich wie eine heidnische Opfergabe auf dem Altar seines Körpers liegen. Am meisten verwunderte sie, dass sie dabei keinerlei Scham empfand. Sie fühlte nichts als einen winzigen lustvollen Schauer, dass sie von diesem Mann begehrt wurde. Und sie verspürte eine Art neugierige Erregung, dass sie ihn vielleicht begehren könnte.

Luke streichelte Bria von der Hüfte bis zur Brust, manchmal mit seiner ganzen Hand, manchmal nur mit den Fingerspitzen. Sie verschränkte ihre Hände in seinem Nacken, und bei der Bewegung hoben sich ihre Brüste. Er strich darüber, und sie schmiegte ihren

Po fester an seine Lenden. Erst stockte ihm der Atem, dann ihr. Einen Augenblick lang war kein Laut in dem Raum zu hören.

„Heb deine Knie“, bat Luke heiser und fuhr fort, ihren Bauch zu streicheln. „Ja, so. Noch etwas mehr.“

Bria drückte sich fester zwischen seine Beine und verstärkte den Druck ihrer Finger in seinem Nacken. Luke fuhr mit seiner Hand in Höhe ihrer Hüften unter ihr Nachthemd. Abwartend hielt sie die Luft an.

„Öffne dich mir“, flüsterte er.

Nie hätte Bria früher gedacht, dass sie das für ihn tun würde. Doch jetzt konnte sie sich nicht vorstellen, es nicht zu tun. Sie spreizte die Schenkel, um Platz für ihn zu machen.

Luke küsste sie auf den Hals, knabberte an ihrer Haut in genau dem Moment, in dem er seine Hand zwischen ihre Beine presste. Er fühlte, wie sie augenblicklich erstarrte und ihr Atem flach und abgehackt ging. Er hielt sie einfach, bis die Spannung aus ihr wich und sie sich wieder an ihn schmiegte. Jetzt war sie schwerer in seinen Armen als noch kurz zuvor.

Er setzte seine zärtliche Erkundung fort, liebkoste sie auf intimste Art. Sie war feucht, und Luke war versucht, seine Finger an die Lippen zu heben, doch er bezwang sich.

Dann fand er ihre empfindsamste Stelle. Ein Zittern durchlief Bria und erfasste auch seinen Körper. Sogleich besänftigte er sie und flüsterte ihr süße Nichtigkeiten ins Ohr, während er sie weiter dort streichelte.

Lust war es nicht, was Bria zuerst empfand. Andere Gefühle, Erinnerungen mussten erst beiseite geschoben werden. Da waren flüchtige Bilder einer anderen Hand zwischen ihren Beinen, Finger, die grob in sie eindrangen. Zuerst war es schmerzhaft für sie. Hitze und Scham stiegen in ihr auf. Sie wollte dem allen hier beinahe so sehr entfliehen, wie sie sich danach sehnte. Furcht machte ihren

Mund trocken und raubte ihr die Stimme, obwohl sie Luke nur sagen wollte, dass er nicht aufhören sollte, dass sie wusste, dass er es war und er ihr nicht wehtun würde. Es machte sie verlegen, dass sie dort, wo er sie berührte, feucht wurde.

Dann spürte sie es: ein winziger Funke, etwas Heißes, Strahlendes, das durch ihren Unterleib zuckte. Bria stöhnte leise und schloss die Augen. Unwillkürlich schob sie ihre Hüften ein Stück nach vorn, so dass seine Finger tiefer in sie eindrangen. Er rieb sachte mit seinem Daumen über die empfindlichste Stelle ihres Körpers, und die Hitze und der Druck in ihr nahmen zu.

Er sagte ihr, dass sie schön sei. Diesmal stritt sie es nicht ab.

Die Funken nahmen zu, bis sie sie nicht mehr zählen konnte. Sie verschmolzen nicht, jeder hatte seine eigene Kraft. Als Bria begriff, dass das, was sie fühlte, Lust in ihrer elementarsten Form war, schrie sie vor Freude auf. Tränen traten ihr in die Augen, und Lachen stieg in ihr auf. Sie wollte sich umdrehen und Luke in die Arme werfen, seine Augen küssen, seine Wangen, seinen Mund. Stattdessen klammerte sie sich an ihm fest, fand Halt an seinem kräftigen Körper.

Als er mit zwei Fingern in sie eindrang, zuckte ihr Körper. Sie hob und senkte sich in einem natürlichen, willkommen heißenden Rhythmus. Seine Berührung sandte eine neue Hitzewelle und ein halbes Dutzend kleinerer Schauer durch sie. Sie befeuchtete ihre Lippen mit der Zungenspitze und glaubte Lukes tiefes Lachen zu hören, aber sie vernahm auch die erstickten Laute, die aus ihrer Kehle aufstiegen.

Hinter ihren geschlossenen Lidern zuckten Blitze. Zwischen ihren Schenkeln bildete sich Hitze. Dann vereinigten sich all ihre Empfindungen wie ein herrlich aufeinander abgestimmtes Feuerwerk. Ihr Körper erbebte, erst heftiger, dann sanfter. Sie rief „Luke!“, als wäre es das Wichtigste, das Einzige, was sie zu sagen hatte, und gab so dieser verzehrenden Lust seinen Namen.

Luke hielt Bria von dem Moment an, als ihr Körper von den ersten Zuckungen erschüttert wurde, bis sie schließlich still in seinen Armen lag. Ihre Hände lösten sich von seinem Nacken. Er setzte sich anders hin und drehte Bria um. Sofort schmiegte sie sich an ihn. Ihr Atem ging ein wenig abgehackt. Sanft strich er mit seinem Kinn über ihr Haar und streichelte mit einer Hand ihren Rücken, bis er fühlte, dass sie wieder gleichmäßig und ruhig atmete.

Er ließ seinen Kopf gegen die Fensterscheibe sinken, schloss die Augen und versuchte, sich nicht etwas zu wünschen, das er nicht haben konnte. *Nimm, was der Augenblick dir bietet.* Er dachte an all das, was sie ihm schon geschenkt hatte: den Duft ihres Haares, die sanft gerundete Schulter, die weichen Lippen, die seidige Haut. Ihr Vertrauen.

„Luke?"

Bis sie zu sprechen anfing, hatte er geglaubt, sie sei eingeschlafen. „Hm?"

„Was ist mit dir?"

Er öffnete die Augen nicht. „Mit mir?"

Sie konnte ihn an ihrer Hüfte spüren, hart und heiß. Bria legte eine Hand auf sein Bein, etwa in der Mitte zwischen Knie und Hüfte. Noch durch den Stoff hindurch konnte sie die Hitze seiner Haut und die Anspannung in seinen Muskeln fühlen.

Luke bedeckte ihre Hand mit seiner. „Nicht."

Bria nahm ihre Hand nicht fort, richtete sich aber auf und betrachtete seine Züge eindringlich. Das Mondlicht verlieh ihnen einen schwachgrauen Schimmer und ließ seine Brauen und die Locke, die ihm in die Stirn gefallen war, dunkler erscheinen. Seine Augen waren geschlossen, seine Miene jedoch war alles andere als entspannt. Bria hatte ihn schlafen gesehen. Sie wusste, wie sein Gesicht aussah, wenn es frei von Anspannung oder Sorgen war. So sah es jetzt nicht aus. Er hielt Abstand zu ihr, nicht länger in der Lage, die Lust, die er ihr bereitet hatte, und die Freude darin mit ihr zu teilen.

Sie hatte ihm vertraut, aber es schien, als traue er sich selbst nicht mehr recht.

„Ich weiß, was gewöhnlich geschieht", erklärte sie leise. „Das andere ... das, was du mir gegeben hast, war unerwartet, doch ich weiß, dass noch mehr dazu gehört. Ich habe keine Angst, Luke. Nicht mehr. Ich habe keine Angst, dich in mich aufzunehmen."

Er öffnete die Augen und schaute in ihr ernstes Gesicht, sah, wie sie sich ihm entgegenbog, das kleine, fast trotzige Heben ihres Kinns. Sie blickte ihn entschlossen aus dunklen Augen an. „Hast du keine Angst, dass es anfangen könnte wie eine wirkliche Ehe zu werden?" fragte er ruhig.

Ihre Lippen verzogen sich kurz zu einem eher traurigen Lächeln, das sie schnell verbarg. „Nein", erwiderte sie und schüttelte kaum merklich den Kopf. „Das ist unmöglich. Ich denke nicht, dass du vorhast, so lange zu bleiben."

Lukes Augen verengten sich, doch er beleidigte sie nicht, indem er es abstritt. „Woher weißt du das?"

„Ich habe es immer gewusst. Deine Anwesenheit ist mir immer nur vorübergehend erschienen. Ein bisschen geheimnisvoll, so wie ein Rätsel. Du hast von einer Art Aufgabe, einer Mission gesprochen. Am Anfang dachte ich, es sei der Schatz, aber das ist es nicht, nicht wahr?"

„Nein", antwortete er. „Das ist es nicht."

Bria nickte. „Das ist auch gut so. Deinetwegen." In ihrer Kehle hatte sich ein schmerzhafter Knoten gebildet, der es ihr einen Moment lang unmöglich machte, weiterzusprechen. Sie schluckte. „Es gibt keine Hoffnung, ihn jetzt noch zu finden. Das Rätsel ist verloren."

Luke zog Bria zurück in seine Arme und bettete ihren Kopf an seine Schulter. Er half ihr, das Nachthemd wieder über ihre Brüste zu ziehen. „Kannst du jetzt um Randall trauern?“ fragte er. „Fühlst du wieder genug, um ihn richtig zu betrauern?“

Brias Tränen waren der wahre Maßstab für das Geschenk, das Luke ihr gemacht hatte. Seine Worte öffneten die Fluttore der Gefühle. Wo sie vorhin wie in Taubheit gefangen gewesen war über den Tod ihres Bruders, spürte sie nun seinen Verlust wie eine tiefe Wunde in ihrer Brust. Jeder Herzschlag schien den Kummer in ihrem Körper auszuweiten. Sie spürte ihn in ihren Fingern, mit denen sie Randall am Ärmel gefasst hatte, als sie ihm eine gute Reise wünschte. Sie spürte ihn an ihrer Wange, auf die er sie zum Abschied geküsst hatte. Er war an ihrer Braue, wo Randall sie mit dem Daumen berührt hatte, als er ihr eine Haarsträhne aus dem Gesicht strich. Jedes Gefühl weckte eine neue Erinnerung. Sie sah sich selbst als Kind hinter ihm her durch den Garten zum Fluss laufen, seinen Namen rufen, damit er langsamer wurde und sie ihn einholen konnte. Es war Randall, der ihr das Schwimmen beigebracht hatte. Randall, der das Spiel ‚Gefangene Indianerprinzessin‘ erfunden hatte, der mitten in der Nacht zu ihr kam und ihre bösen Träume vertrieb, der ihr das Gewächshaus gebaut und das Wissen, das er sich erworben hatte, mit ihr geteilt hatte. Sie konnte die Weichheit seines kastanienbraunen Haares fühlen, das schelmische Glitzern in seinen Augen sehen, die fast dieselbe Farbe hatten. Sie wusste, wie die dünne Narbe auf seiner Wange aussah, die er einem Yankee-Säbelhieb verdankte. In ihren leeren Armen spürte sie Randalls Schultern, als hielten sie sich Halt suchend und tröstend aneinander fest.

Und schließlich erinnerte sie sich wieder daran, wie tief und innig sie ihren Bruder geliebt hatte. Der Schmerz in ihrem Hals, hinter ihren Augen, in ihrer Brust war gewaltig. Er war scharf und brennend und heftig, wie ein Messer in ihrer Brust, das von starker

Hand herumgedreht wurde, wieder und wieder. Und doch wünschte sie sich nicht eine Sekunde, er möge vergehen, nie betete sie um Wellen der Taubheit, die sie verschlucken würden. Jeder mühsame Atemzug von ihr zeigte ihr, dass sie am Leben war und es ertragen konnte.

Sie konnte es ertragen.

Luke trug Bria zum Bett und legte sie darauf. Sie hielt sich an ihm fest, als er sich aufrichtete, so dass er ihre Arme von seinem Nacken lösen musste. Er drückte ihr ein Taschentuch in die Hand und zog die Decke bis zu ihren Schultern hoch. Dann ging er, doch er kehrte schon kurz darauf wieder zurück, eine Karaffe mit Brandy in der einen und ein Glas in der anderen Hand. Er setzte sich auf den Bettrand und goss ihr ein, reichte Bria das Glas und stellte die Karaffe ab.

„Trink", befahl er, aber er musste mit dem Zeigefinger dem Glas einen Schubs nach oben geben, bevor sie gehorchte.

Bria nippte davon, benetzte jedoch kaum mehr als ihre Lippen. Sie spürte, wie er das Glas noch einmal nach oben drückte. Dieses Mal gelang es ihr, einen ganzen Schluck zu nehmen.

„Gut." Damit nahm er ihr das Glas ab und leerte es selbst. „Rück zur Seite. Erst versuchst du den ganzen Brandy auf einmal auszutrinken, dann das ganze Bett für dich allein zu beanspruchen. Das wird sich ändern müssen."

Brias Mundwinkel zuckten. „Ich mag es aber so, wie es ist", erklärte sie schläfrig. Als er neben sie unter die Decke schlüpfte, drehte sie sich zu ihm um. Ihre Augenlider waren schwer und geschwollen von dem vielen Weinen, und der Brandy entfaltete langsam seine Wirkung. Unter ihren dichten Wimpern hervor betrachtete sie Lukes Profil. „Danke." Seine Lippen teilten sich, und es sah so aus, als wolle er zu einer Antwort ansetzen. „Nein", kam sie ihm zuvor. „Du musst nichts sagen oder tun. Einfach nur danke."

Er lächelte nicht. Er starrte nur an die Decke und rang mit dem Brennen hinter seinen Augen.

Es wäre nie geschehen, wenn er richtig wach gewesen wäre. Er bewegte sich schon in ihr, bevor er recht wusste, wie er dorthin gelangt war. Das Bett knarrte, und die Matratze schaukelte. Das Kopfende stieß gegen die Wand.

Luke öffnete seine müden Augen und entdeckte, dass er auf Bria lag. Ihr Gesicht war im Schatten, aber er konnte erkennen, dass sie ihn anschaute, die dunklen Augen riesig.

Sie war so heiß und eng um ihn herum, unwillkürlich drängte er weiter vor, und Bria bewegte sich unter ihm. Sie hob sich ihm nicht entgegen, aber hieß ihn dennoch willkommen.

Luke barg sein Gesicht an ihrem Halsansatz und verharrte ganz still. Sie zog sich um ihn zusammen, umklammerte ihn erst in sich, dann mit ihren Armen und Beinen. „Bria …" Ihr Haar duftete nach Lavendel. Er wollte den Kopf nicht heben. „Nicht, Bria. Ich sollte …" Aber sie blieb, wie sie war, hielt ihn in der Wiege ihres Körpers. Luke stützte sich auf die Ellbogen und versuchte sich aus ihr zurückzuziehen.

Bria bog ihm ihre Hüften entgegen, so dass er sie nicht einfach verlassen konnte, sie zog an seinen Schultern und spannte ihre Schenkel.

Diesen Taktiken hatte Luke nichts entgegenzusetzen. Er stöhnte leise und versuchte zu erklären. „Bria, ich kann nicht …"

Sie zog seinen Kopf zu sich herab und küsste ihn, drang mit ihrer Zunge in seinen Mund und bewegte sich in dem sinnlichen Rhythmus, den er sie mit seinem Körper vorhin gelehrt hatte.

Luke erwiderte ihre Liebkosung. Sie war feucht und heiß und süß. Auf ihren Lippen lag noch der Geschmack des Brandys. Er wusste, dass er sie begehrte, dass er sie eine sehr lange Zeit begehrt hatte, aber die Stärke der Leidenschaft, die er nun fühlte, traf ihn unvorbereitet. Es war fast wie ein Schlag, den man kommen sah und für den man sich wappnete, nur um zu entdecken, dass er doch die Macht hatte, einen in die Knie zu zwingen.

Er hob kurz den Kopf. Seine Finger waren in ihrem Haar, und er hielt sie so, dass sie ihm nicht ausweichen konnte. „Tue ich dir weh?“

„Nein.“ Bria konnte seine Erleichterung sehen.

„Du bist so eng.“ Seine Worte waren kaum mehr als ein Hauch. „Ich hatte Angst …“

„Ich nicht“, erklärte sie. „Ich habe dir ja schon gesagt, dass ich keine Angst habe. Und du solltest auch keine haben.“

Bei ihrem trotzigen Lächeln geriet sein Herzschlag ins Stolpern. Mit einem Laut, der fast wie ein Stöhnen klang, küsste er sie.

Bria erbebte unter seinen kraftvollen Stößen. Diesmal tat sie mehr, als nur unter ihm zu liegen. Ihr Körper antwortete auf seine Bewegungen, bäumte sich ihm entgegen. Sie hielt sich an ihm fest, und selbst wenn sich ihr Griff um seine Schultern lockerte, so zogen sich doch ihre Muskeln um ihn zusammen, wann immer er sich zurückzuziehen begann.

Hitze schoss spiralförmig durch ihren Unterleib, während Luke sich über ihr und in ihr bewegte. Sie war nicht so intensiv wie vorhin, sondern eher angenehm warm. Sein Gewicht lag wie eine Decke auf ihr, erdrückte sie aber nicht. So von ihm umgeben, fühlte sie sich sicher, nicht so, als stünde sie kurz davor, die Kontrolle zu verlieren. Das hier ist auch gut, dachte sie, irgendwie beruhigend, befriedigend.

Sie schaute Luke an. Seine schönen Zügen waren verzerrt, ein Muskel zuckte in seiner Wange. Sie küsste ihn auf die Schulter, neckte seine erhitzte Haut mit ihren Zähnen. Er knurrte tief. Seine Hüften zwischen ihren Beinen fühlten sich fest und glatt an. Mit einer Hand fuhr sie seinen Rücken hinab bis zu seinen Pobacken, dann darüber. Er bäumte sich auf, schloss die Augen und drang tiefer in sie ein.

Brias Sinne regten sich. Die beruhigende Wärme, die sie eingelullt hatte, verflog. Ihr war so, als züngelten kleine Flammen und Lichtblitze über ihre Haut. Ihre Augen wurden groß, und sie umfasste Lukes Schultern. Seine Hüften rieben sich an den Innenseiten ihrer Schenkel, und sie hob sich ihm entgegen, nicht mehr damit zufrieden, sich sicher und geborgen zu fühlen. Ihr Körper wand sich mit seinem, sie grub ihre Fersen Halt suchend in die Matratze und bog ihren Rücken durch. An seine Brust gepresst, schien ihr Busen zu schwellen. Die Wirkung, die das auf ihre ohnehin schon überempfindsamen Brustspitzen hatte, war beinahe unerträglich.

Luke presste sich noch ein letztes Mal gegen Bria, als sich seiner Kehle ein heiserer Ausruf entrang und er erschauerte. Seine Muskeln verkrampften sich, und Lust durchfuhr ihn. Als sich sein Herzschlag wieder beruhigt hatte, bewegte er sich noch einmal, diesmal langsamer, fasste dorthin, wo ihre Körper vereint waren, und begann sie zu streicheln. Er schaute ihr ununterbrochen ins Gesicht, während er sie unendlich zärtlich liebkoste. Nur eine einzige Berührung, und sie fand den Höhepunkt der Ekstase, den sie ihm zuvor geschenkt hatte.

Brias Ausruf wurde von Lukes Mund gedämpft. Ihr Körper zitterte unter seinem, und dieser Schauer setzte sich in seinem fort, wie ein Nachbeben seiner Leidenschaft.

„Bria“, flüsterte er. „Süße, süße Bria.“

Sie ließ es nicht zu, dass er sich augenblicklich zurückzog, denn sie wollte seine Nähe noch genießen. Er war ein so wunderbarer Mann. Es lag ihr schon auf der Zunge, ihm das zu sagen, als er ihr einen Finger über den Mund legte.

„Am Morgen“, sagte er, „werden dich Zweifel plagen. Vergiss nicht: Da gibt es keine Schande! Verstehst du?“

Bria nickte langsam. „Ich werde es nicht vergessen.“

Er küsste sie sacht, dann hob er den Kopf. Luke zog sich aus ihr zurück und streifte sich unter der Decke seine Unterhosen über, während Bria ihr Nachthemd in Ordnung brachte. Sie lag auf dem Rücken, als er sich neben ihr ausstreckte. Sie schmiegte sich an ihn, und als er ihr einen Arm um die Taille schlang, nahm sie seine Hand und umfing sie.

„Ich will nicht, dass der Morgen kommt“, flüsterte Bria.

„Ich weiß.“ Er wusste das, weil es ihm genauso ging.

Doch natürlich kam der Morgen. Als Bria aufwachte, zeigte der Himmel noch das zarte Hellgrau der Dämmerung. Vor den Fensterscheiben waberten feine Nebelschleier. Sie schloss die Augen und blieb einen Moment länger liegen, wollte das Licht nicht sehen, das durch das Fenster ins Zimmer drang, nicht zur Kenntnis nehmen, dass Luke nicht länger das Lager mit ihr teilte.

Fast widerwillig verließ sie schließlich das Bett und ging ins Ankleidezimmer. Lukes Handtuch und Waschlappen waren noch nass, ein Beweis dafür, dass er noch vor kurzem da gewesen war. Sie fragte sich, ob er sie im Schlaf beobachtet hatte und ob es ihm schwer gefallen war, zu gehen, ohne sie zu wecken. Hatte er überhaupt deswegen mit sich ringen müssen?

Bria studierte ihr Spiegelbild. Sie sah bemerkenswert unverändert aus, wenn man eine andere Erklärung für ihre geröteten Wangen fand, den Glanz in ihren Augen und die schweren, leicht geschwollenen Augenlider. Es gab eine, das wusste sie. Ihr Bruder war tot, und sie hatte die Nacht damit verbracht, wieder ins Leben zurückzufinden, um das Ende des seinen zu betrauern.

Sie beugte sich über die Schüssel und begann sich zu waschen.

Elizabeth Hamilton Foster saß aufrecht im Bett, als Bria den Raum betrat. Spitzengesäumte Kissen stützten sie im Rücken, und die dicke Daunendecke lag gefaltet über ihrem Schoß. Sie trug ein einfaches weißes Nachthemd, aber ihr Morgenrock war von einem tiefen Dunkelrot, am Saum der weiten Ärmel, an den Aufschlägen und am Kragen mit einem chinesischen Muster bestickt.

Ihr Haar war voll und dicht und von demselben Kastanienbraun, wie das ihres mittleren Sohnes es gewesen war. An den Schläfen schimmerten silberne Strähnen, und heute Morgen waren es mehr als noch vor ein paar Wochen, jetzt eher grau als silbern.

Elizabeth hielt Tasse und Untertasse in der Hand, als Bria eintrat. Sie verharrte und sah ihre Tochter über den Rand ihrer Tasse an. Ihre Hände waren beinahe so weiß und zerbrechlich wie das hauchfeine Porzellan. Mit leicht zitternden Fingern stellte sie die Tasse auf die Untertasse und beides dann auf das Nachttischchen. Dann streckte sie Bria ihre Hände entgegen. Obwohl ihr Lächeln sie willkommen hieß, verwandelte es ihr Gesicht nicht.

„Bria", sagte sie leise. „Komm. Komm, setz dich her." Elizabeth klopfte neben sich auf das Bett, dann streckte sie wieder ihren Arm aus.

Vorsichtig ließ Bria sich nieder, voller Sorge, ihre Mutter würde bei der kleinsten Bewegung zerbrechen. Elizabeth, die sich immer in Vornehmheit gehüllt hatte, als könne sie nur so leben, war in Wahrheit stark und widerstandsfähig und nicht unterzukriegen. Oder wenigstens war sie es früher gewesen. Was zerbrechlich gewesen war, wirkte nun gebrechlich.

„Mutter", sagte Bria leise und nahm Elizabeths Hände. Sie drückte sie sanft und spürte, wie ihr ums Herz eng wurde. Es ist der Tod, der sie gebrochen hat, dachte Bria. Mich hätte er auch gebrochen. Wenn Luke nicht gewesen wäre, hätte er mich gebrochen.

Elizabeths Augen füllten sich mit Tränen. Sie versuchte sie wegzublinzeln, aber sie drangen unter ihren Lidern hervor und rannen ihr über die Wangen. „Gib mir bitte das Taschentuch", sagte sie und deutete auf ein Beistelltischchen.

Sie reichte es ihr. Elizabeth drückte es an ihre Augen und betupfte ihre Wangen. „Hättest du gern Tee?" erkundigte sich Bria.

Elizabeth schüttelte den Kopf. „Nicht jetzt, danke." Sie schenkte Bria ein zittriges Lächeln, während sie das Taschentuch zusammenlegte. „Hast du schon gefrühstückt?"

„Nein. Ich wollte dich erst sehen. Gestern ..."

„Gestern wusste ich nicht, wie ich dieses Leid ertragen sollte. Aber hier bin ich am Morgen danach, immer noch am Leben und habe einen weiteren meiner Söhne verloren." Ihre Augen blieben diesmal seltsam trocken, doch ihre Knöchel waren fast so weiß wie das Taschentuch, das sie in der Hand hielt. „Es tut mir Leid, dass ich dich nicht trösten konnte, Bria. Und genauso bereue ich es, dass ich selbst keinen Trost annehmen konnte." Elizabeth betrachtete die Züge ihrer Tochter suchend. „Und du, Liebes? Wie geht es dir?"

Brias Augen begannen wieder zu brennen, und die Kehle wurde ihr eng. Sie blinzelte und schluckte. „Ich bin traurig, Mutter. So unendlich traurig."

Elizabeth nickte und klopfte einladend auf die dicke Decke über ihren Beinen. Bria zögerte nicht. Sie rollte sich an der Seite ihrer Mutter zusammen und legte ihr den Kopf auf den Schoß. Ihre Mutter begann ihr sachte übers Haar zu streichen und mit den feinen Strähnen zu spielen, die sich nicht in den Haarknoten stecken ließen. Sie rieb ihr Schulter und Rücken und fand darin so viel Trost, wie sie spendete. „Randall hat das getan, was er tun wollte, Bria. Vergiss das nicht. Mich tröstet das."

Zu wissen, dass das stimmte, machte es ihr nicht leichter, seinen Tod zu akzeptieren. „Vermutlich hätte ich Randall, wenn er nicht auf Schatzsuche gegangen wäre, überreden können, *Concord* für seine Forschungen zu verlassen."

Elizabeth lächelte schwach. „Ich denke, du hättest ihn dazu bewegen können. Ihr beide hättet die Plantage nie einträchtig zusammen führen können. Keiner von euch beiden ist nachgiebig genug." Sie seufzte. „Euer Temperament ist zu ähnlich, und ich fürchte, ihr zwei hättet euch irgendwann die Köpfe eingeschlagen."

Bei dem letzten Besuch ihres Bruders wäre das beinahe geschehen. Er hatte die üblichen Bemerkungen fallen lassen, dass sie heiraten und von *Concord* weggehen sollte. Natürlich hätte er die Plantage dann übernommen – und jede Minute davon gehasst. Und dann war da noch Orrin. Randall hätte nie gelernt, mit ihm unter einem Dach zu leben. „Denkst du, der Hamilton-Waterstone-Schatz ist verflucht?" fragte Bria leise. „Seit einer Generation gibt es keine Waterstones mehr, und Randall ist ... war ... der letzte männliche Hamilton, der den Namen in direkter Linie trägt."

„Verflucht?" Elizabeth ließ ihren Kopf gegen das reich verzierte Kopfende aus Walnussholz sinken und schloss die Augen. „Das habe ich immer schon gedacht. Dein Vater hat mich damit aufgezogen, aber ich habe meine Meinung nie geändert. Ich konnte mich nicht entscheiden, ob es der Schatz war, der verflucht war, oder die Rätsel. Vielleicht war es auch beides. Ich weiß, ich habe die Geschichte immer gern gehört, als ich aufwuchs, aber da war es nicht mehr als eine Sage für mich. Als ich dann zu dieser Familie gehörte, wurde das alles nur zu wirklich."

„Jetzt ist es zu Ende, nicht wahr? Wie Orrin es sagte ‚Das verfluchte Hamilton-Rätsel ist weg'."

„Bria", ermahnte Elizabeth sie und gab ihr einen leichten Klaps auf die Schulter. „Deine Sprache."

„Aber es stimmt doch, oder? Mit dem Rätsel und dem Schatz sind wir fertig. Es ist alles für uns und die Nachkommen der Waterstones verloren. Lass jemand anderen ihn finden, sage ich, und uns in Ruhe."

„Warum beunruhigt dich das so?" fragte Elizabeth. „Ist er *deswegen* hier? Hat er dir weisgemacht, es gäbe einen anderen Grund für sein Hiersein als das Hamilton-Rätsel? Hast du ihn deswegen geheiratet?"

Bria richtete sich auf und starrte ihre Mutter an. Ihr Mund war trocken.

Elizabeth streckte die Hand aus und strich die Falten in Brias Rock glatt. Da sie in Trauer war, hatte Bria heute ein Tageskleid in dunklem Pflaumenblau ausgewählt. „Wir müssen das hier ändern lassen", bemerkte Elizabeth. „Um die Schultern spannt es etwas. Vermutlich weil du bei der letzten Ernte zu hart gearbeitet hast. Du hast die Schultern einer Farmerstochter, Bria. Ich werde Addie bitten, sich darum zu kümmern. Sie weiß, wer die beste Näherin ist. Ich nehme an, du wirst noch andere neue Kleider brauchen. Unsere Trauerkleidung ist hoffnungslos aus der Mode."

„Mutter", erwiderte Bria mit gepresster Stimme. „Ich will nicht über Trauermode, die Ernte oder meine Schultern reden. Ich bin eine Farmerstochter. Vater wäre stolz darauf."

Elizabeth nahm ihre Hand von Brias Knie und knetete mit gekränkter Miene ihr Taschentuch. „Ich bin stolz auf dich, Bria."

Bria seufzte. „Ich wollte damit nicht andeuten, dass du es nicht bist. Es tut mir Leid, wenn du das gedacht hast, aber ich werde mich nicht dadurch ablenken lassen. Sein Name ist Lucas Kincaid, Mutter. Hat Orrin dir von meiner Heirat erzählt?"

„Ja. Letzte Nacht. Gleich nachdem dein Mr. Kincaid ihn davon in Kenntnis gesetzt hatte, vermute ich." Sie hob das Taschentuch an ihre Augen, obwohl da gar keine Tränen waren. „Wie konntest du nur", fragte sie vorwurfsvoll. „Ohne uns ein Wort zu sagen? Nichts. Charleston ist schließlich nicht am anderen Ende der Welt,

Bria. Du hättest jemanden schicken können. Ich hätte bei dir sein wollen.“ Ihr Blick fiel auf Brias Bauch. „Bist du schwanger?“

Bria riss den Kopf hoch. „Nein!“

„Du kannst mir nicht die Schuld geben, wenn ich das frage. Viele werden sich wundern, und die Eile und Heimlichtuerei bei dieser Hochzeit wird solchen Gerüchten nur zusätzlich Nahrung geben. Ich wünschte, du wärest zu mir gekommen, Liebes. Wir hätten das alles besprechen können.“

„Du wolltest doch immer, dass ich heirate, Mutter. Ich dachte, es würde dich freuen.“

„Was weißt du denn von diesem Mann?“ Elizabeth konnte sich nicht dazu überwinden, von ihm als Brias Ehemann zu sprechen. „Orrin konnte mir nur sagen, dass dieser Mr. Kincaid der Mann ist, den er angestellt hat, das Haus hier in Stand zu setzen. Kann das stimmen, Bria? Du hast einen Arbeiter geheiratet?“

„Luke einen Arbeiter zu nennen ist so, wie Michelangelo als Steinmetz zu bezeichnen.“ Bria stand auf und ging zum Fenster. Sie zog die schweren Vorhänge zurück und band sie mit den königsblauen Kordeln fest. Elizabeths Fenster gingen auf die Gärten hinaus. Vor ihrem geistigen Auge fügte Bria die Veränderungen hinzu, wie Luke sie in seinen Plänen gezeichnet hatte. Sie glaubte nicht, dass sie sein Können übertrieben hatte. „Doch es wäre gleichgültig, wenn er nur ein Handwerker wäre“, sagte sie und wandte sich von dem Fenster ab. „Ich bin die Tochter eines Farmers.“

„Aber nur, weil du es so willst“, wandte Elizabeth aufgebracht ein. „Weil *du* es so willst. Du hättest *Concord* schon vor Jahren verlassen können. Austin hat jedes Jahr seit Kriegsende um deine Hand angehalten. Du hättest die Herrin von *High Point* sein können. Seine Schwester hätte dir den Platz überlassen. Wäre es so schrecklich gewesen, etwas anderes als *Concord* als dein Zuhause anzunehmen?“

„Etwas anderes mein Zuhause?“ flüsterte Bria. „Wie kannst du das sagen nach dem Opfer, das du gebracht hast, um *Henley* zu behalten? Ja, *Henley.* Wir können es zwar vielleicht nicht verhindern, dass Orrin den Namen ändert, aber das bedeutet nicht, dass es nicht länger *Henley* in unseren Herzen sein kann. Warum sollte ich von hier fortwollen, Mutter, nachdem du es für uns bewahrt hast?“

Elizabeth ließ das Taschentuch auf ihrem Schoß liegen und vergrub ihr Gesicht in den Händen. Ihre Schultern bebten unter ihren Schluchzern. Was sie sagte, war unverständlich.

Bria eilte zu ihrer Mutter. Sie kniete sich neben sie auf das Bett, nahm sie in die Arme und wiegte sie hin und her, strich ihr zärtlich übers Haar und murmelte ermutigende und beschwichtigende Worte. Als sie glaubte, Elizabeth könne sie wieder verstehen, sagte sie: „Luke ist ein guter Mann, Mutter. Ich denke, das wirst du auch noch entdecken. Ich weiß nicht, warum er mich geheiratet hat. Vielleicht wegen des Rätsels und des Schatzes, obwohl er das abstreitet. Dadurch ändert sich nichts. Ich hätte ihn trotzdem geheiratet.“

Elizabeth befreite sich sanft aus Brias Armen und schaute ihrer Tochter prüfend ins Gesicht. „Liebst du ihn so sehr?“

Bria hatte angenommen, diese Frage würde ihr unangenehm sein, doch nun merkte sie, dass das nicht der Fall war. „Ja“, erwiderte sie ruhig. „Ich liebe ihn so sehr.“ Sie drückte ihrer Mutter das Taschentuch in die Hand. „Hier. Trockne deine Augen. Denkst du, du wirst dein Zimmer heute verlassen?“

Elizabeth schüttelte den Kopf.

„Gut. Dann werde ich mir mein Frühstück hier herauf bringen lassen.“

„Willst du nicht mit deinem Mann essen?“

„Luke hat bereits gefrühstückt und arbeitet schon. Wenn du dich besser fühlst, hoffe ich, wirst du sehen, was er fertig gebracht hat. Orrin hat eine gute Entscheidung getroffen, als er ihn anstellte, auch wenn es gegen meinen Willen geschah. Hat er dir das erzählt?"

„Ja." Elizabeth musterte Brias Züge, konnte jedoch nichts entdecken, das ihrem Argwohn Nahrung gab. „Ich wollte sofort zurückkehren, als ich hörte, dass Mr. Kincaid dieses Haus mit dir teilen würde. Ich habe Orrin gesagt, dass es sich nicht gehört, und hatte die Hoffnung, dass wenigstens du die Notwendigkeit einsehen würdest, ihn im Gästehaus unterzubringen. So wie ich Addie verstanden habe, war das aber nicht der Fall."

„Nein. Trotzdem war alles so, wie es sich gehört. Hat Addie das auch erwähnt?"

Elizabeth gelang es, weitere Kritik für sich zu behalten. Sie zeigte zur Tür. „Geh und kümmere dich um das Frühstück. Ich habe Addie gesagt, ich wolle nur Tee. Jetzt habe ich allerdings doch etwas mehr Appetit. Wähle irgendetwas Leichtes für mich. Du weißt schon, was ich mag."

Bria kam eine halbe Stunde später zurück. Ihre Mutter saß nun an dem runden Tisch am Kamin. Einer der Dienstboten hatte ein Feuer angezündet, groß genug, die morgendliche Kälte aus dem Raum zu vertreiben und Elizabeths eingesunkenen Wangen einen rosigen Schimmer zu verleihen.

Bria stellte das Tablett mit den Speisen auf den Tisch und bediente ihre Mutter und sich selbst. Es gab Pfannkuchen, Grießbrei, Brötchen und kleine Würstchen. Der Duft von frisch gebrühtem Kaffee erfüllte die Luft.

Elizabeth starrte auf ihren Teller. „Das ist doch kein leichtes Mahl, Bria. Was hast du dir nur gedacht?"

„Ich habe mir gedacht, dass dies das ist, was dir schmeckt, Mutter. Iss so viel oder so wenig, wie du magst, die Entscheidung liegt ganz bei dir." Bria schnitt sich ein Stück Pfannkuchen ab und spießte es mit ihrer Gabel auf. Sirup tropfte auf ihren Teller, bevor sie es sich in den Mund stecken konnte. „Randall hat immer Elsies Pfannkuchen geliebt“, sagte sie. „Er konnte nie einen Koch für die *Cerberus* finden, der auch nur halb so gut wie Elsie war.“

Das entlockte Elizabeth ein Lächeln. „Er hätte sie uns unter der Nase weggeschnappt, wenn Jeb mit ihr gegangen wäre. Gott sei Dank war er vernünftig genug, hier zu bleiben.“

„Ich denke, es war Seekrankheit, die ihn hier hat bleiben lassen, Mutter“, bemerkte Bria trocken. Dann wurde sie nüchtern. „Was für Nachrichten gibt es von Cutch?“

Elizabeths Gabel zitterte ein wenig. Es dauerte etwas, bis sie ihre Stimme gefunden hatte. „Die Berichte waren nicht sehr detailliert. Wenigstens nicht in meinen Augen, allerdings muss ich zugeben, dass ich kaum in der Lage war, etwas mitzubekommen, nachdem ich begriffen hatte, dass die *Cerberus* gesunken war. Es wäre besser, denke ich, wenn du Orrin fragst. Er hat genauere Erkundigungen angestellt. Ich fürchte, ich konnte das einfach nicht.“

„Kann ich ihm vertrauen?“

„Bria. Ich weiß, du magst ihn nicht, aber er ist nun einmal dein Stiefvater. Ich wünschte, du würdest ihm mehr Respekt entgegenbringen.“

Es war ein alter Streitpunkt zwischen ihnen, den Bria nicht wieder aufgreifen wollte. „Gut, ich werde ihn fragen, aber sag mir erst, was du weißt. War es bei Kap Horn?“

Elizabeth nickte. „Soweit ich mich erinnere. Randall hat immer von den tückischen Gewässern dort erzählt. Die hohe See. Die Stürme. Das Schiff ist gesunken und zerbrochen.“

„Und die Leichen? Konnten sie identifiziert werden?“

„Ich weiß nicht. Die Galionsfigur des Schiffes ... der dreiköpfige Hund ...“

„Es ist in Ordnung, Mutter. Ich verstehe. Da kann es keine Verwechslung mit einem anderen Schiff geben. Was ist mit Claire? Sicher wäre doch eine Frau unter den Toten aufgefallen."

„Ich habe nichts von ihr gehört. Aber Bria, vergiss nicht, dass Claire auch in Solonesien zurückgeblieben sein könnte. Randall könnte ohne sie heimgekehrt sein."

Daran hatte Bria auch schon gedacht. „Wir werden ihren Paten in London verständigen. Er sollte durch uns davon hören."

„Ja, du hast Recht. Ich werde noch einmal mit Orrin sprechen und entscheiden, was man schreiben sollte. Die Nachricht wird auch in den Zeitungen stehen. Vielleicht schickst du einen von den Stallburschen nach Charleston, um ein paar Ausgaben zu besorgen. Wie lautet der Name von Claires Paten?"

„Evan Markham, Duke of ..." Bria runzelte die Stirn. „Irgendetwas. Es wird mir noch einfallen." Sie tat ein Stück Butter auf ihren Grieß. „Es sind nur noch ein paar Wochen, bis die anderen Pflanzer aus Charleston zurückkommen. Würdest du gern eine Trauerfeier für Randall hier abhalten? Ich dachte, Luke und ich könnten unsere Heirat offiziell im November bekannt geben, aber das ist jetzt nicht mehr nötig. Die Leute werden so oder so davon erfahren."

Dem musste Elizabeth zustimmen. Jetzt irgendeine Art von Empfang für Bria zu planen war unmöglich. Trotzdem musste sie an den Ruf ihrer Tochter denken. „Ich bin mir sicher, dass wir irgendetwas tun können", erklärte sie. „Ich werde darüber nachdenken."

Bria hätte versucht, ihre Mutter davon abzubringen, aber sie erkannte, dass es Elizabeth wichtig war, sich mit dem Problem zu beschäftigen. „Es würde mich sehr freuen, wenn du das tätest", sagte sie stattdessen und tröstete sich damit, dass es schlimmstenfalls nur ein halbe Lüge war.

Ein kurzes Klopfen ertönte, und Elizabeth und Bria blickten zur Tür.

„Herein“, rief Elizabeth.

Bria stand auf, als Luke hereinkam. „Luke!“ Sie eilte an seine Seite und stellte sich auf die Zehenspitzen. Obwohl er seinen Arm um ihre Taille legte und sie an sich zog, waren seine Lippen kühl, als sie ihn küsste. Sie wich zurück und entdeckte, dass sein Lächeln seine Augen nicht ganz erreichte. Bria schaute über ihre Schulter. „Das ist mein Ehemann, Mutter. Lucas Kincaid. Luke, meine Mutter.“

Er verbeugte sich knapp, unternahm aber keine Anstalten, näher zu treten. „Ich freue mich sehr, Sie kennen zu lernen“, erklärte er höflich, doch dann wandte er sich wieder an Bria. „Ich muss dich kurz sprechen. Jetzt.“

„Aber ...“

„Jetzt sofort.“

„Gut. Bitte entschuldige uns, Mutter.“ Bria ließ sich von Luke aus dem Zimmer auf den Flur führen und wartete, bis er die Tür geschlossen hatte. „Was in aller Welt denkst du dir dabei ...“

Er hielt eine Hand in die Höhe, sie unterbrechend. „Dein Stiefvater hat beschlossen, heute Morgen einen Ritt über die Plantage zu unternehmen. Ihm sind ein paar von den Reparaturen auf den Farmen aufgefallen, Bria. Er weiß, was in seiner Abwesenheit hier vor sich gegangen ist.“

11. KAPITEL

Bria starrte Luke entsetzt an. „Orrin hat die Farmen der Arbeiter besichtigt? Heute Morgen?“ Auch in der Wiederholung ergab es nicht mehr Sinn als zuvor. „Wie kann das sein? Er war noch nie dort, selbst wenn ich ihn dazu aufgefordert habe nicht. Und gewöhnlich steht er doch nicht vor zehn Uhr auf.“

„Ich glaube nicht, dass er überhaupt zu Bett gegangen ist.“

Bria rieb sich mit einer Hand die Schläfe, während sie das erwog. „Ist er betrunken?“

„Seit seiner Ankunft gestern hat er ständig getrunken. Du kannst sicher besser beurteilen, ob er jetzt betrunken ist.“

„Woher weißt du, dass er auf den Farmen gewesen ist?“

„Ich sah ihn heimkehren. Er hat mich aufgefordert, zu ihm ins Arbeitszimmer zu kommen, wo er mich wegen der Reparaturen zur Rede stellte. Ich habe ihm gesagt, ich sei verantwortlich.“

„Luke!“ Bria ließ ihre Hand sinken und ballte sie zu einer lockeren Faust. „Das hättest du nicht tun sollen. Der Streit ist zwischen Orrin und mir.“

„Das muss nicht sein. Ich erzähle dir das, damit du nicht mehr sagst als unbedingt nötig, wenn er dir dieselben Fragen stellt. Sag ihm die Wahrheit.“

„Die Wahrheit.“

Luke nickte. Er zog Bria ein Stück den Flur hinab, so dass sie weiter von der Tür zum Schlafzimmer ihrer Mutter entfernt waren, und drängte sie mit dem Rücken an die Täfelung. Dann lehnte er sich vor und stützte sich mit den Händen zu beiden Seiten ihrer Schultern ab. Er senkte den Kopf und erklärte mit leiser, ein wenig heiserer Stimme: „Weißt du, wo ich genau in diesem Moment am liebsten wäre?“

Bria schluckte und schüttelte den Kopf. Die Pupillen seiner rauchgrauen Augen weiteten sich. Wenn sie nicht aufpasste, würde sie darin versinken. „Luke, hier ist nicht …“

Er unterband ihren Widerspruch, indem er ihr einen Finger über die Lippen legte. „Vielleicht ist ein kleiner Hinweis angebracht.“

„Ein Hinweis?“

Luke ersetzte seinen Finger durch seinen Mund. Zart neckend sog er an ihren Lippen, drehte den Kopf etwas und vertiefte den Kuss.

Bria fasste seine Rockaufschläge und hielt sich daran mit geradeso viel Kraft fest, dass Luke so blieb, wie er war.

„Willst du sie etwa gleich hier an Ort und Stelle nehmen?“

Bria versteifte sich bei den groben Worten ihres Stiefvaters, wandte den Kopf ab und stemmte ihre Hände gegen Lukes Brust.

Luke richtete sich langsam auf, aber nicht ohne sie leicht auf die Wange zu küssen. „Spiel einfach mit“, flüsterte er ihr dabei ins Ohr. Er machte einen kleinen Schritt nach hinten und schirmte Bria mit seinem Körper ab, bis sie sich ein wenig gefangen hatte.

Orrin gab einen Laut von sich, halb verächtlich, halb ärgerlich. „Kennst du keine Scham, Tochter? Der Tod deines Bruders ist eben erst bekannt geworden. Trauer ist angebracht. Wenn du Kincaid so lüstern gemacht hast, dass er jetzt und hier befriedigt werden muss, dann solltest du wenigstens den Anstand haben, darauf zu bestehen, dass das in der Abgeschiedenheit eures Zimmers geschieht.“

Einen Augenblick lang bekam Bria keine Luft. Hitze stieg ihr in die Wangen.

„Das reicht, Mr. Foster“, erklärte Luke.

Orrin runzelte die Stirn. „Mit Ihnen habe ich gar nicht gesprochen. Sie geht das gar nichts an.“

„Sie haben zu meiner Frau gesprochen, und die geht mich ganz gewiss etwas an.“

„Sie braucht Ihren Schutz nicht", entgegnete Orrin. „Sie kann selber reden und handeln. Sag es ihm, Bria."

Bria betrachtete Orrins gerötetes Gesicht und seine zerknitterte Kleidung. Er stand mit einer Schulter an die Wand gelehnt da. Vermutlich würde er sonst schwanken. „Sie sind betrunken", verkündete sie. Aus ihrer Stimme war nichts von dem Widerwillen oder der Verachtung herauszuhören, die sie empfand, es war ganz einfach eine sachliche Feststellung. „Ich kann mir keinen Grund denken, weswegen ich jetzt mit Ihnen reden sollte." Aus dem Augenwinkel sah sie, wie Luke sein Kinn hob. Ihr fiel wieder ein, dass er sie gebeten hatte, mitzuspielen. „Und die Sorge meines Mannes begrüße ich. Sein Schutz ist mir nicht unwillkommen."

Es war ein Zeichen dafür, wie viel Orrin in den vergangenen vierundzwanzig Stunden getrunken hatte, dass das einfach an ihm abglitt. Er deutete mit dem Kinn auf Luke, sein Blick blieb aber auf Bria gerichtet. „Hat er dir erzählt, dass ich bei den Farmen gewesen bin?"

„Ja."

„Was hast du dazu zu sagen?"

Luke antwortete an ihrer Stelle. „Bria ist der Meinung, dass diese Unterhaltung warten kann, bis Sie wieder nüchtern sind, Mr. Foster."

Orrins Lachen enthielt keine Belustigung. Er richtete seine Aufmerksamkeit auf Luke. „Denken Sie, ein paar Gläser Bourbon können mir den Verstand rauben? Nein, vielmehr bringen sie Klarheit, Kincaid. Klarheit. Ich weiß, dass ihre zarte Hand im Spiel ist."

Das konnte Luke nicht so stehen lassen. „Offenbar haben Sie nicht zugehört, was ich Ihnen unten gesagt habe. Ich hatte ja schon ganz am Anfang vorgeschlagen, dass ein Teil des ersetzten Materials an die Pächter verkauft wird. Manche haben mit Geld bezahlt, andere arbeiten hier am Haus mit, bis ihre Schulden abgetragen sind.

Jede Veräußerung ist in die Bücher eingetragen. Jedes Brett, jeder Nagel und jeder Ziegelstein. Ich kann Ihnen zeigen, wo Sie einen Gewinn bei Baumaterial gemacht haben, das sonst weggeworfen worden wäre. Was die neueren Sachen angeht … nur wenig wurde an Ihre Pächter verkauft, aber das wiederum Gewinn bringend. Ich habe ein Rechnungsbuch, das Sie unbedingt anschauen sollten."

„Da haben Sie verflucht Recht", erwiderte Orrin scharf. „Ich bin nicht leicht übers Ohr zu hauen, Kincaid, falls das Ihre Absicht ist. Sie sollten besser die Wahrheit sagen oder im Fälschen sehr, sehr gut sein. Ich kann eine Nadel im Heuhaufen finden. Mit Rechnungsbüchern und Buchhaltung kenne ich mich aus."

Wenn Bria nicht so dicht neben Luke gestanden hätte, wäre ihr bestimmt entgangen, dass er sich bei diesen Worten versteifte. Sie trat dichter zu ihm, legte ihre Hand in seine Armbeuge und lenkte so Fosters Aufmerksamkeit auf sich.

„Billigst du das etwa?" erkundigte sich Orrin barsch.

„Ungern."

Orrin hob eine Augenbraue. „Du weißt doch, was ich davon halte, zu viel für Nigger zu tun."

„Es war schließlich keine Wohltätigkeit", erwiderte Bria. „Ich denke, jeder würde mir darin zustimmen, dass du wohl kaum großzügig warst." Sie seufzte ungeduldig. „Bist du jetzt fertig?"

Orrin schaute von Bria zu Luke. „Ich hoffe, sie hat die Beine so breit für Sie gemacht, dass es sich lohnt, die Schuld hierfür auf sich zu nehmen."

Bria zuckte nicht einmal mit der Wimper, aber Luke machte einen Schritt nach vorn. Sie hielt ihn am Arm fest. „Nein", flüsterte sie. „Nicht."

Mit einem selbstgefälligen Lächeln stieß sich Orrin von der Wand ab, wankte ein wenig, fand dann aber mühelos sein Gleichgewicht. „Legen Sie mir das Rechnungsbuch auf den Schreibtisch", sagte er im Näherkommen. Erst im letzten Moment trat er zur Seite und drängte sich an Luke vorbei. „Mein Rat lautet: Halten Sie ihre Leine kurz. Wenn Sie sie nicht zuerst an die Leine legen, macht sie Sie schneller zu ihrem Schoßhündchen, als Sie sich vorstellen können."

Bria hielt Luke am Arm zurück, bis sie Orrin sein Schlafzimmer betreten und die Tür hinter sich schließen hörte, bevor sie flüsterte: „Luke? Alles in Ordnung?"

Er antwortete nicht sofort, und als er es dann tat, war es nur mit einem Nicken.

Bria drehte sich um, damit sie sein Gesicht besser sehen konnte, und nicht nur sein Profil. In der ganzen Zeit, die sie ihn nun schon kannte, hatte sie ihn nie mit einer so finsteren Miene gesehen. Verärgerung und Wut hätte sie erwartet, nicht jedoch diese Grimmigkeit.

Sie zupfte ihn am Ärmel. „Luke?"

Langsam senkte er seinen Blick auf ihr emporgewandtes Gesicht. Er hob eine Hand und berührte sie an der Wange. „Hier können wir nicht reden. Wir treffen uns in der Laube."

Sie nickte. „Wann?"

„In einer Stunde?"

„Gut." Bria rührte sich nicht, ebenso wenig wie er. Lukes Hand war köstlich warm auf ihrer Haut, und mit seinem Daumen streifte er ihren Mundwinkel. Sie schmiegte sich in seine Hand.

Luke beugte sich vor und küsste sie leicht auf den Mund. „In einer Stunde", flüsterte er und richtete sich auf. Er wandte sich ab und entfernte sich, blieb aber, kurz bevor er um die Ecke bog, stehen und blickte zu ihr zurück. Bria stand immer noch mitten im Flur und schaute ihm nach. „Du musst keine Angst haben, Bria." Er sah, wie die steile kleine Falte zwischen ihren Brauen verschwand, und musste lächeln. „Wirst du mich bei deiner Mutter entschuldigen?"

Mit diesen Worten drehte er sich um und begann die Treppe hinabzusteigen, ohne eine Antwort abzuwarten.

Eine Stunde später nieselte es leicht. Bria hob den Saum ihres Kleides, damit er auf dem nassen Weg zur Laube nicht schmutzig wurde. Sie hielt den Kopf gesenkt und achtete auf ihre Schritte, so dass sie von Lukes Anwesenheit nichts ahnte, bis er sie auf die Arme nahm und die letzten zehn Yards trug.

In der Mitte der Laube stellte er sie ab, ließ aber seine Hände auf ihren Hüften ruhen. „Sprachlos?“ erkundigte er sich, als sie ihn stumm anstarrte.

„Wohl kaum. Ich habe mich nur gefragt, ob du glaubst, dass die Ehe mich der Fähigkeit beraubt hat, selbst zu gehen?“

„Es hat geregnet“, erklärte er schlicht. „Und du warst mir im Weg.“

Bei dieser erstaunlichen Auskunft musste Bria blinzeln. „Dann, denke ich, sollte ich wohl dankbar sein, dass ich nicht einfach umgerannt wurde.“

Er grinste und lehnte seine Stirn an ihre. „Das solltest du allerdings.“ Er küsste sie auf die Nasenspitze, bevor er sich aufrichtete. Der Regen wurde stärker, und tröpfelte durch eine undichte Stelle im Dach der Laube. Ein dicker Wassertropfen fiel auf sein Haar, ein weiterer auf seine Schulter. Einer blieb an Brias Nasenspitze hängen. „Bezaubernd“, sagte er, als sie sie krauste, und wischte ihn fort. „Lass uns nach einem trockneren Plätzchen suchen.“

Bria ließ sich zu einer der Bänke führen. Sie wollte sich gerade hinsetzen, da nahm sie flüchtig eine Bewegung an einem der Fenster des Hauses wahr. Wurde es wegen des Regens geschlossen? Vielleicht. Langsam nahm sie Platz und wandte sich zu Luke um. Als sie aufblickte, entdeckte sie, dass er sie eindringlich musterte. Plötzlich begriff sie die Bedeutung dieses Blickes.

„Das war einer der gestohlenen Augenblicke, nicht wahr?“ fragte sie und zwang dabei eine gewisse Leichtigkeit in ihre Stimme, die sich im Gegensatz zu ihrer angespannten Körperhaltung befand. „Du wusstest, dass uns jemand beobachtet, als du mich hochgehoben und hergetragen hast.“

„Ich habe es genossen, dir den Boden unter den Füßen wegzuziehen.“

„Sei nicht so gönnerhaft mir gegenüber, Luke. Das ist keine Antwort auf meine Frage.“

„Nein, aber die Wahrheit.“ Er seufzte. „Ich wusste, dass jemand dort war. Genauer gesagt bin ich mir ziemlich sicher, dass es Orrin war.“

„Es war am Fenster im Zimmer meiner Mutter.“

„Trotzdem glaube ich, dass es Orrin war.“

Bria widersprach ihm nicht. „Was war vorhin?“ wollte sie wissen. „Als du mich auf dem Flur geküsst hast? Orrin kam vorbei. Ich dachte, das sei Zufall gewesen, aber jetzt meine ich, du hast ihn auf der Treppe gehört. War es so?“

„Ja, und dennoch ist es die reine Wahrheit, dass es mir großen Spaß gemacht hat, dich zu küssen.“

Sie schaute auf ihre im Schoß locker verschränkten Hände.

„Bria?“

Sie schüttelte den Kopf, nicht sicher, ob sie ihrer Stimme trauen durfte. Was konnte sie ihm auch sagen? „Es ist nicht, was ich erwartet habe“, erklärte sie schließlich. „Als wir geübt haben ... es schien so, als ob ... aber nun glaube ich nicht, dass ich noch ...“ Ihre Stimme erstarb, und sie zuckte hilflos mit den Schultern.

„Letzte Nacht hat die Dinge für dich geändert“, sprach Luke seine Vermutung aus.

„Nein!“ Bria warf ihm einen verstohlenen Blick zu. „Nein“, wiederholte sie leiser, ihre Fassung wiedererlangend. „Ich meine, was sollte sich dadurch ändern?" Bevor Luke etwas darauf erwidern konnte, fuhr sie fort: „Hat sich dadurch für dich etwas geändert?"

„Nein." Er sagte das so schlicht und aufrichtig, dass man nicht anders konnte, als es für die Wahrheit zu halten. „Für mich hat sich nichts geändert, Bria." Luke sah sie nicken, doch ihre Miene wirkte fast ein bisschen gekränkt und irgendwie verwundert. Da hätte er es ihr beinahe gesagt, weil er wusste, dass sie den wahren Sinn seiner Worte nicht begreifen konnte. Die Erklärung, bei der ihre Miene sich aufgehellt hätte, lag ihm auf der Zunge, aber er sprach sie nicht aus. Einen Moment später schluckte er sie wieder herunter, zusammen mit dem ungewohnten Schmerz in seiner Kehle.

Bria reckte das Kinn. Ihre saphirblauen Augen blickten wieder scharf und klar, aber auch kühl. „Stimmt es, was du Orrin vorhin gesagt hast? Dass du das ganze Material im Rechnungsbuch aufgelistet hast und aufzeigen kannst, dass er dabei einen Gewinn gemacht hat?"

„Ja."

„Wie ist das möglich?"

„Ich habe angefangen, ein Rechnungsbuch anzulegen und mit erdachten Einträgen zu füllen, gleich nachdem ich begriff, was mit meinem Baumaterial geschah. Ich weiß, du wolltest meine Hilfe nicht, Bria, aber ich konnte es nicht riskieren, sie nicht zu gewähren. Es war nicht mehr genug Zeit für mich, all die Reparaturen zu vertuschen, die an den Farmen durchgeführt worden waren. Ich habe getan, was ich konnte, und auf meine Anweisung hin haben die Männer, die für mich arbeiten, das ebenfalls getan. Wir konnten jedoch nicht alles schaffen. Ich hatte gehofft, ich hätte noch eine Woche länger Zeit."

„Mein Stiefvater hat nie Interesse an den Pächtern oder ihren Häusern bekundet. Nie, Luke. Ich habe deine Hilfe nicht grundlos abgelehnt. Ich habe wirklich geglaubt, dass ich sie nicht brauchte." Bria schloss kurz die Augen und rieb sich mit Daumen und Zeigefinger die Nasenwurzel. Ein Kälteschauer ließ ihren schlanken Körper erbeben. „O Gott." Ihre Stimme klang fast verloren. „Dass ich so selbstgerecht sein konnte."

„Bria."

„Nein. Das war ich. Ich war so überrascht, dass du mich ertappt hast, ich konnte es einfach nicht zugeben. Und jetzt ist es geschehen: Orrin weiß Bescheid."

„Orrin glaubt, Bescheid zu wissen", verbesserte Luke sie. „Die Bücher werden ihm eine andere Erklärung bieten."

Bria hob den Blick und schaute Luke in die Augen. „Werden sie seiner Untersuchung Stand halten?"

„Das muss ich hoffen. Ich habe einige Erfahrung mit Buchführung. Meine Mutter hatte einen …" Er brach ab, und zwischen seinen Brauen erschien kurz eine Falte. „Einen Gast, der mich angestellt hat, in diesem Bereich für ihn zu arbeiten. Das habe ich mehrere Sommermonate lang getan, bis ich zur Schule fortging. Ich behaupte jedoch nicht, dass ich besondere Fähigkeiten besitze. Mir war nicht bewusst, dass dein Stiefvater über sie verfügt."

Bria nickte und erinnerte sich wieder an Lukes Reaktion, als Orrin ihm das sagte. „Du schienst irgendwie betroffen."

„Es hat mich überrascht."

„Nein, es war nicht nur Überraschung." Aus schmalen Augen studierte sie Lukes Gesicht. „Es war mehr. Als ob es irgendwie von besonderer Bedeutung wäre."

„Es ist von Bedeutung. Ich habe ein Rechnungsbuch, das mit ausgedachten Posten gefüllt ist, einem Mann gegeben, der von sich behauptet, dass er, was Buchhaltung angeht, jede noch so kleine Unstimmigkeit aufdecken kann. Ich musste mich mit dem Rechnungsbuch beeilen, Bria, und mit dem wenigen absichern, was ich bisher sparen konnte. Und dann überkam mich plötzlich vorhin das Bedürfnis, an Ort und Stelle alles zu gestehen."

Das glaubte sie ihm keinen Augenblick. „Du lügst", erklärte sie ruhig. In ihrer Stimme schwang weder Gekränktheit noch Erstaunen mit. „Nein, du musst dich nicht rechtfertigen. Das verlange ich nicht. Ich vertraue dir, dass du einen guten Grund hast."

Luke erwiderte nichts. Die Wahrheit konnte er ihr nicht sagen, und eine weitere Lüge wollte er ihr nicht auftischen. Sie hatte mit ihrer Beobachtung Recht, dass Orrin Fosters Kenntnisse in der Buchführung für ihn von besonderem Interesse waren.

Bria lehnte sich gegen die Brüstung der Laube in ihrem Rücken. Der ständig fallende Regen hatte etwas Beruhigendes. „Vermutlich müssen wir jetzt einfach abwarten", bemerkte sie. „Wenn Orrin mit dem zufrieden ist, was du ihm gegeben hast, dann hat die ganze Angelegenheit für uns am Ende kaum Folgen."

„Meinst du nicht eher *keine* Folgen?"

„Kaum Folgen", wiederholte sie. „Irgendeine Form von Vergeltung wird es geben. Orrin wird nicht an meine oder auch deine Unschuld glauben, sondern nur, dass er hereingelegt worden ist. Irgendwie wird er sich rächen."

„Das habe ich mir auch schon gedacht", erwiderte Luke. „Ich hatte gehofft, ich würde mich irren."

„Das tust du nicht."

Luke drehte sich auf der Bank so, dass sein Rücken nun auch an dem Holzgeländer ruhte. Er streckte seine Beine aus und überkreuzte sie an den Knöcheln. Neben sich fühlte er Bria erschauern. „Hättest du gern meinen Rock?"

„Nein, danke. Es war nicht vor Kälte."

„Dann vielleicht meinen Arm?"

Sie warf ihm einen Blick zu. „Ja, bitte."

Luke legte seinen Arm hinter Brias Schultern auf die Brüstung, und sie lehnte sich an ihn. Es war für ihn ebenso bequem wie für sie. Sein leiser Seufzer schien genau das auszudrücken. Es überraschte ihn nicht, als Bria sich ein wenig fester an ihn schmiegte. So saßen sie eine Weile still da, beide nicht willens, das Schweigen zu brechen. Als sie schließlich doch etwas sagten, geschah es zur selben Zeit.

Bria lächelte schwach. „Bitte, fang du an." Als Luke zögerte, fügte sie hinzu: „Mir widerstrebt es irgendwie, das auszusprechen, was ich denke."

„Was ich zu sagen habe, ist nicht angenehm", warnte er sie.

„Dann mach es kurz."

„Nun gut. Ich habe mich gefragt, warum dein Stiefvater heute die Plantage besichtigt hat, wenn es sonst nicht seine Gewohnheit ist. Und besonders, warum er es beinahe sofort nach seiner Rückkehr getan hat. Wenn ich Zufall ausschließe, was ich in diesem Fall tun muss, dann bleibt nur noch eine Erklärung: Jemand hat ihm berichtet, was in seiner Abwesenheit geschehen ist."

Bria begann an ihrer Unterlippe zu nagen und musste die Tränen fortblinzeln, die in ihren Augen brannten. Als sie ihrer Stimme wieder trauen konnte, sagte sie: „Ich wollte dir dieselbe Erkenntnis mitteilen." Trotz Lukes schützender Umarmung erschauerte sie erneut. „Ich will es nicht glauben."

„Ich weiß. Es ist nicht einfach zu akzeptieren." Luke rieb ihr den Arm, so dass ihr etwas wärmer wurde. „Hast du dir erlaubt, darüber nachzudenken, wer es sein könnte?"

„Nein. Allein der Gedanke daran tut schon weh."

Luke ging im Geiste die infrage kommenden Verdächtigen durch. Jeb. Addie. Martha. Elsie. Tad und die anderen Stallburschen sowie die Arbeiter, die mit der Renovierung beschäftigt waren. Die Farmer, deren Häuser dank Brias Großzügigkeit ausgebessert worden waren. John Whitney. Jeder von ihnen hätte es Orrin berichten können. Die, die es mit der größten Wahrscheinlichkeit gewesen waren, waren ebenfalls die, denen Bria am meisten vertraute. Luke verstand, warum Bria nicht darüber nachdenken wollte.

Trotzdem musste es gesagt werden. „Jebediah?"

Bria schüttelte heftig den Kopf. „Nein. Das wäre auch Verrat an seiner eigenen Familie. An den Häusern von zwei seiner Töchter wurden Reparaturen ausgeführt. Und Elsie scheidet aus denselben Gründen aus."

„Martha? Vielleicht ist sie eifersüchtig auf ihre Schwestern?"

„Sie hat sich für sie gefreut."

„Addie?"

„Sie hasst Orrin. Sie würde sich nie dafür hergeben, seine Ohren und Augen zu sein."

Luke nannte Elsies Küchenmagd und das Mädchen, das Martha ab und zu beim Hausputz unterstützte. Bria schloss beide aus, ebenso wie Tad oder einen der anderen Männer oder Jungen, die die Pferde betreuten. Sie glaubte, dass alle Arbeiter vertrauenswürdig waren, und konnte sich nicht vorstellen, dass jemand, der selbst von den Ausbesserungen profitiert hatte, sie an Orrin verraten würde. Am allerwenigsten John.

„Dann bleibt nur Zufall übrig", bemerkte Luke trocken. „Und ich muss sagen, so viel Pech hatte ich noch nie. Nein, irgendjemand hat Orrin davon erzählt, Bria. Gleichgültig, wie sehr du dir wünschst, es wäre anders."

„Warum jetzt?" fragte sie.

„Ich schätze, das ist kein neues Arrangement. Aber das wirst du selbst beurteilen müssen. Denk an die anderen Male, wenn Orrin von *Concord* fort war. Was war, wenn er zurückkehrte?"

Bria dachte darüber nach. „Ich habe nie etwas in so großem Stil versucht wie die Ausbesserungsarbeiten, aber einmal habe ich einen Teil des Gewinns zurückbehalten, und er hat es herausgefunden."

„Sofort?“

„Nein. Erst ein paar Wochen nach seiner Rückkehr. Aber das war sehr dumm von mir, Luke. Orrin will unbedingt das Hamilton-Rätsel finden und sucht überall danach. Er kann einfach nicht hinnehmen, dass es nicht hier ist. Ich hätte damit rechnen müssen, dass er mein Versteck finden würde.“

„Gut. Andere Vorfälle?“

„Während einer Malaria-Saison habe ich eine Schule für die Kinder auf der Plantage eingerichtet.“

„Was ist damit geschehen?“

„Der *Klan.*“ Brias Stimme war flach. „Niemand wurde verletzt, wofür ich Gott danken muss. Etwa ein Dutzend Reiter kamen in der Nacht und haben die alte Sklavenhütte niedergebrannt, in der ich die Schule untergebracht hatte. Das ist die einzige ehemalige Sklavenunterkunft, die nicht mehr steht. Die Hütte ist mir gleich, aber die Bücher, Schiefertafeln und Karten waren wertvoll.“

„Vermutest du, dass Orrin den *Klan* alarmiert hat?“

„Ja, aber ich hätte nie gedacht, dass irgendjemand hier Orrin alarmiert hat. Ich habe einfach angenommen, dass er es selbst herausgefunden hat, und mir vorgenommen, das nächste Mal vorsichtiger zu sein. Ich beschloss, mich weniger selbst an etwas zu beteiligen, sondern häufiger einfach nicht hinzusehen. Erst nach deiner Ankunft und der Erkenntnis, dass ich an Baumaterial herankommen könnte, habe ich selbst wieder etwas unternommen. Du musst wissen, dass ich die Männer, die dir zur Hand gehen, sorgfältig ausgesucht habe. Sie mussten zum einen geschickt genug sein, dir zu helfen, aber sie mussten auch die Materialien beschaffen, die an anderer Stelle auf *Concord* gebraucht wurden.“ Bria legte sich eine Hand an die Stirn. „Ich fürchte, ich habe sie in Gefahr gebracht, Luke. Wenn ihnen etwas zustößt, werde ich mir das nicht verzeihen können.“

„Es ist zu früh, davon zu reden, dass du dir etwas verzeihen musst, Bria. Wir sollten abwarten, was Orrin anhand meiner Rechnungsbücher herausfindet. Das wird uns sehr helfen, zu entscheiden, wie wir weiter vorgehen."

Das „wir" und „uns" geht ihm so leicht über die Lippen, dachte Bria. „Ich wollte dich nicht mit hineinziehen", erklärte sie.

„Ich habe mich selbst hineingedrängt."

„Um mir zu helfen."

„Nicht ganz", erwiderte er. „Es war nicht ohne Blick auf meine eigenen Interessen."

Bria fragte nicht, was das für Interessen waren, und Luke bot keine Erklärung. In einer Art stillschweigenden Einverständnisses saßen sie wortlos nebeneinander auf der Bank und lauschten lieber dem Regen, als ihren eigenen Gedanken nachzuhängen.

Nach dem, was letzte Nacht zwischen ihnen geschehen war, hatte Bria angenommen, dass es irgendwie peinlich wäre, wieder das Zimmer mit Luke zu teilen. Sie hatte es sich verboten, daran zu denken, noch etwas anderes zu teilen.

Als sie aus dem Ankleidezimmer trat, lag Luke bereits gemütlich in der Mitte des Bettes. Egal für welche Seite sie sich entschied, er würde bei ihr sein.

Sie beobachtend, grinste Luke. Einladend klopfte er rechts und links von sich auf die Matratze. „Ich bin willens, wohin auch immer du willst, zu rutschen."

„Ich nehme nicht an, dass du willens bist, bis auf den Boden zu rutschen?"

Lukes Grinsen verschwand. Prüfend musterte er ihr Gesicht. „Willst du das?"

Will ich das? „Nein", sagte sie und merkte, dass es der Wahrheit entsprach. Sie wollte bei ihm in diesem Zimmer, in diesem Bett sein. „Ich nehme die rechte Seite."

Luke nickte und hob die Decke an. Bria umrundete das Bett und schlüpfte neben ihn. Sie trug ein weißes Baumwollnachthemd. Heute war das Band am Ausschnitt blassgelb. Luke konnte es nur flüchtig sehen, bevor sie sich umdrehte und den Docht der Lampe herunterdrehte, aber es bereitete ihm keine Schwierigkeiten, es zu finden. Er zog an einem Ende, und mit einem leisen Rascheln löste sich die Schleife.

Bria starrte ihn aus weit aufgerissenen Augen an. Luke stützte sich auf einen Ellbogen und betrachtete sie eindringlich. Er berührte sie nicht, aber sie konnte die Hitze seiner Hand spüren, während er mit dem Satinband spielte.

„Hast du gedacht, es würde mich nicht wieder nach dir verlangen?“ Seine Stimme war heiser. „Als du heute Nachmittag in der Laube eingeschlafen bist, habe ich mir gewünscht, es würde da geschehen.“

Sie erinnerte sich daran, wie sie aufgewacht war, als der Regen aufhörte. Ihr Kopf ruhte auf Lukes Schoß. Er hatte sie mit seinem Rock zugedeckt und strich ihr sacht durchs Haar. Ihre beiden Elfenbeinkämme und die Haarnadeln, die ihre Frisur gehalten hatten, lagen neben ihm auf der Bank. Bevor er sie ins Haus zurückbegleitete, half er ihr, das Haar wieder zu richten. Als „Bezahlung“ hatte er noch nicht einmal einen einzigen Kuss verlangt, aber Bria hatte geglaubt, das wäre so, weil niemand sie beobachtete. Und sie hatte entdecken müssen, dass sie sich wünschte, es wäre anders.

„Du kannst Nein sagen, Bria.“ Er weitete den Ausschnitt ihres Nachthemdes und streifte es ihr über die eine Schulter. Dann senkte er den Kopf und küsste die sanfte Rundung. „Ich habe mir ausgemalt, was ich tun würde, wenn du Nein sagst.“ Sein Atem strich heiß über ihre Haut.

Bria stieß einen kehligen Laut aus, als er mit seinen Lippen ihren Hals liebkoste. Sie bog den Kopf zurück, um ihm besseren

Zugang zu gewähren, und spürte die aufregende Berührung seiner Zunge.

„Ich hätte mich in den Fluss gestürzt."

Sie lächelte ein wenig über so viel Theatralik. „Du bist ein guter Schwimmer, Luke. Es ist nicht so, als würdest du ertrinken."

Er küsste sie erst unter, dann auf ihr Kinn. Jetzt war sein Mund dicht an ihrem Ohr, und dann begann er an ihrem Ohrläppchen zu knabbern. „Ich würde mich nicht umbringen wollen", flüsterte er, „sondern nur deine Aufmerksamkeit erringen."

„Du hast meine Aufmerksamkeit." Bria umschloss sein Gesicht mit ihren Händen und beugte sich vor, bis ihre Lippen sich fast berührten. „Ich werde nicht Nein sagen."

Er murmelte eine Erwiderung, die keiner von beiden verstand. Ihre Lippen bewegten sich über seinen, sie verschränkte ihre Hände in seinem Nacken und hielt ihn fest. Zärtlich sog sie an seinem Mund und verlängerte so den Kuss, umspielte mit ihrer Zunge seine. Niemand beobachtet uns jetzt, dachte sie. Der Kuss war nichts weiter als ein Kuss, Lust um der Lust willen. Bria hatte sich ausgemalt, wie es wäre, wenn sie ihn so küsste. Doch sie hatte nicht damit gerechnet, wie viel es ihr bedeuten würde.

Sie löste ihre Hände von seinem Nacken und fuhr mit ihnen hinunter über seinen muskulösen Rücken. Mit den Fingerspitzen glitt sie leicht unter den Bund seiner Unterhosen. Seiner Kehle entrang sich ein leises Knurren, das sie an den Lippen kitzelte. Er wiederholte es an ihrem Hals und entlockte ihr damit ein atemloses Lachen. Als sein Mund ihre Brüste fand, gab sie einen ganz anderen Laut von sich.

Durch den Stoff des Nachthemdes hindurch neckte er mit seiner Zunge die sich erhärtenden Spitzen. Die Baumwolle wurde feucht und leicht rau. Bria begann sich unter ihm unruhig zu winden und strich ihm mit den Fingern durch die Haare. Als sich seine Zähne zärtlich um eine der Knospen schlossen und leicht an der empfindlichen Haut zupften, zog sie an seinem Kopf.

Luke schaute auf, ein Funkeln in den Augen. „Ich denke, du solltest meine Haare loslassen, bevor du mich vor Lust skalpierst."

Augenblicklich nahm Bria ihre Hände fort. Sie errötete und wich seinem Blick aus.

Ihr Gesicht mit beiden Händen umfassend, drehte er ihren Kopf so, dass sie ihn ansehen musste. Er küsste sie auf die gerunzelte Stirn, dann ihre Nase und schließlich ihren Mundwinkel. „Lass dir von mir aus dem Nachthemd helfen", sagte er. „Für das Vergnügen, deine nackte Brust zu kosten, lasse ich mir bereitwillig die Haare einzeln ausreißen."

Bria öffnete den Mund, schloss ihn wieder und öffnete ihn gleich darauf erneut. „Solche Äußerungen finde ich empörend."

Er grinste ohne Reue. „Komm her." Luke half ihr in eine sitzende Position und machte kurzen Prozess mit ihrem Nachthemd, das er achtlos ans Fußende warf. Als Bria unwillkürlich die Hände hob, um sich zu bedecken, umfing er ihre Handgelenke und hielt sie zurück. „Eines Tages werden wir das hier am hellen Tag tun. Vielleicht am Flussufer im Schatten der Eichen oder unter den Ästen der Kiefern. Da wird es genug Sonnenlicht geben, das auf deine Haut fällt und es mir erlaubt, jede Linie und Rundung zu bewundern."

„Du bist verrückt."

„Nein, bloß hoffnungsvoll."

Bria konnte nur den Kopf schütteln, doch es gelang ihr nicht, ihr Lächeln zu verbergen. Sie ließ sich von Luke auf die Matratze zurückdrängen, und er legte sich auf sie. Sein Mund schloss sich um eine Brust, und er liebkoste die Spitze mit seiner Zunge, bis sie fest war und sich ihm entgegenreckte. Bria wimmerte leise, als sich dabei die Lust strahlenförmig in ihr ausbreitete. Sie konnte die Hitze selbst in ihren Fingerspitzen fühlen, in ihrem Bauch, in ihren Kniekehlen, und dabei hielt er nur ihre Brust.

Ihr stockte der Atem, als sein Mund sich ihrer anderen Brust näherte, dann bog sie sich ihm verlangend entgegen.

Diesmal zerrte sie an den Laken, der Griff ihrer Hände lockerte sich, als Luke kurz seine süße Folter unterbrach und sich dem Tal zwischen ihren Brüsten zuwandte, nur um sich noch fester an sie zu klammern, als er sich weiter über ihren flachen Bauch nach unten vortastete.

Bria atmete scharf ein, ihre Haut prickelte, doch Luke bewegte sich noch weiter nach unten. Mit seinen Händen umfasste er ihre Pobacken und küsste sie dicht oberhalb ihres Venushügels.

„Luke?"

Er spreizte ihre Beine, streichelte die empfindliche Innenhaut ihrer Schenkel. Sie war so weich und zart wie die eines Babys. Dann senkte er den Kopf und küsste sie zwischen den Beinen. Einmal. Noch einmal.

„Luke!" Bria grub ihre Fersen in die Matratze und stieß gegen seine Schultern. „Nicht. Ich kann nicht. Was tust du …"

Er richtete sich auf, beugte sich über sie, wobei er einen Teil seines Gewichtes mit seinen Armen abfing. Sie konnte ihn groß und hart spüren, und unwillkürlich drängte sie sich mit ihren Hüften dagegen.

„Rühr dich nicht", flüsterte er mit belegter Stimme.

„Das wollte ich nicht."

„Ich weiß." Sein Atem ging abgehackt. Er schloss kurz die Augen, und die Anstrengung, die ihn seine Beherrschung kostete, malte sich auf seine Züge. „Ich weiß", wiederholte er, diesmal weniger barsch. Er senkte den Kopf und legte seine Stirn an Brias. „Es tut mir Leid. Ich habe nicht an dich gedacht, wozu du bereit bist oder was du willst."

„Das sind zwei verschiedene Dinge."

Er hob den Kopf und blickte sie an. „Hmm?"

„Zu etwas bereit sein und es wollen. Ganz verschieden. Ich denke, ich wollte, was du mit mir gemacht hast, aber ich war nicht darauf vorbereitet. Du hättest mir sagen sollen, was du vorhattest."

Lukes Augen verdunkelten sich, während er das erwog und sich vorstellte, ihr in allen Einzelheiten ins Ohr zu wispern, was er mit ihr vorhatte. „Vielleicht heben wir uns das für später auf."

Sie nickte. „Wenn du willst." Ihre Hüften bewegten sich wieder, und sie schaute weg, als Luke leise stöhnte.

„Es ist in Ordnung." Er rollte sich von ihr und zog an dem Band seiner Unterhose. Es verknotete sich, und Brias leises Lachen förderte die Geschicklichkeit seiner Finger nicht.

„Lass mich." Sie schob seine Hände fort und machte sich an dem Knoten zu schaffen. Mit ihren Fingerknöcheln strich sie dabei über seinen straffen Bauch. Während sie sich über ihre Arbeit beugte, fiel ihr Haar nach vorn, so dass er ihr Gesicht und auch ihr triumphierendes Lächeln, als sie Erfolg hatte, nicht sehen konnte. „Vielleicht solltest du auch bei deinen Unterhosen Satinbänder verwenden. Mit denen kommst du viel besser klar."

Luke hob eine Augenbraue. Bei seinem entschieden unartigen Blick wich Bria zurück, doch er ließ sie nicht weit kommen. Es gelang ihm, sich seines letzten Kleidungsstücks zu entledigen und sie trotzdem zu packen, bevor sie das Bett verlassen konnte.

Danach wurde es wild. Die Laken und Decken verfingen sich um ihre Beine. Er trat sie fort, sie zog sie wieder nach oben. Er ließ sich von ihr an den Handgelenken festhalten, damit sie sich auf ihn legen konnte. Sie küsste sein Gesicht und zog mit ihrer Zunge eine feuchte Spur über seinen Hals. Als sie über das Bett rollten, lag sie unter ihm. Sie spreizte die Beine und zog sie an.

Die Zeit schien sich zu verlangsamen. Bria schaute in sein Gesicht, als er in sie kam, wie er die Zähne zusammenbiss, der Puls an seinem Hals schneller schlug und der Blick, mit dem er sie studierte, eindringlicher wurde.

Sie hob ihre Hände und legte sie Luke auf die Schultern. Er verharrte reglos in ihr. Ihr Körper dehnte sich, gewöhnte sich an ihn. „Das ist nicht falsch, nicht wahr?“ fragte sie leise. „Sag mir, dass es nicht falsch ist.“

Das tat Luke, nicht weil sie ihn darum gebeten hatte, sondern weil es stimmte. Gleichgültig, was später geschieht, dachte er, nie werde ich diese Augenblicke bereuen.

Dann bewegte er sich in ihr, drang tief und hart in sie ein. Bria klammerte sich an ihn und empfing seine Stöße, fiel in seinen Rhythmus ein. Ihre Vereinigung hatte eine eigene Kraft, etwas Urtümliches. Hitze. Ungezähmte Leidenschaft. Lukes sehniger Körper spannte sich. Die festen Muskeln unter seiner glatten Haut zuckten unter ihren Fingern. Ihre schlanken Beine hielten ihn umfangen. Ihre Haut schimmerte feucht, von einem feinen Schweißfilm überzogen.

Luke beschleunigte das Tempo seiner Bewegungen, bis er unter der Gewalt seines Höhepunktes zu zerbersten schien. Er stieß einen heiseren Schrei aus und umfing Bria einen Moment fester, dann erschlafften seine Arme. Sein Gesicht an ihrem Hals bergend, atmete er den süßen Duft ihrer Haut ein.

Bria streichelte seinen Kopf. Sein dunkles Haar war feucht und lockte sich um ihre Finger. Sie genoss seine Nähe.

„Ich bin zu schwer für dich“, sagte er.

Sie schüttelte den Kopf.

„Du kannst ja noch nicht einmal reden.“

„Ich will auch nicht reden.“

„Dann stört es dich ja vielleicht nicht, wenn ich rede.“ Er beugte sich vor, bis sein Mund dicht an ihrem Ohr war, und begann ihr dann ganz genau zu erklären, was er beabsichtigte.

Schläfrig regte sich Bria in Lukes Armen. Ihre Glieder waren angenehm schwer, und wenn sie sich bewegte, dann nur langsam, so als wate sie durch Wasser. Sie öffnete die Augen. Luke lag auf der Seite neben ihr. Eine Locke war ihm in die Stirn gefallen. Seine völlig entspannten Züge und die ungebärdige Haarlocke ließen ihn jünger aussehen.

Als er seine Augen aufschlug, sagte Bria das Erste, was ihr durch den Sinn ging. „Ich weiß noch nicht einmal, wie alt du bist."

„Einunddreißig."

„So wie Randall." Der Schmerz folgte sofort, und sie schluckte hart.

„Es ist in Ordnung, Bria. Du kannst weinen."

Ihr Lächeln war bittersüß. „Ich weiß. Aber ich möchte nicht. Nicht jetzt." Sie sah ihm suchend ins Gesicht. „Habe ich dich gestört? Das wollte ich nicht."

„Nein." Er schaute zur Uhr auf dem Kaminsims und kniff die Augen zusammen, damit er die Uhrzeit im Dämmerlicht lesen konnte. „Wir haben weniger als eine Stunde geschlafen."

Dann war der Morgen noch weit. Bria war fast erleichtert. „Warst du eigentlich Soldat wie Randall?"

„Er war Offizier, oder?"

„Ja, in der Kavallerie."

„Nun, ich war jedenfalls kein Offizier."

„Wo hast du gedient?"

„Wo immer ich gebraucht wurde."

Bria runzelte die Stirn. „Du antwortest absichtlich ausweichend."

„Nicht ganz. Ich habe dort gedient, wohin ich geschickt wurde. Ich war bei den Pionieren, Bria. Ich habe Eisenbahnbrücken gebaut, damit die Truppen und der Nachschub weiter und schneller befördert werden konnten. Wenn die Schienenstränge von der anderen Seite erobert wurden, habe ich geholfen, sie in die Luft zu sprengen.“

„Für diese Arbeit hast du dich freiwillig gemeldet?“

Er nickte knapp, und seine Stimme klang angespannt. „Mir war es lieber, selbst zu bestimmen, als dass über mich bestimmt wurde.“

Bria schaute ihn an und überlegte, was er dabei ungesagt ließ. Unter der Decke suchte sie Lukes Hand und verschränkte ihre Finger mit seinen. Mit ihrem Zeigefinger streichelte sie seine Knöchel. „Randall wollte nie viel über den Krieg reden.“

„Dein Bruder hat sich freiwillig für die Kämpfe gemeldet?“

„Ja. Wie Shelby und mein Vater. David wäre ebenfalls gegangen, aber einer musste hier bleiben.“

Damit hatte Luke gerechnet. „In den ersten beiden Kriegsjahren ging ich noch zur Schule. Im Juli ’63 war ich in New York zu Besuch bei meiner Mutter und meinen Tanten. Vorher, im März, hatte der Kongress die allgemeine Einberufung beschlossen. In dem Sommer wurden überall Lostrommeln aufgestellt, und die Rekrutierungsbehörde begann, die Soldaten einzuziehen. Unter der Bevölkerung machte sich bald Unmut und Unzufriedenheit breit. Für dreihundert Dollar konnte ein zum Dienst Eingezogener losgekauft werden. Du siehst selbst, wie es den Reichen zugute kam und die Armen benachteiligte.“

„Was warst du, Luke?“

„Ich war arm, aber ich hatte einen Gönner. Ein Freund meiner Mutter hat mich ausgelöst.“

„Ihr Gast?“ riet Bria.

Zuerst verstand Luke nicht und runzelte die Stirn. „Ihr Gast?“

„Ja, der, für den du die Bücher geführt hast.“

Seine Züge klärten sich sofort. „Ja, genau der. Er war sehr gut zu uns. Ich weiß, dass meine Mutter ihn gedrängt hat, meinetwegen einzuschreiten.“

„Und du hast angenommen, was er für dich getan hat?"

„Ja." Er sah, wie Bria sich bemühte, eine neutrale Miene beizubehalten. Es misslang ihr. Ihre Gefühle waren zu stark. „Ich hatte nicht erwartet, dass du mir Recht geben oder es billigen würdest", erklärte er. „Mir ist meine Freiheit mehr wert als dreihundert Dollar, Bria. Ich spreche jedem anderen Menschen das Recht ab, mir zu sagen, für was ich mein Leben riskiere."

Bria schwieg, während sie zu begreifen versuchte, wie Luke darüber dachte. „Mein Vater, Shelby, sogar Randall … sie waren alle so begierig darauf, in den Krieg zu ziehen … es ist schwer für mich, zu verstehen, dass es bei dir anders war."

„Sie waren davon überzeugt, dass sie für etwas kämpften, das wichtig war. Ich war das nicht." Er sah, wie Bria den Kopf schüttelte, nicht fähig, das zu verstehen. „Ich war nicht der Einzige, Bria, obwohl ich nicht sicher bin, dass die anderen aus den gleichen Gründen wie ich dagegen waren. In jenem Juli gab es Unruhen in der ganzen Stadt. Tausende Männer beteiligten sich daran. Es begann als Protest gegen die Rekrutierung und endete in einer blutigen Straßenschlacht. Telegrafenleitungen zu den Polizeihauptquartieren wurden zertrennt, Züge und Bahnen fuhren nicht mehr, die Büros der Rekrutierungsbehörde wurden in Brand gesetzt, Häuser geplündert. Die Aufrührer haben mit Eisenstangen und Holzprügeln auf die Polizisten eingeschlagen und sie mit Steinen beworfen. Männer sind auf Dächer gestiegen, um von dort Pflastersteine auf die Polizeikräfte zu werfen. So ging es tagelang.

Das Militär wurde zu Hilfe gerufen. Der Marinestützpunkt in Brooklyn sandte Soldaten. Zwei Kriegsschiffe bezogen auf dem Hudson River und dem East River Stellung, um den Finanzdistrikt vor Plünderern zu schützen. Von den Aufständischen wurden wie bei der Französischen Revolution Barrikaden auf den Straßen errichtet. Es war ein Kampf Mann gegen Mann.

An einem Punkt während der Auseinandersetzung wandte sich die Meute gegen die Schwarzen. Das Farbigen-Waisenhaus wurde angegriffen und gebrandschatzt. Zweihundert Kinder entkamen, während Hunderte von Aufrührern die Vordertüren stürmten, doch an anderer Stelle wurden schwarze Männer und Frauen gejagt, geschlagen und manchmal sogar gemordet."

Luke spürte Bria erschauern. „Willst du wissen, ob ich daran beteiligt war?" fragte er.

„Ich habe keine Sekunde geglaubt, dass du das gewesen sein könntest", erwiderte sie ruhig. „Ich habe mir nur vorgestellt, wie es gewesen sein muss, aber ich finde es zu schrecklich, als dass ich länger darüber nachdenken könnte."

„Was dort geschehen ist, war kein Protest. Das hatte es schon nach der ersten Stunde aufgehört zu sein. Es war ein Aufstand, eine Revolution. Bundestruppen wurden nach New York geschickt, um die Aufbegehrenden gefügig zu machen."

Luke drehte sich auf den Rücken und starrte an die Decke. „Das alles geschah kurz nach dem Gemetzel bei Gettysburg. Die Toten waren noch nicht einmal alle begraben, als der Aufstand begann." Sein leises, trockenes Lachen war bar jeder Belustigung. „Du musst dich fragen, wie wir den Krieg gewinnen konnten, Bria. Ich kann dir nur sagen, was ich denke. Es war nicht, weil wir gern gekämpft haben. Vielmehr war es so, dass wir es hinter uns bringen wollten."

Bria klopfte ihr Kopfkissen zurecht, so dass ihr Kopf nun etwas höher lag. Sie betrachtete Lukes regloses Profil. „Hast du dich deswegen gemeldet?" erkundigte sie sich. „Um den Krieg zu beenden?"

„Ja, teilweise. Versteh mich nicht falsch, Bria. Ich habe es immer für wichtig gehalten, die Einheit der Union zu bewahren, aber erst nach den Unruhen wegen der Rekrutierung war ich der Meinung, dass die Sache es wert ist, mein Leben dafür zu riskieren. Zwölfhundert Menschen kamen bei den Straßenkämpfen um, und nichts wurde dadurch erreicht. Einen Monat später wurden die Rekrutierungen wie zuvor fortgesetzt, ohne dass Widerspruch laut wurde. Für mich war die Ablöse bereits gezahlt worden, so dass ich nicht einberufen wurde. Ich akzeptierte das, weil die Regeln es erlaubten. Dann meldete ich mich als meinen eigenen Ersatz."

Luke wandte den Kopf und sah sie an. „Das muss dir sinnlos vorkommen, aber für mich war es wichtig, dass es *meine* Entscheidung war. Dafür war ich bereit zu kämpfen, nicht weniger als für den Schutz der persönlichen Freiheit *aller* Menschen."

Bria schwieg und überlegte. „Denkst du, dass ihr das errungen habt?"

„Ich weiß es nicht. Ich möchte gern glauben, dass es wenigstens in kleinem Maße erreicht wurde."

„Warum bist du zu den Pionieren gegangen?"

„Das war eine Arbeit, die ich tun konnte. Ich war kein guter Schütze. Ich konnte keine zwei Schuss in der Minute mit den Standardgewehren der Armee abfeuern, aber ich wusste, wie man eine Brücke mit ein paar Stangen Dynamit in die Luft sprengt." Luke atmete den Duft von Brias Haar ein, wickelte sich eine Strähne um den Finger. Es fühlte sich an wie gesponnene Seide. „Hältst du mich für einen Feigling, Bria?"

„Nein!"

„Als ich dir gesagt habe, dass ich die Ablöse für die Rekrutierung akzeptiert habe …"

„Ich habe es nicht gleich verstanden", unterbrach sie ihn. „Ich dachte …"

„Ich wäre ein Feigling", beendete Luke den Satz für sie. „Das ist in Ordnung. Ich habe mir selbst oft die Frage gestellt. Jeder Mann überlegt, wie er wohl handeln würde, wenn er vor eine schreckliche Wahl gestellt wird."

„Du kannst erhobenen Hauptes durchs Leben gehen, Luke. Du hast auf dein Gewissen gehört." Bria zögerte, dann sprach sie rasch weiter. „Du wolltest es mir nicht erzählen, nicht wahr? Dachtest du, ich würde dich deswegen verurteilen?"

„Du *solltest* über mein Handeln urteilen. Es spricht für oder gegen mich."

„Dann spricht es für dich." Sie rutschte zu ihm und legte ihm einen Arm über die Brust. „Ist dir meine gute Meinung so wichtig?"

Luke antwortete nicht gleich. Wie auch immer ihre Meinung ausgefallen wäre, seine Ansichten hätten sich dadurch nicht geändert. Aber er konnte zugeben, dass es ihm viel bedeutete, wenn sie seine Entscheidung akzeptieren konnte. „Ja", antwortete er schließlich. „Das ist sie."

Damit stimmte Luke ihr nicht einfach nur zu, sondern es war viel eher eine Art Geständnis. Bria nahm nicht an, dass sie sich dabei geirrt hatte, und war tief bewegt deswegen. Sie setzte zu einer Erwiderung an, aber Luke hielt sie davon ab.

„Schlaf darüber, Bria."

Sie lächelte, da er so verhindert hatte, dass sie etwas Närrisches sagte. „Du hast doch versprochen, dass du versuchen wolltest, nicht immer so aufreizend Recht zu behalten", flüsterte sie.

Luke lachte leise. Erst als er Bria gleichmäßig atmen hörte, schlief auch er ein.

Drei Tage vergingen, bevor Orrin Luke und Bria zu sich in das Arbeitszimmer bestellte und verkündete, dass mit den Rechnungsbüchern zur Hausrenovierung alles in Ordnung sei. Diese Neuigkeit tat er früh am Morgen kund, ehe er sich seinen ersten Drink genehmigt hatte. Orrins Tonfall war höflich und versöhnlich. Er gratulierte Luke zu der Qualität seiner Arbeit und der Menge dessen, was er geschafft hatte, und dass es ihm gelungen war, Material Gewinn bringend weiterzuverkaufen, für das er keine Verwendung hatte.

Zu Bria hatte Orrin wenig zu sagen. Sie hatte den Eindruck, es wäre ihrem Stiefvater irgendwie wichtig, dass sie seine lobenden Worte für Luke mit anhören musste und so in gewisser Weise bestraft wurde, indem sie leer ausging.

Der seltsame Verlauf des Gesprächs mit Orrin ging Bria nicht aus dem Kopf, und sie musste in den seltsamsten Momenten daran denken. „Er hat weder vergessen noch vergeben", erklärte sie Luke später. „Du solltest dir überlegen, was du tun kannst, um dich wieder auf guten Fuß mit ihm zu stellen."

„Was ist mit dir?"

„Ich habe noch nie auf gutem Fuß mit ihm gestanden."

Luke dachte nach und lud Orrin am Abend zum Kartenspiel ein. Er ließ seinen Schwiegervater schamlos gewinnen und auch an den folgenden drei Abenden. Erst am fünften Abend begann er, etwas von seinen Verlusten wettzumachen. Da war Orrins gute Laune aber so weit wiederhergestellt, dass er leichte Einbußen hinnehmen konnte.

Anfang November kehrten nach und nach die Pflanzer mit ihren Familien zurück. Sie kamen aus ihren Sommerquartieren in Charleston und von den kleinen, der Küste vorgelagerten Inseln. Einige hatten ihre gesamte Habe, verladen auf eine ganze Wagenkolonne, bei sich. Manche Familien machten auf *Concord* Halt, um sich auf dem Heimweg auszuruhen und zu stärken. Orrin beklagte sich insgeheim bitterlich, dass sein Heim zu einer Durchreisestation würde, aber er war ein überschwänglich freundlicher Gastgeber, wenn neue Gäste auf seiner Türschwelle erschienen.

Weil Elizabeth sich oft nicht wohl fühlte, blieb es Bria überlassen, die Frauen und Kinder zu bewirten. Die Pflanzer selbst fanden gewöhnlich ihren Weg in Orrins Arbeitszimmer, das sie Stunden später auf etwas unsicheren Beinen wieder verließen. Ihre Ehefrauen nahmen das mit philosophischer Gelassenheit hin, und die Kinder kicherten.

Die Besuche waren sowohl eine Erleichterung als auch eine Prüfung für Bria. Jeden Tag freute sie sich auf den Moment, in dem sie abends in Lukes Armen liegen konnte und über alles nachdenken, was sich am Tag ereignet hatte. Er ließ sie einfach erzählen, was ihr durch den Sinn ging, und wenn sie auf ihren Bruder zu sprechen kam, wie sie es unweigerlich tat, hörte er ihr zu, ließ sie trauern und so auch den Verlust verwinden.

Der Gedenkgottesdienst für Randall war für den dritten Sonntag im November geplant. An diesem Tag verließ Elizabeth Foster zum ersten Mal seit ihrer Ankunft aus Charleston die Plantage. Als sie die Kirche am Arm ihres Ehemannes betrat, wirkte sie zerbrechlich. Ein feines Netz aus Falten lag um ihren Mund und ihre Augen. Ihre Haut hob sich gegen das Schwarz ihres Hutes und ihres Seidenkleides bleich ab. Im Gegensatz zu ihr sah Orrin bemerkenswert gesund und kräftig aus. Er wirkte nüchtern, obwohl er es nicht war. Er hatte genug getrunken, um den Gottesdienst zu überstehen, aber nicht so viel, dass es zu Bemerkungen Anlass gegeben hätte.

Luke entging nicht, dass der Gottesdienst Brias Mutter viel bedeutete. Die Kirche war so voll, dass viele Menschen stehen mussten. Elizabeth schien Trost und Kraft aus der Anzahl der Trauergäste zu beziehen. Sie sah es als Tribut für ihren Sohn und als Maßstab der Achtung, die man ihr noch immer entgegenbrachte. So überstand sie die Messe trockenen Auges und später auch die Beileidsbezeugungen.

Die offizielle Bekanntgabe von Brias Heirat mit Luke fand am

Nachmittag statt, während des Empfangs auf *Concord.* Orrin und Elizabeth verkündeten es gemeinsam und taten so, als wäre nichts Ungewöhnliches dabei, ihre Gäste bei einer Trauerfeier über eine Hochzeit zu informieren.

„Hast du gesehen, wie sie alle auf meinen Bauch geschaut haben?" fragte Bria Luke am Abend. Sie saß auf dem Fenstersitz und bürstete ihr Haar. Es war nach Mitternacht, und die letzten Gäste waren vor kurzem gegangen.

Luke erschien in der Tür zum Ankleidezimmer, ein Handtuch locker um die Hüften geschlungen. Er hielt den Knoten mit einer Hand, während er sich mit der anderen das feuchte Haar aus der Stirn strich. Wassertropfen glitzerten auf seiner Schulter. „Dahin haben vielleicht die Frauen geschaut, die Männer jedenfalls haben deiner Oberweite mehr Beachtung geschenkt."

„Luke!"

„Es stimmt aber. Sie haben ..." Er brach ab, da Bria heftig den Kopf schüttelte. Sie hatte seinen Namen gerufen, um seine Aufmerksamkeit zu erregen, nicht um ihn zurechtzuweisen. Jetzt kniete sie vor dem Fenster, riss an den Vorhängen und presste ihr Gesicht an die Scheibe. Als sie seinen Namen ein zweites Mal rief, war er schon bei ihr und schaute in dieselbe Richtung.

Es bereitete ihm keine Schwierigkeiten, zu erkennen, was sie gesehen hatte. Jeder Funke war deutlich vor dem nächtlichen Himmel zu erkennen.

Sie sahen hilflos zu, wie der erste Feuerball explodierte.

12. KAPITEL

„Mein Gewächshaus!" Bria sprang auf und wich Luke geschickt aus, der versuchte, sie aufzuhalten. Er folgte ihr ins Ankleidezimmer. „Ich gehe", verkündete er und hob seine Hosen auf.

„Ich werde dich nicht davon abhalten."

Was bedeutet, vermutete Luke, dass ich ihr dieselbe Höflichkeit erweisen sollte. Während Bria sich vor dem Schrank stehend eilig etwas überwarf, streifte er sich seine Hosen über und nahm sich ein Hemd. Sie war mit ihrem seidenen Morgenrock und ihren leichten Schuhen schneller fertig als er mit seiner zweckmäßigeren Kleidung. Luke holte sie auf dem Flur ein, wo sie von ihrer Mutter aufgehalten worden war.

„Luke und ich werden uns darum kümmern, Mutter", erklärte sie hastig. „Bleib in deinem Zimmer."

Elizabeth hielt Bria mit erstaunlicher Kraft am Arm fest. „Verlass mich nicht."

Luke eilte an Bria vorbei und nahm auf der Treppe immer zwei bis drei Stufen auf einmal. Er lief durch die Halle auf die Veranda. Der orange, gelbe und rote Schein drei verschiedener Feuer verlieh dem schwarzen Nachthimmel Farbe und spendete Helligkeit.

Luke sprang die Verandastufen hinunter, blieb aber stehen, als er aus dem Haus eine laute Auseinandersetzung hörte. Es bereitete ihm keine Probleme, die Stimmen zuzuordnen. Als er das Haus wieder betrat, fand er Bria und Orrin streitend vor dem Arbeitszimmer.

„Gott sei Dank, dass Sie hier sind", sagte Orrin, der Luke hinter seiner Stieftochter näher kommen sah. „Vielleicht können Sie sie zur Vernunft bringen. Sagen Sie ihr, dass sie keine meiner Waffen nehmen kann. Sie bringt sich damit nur um."

Luke drängte sich an Orrin vorbei und nahm zwei Gewehre aus ihrer Halterung über dem Kaminsims. „Sind sie geladen?“ rief er Bria zu.

„Immer. Und im Schreibtisch ist noch mehr Munition.“

Luke fand sie mühelos. Als er wieder bei der Tür ankam, gab er eines der Gewehre und ein paar Patronen Bria. „Du weißt vermutlich damit umzugehen.“

„Wahrscheinlich besser als du.“

Luke schaute zu Foster. „Was wissen Sie über die Feuer?“

„Nichts, verdammt gar nichts.“ Orrin erwiderte seinen Blick herausfordernd.

„Er wird es dir nicht sagen, Luke. Es ist der *Klan.*“ Bria drehte sich auf dem Absatz um und lief den Flur hinab.

Luke fluchte tonlos. „Hat sie Recht?“

Orrin stand da, als erwarte er jeden Moment, an die Wand gedrängt zu werden. „Woher, zum Teufel, soll ich das wissen?“ Er schaute zur Treppe. „Geh zurück in dein Zimmer, Elizabeth. Das hier betrifft dich nicht.“

„Bria ist gegangen, Orrin“, verkündete sie leise. Die Lampe, die sie in der Hand hielt, beleuchtete ihr Gesicht und warf ihren Schatten an die Wand, der kaum weniger Substanz zu haben schien als sie selbst. „Ich sollte ihr nachgehen.“

Orrins Blick kehrte zu Luke zurück. „Sehen Sie?“ fragte er. „Brias Platz ist hier, bei ihrer Mutter. Jetzt gehen Sie aus dem Weg, damit ich zu meiner Frau kann. Sie, Kincaid, sollten sich besser um Ihre eigene kümmern.“

Luke holte Bria an den Ställen ein. Apollo wurde gerade für sie gesattelt, während sie ungeduldig vor dem Stall auf und ab ging. Luke lehnte seine Flinte an die Wand und begann sich selbst ein Pferd zu satteln. Innerhalb weniger Minuten saßen sie zu Pferd und ritten aus dem Hof.

„Vergiss das Gewächshaus", rief Bria ihm zu. „Wir müssen zu den entfernt liegenden Farmen."

Sie ritten in scharfem Tempo in Richtung des rötlichen Schimmers über den Baumwipfeln. Brias Nachthemd war ihr bis zu den Knien hochgerutscht. Ihr Morgenmantel flatterte im Wind, während Apollo wie rasend den Weg entlanggaloppierte. Ihr langes Haar wehte hinter ihr wie eine Flagge, und ihre Miene war starr, fast grimmig.

„John!" schrie Bria, sobald sie begriff, wo eines der Feuer brannte. „Es ist John Whitneys Haus!"

Luke nickte. Er beugte sich vor und trieb sein Pferd an.

Als sie den Wald erreichten, der zwischen Johns Haus und dem Rand der Felder stand, mussten sie das Tempo zurücknehmen. Zwischen den Bäumen hindurch konnte sie erkennen, dass das Haus völlig von Flammen umgeben war. Auf der Lichtung angekommen, ritten sie wieder schneller und zügelten die Tiere erst, als sie die Hitze des Feuers auf ihren Gesichtern spürten.

Bria sprang ab und zog ihre Flinte. „John!" Sie drehte sich einmal um die eigene Achse, während sie sich suchend auf dem unebenen Gelände umsah, das von dem Feuerschein erhellt wurde. „John? Wo bist du, John?"

Luke rief ihr nach, als sie näher an das Haus heranzugehen begann. Er sah sie zögern und glaubte schon, sie wolle auf ihn hören, aber als sie weiterging, begriff er, dass es nur die ihr entgegenschlagende, sengende Hitze war, die sie hatte innehalten lassen. Er trat seinem Pferd in die Flanken und drängte es vorwärts, dann wendete er es, so dass Bria der Weg abgeschnitten war. „Geh zurück!" Er sprach in einem Ton, den er nie zuvor bei ihr benutzt hatte, und der unmissverständlich ausdrückte, dass er nicht nachgeben würde. „Geh zurück, oder ich schwöre, ich werfe dich über den Sattel und bringe dich selbst zurück ins Haus."

Bria schaute mit angstverzerrter Miene zu ihm auf. „John“, sagte sie mit hohler Stimme. „Wir müssen John finden.“

Luke musterte die Umgebung prüfend. Das Gras um sie herum war von Hufen zertrampelt. Erdbrocken lagen verstreut zwischen den Löchern in dem weichen Boden. Es gab auch Fußabdrücke, aber die waren unter den Hufspuren kaum zu erkennen.

Hinter ihnen brach krachend ein Teil des Daches ein. Funken stiegen in den Himmel auf und beleuchteten einen weiteren Umkreis. Dabei fiel Luke die Spur auf, die durch das Gras in den Wald nordwestlich des Häuschens führte. Das Gras war in einem seltsamen Muster umgeknickt, fast so, als sei ein Teppich wie bei hohem Besuch darüber ausgerollt gewesen. Luke kniff die Augen zusammen, während er überlegte, was das bedeuten konnte.

„Steig auf, Bria.“

„Was ist mit John?“

„Sie haben ihn mitgenommen.“

Sie trat zur Seite, um an Luke vorbeizuschauen und zu sehen, was ihn zu dieser Erkenntnis gebracht hatte. Doch von ihrem Standpunkt am Boden aus konnte Bria nichts erkennen. „Was, wenn du dich irrst?“

„Wenn ich mich irre und er sich noch in dem Haus da befindet, dann ist er tot, und wir können nichts mehr für ihn tun.“

Bria zuckte zusammen, weniger wegen seiner Logik, als wegen seines grimmigen Tonfalls. Sie steckte ihre Flinte zurück in das Futteral an ihrem Sattel und schwang sich auf Apollos Rücken. Mit den Augen folgte sie Lukes ausgestreckter Hand und sah schließlich die Spur. Sie wusste sofort, was sie bedeutete. John war nicht einfach nur mitgenommen, er war fortgeschleift worden.

In einiger Entfernung, so dass es nur als ein schwacher Lichtschein über den Baumwipfeln erschien, brach ein neues Feuer aus. „Die Kirche brennt, Luke! *Ihre* Kirche.“

Luke drückte dem Pferd die Fersen in die Flanken, das sofort vorwärts preschte. Bria folgte dicht hinter ihm. Apollo hätte die Stute, die Luke ritt, überholt, aber Bria erlaubte es nicht. Der Boden war uneben und barg Gefahren für die Tiere. Als sie den Wald erreichten, mussten sie sich erst einen Weg zwischen den Bäumen hindurch suchen. Bria wollte sich lieber nicht vorstellen, wie die nächtlichen Reiter John über die Äste und Baumstümpfe geschleift hatten.

Etwa in der Mitte des Waldstücks durchquerten sie einen rasch dahinfließenden Bach. Es war nun zu dunkel, der Spur weiter zu folgen, also ritten sie in Richtung des Feuers. Ihr Tempo steigerte sich wieder, als der Wald sich lichtete. Sobald sie ihn hinter sich gelassen hatten, ließen sie ihre Pferde in Galopp verfallen.

Luke zählte fünf Männer zu Pferde. Jeder von ihnen war von Kopf bis Fuß in einen weiten weißen Kapuzenmantel gehüllt, was ihrer Erscheinung im Feuerschein etwas Gespenstisches verlieh. Luke verspürte den jähen Wunsch, dass sie nicht mehr als Geister wären. Sie waren alle bewaffnet, aber sie hatten weder ihre Pistolen noch die Gewehre gezückt. Das war nicht nötig. Sie hatten ihre Pferde in einem losen Kreis um ihre Opfer aufgestellt. Weitere Gewalt und sogar Tod hingen auch ohne gezogene Waffen wie eine drohende Wolke in der Luft. Männer, Frauen und ein paar Kinder saßen zusammengekauert Rücken an Rücken in der Mitte und betrachteten ihre Peiniger mit argwöhnischer, verängstigter und in einigen Fällen auch feindseliger Miene.

Das Prasseln des Feuers war laut genug, um den Hufschlag ihrer Pferde zu übertönen. So bemerkten die Reiter Bria und Luke erst, als sie schon ein Drittel der Lichtung überquert hatten. Zu dem Zeitpunkt hatten beide bereits ihre Flinten gezogen. Schlanke, gezackte Flammen züngelten an der Wand der kleinen Kirche nach oben und breiteten sich über das Dach aus. Das Licht, in das die Versammlung so getaucht wurde, wirkte sowohl unheimlich als auch bedrohlich.

Luke und Bria zügelten die Pferde, hielten aber nicht an. Luke konnte nun sehen, dass da mehr Kinder waren, als er zuerst gedacht hatte. Ihre Eltern hatten sie schützend in ihre Mitte genommen. Er konnte auch sehen, dass einer der Schwarzen schon am Boden lag, wo sich eine Frau um ihn kümmerte. Es bedurfte eines erneuten Aufflammens des Feuers, damit er in der Frau Addie und in dem Mann John Whitney erkennen konnte.

Etwa zehn Yards vor dem Kreis der Reiter brachte Bria Apollo zum Stehen. Sie richtete ihre Flinte auf einen der vermummten Männer. „Verlassen Sie sofort mein Land“, sagte sie. „Dann werde ich niemanden erschießen, obwohl ich es könnte.“

Ein paar der Pferde scharrten mit den Hufen, aber keiner der Reiter verließ die Gruppe. Die verhüllte Gestalt, auf die Bria zielte, hob langsam die rechte Hand, und dabei hob sich auch die weite Robe. Sie flatterte in der leichten Brise wie eine weiße Fahne. „Das hier hat nichts mit dir zu tun, Bria. Geh nach Hause.“

„Es war mein Gewächshaus, das ihr angezündet habt. Das hier ist mein Land. Das Gebäude da gehört mir.“

„Da bin ich anderer Ansicht“, entgegnete der Vermummte gedehnt. „Das hier ist Foster-Land. Ich kann nicht glauben, dass du das vergessen hast. Um ihn und diese Nigger hier geht es uns. Du solltest dich nicht damit befassen oder deinen Ehemann dazu nötigen. Geh zurück und zieh dir etwas Anständiges an, es sei denn du willst dich uns anschließen. Dafür hast du ja fast schon das Richtige an.“

Bria beachtete das spöttische Gelächter nicht, das die letzte Bemerkung hervorrief, und zielte neu. „Ihr könnt damit zufrieden sein, was ihr heute Nacht angerichtet habt. Diese Leute habt ihr genug terrorisiert. Und jetzt geht.“

Luke hörte die unausgesprochene Drohung in Brias Ton. Er hielt seine Waffe auf ein anderes Mitglied der Gruppe gerichtet. Die Stute stand ganz still, so dass der Lauf seines Gewehres nicht schwankte. Er achtete darauf, dass die Männer die Repetierfunktion sehen konnten. Damit konnte er drei Mal feuern, bevor einer von ihnen auch nur die Waffe ziehen konnte, und wie er sich auf sie konzentrierte, verriet, dass er genau das vorhatte.

Luke erkannte den Augenblick, in dem die Reiter sich zurückzuziehen begannen: Vier von ihnen schauten nicht länger ihren Anführer an, sondern tauschten untereinander Rat suchende Blicke. Diese kleine Uneinigkeit reichte aus, um die Gruppe zu sprengen. Ihre Verunsicherung übertrug sich auf die Tiere, die mit den Hufen zu scharren und unruhig zu tänzeln begannen, eines wich sogar ein paar Schritte zurück, aus dem Kreis heraus.

Der Anführer bemerkte rasch die Unsicherheit um ihn herum und handelte kurz entschlossen. Die hochgehaltene Hand hob er noch ein Stück höher und gab mit einer leichten Drehung des Handgelenks das Signal zum Rückzug.

Das einte die Gruppe und stellte die alte Ordnung wieder her. Fast gleichzeitig wendeten sie ihre Pferde und entfernten sich in Richtung des Flusses.

Bria und Luke senkten die Gewehre nicht, auch nicht, als die Reiter längst von der Nacht verschluckt worden waren.

„Addie?" rief Luke dann und drängte sein Pferd nach vorn. „Wie geht es John?"

„Er lebt, Mister Luke, aber nur knapp. Die Handgelenke sind aufgescheuert von dem Seil, mit dem sie ihn gefesselt haben. Eine Schulter ist ausgerenkt. Die Haut am Bauch und seine Fußsohlen sind aufgeschürft." Sie schluchzte auf, und im Feuerschein glitzerten Tränen auf ihrem dunklen Gesicht. „Sie haben ihn bewusstlos geschlagen. *Bewusstlos.* Aber er will leben, Mister Luke. Mein John will *leben.*"

„Wir müssen uns beeilen, Addie", unterbrach Luke sie. „Kannst du mit ihm reiten und ihn im Sattel halten?"

Addie hatte keine Ahnung, aber sie war sofort bereit, es zu versuchen, und nickte heftig. „Ja, Mister Luke. Das kann ich tun."

Es ließ sich leichter verwirklichen, als Luke gedacht hatte. Bria kümmerte sich um die Kinder und Familien, brachte sie in sichere Entfernung von der brennenden Kirche und in entgegensetzter Richtung, in der die Reiter verschwunden waren. Sie blieb bei ihnen, bis Luke Addie und John in den Sattel seiner Stute geholfen hatte. John verlor immer wieder das Bewusstsein und lehnte sich schwer gegen Addie, aber er konnte sich oben halten. Ihr schmaler Körper stützte sein Gewicht scheinbar mühelos.

Bria begleitete sie zum Herrenhaus, während Luke zurückblieb, um den anderen zu helfen. Drei Familien waren von dem *Klan* ausgesucht worden. Alle hatten Reparaturen an ihren Häusern gehabt, aber nur das Heim einer Familie war niedergebrannt worden. Sie blieben bei der Kirche, um zu verhindern, dass das Feuer sich ausbreitete. Die Frauen weinten still, während sie ihre Kinder trösteten. Die Männer schwiegen mit unbewegter Miene und irgendwie resigniert.

Luke konnte ihre misstrauischen, gequälten Mienen einfach nicht vergessen und musste an die Gesichter denken, die er nicht hatte sehen können, die, die unter großen Kapuzen verborgen geblieben waren. Seine Finger verkrampften sich um das Gewehr.

„Ich hätte sie umbringen können", erklärte er Bria ein paar Stunden später. Er saß mit ihr in der Küche und trank eine Tasse Kaffee. Ihren Stuhl hatte er zur Seite gedreht, so dass er seine Füße auf dessen Sprossen stellen konnte. „Da gab es einen Augenblick, in dem ich mit den anderen auf dem Boden kauerte, zusah, wie ihre Kirche niederbrannte, und es bereute, dass ich keinen Schuss abgegeben habe."

Bria saß auf ihrem Stuhl und hatte die Knie angezogen, so dass sich ihr Nachthemd darüber spannte. Ihre Kaffeetasse stand auf dem Tisch vor ihr. Sie hatte noch keinen Schluck getrunken „Ich dachte, du hättest gesagt, du wärest kein Scharfschütze." Zu spät erkannte sie, wie überflüssig diese Bemerkung war. „Es tut mir Leid, ich denke im Moment nicht klar."

„Du bist müde."

„Nein, das ist es nicht. Ich bin so wach, dass ich mir nicht sicher bin, ob ich je wieder schlafen kann oder das überhaupt will." Gleichgültig, ob ihre Augen zu oder offen waren, sah Bria immer wieder Johns übel zugerichteten Körper vor sich, die zerfetzte dunkle Haut auf seinem Bauch und an den Armen, die blutigen Stellen darunter. Sie und Addie hatten es ihm so bequem wie möglich gemacht in dem inzwischen wieder hergerichteten Aufseherhäuschen. Jeb und Elsie hatten geholfen, frisches Wasser und sauberes Leinen gebracht, das sie in Streifen rissen, und die Wunden gereinigt.

In gewisser Weise war es schwerer gewesen, Johns stilles Leiden mit anzusehen, als den Anblick seiner Verletzungen zu ertragen. Der Schmerz, den sie in seinen Augen wahrgenommen hatte, schien nichts mit seiner Verwundung zu tun zu haben. Die Tränen, die in seinen dunklen Augen glitzerten, erschienen, wenn er Addie ansah, die neben ihm kniete, und nicht, wenn Jeb den Schmutz und die Hanfreste des Seiles aus seinen aufgescheuerten Handgelenken holte.

„Ich wusste nicht, wie sehr John Whitney sie liebt", erklärte Bria. „Addie, meine ich. Heute Nacht war es so deutlich zu erkennen. Seine Augen folgten ihr überallhin."

„Bleibt sie bei ihm?"

„Ja. Ich habe ihr mein Gewehr dagelassen."

Luke hob fragend eine Augenbraue. „Hältst du das für eine gute Idee?"

„Ich weiß nicht. Ich hatte Angst, sie schutzlos dort zu lassen."

„Bria, du weißt doch, was mit ihr geschieht, wenn sie eine Waffe auf einen Weißen richtet. Was ist, wenn ich heute Nacht bei John bleibe?"

„Das würdest du tun?"

„Natürlich. Ich mag John. Und Addie auch. Ich glaube zwar wirklich nicht, dass es heute Nacht noch einen weiteren Übergriff geben wird – der *Klan* hat schließlich erreicht, was er wollte –, aber es macht mir nichts aus, bei ihnen in der Hütte Wache zu halten." Er sah Bria geistesabwesend an ihrer Unterlippe nagen. Sie hatte die Kaffeetasse genommen und hielt sie nun zwischen ihren Händen, während sie über sein Angebot nachdachte. Luke war sich ziemlich sicher, dass er ihre Gedankengänge kannte. Mit einem leichten Lächeln sagte er: „Für den Fall, dass du dich immer noch fragst, was für ein Schütze ich bin, dann lass dir versichern, dass ich besser geworden bin."

„Viel?"

„Es reicht." Einer seiner Mundwinkel hob sich. „Liege ich richtig, wenn ich annehme, dass du dich auch ein wenig um meine Sicherheit sorgst?"

„Du kannst annehmen, was du willst."

Die Falten um seinen Mund vertieften sich, und er schaute sie liebevoll an.

Bria war der Kombination seines liebenswert schiefen Lächelns und des Blickes aus seinen rauchgrauen Augen nicht gewachsen. „Na gut. Ich will nicht, dass du stirbst."

Luke entdeckte, dass er trotz allem noch lachen konnte. „Eine einmalig leidenschaftliche Erklärung."

„Schließlich hast du *Concord* ja noch nicht gewonnen."

„Ja, das ist natürlich zu bedenken."

Sein trockener Ton entlockte Bria ein Lächeln. Vorsichtig nippte sie an ihrem Kaffee. „Würde es dir etwas ausmachen, wenn ich mit dir gehe?"

Luke antwortete nicht gleich. Seine Miene wurde nüchterner, während er ihren Vorschlag erwog. „Ich wollte dich nicht dort draußen bei mir haben", erklärte er schließlich.

„Ich weiß, aber es war nicht an dir, zu entscheiden, ob ich gehe oder nicht. Das war allein meine Entscheidung. Sie hätten dich erschießen können, wenn ich nicht dabei gewesen wäre. Das musst du doch gewusst haben."

„Orrin hat versucht, uns zu warnen. Es war wohl nicht seine Absicht, dass einer von uns umgebracht wird."

„Vielleicht nicht. Wenn er sie erst einmal losgehetzt hat, ist nichts mehr aufzuhalten. Du hast selbst gesehen, was sie John angetan haben. Ich bezweifle sehr, dass mein Stiefvater das angeordnet hat. Wahrscheinlich hat er sich etwas vage ausgedrückt, wie ‚Erteilt ihnen eine Lektion'." Bria stellte ihren fast unberührten Kaffee ab und schlang die Arme um ihre Knie. „Du hast ein paar von ihnen erkannt, nicht wahr?"

„Einige wenige. Ich habe sie alle schon mal getroffen, denke ich. Vermutlich habe ich ihnen sogar die Hand geschüttelt. Sie waren Gäste auf *Concord.* Ich glaube, du hast auf Austin Tipping gezielt."

Bria nickte. „Wodurch hat er sich verraten?"

„Seine Schuhe. Sie sind mir aufgefallen, als er dich heute Abend kurz nach der Bekanntgabe unserer Heirat zur Rede gestellt hat."

„Dir sind seine Schuhe aufgefallen?" wiederholte sie verwundert.

Luke zuckte die Schultern. Er hätte ihr sagen können, dass er sich von der unverhohlenen Bewunderung des anderen für Bria hatte ablenken müssen. „Wie hast du die anderen erkannt?"

„An ihren Pferden. Sam Daniels, William Adkins, Franklin Archer und Jim Poling. Du hast ihnen tatsächlich die Hand geschüttelt. Meine Mutter und ich haben ihr aufrichtiges Beileid zu Randalls Tod entgegengenommen.“ Sie seufzte. „Weißt du, dass ihr Beileid wirklich tief empfunden ist, Luke? Sogar bei diesem Bastard Austin. Sie wären tief gekränkt, wenn sie dächten, ich wüsste das nicht. Was sie heute Nacht John und den anderen angetan haben, ihre Kirche und ihre Häuser angesteckt, deswegen soll ich nicht schlechter von ihnen denken. Sie glauben mit dem, was sie da tun, etwas zu beschützen, wofür Randall und die anderen Männer meiner Familie gekämpft haben.“

Ungeduldig wischte sie sich die Tränen fort, die ihr in die Augen stiegen, und atmete zitternd ein. „Das ist nicht, warum Shelby, Randall und mein Vater in den Krieg gezogen sind, Luke. Darum ist David nicht zu Hause gestorben, als er versuchte, uns zu beschützen. Sie kämpften, weil sie sich nicht vorschreiben lassen wollten, wie sie ihr Leben zu führen hatten. Sie haben für die Freiheit gekämpft.“

„Ich weiß“, erwiderte er ruhig. Er stellte seine Kaffeetasse neben ihre. „Komm her.“

Bria hob den Kopf und schaute ihn aus tränenumflorten Augen an. „Wohin?“

Luke klopfte sich auf den Oberschenkel. „Hierher.“

Zu ihrer eigenen Überraschung zögerte sie nicht und folgte seiner Einladung unverzüglich, so sehr sehnte sie sich danach, Lukes Arme um sich zu spüren. Sie war so schnell auf seinem Schoß, dass sie das Gefühl hatte, ihre Füße hätten den Boden gar nicht berührt. Sie schlang ihm die Arme um den Nacken und schmiegte sich an ihn. Erst dann fiel ihr ein, dass Luke vielleicht jemanden kommen gehört hatte, und sie blickte zur Tür.

Ihre Gedanken lesend, lächelte Luke. „Da ist niemand, Bria. Nicht, dass ich wüsste. Orrin lag besinnungslos betrunken im Arbeitszimmer, als ich mein Gewehr zurückgebracht habe. Ich denke nicht, dass er vor dem späten Vormittag aufwachen wird. Als ich nach deiner Mutter gesehen habe, war sie in einem Sessel in ihrem Zimmer eingeschlafen. Ich glaube, sie wollte auf deine Rückkehr warten."

„Ich sollte zu ihr gehen." Doch sie unternahm keinen Versuch, aufzustehen; irgendwie war Lukes lockere Umarmung zu tröstend, um sie jetzt schon zu verlassen. „Gleich", fügte sie hinzu.

Luke nickte. In ihrem Haar konnte er immer noch schwach den Geruch von verbranntem Holz wahrnehmen, als sie ihren Kopf an seine Schulter bettete. Das erinnerte ihn daran, dass noch nicht alles gesagt worden war. „Was ist mit deinem Gewächshaus, Bria? Du hast gesagt, das, was der *Klan* heute Nacht getan hat, war nicht persönlich gemeint. Wie passt die Zerstörung des Gewächshauses dazu?"

Sie schwieg eine Weile und überlegte. „Ich bin nicht sicher, ob Austin und die anderen dafür verantwortlich sind", verkündete sie schließlich. „Vielleicht hat Orrin das allein getan. Das weiß ich morgen früh besser, wenn ich mich umgesehen habe. Es müssen irgendwelche Spuren da sein, wenn es mehrere Reiter waren. Vermutlich werden wir keine finden. Wenn, dann hat Orrin bestimmt allein gehandelt."

„Das würde er tun?"

„Wenn er glaubte, dass er niemanden findet, der mitmachen würde. Orrin hatte sowohl die Zeit, als auch die Gelegenheit, das Feuer zu legen. Mehr braucht man nicht. Vielleicht hast du es nicht bemerkt, aber er ist an diesem Abend nicht ständig an der Seite meiner Mutter geblieben."

Luke war das nicht entgangen. „Ich habe ihn mehrmals in sein Arbeitszimmer zurückkehren gesehen." Er hatte angenommen, dass Brias Stiefvater sich mit einem Drink stärken müsse. Zurückblickend erinnerte er sich daran, dass Orrin bei diesen Gelegenheiten keineswegs immer allein gewesen war. Immer wieder hatte er sich mit einem oder mehreren der Männer zurückgezogen, die John überfallen hatten. Orrin hatte den Empfang zu Ehren von Randalls Andenken dazu genutzt, den *Klan* auf die Arbeiter zu hetzen. „Du hattest mit so etwas gerechnet, nicht wahr?"

„Ja, natürlich. Ich habe dir ja schon gesagt, dass mein Stiefvater Rache üben würde." Sie dachte an all das, was sie heute Nacht gesehen hatte, besonders an Johns misshandelten Körper, und konnte ein Schaudern nicht unterdrücken. „Aber mit so etwas hatte ich nicht gerechnet."

„Ist es vorbei?" wollte Luke wissen.

„Für jetzt, ja. Bis Orrin sich wieder einbildet, ich hätte seine Autorität untergraben."

„Das hat Orrin sich aber in diesem Fall nicht nur eingebildet, weißt du? Du *hast* seine Autorität untergraben."

„Ich weiß." Es war kaum mehr als ein Flüstern. „Ich weiß, dass ich die Verantwortung trage für das, was heute Nacht geschehen ist."

Mit einem Finger hob Luke ihr Kinn, so dass sie ihn ansehen musste. „Das ist es nicht, was ich gemeint habe. Du bist nicht für Orrins Taten verantwortlich."

„Du hast es doch selbst gesagt, Luke. Ich kannte das Risiko. Ich wusste, zu was er fähig ist."

„Wie alle anderen auch."

„Nicht die Kinder", widersprach sie starrsinnig.

„Ihre Eltern waren bereit, das Risiko einzugehen, *wegen* der Kinder. Ich habe sie in ihre Häuser zurückgebracht, Bria. Ich weiß, dass keiner dir die Schuld gibt. Sie stellen sich dieselbe Frage wie ich: Wer hat sie verraten?" Luke spürte, wie sie in seinen Armen erstarrte. „Du kannst dich nicht länger dagegen sperren, Bria. Jemand hat Orrin von den Vorgängen erzählt. Das ist die einzige Möglichkeit, wie er herausfinden konnte, was du getan hast.“

„Es scheint unmöglich.“

Luke sagte nicht noch einmal, dass es die *einzige* Möglichkeit war. Irgendwann würde Bria das selbst erkennen und darüber nachdenken, wer es gewesen sein könnte. „Ich breche jetzt zur Hütte auf. Warum gehst du nicht ins Bett?“

Sie setzte sich auf und nahm die Arme von seinem Hals. „Ich will immer noch mitkommen.“ Bria schaute ihm suchend ins Gesicht. „Du kannst mir nicht weismachen, es wäre zu gefährlich. Du hast dir ja schon große Mühe gegeben, mich vorhin davon zu überzeugen, dass es das nicht ist. Du kannst nicht beides haben.“

„Beides? Solange es so geht, wie ich will, bin ich zufrieden.“

Er sah so komisch aus, wie er das sagte, dass sie lächeln musste. Sie glitt von seinem Schoß. „Ich werde nach Mutter sehen und die verrauchte Kleidung gegen etwas Frisches wechseln. Schieß nicht auf mich, wenn ich später zur Hütte komme.“ Sie begann sich von ihm zu entfernen, doch Luke fasste sie blitzschnell am Handgelenk. Bevor Bria nur erahnen konnte, was er vorhatte, saß sie wieder auf seinem Schoß und wurde von ihm geküsst.

Manchmal, dachte sie, ist das, was Luke will, wirklich besser.

Orrin hörte sich Brias Bericht über die Schäden am folgenden Mittag an. Statt die Mahlzeit auf ihrem Zimmer einzunehmen, hatte sich Elizabeth Foster zu ihnen in den Speisesalon gesellt. Luke erschien erst spät am Tisch, aber noch niemand hatte zu essen begonnen. Die Spannung zwischen Bria und ihrem Stiefvater war beinahe greifbar.

„Du erzählst mir also“, sagte Orrin schwerfällig, „dass der *Klan* auf mein Land gekommen ist, zwei Häuser und ein Gebäude, das die Nigger als Kirche benutzen, niedergebrannt und außerdem John Whitney halb umgebracht hat.“

„John kann immer noch an den Folgen sterben", erklärte Bria. „Heute Morgen ging es ihm nicht sonderlich gut."

Orrin schlug mit der flachen Hand auf den Tisch. Bria und Luke verzogen keine Miene, aber aus dem Augenwinkel sah er Elizabeth zusammenfahren. Gut, dachte er. Er verdiente es, in dieser Angelegenheit ihre Aufmerksamkeit zu besitzen. „Woher willst du wissen, wie es ihm geht? Hast du ihn gesehen?"

„Addie pflegt ihn in der Hütte des Aufsehers."

„Ist er dort auf deine Veranlassung hin untergebracht?" fragte er scharf.

„Ich habe es ihr erlaubt", schaltete sich Elizabeth mit ruhiger Würde ein. Sie spürte wie sich drei Augenpaare auf sie richteten. Orrin sah überrascht aus, und Brias Miene war gequält. Nur Lukes Gesichtsausdruck verriet Anerkennung. „Ich wollte dich um Rat fragen, Orrin, aber du hast im Arbeitszimmer geschlafen, und ich weiß ja, wie sehr du es verabscheust, wenn man dich aufweckt. Ich dachte, du wolltest, dass John bestens versorgt ist. Schließlich ist er einer der besten Arbeiter hier auf *Concord* und wird von vielen respektiert."

„Das reicht, Elizabeth", unterbrach Orrin sie.

Fast unbeeindruckt fuhr sie fort: „Sie bleiben, weil er es tut. Wenn John stirbt, dann denke ich, kannst du davon ausgehen, dass viele von ihnen abwandern. Und du weißt ja selbst, dass es kaum genug Arbeiter für die Reisfelder gibt."

„Bist du jetzt fertig?" erkundigte sich Orrin mit flacher Stimme.

Elizabeths Antwort bestand daraus, ihren Blick wieder auf ihren Teller zu senken. Ihre Hände zitterten in ihrem Schoß. Sie verschränkte die Finger fester miteinander.

„Gut." Orrin nahm seine Gabel, ignorierte jedoch die Speisen vor sich, und fuchtelte stattdessen damit in Brias Richtung, um seine Worte zu unterstreichen. „Sobald er wieder auf den Beinen ist, verschwindet er daraus. Dieser Zusammenstoß mit dem *Klan* sollte euch alle etwas lehren, Bria. Sie werden es nicht zulassen, dass die Nigger verhätschelt werden. Ich möchte nicht, dass sie noch einmal nach *Concord* kommen und Schwierigkeiten machen. Nächstes Mal könnte es schlimmer ausgehen."

„Ihnen scheint es kaum etwas ausgemacht zu haben", entgegnete Bria. Unter dem Tisch spürte sie, wie Luke sie mit dem Fuß anstieß, und trat zurück. „Luke und ich hätten Ihre Unterstützung gut gebrauchen können, um mit den Reitern fertig zu werden."

„Meine Unterstützung?" Orrin musste seine Verwunderung nicht vortäuschen. „Was hätte ich denn tun sollen?"

„Genau das, was wir getan haben. Sie verjagen." Sie bohrte ihren Absatz in Lukes Fuß, als er sie erneut anstieß. „Mutter hat Recht, wenn sie sagt, dass es wichtig ist, die Arbeiter auf *Concord* zu halten. Sie sollten an Ihre Pflicht denken, sie zu beschützen, nicht …"

Orrin hob eine seiner buschigen Augenbrauen. „Nicht was?" fragte er.

Luke war es gelungen seinen Fuß unter Brias Absatz hervorzuziehen. Er riskierte es, sie noch einmal damit anzustoßen, diesmal jedoch fester.

Nicht den Klan dazu anstiften, sie zu terrorisieren, hatte Bria eigentlich sagen wollen, aber sie entschied sich, Lukes warnenden Tritt zu beachten. „Nicht sie zu ignorieren", beendete sie ihren Satz lahm.

Orrin erwiderte nichts, nahm ihr diese Antwort allerdings offensichtlich nicht ganz ab. Er wandte sich an Luke. „Was sagen Sie, Kincaid? Hätten Sie mich letzte Nacht gebraucht?"

„Damit hätten Sie sich in Gefahr begeben, Sir. Die Wahrheit ist, dass ich eigentlich auch Brias Hilfe nicht hätte haben wollen."

Das Stirnrunzeln, mit dem seine Stieftochter ihren Ehemann daraufhin bedachte, bemerkend, lächelte Orrin breit. „Gut gesagt. Sie ist schwer zu lenken, was?“ Er klopfte mit seiner Gabel leicht auf die Tischplatte. „Sie hätten sie zusammen mit ihrer Mutter wieder nach oben schicken sollen. Von jeder Gefahr fern gehalten.“ Dann widmete er sich seinem Essen mit mehr Begeisterung, als man gewöhnlich Hähnchen in Rahmsauce entgegenbringt. „Also, was halten Sie davon, wie die Dinge hier im Süden gehandhabt werden? Klansmänner, die das Gesetz selbst in die Hand nehmen. Nicht gerade das, was Sie von New York her gewöhnt sind, nicht wahr?“

„Ich war mir nicht der Tatsache bewusst, dass irgendwelche Gesetze gebrochen worden waren“, entgegnete Luke. Er nahm seine Gabel und begann zu essen. Einen Augenblick später taten Bria und Elizabeth es ihm nach.

„Es ist ihr verfluchter Ehrenkodex“, erklärte Orrin. „Nichts, das irgendwo aufgeschrieben steht, sondern die ungeschriebenen Gesetze. Es hat einige Zeit gedauert, bis ich das gelernt hatte, aber soweit ich es verstanden habe, ist es so: Wenn man irgendetwas für die Nigger tut, was über das hinausgeht, was das Gesetz vorschreibt, beschwört das den *Klan* herauf, auf einen selbst und sie. Man kann es nicht geheim halten, sie finden es immer heraus. Stimmt doch, nicht wahr Bria? Hat der *Klan* nicht auch das mit deiner Schule erfahren?“

Einen Augenblick lang blieb ihr die Antwort buchstäblich im Halse stecken. Sie wusste sehr gut, wie der *Klan* davon erfahren hatte. „Ja“, erwiderte sie jedoch bloß, „das haben sie.“

Orrin wandte seine Aufmerksamkeit wieder Luke zu. „Die meisten der Pflanzer südlich von hier straucheln noch immer unter der Last der Wiederaufbau-Gesetze, die vorschreiben, dass den Freien vierzig Morgen Land und ein Maultier zustehen, wenn ihnen der Sinn nach einer Farm steht. Niemand hier will das.“ Er spülte einen weiteren Bissen mit einem großzügigen Schluck aus seinem Weinglas herunter. „Es ist gleichgültig, was ich darüber denke. Es gibt viele Leute, die die Methoden des *Klans* nicht billigen, sehen seine Existenz aber als notwendiges Übel an. Ich versuche nicht, ihnen meine Meinung aufzuzwingen. Da ich nun mal ein Yankee bin, hört man ohnehin nicht auf mich."

Luke begriff, dass von dem, was Orrin da sagte, vieles der Wahrheit entsprach. Was Orrin jedoch ausgelassen hatte, war seine eigene Schuld an dem Überfall auf *Concord.* Doch Luke war nicht bereit, ihn jetzt zur Rede zu stellen, nicht ohne Beweise, um seine Behauptung zu stützen. Bria und er hatten das Gewächshaus und seine Umgebung untersucht. Die Zerstörung ging nicht auf das Konto von Reitern. Höchstens zwei Personen hatten das Feuer gelegt. Weil sich im Gewächshaus selbst so wenig brennbares Material befand, hatten die Täter Holz und mit Lampenöl getränkte Stofffetzen hineingebracht und in Brand gesteckt. Luke wusste, er würde nicht so leicht Brias Gesichtsausdruck vergessen, als sie durch die Trümmer ihrer Experimente gewandert war. Es gab nichts, das sie von ihrer jahrelangen Arbeit hatte retten können.

Luke holte tief Luft und stieß sie langsam wieder aus. „Ich habe nicht gewusst, dass es solche Folgen nach sich zieht, wenn ich das Bauholz verkaufe. Vielleicht sollte jemand verbreiten, dass Sie einen hübschen Gewinn dabei gemacht haben. Der *Klan* hat sich Arbeiter als Opfer ausgesucht, die Reparaturen an ihren Häusern durchgeführt haben. Vermutlich hat man angenommen, dass sie die Ziegelsteine und Balken kostenlos erhalten haben, und unter Umständen sogar, dass Sie Ihren Segen dazu gegeben haben."

Orrin dachte darüber nach, dann winkte er ab. „Sie haben sicher Recht, aber um die Ansichten des *Klans* zu ändern, müsste man erst einmal wissen, wie man einen oder mehrere von ihnen erreichen kann."

„Ich werde selbst mit Austin reden", schaltete sich Elizabeth ein. Sie schaute nicht von ihrem Teller auf, spürte aber dennoch, wie sich alle Augen auf sie richteten. „Ich weiß schon seit Jahren, dass Austin Tipping ein Mitglied des *Klans* ist. Ich glaube, er hat sogar geholfen, ihn hier in der Gegend zu gründen."

„Mutter!" Bria fiel die Gabel einfach aus der Hand. „Du hast nie ein Wort gesagt. Wie kannst du das wissen?"

Hellrote Flecken bildeten sich auf Elizabeths sonst so bleichen Wangen. Sie blickte auf und sah ihre Tochter fest an. „Randall hat es mir erzählt. Austin hat ihn vor Jahren angesprochen und gefragt, ob er beitreten wollte."

„Randall? Aber er …"

„Ich habe nicht gesagt, dass dein Bruder beigetreten ist, nur, dass er angesprochen wurde. Wir haben auch nicht lange darüber geredet. Randall hatte kein Interesse an dem Vorschlag, und Austin schien es zu akzeptieren. Er wusste vermutlich ohnehin, dass Randall nie lang genug hier sein würde, um eine echte Hilfe zu sein."

„Austin Tipping", wiederholte Orrin leise und schüttelte den Kopf. „Ich will verflucht sein. Er war genau hier, in meinem Haus, und hat wortreich sein Beileid bekundet."

Bria starrte ihren Stiefvater an, voll widerwilliger Bewunderung für seine schauspielerische Leistung. Sie öffnete den Mund und schloss ihn wieder. Ihre Lippen teilten sich erneut, dann fühlte sie Lukes Schuh auf ihrem Fuß. „Entschuldigt mich", sagte sie. „Ich werde nach John sehen gehen."

„Das werde ich tun", bot sich Elizabeth an. „Ich weiß, dass du die halbe Nacht und länger auf warst. Du kannst nicht mehr als ein paar Stunden geschlafen haben. Warum gehst du nicht auf dein Zimmer und ruhst dich etwas aus? Ich werde dich holen kommen, wenn ich dich brauche."

Dem Vorschlag stimmte Bria zu, nicht weil sie besonders müde war, sondern weil sie spürte, dass es für ihre Mutter wichtig war. Elizabeth war zu oft an ihr Zimmer gefesselt, lustlos und melancholisch. Die strenge Trauerkleidung raubte ihrem Gesicht jeden Rest von Farbe. Durch die blasse Haut, die sich über ihren Wangenknochen spannte, wirkten ihre feinen Züge schärfer. „Danke, Mutter", erwiderte sie und zwang sich zu einem Lächeln. „Das wäre schön."

Luke erhob sich und half erst Elizabeth aus ihrem Stuhl, dann Bria. Als beide Frauen gegangen waren, kehrte er auf seinen Platz und zu seinem Essen zurück. „Würden Sie gern ein paar Runden Poker spielen?"

Erfreut hob Orrin sein Weinglas. „Sie müssen meine Gedanken gelesen haben!"

Bria wischte sich über die Wange. Einen Augenblick später kitzelte es sie wieder an derselben Stelle. Ohne die Augen zu öffnen, wischte sie sich noch einmal darüber.

Lächelnd zog Luke mit seinem Zeigefinger eine Spur von der Stirn bis zur Spitze ihrer Nase. Sie rümpfte sie und schlug seine Hand fort. Die Matratze knarrte, als er sich auf das Bett setzte, dann beugte er sich über sie und hauchte ihr einen Kuss auf die Schläfe.

„Du wirst mich nicht länger schlafen lassen", flüsterte sie.

„Nein."

Sie reckte sich mit katzengleicher Anmut. „Braucht Mutter mich?"

„Nein." Er machte eine kleine Pause. „Ich brauche dich."

Bria schlug die Augen auf. Obwohl sie jetzt ganz wach war, war ihre Stimme noch belegt vom Schlaf. „Du?"

„Hm." Er sah, wie leichte Röte ihr über den Hals ins Gesicht stieg. Während der vergangenen Wochen hatte er ihren Körper gut genug kennen gelernt, um zu wissen, dass dieses Erröten in dem Tal zwischen ihren Brüsten begann. Jetzt steckte Bria in einem bis zum Hals zugeknöpften Kleid von einem so tiefen Dunkelrot wie feinster Burgunder. Das enge Mieder umschloss ihren Oberkörper wie eine Rüstung. Mit dem honigfarbenen Haar, das ihr Gesicht umrahmte, gelang es ihr, sowohl verführerisch als auch unberührbar auszusehen. „Ich brauche deinen Rat", erklärte Luke.

„Meinen Rat?" Bria blinzelte erstaunt. „Ich dachte, du wolltest … das heißt, ich dachte …"

Luke blickte zum Fenster, dann zurück zu Bria. Draußen ging der Tag zur Neige, aber die Dämmerung würde der Nacht noch eine Weile standhalten. Die Vorstellung, das Bett mit Bria zu teilen, ihren Körper unverhüllt im sanften Licht der Dämmerung zu sehen, übte einen großen Reiz auf Luke aus. „Mir gefällt die Richtung Ihrer Gedanken, Mrs. Kincaid. Und dazu noch am helllichten Nachmittag."

Bria presste ihre Lippen zu einer schmalen Linie zusammen. Sie stieß ihn gegen die Brust und kämpfte sich in eine sitzende Stellung. „Du weißt nicht, in welche Richtung sich meine Gedanken bewegt haben", erklärte sie spitz und schaute erst auf die Uhr auf dem Kaminsims, dann auf den Himmel vor dem Fenster. „Und es ist wohl kaum helllichter Nachmittag. Ich weiß eigentlich gar nicht, warum ich so lange geschlafen habe. Der Tag ist fast schon vorüber." Sie strich sich mit der Hand übers Haar und versuchte es dort, wo sich ihre Frisur im Schlaf gelöst hatte, wieder in Ordnung zu bringen.

Luke konnte sein schiefes Lächeln genauso wenig unterdrücken wie die Belustigung in seinen rauchgrauen Augen. Während ihre Hände beschäftigt waren, stahl er ihr rasch einen Kuss. Ihr Mund war warm und schmeckte süß, und sie gestattete ihm den Kuss länger, als er geglaubt hätte.

Schließlich schob Bria ihn sanft fort. „Du erwähntest, dass du meinen Rat brauchtest“, sagte sie kühl. Jetzt war sie an der Reihe zu lächeln, als er zwinkerte. „Deine Küsse sind sehr nett, aber sie verwirren mir nicht die Sinne.“

„Das nehme ich als Herausforderung.“

Sie lehnte sich gegen das Kopfende und hob fragend eine Augenbraue. „Der Rat?“

„Orrin hat mich für Samstagnacht zu einer Pokerpartie mit ihm und ein paar Freunden eingeladen.“

„Wo?“

„Hier vermutlich.“

Bria schüttelte den Kopf. „Sie spielen nicht immer hier. Manchmal finden die Kartenabende bei Austin statt, manchmal bei Sam. Sie wechseln sich nicht ab, und sie gehen auch nicht reihum. Wo entscheidet einfach der Zufall.“

„Ist es wichtig, wo es ist?“

„Das könnte es sein, besonders wenn sie dir eine Falle stellen wollen. Ich denke, hier auf *Concord* bist du sicherer als auf der Straße zu oder zurück von einer anderen Plantage. Wer sind die anderen Spieler? Hat Orrin irgendwelche Namen genannt?“

„Dein Freund Austin natürlich.“

Bei diesem Zusatz runzelte Bria die Stirn. Ähnliche Bemerkungen hatte Luke schon früher gemacht, und sie hatte nichts dazu gesagt. Jetzt wollte sie es richtig stellen. „Er ist nicht mein Freund, Luke. Das war er nie. David wollte seine Schwester heiraten, aber Austin hat mir nie ernsthaft den Hof gemacht. Er weiß von meiner Vergewaltigung. Jahrelang dachte er, ich wäre dankbar, wenn ich seine Mätresse werden dürfte. Von Heirat war erst seit kurzem die Rede.“ Bria sah, dass Lukes Ohren rot wurden. Dass er den Anstand hatte, beschämt auszusehen, rührte sie. Mit weicherer Stimme erkundigte sie sich: „Hat dir Orrin von Austins Tugenden vorgeschwärmt?“

„Genau genommen war es deine Mutter. Ich komme gerade von John. Deine Mutter war noch dort. Sie hat eine Menge von Austin erzählt, trotz dessen, was er John angetan hat. Fast glaube ich, sie sieht in Austins Beteiligung an den Aktivitäten des *Klans* so etwas wie einen Dummejungenstreich. Jedenfalls glaubt sie sicher, dass er ein passenderer Ehemann für dich wäre als ich."

„Meine Mutter ist im Augenblick nicht sie selbst. Das ist das Einzige, was ich zu ihrer Verteidigung anführen kann. Sie denkt nicht klar. Ich weiß nicht, ob sie dazu je wieder in der Lage sein wird. Selbst Orrin nimmt Rücksicht auf ihre derzeitige Verfassung. Vor der Nachricht von Randalls Tod hätte er das Benehmen, das sie heute bei Tisch gezeigt hat, nie geduldet. Und ganz sicher hätte er ihr verboten, sich persönlich um John zu kümmern."

Darüber dachte Luke kurz nach. Ihm schien es, dass Elizabeth Foster vielleicht klarer dachte, als ihre Tochter und ihr Ehemann es ihr zugestanden, doch er sagte nichts zu Bria. Sein Verdacht hatte bisher weder Hand noch Fuß. „Ich habe noch nicht genug Zeit mit ihr verbracht", erklärte er so. „Ich würde sie gern besser kennen lernen."

Bria versuchte nicht, ihre Freude zu verhehlen. Sie griff nach Lukes Hand und drückte sie. „Danke. Das ist sehr nett von dir." Dann ließ sie seine Hand langsam wieder los. „Jetzt sag mir, wer noch zu dem Pokerspiel eingeladen ist."

„Ich denke, wir haben alle letzte Nacht getroffen. Sam Daniels, William Adkins, Franklin Archer und Jim Poling."

„Guter Gott."

„Was denkst du? Sind sie nur auf mein Geld aus oder auf mein Leben?"

Bria starrte ihn einfach nur an; die letzten Reste ihre Lächelns verblassten. „Für jemanden, der beide Möglichkeiten in Betracht zieht, klingst du aber noch ziemlich fröhlich."

Er zuckte die Schultern. „Sag mir, was sie deiner Meinung nach vorhaben."

„Wie kann ich das wissen?" erwiderte sie kläglich. „Bist du deswegen hergekommen? Du erwartest von mir, dass ich dir ihre Absichten verraten kann?" Bria schüttelte den Kopf. „Nein. Das werde ich nicht tun. Mein Rat lautet, dass du ablehnen solltest, gleichgültig, ob das Spiel hier oder sonst irgendwo stattfindet."

„Das ergibt keinen Sinn, Bria."

„Natürlich tut es das", erwiderte sie halsstarrig. „Wenn sie vorhaben, dich umzubringen, dann tut es das sehr wohl."

„Aber was, wenn sie mir einfach nur mein Geld abknöpfen wollen? Ich denke, sie gehören zu der Sorte Männer, die das als gerechte Strafe ansehen würden. Und es bietet mir vielleicht die Gelegenheit, *Concord* zu gewinnen. Wenn Orrin denkt, er besäße die Oberhand, könnte er dazu gebracht werden, darauf einzugehen. Das ist es doch, worauf du gehofft hattest, nicht wahr?"

Das war es gewesen. „Nicht genau", erwiderte sie langsam, nach einer Ausflucht suchend. „Ich hatte erwartet, dass ich alles irgendwie mehr beeinflussen könnte. Ich wollte die anderen Spieler selbst aussuchen, und das Spiel würde ganz bestimmt hier stattfinden."

„Das könntest du?"

„Natürlich. Das habe ich früher schon getan. Nicht oft und immer auf ausdrücklichen Wunsch meines Stiefvaters hin, aber ich habe alles für ihn arrangiert."

„Dann möchtest du, dass ich diese Gelegenheit verstreichen lasse."

„Ja."

„Und wenn ich sage, dass ich es trotzdem tun möchte?"

Bria schloss kurz die Augen. Ungebeten drängten sich ihr Bilder ihres zerstörten Gewächshauses auf. „Ich weiß nicht", flüsterte sie. „Willst du das wirklich tun?"

Luke umfasste ihr Gesicht mit beiden Händen und strich mit seinen Daumen zart über ihre Wangen. „Ja“, sagte er. „Das will ich.“

Sie hielt seine Hände fest und drehte das Gesicht, so dass sie mit den Lippen seine Handfläche berührte.

„Bria?“ Luke zog sie in seine Arme und hielt sie umfangen. Sie zitterte. „Alles wird gut gehen“, sagte er dicht an ihrem Ohr. „Du wirst sehen. Alles wird in Ordnung sein.“

Bria wusste nicht, wie er das schaffte, aber sie ließ sich von ihm so weit einlullen, dass sie ihm glaubte. Mit seiner Umarmung und seiner zärtlichen Stimme machte er es ihr leicht. Und um ganz sicherzugehen, würde er ihr später die Sinne mit seinen Küssen verwirren. Und trotz allem freute sie sich schon darauf.

„Hast du Luke gesehen?“ erkundigte sich Bria bei Martha, als sie sie an der Hintertreppe zur Küche traf. „Nach dem Essen war er bei Orrin, doch jetzt ist er verschwunden.“

Martha schüttelte den Kopf. Sie hatte beide Arme voll Laken und hielt den Stapel oben mit dem Kinn fest. „Vielleicht ist er nach John sehen gegangen“, schlug sie vor.

„Ich komme gerade von dort. Meine Mutter ist auch nicht mehr da.“

„Wenn sie zusammen sind, gehen sie vielleicht im Garten spazieren.“

Dafür war es fast ein wenig spät, aber Bria nahm an, dass Martha Recht haben könnte. Auf dem Rückweg von John hatte sie niemanden auf den Wegen in den Gärten bemerkt, allerdings hatte sie nicht sonderlich auf ihre Umgebung geachtet. „Danke, Martha.“ Bria eilte leichtfüßig auf die Veranda.

Die Mondsichel spendete ihr fahles Licht und half ihr, die beiden Gestalten zu erkennen, die über den mit feinem Kies bestreuten Weg in der Mitte des Gartens schlenderten. Sie winkte ihnen zu, erhielt aber keine Antwort. Statt sich zu ihnen zu gesellen, entschied sich Bria, auf einem der Korbstühle Platz zu nehmen und zu warten. Sie drehte ihn so, dass sie die beste Aussicht hatte. Selbst nachts noch lag in der strengen Symmetrie des Gartens eine seltene Schönheit. Die sorgfältig gestutzten Hecken waren von einem dunklen Graugrün, die letzten Rosenblüten schienen fast schwarz, und den vergleichsweise unempfindlichen Blütenblättern der späten Herbstblumen verlieh der Mondschein einen silbrigen Schimmer.

Bria zog die Beine an, breitete die Röcke darüber und verschränkte ihre Arme. Es war ein frischer Herbstabend, und sie war ohne Schal hinausgegangen, wollte aber nicht wieder hineingehen, um einen zu holen. Die kühle Luft war ihr nicht unangenehm; sie atmete sie tief ein. Ihr Kopf wurde klarer, und sie fühlte sich erfrischt.

Über dem stetigen Rauschen des Flusses hörte Bria noch einen anderen Laut, einen, der ihr weniger vertraut war. Er war leicht zu identifizieren, obwohl sie ihn lange Zeit nicht mehr gehört hatte. Der glockenhelle Klang war das Lachen ihrer Mutter.

Elizabeth Hamilton Foster lachte.

Als Bria einatmete, schien ihr die Luft mit einem Mal noch süßer. Sie legte den Kopf an die Rückenlehne des Stuhles und schloss die Augen. Mehrere Minuten später hörte sie das Knirschen von Schritten auf dem Weg, als ihre Mutter und Luke sich der Veranda näherten. Sie spürte fast, wie sie auf der obersten Stufe stehen blieben, als sie sie sahen.

„Ich schlafe nicht", erklärte sie. „Das habe ich heute schon genug getan."

„Ich dachte, du wärst nach dem Essen auf dein Zimmer zurückgegangen", bemerkte ihre Mutter. „Ich war mir nicht sicher, ob du dich ganz wohl fühltest."

„Das habe ich zwar, aber mir geht es gut." Bria öffnete die Augen. Sie konnte es nicht wissen, aber selbst im Schatten der Veranda funkelten sie. „Ich bin ganz und gar ausgeruht und habe mich völlig erholt. Martha sagte, ich könnte euch beide vielleicht hier draußen finden. Es ist lange her, seit du in den Gärten spazieren gegangen bist, Mutter."

Elizabeth nickte. Sie entzog Luke ihren Arm. „Dein Ehemann hat es vorgeschlagen und war so freundlich, mir seine Begleitung anzubieten. Weißt du, dass er Pläne für die Erweiterung der Gärten hat?"

„Ach ja?" Bria unterdrückte entschlossen die in ihr aufkeimenden Gewissensbisse. Sie erinnerte sich nur zu gut an die sorgfältig angefertigten Zeichnungen, die sie in seinem Zimmer gefunden hatte. Er hatte sie ihr nie gezeigt, und sie hatte sie nie wieder gesehen. „Was für Pläne denn?"

„Einen Springbrunnen, Wildblumen, Wiesen, Teiche mit exotischen Fischen. Es ist alles bis ins Kleinste vollkommen, Bria. Es sollte mich nicht wundern, wenn ich, ist alles erst einmal fertig, seltener den Wunsch verspüre, den Sommer in Charleston zu verbringen. Es wird die reine Freude sein, hier zu bleiben und jeden Tag das Blütenmeer zu betrachten."

Die Begeisterung ihrer Mutter war nicht vorgetäuscht, und Brias Lächeln kam aus tiefstem Herzen. Sie vermied es, Luke anzuschauen. „Es klingt wundervoll."

„Oh, das ist es." Elizabeth trat zu Bria, stützte sich mit einer Hand auf der Stuhllehne ab und beugte sich vor, um ihrer Tochter einen Kuss auf die Wange zu geben. „Gute Nacht, Liebes." Sie richtete sich auf und wandte sich zur Tür. Als sie an Luke vorüberging, blieb sie stehen und drückte ihm leicht den Arm.

Bria schaute ihrer Mutter nach. Während sie nicht hinsah, war Luke an ihren Stuhl getreten und stand nun vor ihr. Er lehnte sich vor, stützte seine Arme rechts und links von ihr ab. Sie musste nur den Kopf ein wenig heben, damit ihre Nasen sich berührten. Seine Augen strahlten warm, als sein Blick über ihre Züge glitt.

„Würdest du gern meine Zeichnungen für den Garten sehen?" fragte er.

„Ja, gern", erwiderte sie mit leiser, heiserer Stimme.

Luke nickte. „Dann komm. Hier entlang." Er nahm sie bei der Hand und führte sie ins Musikzimmer. Er hob den glänzend polierten Deckel des Flügels an und nahm aus dem Gehäuse die aufgerollten Pläne. „Elizabeth hat die hier noch gar nicht gesehen. Ich habe für sie während unseres Spazierganges ein paar Skizzen gemacht." Zum Beweis holte er mehrere zerknitterte Zettel aus seiner Rocktasche. „Komm mit." Er schloss den Deckel und fasste sie wieder an der Hand. Sie waren die Treppen etwa zur Hälfte hochgestiegen, da blieb er plötzlich stehen und drückte ihr die Rollen in die Hände. „Nimm die hier." Als ihre Arme erst einmal voll waren, drängte er sie mit dem Rücken gegen die Wand und küsste sie, bis sie atemlos war.

Überraschung und Verlangen ließen Bria die Knie weich werden. Luke packte sie an den Ellbogen, um sie zu stützen, ohne seinen Mund von ihrem zu nehmen, außer einmal, um sie zu bitten, seine Zeichnungen nicht zu zerknüllen. Sie murmelte etwas Zusammenhangloses an seinen Lippen, und er spürte das leise Vibrieren in seinem ganzen Körper. Bevor er sich ganz vergaß und sie hier an Ort und Stelle nahm, zog Luke Bria hinter sich den Rest der Treppe nach oben, den Flur entlang und in ihr Zimmer.

Dort brannte kein Licht, und Bria hatte niemanden gebeten, ein Feuer anzuzünden. Die Vorhänge waren zugezogen, doch die fast völlige Dunkelheit behinderte sie nicht im Geringsten. Sobald die Tür leise klickend hinter ihnen ins Schloss fiel, entglitten die Zeichnungen Brias kraftlosen Fingern. Luke trat sie aus dem Weg und drückte Bria gegen die Tür. Als sich sein Mund auf die empfindsame Stelle genau unter ihrem Ohr senkte, hob sie sich unwillkürlich auf die Zehenspitzen und klammerte sich Halt suchend an seinen Rockaufschlägen fest.

Weniger das Ausmaß ihres Verlangens erschreckte sie als die Tiefe ihrer Gefühle, die es begleiteten. Ihr Herz geriet aus dem Rhythmus und schlug so schnell und hart, dass sie dachte, er müsse es spüren. Das Dröhnen in ihren Ohren war das Rauschen ihres eigenen Blutes.

Luke nestelte an den Knöpfen an Brias Kleid. Er öffnete genug von ihnen, dass er es ihr über die Schultern schieben konnte. Als Nächstes waren die Träger ihres weißen Batisthemdes an der Reihe. Dann barg er sein Gesicht an ihrem Hals, sog ihren Duft ein und knabberte an ihrer zarten Haut.

Bria stockte der Atem, und sie schloss die Augen.

„Ich liebe dich."

13. KAPITEL

Luke hob den Kopf. Er kniff die Augen zusammen und versuchte in ihren Zügen zu lesen. Soweit er es erkennen konnte, war sie nicht minder erstaunt als er. „Bria, meinst du das auch wirklich?"

Langsam nickte sie. Sie hatte die Worte nicht laut aussprechen wollen, doch sie wollte sie jetzt auch nicht zurücknehmen. „Das habe ich meiner Mutter schon vor Wochen gesagt."

Seine Augenbrauen hoben sich, und er umfasste ihr Gesicht mit beiden Händen. „Du hast es deiner Mutter gesagt? Schon vor Wochen?"

„Mmm. Ja. Ja, das habe ich getan." Bria konnte ihren Blick nicht von seinen Augen abwenden. Die geweiteten Pupillen umgab ein schmaler Silberring. Er musste besser sehen können als sie, denn sein Blick hatte etwas Raubtierhaftes. Ein Schauer durchlief sie. Bria sah kurz Lukes weiße Zähne aufblitzen, als er seinen Mund zu einem Lächeln verzog. Anscheinend kannte er den Grund für diesen Schauer. Sie atmete scharf ein, und dann bedeckte er auch schon mit seinem Mund den ihren.

Feucht und warm strich er mit seiner Zunge über ihre Lippen, die sie ihm öffnete. Mit einem Knie drängte er ihre Beine auseinander. Sie war mehr als nur warm. Heiß. Wenn er sich hinknien, ihre Röcke nach oben schieben und sie dort mit dem Mund berühren würde …

Das Bild vor ihrem geistigen Auge war so erotisch, dass Bria ein kleines Stück an der Tür nach unten glitt. Luke fing sie auf, nahm ihre Handgelenke und hob sie erst in Höhe ihrer Schultern, dann noch ein paar Zoll höher. Er lehnte seine Stirn an ihre. Sein Atem ging abgehackt. „Ist alles in Ordnung, Bria?"

Sie nickte. Diesmal war es irgendwie anders, sie stand aufrecht, statt unter ihm zu liegen. Bria drehte den Kopf, öffnete den Mund und begann ihn hungrig zu küssen. Sie hörte ihn leise stöhnen, dann presste er sich fest an ihren Körper, so dass sie seine Erregung durch den Stoff ihrer Kleidung spüren konnte. Seine Hüften drängten sich gegen ihre, und sie erwiderte den Druck. Ihre Brüste schwollen, und sie sehnte sich danach, dort von ihm berührt zu werden.

Luke wich zurück und holte tief Luft. Er ließ ihre Handgelenke los, doch sie ließ sie nicht sinken. Geschickt öffnete er vier weitere Knöpfe, nahm dann selbst ihre Arme nach unten und streifte ihr das Kleid über die Schultern, bis es sich um ihre Taille bauschte.

„Beweg dich nicht." Zur Sicherheit küsste Luke sie noch rasch, dann ging er zum Nachttisch und entzündete die Lampe dort. Seine Hände zitterten leicht, während er den Glaszylinder über die Flamme stülpte. Sein Gesicht war in den warmen Schein der Lampe getaucht, bis er sich umdrehte und zu ihr zurückkam.

Bria stand noch genau so da, wie Luke sie verlassen hatte. Sie musste ihn einfach anschauen, während er langsam auf sie zu ging. Sein Gesicht war in tiefe Schatten getaucht, und doch konnte sie spüren, wie er sie überall mit den Blicken berührte. Es war fast so, als hätte er gar nicht aufgehört, sie auf den Mund, den Hals oder die Schulter zu küssen. Sie biss sich auf die Lippen, um ein hilfloses Wimmern zu unterdrücken.

Lukes Blick glitt von Brias Gesicht zu dem grauen Seidenkorsett. „Lieber Himmel", sagte er leise, „du trägst ja eine Rüstung."

Viel mehr als die Feststellung an sich entlockte Bria die Verzweiflung in seiner Stimme bei dieser Entdeckung ein Lächeln. „Du hast gar keine Ahnung, wie wahr das ist." Sie sah an sich herab. Die steifen Fischbeinstäbe und die verstärkten Nähte hielten ihr Rückgrat gerade und den Bauch flach. Einzuatmen war nie sonderlich leicht, und nun, da Luke so dicht vor ihr stand, fiel es ihr doppelt schwer. „Bitte, ich würde es gern ausziehen", flüsterte sie.

Das passte gut in Lukes Pläne. „Dreh dich um."

Bria wandte sich um, so dass sie mit dem Gesicht zur Tür stand. Die Hände legte sie auf das Holz, mit der Stirn stützte sie sich dazwischen ab. Einen Augenblick später fühlte sie die Hitze von Lukes Händen, noch bevor seine Finger die Haut oberhalb des Korsetts streiften. Der Druck, mit dem sein Daumen über die Verschnürung glitt, war federleicht. Dann schob er ihr Kleid über ihre Hüften nach unten, so dass es sich um ihre Füße bauschte.

Luke zog an den Enden der Schnüre. Er meinte Bria seufzen zu hören, als er sie lockerte. Er beugte sich vor und küsste sie auf die bloße Schulter. Als er mit den Fingern tatsächlich unter das Korsett schlüpfen konnte, spreizte er sie und zwang die Schnüre weiter auf. Danach dauerte es nicht mehr lange, und er warf das Kleidungsstück einfach zur Seite.

Bria stöhnte leise, als er ihre Haut überall dort zu massieren begann, wo die Fischbeinstäbe Druckmale hinterlassen hatten. Mit der Handwurzel rieb er ihr den Rücken und die Seiten, von der Armbeuge bis zur Taille. Jedes Mal kam er den empfindlichen Unterseiten ihrer Brüste ein Stückchen näher.

Als er sie schließlich umfing, stieß sie sich von der Tür ab und lehnte sich mit dem Rücken an Lukes Brust. Bria fühlte die Antwort ihres Körpers darauf, wie ihre Brustspitzen sich aufrichteten, wie Hitze sich in ihrem Bauch ausbreitete. Luke streichelte sie, liebkoste sie. Seine Lippen waren auf ihrem Haar, an ihrem Ohr. Er küsste ihre Schläfe, die daunenweiche Haut ihrer Wangen. Eine Brustspitze nahm er sachte zwischen Daumen und Zeigefinger und rollte sie gerade fest genug, um Bria einen erstickten Schrei zu entlocken.

Luke hielt inne, hauchte ihren Namen und hielt sie eng umschlungen. Nach einem Moment half er ihr, aus dem Stoffhaufen um ihre Füße zu steigen, und führte sie zum Bett. Er kniete sich hin und streifte ihr Schuhe und Strümpfe ab. Bria lehnte sich auf ihren Ellbogen nach hinten und beobachtete, wie er mit seinen Händen unter den spitzenbesetzten Saum ihres Unterhemdes fasste und über ihre Beine nach oben fuhr. Er fand den Knopf an der Seite ihrer Pantalettes und öffnete ihn. Sie hob ihre Hüften, um ihm zu helfen. Vorsichtig zog er ihr die Unterhose aus.

Jetzt trug Bria nur noch das dünne Batisthemd. Ihre Schultern waren bloß, denn die Träger lagen auf ihren Oberarmen. Der zarte Leinenstoff war beinahe durchsichtig. Lukes Blick glitt über die wunderschön vollen Rundungen ihrer Brüste, die dunkleren Ränder um die erregten zartrosa Spitzen, die sich wie Perlen unter dem Unterhemd abzeichneten.

Seine Hände lagen auf ihren Knien. Luke hob den Kopf und schaute Bria an. Ihre Lider waren schwer, ihr Mund schimmerte verführerisch und feucht. Sein Blick fiel kurz zwischen ihre gespreizten Schenkel, und als er ihn wieder hob, stellte er die Frage stumm, nur mit dem unmerklichen Heben einer Augenbraue.

Brias Lippen teilten sich. Eine Hitzewelle spülte über sie hinweg. Kurz senkte sie den Kopf und überließ sich dann Lukes Mund und Händen.

Luke hob ihre Beine und legte sie sich über die Schultern. Er umfasste ihren Po und zog sie dichter an die Bettkante. Ihr Hemd schob sich dabei weiter nach oben, bis der Saum nur noch bis zu den Hüften reichte.

Bei der ersten Berührung seines Mundes krallten sich Brias Finger in die Bettdecke, ihre Ellbogen trugen ihr Gewicht nicht mehr, und sie sank flach auf das Bett, bäumte sich jedoch schon im nächsten Augenblick auf unter den erlesenen Liebkosungen seiner Lippen, seiner Zähne und seiner Zunge. Flammen loderten dort auf, wo er sie berührte: kleine, unregelmäßige Flammen, die ihr Blut in heißes Quecksilber verwandelten.

Verunsichert streckte Bria die Hände nach Luke aus. Seine Zunge zuckte noch einmal in sie, diesmal tiefer, und sie vergaß, was sie von ihm gewollt hatte. Ihre Hände schwebten einen Augenblick in der Luft, dann senkte sie sie auf ihren Bauch. Unter ihren Fingern zerknitterte sie den Batist ihres Hemdes, zog den Saum noch höher. Der Stoff war nicht mehr als ein kühles Wispern über ihrer fiebrigen Haut.

Den Kopf hin und her werfend, sog sie an ihrer Unterlippe, grub die Zähne hinein. Die Fersen drückte sie gegen Lukes Rücken und hob ihm die Hüften entgegen. Sein Mund fühlte sich glühend heiß auf ihrer Haut an. Um zu verhindern, dass sie aufschrie, presste Bria ihre Lippen aufeinander und atmete nur durch die Nase. Sie bekam zu wenig Luft. Scharfe, alles durchdringende Lust flammte zwischen ihren Beinen auf.

Sie keuchte auf, holte tief Luft und hob sich vom Bett. Dabei rutschten ihre Hände auf ihre Brüste. Beinahe teilnahmslos umfing sie sie, rieb langsam mit dem Daumen über die empfindliche Spitze und entfachte dadurch einen waren Feuerstrom von Gefühlen.

Alle Nervenenden in ihrem Körper wurden im selben Moment gereizt. Bria spürte, wie sie sich anspannte und zu zucken begann. Der Höhepunkt erfasste sie mit urtümlicher Gewalt, rollte in Wellen bis in jede Zelle ihres Körpers.

Luke nahm Brias Beine und legte sie vorsichtig auf das Bett, dann richtete er sich auf. Er legte seine Hände auf ihre bloßen Knie, spreizte die Finger und stand auf. Unter seinen Handflächen konnte er noch ein leichtes Zittern spüren.

Nachbeben ihres Höhepunktes.

Ohne den Blick von Bria abzuwenden, schlüpfte Luke aus seinem Rock und warf ihn achtlos hin, dann zog er sich Hemd und Unterhemd aus.

Bria setzte sich auf und winkelte die Beine an. Ihr Unterhemd rutschte wieder bis auf ihre Hüfte. Geistesabwesend befingerte sie den Spitzensaum, während sie Luke bei Ausziehen zusah. Der Teppich dämpfte das Geräusch, mit dem seine Stiefel zu Boden fielen. Sie befeuchtete ihre Lippen. Einmal, zweimal.

Luke fuhr mit den Daumen unter den Bund seiner Breeches. Ein Lächeln umspielte seine Lippen. „Möchtest du mir helfen?"

Bria schaute ihn stumm an. Ihre Finger verharrten. Ihr fiel auf, dass sie ihn nicht annähernd genug berührt hatte, und das jetzt nachholen wollte. Ohne etwas von der katzengleichen Anmut ihrer Bewegungen zu ahnen, kniete sie sich vor ihn aufs Bett. Von dem verführerischen Funkeln in ihren Augen verlockt, trat Luke zu ihr. Sie legte ihre Hände zwischen seine Daumen und fing an, seinen Hosenschlitz aufzuknöpfen.

Dabei streifte sie mit ihren Fingerknöcheln seine Haut, und als sie seine Lenden erreichte, atmete er scharf ein. Bria zog seine Breeches nach unten, und Luke schlüpfte hinaus. Die Reaktion seines Körpers auf sie war unübersehbar. Bria schaute zu ihm auf.

Luke hatte beide Brauen gehoben und hielt den Kopf leicht schief. Der Ausdruck in seinen Augen war sowohl erwartungsvoll als auch fragend. *Und was nun?* schien er zu sagen.

Bria zog an den Bändern seiner Baumwollunterhose, lockerte das Band in der Mitte, und öffnete den einzelnen Knopf vorn. Sie zögerte höchstens einen winzigen Augenblick, bevor sie sie über seine Hüften nach unten zog.

Der Anblick seiner imposanten Erregung hätte Bria erschrecken können, doch ein Blick zeigte Luke, dass sie die Augen geschlossen hatte. Über so viel Kühnheit gepaart mit so viel Furchtsamkeit musste er leise lachen. Er kniete sich auf den Rand der Matratze und zog Bria mit sich auf das Bett.

„Jetzt kannst du wieder die Augen aufmachen", flüsterte er.

„Sie sind offen."

Er schaute sie genauer an. Ihre schweren Lider waren tatsächlich einen Spaltbreit geöffnet. Seine tiefe, leicht heisere Stimme enthielt gespielte Entrüstung. „Du hast heimlich geguckt!"

„Ja." Das Geständnis klang aus ihrem Mund so ernst, als hätte sie ihm etwas weggeschaut. Dann streckte sie die Hand aus und begann zu erkunden, was sie da befreit, aber nur kurz gesehen hatte. Jetzt waren ihre Augen weit geöffnet, doch sie blickte nicht auf das, was sie tat, sondern in Lukes Gesicht.

Brias Finger schlossen sich um ihn, behutsam ertastete sie ihn, zuerst noch vorsichtig und langsam, dann immer kühner, als sie seine wachsende Erregung spürte.

„Ich werde bestimmt nicht zerbrechen", versicherte er ihr. Dann legte er seine Hand über ihre und bewies es ihr. Als Bria mühelos den richtigen Druck und Rhythmus fand, stöhnte er wieder auf. „Oder wenigstens würde es mir nichts ausmachen."

Da er nun die Augen zu hatte, entging ihm ihr verführerisches Lächeln. Er sank auf die Matratze zurück und überließ sich ihren Zärtlichkeiten, bis er es nicht mehr aushielt. Da fasste er ihre Arme und zwang sie dazu, aufzuhören, rollte sie aber nicht unter sich. „Ich möchte in dir sein. Hier, so." Luke half ihr, sich rittlings auf ihn zu setzen. Er fasste ihren Po und hob sie an. „Und jetzt nimm mich in dich auf."

Bria atmete flach und abgehackt, während sie seinen Wunsch erfüllte. Sie fühlte, wie sich ihr Körper dehnte, um ihn aufzunehmen. Sie beugte sich nach vorn, dann nach hinten, bis er tief in ihr war. Luke legte seine Hände auf ihre Hüften, strich von da über ihren Po und Rücken bis zu ihren Schultern.

Bria beugte sich dichter über ihn, bot ihm ihre Brust dar. Vorsichtig nahm er eine Spitze zwischen die Lippen und begann zärtlich daran zu saugen, während sie ihre Hüften langsam kreisen ließ.

Schließlich richtete Bria sich wieder auf und blickte an sich hinab, auf ihre vereinten Körper. Es erstaunte sie, was sie hier mit ihm tat. Dass sie so mit ihm zusammen sein konnte, ohne Scham und ohne Angst, überstieg ihr Fassungsvermögen, obwohl sie überglücklich war.

Ihr Blick fiel auf Lukes Gesicht. Er beobachtete sie mit hungrigen Blicken, ihre Brüste, ihre Schultern und ihre Hüften. Bria griff nach oben, löste ihr Haar und schüttelte es aus, fuhr sich mit den Fingern hindurch, so wie sie es sich von Luke abgeschaut hatte. Als sie sich dieses Mal vorbeugte, fiel ihr Haar wie ein honigblonder Schleier um sie und schirmte ihr Gesicht vor dem Licht der Lampe ab.

Sie küsste ihn auf den Mund, langsam und tief. Ihre Zunge wand sich um seine, drang ein und wurde zurückgezogen. Sie leckte über seine Lippen und knabberte an ihnen. Dann küsste sie sein Kinn, seinen Hals und schließlich sein Ohr, bevor sie hauchte: „Ich werde dich immer lieben."

Sie hob sich an, ließ sich wieder sinken und nahm Luke dabei tief in sich auf. Sie zog sich um ihn zusammen, erst absichtlich, dann ohne es beeinflussen zu können. Ihr Körper hatte die Lust nicht vergessen, die er eben erst erlebt hatte, und übernahm die Führung.

Luke hatte das Gefühl, vor Lust zu vergehen; die Muskeln in Armen und Beinen verkrampften sich, sein ganzer Körper verspannte sich, und das Blut rauschte ihm laut in den Ohren.

Sich unter ihr windend, drehte er sich um und nahm sie mit sich, so dass sie nun unter ihm lag. Er versenkte sich tiefer und tiefer in ihr, und als sie zu erbeben begann, wurde auch sein Körper von Zuckungen geschüttelt.

Bria legte sich zurück, aller Kräfte und des Wunsches beraubt, wieder zu ihnen zu kommen. Sie schloss die Augen und protestierte auch nicht, als Luke sich von ihr rollte und neben ihr auf den Rücken drehte. Sie war sich ihres und seines unregelmäßig gehenden Atems bewusst, und wie er sich langsam beruhigte und schließlich im gleichen Rhythmus wie Lukes ging.

Bria machte ein kleines Geräusch, irgendwo zwischen einem Seufzen und einem Summen.

Luke drehte den Kopf und sah sie an. „Hast du etwas gesagt?"

Sie wiederholte das Geräusch. „Ich denke nicht."

Es war einfach zu anstrengend, zu lächeln, deshalb begnügte Luke sich damit, sie anzuschauen. Ihre wunderschönen Züge wirkten heiter, ihr leicht geöffneter Mund war noch feucht und ein wenig geschwollen von seinen Küssen. An ihrem Halsansatz konnte er das kleine Mal sehen, das er auf ihrer Haut hinterlassen hatte. Blut sammelte sich in seinen Lenden, nicht so, dass er hart wurde, aber genug um ihm zu versichern, dass sein Körper einer Wiederholung des eben Erlebten nicht abgeneigt war.

Er rollte sich auf die Seite, stützte sich auf einen Ellbogen und legte den Kopf in die Hand.

Bria spürte seine Bewegung und betrachtete ihn argwöhnisch. Bevor er ihr einen Arm über die Taille legen und sie festhalten konnte, schlüpfte sie aus dem Bett. Irgendwie erinnerte er sie an eine große Raubkatze, die zwar im Augenblick gesättigt war, aber ein Auge auf ihr Mahl hielt, für den Fall, dass sie wieder Hunger verspürte. Rasch griff sich Bria ihr zerknittertes Hemd vom Fußende des Bettes und hielt es schützend vor sich.

Luke schaute sie unter hochgezogenen Brauen an und ließ seinen Blick über ihren unzulänglich bedeckten Körper gleiten. Von dort, wo er lag, hatte er eine reizende Aussicht auf seidige Schenkel und einen sanft gerundeten Po.

Bria streckte abwehrend die Hand aus, Sicherheit vor Sittsamkeit stellend, für den Fall, dass er sie plötzlich zu packen versuchen würde. Sie umrundete das Bett und ging in das Ankleidezimmer, sich der Tatsache sehr wohl bewusst, dass Luke sich quer über das Bett legte, um ihr länger hinterhersehen zu können. Würde ihm ganz recht geschehen, wenn er sich den Hals verrenkt, dachte sie, während sie sich über die Waschschüssel beugte und die heißen Wangen mit Wasser kühlte. Als sie sich im Spiegel sah, musste sie zugeben, dass sie sich geschmeichelt fühlte ... und befriedigt ... und, ja, auch glücklich.

Luke erhob sich, um die Bettdecke zurückzuschlagen und darunter zu schlüpfen. Er verschränkte die Hände hinter sich im Nacken und lauschte auf das leise Plätschern von Wasser aus dem angrenzenden Zimmer. Bria schien ziemlich lange für das Waschen zu brauchen, doch schließlich fiel ihm ein, dass der sicherste Weg, sie schnell wieder an seine Seite zu holen, darin bestand, ihr seine Hilfe anzubieten. Er öffnete gerade den Mund, um ihr sein Angebot zu machen, als sie in einem frischen Hemd auf der Türschwelle erschien.

„Du starrst mich an", stellte sie fest.

Er sagte ihr nicht, dass er drauf und dran gewesen war, seine Dienste als Kammerzofe anzubieten. Wie sie da so in der Tür stand, sah sie aus, als sei sie einem Renaissance-Gemälde entstiegen, im goldenen Licht der Lampe gebadet und so strahlend schön, dass ihm der Mund offen stehen blieb. Sie hatte Recht, er starrte sie tatsächlich an.

Bria sah Luke den Mund schließen und hart schlucken. Als er die Decke einladend anhob, zögerte sie keine Sekunde, zu ihm zu gehen und sich neben ihn zu legen. Sie schmiegte sich an ihn und stellte zu ihrer Enttäuschung fest, dass er sich wieder seine Unterhosen angezogen hatte.

„Meine Rüstung", erklärte er trocken. „Denn du trägst ja ganz bestimmt keine."

Sie verbarg ihr Lächeln an seiner Brust und rieb ihre bloßen Beine an seinen. „Machst du das Licht aus?"

Er griff hinter sich und drehte den Docht nach unten. Durch die Bewegung mussten sie sich neu aneinander kuscheln, und die Dunkelheit machte das nur noch interessanter.

Brias Kopf ruhte auf Lukes Schulterbeuge, den Arm hatte sie über seine bloße Brust gelegt. „Erinnerst du dich an den Nachmittag, den wir in der Laube verbracht haben? Es hat geregnet, und wir saßen auf der Bank und warteten, dass es aufhört."

Er erinnerte sich an jede Einzelheit dieses Nachmittags. „Ja."

„Das war am Tag nach ... das heißt, der erste Nachmittag, nachdem wir zum ersten Mal ..."

„Das Bett geteilt haben?"

„Ja, das stimmt." Zufrieden mit dieser verharmlosenden Beschreibung, die so viel ungesagt ließ, fuhr Bria entschlossen fort: „Nun, du sollst wissen, dass ich dich angelogen habe. Du hast gefragt, ob sich für mich etwas geändert hat durch das, was wir in der Nacht davor getan hatten. Ich habe das verneint."

„Das war gelogen?"

„Ja. Du wirktest so selbstzufrieden bei dieser Vermutung, dass ich zu der Lüge verleitet wurde, wenigstens teilweise. Ich wollte nicht zugeben, dass ich verärgert war, weil du mir deine Aufmerksamkeiten nur geschenkt hattest, weil Orrin kam oder zusah. Diese verstohlenen Augenblicke, wie du sie bezeichnet hast, haben mich gekränkt. Erst wenige Stunden zuvor hatte ich meiner Mutter gestanden, dass ich dich liebte, und das habe ich nicht gesagt, um sie zu beschwichtigen, sondern weil es stimmte. Nur dir konnte ich es nicht sagen, nicht ohne zu wissen, wie du fühlst."

„Und was hat sich geändert?"

„Ich habe mich geändert", erwiderte sie ruhig. „*Ich.* Einmal habe ich Randall erklärt, dass ich ein Gefühl nur vortäuschen könnte, ich konnte es in allen Nuancen – der richtigen Miene, dem Tonfall und den Gesten – perfekt wiedergeben, aber das stammte alles nur von Beobachtungen an anderen, nicht von dem, was ich selbst empfand. Ich hatte keine Erfahrung mit Gefühlen, musste nur wissen, wie man sie zum Ausdruck brachte." Bria strich sich eine Haarsträhne hinters Ohr und wischte sich verstohlen die Tränen aus den Augen. „Ich konnte keinen Schmerz empfinden, Luke, aber auch keine Freude. Es war fast so, als lebte eine andere mein Leben, als sähe ich nur aus der Loge zu, ohne je die Bühne zu betreten."

Bria wandte ihm den Kopf zu. „Bis du kamst", erklärte sie. „Du hast mich in die Mitte des Geschehens geschubst. Es ist nicht nur, dass wir das Bett teilen … oder wenigstens ist es das nicht allein. Was du hier mit mir machst, ist herrlich, und dass ich es erwidere, ist nur ein Ausdruck meiner Liebe zu dir, nicht der Grund dafür. Das hat etwas damit zu tun, wie du am ersten Tag von der Mauer gesprungen bist, um Apollo zu retten. Und wie du mir die Decke umgehängt hast, nachdem ich in den Fluss gefallen war. Du hast dir geduldig mein Geschwätz über die Experimente im Gewächshaus angehört." Ihre Stimme senkte sich zu einem Flüstern. „Du hast mir zugehört, als ich von … von meiner Vergewaltigung erzählt habe … und du hast es einfach akzeptiert und so für mich möglich gemacht, das ebenfalls zu tun. Du bist klug und großzügig und geduldig. Und dann ist da auch noch dein schiefes Lächeln."

Luke legte den Kopf schräg. „Das ist schief?"

„Ja. Und gleichzeitig vollkommen."

„Stell sich das einer vor."

„Das tue ich. Oft sogar." Sie seufzte. „Ich will nicht, dass du glaubst, ich erwartete, dass du meine Liebeserklärung erwiderst. An dem Nachmittag, an dem ich dich angelogen habe, hast du gesagt, für dich hätte sich nichts geändert. Ich denke nicht, dass du gelogen hast." Sie zögerte. „Oder?"

„Nein, Bria. Ich habe nicht gelogen."

Einen Augenblick lang schwieg Bria. Sie holte zitternd Luft, doch ihr Tonfall war beherrscht. „Ich muss zugeben, ich bin enttäuscht, aber ich werde nicht daran zerbrechen. Ich habe schließlich die Bedingungen für unsere Heirat festgelegt, und ich war es, die nicht wirklich eine Ehe führen wollte. Da kann ich jetzt wohl schlecht von dir verlangen, dass deine Gefühle sich ändern, nur weil meine es getan haben."

Störende Tränen sammelten sich in ihren Augen, und Bria blinzelte sie fort. „Wir haben schon zuvor darüber gesprochen, dass du vorhast, von *Concord* fortzugehen, und ich will, dass du weißt, ich werde nicht versuchen, dich aufzuhalten." Ihr Lächeln war zittrig, und sie war froh, dass er das nicht sehen konnte. „Wenigstens nicht mit Zwang. Ich will nicht behaupten, dass ich nicht versuchen werde, deine Liebe zu erringen."

„Das kannst du nicht", erwiderte er ruhig.

Darauf wusste Bria nichts zu sagen. Sie hatte nicht damit gerechnet, dass seine Antwort so entmutigend ausfallen könnte.

Luke zog seinen Arm unter ihrem Kopf hervor und rutschte auf der Matratze ein Stück nach unten, so dass sie sich ansehen konnten. „Schau mich an." Als sie das nicht gleich tat, nahm Luke ihr Kinn zwischen Daumen und Zeigefinger und drängte sie, zu ihm aufzublicken. „Schau mich an."

Bria wandte den Kopf. Sein Gesicht war in Schatten gehüllt, aber sie konnte sich seine Züge mühelos vorstellen, besonders seine rauchgrauen Augen.

„Hör mir gut zu, Bria. Ich will ganz sicher sein, dass du verstehst, was ich dir jetzt sage."

Bei seinem ernsten Tonfall zog sich ihr Magen nervös zusammen, und ihr Kopf fühlte sich wie in Watte gehüllt an. Sie musste sich sehr konzentrieren, um ihn über ihrem inneren Aufruhr zu hören.

„Du kannst meine Liebe nicht mehr erringen, Bria, weil du sie schon besitzt. In der Laube habe ich nicht gelogen. Mit dir Liebe zu machen – und das ist der richtige Ausdruck für das, was wir tun, Bria – hat nichts daran geändert.“ Er ließ ihr Kinn los und strich mit seinen Fingern über ihren Hals. „Du hättest mich durch nichts dazu bringen können, dich zu heiraten, wenn ich dich nicht schon geliebt hätte. Ich wusste nicht, was wir aus dieser Ehe machen würden, als du so wild entschlossen warst, eigentlich gar keine zu wollen, aber ich war bereit, das Risiko einzugehen.“

Bria war die Kehle so eng, dass sie keinen Laut hervorbrachte.

„Bria, hast du mir zugehört?“

Sie nickte.

„Weinst du etwa?“

Sie schüttelte den Kopf.

„Atme“, sagte er zärtlich und berührte mit seinen Daumen ihre Wimpern. Sie waren feucht. „Atme einfach nur.“

Bria holte zitternd Luft, ein Mal, dann ein zweites Mal. Sie setzte sich auf, so dass sie sich über ihn beugen konnte. „Ich liebe dich so sehr“, flüsterte sie. Und dann küsste sie ihn, auf die Schläfe, auf den Mundwinkel, auf das Kinn und den Hals und schließlich noch einmal auf den Mund.

Sein Gesicht zwischen ihren Händen haltend, hob sie den Kopf. „Warum hast du mir das nicht schon früher gesagt?“

Luke war sofort klar, dass sie vorhatte, ihn auf die Folter zu spannen. Seine Lenden regten sich bereits wieder. „Du hättest mir nicht geglaubt“, erklärte er. „Wenigstens wärest du misstrauisch geworden. Du weißt, dass das stimmt, Bria. Du hättest geglaubt, ich wollte dich irgendwie in die Falle locken.“

„Das ist nicht ...“

„Da hast du noch nichts von Liebe gewusst, das Gefühl gar nicht gekannt, das hast du eben selbst gesagt. Du hast Gefühle nur vorgetäuscht, aber das war nie, was ich von dir wollte. Ich war bereit, mich in Geduld zu üben, bis ihr beide, du und dein Herz, dahinter gekommen seid."

Bria schaute Luke an und verliebte sich gleich noch einmal in ihn.

Dieses Mal liebten sie sich langsam, ohne die Wildheit des ersten Males von heute Abend. Sie nährten ihr Verlangen, genossen es, sich in aller Ruhe gegenseitig zu berühren, Zärtlichkeiten zu schenken und den anderen mit allen Sinnen zu erkunden.

Sie schliefen und teilten sich dabei dasselbe Kissen, und eine Zeit lang waren ihre Hände unter der Decke verschränkt.

Luke rasierte sich gerade, als Bria das Ankleidezimmer betrat. Aus dem Augenwinkel beobachtete er sie. Sie gähnte so sehr, dass sich ihre Augen zu schmalen Schlitzen verengten, dann stellte sie sich auf die Zehenspitzen und reckte sich. Dabei hob sich ihr kurzes Hemd und gewährte ihm so einen flüchtigen Blick auf das Dreieck honigfarbenen Haares über ihrem Schritt.

Er schnitt sich und zuckte zusammen. Eine dünne Blutspur erschien auf seiner Wange, dann spürte er den Schmerz.

„Oh, du hast dich geschnitten", rief Bria besorgt und eilte an seine Seite. Während er sich das Blut abtupfte, suchte und fand sie den Alaunpuder und versorgte seine Wunde damit.

Luke musterte sie belustigt im Spiegel. „Als ob du nichts mit dieser Kriegsverletzung zu tun hättest."

„Hm." Sie lächelte, hob sich wieder auf die Zehenspitzen und küsste ihn unterhalb des Kratzers auf die Wange. „In Zukunft, Mr. Kincaid, lieferst du mir am besten die Waffen aus, sobald ich ins Zimmer komme, sonst schneidest du dir am Ende noch die Nase ab." Als er nach ihr greifen wollte, tänzelte sie lachend weg. „Schau, dass du fertig wirst. Ich mag es, wenn ich meine Wange an etwas Glattes schmiegen kann."

Sie frühstückten mit Elizabeth in deren Zimmer. Es würde noch Stunden dauern, bevor Orrin aufstand, und die drei gönnten sich die Pause von seinen unvorhersehbaren Launen gern.

„Erzähl mir, Bria", sagte ihre Mutter, „was hältst du von den Gärten?"

Brias Hand verharrte über ihrem Teller in der Luft, und beinahe entglitt ihren tauben Fingern die Gabel. „Eigentlich habe ich gestern Lukes Pläne gar nicht ansehen können", erwiderte sie. Obwohl sie sich um einen unbekümmerten Ton bemühte, hörte sie sich entschuldigend und irgendwie verlegen an. Die heiße Röte, die ihr ins Gesicht gestiegen war, war auch nicht gerade hilfreich. „Ich war ziemlich ... eh, müde, als wir ..." Ihre Stimme verlor sich, als sie sowohl ihre Mutter als auch Luke lächeln sah. Elizabeth wirkte erfreut, Luke dagegen in höchstem Maße selbstzufrieden, weswegen Bria ihm unter dem Tisch gegen das Schienbein trat.

Er musterte sie unter hochgezogenen Brauen, und steckte sich ein Stück Brot in den Mund, um nicht laut aufzulachen.

Bria wechselte einfach das Thema. „Mutter, Orrin hat Luke für Samstag zum Kartenspielen eingeladen. Was hältst du davon?"

Elizabeth legte ihre Gabel auf den Teller und lehnte sich zurück, sich sorgfältig die Lippen mit der Serviette abtupfend, um Zeit zu gewinnen. „Es könnte sein, dass dein Stiefvater etwas wieder gutmachen möchte. Er fühlt sich schrecklich, weil er Luke beschuldigt hat, ihn bestohlen zu haben."

„Das hat er zu dir gesagt?" erkundigte sich Bria ungläubig.

„Nicht in diesen Worten."

„Wie lauteten seine Worte denn?"

„Ich bin mir nicht sicher, ob ich mich noch richtig an sie erinnern kann." Als sie merkte, dass Bria nicht lockerlassen würde, lenkte sie ein. „Also gut, wenn du es unbedingt wissen willst, er gibt dir die Schuld. Wenn Luke überhaupt irgendetwas damit zu schaffen hatte, dann, so denkt Orrin, nur weil du ihn dir hörig gemacht hast, und deshalb kann er nicht dafür zur Verantwortung gezogen werden."

Luke war froh, dass er seinen Bissen schon hinuntergeschluckt und die Kaffeetasse noch nicht zum Mund gehoben hatte, denn sonst hätte er sich sicher verschluckt oder gekleckert.

Bria legte ihre Hand über Lukes und tätschelte sie. „Ich weiß, du bist von Orrins Scharfsinn ebenso überrascht wie ich."

Luke warf ihr unter zusammengezogenen Brauen einen finsteren Blick zu.

Leise lachend zog Bria ihre Hand fort und schaute zu ihrer Mutter. „Dann glaubst du nicht, dass Orrin ihm etwas antun will?"

„Etwas antun? Nein, das denke ich nicht. Vermutlich nicht mehr, als ihm die Börse zu plündern." Sie blickte Luke an. „Hast du Geld?"

„Ein wenig. Vielleicht kann ich es mir gar nicht leisten, zu spielen."

„Dann gebe ich dir etwas."

Bria und Luke starrten Elizabeth gleichermaßen erstaunt an.

„Ich habe etwas gespart. Orrin gibt mir ein Nadelgeld." Etwas weniger verteidigend fügte sie hinzu: „Ich habe nichts dagegen, es für etwas auszugeben, das es wert ist."

„Und was ist eine Sache, die es wert ist?" fragte Luke.

Elizabeths sanftes Lächeln hatte etwas Wehmütiges. „Meine Gärten. Wenn du gewinnst, indem du mein Geld nimmst, wie könnte Orrin sich da weigern, wenn ich die Gärten auf eigene Kosten erweitern will? Es wäre doch schön, das zum Gedenken an Randall zu tun, findest du nicht auch, Bria?"

„O Mutter", erwiderte Bria seufzend. „Ja, das wäre wunderschön." Sie schaute zu Luke und sah, dass er nichts einwenden würde. „Aber es könnte auch gefährlich werden. Luke ist sich nicht sicher, ob das Spiel hier stattfinden wird. Mir gefällt die Vorstellung nicht, dass er zu Austin oder Will fährt, um zu spielen. Nicht nach dem, was mit dem *Klan* hier geschehen ist."

„Das eine hat doch nichts mit dem anderen zu tun. Nicht alle Freunde von Orrin sind Mitglieder des *Klans.* Und denkst du nicht, dass sie jetzt erst einmal zufrieden sind? Sie haben doch ihre Rechnung mit dir fürs Erste beglichen."

Brias Appetit verflüchtigte sich. „Mit mir? Mit mir gab es nie eine Rechnung zu begleichen. Orrin glaubt, er hat Grund, verärgert zu sein, und heuert den *Klan* an, um seinem Ärger Ausdruck zu verleihen. Er hat keinen Beweis, dass ich irgendetwas Unrechtes getan habe, er ist einfach nur bösartig, Mutter. Mich hat er dadurch angegriffen, indem er die Schwarzen angegriffen hat." Brias Stimme senkte sich zu einem Flüstern. „An John Whitneys Stelle hätte er genauso gut dir wehtun können. Vor Randalls Tod hätte er das auch getan." Bria sah, wie ihrer Mutter Tränen in die Augen stiegen. Sie fragte sich, welche ihrer Worte sie zurücknehmen sollte, kam aber zu dem Entschluss, dass sie das bei keinem konnte. Sie konnte den Schmerz ihrer Mutter nicht lindern, indem sie so tat, als wäre irgendetwas davon nicht wahr. Stattdessen wollte Bria wissen: *„Hat* er dir wehgetan, Mutter?"

Elizabeth betupfte sich die Augen und schüttelte den Kopf. „Nein, nicht so, wie du meinst. Und selbst wenn, wäre es nicht an dir, etwas deswegen zu unternehmen. Das ist meine Verantwortung." Sie holte zitternd Luft. „Wenn mir irgendeine Form von Würde bleiben soll, dann bin ich dafür verantwortlich."

Luke nickte, zog so Elizabeths Aufmerksamkeit auf sich und schnitt Bria damit ihre Erwiderung ab. Er betrachtete ihre Züge suchend, und als er sprach, klang in seinen Worten weniger eine Frage als eine Feststellung mit. „Orrin ist auf Bria böse, weil sie mich geheiratet hat. Es hat im Grunde genommen nichts zu tun mit dem

Verkauf von Baumaterial an die Arbeiter und den Reparaturen, die sie damit durchgeführt haben. Das hat sich einfach nur als günstige Gelegenheit angeboten, ein Exempel zu statuieren, ohne dabei die wahre Quelle seines Ärgers preiszugeben."

Luke sah, dass Elizabeth ihr Kinn ein wenig reckte. In ihren kastanienbraunen Augen schimmerten immer noch Tränen, doch sie blickten nicht länger unendlich traurig. „Aber du wusstest es, nicht wahr?" fragte er.

Elizabeth nickte fast unmerklich.

„Mutter", sagte Bria leise.

Luke hob eine Hand, um Bria am Weitersprechen zu hindern. Ohne seinen Blick von Elizabeth zu nehmen, erkundigte er sich: „Hast du immer schon von Orrins Gefühlen für deine Tochter gewusst?"

Bria begann aufzustehen. „Ich will darüber nicht reden. Luke, bitte, du regst sie auf."

„Ich rege dich auf", verbesserte er sie ruhig. „Deine Mutter lebt mit diesem Wissen schon eine Weile, vielleicht schon seit dem Anfang ihrer Ehe mit Orrin."

„Nicht ganz von Anfang an", erklärte Elizabeth. Aus dem Augenwinkel sah sie Bria langsam wieder auf ihren Stuhl zurücksinken. „Aber schon bald danach. Es fiel ihm immer schwerer, es zu verbergen. Ich sah, wie er sie anschaute, wie seine Blicke ihr folgten, wenn sie das Zimmer betrat oder es verließ. Es ärgerte ihn, dass sie ihn so sehr hasste, aber es war auch irgendwie erleichternd für ihn. Das half ihm, Abstand zu wahren. Er hat sein Verlangen bekämpft."

Neben ihr senkte Bria den Kopf und stöhnte leise.

Elizabeth fuhr unbeeindruckt fort: „Er ging dazu über, sie mit Schimpfnamen zu belegen. Er trank mehr, wachte spät auf, zeigte immer weniger Interesse an *Concord.* Er begann mit Freunden

Karten zu spielen. Bria kann sich vermutlich nicht mehr daran erinnern, aber es gab eine Zeit, da war er nicht grob oder unwirsch, wenn es auch nicht lange war. Vermutlich lag es in seiner Natur, so zu werden, wie er jetzt ist. Vielleicht war die galante, rücksichtsvolle Seite seines Wesens, die er mir anfangs zeigte, nur gespielt, aber ich irre mich nicht darin, dass es sie gab.

Als ich Orrin Foster kennen lernte, trauerte ich um meinen Ehemann, meine Söhne, mein Heim und ...", sie blickte zu ihrer Tochter, und in ihren dunklen Augen stand dabei ein unendlich zärtlicher und zugleich ebenso trauriger Ausdruck, „und meine Tochter. Er erwies mir große Freundlichkeit während der kurzen Zeit des Werbens. Ich war nicht so gramgebeugt, dass ich das nicht erkannt hätte, wenn ich auch vielleicht nicht hinter die Fassade sehen konnte."

Luke nickte. „Du wolltest dein Zuhause retten."

„Und mein Leben", sagte sie, obwohl das Eingeständnis sie schmerzte. „Es war eine Furcht einflößende Zeit. Die freigelassenen Sklaven sorgten für Unruhe im Land und plünderten die Häuser der Plantagenbesitzer. Einige Weiße wurden sogar umgebracht. Die Leute fürchteten sich, und ich war außer mir vor Angst. Da gab es Steuern, die ich nicht bezahlen konnte, Arbeiter, denen ich keinen Lohn anbieten konnte. Die Felder hatten brachgelegen und konnten nicht einfach so wieder Frucht tragen. Mein einziger überlebender Sohn hatte es sich in den Kopf gesetzt, dass unser Vermögen nur dann wiederhergestellt werden könnte, wenn er auf Schatzsuche ginge, und meine Tochter war mir fremd geworden.

Als Orrin in mein Leben trat, sah ich einen Weg, uns alle zu retten, aber Randall verübelte es mir, dass ich wieder geheiratet hatte, und Bria quälte es. Ich weiß nicht, was ich hätte anders machen können. Diese Plantage ist das Erbe meiner Kinder. Meine Motive waren nicht völlig selbstsüchtig."

Bria stand auf, kniete sich neben den Stuhl ihrer Mutter, schlang die Arme um Elizabeths schmale Taille und schmiegte den Kopf an ihre Brust. „O Mutter, wir haben nie schlecht von dir gedacht. Randall hat verstanden, was du für uns getan hast, Claire hat dafür gesorgt, das weiß ich. Er hat am Ende verstanden, was uns hier hält."

Elizabeth streichelte ihrer Tochter über den Kopf. Ihre Finger verharrten auf der Haut unter den weichen Haaren in ihrem Nacken, dicht unter dem Haarknoten. Sie war so zart wie die eines Babys. Ihres Babys. Tränen sammelten sich in ihren Augen, die dadurch wunderschön sanft und klar wirkten.

Bria hob den Kopf und schaute zu ihrer Mutter auf. „Es ist mein Fehler, dass Orrin dich schlägt, nicht wahr? Du hast erzählt, dass er trank und spielte und eine Menge anderes, aber du hast kein Wort darüber verloren, dass er dir wehtut. Das nimmst du hin, weil du mich beschützt. Ihr beide habt meinetwegen gestritten, vielleicht nicht direkt, aber im Grunde genommen ging es um mich, genau wie Luke gesagt hat."

Während sie ihre Worte sorgfältig erwog, nagte Elizabeth genauso an ihrer Unterlippe, wie Bria das oft tat. „Nichts davon ist deine Schuld, nichts, das dir angelastet werden darf. Du hast ihn nicht verführt. Zu Orrins Verteidigung muss ich anmerken, dass er, denke ich, darunter leidet, sich zu dir hingezogen zu fühlen." Sie bemerkte Brias zweifelnde Miene. „Ich weiß, dass es dir schwer fällt, es zu glauben, dass Orrin irgendeine Form von Moral besitzt, aber jetzt siehst du, dass es zutrifft. Die Tochter seiner Ehefrau zu begehren erfüllt ihn mit Scham. Er will dich nicht begehren, Bria, aber er scheint nichts dagegen tun zu können. Und er hat nie seinen Gefühlen nachgegeben, oder?"

„Nein", erwiderte sie rasch.

Luke hob eine Braue. „Bevor eine von euch ihn für die Heiligsprechung vorschlägt, gestattet mir den Hinweis, dass Orrin seinen Gefühlen immer nachgegeben hat, nur eben in die andere Richtung. Und unter den Folgen, die das für sie hatte, hat sie gelitten, nur eben anders, als wenn er mit ihr geschlafen hätte." Er beachtete ihr einstimmiges Aufkeuchen nicht und fuhr fort: „Orrin hat euch beide jahrelang misshandelt, und ihr habt es hingenommen, weil jede die andere beschützen wollte. Damit hat er doch auch einen gewaltigen Schaden angerichtet."

Bria löste sich von ihrer Mutter, stand langsam auf, und auf ihrer Stirn bildete sich eine steile Falte, während sie Luke ansah. „Es ist Orrin", erklärte sie in anklagendem Ton. „Seinetwegen bist du hier. Du hast immer gesagt, es sei nicht wegen des Schatzes. Orrin Foster hat dich nach *Concord* gebracht." Ihre Stimme klang immer sicherer. „Du kennst ihn, nicht wahr? Von früher. Oder du weißt etwas über ihn. Darum hast du nach Familienbildern gefragt und dich immer wieder nach ihm erkundigt. Ich habe Recht, nicht wahr? Und wenn du die Sache mit Orrin erledigt hast, wirst du fortgehen."

Sie setzte sich so abrupt auf ihren Stuhl, dass ihre smaragdgrünen Seidenröcke raschelten, und atmete scharf aus.

„Bist du fertig?" erkundigte sich Luke gelassen.

Bria nickte kurz.

Elizabeth blickte von einem zum anderen. „Ich denke, hier steckt mehr dahinter, als ich im Moment verstehe."

„Ganz sicher." Luke lächelte Elizabeth an. „Wirst du uns entschuldigen?" Er wandte den Blick zu Bria. „Ich denke, wir sollten das hier unter vier Augen weiterbesprechen. Würdest du das lieber bei einem Spaziergang oder in einem anderen Zimmer tun?"

Bria schaute Rat suchend zu ihrer Mutter.

„Nimm die Einladung zu einem Spaziergang an, Liebes. Ich finde, es gibt nichts Besseres, damit man einen klaren Kopf bekommt." Und für den Fall, dass Bria sie falsch verstand, fügte sie hinzu: „Und ich meine, dass du einen klaren Kopf brauchst."

Bria folgte Luke in langsamerem Tempo, bis sie merkte, dass er die Richtung einschlug, in der die Ställe lagen.

„Werden wir reiten?" fragte sie. „Warum hast du das nicht gesagt? Ich hätte mich doch umgezogen."

„Ich habe es absichtlich nicht gesagt, weil du dich umgezogen hättest. Du kannst im Damensattel reiten."

„Ich mag nicht ..."

Er zuckte die Schultern. „Dann eben rittlings."

„Das würde dich nicht stören? Was, wenn uns jemand begegnet?"

Das brachte Luke dazu, stehen zu bleiben. „Bist du nicht dieselbe Frau, die noch vor wenigen Nächten in nichts mehr als Morgenrock und Nachthemd über Stock und Stein geritten ist, als wäre ihr der Teufel persönlich auf den Fersen?"

Auf diesen Einwand konnte sie nichts erwidern, und so schwieg sie.

Als sie erst einmal ein Stück geritten waren, zügelte Luke seine Stute zu einem gemäßigten Schritt, und Bria tat es ihm mit Apollo nach. Sie drehte sich um und schaute zum Haus. Alles, was man über den Baumwipfeln davon sehen konnte, war das Dach. Es glänzte in der Morgensonne. Die Luft war rein, und der Himmel strahlend blau. Nichts davon jedoch vermochte ihre Stimmung aufzuheitern. Sie hatte das Gefühl, als schwebte über ihrem Kopf eine einzelne dunkle Wolke, aus der es jeden Moment zu regnen anfangen würde oder gar zu hageln oder ...

„Was um Himmels willen geht dir jetzt durch den Kopf?" wollte Luke wissen.

Seltsam, dass er das Wort „Himmel" ausgerechnet jetzt benutzt, dachte sie bedrückt, wo ich doch jeden Augenblick mit einem Blitz rechne, der mir das Herz zerreißt. „Hast du mich so weit vom Haus fortgebracht, damit niemand mich schreien hört? Ich habe dir doch gesagt, dass ich dich nicht dran hindern werde, wenn du gehst. Das habe ich auch so gemeint, Luke. Wenn deine Liebe zu mir nicht ausreichend Grund für dich ist, hier zu bleiben, dann kann ich mir nicht vorstellen, was sonst."

Luke musste zugeben, dass er für diesen Ausbruch verantwortlich war. In Zukunft würde er vorsichtiger sein müssen. „Ich habe dich nicht hergebracht, um dich schreien zu hören oder das vor irgendjemandem zu verbergen. Ich habe darauf bestanden, dass wir das Zimmer deiner Mutter verlassen, weil ich mit dir allein und ungestört sein wollte. Denn ich werde dir gewisse Dinge sagen, die du für dich behalten sollst. Sie sind nicht für andere Ohren bestimmt."

„Meine Mutter …"

„Keine anderen Ohren", wiederholte Luke eindringlich. „Verstehst du?"

Bria nickte langsam.

„Hegst du irgendwelche Zweifel daran, dass ich dich liebe?"

„Nein."

„Gut. Ist dir schon einmal eingefallen, dass ich, wenn ich für eine gewisse Zeit fortmüsste, wiederkommen würde?"

Daran hatte sie nicht gedacht. Nie. Sie hatte sich immer vorgestellt, dass er gehen und sie ihn nie wieder sehen würde. Sie starrte ihn an, plötzlich von dem Offensichtlichen wie geblendet.

„Ich bin nicht dein Vater, Shelby oder Randall", fasste Luke das in Worte. „Wenn ich gehe, dann komme ich wieder. Das verspreche ich dir, Bria."

„Das haben sie auch gesagt", erwiderte sie kaum hörbar. „Ganz genau dasselbe."

Luke verspürte ein Ziehen in der Brust, und es wurde ihm mit einem Mal eng ums Herz. „Das tut mir Leid. Ich weiß, dass sie das wirklich wollten. Aber sie haben dich damit trösten wollen, obwohl sie nicht wissen konnten, ob sie ihr Versprechen würden halten können. Ich ziehe weder in den Krieg, noch fahre ich zur See. Ich muss höchstens deinen Stiefvater mit nach New York nehmen."

„Dann hatte ich also Recht, als ich sagte, dass dein Herkommen mit Orrin zu tun hat."

„Ja."

„Kannst du mir sagen, worum es geht?"

„Was willst du wissen?"

Einen Moment dachte sie nach. Ein Teil von ihr war sich gar nicht sicher, ob sie überhaupt etwas wissen wollte. Ihre Unruhe übertrug sich auf Apollo, der nervös zu tänzeln begann. Bria tätschelte ihm geistesabwesend den Hals. „Ich denke, ich möchte wissen, warum du mit Orrin nach New York musst."

„Wegen eines Versprechens, das ich gegeben habe."

„Wem?" Sobald sie die Frage gestellt hatte, wusste sie schon die Antwort. „Deiner Mutter und deinen Tanten."

„Ja, genau."

„Dann hast du Orrin die ganze Zeit über gekannt."

„Nein. Das hat die Sache ja so vertrackt gemacht. Ich kann noch nicht einmal jetzt sicher sein, dass Orrin derjenige ist, den ich suche."

Bria versuchte, das zu begreifen. Lukes Antworten waren sehr rätselhaft und darum nicht sonderlich erhellend. „Keine Fotografien", sagte sie leise. „Wolltest du deswegen ein Bild von ihm? Damit du es nach New York schicken kannst?"

„Ja, ich habe Skizzen gemacht, aber es ist elf Jahre her, seit meine Mutter und meine Tanten ihn das letzte Mal gesehen haben. In der Zeit hat er sich stark verändert. Er hat im Gesicht zugenommen, und jetzt hat er einen Bauch, sein Haar ist dünner und ergraut. Tante Lys und Tante Nancy glauben, dass er es sein könnte. Alle anderen behalten sich ein endgültiges Urteil vor, bis sie ihn selbst gesehen haben."

„Aber Orrin Foster ist doch kein so üblicher Name."

„Vermutlich nicht."

Bria presste verärgert die Lippen aufeinander. „Könntest du dich wohl etwas genauer ausdrücken?"

Luke seufzte, presste seiner Stute die Fersen in die Seiten und lenkte sie zum Flussufer. Apollo und Bria hatten ihn sofort eingeholt. „Bist du sicher, dass du das alles wissen willst?"

„Nein. Aber das heißt nicht, dass ich es nicht wissen sollte. Hast du mich dafür nicht eigens hergebracht? Ich wünschte, du würdest nicht versuchen, mich zu beschützen. Nicht bei dem, was dir wichtig ist."

Mehrere Minuten verstrichen, bevor Luke antwortete. Bis dahin waren das gleichmäßige Klopfen der Hufe auf der Erde und das ferne Rauschen des Flusses die einzigen Geräusche. „Nun gut", erklärte er schließlich. „Aber da sind noch andere Dinge, die du erst wissen musst."

Mit plötzlicher Einsicht verstand Bria, dass Luke über sich selbst sprach. Ihr etwas über sich zu erzählen war die Wurzel seines Zögerns, mit ihr zu reden.

„Ich habe schon einmal den Gast meiner Mutter erwähnt."

Bria nickte. „Der, der dich seine Buchhaltung hat erledigen lassen."

„Ja, das war sein Versuch, mir etwas Geld zukommen zu lassen. Die Arbeit war echt, aber meine Dienste benötigte er eigentlich gar nicht. Er hatte eine ganze Reihe Angestellter, die für ihn in dem Bereich gearbeitet haben. Es war eine Art Lehre für mich ... und es hielt mich von den Straßen und den Banden dort fern. Meine Mutter war fest entschlossen, mich aufs College zu schicken, aber ich war nicht sonderlich begeistert von der Aussicht. Das Leben mit meiner Mutter und meiner Tanten war ziemlich ungewöhnlich. Sie sind alle reichlich … hm, freigeistig. Ich konnte mir nicht vorstellen, wie ich auf irgendeine Universität passen sollte, selbst mit Nana Dearborns strenger Erziehung im Rücken. Das konnte ich weder meiner Mutter noch einer meinen Tanten sagen. Es hätte sie verletzt, dass ich sie dafür verantwortlich machte, mir diese Chance zu bieten und mich gleichzeitig aber daran zu hindern, sie wahrzunehmen."

Luke riskierte einen Blick zu Bria. Sie hatte den Kopf vorgeneigt, und er sah, dass sie ihre Stirn runzelte. Sie lauschte konzentriert jedem seiner Worte. „Das war natürlich nicht fair von mir, aber damals wusste ich das nicht", fuhr er fort. „Ich sah, dass sich mir in der Nachbarschaft andere Möglichkeiten boten. Ich wusste, ich würde gut davon leben können und einen gewissen Einfluss erlangen. Allerdings wären es Gaunereien und Glücksspiel gewesen. Es wurde gesagt, ich hätte Talent."

Bria hob abrupt den Kopf. Sie schaute Luke nicht an, doch die Falte zwischen ihren Brauen vertiefte sich.

„Meine Mutter wusste, was ich mich selbst nicht überwinden konnte, in Worte zu fassen. Für meine Tanten war es auch kein Geheimnis. Sie setzten sich zusammen und beschlossen, dass es an der Zeit war, von Mr. Morrison einen Gefallen einzufordern."

„Dem Gast", bemerkte Bria. Als Luke das nicht gleich bestätigte, nahm sie an, er habe sie nicht gehört. Sie drehte sich zu ihm um und formulierte es als Frage. „Du sprichst von dem Pensionsgast deiner Mutter, nicht wahr?"

„Ja", antwortete er, ohne sie anzusehen. „Der, von dem ich dir gesagt habe, er wäre unser Pensionsgast." Luke holte tief Luft und stieß sie dann langsam wieder aus. „Bria, Mr. Conrad Morrison war mehr ein gelegentlicher Gast."

„Gelegentlich? Du meinst abhängig von der Jahreszeit. Er wohnte im Sommer in der Pension und …" Sie brach ab, weil Luke den Kopf schüttelte.

„Ich meine, dass er kam und ging, wie es ihm gefiel, und ein Zimmer nahm, wann immer ihm der Sinn danach stand."

Erbittert warf Bria die Arme hoch. „Ich habe keine Ahnung, was du damit sagen willst. Kannst du es nicht einfach klipp und klar aussprechen?"

„Conrad Morrison mietete keine Zimmer von meiner Mutter, sondern Frauen. Meine Mutter ist eine *Madame,* Bria. Damals waren alle meine Tanten Prostituierte." Luke machte eine kleine Pause. „War dir das deutlich genug?"

14. KAPITEL

Bria blinzelte und hielt Apollo an. Sie hatte um eine klare Auskunft gebeten und genau das erhalten. Ihren Blick nicht vom Boden vor sich hebend, nahm Bria die Zügel wieder auf und lenkte ihr Pferd neben Lukes Stute. „Ich bin nicht sonderlich gut darin, meine Überraschung zu verbergen", erklärte sie.

„Das konntest du einmal besser."

„Das war, als ich noch praktisch gar nichts gefühlt habe. Jetzt ist es viel schwieriger."

Luke nickte. Sie waren nur noch fünfzig Yard vom Ufer entfernt. Er deutete auf eine Stelle ein Stück flussabwärts, wo ein Felsvorsprung im Sonnenlicht lag. Sie ritten etwa zwei Drittel der Strecke, dann stiegen sie ab und banden die Pferde an. Bria zog Schuhe und Strümpfe aus und setzte sich auf den Teil des Felsens, der in das Wasser ragte. Luke fand einen natürlichen Sitz im Stein, von Wind und Wasser ausgehöhlt, und ließ sich darauf nieder.

„Ich weiß, dass du mindestens hundert Fragen hast", bemerkte er.

Bria hob ihre Röcke bis zu den Knien und tauchte ihre Zehen ins Wasser. Sie planschte müßig mit den Füßen, und ein winziger Regenbogen bildete sich in den aufspritzenden Tropfen. „Mehr als hundert. Aber ich warte darauf, dass du mir sagst, was ich wissen soll." Sie schaute ihn über die Schulter an. Er lehnte sich auf seinen Ellbogen nach hinten, die langen Beine von sich gestreckt und an den Knöcheln überkreuzt. Seinen Rock hatte er aufgeknöpft, genauso wie die obersten Knöpfe seines Hemdes. „Obwohl du damit anfangen könntest, mir zu erklären, wer Nana Dearborn wirklich war."

„Genau wie ich es erzählt habe. Sie war meine Großmutter. Meine Mutter war ihr einziges Kind. Ich bin kein Bastard, Bria.

Meine Mutter ist mit sechzehn von zu Hause durchgebrannt, um Patrick Kincaid zu heiraten. Mich bekam sie nach einem angemessenen Zeitraum, und Patrick blieb noch bis ein paar Monate nach der Geburt. Eines Tages ging er zur Arbeit und kam nicht wieder. Das ist, woran meine Mutter sich erinnert. Keine Warnung, keine Nachricht. Sie wartete so lange, wie sie annehmen konnte, dass er zurückkehrte. Es gab Gerüchte, dass er auf einem Frachtschiff nach China gefahren ist, und meine Mutter ist geneigt, ihnen zu glauben.

So schluckte sie also ihren Stolz herunter und ging zu ihrer eigenen Mutter zurück. Nana bot ihr an, sich meiner anzunehmen, untersagte es ihr aber, das Haus zu betreten. Mutter lehnte das ab. Wir kehrten in die Stadt zurück, nach Five Points, wo sie sich die Mieten leisten konnte, und sie verdiente den Lebensunterhalt für uns, indem sie in einer besseren Gegend putzen ging. Das ging so lange, bis einer ihrer Arbeitgeber ihr Gewalt antat." Luke sah, wie sich Brias Schultern versteiften, und sie aufhörte, mit den Beinen zu baumeln, aber sie schaute weiter nach vorn. „Als sie versuchte, ihn deswegen anzuzeigen, wurde sie entlassen. Da sie sich weigerte, Stillschweigen über den Vorfall zu bewahren, verlor sie auch ihre anderen Anstellungen. Eine Weile arbeitete sie dann in den Bars, Saloons und Spielhöllen von Five Points, aber das war gefährlich und nicht sonderlich einträglich. Nach einer Weile entdeckte meine Mutter dann, dass sie schwanger war."

Bria nahm die Füße aus dem Wasser und zog die Beine an. Sie schlang die Arme darum und senkte ihr Kinn auf die Knie. *Schwanger.* Noch gut erinnerte sie sich daran, wie sehr sie sich nach der Vergewaltigung davor gefürchtet hatte.

„Geht es dir gut, Bria?"

Sie nickte. „Erzähl weiter."

„Meine Mutter ging zu einer Engelmacherin. Madame Restell.

Soweit ich gehört habe, war sie für ihre überaus zuverlässig wirkenden ‚Französischen Pillen' berühmt. Ich erinnere mich an nichts davon, Bria. Manches hat Mutter mir erzählt, anderes habe ich gehört. Tante Madelyn hat mir von Zeit zu Zeit ein paar Wahrheiten gesteckt, wenn sie der Meinung war, ich hätte das nötig." Luke lehnte den Kopf an den Felsen in seinem Rücken und genoss die wärmende Herbstsonne. Hinter sich konnte er die Blätter rascheln hören, als ein Eichhörnchen auf der Suche nach Beeren und Nüssen durch das Unterholz lief. „Es war Madame Restell, die vorschlug, dass Mutter zu Flora in der Green Street gehen solle. Flora führte ein erfolgreiches Bordell. Sie war sehr wählerisch, was ihre Mädchen und die Kunden betraf. Sie hatte selbst eine Tochter, die ein angesehenes Mädchenpensionat besuchte und keine Ahnung von der Art und Weise hatte, wie ihre Mutter Geld verdiente. Ich weiß nicht, ob es daran lag, dass ich während des Gespräches auf dem Schoß meiner Mutter saß, dass sie eingestellt wurde, aber Flora nahm sie jedenfalls in ihrem Hause auf und erlaubte ihr, mich bei sich zu behalten."

„Du bist in einem Bordell aufgewachsen", stellte Bria fest. Sie musste das laut sagen, weil sie es sonst nicht glauben konnte.

„Bei Flora, ja. Bis Nana Dearborn meine Mutter davon überzeugen konnte, dass ich bei ihr besser aufgehoben wäre. Nancy, Lyssa, Maggie, Laura, Livia und Madelyn – die engsten Freundinnen meiner Mutter bei Flora, die ich als meine Tanten kannte –, glaubten ebenfalls, dass sie Recht haben könnte." Luke zuckte scheinbar unbekümmert die Schultern, aber in der Brust wurde es ihm eng. „Also schickte sie mich fort. Das habe ich dir aber alles schon erzählt. Als ich wieder zu meiner Mutter zurückkehrte, führte sie ihr eigenes Haus, *Der Rubinstern.* Jede Frau, die für sie arbeitete, hatte den Namen eines kostbaren Edelsteins. Meine Tanten waren nun Beryll, Topas, Smaragd, Granat, Perle und Opal."

Bria schaute ihn unter hochgezogenen Brauen an. „Sagst du auch wirklich die Wahrheit?"

Luke bekreuzigte sich und legte sich die Hand aufs Herz. „So etwas könnte ich mir nie ausdenken."

Das stimmte vermutlich. Sie drehte sich wieder um und legte sich auf einen Ellbogen gestützt auf die Seite. Bria strich mit der freien Hand ihre Röcke glatt, schenkte Luke aber weiter ihre Aufmerksamkeit. „Wusstest du, dass es im Hamilton-Rätsel um Edelsteine geht? Nicht die gleichen wie die Namen, die deine Tanten … äh, beruflich benutzten. Die Hamilton-Steine werden auch die sieben Schwestern genannt."

Er schüttelte den Kopf und lächelte schwach. „Es gibt ein sehr exklusives Bordell in New York, das ‚Die sieben Schwestern' heißt. Mutter wollte den Namen haben, aber sie konnte ihn dem Besitzer nicht abkaufen."

Um Brias Mund zuckte es. „‚Der Rubinstern' hat doch was."

Luke rollte mit den Augen. „Bria, sie hat ihn nur aus dem Grund ausgewählt, weil ‚Die Rote Laterne' ein zu arger Schlag für Nana Dearborn gewesen wäre, selbst in den Augen meiner Mutter."

„Oh."

„Genau", sagte Luke trocken. „Wie auch immer, die Kunden waren deiner Meinung, und *Der Rubinstern* wurde ein großer Erfolg. Meine Mutter hat wichtige Geschäftskontakte, weil sie überaus diskret ist. Indem sie zugehört hat, konnte sie ihr Geld vermehren. Bankiers nehmen ihr Geld nur zu gern und investieren es. Sie besitzt Anteile an mehreren Gewinn bringenden Firmen wie die Northeast Rail Company und mehrere Morgen Land nördlich des Central Parks, die – mit ein bisschen Glück und Geschick – sie noch vor Ende des Jahrzehnts zur Millionärin machen werden.

Meine Mutter war schließlich ebenso erfolgreich wie Flora, und in den letzten fünf Jahren hat sie sie weit überholt. Das ist nicht allgemein bekannt, und zwar auf Wunsch meiner Mutter hin. Sie nennt sich schon so lange Ruby Dearborn, dass die meisten Leute gar nicht wissen, dass sie einmal einen anderen Namen hatte. Es ist Mary Kincaid, die im Stillen das Land und die Firmenanteile besitzt."

„Dann bist du ja reich."

„Du klingst enttäuscht."

„Ich vermute, ich könnte mich daran gewöhnen."

„Dann tu das besser nicht zu sehr", bemerkte er. „Meine Mutter ist reich, nicht ich. Und während sie mir vielleicht eines Tages einen Teil ihres Vermögens vermacht, solltest du wissen, dass sie mir in ihrem letzten Brief damit gedroht hat, mich ganz zu enterben, wenn ich nicht endlich die Sache erledige, wegen der ich hergekommen bin."

Bria schwieg und dachte über all das nach, was er berichtet hatte. „Wie hängt das, was du erzählt hast, mit meinem Stiefvater zusammen? Das kann ich nicht erkennen."

„Ich nehme an, der Name Conrad Morrison sagt dir nichts."

Sie schüttelte den Kopf. „Heute habe ich ihn zum ersten Mal gehört, als du ..." Sie brach ab, als ihr etwas einfiel. „Da gab es mal einen Morrison aus New York, der ..." Ihre Stimme erstarb, und die Falte zwischen ihren Brauen verschwand. „Es tut mir Leid. Ich kann mich nicht mehr erinnern."

„Das ist keine Überraschung. Du wirst erst vierzehn oder fünfzehn gewesen sein, als er Selbstmord beging. Das ist das, woran sich die meisten Leute erinnern, wenn sie mit dem Namen überhaupt etwas anfangen können. Seine Stahlwerke und Eisengießereien wurden nach und nach verkauft, um seine Schulden abzuzahlen, und tragen nicht länger seinen Namen. Er war immer ein Lieblingskunde meiner Mutter. Mit seiner Ermutigung gründete sie ihr eigenes Etablissement. Als sie Flora verließ, förderte er ihr Geschäft und half ihr einen Kundenstamm aufzubauen, indem er den richtigen

Leuten davon erzählte. Er setzte seinen Geschäftssinn ein, um ihr bei ihren Investitionen zu helfen. Trotzdem war es schwierig, und sie musste eine Menge Geld hineinstecken, für die Einrichtung, Alkohol, Bestechungsgelder für die zuständigen Beamten, Ärzte und Schutzgeld."

Bria nickte langsam, als ihr wieder etwas einfiel, was er ihr einmal gesagt hatte. „Darum hatte sie kein Geld, dich vom Kriegsdienst loszukaufen."

„Nicht ganz. Zu der Zeit etwa waren ihre Investitionen verlustträchtig, und zusätzlich musste sie mehr Bestechungsgelder zahlen als je zuvor. Aber vor allem ging sie deswegen zu Mr. Morrison und bat ihn um Hilfe, weil ich sie ausdrücklich gebeten hatte, mich nicht auszulösen. So umging sie es, ihr Versprechen zu brechen. Er hatte ihr ja schon geholfen, mich von der Straße und den Banden in Five Points wegzuholen, und mich in seiner ehemaligen Universität Princeton untergebracht. Er war glücklich, mich von dem Krieg fern zu halten."

„Du musst ihm sehr am Herzen gelegen haben."

„Das denke ich schon", erwiderte Luke. „Ich bin mir sicher, dass er meine Mutter liebte. Einmal habe ich all meinen Mut zusammengenommen und ihm gesagt, er solle sie heiraten. Ich stand da und rechnete mit einer Ohrfeige für meine Unverschämtheit, doch stattdessen stimmte er mir einfach zu. Etwas an der Art und Weise, wie er das tat, überzeugte mich davon, dass er sie schon gefragt hatte. Meine Mutter hat ihn abgewiesen." Langsam atmete er aus. „Ich habe sie nie danach gefragt, meine Tanten aber schon. Sie waren allgemein der Ansicht, dass sie abgelehnt hatte, weil sie ihn zu sehr liebte."

Bria spürte, wie ihr Tränen in die Augen stiegen. Eine rann ihr über die Wange, als sie sie wegzublinzeln versuchte. „Deswegen hat er sich doch nicht umgebracht, oder?"

Während er sie beobachtete, lächelte Luke zärtlich. „Himmel, Bria, was bist du für eine Romantikerin. Nein, ich bin mir sicher, dass das damit nichts zu tun hatte. Mr. Morrisons Selbstmord ereignete sich, während ich im Krieg war, gegen Ende der Kämpfe. Ich hielt mich zu der Zeit in Tennessee auf. Erst Monate später erreichten mich die Briefe mit der Nachricht in Virginia. Dank der finanziellen Unterstützung meiner Mutter und meiner Tanten konnte ich ausmustern und heimkehren."

Bria wischte sich ungeduldig die Tränen aus den Augen. „Das mit Mr. Morrison tut mir sehr Leid, Luke, aber ich verstehe immer noch nicht, was er mit Orrin zu tun hat. Ihr alle kommt aus New York, und Orrin stammt aus Philadelphia."

„Ich habe dir schon erzählt, dass Mr. Morrison Angestellte hatte, die ihm die Bücher führten. Der Oberbuchhalter jedoch veruntreute ein Vermögen. Das stellte er so geschickt an, dass es aussah, als hätte Mr. Morrison seine eigenen Firmen ausgeplündert. Der Stahl und das Eisen, das er herstellte, wurden für Eisenbahnschienen benötigt. Plötzlich jedoch konnten Aufträge nicht mehr erfüllt werden, Investoren zogen sich zurück, und Gläubiger dachten, Morrison würde das Vermögen, das er in den ersten Kriegsjahren gemacht hatte, irgendwie verstecken. Als er das Geld nicht beschaffen konnte, stürzten sie sich auf ihn. Der Verlust seines guten Namens machte ihm fast mehr zu schaffen als der seines Vermögens."

„Also brachte er sich um."

„Das, so wollte es sein Mörder, sollten alle glauben."

Entsetzt riss Bria die Augen auf. „Sein Mörder? Aber …"

„Morrison soll eine Remington benutzt haben, um sich umzubringen. Ein einziger Schuss in die Schläfe."

„Und?"

„Und Morrison besaß nur Colts. Er hatte einen Vertrag mit

Colt über die Lieferung des Rohmaterials für ihre Produktion. Er hätte keine Remington benutzt."

„Luke, er trauerte um seinen Ruf und seine Firma. Er hat sich das Leben genommen. Da konnte er nicht klar denken."

„Er besaß keinen Remington-Revolver, Bria, und er war Linkshänder. Der Schuss ging jedoch durch seine rechte Schläfe."

„Das hättest zu zuerst sagen sollen. Wenn es Mord war, warum wurde dann nur von Selbstmord gesprochen?"

„Die Polizei dachte, es würde ihnen helfen, den Mörder zu fassen, wenn der glaubte, er würde damit durchkommen. Sie hielten es so für weniger wahrscheinlich, dass er fliehen würde. Selbst nachdem es klar war, dass sie ihn in New York nicht finden würden, haben sie die Wahrheit nicht bekannt gegeben."

„Wenn Mr. Morrisons Tod allgemein als Selbstmord gilt, wie kommt es dann, dass du etwas anderes weißt?"

„Meine Mutter hat ihn gefunden", erklärte Luke. „Er war noch warm, als sie dazukam. Meine Tanten warteten in einer Kutsche an der Straßenecke auf sie. Sie alle haben gesehen, wie jemand das Haus durch einen Seiteneingang verließ. Die Beschreibung, die sie später bei der Polizei abgaben, passte genau auf Morrisons Oberbuchhalter. Die Polizei brauchte etwas Zeit, um die Beweise durchzusehen und zu glauben, was meine Mutter die ganze Zeit gesagt hatte. Zu dem Zeitpunkt, als sie einräumen mussten, dass ein Mord vorlag, war es bereits zu spät."

Bria schwieg, in Gedanken versunken. „Ist es Orrin?" fragte sie nach einer Weile.

„Ein Mann mit dem Namen Walter Wingate war Morrisons Oberbuchhalter. Für die Veruntreuung ist er ganz bestimmt verantwortlich, aber noch zwei weitere Angestellte waren beteiligt. Beide sind inzwischen gestorben, vermutlich durch Wingates Hand, obwohl ohne dessen Geständnis nichts als bewiesen angesehen werden kann. Ich bin der Spur von einem nach Pittsburgh gefolgt, dem anderen nach Atlanta. Das war noch in den ersten Monaten meiner Suche. Vor zwei Jahren dachte ich, ich hätte Wingate in Savannah gefunden. Drei Monate habe ich darauf verschwendet und stand nachher mit leeren Händen da. Am Ende musste ich wieder ein paar Schritte in meiner Ermittlung zurückgehen und meine Erkenntnisse in neuem Licht betrachten. Das führte mich dann schließlich nach Charleston, und Charleston brachte mich hierher."

„Also ist Orrin Foster Walter Wingate."

Luke nickte. „Das denke ich. Ich muss ihn nach New York bringen, um das zu beweisen. Meine Tanten können bestätigen, dass er sich zum Zeitpunkt des Mordes in Morrisons Haus aufgehalten hat. Außerdem muss er noch wegen der Veruntreuung zur Rechenschaft gezogen werden."

„Die Veruntreuung." Bria sprach das letzte Wort fast tonlos. „Wenn mein Stiefvater Wingate ist, dann gehört *Concord* ..." Sie konnte den Satz nicht beenden. Die Folgen dessen, was Orrin getan hatte, waren zu schwer wiegend, um sie zu begreifen.

„Die Steuern auf *Henley* wurden mit Geld bezahlt, das Morrison gestohlen hatte. Das ist aber nur ein Teil dessen, was vermisst wird. Orrins Bankkonten und Investitionen werden zeigen, wie viel er in Wahrheit veruntreut hat. Ich weiß, dass Geld in die Renovierung von *Concord* gesteckt wurde, und Orrin knauserte bei jedem Dollar, den er ausgeben sollte, aber das ist dennoch nur ein Bruchteil dessen, was er zur Verfügung haben muss."

„Hast du irgendwelche Beweise?" fragte sie. „Hast du seine Kontobücher gesehen?"

„Ich habe im ganzen Haus nach ihnen gesucht, in seinen Räumen ... in seinem Arbeitszimmer, doch es ist mir nicht gelungen, sie zu finden. Es gibt keinen Safe und keine Geheimfächer in seinem Schreibtisch."

„Er wird sie mit nach Charleston genommen haben."

„Das dachte ich auch, musste aber dennoch hier nachsehen."

„Ich denke, er wird wahrscheinlich wirklich seine Bücher immer bei sich haben", bemerkte Bria. „Eigentlich habe ich immer angenommen, er würde das Haus auf der Suche nach dem Hamilton-Rätsel auseinander nehmen. Doch jetzt denke ich, dass es ganz anders war. Es kann sein, dass Orrin vergisst, wo er seine Unterlagen aufbewahrt. Es wäre typisch für ihn, zu glauben, dass Mutter oder ich in seinen Geschäftspapieren herumstöbern wollten." Sie beachtete Lukes skeptischen Blick nicht weiter. „Ich nehme an, er versteckt die Rechnungsbücher mit seinen Investitionen und Konten vor uns."

Luke erwog das. „Du könntest Recht haben."

Bria war sich da sogar sicher. „Luke, was bedeutet das alles für *Henley*? Kann Orrin es dann überhaupt für sich beanspruchen?"

„Vermutlich nicht."

Brias Miene blieb unverändert, obwohl sie seinem Blick auswich. Sie nickte langsam. „Das hatte ich auch nicht angenommen", flüsterte sie. „Was ist mit dir, Luke? Wie wurdest du in all das hineingezogen?"

„Mary Kincaid", antwortete er mit einem Seufzen. „Alle meine Tanten mit Ausnahme von Laura waren sofort bereit, sie zu unterstützen. Innerhalb einer Minute hatte sie sich entschieden, aber es stand stets außer Frage, dass sie sich einmischen würde." Luke atmete tief ein, füllte seine Lungen mit der frischen, klaren Herbstluft, während er seine Gedanken sammelte. „Zu der Zeit, als ich nach Hause kam, war Wingate längst verschwunden, und die Polizei ermittelte höchstens halbherzig.

Morrison hatte weder Frau noch Kinder, seine Eltern waren schon viele Jahre, bevor er sein Vermögen erwarb, gestorben, und er hatte weder Brüder noch Schwestern. Mary Kincaid und ihre Freundinnen waren in jeder Hinsicht, die zählt, seine Familie. Meiner Mutter lag viel daran, dass Morrisons Name reingewaschen würde. Als sie merkte, dass die Polizei sich nicht recht bemühte, heuerte sie Männer von Pinkerton an, bis ich mit der Aufgabe betraut wurde. Die Pinkerton-Detektive übergaben mir die Ergebnisse ihrer Ermittlungen. Das ist fast neun Jahre her. Seitdem mühe ich mich damit ab und nehme soweit möglich entlang des Wegs Aufträge als Architekt an."

„Deine Mission", sagte Bria leise. „Das ist deine Mission hier."

„Vielleicht war sie das am Anfang."

Verunsichert schaute sie ihn an.

„Weißt du es nicht, Bria? Du selbst bist seitdem meine Mission geworden."

Bria legte den Kopf schräg und musterte ihn aus zusammengekniffenen Augen zweifelnd, wie jemand, der ein neuartiges Kunstwerk wegen seiner Originalität interessiert betrachtet, aber unsicher ist, ob es hält, was es verspricht. „Kann das stimmen?"

„Es stimmt."

„Aber ich habe doch *dich* gefragt, ob du *mich* heiratest. Und du hast versucht, es mir auszureden."

„Alles Teil meines Planes."

„Du hattest einen Plan?"

„Ich hatte Ideen."

„Hm." Sie hob die Augenbrauen. „Sag mal ... in unserer Hochzeitsnacht ... hast du da etwas mit den Türen angestellt, die zu Mammys altem Zimmer führen?"

„Nein. Mit den Schlüsseln."

„Die Schlüssel!" Bei seinem schiefen Lächeln wurde ihr ganz warm. Er sah überaus selbstzufrieden aus, aber Bria konnte nicht behaupten, dass sie das störte. „Eine deiner besseren Ideen."

„Danke."

Ihre Miene wurde nüchterner. „Wie hast du dich wegen Orrins Einladung für Samstag entschieden?"

„Das weißt du doch. Ich habe meine Meinung nicht geändert. Du hast Elizabeth gehört. Sie hat zugestimmt, mir das Geld vorzustrecken."

„Ich weiß nicht, ob sie das tun sollte. Was, wenn Orrin dahinter kommt?"

„Ich werde es ihm nicht sagen, wenigstens nicht von vornherein. Du etwa?"

„Nein, natürlich nicht."

„Und deine Mutter wird es ihm bestimmt nicht verraten ..." Luke wartete, ob Bria erneut widersprechen wollte. Als sie das nicht tat, fuhr er fort: „Was ist mit dir? Wirst du dein Geld dazutun?"

Bria wollte nicht, dass er fortging. „Ich weiß, das ist das, was ich wollte, Luke, wovon mein Plan abhing, aber jetzt ist alles ganz anders. Selbst wenn kein Risiko dabei wäre, kann Orrin etwas verwetten, was ihm von Rechts wegen gar nicht gehört? Wenn er *Henley* mit gestohlenem Geld gekauft hat, dann können doch Mr. Morrisons Erben oder seine Gläubiger Anspruch darauf erheben. Hast du daran schon gedacht?"

„Ja, lange vor dir. Ich denke, wir müssen die Plantage erst wieder in deinen Besitz bringen, dann kümmern wir uns um den Rest. Zunächst gilt es immer noch zu beweisen, dass Orrin Foster Walter Wingate ist. Das wird Zeit beanspruchen, und wenn nicht mehr Belastungsmaterial als die Aussagen von Ruby und ihren sechs kostbaren Edelsteinen vorliegt, kann es auch gut sein, dass das nie geschieht."

„Denkst du nicht, dass die Menschen auf deine Mutter und deine Tanten hören werden?"

„Sie sind Prostituierte, Bria", erinnerte er sie sachlich. „Du hast doch zugehört, als ich dir das erklärt habe, nicht wahr? Du hast dir keine Reaktion anmerken lassen."

„Ich bin auch noch nie mit irgendetwas so Erstaunlichem konfrontiert worden. Egal, ich denke nicht, dass das, was sie tun, sie aus Prinzip unglaubwürdig macht. Ganz im Gegenteil, könnte ich mir vorstellen. Du hast selbst gesagt, dass Diskretion eine große Rolle in ihrem ... äh, Beruf spielt. Ein guter Rechtsanwalt könnte damit bestimmt etwas anfangen."

„Vielleicht." Luke behielt seine zweifelnde Miene bei. „Dennoch stimmt es doch, dass du *Henley* weiterführen könntest, bis alles geklärt ist."

Bria presste störrisch die Lippen zusammen und reckte ihr Kinn. „Wenn dein Leben dabei in Gefahr gerät, dann bin ich nicht interessiert."

„Gut."

„Dann wirst du nicht ..."

„Ich werde das Geld deiner Mutter nehmen", schnitt Luke ihr das Wort ab, „und das, was ich gespart habe. Das habe ich damit gemeint."

Bria stand auf, weil sie erkannte, dass sie ihn nicht umstimmen konnte. „Ich würde gern eine Weile allein reiten."

Als sie an ihm vorbeieilte, hätte er sie fast zurückgehalten, aber er beherrschte sich, saß da, blickte stumm auf den Fluss und sah doch nichts außer Bria.

Am Samstagabend stand Bria auf der Schwelle der Eingangstür und schaute Luke nach, der auf Apollo davonritt. Orrin dagegen war bereits ein paar Minuten früher in der Kutsche zum Haus von Franklin Archer aufgebrochen.

„Ich begreife nicht, warum Luke nicht mit der Kutsche fahren konnte", bemerkte Elizabeth und trat neben ihre Tochter. „Gewiss ist es doch für beide sicherer, wenn sie zusammen unterwegs sind."

„Orrin hat darauf bestanden", erklärte Bria. „Er beharrte darauf, dass so, wenn einer von beiden den Wunsch verspürt, vorzeitig aus dem Spiel auszusteigen, der andere sich nicht verpflichtet fühlen muss, ebenfalls schon aufzubrechen."

Elizabeth erschien überrascht. „Dann war Orrin vermutlich nur umsichtig."

Als sie Luke nicht länger sehen konnte, drehte Bria sich zu ihrer Mutter um. „Wenn Orrin umsichtig war, dann nur in Bezug auf sich selbst. Er glaubt nicht, dass Luke genug Mittel oder Geschick besitzt, um lange am Spiel teilnehmen zu können. Er will sichergehen, dass er bleiben kann, wenn Luke von den anderen vertrieben wird."

„Bria", schalt Elizabeth. „Das weißt du doch gar nicht." An dem eigensinnig verzogenen Mund ihrer Tochter erkannte sie, dass sie ihre Meinung nicht ändern würde, und wechselte das Thema. „Darf ich hoffen, dass dich hier draußen anzutreffen bedeutet, dass ihr beide, Luke und du, euch versöhnt habt?"

„Wir haben doch gar nicht gestritten."

„Weil ihr nicht miteinander gesprochen habt."

„Das stimmt nicht. Wir haben miteinander geredet."

„Nicht häufig. Und wenn, dann nur in so höflichem, unpersönlichem Ton, dass man hätte meinen können, ihr würdet euch kaum kennen. Und das ging so tagelang. Selbst Orrin ist es aufgefallen."

Bria ging ins Haus zurück und hielt ihrer Mutter die Tür auf. „Ich denke mir, Orrin hofft, dass es Luke ablenkt", erwiderte sie trocken. Sie sah an Elizabeths Zusammenzucken, dass sie mit ihrer Vermutung richtig lag. Bria seufzte. „Ich wollte einfach nicht, dass Luke an dem Kartenspiel teilnimmt. Bei unserer Unstimmigkeit dreht es sich einzig darum. Er kennt meine Einwände, und ich kenne seine Gründe. Ich habe dafür gesorgt, dass er Apollo reitet, weil ich wollte, dass er das beste Pferd hat, das ihn sicher nach Hause trägt. Und ich weiß nicht, was ich sonst noch hätte tun oder sagen können."

„Hast du dich von ihm verabschiedet?" fragte Elizabeth leise.

„Ich bin hergekommen, als er aufbrach."

„Aber hast du auch mit ihm gesprochen? Ihm Glück gewünscht? Ihm gesagt, dass du ihn liebst?"

Bria hatte kein Wort gesagt. Lediglich mit ihren Augen hatte sie ihn angefleht, auf *Concord* zu bleiben, und das auch erst, nachdem er ihr bereits den Rücken zuwandte. Vorher war sie einfach zu stur gewesen. Jetzt schüttelte sie den Kopf und beantwortete so die Frage ihrer Mutter.

„O Bria. Lass ihn nie gehen, ohne ihm zu sagen, dass du ihn liebst."

Bria starrte ihre Mutter einen langen Augenblick vorwurfsvoll an. „Hast du etwas zu Orrin gesagt? Hast du auch nur einmal erwogen, Luke deine Unterstützung zu entziehen, damit er hier bleibt?" Damit kehrte sie Elizabeth den Rücken und durchquerte die Eingangshalle, um die Treppe hinaufzugehen. Auf der ersten Stufe blieb sie stehen und schaute kurz über ihre Schulter. „Ich habe einmal geglaubt, ich könnte Luke gegen Orrin benutzen, um das zu bekommen, was ich wollte. Doch ich habe mich geirrt, Mutter. Menschen können nicht so manipuliert werden, dass man genau vorhersagen kann, was sie tun werden. Hier steht mehr auf dem Spiel als Geld für deine Gärten."

Bria meinte, bei diesem letzten Satz in den Augen ihrer Mutter kurz etwas aufflackern zu sehen, aber die Sorge oder Gekränktheit waren so rasch wieder verschwunden, dass sie an dem zweifelte, was sie gesehen hatte. Und als sie erst einmal in ihrem Schlafzimmer angekommen war und sich aufs Neue mit Lukes Abwesenheit konfrontiert fand, vergaß sie alles andere.

Franklin Archers Haus lag zwölf Meilen südwestlich von *Concord.* Die Plantage umfasste ein paar tausend Morgen Farmland und Weiden, besaß ein großes Kutschenhaus und Stallungen, um die er allgemein in der Umgebung beneidet wurde. Ein anmutig geschwungener Säulengang vor der Eingangstür hieß die Besucher willkommen. Als Orrin und Luke eintrafen, wurden sie von dem langjährigen Butler der Familie geradewegs in Franklins Arbeitszimmer geführt.

Austin Tipping erhob sich, als sie eintraten, und begrüßte sie herzlich. Er war hoch gewachsen und schlank, seine eher zartgliedrigen Hände hatten lange dünne Finger. Er begrüßte erst Orrin, dann Luke. „Bitte bedienen Sie sich an der Anrichte", sagte er. „Frank wurde nach oben gerufen, um einen Familienstreit zu schlichten. Inzwischen bereut er, dass er seine Frau und seine Töchter nicht für ein paar Tage auf Besuch zu seiner Mutter geschickt hat."

„Genau der Grund, weswegen ich dieses Spiel nicht in *Concord* haben wollte", bemerkte Orrin. „Wir hätten uns damit abfinden müssen, dass Bria den ganzen Abend lang ihr Ohr ans Schlüsselloch drückt oder Entschuldigungen findet, uns zu stören, nur um sich davon zu überzeugen, dass Luke nicht betrogen wird." Er versetzte Luke einen kameradschaftlichen Schlag auf den Rücken. „Stimmt das nicht, Kincaid? Bria traut uns nicht, dass wir Sie nicht am Ende übervorteilen."

„Von übervorteilen weiß ich nichts, Sir", erwiderte Luke. „Ich denke, sie macht sich Sorgen, dass Sie mir nach dem Leben trachten."

Austin Tipping begann als Erster zu lachen, und in Lukes Ohren hörte es sich echt an. Orrins dröhnenderes Gelächter dagegen klang gezwungen. Keiner von beiden verfolgte das Thema weiter. Luke schenkte sich und Orrin Drinks ein, dann nahm er auf dem Stuhl gegenüber von Austin Platz. Wenige Minuten später gesellte sich Franklin Archer zu ihnen. Er setzte sich neben Luke und stieß einen leidgeprüften Seufzer aus.

„Teil irgendwer die verdammten Karten aus“, sagte er. Er hob eine seiner buschigen Augenbrauen, wobei sich die kurzen silbernen Haare sträubten. „Die einzigen Damen, die ich heute Abend sehen möchte, sind die in dem Spiel.“

Austin nahm die Karten vom Tisch und begann sie zu mischen. „Was ist mit Will? Er kommt doch auch, oder?“

Franklin zuckte die Schultern. „Er wird kommen, wann er kommt.“

Orrin übernahm die Bank, öffnete eine der Schachteln mit den Spielchips und gab den Spielern, was sie verlangten. „Was ist mit Sam und Jim?“

„Ich habe gehört, Jim Poling hat sich den Knöchel verstaucht“, verkündete Franklin und trommelte ungeduldig mit seinen dicklichen Fingern auf die Tischplatte. Als Orrin ihm seine Chips gab, verteilte er sie auf mehrere kleinere Stapel. „Was mit Sam ist, kann ich nicht sagen. Ich habe nichts davon gehört, dass er nicht kommt, also gehe ich davon aus, dass er noch eintreffen wird.“

Austin teilte die Karten aus und betrachtete den Spieleinsatz in der Tischmitte. Das Kirschbaumholz war so glänzend poliert, dass sich die Chips darin spiegelten. „Alle dabei? Buben oder höher zum Eröffnen, keine Wilden.“ Er schaute zu Luke. „Ich gehe davon aus, dass Orrin Ihnen gesagt hat, dass es sich hierbei um ein freundschaftliches Spiel handelt. Es gibt kein Limit außer dem Gewissen des Ehrenmannes. In Ordnung?“

Luke hatte seine Karten noch nicht aufgenommen. „Ja.“

Die ersten paar Runden verliefen gemäßigt. Luke gewann ein Mal, den Rest sackte Austin ein. Franklin brummte gutmütig, er habe aber verdammtes Glück, während Orrin den Verlust schweigend trug. Sie unterbrachen ihr Spiel, als Sam eintraf und noch einmal, als Erfrischungen gebracht wurden. Erst nachdem einer bemerkte, es sei höchst unwahrscheinlich, dass Will zu so später Stunde noch zu ihnen stoßen würde, begannen sie ernsthaft zu spielen.

Luke spürte die Veränderung in der Atmosphäre im Raum sofort. Es war nicht so, dass sich irgendetwas jetzt grundlegend von zuvor unterschied, sondern eher eine leichte Veränderung im Verhalten und der Körperhaltung. Die Falte auf Sams breiter Stirn hatte sich vertieft, und in seine Augen war ein wachsamer Ausdruck getreten. Orrin schränkte tatsächlich seinen Alkoholkonsum ein. Zwar hob er sein Glas weiter häufig an die Lippen, nahm aber kleinere Schlucke. Luke beobachtete sogar einmal, wie er zur Anrichte ging und seinen Bourbon stärker mit Wasser verdünnte als üblich.

Franklins Trommelrhythmus änderte sich, je nachdem, wie seine Karten waren. Luke war sich der Tatsache bewusst, dass den anderen das schon lange bekannt war. Sie duldeten das nervöse Fingerklopfen ihres Freundes nur, weil es ihnen viel über die Karten, die er bekommen hatte, verriet. Waren sie gut, trommelte er mit allen Fingern, waren sie schlecht, klopfte er mit seinem Zeigefinger auf die Tischplatte. Nur wenn Franklin bluffte, stellte er das Klopfen völlig ein. Dann nämlich musste er sich ganz darauf konzentrieren, sich nicht durch sein Verhalten zu verraten.

Austin war der geschickteste Spieler, aber er war – anders als Luke – nicht an den Spieltischen in Floras Bordell aufgewachsen. Bis zu seinem sechsten Lebensjahr hatte Luke einige der besten Falschspieler von New York bei der Arbeit beobachten können.

Während seine Mutter oben ihrem Gewerbe nachging, hatte er Getränke in das Hinterzimmer gebracht, Zigarren angezündet und neue Spielkarten ausgepackt. Die Spieler duldeten nicht nur seine Anwesenheit, manchmal zahlten sie sogar dafür. Sie nannten ihn Little Lucky und baten ihn, neben ihnen zu stehen. Es kam vor, dass er nach Mitternacht noch geweckt und aus seinem Bett geholt wurde, damit er zu dem Spiel dazukam, in der Hoffnung, dass sich mit seinem Erscheinen das Glück wenden würde. Im Gegenzug hatte Luke von den New Yorker Meistern gelernt. Einmal hatte er auf dem Schoß von Gentleman George James gesessen, während dessen Glückssträhne über dreiundzwanzig Runden anhielt. Er hatte Jesop Fitzgerald dabei gesehen, den Hölle und Fegefeuer beschwörenden Prediger von Lower Manhattan, wie er einen Bluff durchzog, um die Seele eines Mannes und sechshundert Dollar zu gewinnen. Little Lucky war Zeuge geworden, wie Jack Fine Edmund Benning des Falschspiels beschuldigte und wie die Angelegenheit an Ort und Stelle mit einem Derringer ausgetragen wurde. Dieser letzte Zwischenfall hatte Mary Kincaid davon überzeugt, dass ihr Sohn besser bei ihrer Mutter aufwachsen sollte. Nana Dearborn war am folgenden Tag in einer Kutsche eingetroffen, um ihn von der Green Street fortzuholen.

Somit machte sich Luke wegen Austins Geschick keine großen Sorgen. Seine Fähigkeiten, das Spiel zu manipulieren, standen auf einem ganz anderen Blatt. Dazu kam noch, dass Austin, Sam, Franklin und Orrin zu viert gegen ihn spielten. So etwas hatte er schon früher gesehen. Ein Mann nahm Verluste hin, während er gleichzeitig einem anderen gute Karten zukommen ließ. Das gelang nur den geschicktesten Spielern, musste Luke zugeben. Austin Tipping war gut genug, um damit durchzukommen, wäre Luke nicht gewarnt gewesen.

Er stellte sie deswegen nicht zur Rede. Er bezweifelte, dass einer von ihnen es hinnehmen würde, des Betrugs bezichtigt zu werden, genauso wie er bezweifelte, dass er eine Konfrontation mit ihnen gewinnen könnte. Die Erinnerung an Jack Fines versteckten Derringer war Luke gegenwärtig. Ihrem Falschspiel begegnete er, indem er frühzeitg ausstieg, sodass seine Verluste gering blieben. Er musste sich etwas anstrengen, damit es nicht allzu offensichtlich war. Denn das Letzte, was Luke gebrauchen konnte, war, sein eigenes Geschick im Umgang mit den Karten zu zeigen.

Während des Spiels war es nicht verboten, sich zu unterhalten, schließlich handelte es sich ja um ein freundschaftliches Spiel. Man sprach über Grants Präsidentschaft, die letzte Ernte, die anstehende Hochzeit von Franklins Tochter und Captain Matthew Webb, der im August den Ärmelkanal durchschwommen hatte. Bei verschiedenen Themen war man einer Meinung, ganz besonders bei Webb. Alle vertraten einstimmig die Ansicht, dass es, wie Sam es ausdrückte, „eine verdammt närrische Tat“ war.

Zwischen dem Einsatz, Erhöhen, Aussteigen und Aufdecken kam das Gespräch schließlich auch auf den *Klan.* Luke beteiligte sich an der Unterhaltung, weil es von ihm erwartet wurde. Er stellte Fragen über die Organisation, als hätte er nie einen der Reiter in Kapuzenmänteln gesehen. Sie antworteten entsprechend und erklärten, warum es nötig war, den Besitzstand der Weißen zu schützen.

„Die Behörden haben uns enttäuscht“, sagte Sam zu Luke. Die anderen, mit Ausnahme von Orrin, stimmten ihm zu. „Zu viele Farbige haben nach der 68er-Wahl Ämter übernommen. Die Reisernte ist schlecht ausgefallen. Und die Nigger sind einfach nicht dazu zu kriegen, in der Ruhezeit etwas zu tun.“

„Er meint nach der Ernte“, erläuterte Orrin. „Sam, bist du noch dabei?“

„Ja.“ Sam studierte sein Blatt. „Wo sind wir?“

„Bei drei Dollar."

„Oh, Hölle." Er warf ein paar Chips in die Mitte. „Da. Drei Dollar und ich erhöhe um zwei." Er ordnete seine Karten und verfolgte seinen Gedankengang weiter. „Wie ich schon sagte, man kann sie nicht dazu bekommen, Entwässerungsgräben zu ziehen oder die Kanäle auszubessern. Zahl ihnen einen ordentlichen Lohn, und sie versaufen ihn."

Franklin sah, dass Sam erhöht hatte, und begann mit dem Zeigefinger auf den Tisch zu klopfen. „Wenn sie betrunken sind, werden sie lästig. Sie bilden sich Herabsetzungen und Beleidigungen ein; sie reden unverschämt mit unseren Frauen. Der *Klan* sorgt für Recht und Ordnung, nicht wahr, Orrin?"

Orrin hob eine Augenbraue. „Wenn du es sagst. Schwer für mich, zu erkennen, wenn sie auf *meinem* Land für Recht und Ordnung sorgen, indem sie *meine* Häuser niederbrennen und einen Mann foltern, der für *mich* arbeitet."

Sam lachte leise. „Du musst das auf lange Sicht sehen, Orrin. Es ist doch so: In Zukunft werden die Nigger nicht mehr von dir stehlen."

„Natürlich", erwiderte Orrin trocken. „Auf die lange Sicht." Er deutete mit dem Kinn auf Luke. „Was denken Sie, Kincaid?"

„Ich denke, ich steige aus." Luke warf seine Karten auf den Tisch und wich der Frage aus, indem er aufstand. Er wünschte, er könnte die Blicke sehen, die die anderen hinter seinem Rücken austauschten. Sie versuchten ihn tatsächlich für den *Klan* zu rekrutieren. Orrins eher knappe Einwände dienten lediglich dazu, zu zeigen, dass alle Meinungen geduldet wurden.

Lukes Ablehnung sorgte dafür, dass das Spiel größtenteils schweigend fortgeführt wurde. Es wurde spannender, als die Unterhaltung ab- und die Konzentration zunahm. Kurz nach Mitternacht entschuldigte Sam sich mit Kopfschmerzen und zog sich auf die Chaiselongue am Kamin zurück, wo er prompt einschlief. Das Spiel nahm mit nur noch vier Spielern seinen Fortgang.

Luke begann danach häufiger zu gewinnen, als zu verlieren. Die Summe in der Tischmitte wurde immer größer. Schließlich erklärte Franklin, er könne nicht mehr mithalten. Je weniger sich Luke um den Ausgang zu scheren schien, desto wichtiger war es Orrin Foster. Gelegentlich ertappte Luke ihn dabei, wie er Franklin und dem schlafenden Sam verächtliche Blicke zuwarf, als tadelte er sie dafür, ihn im Stich gelassen zu haben. Austin blieb, bis die Uhr in der Eingangshalle drei schlug. Sein schmales Gesicht sah scharf aus, als er sich vom Tisch erhob und sich auf die Suche nach Kaffee machte.

Luke schaute auf die Chipstapel vor ihm. „Mehr als genug, um Elizabeths Gärten zu erneuern", sagte er. „Ich bin bereit zu gehen, wenn Sie wollen."

Orrins Augen waren an den Rändern gerötet, sein Blick jedoch war klar und scharf. „Was?"

„Ich bin bereit, zu gehen."

Orrin schüttelte den Kopf. „Was haben Sie über Elizabeth gesagt?"

„Sie hat mir den Spieleinsatz für heute Abend gegeben", erklärte Luke beiläufig. „Sie wusste, dass ich sonst vermutlich nicht genug Geld haben würde. Sie hat mich gewarnt, dass Sie alle es mit dem freundschaftlichen Spiel ernst nehmen." Um ganz sicherzugehen, krönte Luke diese letzte Bemerkung noch mit einem schiefen Lächeln. „Elizabeth hatte natürlich Recht. Ich hätte vor Stunden aufhören müssen, wenn sie mir nicht ausgeholfen hätte." Als Orrin ihn mit einem finsteren Blick bedachte, gab er sich noch mehr Mühe, aufrichtig zu erscheinen. „Es war doch nicht falsch von mir, ihr Angebot anzunehmen, oder? Sie hat darauf bestanden, und ich fand, dass es für eine gute Sache war."

Orrin fluchte tonlos, während Franklin lachte. „Kincaid, Sie stellen meine Geduld auf eine harte Probe.“

„Er meint“, schaltete sich Austin ein, „dass Sie mit seinem eigenen Geld spielen.“

Luke runzelte die Stirn. „Das verstehe ich nicht.“

„Elizabeth besitzt keinen Penny, den ich ihr nicht gegeben habe“, erklärte Orrin. „Alles, was sie hat, gehört mir.“

Sam setzte sich auf dem Sofa auf und tat verschlafen seine Meinung kund. „Wenn Sie es ihr gegeben haben, Orry, ist es dann denn nicht ihrs? Ist noch Bourbon da? Ich spüre ganz deutlich, wie sich meine Lebensgeister wieder regen.“

Austin goss Sam zweifingerhoch Whiskey ins Glas und brachte es ihm. „Dann wollen wir hoffen, dass du davon auch einen klaren Kopf bekommst“, bemerkte er.

Sam war nicht beleidigt. Er dankte Austin für den Drink und umklammerte das Glas, während er schwankend auf die Füße kam. „Natürlich erscheint es irgendwie nicht richtig. Als ob du gegen deine Frau spieltest oder gar gegen dich selbst.“ Er nahm einen Schluck. „Oder irgend so ein Unsinn.“

Luke hob die Karten auf. „Sie können immer noch versuchen, es wieder zurückzugewinnen.“ Er begann mit lässiger Gleichgültigkeit zu mischen. „Ich bin nicht darauf aus, zu verlieren, verstehen Sie, aber ich halte es für angebracht, Ihnen wenigstens die Chance zu bieten, da Sie nichts davon wussten, woher mein Spieleinsatz stammte. Vermutlich gibt es Leute, die sagen würden, das, was ihr gehört, gehört auch Ihnen, egal, ob Sie es ihr gegeben haben oder nicht.“

„Das würde ich so sehen“, erklärte Franklin. „Genau genommen sage ich das die ganze Zeit zu meiner Amanda, nicht, dass es sie irgendwie beeindrucken würde.“ Er lachte leise. „Nicht im Mindesten.“

Orrin Foster lehnte sich in seinem Stuhl zurück. Unter halb gesenkten Lidern beobachtete er Luke beim Mischen der Karten. „Was für einen Einsatz schlagen Sie vor?“ fragte er. „Ihnen muss doch etwas Bestimmtes vorschweben, oder nicht?“

Luke unterbrach seine Tätigkeit lang genug, um auf die Stapel vor sich zu deuten. „Das alles gegen das, was Sie haben.“

„Das ist nicht gerecht. Sie besitzen zweimal so viel Chips.“

Luke zuckte die Schultern. „Ich verstehe Ihr Zögern. Ich kann mir vorstellen, dass das nicht ganz gerecht aussieht. Ich kann so viel mehr verlieren als Sie, dass Sie meinen Motiven misstrauen müssen. Mein Onkel Morrie würde Ihnen raten, den Tisch zu verlassen. Den Rat hat er mir mit auf den Weg gegeben, für den Fall dass mir eine verdächtige Wette angeboten würde. Steh auf und geh.“

„Onkel Morries Rat klingt vernünftig“, erwiderte Orrin. „Haben Sie ihn je beherzigt?“

„Nein. Ich scheine es einfach nicht zu schaffen, aufzustehen, würde aber keinen anderen dafür verurteilen, wenn er es täte. Onkel Morrie würde sagen, dass Sie klüger sind als ich.“ Luke kam beim Mischen aus dem Rhythmus, so dass ein paar Karten auf den Tisch fielen. Er nahm sie und steckte sie wieder in das Spiel.

„Die hier haben Sie übersehen.“ Austin Tipping ging neben Lukes Stuhl in die Hocke und hob eine Karte auf. Er streckte die Hand aus, um sie Luke zu geben, dann, im letzten Moment, drehte er sie um. Es war eine Kreuzvier. „Ich frage mich, was wir denken würden, wenn es ein Ass gewesen wäre.“ Er überließ Luke die Spielkarte und stand auf.

Luke fuhr mit dem Mischen fort. „Wir können uns natürlich auch auf einen ausgeglichenen Einsatz einigen“, erklärte er. „Selbstverständlich würde ich Schuldscheine von Ihnen für das annehmen, was Sie im Augenblick nicht dabeihaben.“

„Damit ich Gelegenheit bekomme, noch mehr zu verlieren?“

erkundigte sich Orrin. „Nein, ich glaube, Ihr Onkel Morrie würde mir davon abraten."

„Wahrscheinlich. Er war allgemein zu vorsichtig. Die Leute sagten immer, das wäre er bei seinen Geschäften, aber ich kann mir nicht vorstellen, dass er sein Vermögen mit übertriebener Vorsicht gemacht hat."

Franklin hob eine seiner buschigen Augenbrauen, schlenderte zu dem Tisch zurück und setzte sich. „Sie haben einen vermögenden Onkel, Kincaid? Orrin hat uns glauben gemacht, Bria wäre eine in jeder Hinsicht ungünstige Verbindung eingegangen. Wusstest du davon, Orrin? Der Yankee hat Geld."

„Natürlich hat er Geld. Er verlangt ein Vermögen von mir für die Instandsetzung von *Concord.*" Orrin lächelte angespannt und musterte Luke scharf. „Daran hat sich nichts geändert, dadurch, dass er mein Schwiegersohn wurde. Er arbeitet weniger und verlangt mehr. Ich glaube, dass Sie ein wenig übertreiben, Frank. Oder meine Worte wurden anders verstanden, als sie gemeint waren." Orrin schaute wieder zu Luke und stellte seine Frage in leicht sarkastischem Ton. „Also, Kincaid, sind Sie der Erbe von Onkel Morries Vermögen?"

Luke richtete seinen Blick auf Orrin Fosters Gesicht. „Onkel Morrie war kein Verwandter. Er war ein Freund der Familie und starb verschuldet. Es gibt kein Vermögen zu erben. Selbst ein so vorsichtiger Mann wie Conrad Morrison konnte all sein Geld verlieren."

Es entging Luke nicht, wie die anderen auf den Namen Morrison reagierten. Sam stieß einen leisen Pfiff aus, Austin setzte sich, und Franklin trommelte schneller mit den Fingern auf die Tischplatte. Doch allein an Orrins Reaktion war er interessiert und wurde am Ende für seine Geduld belohnt. Aus Orrin Fosters gerötetem Gesicht wich alle Farbe. Bevor er sich fasste und seine Miene sich verschloss, standen Schuldbewusstsein und Wiedererkennen in seinen Augen.

Orrin richtete sich in seinem Stuhl auf. Seine Hände zitterten leicht, als er nach seinem Bourbon-Glas griff. Er umklammerte es wie einen Rettungsanker und hob es an die Lippen. Er nahm nur einen, aber tiefen Schluck. Als er endlich sprach, war seine Stimme wieder fest. „Was wollen Sie?"

„*Concord.*"

„Das geht nicht."

Franklin hörte auf, mit den Fingern zu trommeln. „Was, zur Hölle, redet er da, Orrin? Es klang so, als wollte er, dass du *Concord* setzt."

Sam erhob sich zum zweiten Mal an diesem Abend von der Chaiselongue. Jetzt war er vollends wach. „Ist das Ihr Ernst, Kincaid? Man hat Ihnen doch gesagt, dass es sich hier um ein freundschaftliches Spiel handelt, oder?"

Austin Tipping blickte von Orrin zu Luke und wieder zurück. „Ich war nie sonderlich begeistert davon, dass *Henley* in Yankee-Besitz endet, Orrin. Sie wissen das, weil ich nie ein Geheimnis daraus gemacht habe. Nun, wenn Kincaid hier ein Sohn des Südens wäre, könnte man mich überreden, seine Sache zu vertreten. Aber er ist nun einmal ein Yankee wie Sie, und er hat die Frau bekommen, die mir versprochen war. Zu allem Überfluss nennt er dieses Industriellenschwein ‚Onkel Morrie'. Ich sage, Sie sollten darauf eingehen, aber sicherstellen, dass die Sache nicht so einseitig ist. Wenn Kincaid gewinnt, bekommt er *Concord.* Was verspricht er, wenn Sie gewinnen, Orrin? Er hat nicht genug auf dem Tisch liegen, dass es dem Gegenwert der Plantage entspräche. Sicherlich verfügt Ihre Frau nicht über die Mittel, um das aufzuwiegen."

Orrin schaute Luke erwartungsvoll an. „Und? Austin hat Recht. Was legen Sie noch auf den Tisch?"

Luke griff in seinen Rock und holte einen Füllfederhalter hervor. „Kann ich ein Blatt Papier haben?“ Franklin holte eines von seinem Schreibtisch und reichte es ihm. Luke faltete es etwa ein Drittel unterhalb der Oberkante, fuhr den Knick mit dem Finger nach und riss es ab. Es mit einer Hand abschirmend, schrieb er etwas auf das Papier und faltete es in der Mitte, sobald die Tinte trocken war. Dann schob er es über den Tisch zu Orrin. „Lesen Sie es, danach unterbreite ich Ihnen meinen Vorschlag.“

Orrin griff nicht sofort nach dem Zettel. Vorsicht war geboten. Eigentlich gibt es nur einen Ausgang für jedes Spiel, dachte er. Was auf den Tisch gelegt wurde, zählte jetzt nicht. Das, was später geschehen würde, darauf kam es an. Orrin wusste, dass er gegen einen toten Mann spielte.

Den Zettel langsam zu sich ziehend, nahm er ihn und hielt ihn dicht vor seine Brust. Er öffnete ihn und las, was Luke sorgfältig aufgeschrieben hatte: *Walter Wingate.* Ausdruckslos starrte Orrin auf den Namen. Keiner am Tisch ahnte etwas von dem Dröhnen in seinen Ohren oder seinem wild klopfenden Herzen. Alles, was die anderen sehen konnten, war die Röte, die ihm langsam vom Kragen aufwärts über den Hals ins Gesicht stieg. Er lockerte seine Krawatte. Innerhalb weniger Sekunden zeigte sein erst so blasses Gesicht wieder die gewohnt rosige Farbe.

Orrin faltete den Zettel sorgfältig und steckte ihn sich in die Westentasche. „Nun gut“, bemerkte er an Luke gewandt. „Ich höre, obwohl ich nicht ganz begreife, was Ihr Wisch bedeuten soll. Er sagt mir nichts.“

Franklin zupfte an seinen buschigen Augenbrauen. „Wollen Sie uns nicht verraten, was darauf steht, Orrin?“

Orrin beachtete ihn nicht. „Kincaid?“

Luke hörte auf zu mischen. Er legte das Spiel vor sich auf den Tisch und ließ die Hände auf die Armlehnen seines Stuhles fallen.

„Ich bin bereit, aus Ihrem Leben zu verschwinden", erklärte er mit ausdrucksloser Stimme. „Wenn Sie gewinnen, können Sie *Concord* behalten, und ich gehe nach New York zurück. Allein. Sie haben da mein schriftliches Versprechen, dass ich Ihnen Ihr altes Leben zurückgebe."

Sam stellte krachend sein Glas auf den Tisch. Bourbon schwappte über den Rand auf die glänzend polierte Oberfläche. „Was, zur Hölle, hat Kincaid da geschrieben, Orrin?"

„Und wenn Sie gewinnen?" erkundigte sich Orrin tödlich ruhig.

„Ich bekomme *Concord,* und Sie haben immer noch mein Wort und meinen Zettel."

Auf Orrins Zügen breitete sich langsam ein kaltes Lächeln aus. „Sie setzen Ihr Schweigen gegen *Concord.* Habe ich Sie da recht verstanden?"

„Ja."

Sam Daniels klopfte mit seinem Glas noch einmal auf den Tisch. „Schweigen worüber, Kincaid? Orrin, ich denke nicht, dass Sie dem hier zustimmen sollten. Hat es etwas mit der Klan-Geschichte zu tun? Das hat es, nicht wahr? Ihr Yankees ..."

„Halten Sie sich da raus, Sam", fuhr Orrin ihn an. „Ich weiß, was ich tue."

Austin Tipping ließ keinen Zweifel daran verlauten. Luke sah, wie er erst Franklins, dann Sams Blick auffing. Sofort zogen sie sich zurück. Sam wischte die Whiskeytropfen mit einem Taschentuch von der Tischplatte. „Ich habe mich gefragt", sagte Austin zu Luke, „was genau Sie damit meinen, allein nach New York zurückzukehren."

„Genau das, was es heißt", erwiderte Luke.

„Sie würden Bria verlassen?"

„Ich würde mich von ihr scheiden lassen."

Orrin zog seine Augenbrauen in die Höhe. „Weiß sie davon?"

„Nein."

Austin Tippings Seufzer klang fast zufrieden, womit er Orrins Aufmerksamkeit auf sich lenkte. „Ich sehe nicht, wie Sie das nicht annehmen könnten."

„Weil es nicht Ihre Plantage ist, die auf dem Spiel steht."

„Wahr genug." Austin richtete seine blassen Augen auf Luke. „Wie viele Runden?"

„Eine."

„Wer teilt aus?"

Luke zuckte mit den Schultern. „Wir ziehen darum."

Sam wischte noch einmal über die Tischplatte, dann steckte er sein Taschentuch wieder in seine Hosentasche. „Einer von uns sollte das machen. Wir sind alle unparteiisch."

„Einverstanden", verkündete Orrin.

Sie sind alles andere als unparteiisch, dachte Luke. Besonders wenn Tipping austeilt. „Wer wählt den Geber aus?"

„Darum können Sie ziehen", erklärte Austin. Er deutete auf das Kartenspiel vor Luke. „Darf ich?"

Luke schob es zu ihm. „Sie sind schon gemischt."

„Ja, das ist mir nicht entgangen." Höflich lächelnd teilte Austin den Kartenstapel, legte die beiden Haufen nebeneinander, hob jeweils eine Ecke an und mischte sie noch einmal. Dann nahm er den Stapel und klopfte ihn von allen Seiten auf den Tisch, damit keine Karte vorstand. „Wer zieht zuerst? Orrin? Kincaid?"

Luke deutete auf Orrin. „Er kann anfangen."

Austin nahm den Haufen und legte ihn vor Foster. „Dann los."

Mit glaubhaft gespielter Lässigkeit griff Orrin danach und hob etwa ein Drittel der Karten ab. Er schaute auf die unterste, dann zeigte er sie den anderen. „Herzzehn." Er tat die Karte zurück und schob den Stapel zu Luke. „Das können Sie überbieten."

Es war wahrscheinlicher, es zu unterbieten. Luke versuchte nicht, darüber nachzudenken. Er teilte den Stapel weiter in der Mitte und zeigte die unterste Karte erst in die Runde, bevor er sie sich selbst ansah. Ihre Mienen verrieten ihm alles, was er wissen musste. Eher aus reiner Gewohnheit betrachtete er die Karte selbst. „Piksieben. Sie wählen den Geber, Orrin."

„Dann nehme ich Tipping."

Luke nickte. Er hatte nichts anderes erwartet. Mit einer Hand bedeutete er Austin anzufangen, dann tat er so, als sei er ganz mit seinem Drink beschäftigt, während er aber genau beobachtete, wie Austin beim Mischen die untere Hälfte des Kartenhaufens manipulierte. Als Austin aufhörte und sich anschickte, die erste Karte auszuteilen, unterbrach Luke ihn. Er legte eine Hand mit festem Griff auf Austins Handgelenk und drückte es auf den Tisch. „Sie haben doch nichts dagegen, wenn ich abhebe, oder?"

„Was soll das heißen?" entrüstete sich Orrin. „Wollen Sie etwa ..."

„Sie können abheben", entgegnete Luke gelassen. „Austin hat mich aus Versehen die unterste Karte sehen lassen. Ich halte es nicht für fair, wenn ich weiß, was es ist, und Sie nicht."

Orrin runzelte die Stirn. „Was ist es?"

„Die Herzzehn. Die Karte, die Sie vorhin abgehoben haben."

„Stimmt das, Austin? Hast du ihn die Karte sehen lassen?"

„Wenn ich das getan habe, dann war es, wie Kincaid gesagt hat – ein Versehen."

„Zeigen Sie sie mir", verlangte Orrin. Aus seinem Ton war herauszuhören, dass Austin Tipping gewöhnlich keine Versehen unterliefen.

Luke nahm befriedigt zur Kenntnis, dass Orrins Misstrauen zu Tage trat. Orrin Foster würde sich immer als Außenseiter betrachten, selbst wenn er zum innersten Kreis gehörte. Sam Daniels war sofort bereit gewesen, zu glauben, dass Lukes Versprechen an Orrin mit dem *Klan* zu tun hatte. Orrin war bestimmt nicht entgangen, dass Franklin ebenfalls davon überzeugt war. Nun musste Orrin sich fragen, wo Austin Tipping stand.

Langsam nahm Austin den Stapel und hielt ihn rundum in die Höhe, so dass alle die unterste Karte sehen konnten. Zehn herzförmige Zeichen zierten sie.

Luke zuckte die Schultern. „Jetzt besteht nicht mehr die Notwendigkeit, abzuheben“, erklärte er. „Orrin und ich haben jetzt denselben Vorteil. Fangen Sie mit dem Austeilen an.“

15. KAPITEL

Er hatte die Gewinnerkarten – oder besser das, was die Gewinnerkarten hätten sein sollen – in seiner Jackentasche. Nachdem die Runde zu Ende gespielt war, hatte er seine Karten sofort genommen, bevor sie mit den anderen zusammengeschoben werden konnten. Er war sicher, dass ihn niemand dabei beobachtet hatte. Im Lichte dessen, was er heute Nacht verloren hatte, war es ein kleiner Sieg. Dennoch war er stolz darauf, dass ihm das gelungen war, ohne entdeckt zu werden.

Jetzt war es zu dunkel, als dass er sie hätte betrachten können. Der Halbmond verschwand immer wieder minutenlang hinter dunklen Wolken, so dass es schwer war, weiter als ein paar Yards zu sehen. Er nahm an, wenn er die Karten auf *Concord* einer genaueren Untersuchung unterziehen würde, dann würde er entdecken, dass sie irgendwie gezinkt waren. Er fragte sich, warum er das nicht von Anfang an vermutet hatte. Die Antwort lag auf der Hand. Er hatte sie alle und ihre Vorstellung von einem *freundschaftlichen* Spiel ernsthaft unterschätzt.

In den herabgefallenen Blättern auf beiden Seiten der Straße raschelte es. Im Unterholz bewegte sich etwas. Wildtiere. Waschbären. Gelegentlich flatterte irgendein Vogel auf und flog über ihn hinweg. In Gedanken verloren bemerkte er seine nächtlichen Gefährten kaum. Wenn sie ihm doch auffielen, dann beunruhigten sie ihn nicht.

Er überlegte, was er tun würde, nachdem er die Karten untersucht und die Markierungen gefunden hatte. Wie konnte er die anderen mit seinem Wissen konfrontieren, ohne sie zu provozieren? Sie würden ihn fordern, einer nach dem anderen, und er würde ihnen in zwanzig Schritt Entfernung gegenüberstehen müssen. Bei der Vorstellung musste er tatsächlich lächeln. Eigentlich wusste er gar nicht, ob die Gentlemen in den Südstaaten sich immer noch um ihre Ehre duellierten, oder ob das eine der Vorkriegssitten war, die nicht länger eine Rolle in ihrem Leben spielten.

Zu viel hatte sich seit dem Krieg verändert. Er tastete nach den Karten in seiner Tasche und berührte sie, als könne er sich so ihres Wertes vergewissern. Drei Damen, zwei Vieren. Er hätte gewinnen müssen. Welchen Trick auch immer sie angewandt hatten, er passte eher zu den Berufsspielern auf einem Flussdampfer oder einem Raubritter. In dem Spiel in Franklin Archers Arbeitszimmer hatte er nichts zu suchen.

Er war nur noch eine Meile von *Concord* entfernt, als ihn der Schuss traf. Der Knall und der Schmerz in seiner Brust kamen beinahe gleichzeitig. Er sank nach vorn und ließ die Zügel fallen. Sein letzter Gedanke war, dass sie überhaupt keine Ehre besaßen.

Luke hörte die Töne des Haydn-Stückes schon, bevor er das Haus betrat. Die Noten folgten so rasch aufeinander, dass sie einander aus dem Fenster des Musikzimmers zu jagen schienen, um sich dann auf dem Rasen zu zerstreuen. Als er die Veranda erreichte, summte er die Melodie bereits mit.

An einem dreiarmigen Wandleuchter in der Eingangshalle blieb er stehen und schaute auf seine Taschenuhr. Es war kurz vor sechs Uhr morgens. Er hatte sich gefragt, ob irgendjemand auf seine Heimkehr warten würde; und jetzt wunderte er sich, wer es war.

Blassgelbes Licht fiel durch einen Türspalt aus dem Musikzimmer. Luke klopfte nicht an, um seine Anwesenheit kundzutun. Er stieß die Türen auf … und erstarrte.

Es war Bria.

Sie sah ihn nicht. Ihr Gesicht verriet tiefste Konzentration. Es glühte praktisch im sanften Licht der Kerzen. Die Augen hatte sie geschlossen und die Lippen zusammengepresst. Zwischen ihren Brauen hatte sich die vertraute steile Falte gebildet, doch sie war nun tiefer. Ihre sonst vollkommene Nase war leicht gekraust. Notenblätter lagen um die Klavierbank herum verstreut auf dem Boden, aber kein Blatt befand sich im Notenständer. Sie nickte im Takt mit dem Kopf, während ihre Finger über die Tasten flogen.

Das war die Musik, die sie in sich unterdrückt hatte. Die Melodien. Freude, Leidenschaft und Harmonie. Sie waren doch nicht zerstört; irgendwie hatte sie sie retten können, sogar vor sich selbst.

Luke überquerte den Holzfußboden fast geräuschlos, seine Schritte von Brias leichtem Stakkato übertönt. Er stand am Flügel, beobachtete sie und dachte, dass dies seine wahre Belohnung war.

Ohne Vorwarnung verharrten Brias Finger über den Tasten. Noch ehe sie die Augen öffnete, wusste sie, dass er da war. „Luke!“ Sie stieß sich von dem Piano ab und kippte in ihrer Hast beinahe die Sitzbank um, als sie aufsprang und sich ihm in die Arme warf. „Ich wusste, dass du es bist. Ich wusste es!“ Ihm die Arme um den Nacken schlingend, stellte sie sich auf die Zehenspitzen und küsste ihn auf den Mund.

Luke hielt sie dicht an sich gedrückt. Da war sie wieder. Die Melodie. Freude, Leidenschaft und Harmonie. Ihre tiefe Konzentration war ihm wundervoll vertraut. Er kostete ihren Mund und atmete den Duft ihres Haares ein. In seinen Ohren klang noch der letzte Notenakkord nach, den sie gespielt hatte.

Langsam löste sich Bria von ihm, nahm ihre Hände von seinem Nacken und umfasste sein Gesicht. Sie blickte zu ihm auf. Seine Augen hatten genau dieselbe Farbe wie Nebel. „Du weinst“, flüsterte sie. „Warum weinst du?“

Statt einer Antwort lächelte er nur und küsste sie auf den Daumen, als sie damit über seinen Mund strich.

Sie wiederholte ihre Frage, berührte seine Lippen mit ihren und sprach seinen Namen so leise, dass er kaum mehr als ein süßer Hauch war.

„Die Musik“, sagte er schließlich. „Es ist die Musik.“

„Deinetwegen.“ Bria hielt seinen Kopf fest, als er ihn verneinend schütteln wollte. „Nein, du *hast* etwas damit zu tun, darum lass es mich auch sagen. Ich wusste überhaupt nicht, was ich heute Abend mit mir anfangen sollte, in all den langen Stunden des Wartens, die vor mir lagen. Plötzlich war ich hier, am Flügel, und zum ersten Mal seit Jahren spürte ich Musik in mir, ohne das Grauen, das sonst immer da war. Ich hatte keine Angst vor dem, was in meinem Kopf war, und als ich die Tasten berührte, da merkte ich, dass ich nicht länger Angst hatte, mich auszudrücken. *Das* hast du mir zurückgegeben.“

Schweigend stand er da, betrachtete suchend ihr Gesicht und akzeptierte, was sie sagte, nicht weil er glaubte, dass er ihr irgendetwas gegeben hatte, sondern weil sie davon überzeugt war.

„Ich liebe dich“, flüsterte sie dicht an seinem Mund. „Es tut mir so Leid, dass ich dich ohne ein freundliches Wort gehen ließ. Sogar Mutter hat mir deswegen Vorhaltungen gemacht.“ Sie küsste ihn noch einmal, dann wich sie ein Stück zurück. Ihn an der Hand nehmend führte sie ihn zu der gepolsterten Bank vor dem Kamin. Ein kleines Feuer war für sie früher am Abend angezündet worden, und während der Nacht hatte Bria Holz nachgelegt. „Wärm dich erst einmal auf“, sagte sie. „Deine Hände sind ganz kalt. Ich hole dir rasch etwas zu trinken.“

Luke hätte es vorgezogen, wenn sie ihn einfach gehalten hätte, aber sie war schon halb aus dem Zimmer, fest entschlossen, sich um ihn zu kümmern, und genauso fest entschlossen, die Sprache nicht auf die anderen Ereignisse der Nacht zu bringen. Als sie mit dem Teetablett wiederkam, stand er vor dem Kamin und rieb sich die Hände.

Bria stellte das Tablett ab und goss ihnen beiden ein. Luke wandte dem Feuer den Rücken, damit er seiner Frau zusehen konnte, setzte sich aber nicht. Sie nahm auf der Bank Platz und hob ihre Röcke, damit die Wärme aus dem Kamin auch ihre Füße erreichte.

Luke schaute auf ihre Schuhe und bemerkte da erst, dass das weiche Leder an den Spitzen nass war. Auch der Saum ihres Kleides zeigte Spuren von Nässe. „Wo warst du heute Nacht?"

Leicht überrascht von der Frage folgte Bria seinem Blick auf ihre Füße. „Oh. Meine Schuhe. Ich bin vor einer Weile unten am Fluss spazieren gegangen. Ich war rastlos, und meine Finger waren vom vielen Spielen ganz verkrampft. Ein Spaziergang schien mir das Richtige zu sein."

Luke stellte seine Tasse ab und ging vor Bria in die Hocke. Er band ihre Schuhe auf und zog sie ihr zusammen mit den feuchten Strümpfen aus. Dann rieb er ihre Füße mit den Händen, um sie zu wärmen, und lachte leise, als sie dankbar aufseufzte. „Vermutlich wäre es zu viel erwartet gewesen, dass du einfach zu Bett gehst."

Bria schnaubte abfällig. „Mutter hat sich vor Mitternacht zurückgezogen. Addie verschwand ebenfalls um die Zeit herum. Jeb und Elsie sind gegangen, noch bevor Mutter sich auf ihr Zimmer begab." Ihr Tonfall verriet, dass ein solches Verhalten in ihren Augen feige war.

„Dann haben sie alle dein Konzert verpasst."

„Das mag wohl stimmen. Niemand kam, um nachzusehen, was für einen Lärm ich hier mache."

„Das ist ihr Verlust." Er richtete sich auf und nahm seine Teetasse, trank daraus, während er Bria über den Rand hinweg musterte. Sie gab sich große Mühe, ihn *nicht* nach dem Ausgang des Spiels vom heutigen Abend zu fragen. Er beschloss, zu warten, während sie noch mit sich rang.

Brias Blick fiel auf die Fensterreihe. Alle Vorhänge waren zurückgezogen, aber draußen war es immer noch zu dunkel, als dass man etwas anderes als ihre Spiegelbilder sehen konnte. „Du hast

Orrin nicht erwähnt", sagte sie schließlich. „Ist er nicht mit dir zurückgekehrt?"

„Er war noch bei Franklin, als ich aufbrach."

„Mmm. Vielleicht hatten sie Geschäfte zu besprechen?" Nur ihre leicht angehobene Stimme am Ende des Satzes machte daraus eine Frage.

„Das ist gut möglich." Luke klang uninteressiert. Er leerte seine Tasse und stellte sie auf das Tablett zurück. „Ich gehe jetzt zu Bett."

Bria blinzelte. „Du wirst es mir nicht sagen, nicht wahr?"

„Dir was sagen?"

Es kostete sie Mühe, nicht mit den Zähnen zu knirschen. „Mir sagen, wie das Spiel ausgegangen ist. Du bringst mich dazu, das Versprechen zu brechen, das ich mir selbst gegeben habe."

Diesmal war Lukes Verwirrung echt. „Was für ein Versprechen?"

„Dass ich dir keine Fragen danach stellen würde, um dir zu beweisen, dass es mir gleichgültig ist. Ich wollte nur, dass du heil zu mir zurückkommst. Das ist alles. Ehrlich. Und jetzt, wo du hier bist, verzehre ich mich innerlich vor Neugier, und es ist einfach nicht gerecht, dass du mich so auf die Folter spannst. Du kannst es mir ruhig sagen, denn wenn Orrin eintrifft, wird er es sowieso tun. Selbst wenn es für ihn schlecht ausgegangen ist."

„Warum sollte es dir egal sein, wie es ausgegangen ist? Mir jedenfalls war es das nicht."

„Das ist dein gutes Recht. Du bist alle Risiken eingegangen. Und ich musste hier bleiben und mich mit allen Sorgen allein herumschlagen."

„Nicht mit allen Sorgen. Ich habe mir auch welche gemacht. Sie haben versucht, mich für den *Klan* anzuwerben. Damit hatte ich nicht gerechnet. Ich hatte keine Ahnung, welche Folgen meine

Weigerung haben würde. Wie sich herausstellte, wurde das Thema Gott sei Dank nicht mehr zur Sprache gebracht, nachdem ich mich von der Unterhaltung zurückgezogen hatte."

„Sie wollten, dass du mitmachst?" Bria wäre nie auf die Idee gekommen. Langsam schüttelte sie den Kopf. „Hatten sie schon vergessen, dass du sie erst vor kurzem mit einem Gewehr verjagt hast?"

„Der Vorfall wurde jedenfalls nicht erwähnt. Ich glaube, sie denken, dass das dein Einfluss war. Nichts in der Art wurde ausgesprochen, aber es macht Sinn, dass sie versuchen, mich von dir zu trennen, um meine Meinung über die Sache zu erfahren. Ich bin ein Fremder, darum haben sie das Thema nur sehr vorsichtig angesprochen."

„Unglaublich", sagte sie leise. „Es übersteigt alles, was ich ..."

„Das Bett wartet", unterbrach Luke sie.

Bria sprang auf. „Natürlich." Sie stellte ihre Tasse neben seine und nahm seinen Arm, als könne er nicht ohne Hilfe gehen. Sie hörte sein leises Lachen, beachtete es aber nicht weiter.

„Du bist dir ganz sicher, dass du es nicht wissen willst?" fragte er. „Ich wäre ganz bestimmt nicht beleidigt."

„Ich will es nicht wissen. Es ist nicht wichtig. Nichts ist wichtig, außer, dass du wieder hier bist und dir nichts fehlt." Sie blieb am Flügel stehen, um die Kerzen zu löschen. Nun warf das Feuer im Kamin ihrer beider Schatten in bizarren Formen an die Wand. „Es sei denn, du möchtest mir einen Wink geben. Ein Wink wäre möglich. Ich würde mein Versprechen nicht brechen, und er würde dafür sorgen, dass ich mich dir gewogener zeigen könnte, wenn wir unser Schlafzimmer erst einmal erreicht haben."

Luke drückte ihren Arm und verbarg ein Gähnen hinter der Hand, als sie durch die Tür des Musikzimmers gingen. „Bria, wenn ‚gewogen zeigen' heißt, dass du mich schlafen lässt, dann erzähle ich dir alles."

„Eine weniger selbstsichere Frau würde sich dadurch beleidigt fühlen. Ich dagegen werde nur nie vergessen, dass du das gesagt hast."

„Da bin ich aber erleichtert", erklärte er trocken. „Nie würde ich dich beleidigen wollen. Wenn du deinen Wink haben willst, schau in meine Rocktasche."

Bria ließ seinen Arm los und musterte seine ausdruckslose Miene mehrere Momente eindringlich, bevor sie ihre Hand in seine Tasche gleiten ließ. Sie ertastete ein Blatt Papier. „Meinst du das?"

Er nickte. „Mach schon, nimm es."

Bria zog es heraus und faltete es auf. Sie musste erst unter einen der dreiarmigen Leuchter an der Wand treten, um die Schrift ihres Stiefvaters erkennen und das entziffern zu können, was er geschrieben hatte.

Als Bezahlung aller Schulden bei Lucas Dearborn Kincaid: Der Besitz, bekannt unter dem Namen Concord, vormals Henley, wird mit heutigem Datum, dem 30. November, übertragen auf Bria Hamilton, die Tochter meiner Frau Elizabeth Hamilton Foster. Genannter Besitz umfasst alle dazugehörigen Güter: Viehbestand, gelagerte Ernte, Außengebäude, Pachtland und das Herrenhaus. Darin eingeschlossen sind darüber hinaus Geldmittel für die Verwaltung des Besitzes in Höhe von achttausend Dollar.
Ohne Zwang oder Nötigung niedergeschrieben,
Orrin Foster

Vor Gott und folgenden Zeugen:
Austin Tipping
Samuel Daniels
Franklin Archer, Esq.

Bria sah das Papier zittern und begriff erst nach einem Moment, dass ihre bebende Hand die Ursache dafür war. Sie blickte über ihre Schulter zu Luke. Ihre Stimme war kaum lauter als ein Wispern. „Stimmt das?“

„Ich dachte, mit einem bloßen Wink wärest du nicht zufrieden. Ja, es stimmt.“

Bria warf sich so stürmisch in seine Arme, dass Luke einen Schritt nach hinten machte, wollte er nicht das Gleichgewicht verlieren. Er hörte, wie das Blatt mit dem Beweis für die Vorgänge der vergangenen Nacht in Brias Händen zerknittert wurde. Vorsichtig entzog er es ihrem zerstörerischen Griff und steckte es wieder ein, ohne aufzuhören, ihre Küsse zu erwidern.

So, wie sie begonnen hatten – ein paar zögernde Schritte die Treppe hinauf, immer wieder unterbrochen von gemurmelten Zärtlichkeiten – hätten sie bestimmt noch weitergemacht, wäre nicht plötzlich hinter dem Haus Unruhe entstanden, begleitet von erschreckten Ausrufen. Bria und Luke wichen auseinander. Er legte ihr seine Hände auf die Schultern, als er die Sorge in ihren Zügen bemerkte.

„Ich werde nachsehen, was los ist“, sagte er rasch. „Warte ...“ Er brach ab. Sie würde nicht warten, das erkannte er. Sie hatte den ganzen Abend warten müssen. Diesmal würde sie an seiner Seite bleiben. „Lass mich wenigstens vorangehen.“ Bevor sie zu einer Antwort ansetzen konnte, hatte Luke sich schon umgedreht und eilte die Treppe hinab. Bria folgte dicht hinter ihm.

Auf der Veranda trafen sie Tad und einen anderen Stallburschen, gerade als der anbrechende Morgen den Himmel im Osten zu färben begann. Orangerote Sonnenstrahlen ließen auf einem schmalen Streifen am Horizont die Ränder der malvenfarbenen und rosa Wolken aufleuchten.

Tad und Geordie blieben so plötzlich stehen, dass ihre Oberkörper von dem jähen Halt schwankten. Geordie war eine jüngere Ausgabe seines Cousins Tad, ein wenig dünner, weniger gereift und weniger tatkräftig. Er rang nervös seine Hände, während er dastand und darauf wartete, dass Tad zu reden begann. Seine dunklen Augen blickten zwischen Luke und Bria hin und her, als rechnete er damit, dass sie ahnten, was Tad und er zu berichten hatten, bevor auch nur ein Wort gefallen war.

„Es ist der Herr", stieß Tad hervor, erkennbar bemüht, Ruhe zu bewahren.

Geordie schlug sich mit der Faust auf den Oberschenkel. „Er ist tot. So sicher wie ich hier in Nachthemd und Hosen stehe. Er ist tot. Hat den Buggy bis vor die Stalltür gefahren, genau wie immer, aber er hat nicht nach mir oder Tad gerufen. Dass die Stute gewiehert hat, das hat mich aufgeweckt. Ich habe ihn zuerst gesehen und seinen Namen gerufen. Dachte, er sei betrunken. Verzeihung, Miss Bria, aber das hab ich nun mal gedacht, und ich will alles ganz genau erzählen, wie es war, damit Sie wissen, dass es nicht meine Schuld ist. Er ist tot. Tad wird es Ihnen sagen. Sag es ihnen, Tad."

Tad warf Geordic einen strafenden Blick von der Seite zu. „Scheint mir, du hast es ihnen schon gesagt." Er schaute Bria an, und seine Stirn glättete sich. „Es tut mir Leid, Miss Bria", erklärte er freundlich, „Geordie hat Angst, und sein Mund ist schneller als seine Beine und sein Verstand, aber er hat Ihnen die Wahrheit erzählt. Mr. Foster ist tot. Sieht aus, als habe ihn eine Kugel in die Brust getroffen."

Bria schwankte. Ihre Beine gaben zwar nicht unter ihr nach, aber ihr Blickfeld verkleinerte und verdunkelte sich. Luke schlang einen Arm um ihre Taille, und sie tat nicht so, als bräuchte sie die Stütze nicht.

„Wo ist er?" fragte Luke. „Habt ihr ihn bewegt?"

Geordie schüttelte heftig den Kopf. „Hab ihn nicht angerührt.

Ich war außer mir vor Angst, so wie Tad sagt, nur dass ich es jetzt nicht mehr bin. Hab ihn so gelassen, wie ich ihn gefunden habe. Ich bin gleich zu Tad, und wir sind hergelaufen und haben gerufen, damit uns jemand hört."

Das ist ihnen gelungen, dachte Luke. Er überprüfte, ob Bria wieder aus eigener Kraft stehen konnte, und dann zog er seinen Arm fort. „Zeigt ihn mir", sagte er knapp. Die beiden Stallburschen gingen voran, und erst als sie den Hof erreichten, merkte er, dass Bria ihm folgte, wenn auch langsamer und vorsichtiger.

Orrin Fosters Körper lehnte zusammengesunken auf dem Sitz. Er hielt nicht länger die Zügel, aber ein Teil der Stränge war unter ihm eingeklemmt. Die Peitsche lag zu seinen Füßen. Noch bevor Luke sich zu ihm nach oben schwang, konnte er den dunklen Blutfleck auf Orrins Rock sehen. Er beugte sich vor und öffnete zwei Knöpfe. Nun war die tödliche Verletzung in ganzem Ausmaß zu sehen.

Luke blickte über seine Schulter. Bria stand ein Stück abseits, das Gesicht blass, die Miene erstarrt. Er schüttelte schwach den Kopf und meinte sie leise stöhnen zu hören. „Tad. Geordie. Spannt den Buggy aus, und einer von euch versorgt die Stute. Der andere kann mir helfen, Mr. Foster ins Haus zu tragen."

„Ich werde helfen." Das war Jebediahs tiefe, noch etwas verschlafene Stimme. „Ich habe die Rufe gehört. Elsie hat mich geschickt, nachzusehen, was los ist. Verflixt, ich hätte nie gedacht, dass ich das hier zu sehen bekäme." Er kratzte sich am Kopf und legte die Stirn in tiefe Falten. „Miss Bria, Sie gehen am besten zurück ins Haus. Ihre Mama wird davon erfahren müssen. Geben Sie mir und Mr. Luke hier die Möglichkeit, ihn etwas herzurichten, bevor sie es ihr beibringen. Es ist nicht richtig, wenn sie ihn so zu sehen bekommt, selbst wenn er ihr kein guter Ehemann war."

Bria richtete ihren Blick von Jeb auf Luke. „Ich werde Addie holen, damit sie mir mit den Laken helfen kann." Damit drehte sie sich um und begann mit gesenktem Kopf zum Haus zu gehen. Die Tränen, die ihre Sicht verschwimmen ließen, konnte sie nicht begreifen. Weinte sie wirklich um Orrin Foster? Oder war es etwas anderes, das sie gar nicht zu denken wagte?

Luke schaute Bria nach, und während die anderen noch ähnlich von ihrer entschwindenden Gestalt abgelenkt waren, griff er in Orrins Westentasche und holte den Zettel mit dessen richtigem Namen heraus. Das Papier war mit Blut befleckt, so dass die Schrift beinahe unleserlich war. *Walter Wingate.* Luke steckte ihn in seine eigene Tasche und stieg aus dem Buggy, als Tad und Geordie anfingen, das Pferd auszuspannen.

„Fällt Ihnen irgendetwas hierzu ein?" fragte Luke Jeb.

„Eine Menge", erwiderte der. „Es wird nicht viele geben, die ihn vermissen werden. Aber weiß ich, wer dem lieben Gott die Arbeit abgenommen hat? Ich denke nicht."

Es gab einen dumpfen Schlag, als das Pferd aus dem Geschirr geführt wurde. Luke runzelte die Stirn. „Vorsichtig", mahnte er die Stallburschen.

„Das waren wir nicht", verteidigte sich Tad. „Etwas ist vom Sitz im Buggy gefallen." Er richtete sich auf, schaute über das Spritzbrett auf den Boden ... und pfiff leise. Tad fasste nach unten und hob eine silberbeschlagene Remington auf, die vor Orrins Füßen gelegen hatte. „Mr. Luke, das hier werden Sie sich ansehen wollen." Er hielt die Waffe hoch.

Luke erkannte sie augenblicklich wieder. Genau so eine hatte er schon in New York gesehen. Die Polizei hatte ihm die Remington gezeigt, mit der Conrad Morrison getötet worden war. Es war der Zwilling dieser Waffe hier, oder wenigstens sah sie so aus. Den Elfenbeingriff zierten fünf Sterne im Relief, unterlegt mit dem Banner der Union. Remington hatte nur einhundert dieser besonderen Revolver hergestellt. Sie wurden paarweise verkauft, in einer mit schwarzem Samt ausgeschlagenen Kiste aus Walnussholz. Sie waren für Unionsoffiziere bestimmt, die sich in Westpoint ausgezeichnet hatten. Nach dem Krieg wurden die Revolver zu einem begehrten Sammlerobjekt, aber Morrison war kein Sammler von Remington-Waffen gewesen. Luke fragte sich, ob Walter Wingate es gewesen sein könnte.

Bei seiner Durchsuchung des Hauses war ihm keine Walnussholzkiste mit einer fehlenden Remington untergekommen, allerdings musste er zugeben, dass er danach auch nicht Ausschau gehalten hatte. Ihm wäre es nie eingefallen, dass Orrin Foster ein so gefährliches Beweisstück in seinem Besitz geduldet hätte.

„Denken Sie, er hat sich selbst umgebracht?" wollte Geordie wissen und trat an Lukes Seite. „Scheint mir seltsam, dass ihn jemand erschießt und die Waffe zurücklässt. Könnte natürlich sein, dass er Angst hatte." Er betrachtete den Revolver genauer und pfiff tonlos. „Ist das ein Colt?"

„Eine Remington", erwiderte Luke. „Hier kann man das Zeichen sehen."

Geordie und Tad beugten sich gleichzeitig darüber, so dass sie fast mit den Köpfen zusammengestoßen wären.

Luke schob sie zurück. „Hat jemand die schon einmal hier gesehen?" Er ließ Jeb sich die Waffe aus der Nähe ansehen. „Ich habe nicht gewusst, dass Orrin eine Waffe bei sich trug." Aus drei Augenpaaren wurde er ausdruckslos angeschaut. Luke beschloss, nicht weiter auf Antworten zu drängen, und steckte den Revolver in den Bund seiner Hose, dann blickte er Jeb an. „Lassen Sie uns Foster ins Haus schaffen. Gibt es irgendetwas in den Ställen, das wir als Trage benutzen können?"

Aus einer Deichselstange, einem etwa gleich langen Stück Holz und einer alten Pferdedecke fertigten sie eine notdürftige Bahre an.

Sie hielt Orrins nicht unbeträchtliches Gewicht, bis sie in seinem Zimmer ankamen. Auf dem Flur davor wartete Bria schon auf sie. Sie stieß die Tür auf und ließ die Männer vorangehen. Lampen waren auf beiden Seiten des Bettes und auf dem Kaminsims angezündet worden. Die Waschschüssel war mit Wasser gefüllt, und daneben lag ein Stapel sauberer Tücher. Frische Laken waren für das Waschen und Herrichten des Leichnams auf dem Bett ausgebreitet worden, die später dann entfernt werden würden.

„Ich kann Addie nicht finden", erklärte sie, als Luke und Jeb mit der Trage an ihr vorübergingen. „Sie ist weder bei John noch in ihrem Zimmer. Elsie ist in die Küche gegangen, um Frühstück zu machen. Sie sagte, sie müsse etwas zu tun haben."

Jeb nickte. „Wir haben sie gesehen. Sie steckt bis zu den Ellbogen in Mehl und macht sich bereit, die Trauergäste mit Essen zu versorgen."

Bria hatte gar nicht so weit vorausgedacht. Sie schaute zu, wie Jeb und Luke den leblosen Körper ihres Stiefvaters auf das Bett legten. Die Matratze sank unter ihm ein, aber er selbst bewegte sich nicht. Wenn er nicht so reglos und still wäre, hätte sie sich einreden können, er wäre einfach nur betrunken. „Vermutlich sollten wir nach Dr. Edwards schicken. Und vielleicht nach dem Sheriff. Ich weiß nicht ..."

Luke unterbrach sie ruhig. „Ich habe Tad schon geschickt, beide zu holen." Er zog die Remington aus seiner Hose. „Hast du die schon vorher einmal gesehen?"

Brias Augen weiteten sich vor Überraschung, nicht in Wiedererkennen.

„Nie. Wo hast du sie gefunden?"

Da er merkte, dass seine Anwesenheit hier nicht erforderlich war, entschuldigte Jeb sich und machte sich auf den Weg zu Elsie in die Küche.

Als sie allein waren, berichtete Luke, wo der Revolver gefunden worden war und woher er vermutlich stammte. „Wer könnte wissen, dass er ihn besaß?“

Bria biss sich nachdenklich auf die Lippen. „Warum glaubst du, dass irgendjemand das weiß? Dass Orrin es wusste, reicht doch. Er hat sich damit erschossen, nicht wahr?“

Luke konnte sehen, dass Bria das gern glauben wollte. Seine Stimme war sanft. „Lass uns warten und hören, was Dr. Edwards und der Sheriff dazu zu sagen haben. Ich denke, Elizabeth sollte es jetzt erfahren. Soll ich Martha und eine ihrer Schwestern von Jeb holen lassen, damit sie den Leichnam herrichten? Dann kann ich mit dir kommen, wenn du es deiner Mutter sagst.“

Bria nickte. „Ja, danke.“ Sie hielt Luke zurück, als sie sich im Flur trennen wollten. „Kann es der *Klan* gewesen sein?“ fragte sie.

„Ich weiß es nicht.“ Diese Frage hatte er sich auch schon gestellt. „Heute Abend wurde am Tisch von etwas gesprochen, Bria. Ich denke, dass Orrin unter Umständen erwogen hat, sie irgendwie zu verraten. Die Aushandlung des Spieleinsatzes mag ihren Verdacht geweckt haben. Orrin und ich haben ihn unter uns ausgemacht, und diese Heimlichtuerei hat ihr Misstrauen geweckt. Ich habe ihm nicht vor allen anderen ins Gesicht gesagt, dass er Walter Wingate ist.“ Luke griff in seine Tasche und holte den befleckten, zusammengefalteten Zettel heraus. Er öffnete ihn und hielt ihn Bria hin. „Ich habe ihm das hier gegeben.“

Bria schaute auf das Papier. „Walter Wingate“, sagte sie schließlich und blickte Luke an. „So hast du ihn wissen lassen, dass du seine wahre Identität kennst?“

Er nickte knapp. „Das hat ihn gezwungen, *Concord* zu setzen. Er hat es nicht abgestritten und wollte nicht, dass die anderen es wissen.“ Luke steckte den Zettel weg. „Aber vielleicht hat es in ihnen einen anderen Verdacht geweckt.“

Bria nahm seine Hand und drückte sie. „Du hast keine Schuld, Luke." Tränen sammelten sich unter ihren Lidern. „So oft habe ich mir gewünscht, er …" Sie konnte das Wort nicht aussprechen, aber sie konnte auch nicht leugnen, dass sie ab und zu daran gedacht hatte. „Ich hatte überlegt, es selbst zu tun. Du weißt, wie sehr er vor mir Angst hatte. Er glaubte, dass ich dazu in der Lage wäre. Einmal habe ich eine Pistole auf ihn gerichtet, zielte damit vor meiner Mutter, Randall und Claire auf ihn … in der Eingangshalle." Irgendwie war es schwer zu glauben, dass sie das getan hatte. „Nachdem Orrin Cutch angeschossen hatte. Randall hat mich aufgehalten, aber ich hätte es tun können, Luke."

Ungeduldig rieb sie sich die Augen. „Mach schon. Finde Jeb und bitte ihn, Martha in Orrins Zimmer zu schicken. Ich werde vor Mutters Tür auf dich warten. Sie muss sehr fest schlafen, dass sie von dem ganzen Aufruhr nicht aufgewacht ist."

Luke hauchte einen Kuss auf Brias feuchte Wange. „Es wird nur ein paar Minuten dauern, gewiss nicht länger."

Bria nickte, schaute ihm nach, dann ging sie zurück in Orrins Schlafzimmer und legte seinen besten Anzug und neue Schuhe zurecht. Sie sah die Remington auf dem Nachttisch, wo Luke sie hingelegt hatte. Einen Moment schaute sie sie an, dann nahm sie sie. Sie drehte sie um und musterte die fünf Sterne auf dem Elfenbeingriff, fuhr mit dem Finger darüber. Schließlich öffnete sie die Trommel und zählte die Kugeln. Vier. Zwei waren abgefeuert worden. Wenn heute Nacht zwei Schüsse daraus abgegeben worden waren, dann war es kein Selbstmord. Orrin hätte sich nicht zweimal auf so kurze Entfernung treffen können.

Sich für die vor ihr liegende Aufgabe wappnend, legte Bria den Revolver zur Seite und überprüfte Orrins Wunde. Es gab nur die eine Wunde auf seiner linken Brustseite. Es musste schwer gewesen sein, so auf sich zu schießen, dass er an dieser Stelle getroffen wurde, aber es war möglich. Die Alternative ... sie gestattete es sich nicht, ihre Gedanken in diese Richtung wandern zu lassen.

Bria verließ den Raum gerade, als Luke von der Hintertreppe auf den Flur trat. „Ich dachte, du wolltest vor der Tür deiner Mutter auf mich warten“, sagte er. Ihre saphirblauen Augen standen dunkel in ihrem blassen Gesicht. „Geht es dir gut?“

„Ich habe Kleider von ihm herausgelegt, damit Martha sie ihm anziehen kann.“ Sie konnte erkennen, dass Luke eine weitere Erklärung erwartete, bot ihm aber keine, sondern ging voran zu dem Zimmer ihrer Mutter.

Luke klopfte leise. Keine Antwort war zu hören. Fragend schaute er Bria an. Sie klopfte lauter, dann drückte sie die Türklinke herunter und trat ein. Außer dem schwachen Licht, das durch die zugezogenen Vorhänge von draußen in den Raum fiel, war es dunkel. Bria konnte ihre Mutter unter den Decken im Bett liegen sehen, sonst aber nichts. Sie ging zum Fenster und zog die Vorhänge zurück, band sie fest.

Luke entdeckte die schlafende Gestalt in dem Schaukelstuhl zuerst. „Addie!“ Er sprach ihren Namen nicht aus, um sie zu wecken, sondern um Bria darauf aufmerksam zu machen, dass er die Haushälterin gefunden hatte.

Bria drehte sich um und erblickte sie. Sie runzelte die Stirn. „Ich hatte bestimmt nicht damit gerechnet, dass sie hier sein könnte. Weck sie vorsichtig auf, Luke. Sie sieht erschöpft aus. Ich kümmere mich um Mutter.“

Ein dreibeiniger Hocker, dessen Polster mit einem Rosenmuster in Kreuzstich bestickt war, stand neben dem Kamin. Da er glaubte, dass es Addie weniger erschrecken würde, wenn er nicht über ihr aufragte, zog Luke ihn neben den Schaukelstuhl und setzte sich darauf. Vorsichtig berührte er sie am Handgelenk. „Addie? Es ist Zeit, aufzustehen.“ Sie regte sich, entzog ihm den Arm und schlief weiter.

Luke schaute zu Bria. Sie war bei ihrer Mutter ähnlich erfolglos. Luke betrachtete Addie genauer. Sie atmete schwer, so dass es fast so klang, als schnarche sie. Dazwischen machte sie immer wieder unvermittelt Pausen, in denen sie ganz zu atmen aufhörte. In einer dieser Pausen lehnte sich Luke vor und roch, als sie wieder ausatmete, Alkohol.

Er runzelte die Stirn. Addie trank gewöhnlich nichts. Er hatte genug Zeit mit ihr verbracht, um sich da sicher zu sein. Selbst während des Festes zur Feier der Ernte hatte sie kaum etwas getrunken. Luke besah sich das Kleid, das sie trug, näher. Obwohl sie eine zierliche Figur besaß, schien ihr dieses Gewand unbequem eng zu sein. Die Farbe war schlicht, aber der Stoff war kostbar. Er war wesentlich feiner als die Baumwollkleider, die sonst zu ihrer Garderobe gehörten.

Luke versetzte Addie einen leichten Stoß gegen die Schulter. Er fiel fast vom Hocker, als sie plötzlich mit vor Furcht weit aufgerissenen Augen aufsprang. Bevor er sie beruhigen konnte, dass sie in Sicherheit war, hatte sie schon mit ihren Armen um sich geschlagen. Luke musste seinen Kopf einziehen, damit er nicht getroffen wurde.

„Addie!" Das kam von Elizabeth. Ihre Stimme war noch belegt vom Schlaf, dennoch schwang Autorität darin mit. „Es sind nur Luke und Bria, die uns wecken wollen. Beruhige dich."

Erst jetzt schien Addie wirklich aufzuwachen. Sie blinzelte ein Mal, dann ein zweites Mal. Ihre Furcht wich augenblicklich tiefer Verlegenheit. Langsam sank sie zurück in den Schaukelstuhl. Sie schaute kurz zu Elizabeth, dann wieder auf ihren eigenen Schoß. Sie starrte auf ihre verschränkten Hände und schwieg, was ihrer sonstigen Art völlig entgegenlief.

Luke fing Brias verwunderten Blick auf, aber seine Miene blieb ausdruckslos. Er sah zu seiner Schwiegermutter. Sie hatte sich aufgesetzt und thronte nun in ihrem Bett wie eine Königin. Ein kleines Kissen hatte sie sich in den Rücken geschoben, und die dicke Bettdecke lag sauber gefaltet über ihrem Schoß. Am Ausschnitt war ihr Nachthemd reich mit Seidenbändern verziert, die Elizabeth alle sorgfältig geglättet hatte. Jetzt strich sie sich mit den Händen übers Haar und ordnete die wenigen Strähnen, die sich im Schlaf gelöst hatten.

Bria ließ sich neben ihrer Mutter auf das Bett sinken. Der Saum ihres Kleides hob sich, als sie ihre Beine auf die Matratze zog.

Elizabeth sah die bloßen Füße ihrer Tochter und runzelte die Stirn. „Wo sind deine Schuhe und Strümpfe, Bria? Es ist viel zu kalt, um barfuß durchs Haus zu gehen."

Luke hörte Brias Antwort nicht, da er von Addie abgelenkt wurde, die sich anders hinsetzte und ihre Füße unter den Rock zog. Flüchtig erblickte er zehn nackte Zehen, kurz bevor sie unter dem Saum ihres Kleides verschwanden. Suchend sah er sich nach ihren Schuhen und Strümpfen um.

„Warum ist Addie hier?" wollte Bria wissen.

Elizabeth reckte ihr schmales Kinn. „Du kannst nicht gekommen sein, um das zu fragen. Was auch immer geschehen ist, es muss gesagt werden."

Aber Bria war noch nicht dazu bereit. Sie lehnte sich näher und drückte einen Kuss auf Elizabeths Wange. Der Geruch von Alkohol war unverwechselbar. Sich langsam aufrichtend, schaute sie ihre Mutter fragend an.

Elizabeth presste ihre Lippen zu einer geraden Linie zusammen, und in ihre kastanienfarbenen Augen trat ein leicht trotziger Ausdruck, geradeso, als fordere sie ihre Tochter heraus, etwas zu sagen.

Bria jedoch schwieg. Schließlich sagte sie: „Luke und ich entschuldigen uns für die Störung, Mutter." Ihr Blick fiel kurz auf Addie. „Aber es ließ sich nicht umgehen. Wir haben Nachrichten, die nicht länger warten können."

Elizabeth beugte sich vor. „Ist es Randall? Gibt es Nachricht von ihm? Ich habe nie die Hoffnung aufgegeben …" Sie ließ sich zurücksinken, da Bria langsam den Kopf schüttelte und ein gequälter Ausdruck ihre besorgte Miene ersetzte. „Erzähl es mir. Was ist los?"

„Es ist Orrin. Man hat auf ihn geschossen."

„Geschossen?" Elizabeth formte das Wort lautlos mit den Lippen. Sie begann die Bettdecke zurückzuschlagen, aber Bria hinderte sie daran. Auch wenn sie noch dünn und brüchig klang, fand Elizabeth ihre Stimme wieder. „Ich muss zu ihm! Addie! Hast du gehört? Du musst mir helfen. Wir brauchen Bandagen und Salben. Umschläge, wie Mammy Komati sie immer gemacht hat. Du weißt, wie man sie herstellt." Sie blickte auf die Hand ihrer Tochter, die ihre eigene bedeckte, und dann in ihr Gesicht. „Du hast mir noch gar nicht gesagt, wo er getroffen wurde. Hat jemand schon nach Dr. Edwards geschickt?"

Bria zog ihre Hand nicht fort. Wenn überhaupt, dann verstärkte sie den Druck nur noch. „Er ist tot, Mutter. Die Kugel hat sein Herz getroffen."

„Sein Herz? Aber …" Sie ließ die Schultern sinken, und auf ihrem Gesicht malte sich Bestürzung. Sie drehte ihre Hand unter Brias um und drückte sie Halt suchend. „Wer? War es Austin? Gab es ein Duell? Orrin hat gern mit der Idee gespielt, sich für irgendeine Beleidigung auf diese Weise zu rächen. Er glaubte, dass das einen geborenen Gentleman auszeichnete. Ich nehme nicht an, dass es ihm bewusst war, wie lange das schon nicht mehr getan wird." Tränen schwammen in ihren Augen. Sie blinzelte sie fort, als sie ihren feuchten Blick auf Luke richtete. „War es das Kartenspiel, Luke? Gab es Streit?"

„Das weiß ich nicht", erwiderte Luke. „Ich ging vor ihm. Ich habe Bria schon erklärt, dass Argwohn in Zusammenhang mit dem Einsatz in unserem Spiel bei den anderen aufkam. Sie dachten wohl, dass es etwas mit dem *Klan* zu tun hätte."

Es war für Luke schwer zu entscheiden, was Elizabeth von dem hörte, was er sagte. Sie unternahm einen weiteren, diesmal entschiedeneren Versuch, das Bett zu verlassen, entzog sich Brias Griff und schlug die Decken zurück.

„Meine Gärten sind diesen Preis nicht wert. Dies nicht." Elizabeths Stimme wurde leiser, während sie die Hände rang. „Ich will zu ihm. Ist er hier? Besaß jemand den Anstand, ihn herzubringen?"

„Er ist hier", antwortete Bria, ohne darauf einzugehen, wie Orrin hergekommen war. „Luke und Jeb haben ihn in sein Zimmer gebracht. Martha richtet ihn gerade her."

„Ich sollte das tun." Elizabeth nahm ihren zusammengelegten Morgenrock von dem Stuhl, auf dem er lag, und schlüpfte hinein. Sie band die Schleife fest zu und steckte die Füße in ihre buttergelben Lederhausschuhe. „Komm, Addie. Du wirst mir helfen. Martha hat das vorher noch nie getan."

Addie sprang auf, als würde sie von einem unsichtbaren Band gezogen, das sie an ihre Herrin fesselte. Rasch wischte sie sich mit dem Handrücken über die Augen und folgte dann Elizabeth zur Tür. Auf der Schwelle blieb sie stehen und schaute zu Bria zurück. Sie öffnete den Mund, wie um etwas zu sagen, und in ihren Augen stand ein unsicherer, leise flehentlicher Ausdruck; doch dann berührte Elizabeth sie am Ellbogen und drängte sie, mit ihr auf den Flur zu kommen.

Die Tür schloss sich hinter den beiden Frauen mit einem festen Schnappen, dann herrschte Stille. Bria schaute Luke an. „Ich habe Angst", erklärte sie. „Luke, ich denke, vielleicht hat …" Ihre leise

Stimme erstarb. Was sie dachte, war einfach zu Furcht erregend, um es in Worte zu fassen. Hilflos sah sie ihren Ehemann an. „Was sollen wir nur tun? Der Sheriff … Dr. Edwards … Sie sind alle schon auf dem Weg hierher. Wenn meine Mutter mit ihnen spricht, dann werden sie …“ Bria ließ sich auf das Bett fallen, nahm das Kissen, das Elizabeth sich hinter den Rücken gesteckt hatte, und drückte es an sich. Ihm haftete noch der Geruch ihrer Mutter an und strahlte so tröstliche Vertrautheit aus.

Luke erhob sich von dem Hocker und schob ihn aus dem Weg. Er schaute sich um, betrachtete die Kommode, den Frisiertisch und den Schrank. Schließlich kehrte sein Blick zu Bria auf dem Bett zurück. Er durchquerte das Zimmer, kniete sich davor und fasste darunter. Zuerst fand er eine kleine Flasche. Er zog sie hervor und sah, dass etwa ein Drittel noch darin war. Er zog den Stöpsel ab und roch an dem Inhalt. „Scotch.“ Nachdem er sie wieder verschlossen hatte, legte er die Flasche aufs Bett.

Bria griff danach. In ihrer Stimme schwang Verzweiflung mit, als sie sagte: „Das habe ich im Atem meiner Mutter gerochen.“

„Und ich in Addies“, bemerkte Luke.

Bria hatte das Gefühl, als werde ihr das Herz abgedrückt. Zögernd flüsterte sie Addies Namen, als würde alles, was sie dachte, dadurch, dass sie laut sprach, wirklich werden.

Luke fuhr fort, unter dem Bett zu suchen, und legte sich schließlich davor, um zu sehen, als er nichts weiter ertasten konnte. Da war nur noch ein anderer Gegenstand. Luke ließ ihn, wo er war. Er richtete sich wieder auf und setzte sich mit nachdenklicher Miene auf die Bettkante. Ein Muskel zuckte an seiner Wange. „Vorhin gab es einen Augenblick, da dachte ich, du wärest es gewesen, Bria.“

Sie riss die Augen auf und starrte auf seinen Rücken.

Luke drehte sich halb um, so dass er ihr Gesicht sehen konnte.

„Als Tad und Geordie uns berichteten, dass Orrin tot sei und ich die Wunde gesehen hatte, da dachte ich einen Herzschlag lang, dass du es vielleicht getan haben könntest. Dein Kleid war am Saum schmutzig, erinnerst du dich? Und deine Schuhe und Strümpfe waren nass. Nicht lange vor meiner Heimkehr warst du draußen. Mir kam der Gedanke, dass du Orrin umgebracht und zurückgekommen sein könntest, kurz bevor ich ankam. Ich weiß, was für eine gute Reiterin du bist. Du kennst viele Abkürzungen auf dem Land hier, von denen ich keine Ahnung habe. Tad und Geordie hätten dich nie verraten. Sie würden alles tun, um dich zu schützen."

„Du hast das alles innerhalb eines Herzschlages gedacht?"

Er nickte. „Und wieder verworfen."

„Warum erzählst du es mir jetzt?"

„Weil du etwas glaubst, ohne Beweise zu haben. Die Tatsache, dass deine Mutter und Addie sich etwas zu trinken gegönnt haben, bedeutet gar nichts. Vermutlich hatte Elizabeth Schwierigkeiten einzuschlafen und hat Addie gebeten, sich zu ihr zu setzen. Eine von beiden hat vorgeschlagen, etwas zu trinken, um schläfrig zu werden. Vielleicht war es nicht mehr als das."

Es war das, was Bria glauben wollte. Der Gedanke, dass der Scotch von ihrer Mutter dazu benötigt worden war, sich Mut anzutrinken, um dann Orrin zu erschießen, war schwer zu ertragen. Die Alternative, nämlich dass sie und Addie auf Orrins Tod angestoßen hatten, war noch grässlicher. „Was du da sagst, stimmt." Bria strich sich eine Locke aus dem Gesicht. „Einen Moment lang dachte ich, du seiest es gewesen."

Luke hätte sich mehr gewundert, wenn sie ihn nicht verdächtigt hätte. „Sprich weiter."

„Er hat den Mann umgebracht, der dich als Sohn betrachtete. Das ist Motiv genug. Wie du selbst zugibst, bist du vor Orrin aufgebrochen. Ich kann mir vorstellen, dass Franklin und die anderen das bestätigen werden. Ich habe nie zuvor eine Remington gesehen, und wir beide wissen, wie unwahrscheinlich es ist, dass Sam oder Austin oder Franklin so etwas besitzen. Mir kam der Gedanke, dass du sie von New York mitgebracht haben könntest zu dem Zweck, Orrin zu töten. Dafür schießt du gut genug."

„Also haben wir für den Sheriff eine ganze Reihe von Verdächtigen." Lukes Finger hinterließen tiefe Furchen in seinem Haar, als er es sich zurückstrich. „Wirst du mir die Klärung der Angelegenheit überlassen, Bria? Folge einfach meiner Führung und sag so wenig wie möglich. Es wird schwierig genug werden, deine Mutter zurückzuhalten, so dass sie keinen Verdacht erregt. Addie wird deine Hilfe brauchen, damit keine Aufmerksamkeit auf sie fällt. Sie darf nicht ernsthaft als Verdächtige in Erwägung gezogen werden. Du weißt, dass man sie hängen würde."

Bria nickte. „Was wirst du tun?"

Darauf antwortete er nicht direkt. „Hol deine Schuhe und Strümpfe aus dem Musikzimmer und räum sie weg, dann geh zu deiner Mutter. Wenn Addie immer noch Elizabeths Kleid anhat, dann trag ihr unauffällig auf, sich umzuziehen. Kannst du das tun?"

„Ja. Aber was wirst du ..."

Luke beugte sich über sie und drückte seinen Mund auf ihren. Er konnte spüren, wie ihre Lippen allmählich nachgiebiger wurden, und ihr Atem beruhigte sich. Sie seufzte leise. „Frag mich später", bat er, während er sich wieder aufrichtete. Denn dann erst würde er Antworten für sie haben – nach begangener Tat. Jetzt, in diesem Augenblick, hatte er noch nicht einmal einen Plan. „Geh schon. Ich stoße dann später zu dir. Bevor der Sheriff eintrifft, will ich kurz mit Jeb reden."

Bria ließ das Kissen los, wodurch das Fläschchen vom Bett fiel. „Es sind nur noch vier Kugeln im Revolver, Luke. Ich habe nachgesehen, als du aus dem Zimmer gegangen warst. Wenn eine von ihnen in Orrin steckt, wo ist dann die andere?“

Luke hatte darauf keine Antwort. Er konnte ihr noch nicht einmal sagen, dass sie sich keine Sorgen machen sollte.

Bria nickte knapp; als sie an dem Frisierspiegel vorbeikam, blieb sie stehen und strich erst ihre Röcke, dann das Oberteil ihres Kleides glatt. Über ihre Schulter sah sie Luke das Fläschchen aufheben und auf den Nachttisch ihrer Mutter stellen. Zum ersten Mal bemerkte Bria, dass nirgendwo im Zimmer Gläser standen. Elizabeth und Addie mussten aus der Flasche getrunken haben. Die Vorstellung hatte etwas Verzweifeltes. Sie blinzelte, verscheuchte das Bild aus ihrem Kopf und eilte aus dem Zimmer.

Nachdem Bria gegangen war und ihre Schritte auf dem Flur verklungen waren, durchsuchte Luke Elizabeths Schrank. Er fand Addies Kleid, an dessen Saum noch nasses Gras haftete, und das in Höhe der Knie feuchte Stellen aufwies. Ihre Schuhe und Strümpfe waren ebenso durchweicht und kalt. Blätterreste und Schlamm klebten unter den Sohlen und an den Absätzen. Es hing noch ein anderes Kleid im Schrank. Er erkannte es als das wieder, das Elizabeth an diesem Abend zum Essen getragen hatte. Er fasste den Saum an. Als er seine Finger zurückzog, waren sie an den Spitzen feucht.

Die weitere Suche am Boden des Schrankes brachte Elizabeths Schuhe zu Tage. Ihre Strümpfe waren hineingestopft. Sie hätten gar keinen Verdacht erregt, wenn die beiden Frauen ihre Kleidung wie gewöhnlich weggeräumt hätten, aber keine war in der Lage gewesen, klar zu denken. Luke trug die Kleider zum Fenster und betrachtete sie im Licht des anbrechenden Tages genauer. Addies hatte einen Fleck auf dem Ärmel, der Blut sein könnte. Luke roch kurz daran und fand seine Vermutung bestätigt. Einen ähnlichen Fleck entdeckte er auch auf Elizabeths Kleid am Ärmelsaum. Unter dem

Kleid hing ein Unterrock, von dem eine Rüschenreihe abgerissen worden war. *Für einen Verband?* Ihm fiel wieder ein, wie Addie ihren Arm am Körper geborgen hatte. Vier Kugeln, nicht fünf. War sie verletzt worden?

Alle schmutzige Kleidung, die Unterwäsche, Strümpfe und Schuhe zusammenraffend, legte Luke ans Fußende des Bettes. Er ließ sich auf die Knie nieder, griff unter das Bett und zog den Kasten hervor, den er vorhin schon gesehen hatte. Er war etwa neun Zoll breit, zwölf Zoll lang und drei Zoll hoch. Als Luke ihn von allen Seiten betrachtete, bemerkte er Fingerabdrücke auf dem polierten Walnussholz. Fingerabdrücke zu nehmen war noch eine verhältnismäßig junge Technik in der Verbrechensaufklärung, nicht ganz zuverlässig, da es immer wieder zu falschen Ergebnissen kam. Luke war sich nicht sicher, ob der Sheriff davon wusste, dass man Fingerabdrücke nehmen konnte, um den Täter zu überführen, oder ob die Methode nur in großen Städten wie New York, Paris oder London eingesetzt wurde. Dagegen war er sich ziemlich sicher, dass sich auf dem Kasten zu viele Abdrücke befanden, um die These zu unterstützen, dass Orrin Foster allein ihn angefasst hatte.

Er fügte jetzt auch noch seine eigenen hinzu, als er den Messingverschluss öffnete. Das schwarze Samtbett, in dessen Vertiefungen sich zwei Remingtons hätten befinden sollen, war leer. Er ließ den Deckel wieder zuklappen und den Verschluss einrasten, dann warf er den Kasten auf den Kleiderhaufen. Alles zusammen nahm er auf seine Arme, fügte zum Schluss noch das Fläschchen hinzu und verließ den Raum.

Vor Orrins Schlafzimmer blieb er stehen und klopfte mit dem Fuß an. Bria kam an die Tür. Sie erbleichte, als sie die Kleider in seinen Armen sah.

„Vorsicht", flüsterte er. Über ihren Kopf hinweg konnte er

Elizabeth und Martha sehen, die sich über Orrins Leichnam beugten. Keine von beiden gönnte ihm einen Blick. „Wo ist Addie?"

„Sich umziehen."

„Gut. Kannst du deine Mutter und Martha für ein paar Minuten weglocken?"

„Aber …"

„Erzähl ihnen irgendetwas. Ich brauche ein paar Minuten, das ist alles."

„In Ordnung." In ihren Augen stand ein unsicherer Ausdruck. „Ich werde mir etwas einfallen lassen."

Nach einem knappen Nicken schlüpfte Luke in das angrenzende Zimmer und wartete. Er hörte die erhobenen Stimmen nebenan, die leicht verwirrt klangen, aber nicht verärgert, dann führte Bria ihre Mutter und Martha auf den Flur. Luke ließ das Kleiderbündel und das Fläschchen fallen, nahm den Walnussholzkasten und klemmte ihn sich unter den Arm. Als er die Frauen nicht länger hören konnte, verließ er den Raum und betrat Orrins.

Der Leichnam war gewaschen worden. Ein Laken bedeckte ihn bis über die Hüfte. Darüber war seine Haut bleich. Die Schusswunde war in der Haarmatte auf seiner fleischigen Brust nicht gleich zu sehen. Sie war klein und dunkel und wirkte eher wie eine dritte Brustwarze als wie eine tödliche Verletzung. Seine blutbefleckte Kleidung lag auf dem Boden, so dass Luke auf seinem Weg zum Bett um sie herumgehen musste.

Mit dem Zipfel des Lakens, das über Orrin gebreitet worden war, wischte er den Deckel des Kastens sorgfältig ab, so dass keine Fingerabdrücke mehr zu sehen waren. Ihn mit dem Laken haltend, damit er nicht seine eigenen Abdrücke darauf hinterließ, überprüfte Luke im Licht der Lampe auf dem Nachttisch seine Arbeit. Der Deckel war so oft mit Zitronenöl poliert worden, dass das Holz leicht glänzte.

Dann setzte er sich auf das Bett und hielt Orrin den Kasten hin, als erwarte er, dass der sich aufrichtete und ihn nehmen würde. Ihn sorgsam mit einer Hand unter dem Laken haltend, legte Luke erst Orrins rechte, danach seine linke Hand auf das Holz, so dass sich nun seine zehn Fingerabdrücke darauf befanden, so angeordnet, wie man es erwarten würde. Er fügte noch ein paar leicht verwischte um den Verschluss herum und oben auf dem Deckel hinzu, bevor er seine Arbeit abschließend noch einmal kritisch musterte. Zufrieden mit dem Ergebnis für den Fall, dass es von Bedeutung sein würde, verstaute er den Pistolenkasten in der Schublade von Orrins Nachttisch.

Nachträglich fiel ihm noch ein, auch die Waffe auf Fingerabdrücke zu untersuchen, doch sie wies keine klaren auf. Nur um ganz sicherzugehen, legte er sie in Orrins rechte Hand und schloss dessen Finger darum. „Ich werde nicht denselben Fehler wie du machen", sagte er leise. „Ich *weiß,* dass du Rechtshänder bist."

Zufrieden legte er die Waffe wieder auf den Nachttisch und stand auf. „Weißt du eigentlich, wer es war, du Bastard?" Mit diesen Worten verließ Luke den Raum.

Es war elf Uhr vormittags, als der Arzt kam. Sheriff Joseph Allen traf kurz darauf ein. Luke begleitete ihn nach oben in Orrins Zimmer, wo sich Dr. Edwards, Elizabeth und Bria befanden. Der Arzt stand beim Eintreten des Sheriffs auf und streckte die Hand aus. „Gut, Sie zu sehen, Sheriff, obwohl die Umstände glücklicher sein könnten." Edwards senkte die Stimme, während er auf die Frauen deutete, die neben ihm saßen. „Das hier ist mehr, als irgendjemand aufgebürdet bekommen sollte. Erst Randall, nun Orrin. Und natürlich wissen Sie über den Rest der Familie Bescheid. Sieht für mich fast so aus, als wären die Männer verflucht." Der Arzt seufzte schwer und kratzte sich am Kopf. Er war ein großer Mann mit ergrauendem Haar und tief liegenden Augen. Sein Bart, der die untere Hälfte seines Gesichts bedeckte, war fast völlig weiß, und seine Lippen waren darunter kaum zu sehen. Er blickte zu dem leblosen Körper. „Schauen Sie selbst."

Allen begrüßte Elizabeth und Bria mit ernster Miene, bevor er ans Bett trat. Orrin war nun mit seinem besten Abendanzug bekleidet, die Arme an seinen Seiten gerade ausgestreckt. Allen schaute über seine Schulter zu den Anwesenden. „Ich würde es begrüßen, wenn die Damen uns jetzt verlassen könnten. Sie müssen sich nicht ansehen, wie ich all ihre Arbeit zunichte mache."

Bria erhob keine Einwände. Sie nahm den Arm ihrer Mutter und führte sie auf den Flur. Erst als sie die Tür ins Schloss zog, riskierte sie einen flehentlichen Blick zu Luke. Er tat so, als hätte er nichts bemerkt.

Sobald die Frauen fort waren, beugte sich Sheriff Allen über den Leichnam und öffnete Rock und Hemd. „Der Junge, den Sie zu mir geschickt haben … Tad?"

„Tad", bestätigte Luke.

„Ja, Tad. Er sagte, es ist eine Brustwunde."

„Das stimmt."

Edwards stellte sich ans Fußende, die Arme vor der Brust verschränkt. Er beobachtete den Sheriff bei der Suche nach der runzligen Wunde. „Nicht viel zu sehen, was? Glatt und sauber. Ich habe die Kugel drin gelassen. Kein Grund, sie herauszuholen."

„Wo ist es geschehen?" Allen richtete sich auf und schloss Orrins Hemd. Er knöpfte den Rock zu und versuchte den Stoff wieder glatt zu streichen. Dann schob er seine Hände in die Taschen seines Rocks und begann auf den Absätzen zu wippen. In seiner nunmehr vierten Amtszeit als Sheriff kannte Allen beinahe jeden in seinem Bezirk. Auch wenn er jemanden nicht persönlich kennen gelernt hatte, dann hatte er doch von ihm bestimmt schon gehört. Seine liebenswürdige Art ließ ihn zugänglich und in keiner Weise bedrohlich erscheinen. Es war leicht, zu vergessen, dass er außerdem ein scharfsinniger und vorsichtiger Mann war. Er blickte Luke antwortheischend an.

„Das wissen wir nicht. Irgendwo zwischen Franklin Archers Haus und hier."

„Das sind zwölf Meilen."

Luke nickte. „Vermutlich eher näher an *Concord,* obwohl ich noch niemanden finden konnte, der den Schuss gehört hat. Foster saß in seinem Buggy, und die Stute hat ihn einfach weiter nach Hause gezogen."

„Verstehe. Schwer zu glauben, dass sie ihn zwölf Meilen weit ziehen würde."

„Das habe ich mir auch gesagt."

Allen drehte sich um und schaute zu der Waffe auf dem Nachttisch. „Ist das der Revolver, von dem Tad sagt, er wäre im Buggy gefunden worden?"

„Ja."

Der Sheriff nahm die Waffe und untersuchte sie von allen Seiten, prüfte ihr Gewicht und wie sie in der Hand lag. Er öffnete die Trommel, drehte sie und ließ die Kugeln in seine Hand fallen. Dann legte er alle vier auf den Nachttisch. Ohne Vorwarnung richtete er die Waffe auf Edwards.

Obwohl er wusste, dass sie nicht geladen war, zuckte der Arzt zusammen. „Damit werden Sie mich noch neben Orrin auf das Bett kriegen, verflucht. Nehmen Sie sie runter."

Allen drehte sich um und zielte auf Luke. „Wie ist das, Doc? Die richtige Entfernung? Näher oder weiter weg?"

„Das kann ich nicht sagen."

„Sie haben genug Wunden im Krieg versorgt. Sie müssen doch irgendeine Idee haben."

„Dann würde ich sagen näher.“ Edwards kratzte sich den Bart unter seinem Kinn. „Viel näher.“

Allen wandte die Waffe gegen sich selbst. „So?“

Der Arzt nickte.

Allen hob beide Augenbrauen, seine Zweifel deutlich machend. Erst schaute er Edwards an, dann Luke. „Davon werden Sie mich überzeugen müssen.“

16. KAPITEL

„Fangen Sie an. Zeigen Sie es ihm", verlangte Dr. Edwards von Luke und deutete dabei mit seiner Hand auf den Sheriff. „Zeigen Sie ihm, was Sie mir gezeigt haben."

Trotz Edwards' Aufforderung zögerte Luke. Eine gewisse Abneigung zu verraten, bevor Familienangelegenheiten vor Fremden ausgebreitet wurden, ist nur natürlich, sagte er sich. Zu große Bereitwilligkeit würde ihn als Außenseiter erscheinen lassen. Es musste so aussehen, als beschütze er die Hamiltons, weil er ein Familienmitglied war.

Er griff in seine Tasche, holte das Blatt mit Orrin Fosters Erklärung heraus und reichte es dem Sheriff. „Es gab ein Spiel gestern Abend bei Archer."

„Das hatte ich mir schon gedacht", erklärte Allen gedehnt. Er nahm das Papier, faltete es auf und begann zu lesen. Seine Miene blieb ausdruckslos, bis er fertig war, dann warf er dem Arzt einen fragenden Blick zu. „Wollen Sie mir sagen, dass Foster sich selbst umgebracht hat, weil er *Concord* verloren hat?"

Der Arzt rieb sich den Nacken. „Ich hatte nie viel mit Foster zu tun. Einmal habe ich ihm einen Verband angelegt, nachdem er sich fast umgebracht hat bei dem Versuch, mit seinem Pferd über einen Zaun zu springen. Ein paar Mal habe ich ihn wegen Schleimbeutelentzündungen behandelt. Ein oder zweimal musste ich ihn ausnüchtern, als er beinahe an Alkoholvergiftung gestorben wäre. Ich kann seine Reaktion bezüglich des Verlusts seines Besitzes nicht einschätzen." Edwards blickte dem Sheriff geradewegs in die Augen. „Aber Elizabeth zu verlieren? Das hätte ihn bestimmt dazu veranlassen können, die Waffe gegen sich selbst zu richten. *Concord* zu verlieren bedeutete, Elizabeth zu verlieren."

Joe Allen musterte den Arzt einen langen Augenblick. „Ich nehme an, Sie haben immer noch eine Schwäche für sie."

Die Spitzen von Dr. Edwards Ohren röteten sich, aber er wich nicht zurück. „Das streite ich nicht ab. Ich bin mit meiner Harriet seit fast fünfunddreißig Jahren glücklich verheiratet, doch ich fordere Sie auf, mir den Mann meines Alters hier in Charleston County zu zeigen, der nicht voller Zuneigung an Elizabeth Denton denkt. Sie hatte eine stattliche Verehrerzahl, bevor sie sich für Andrew Hamilton entschied. An dem Abend, an dem sie sich an ihn band, wurden viele Herzen gebrochen."

„Gebrochene Herzen", wiederholte Allen. „Aber niemand hat in jener Nacht eine Waffe gegen sich gerichtet."

„Viele von uns haben daran gedacht", erwiderte Edwards. „Aber wir besaßen nicht dieselbe idiotische Mischung aus Mut und Feigheit wie Foster."

Sheriff Allen schaute auf das Bett hinab. Orrins reglose Züge verrieten nichts. „Man sollte doch meinen, er würde die Waffe auf den Kopf richten."

„Das hat er vielleicht", schlug der Arzt vor. „Und hat sich dann anders besonnen. Vielleicht hat sich der Schuss gelöst, als er die Pistole senkte, vielleicht, als er sie hob. Ich denke nicht, dass wir je herausfinden können, was genau geschehen ist."

Der Sheriff hob die Waffe wieder und untersuchte sie erneut. Er wandte seine Aufmerksamkeit wieder Luke zu. „Erzählen Sie mir von diesem Kartenabend", verlangte er.

Luke ging die Ereignisse des Abends der Reihe nach durch. Sein Bericht war zum größten Teil wahrheitsgemäß, und er wusste, dass er von den Aussagen der anderen gestützt werden würde. Den Zettel mit dem Namen Walter Wingate darauf, den er Orrin zugeschoben hatte, erwähnte er nicht, noch brachte er das zur Sprache, was Orrin dazu veranlasst hatte, *Concord* überhaupt zu setzen. Er erlaubte es dem Sheriff, seinen eigenen Schluss zu ziehen, dass Orrins reichlicher Alkoholgenuss dafür verantwortlich war.

„Ich habe selbst schon Karten mit Orrin gespielt“, erklärte Allen. „Vermutlich bin ich zu früh ausgestiegen. Er hat nie so viel getrunken, dass er seinen Besitz aufs Spiel setzen würde, aber ich habe genug andere so verdammt idiotische Sachen tun sehen. Haben Sie ihn dazu angestachelt?“

Luke schüttelte den Kopf. „Nein, Sir, er hat mich gefragt, was *ich* wollte.“

„Und darauf haben Sie ‚*Concord*‘ geantwortet.“

„Ja. Doch ich dachte nicht, dass er darauf eingehen würde. Das ging auch den anderen so.“ Luke bezweifelte, dass einer der anderen den Zettel erwähnen würde, den er Orrin gezeigt hatte. Sie würden nicht darauf erpicht sein, den *Klan* mit dem Sheriff zu diskutieren, oder, für den Fall, dass Sheriff Allen selbst in den *Klan* verstrickt war, würden sie nicht preisgeben wollen, wie angreifbar sie sich gemacht hatten, indem sie versucht hatten, Luke für ihre Sache zu rekrutieren. „Sehen Sie, Sheriff, Orrin war nicht gerade begeistert, dass ich seine Stieftochter geheiratet habe. Er hatte mich angestellt, das Haus in Stand zu setzen. Diese Gelegenheit erhielt ich, weil ich ein Yankee war, was im Übrigen das Einzige war, das uns verband. Weder achtete ich ihn, noch mochte ich ihn besonders, und ich habe gesehen, was er auf *Concord* anrichtete, wie er meine Frau und meine Schwiegermutter behandelte. Als sich die Gelegenheit bot, etwas daran zu ändern, ergriff ich sie.“

„Sie haben ausgenutzt, dass er betrunken war.“

Luke entschuldigte sich nicht dafür, sondern zuckte bloß die Schultern. „Er war genug bei Sinnen, diese Erklärung aufzuschreiben.“ Luke hielt sie hoch, bevor er sie in seine Rocktasche steckte. „Niemand hat ihn gezwungen.“

Joe Allen hob die Waffe. „Nein, vermutlich mussten Sie das hier nicht benutzen." Er deutete auf die fünf Sterne im Elfenbeingriff. „So eine habe ich noch nie zuvor gesehen. Sie?"

„Nein", log Luke, ohne sich anstrengen zu müssen. „Nicht vor heute Morgen."

„Dann wussten Sie also nicht, dass Orrin sie bei sich hatte?"

„Nein. Er war mit dem Buggy gekommen, ich zu Pferd, wissen Sie noch?"

„Und warum war das noch mal so?"

Luke wiederholte dieselben Gründe, die er schon zuvor angeführt hatte, und wusste sehr wohl, dass Allen nicht ein einziges Detail vergessen hatte. „Orrin hat eine Waffensammlung in seinem Arbeitszimmer. Sie sind herzlich eingeladen, die durchzusehen, obwohl, soweit ich es verstanden habe, sie eigentlich Elizabeths erstem Ehemann gehörte."

„Die kenne ich", antwortete Allen. „Ich kann mich jedoch nicht erinnern, so eine darunter gesehen zu haben." Er richtete den Blick auf Edwards. „Was ist mit Ihnen? Hat Orrin Ihnen die hier jemals gezeigt?"

„Nein, aber ich habe so eine schon mal gesehen. Im Krieg. Ich habe einen Yankeeoffizier versorgt, der eine besaß. Ich habe ihn danach gefragt. Sie müssen zugeben, dass sie ungewöhnlich ist. Sie würden paarweise verkauft, sagte er mir, obwohl er nur eine bei sich trug. Remington stelle sie her, und die Union gäbe sie herausragenden Offizieren."

Allen presste seine Lippen zusammen. Er sah auf die Waffe, dann zu Orrin. „Dann hat die hier ganz bestimmt nie Andrew Hamilton oder einem seiner Jungs gehört, da die Union sie nicht Lees besten Männern gegeben hat." Er legte die Remington auf den Tisch neben die vier Kugeln, die er zuvor herausgenommen hatte, und drehte sich mit nachdenklicher Miene wieder zu dem Arzt und Luke um. „Haben Sie etwas dagegen, wenn ich mich ein wenig umsehe? Ich habe ein paar Fragen an Mrs. Foster und Miss Bria. Natürlich möchte ich auch mit den Hausnegern sprechen. Die sehen immer mehr, als sie sich anmerken lassen. Könnte sein, dass einer von ihnen etwas über diese Waffe weiß." Er rieb sich die Unterseite seines Kinns. „Könnte sogar sein, dass einer von ihnen weiß, wann und wo sie vorher abgefeuert worden ist. Dass vier statt fünf Kugeln in der Trommel sind, muss eine Erklärung haben."

Edwards hob eine Hand. „Sie können mit den Negern reden, aber ich muss darauf bestehen, dass Sie Elizabeth in Ruhe lassen. Sie hat mir schon gesagt, dass sie die Waffe nie zuvor gesehen hat. Das sollte reichen."

Allen zögerte und dachte darüber nach, wie viel Druck er ausüben sollte. Lukes von ihm selbst eingeräumte Gefühle für Orrin Foster klangen ihm noch im Ohr: *Weder achtete ich ihn, noch mochte ich ihn besonders …* Allen empfand ähnlich. Er verspürte kein ausgeprägtes Bedürfnis, den Mörder zu finden, besonders, wenn seine Nachforschungen ihn zu einem der anderen Männer an dem Kartentisch gestern Abend führen konnten. Archer, Tipping oder Daniels Schwierigkeiten zu machen könnte Folgen haben, die letztendlich seine Abberufung aus dem öffentlichen Amt bedeuten konnten. Orrin Foster hatte nie wirklich dazugehört, und das würde sich jetzt auch nicht ändern. Ebenso wenig war es klug, seine Witwe einer genaueren Befragung zu unterziehen. Am einfachsten wäre es nun, entweder die Einschätzung des Arztes zu übernehmen, oder aber das Verbrechen dem anderen Außenseiter anzuhängen: Lucas Kincaid.

Der Sheriff seufzte schwer. „Soweit ich es beurteilen kann, Kincaid, hatten Sie alles, was Sie wollten, nachdem Orrin die Übereignung unterschrieben hatte. Trifft das so weit zu?"

„Ja, Sir."

„Also hatten Sie keinen stichhaltigen Grund, ihm am Wegesrand aufzulauern und ihn umzubringen."

„Gar keinen Grund."

Der Sheriff nickte. „Und Sie, Doc? Sie schwören, dass es möglich ist, dass Foster es selbst getan hat?"

„Es gibt keinen Zweifel daran, dass es möglich ist", erwiderte Edwards erleichtert, dass er das ohne Gewissensbisse und mit absoluter Sicherheit bestätigen konnte. „Keinen Zweifel."

Allen wippte auf seinen Schuhsohlen langsam vor und zurück. „Dennoch würde ich mich gern umsehen", erklärte er schließlich und schaute Luke an. „Vielleicht auch mit Jebediah reden. Das ist doch Ihr Hausneger, oder?"

„Fragen Sie Jebediah, was Sie wollen."

„Ich habe gehört, dass es hier nach der Trauerfeier für Randall Ärger mit dem *Klan* gegeben hat. Könnte es sein, dass Orrins Tod etwas damit zu tun hat? Die befreiten Neger gelten allgemein als nachtragend."

„Orrin hatte mit dem *Klan* nichts zu schaffen", log Luke. „Das Gewächshaus meiner Frau wurde zerstört, und darüber war Orrin wütend. Die Arbeiter würden ihn nicht als Opfer wählen."

Das klang vernünftig, das musste Allen zugeben, aber auch nicht ganz aufrichtig. Er selbst hatte immer angenommen, dass Foster eine Verbindung zum *Klan* unterhielt. Es stand außer Frage, dass seine Kartenfreunde eine wichtige Rolle darin spielten. „Schicken Sie mir Jeb hier nach oben", verlangte Allen. „Ich möchte ihn allein sehen."

Luke und der Arzt warteten im Arbeitszimmer, während der Sheriff sich mit Jeb traf. Edwards saß hinter Orrins schwerem Schreibtisch und trank Tee aus einer zierlichen Porzellantasse, die er jedes Mal mit einem leisen Klirren auf die Untertasse zurückstellte. Luke musste sich sehr beherrschen, dass ihm das nicht an den Nerven zerrte. Er lehnte sich zurück und streckte die Beine von sich.

Edwards beobachtete ihn über den Rand seiner Tasse hinweg. „Ich tue das hier für Elizabeth, wissen Sie?"

„Was tun Sie, Sir?"

„Was auch immer ich hier tue", erwiderte er rätselhaft. „Orrin war ihr gegenüber durch und durch ein Bastard. Seit ihrer Heirat bin ich so oft hierher gerufen worden, Verstauchungen und ausgerenkte Schultern zu behandeln, dass ich es kaum noch zählen kann. Bria hat jedes Mal Jeb zu mir geschickt. Gewöhnlich tat ich so, als hätte mein Herkommen nichts mit Elizabeth zu tun. Ich habe mir Mühe gegeben, dass es so aussah, als sei es ein rein gesellschaftlicher Besuch. So war es besser für sie; dann hat Orrin nicht sofort auf Vergeltung gesonnen. Mehr konnte ich sie nicht schützen. Elizabeth ist eine stolze Frau, die sich sehr dafür geschämt hat, was er ihr angetan hat. Nie hat sie etwas anderes gesagt, als dass ihre Verletzungen ihrer eigenen Ungeschicklichkeit zuzuschreiben wären." Edwards schnaubte abfällig. „Vermutlich hatte sie vergessen, dass ich sie als die anmutigste und beste Tänzerin von Charleston County kannte. Sie war *nie* ungeschickt. Sie wusste gar nicht, wie das geht."

Der Arzt leerte seine Tasse und stellte sie ab. „Sie war auch eine erstklassige Schützin." Edwards entging die kurz aufflackernde Überraschung in Lukes Blick nicht. „Das wussten Sie nicht, nicht wahr? Ihr Vater hat es ihr beigebracht. Sie ging mit ihm auf die Jagd. Ihre Augen waren so scharf wie die eines Adlers. Ich kann mir vorstellen, dass ihr Können unter den vielen Jahren, die seither verstrichen sind, und der fehlenden Übung gelitten hat."

Edwards zuckte die Achseln und fuhr fort, ohne Luke anzusehen, geradeso, als spräche er zu sich selbst. „Der Sheriff kannte Elizabeth nicht so gut wie ich. Er ist zu jung dafür, aber er ist ein fähiger Mann, der versucht, eine schwierige Aufgabe so gut wie möglich zu erledigen, und er ist nicht vier Mal hintereinander gewählt worden, ohne zu lernen, wie er sich in brenzligen Situationen am besten verhält. Vermutlich wird alles gut gehen. Die Leute hier wollen für Elizabeth Hamilton ihr Möglichstes tun." Der Arzt warf Luke einen durchbohrenden Blick zu. „Ich nehme nicht an, dass das bei Ihnen anders ist."

Luke antwortete nicht sofort. Er musste das abstreiten, nicht sich verteidigen. Als er die richtigen Worte fand, achtete er darauf, dass sein Tonfall ausdruckslos blieb. „Ich verstehe nicht, was Sie meinen."

Edwards lächelte leise, wissend. „Natürlich tun Sie das nicht. Und ich schwatze nur so vor mich hin. Vergessen Sie, was Sie gehört haben."

Als die Türen zum Arbeitszimmer geöffnet wurden, drehten beide Männer sich um. Bria stand auf der Türschwelle. „Mutter ruht sich endlich aus", erklärte sie. „Darf ich hereinkommen?"

Der Arzt und Luke erhoben sich. „Sicher, meine Liebe", sagte Edwards. Er winkte sie mit einer ausholenden Geste hinein, als hieße er sie in seinem Heim willkommen.

Luke deutete auf seinen Stuhl. „Möchtest du etwas Tee? Ich kann nach einer zweiten Tasse läuten."

„Nein, danke." Bria musterte seine Züge suchend. Er schien nicht verärgert, dass sie hergekommen war. Seine Miene zeigte keine Anspannung und auch keine Sorgen. Dann fiel ihr wieder ein, wie sie ihm gegenübergesessen hatte, jeder von ihnen fünf Karten in der Hand, und sie begriff, dass er in gewisser Weise Poker spielte mit dem Arzt, mit Sheriff Allen und nun auch mit ihr. An seinem Gesicht konnte man nicht ablesen, was für Karten er in der Hand hielt, und auch nicht, was vorgefallen war. Sie setzte sich auf seinen Platz. Luke blieb stehen, lehnte sich aber gegen den Stuhl und legte ihr eine Hand auf die Schulter. Bria griff nach hinten und bedeckte seine Finger mit ihren.

„Wir warten auf den Sheriff“, teilte Luke ihr mit. „Er spricht mit Jeb. Er will wissen, ob irgendjemand vorher hier irgendwo die Remington gesehen hat.“

„Eine seltene Waffe“, bemerkte Edwards.

Bria nickte. „Meinen Sie, er könnte sie gestern Nacht von Franklin mitgenommen haben? Ich hoffe, der Sheriff denkt daran, auch dort nachzufragen.“

Der Arzt kratzte sich geistesabwesend am Hinterkopf. „Allen ist gründlich. Er stellt alle Fragen, die er für wichtig hält.“

Als näher kommende Schritte auf dem Flur erklangen, schwiegen sie alle. Der Sheriff trat ein, einen Kasten aus Walnussholz vorsichtig auf den Händen vor sich her tragend. Er zögerte kurz, als er Bria sah, dann nickte er ihr grüßend zu. „Miss Bria. Ich weiß nicht, ob es angebracht ist, dass Sie hier sind.“

„Ich heiße jetzt Mrs. Kincaid, Sheriff, und wenn mein Ehemann mich nicht bittet zu gehen, dann möchte ich gern bleiben.“ Sie schaute Luke an und wartete auf seine Antwort.

Luke blickte nicht zu Bria, aber er verstärkte sanft den Druck seiner Hände auf ihren Schultern. „Meine Frau darf alles hören, was Sie zu sagen haben. Sie wird es ohnehin von mir erfahren, wenn Sie gegangen sind, also kann sie genauso gut dabei sein.“

Allen nickte. „Wie Sie wünschen.“ Er stellte den Kasten sorgfältig auf den Schreibtisch. Als Edwards sich vorbeugte, um besser sehen zu können, streckte der Sheriff die Hand aus, um ihn davon abzuhalten, ihn anzufassen. „Jebediah hat mir glaubhaft versichert, er habe die Remington nie zuvor gesehen, aber er wusste, worin sie vielleicht aufbewahrt worden war. Er beschrieb mir einen Kasten, den er ab und zu an verschiedenen Orten gesehen hatte. Er schwört, er habe ihn nie angefasst, weil er wusste, er müsse Foster gehören. Das Letzte, was er wollte, war, Ärger mit ihm zu bekommen." Allen schaute zu Bria. „Haben Sie ihn schon einmal gesehen?"

Sie schüttelte den Kopf. „Nie", erwiderte sie atemlos. Die Aufrichtigkeit dieser Antwort stand deutlich in ihren Augen. „Wo haben Sie ihn gefunden?"

„Jeb hat mir verschiedene Plätze gezeigt, an denen er sich vorher befunden hatte. Im Musikzimmer. Eines der Gästezimmer. Fosters Schrank. Als wir ihn dort nirgendwo finden konnten, haben wir Fosters Schlafzimmer gründlich durchsucht. Den hier habe ich in einer Schublade seines Nachttischs gefunden." Der Sheriff öffnete den Verschluss mit seinem Fingernagel und hob den Deckel dann vorsichtig an. „Kommen Sie doch näher."

Der Arzt erhob sich halb aus seinem Stuhl, um über den Deckel zu spähen. Bria stand auf und machte einen Schritt auf den Schreibtisch zu, und Luke war dicht hinter ihr. Alle drei starrten auf das schwarze Samtbett mit den beiden gleichen Einbuchtungen. Während sie es sich noch betrachteten, zog der Sheriff die Five Star Remington aus seinem Hosenbund und legte sie in eine der beiden Vertiefungen. Sie passte perfekt.

Der Sheriff schloss den Deckel und sah alle drei Zuschauer zurückweichen. Er blickte von einem zum anderen und schließlich wieder auf den Kasten. „Ich erwarte nicht, dass einer von Ihnen etwas über Fingerabdrücke weiß, aber wenn Sie sich den Kasten sorgfältig im Licht ansehen, dann können Sie auf dem polierten Holz Abdrücke erkennen. Soweit ich das beurteilen kann, wurde diese Schachtel außer von mir nur von einer anderen Person angefasst. Ich bin überzeugt, dass es sich bei dieser Person um Ihren Stiefvater handelt, Mrs. Kincaid. Ich weiß nicht, ob es ein Schock oder eine Erleichterung für Sie sein wird, aber ich bin geneigt, mich Dr. Edwards' Einschätzung anzuschließen und davon auszugehen, dass Orrin Foster sich selbst das Leben genommen hat. Der Doktor glaubt, dass Mr. Foster zwar bedrückt war, dass er *Concord* verloren hatte, seine tiefe Verzweiflung jedoch daher rührte, dass er nun annehmen musste, auch Ihre Mutter verloren zu haben. Selbst jemand wie ich, der Ihre Mutter nicht näher kennt, kann an dieser Beweisführung keinen Fehler finden. Es gibt viele Leute hier in Charleston County, die es bedauert haben, dass *Concord* nach dem Krieg einem Kriegsgewinnler in die Hände gefallen ist." Er warf Luke einen Blick zu. „Wenn Sie den Ausdruck verzeihen, Mr. Kincaid. Es sollte keine Beleidigung sein."

„Das habe ich auch nicht so aufgefasst", erwiderte Luke. „Sprechen Sie weiter."

Der Sheriff lehnte sich mit einer Hüfte gegen den Schreibtisch und verschränkte seine Arme locker vor der Brust. „Die meisten von uns haben es noch stärker bedauert, dass *Henley* zu *Concord* wurde. In unseren Ohren klang es wie Hohn, eine ständige Erinnerung an unser aller Niederlage. Ihr Bruder Randall sprach immer nur von ‚conquered', wie in ‚erobert'."

„Randall besaß einen schwarzen Humor", entgegnete Bria, aber sie musste bei der Erinnerung lächeln, und dann spürte sie, wie Luke ihr seinen Arm um die Schultern legte. „Und er hegte keine große Liebe für Orrin."

„Das weiß ich wohl", versetzte Allen. „Ich kann mir vorstellen, dass, wenn Randall hier wäre, mir der Gedanke kommen würde, er habe ihn erschossen."

„Meinen Sie nicht viel eher", bemerkte Luke, „dass Ihnen dieser Gedanke gekommen wäre, wenn Sie nicht schon zu dem Schluss gelangt wären, dass Orrin Foster sich selbst umgebracht hat?"

Allen lächelte anerkennend. „Ja, ganz genau. Jetzt ist mir selbstverständlich klar, dass Mr. Foster durch seine eigene Hand starb. Es hätte ein ausgezeichneter Schütze sein müssen oder schieres Glück, ihn nachts genau ins Herz zu treffen. Was die fehlende Kugel in der Trommel angeht, so ist es unmöglich zu sagen, wann Orrin sie abgefeuert hat." Er klopfte auf den Walnussholzdeckel. „Natürlich werde ich noch mit Franklin Archer und den anderen reden. Aber ich bezweifle, dass sie mir etwas sagen werden, was meine Meinung ändert. Sie werden mir vermutlich beipflichten, dass Orrin nach dem schrecklichen Verlust, den er gestern Abend hinnehmen musste, zu dieser Tat im Stande war."

Der Sheriff hörte auf, auf den Deckel zu klopfen und hob ihn dann wieder an. „Hier ist noch etwas, das ich Ihnen jetzt zeigen muss. Ich weiß nicht, ob es anderenfalls je ans Licht gekommen wäre." Er nahm den Revolver heraus und legte ihn auf den Schreibtisch. „Unter dem hier." Mit dem Fingernagel fuhr er unter den Rand des Samtfutters, bis er die Öffnung fand. Er steckte zwei Finger in den Schlitz. „Da sind irgendwelche Papiere unter dem Stoff. Ich habe sie mir noch nicht angesehen und weiß daher nicht, was Orrin dort versteckt hat." Er drehte die Finger so lange, bis er die Papiere behutsam und geschickt herausziehen konnte, ohne den Schlitz zu vergrößern. „Ich wollte, dass Sie sie sich mit mir zusammen anschauen." Er hielt sie Bria hin. „Ich glaube, Ihnen steht das Recht zu."

Bria sah, dass ihre Hand zitterte, als sie nach den Blättern griff.

„Da sind noch mehr", erklärte Allen. „Es wäre sicher einfacher, wenn ..."

„Hier", unterbrach Edwards ihn. Er hatte den Brieföffner in der Hand, den er in der mittleren Schublade des Schreibtischs gefunden hatte. „Gestatten Sie. Schließlich bin ich der Arzt hier." Bevor ihn jemand aufhalten konnte, führte er die scharfe Klinge wie ein Skalpell unter das Futter und schlitzte es auf. Er nahm etwa ein Dutzend eng beschriebene Zettel aus dünnem Papier vom Boden des Kastens und reichte sie Bria. „Da, Bria. Aus den Zahlen darauf schließe ich, dass es Aufstellungen von Orrins Ausgaben und Einnahmen sind."

Und um genau das handelte es sich. Orrin hatte alles sorgfältig und peinlich genau aufgelistet, alle Konten, Beteiligungen, Besitztümer und Aktien. Bria konnte sie nur kurz überfliegen, bevor sie sich setzen musste. Sie gab sie an Luke weiter, der sie auf dem Schreibtisch ausbreitete, damit auch Allen und Edwards sie sehen konnten.

„Gütiger Himmel", stieß Edwards aus. „Sieh sich einer das ganze Geld an, all diese Geschäftsanteile. Hatten Sie davon eine Ahnung, Bria?"

Sie schüttelte einfach nur den Kopf, sprachlos vor Erstaunen über das, was der Sheriff zu Tage gefördert hatte. *Das gehört alles einem anderen.* Der Gedanke schoss ihr immer wieder durch den Kopf, bis ihr ganz schlecht wurde. Der Sheriff und der Arzt dachten, ihre Mutter würde all das viele Geld erben. Nur Luke und sie wussten, dass es von Conrad Morrison gestohlen war.

Edwards hatte genug gesehen. Er ließ sich in seinen Stuhl zurücksinken und blickte zur Decke. „Gütiger Himmel", flüsterte er erneut.

Der Sheriff richtete sich auf. „Es scheint, als sei Orrin Foster reicher gewesen, als er sich anmerken ließ. Ich hätte nie gedacht, dass er so geheimniskrämerisch sein könnte."

„Geizig", verbesserte Bria ihn. „Und voller Angst. Mein Stiefvater dachte, wenn meine Mutter oder ich etwas von diesem Geld wüssten, würden wir Forderungen stellen."

„Hatte er da Recht?" fragte Allen.

„Wahrscheinlich. Es gab immer irgendetwas, das hier dringend getan werden musste. Orrin fiel es schwer, diese Plantage als eine lohnende Investition zu betrachten, die ihm schließlich wieder Geld einbringen würde." Sie deutete auf die Papiere. „Er erwartete mehr, denke ich."

Der Sheriff nickte. Er stand auf und schaute von Bria zu Luke. „Es wäre sicher interessant zu erfahren, was es mit der fehlenden Waffe auf sich hat, aber ich nehme nicht an, dass es hier noch etwas zu tun gibt. Ich bin so weit zufrieden mit dem, was ich herausgefunden habe.“ Er lächelte schwach. „Oder ich kann wenigstens damit leben. Ich finde selbst den Weg nach draußen. Kommen Sie auch, Doc?“

Edwards erhob sich aus dem Stuhl und nahm seine Ledertasche. Er öffnete sie, sah den Inhalt durch und holte ein kleines braunes Fläschchen heraus, das er Luke reichte. „Laudanum für Elizabeth, falls sie über Kopfschmerzen klagt oder nicht schlafen kann. Ich rechne nicht damit, dass die Erbschaft dieses Vermögens sie zu beruhigen vermag. Verabreichen Sie es ihr sparsam.“

Lukes Hand schloss sich um das Fläschchen. „In Ordnung.“

Der Arzt nickte Bria zu. „Zögern Sie nicht, selbst ein wenig davon zu nehmen. Sie sehen aus, als könnten Sie etwas Ruhe gut gebrauchen.“ Obwohl Brias schwaches Lächeln andeutete, dass sie ihn gehört hatte, wusste er, dass sie keinen Tropfen nehmen würde. Halsstarrig, dachte er, genau wie ihre Mutter. „Nun gut“, sagte er. „Ich werde zur Trauerfeier wieder herkommen und nach Ihnen und Elizabeth sehen.“

„Danke, Dr. Edwards“, antwortete Luke.

Edwards hielt ihm die Hand hin. „Mein Dank gilt Ihnen.“ Das letzte Wort betonte er stärker. Er klemmte sich seine schwarze Tasche unter den Arm und deutete auf die offenen Türen. „Nach Ihnen, Sheriff.“

Luke stellte das Laudanumfläschchen ab, nachdem die beiden Männer gegangen waren. Er drehte sich zu Bria um und breitete seine Arme aus. „Komm her“, bat er, und sie bedurfte keiner zweiten Einladung. „Du konntest einfach nicht wegbleiben, was?“ Seine Stimme war leise und trotz des leichten Tadels unendlich zärtlich. „Ich dachte schon, dass du, als du diese ganzen Auflistungen sahst, damit herausplatzen würdest, dass es alles jemand anderem gehört.“

Bria entdeckte, dass sie dennoch lächeln konnte. Sie hob ihr Gesicht und blickte zu Luke empor. „Das war genau der Gedanke, der mir kam. Woher wusstest du es?“

„Ich kenne dich eben“, erklärte er schlicht. „Du hattest nicht damit gerechnet, dass es so viel sein könnte.“

Sie schüttelte den Kopf. „Niemals. Ich hatte begriffen, dass Mr. Morrison reich war, aber dies ... ich habe nie überlegt, was das bedeuten könnte. Jetzt sehe ich, dass zwischen reich bei den Yankees und reich bei uns im Süden ein Unterschied besteht. Was tun wir nur damit, Luke? Wir können es nicht behalten. Es gehört Morrisons Erben.“

„Ich habe dir doch schon erzählt, dass er keine Familie besaß. Es mag ein paar entfernte Vettern geben, aber niemanden, der einen Anspruch hat.“

„Gläubiger?“

„Sie wurden nach dem Verkauf der Eisenhüttenwerke und Stahlgießereien ausbezahlt.“

„Warum hast du dem Sheriff nichts davon erzählt, dass Orrin Foster Walter Wingate war?“

„Weil das die Sache nur verkompliziert hätte. Niemand hier muss erfahren, wer Orrin Foster in Wahrheit war. Meine Mutter und meine Tanten werden wissen, dass ich ihn gefunden habe.“

„Aber sie wollten doch Morrisons Namen reingewaschen sehen. Du solltest beweisen, dass er sich nicht selbst das Leben genommen hat.“

„Sie werden sich damit begnügen müssen, dass die Rechnung beglichen worden ist, ohne dass es allgemein bekannt wird“, erklärte er. „Ich denke, damit können sie leben, bedenkt man die Alternative.“

Bria runzelte die Stirn. „Welche Alternative?“

Luke fasste Bria an den Ellbogen, wie um sie zu stützen, und schaute sie eindringlich an. „Ich habe Orrin Foster nicht umgebracht.“ Ihr Gesichtsausdruck änderte sich nicht. „Aber wenn ich offenbare, dass Orrin Walter Wingate ist, werden die Leute sich ständig fragen, ob ich es nicht doch getan habe.“ Die Falte auf Brias Stirn wurde steiler. Luke holte tief Luft und atmete langsam wieder aus. „Conrad Morrison hatte in seinem Testament einen Begünstigten genannt, Bria. Ich bin sein Erbe.“

Sie sank gegen ihn. „Du?“

„Du hast es doch selbst vorhin gesagt. Er betrachtete mich als seinen Sohn.“

„Du.“

Luke lächelte schwach. „Ich.“

„Aber warum hast du mir nichts gesagt?“

„Aus verschiedenen Gründen, denke ich. Ich hatte nie damit gerechnet, das ganze Geld zu finden. Ich wusste nicht, dass die Hinweise darauf in dem Kasten waren, Bria. Vor dem heutigen Tag habe ich den Kasten nie gesehen, und dabei habe ich dieses Haus von oben bis unten nach etwas durchsucht, das Orrin mit seiner Vergangenheit verbindet. Als du mich gebeten hast, *Concord* für dich zurückzugewinnen, bot mir das auch die Gelegenheit, etwas für mich zurückzugewinnen. Das Geld wollte ich nicht, nur die Möglichkeit, es Orrin fortzunehmen. Ich wusste, dass es nur einen kleinen Teil dessen darstellte, was er gestohlen hatte, aber immerhin war es *etwas.*“

Bria schloss kurz die Augen und nickte.

„Vielleicht hätte ich anders empfunden, wenn ich dich nicht getroffen hätte“, fuhr Luke fort. „Du hast es mir leicht gemacht, das Geld zu vergessen. Es für dich zurückzuholen war unendlich viel lohnender, als es für mich selbst gewesen wäre.“

Sie betrachtete ihn zweifelnd.

„Es stimmt", beharrte er, dann machte er eine Pause. „Und dann ist da noch der letzte Grund, warum ich dir nichts gesagt habe: Ich bin besser beim Pokern als du. Ich habe befürchtet, du könntest dich verraten. Heute hast du dem Sheriff und Dr. Edwards deine Gedanken praktisch telegrafiert. Wenn du gewusst hättest, wie eng ich mit dem Vermögen verbunden bin, dann glaube ich, befände ich mich inzwischen auf dem Weg ins Gefängnis. Sheriff Allen war nur bereit, bis zu einem bestimmten Punkt wegzusehen. Bei deiner Mutter und dir war er willens, Nachsicht zu üben. Aber bei mir?" Luke schüttelte den Kopf. „Es wäre viel schwieriger gewesen, meine Unschuld zu beweisen."

Bria stellte sich auf die Zehenspitzen und küsste ihn sachte auf den Mundwinkel. „Es hätte bedeuten können, mit dem Finger in eine andere Richtung zu zeigen", erklärte sie. „Das ist es, was ich gemeint habe. Wenn du unschuldig bist und es war kein Selbstmord, dann muss jemand anders schuld sein. Meine Mutter, Addie oder ich."

„Das hätte ich nie getan. Bei keinem von euch."

„Ich weiß." Sie musterte ihn fest. „Wer also hat Orrin umgebracht?"

„Du hast doch den Sheriff gehört …" Er brach ab, weil Bria den Kopf schüttelte, sich weigerte, sich mit dieser Antwort zufrieden zu geben. „Ich weiß es nicht. Das ist die Wahrheit. Ich habe den Revolverkasten unter dem Bett deiner Mutter gefunden und habe ihn in Orrins Nachttisch gelegt, wo ich hoffte, dass er gefunden würde. Ich wusste nichts von den Papieren und bezweifle auch irgendwie, dass deine Mutter oder Addie das taten. Vielleicht hat eine von beiden die Waffe abgedrückt, oder sie waren es zusammen. Am Ende könnten sie es auch nicht gewesen sein. Sie wissen, was geschehen ist, doch ich kann mir nicht vorstellen, dass sie es je sagen würden. Du etwa?"

„Nein. Sie wollen, dass es ihr Geheimnis bleibt."

„Dann belassen wir es dabei."

Bria nickte langsam. Sie lehnte sich gegen Luke und barg ihre Stirn an seiner Schulter. Dann spürte sie, wie sich seine Arme um sie schlossen, und schmiegte sich an ihn. Bria wäre einfach so eingeschlafen, aber Luke brachte sie in ihr Zimmer. Sie zogen die Vorhänge zu und sperrten so die Nachmittagssonne aus, dann legten sie sich aufs Bett und schliefen einander in den Armen haltend ein.

Zwei Wochen nach Orrins Beerdigung verließen Addie und John Whitney *Henley*. Johns Wunden waren gut genug verheilt, dass er reisefähig war, und er ließ sich nicht zum Bleiben überreden. Bria war nicht überrascht, als Addie beschloss, mit ihm zu gehen. Einzig, dass ihre Mutter Addies Entschluss so einfach akzeptierte, verwunderte sie. Bria war es oft so vorgekommen, als habe sich Elizabeth nach Orrins Tod immer enger an Addie geklammert. Nun fragte Bria sich, ob das, was sie für Abhängigkeit gehalten hatte, nicht viel eher das Pläneschmieden alter Freunde gewesen war.

Bria stand in der Hütte, die John vor ein paar Stunden geräumt hatte, und überlegte, was getan werden musste. Sie würde Martha bitten, auszufegen und das Bett abzuziehen. In der Luft hing noch der Geruch nach Einreibemittel und Arzneikräutern. Er war nicht unangenehm, erinnerte jedoch daran, dass John auf Orrins Veranlassung hin gelitten hatte.

„Es würde ein gutes Schulhaus abgeben", erklärte Luke, als er hinter sie trat. „Deine Mutter sagte, ich könnte dich hier finden."

„Hm. Ich vermute, das ist besser, als es einfach niederzubrennen."

„Das denke ich auch", erwiderte er trocken. „Wir können die Wand zwischen den beiden Räumen herausreißen, so dass wir ein einziges großes Zimmer erhalten. Und ich könnte sicher ein paar Männer finden, die mir helfen, für die Kinder Tische und Bänke zu zimmern. Dich würde das doch bestimmt glücklich machen."

Bria wusste, dass er Recht hatte. Ihr gefiel die Idee, wieder Kinder auf *Henley* zu haben. „Vielleicht ließe sich Mutter überreden, sie von Zeit zu Zeit zu unterrichten. Jebediah wird auch dazu bereit sein." Sie schlenderte in das Schlafzimmer und sah sich um. Etwas Buntes auf dem Nachttischchen weckte ihre Neugier, und sie trat näher, um es besser zu sehen. Aus der Entfernung hatte sie es für ein Miniaturporträt gehalten, dann jedoch erkannte sie, dass es sich um Spielkarten handelte. Über ihre Schulter schaute sie zu Luke. Er stand in der Tür, die Hände auf beiden Seiten des Rahmens abgestützt. „Sieh mal. John muss sie vergessen haben." Sie nahm die Karten und fächerte sie auf.

Drei Damen und zwei Vieren. Ein Full House; alle Karten zierte an der selben Stelle in der Mitte ein Loch, wo sie fein säuberlich durchstochen worden waren.

„Was, um Himmels willen, ist das?" erkundigte sich Bria.

Luke erkannte sie augenblicklich. „Leg sie weg, Bria", sagte er mit erzwungener Ruhe. „Das sind die Karten eines Toten."

Elizabeth ließ ihren Kopf gegen die Lehne ihres Sessels sinken und schloss die Augen. Die Musik trug sie in eine andere Zeit. Es war leicht, sich vorzustellen, dass Bria nicht allein am Flügel saß. Sie konnte Andrew neben ihr stehen sehen. Mit einem ermutigenden Lächeln beobachtete er Bria, als sie eine schwierige Passage meisterte. Elizabeth wünschte sich, sie könnte ihn in etwas anderem sehen als der Uniform, die sie ihm selbst genäht hatte, aber das gelang ihr nicht. Er war so stolz gewesen, sie zu tragen, nicht in geringem Maße deswegen, weil sie sie mit ihren eigenen Händen angefertigt hatte. Seine breiten Schultern füllten den zweireihigen

Rock perfekt aus, und die blaugraue Wolle hatte fast dieselbe Farbe wie seine Augen. Die Goldlitze auf den Ärmeln wies ihn als Offizier aus.

Wenn er den Arm nach den Notenblättern ausstreckte, glitzerte sie im Kerzenlicht.

„Mutter?" Bria unterbrach ihr Spiel, und die letzten Töne verklangen, als sie die Füße von den Pedalen nahm. Sie drehte sich auf der Bank zu Elizabeth um, damit sie sie besser anschauen konnte. „Ist etwas nicht in Ordnung?"

Luke beugte sich in seinem Stuhl vor und blickte zu Elizabeth. Ihre Züge waren still, friedvoll. Die Farbe in ihren Wangen ließ sich nicht allein mit der Nähe ihres Sitzplatzes zum Feuer erklären. Ein schwaches Lächeln, rätselhaft und irgendwie bittersüß, spielte um ihre Lippen. So rein wie Diamanten glitzerten Tränen auf ihren dunklen Wimpern.

Elizabeth schlug die Augen auf und entdeckte, dass ihre Tochter und ihr Schwiegersohn sie eindringlich musterten. „Ich bin nicht tot."

Luke grinste, aber Bria fand das gar nicht lustig. „Das ist schrecklich, Mutter."

„Soll das heißen, dass du dir wünschst, ich wäre es?" Aus dem Augenwinkel sah sie, wie Lukes Lächeln breiter wurde. Er wenigstens behandelte sie nicht wie einen von Brias empfindlichen Reissämlingen.

„Mutter!"

Die Tränen begannen über ihre Wangen zu rinnen, aber nur, weil sich um ihre Augen Lachfältchen bildeten. Sie zog ein Taschentuch aus irischem Leinen aus ihrem Ärmel und betupfte sich damit Augen und Wangen. „Du bist so leicht aufzuziehen, Bria, dass es kein Wunder ist, wenn Luke und ich es so gern tun."

Luke stöhnte auf und ließ sich auf seinen Stuhl fallen. „Du bist grausam, Elizabeth, mich da hineinzuziehen. Dir verzeiht Bria immer, aber wenn es um mich geht, ist sie nicht so großherzig."

Elizabeth zuckte die Schultern. „Dann wirst du eben betteln müssen. Ich bin sicher, dass ihr beide es zutiefst genießen werdet."

Bria betrachtete ihre Mutter aus weit aufgerissenen Augen, und Röte stieg ihr in die Wangen. „Mutter!"

„Ist das alles, was du heute sagen kannst?" Elizabeth lächelte breit und freute sich, dass Bria so bereitwillig nach dem Köder schnappte. Dann erhob sie sich und trat zu ihrer Tochter. Sie beugte sich vor und küsste sie auf die Wange. „Ich werde die Noten für dich umblättern", erklärte sie. „Genau, wie dein Vater es immer getan hat."

Bria nickte, zu bewegt, um zu sprechen. Sie rückte ein Stück zur Seite, damit ihre Mutter sich neben sie setzen konnte. Die Röcke ihrer Kleider berührten sich, so dass der smaragdgrüne Samt und die saphirblaue Seide wie eine grünblaue Wassersäule aussahen.

Als Bria zu spielen begann, verließ auch Luke seinen Platz und stellte sich zu ihnen. Ihre Finger glitten geschickt über die Tasten, als sie die schwierige, aber fröhliche Melodie von *Ode an die Freude* spielte. Eine Hand legte er seiner Schwiegermutter auf die Schulter. Kerzenlicht ergoss sich über Brias dunkelblondes Haar, so dass die kupferfarbenen und goldenen Lichter darin schimmerten.

Der Raum war angenehm warm. Das Feuer im Kamin knisterte und untermalte so die Musik. Von draußen legte sich ein kalter Nieselregen auf die Fensterscheiben. Vor dem nachtdunklen Himmel wirkte das Glas wie ein Spiegel, der die Bilder von Luke, Bria und Elizabeth im Kerzenschein reflektierte.

Weihnachten lag noch in der Luft. Jeb hatte den Baum vor vier Tagen entfernt, aber die Lorbeerkerzen und die Tannenzweige auf dem Kaminsims verströmten noch ihren festlichen Duft. Sie hatten Weihnachten ruhig gefeiert, weniger wegen Orrins noch nicht lange zurückliegenden Todes als auf Grund der Tatsache, dass sie in den Wochen nach seinem Ableben so wenig Zeit füreinander gehabt hatten.

Als sich die Nachricht von Orrins Selbstmord wie ein Lauffeuer verbreitet und die benachbarten Plantagen erreicht hatte, wurde *Concord* Ziel eines nicht abreißen wollenden Stromes von Besuchern, die ihr Beileid bekunden und ihre Neugier befriedigen wollten. Austin Tipping und seine Schwester gehörten zu den Ersten, die eintrafen. Sam Daniels und Franklin Archer folgten kurz darauf. Dr. Edwards und seine Frau standen in Elizabeths Nähe, während die Trauergäste ihr versicherten, wie Leid es ihnen täte. Noch Tage nach der Beerdigung kamen Freunde, um sich zu Elizabeth zu setzen und ihr so weit Trost zu spenden, wie es ihnen möglich war. Die meiste Zeit verzichteten sie darauf, genauer nachzufragen, wie Orrin eigentlich gestorben war oder was es mit dem Vermögen auf sich hatte, das er den Gerüchten zufolge angehäuft und vor allen geheim gehalten haben sollte.

Das Kartenspiel, das Orrins Selbstmord vorangegangen war, erregte großes Interesse. Luke bestätigte weder noch stritt er irgendetwas von dem ab, was ihm zu Ohren kam. Ihm entging nicht, dass die anderen, die in jener Nacht dort gewesen waren, wenig darüber redeten, doch sie alle fragten ihn in einem ungestörten Moment, ob er um das Ausmaß von Orrins Reichtum gewusst habe. Besonders Tipping sah blass aus, als er die Frage stellte, so dass Luke die Vermutung hegte, dass er sich fragte, wie er nur so kläglich bei dem Versuch hatte versagen können, Brias Hand oder wenigstens ihre Achtung zu gewinnen.

Mit einem schwachen Kopfschütteln kehrte Luke in die Gegenwart zurück und betrachtete Brias Finger, die mühelos über die Tasten glitten. In ihrer Ausdruckskraft lagen Schönheit, Anmut und Stärke. Er drehte den Kopf, so dass er Elizabeths Gesicht besser sehen konnte. Sie beobachtete ihre Tochter voller Bewunderung, und wieder standen ihr glitzernde Tränen in den Augen trotz ihres heiteren Lächelns.

Als Bria die Hände hob und die letzten Töne verklangen, rief Elizabeth: „Bravo, Liebes, bravo!“ Dann wandte sie sich zu Luke um. „Danke.“

Er sah sie fragend an. „Elizabeth, ich habe noch nicht einmal geholfen, die Blätter umzudrehen.“

„Du hast meiner Tochter geholfen, ihre Musik wieder zu finden. Ich weiß, so hattest du es nicht beabsichtigt, aber es ist auch ein Geschenk an mich. Bria könnte es nicht mit uns teilen, wenn du nicht gewesen wärst.“

Verlegen fuhr sich Luke mit den Fingern durchs Haar. „Ich denke nicht ...“

Eine Hand hebend, unterbrach Elizabeth ihn. „Es ist egal, was du denkst“, erklärte sie knapp. „Was zählt, ist, was *ich* denke. Gott hat uns an dem Tag gesegnet, an dem er dich nach *Henley* gesandt hat. Ich gebe nicht vor, das Warum und Wieso zu verstehen, aber ich weiß, dass du Bria gefunden hast, nicht anders herum. Du bist vielleicht unter dem Vorwand hierher gekommen, das Haus in Stand zu setzen, aber du hast viel mehr getan. Du hast die Seele einer Frau geheilt. Und jetzt hör auf, so hin und her zu rutschen, als würde es dich umbringen, wenn eine Mutter dir ihren Dank ausdrückt. So ist es besser. Mir gefällt, wie du zuhörst. Das muss an dem Einfluss deiner geliebten Nana Dearborn liegen. Bria hat mir erzählt, wie sehr du sie geschätzt hast.“

Luke verschluckte sich fast, doch es gelang ihm, das mit einem Husten zu kaschieren. Er wagte nicht zu Bria zu sehen, aus Angst, bei ihrer Unschuldsmiene laut auflachen zu müssen. Als er seiner

Stimme wieder trauen konnte, sagte er: „Ja, Ma'am. Nana Dearborn hat großen Einfluss auf mein Leben ausgeübt."

Zufrieden mit dieser Antwort, nickte Elizabeth. Sie stand auf und ging zu dem Teetablett. „Ich möchte euch beiden etwas mitteilen", erklärte sie und schenkte sich Tee ein. Sie erbot sich, das auch für Luke und Bria zu tun, doch die lehnten beide ab. „Am liebsten hätte ich schon früher etwas gesagt, aber Vorsicht und Versprechen, die ich gegeben habe, haben es mir verboten. Heute jedoch habe ich Post von Addie bekommen, und jetzt kann ich euch alles erzählen."

Bria zog ihre Röcke zur Seite, als Luke sich langsam neben ihr niederließ. Wenn sie nicht schon gesessen hätte, hätte sie es ihm bestimmt nachtun müssen. „Du weißt, wo Addie ist, Mutter?"

„Nein." Elizabeth kehrte zu ihrem Lehnstuhl zurück. „Ebenso wenig, wo John ist. Und wenn ich es wüsste, würde ich es nicht sagen. Sie haben mich nicht gebeten, Stillschweigen zu bewahren – ich selbst habe mir vorgenommen, dass bestimmte Sachen mit mir zu einem Ende kommen sollten." Sie machte eine Pause und nippte nachdenklich an ihrem Tee. „Anderes, glaube ich, solltet ihr wissen."

„Du musst nichts erklären", bemerkte Bria.

„Das weiß ich. Aber ich will es." Sie stellte ihre Tasse zurück auf die Untertasse und dann beides auf das Tischchen neben sich. „Ich weiß nicht, wie es euch gelungen ist, Sheriff Allen davon zu überzeugen, dass Orrins Tod Selbstmord war, doch ich vermute, ihr habt das getan, weil ihr annahmt, ich hätte ihn umgebracht."

Bria setzte an, das zu bestreiten, aber Luke nahm ihre Hand und drückte sie. „Das stimmt, Elizabeth", erwiderte er. „Und Dr. Edwards hat mitgeholfen."

Leichte Röte stieg Elizabeth ins Gesicht. „Er hat immer noch eine Schwäche für mich." Sie reckte ihr Kinn. „Aber er wäre nicht so entgegenkommend gewesen, wenn er Addie in Verdacht gehabt hätte. Er gehört zum *Klan.*"

Bria zog die Augenbrauen hoch. „Zum *Klan?* Aber woher weißt du …"

„Orrin hat es mir erzählt. Er wusste vieles über unsere Freunde und Nachbarn, und es bereitete ihm eine merkwürdige Freude, mir zu berichten, was er wusste. Ich nehme an, er meinte, ich würde sie nun in anderem Lichte sehen, sie vielleicht weniger achten. In Wahrheit verurteilte ich sie nicht. Ich wollte Orrin nicht meine Meinung wissen lassen; er wollte so unbedingt akzeptiert werden, dass er alles, was er von mir erfuhr, zu diesem Zweck benutzt hätte. Mir ist es gelungen, vieles für mich zu behalten – gleichgültig welchen Druck Orrin auf mich auszuüben versuchte." Elizabeth hielt Brias Blick einen Augenblick. „Addie war nicht in dieser glücklichen Lage."

„Addie", wiederholte Bria atemlos. „Er hat Addie ausgefragt?"

„Immer. Am Ende jeden Sommers, wenn Orrin und ich aus Charleston heimkehrten, war sie die erste Person, an die er sich mit seinen Aushorchungen wandte. Du darfst nicht schlecht deswegen von ihr denken, Bria. Sie hatte keine andere Wahl. Nicht nach dem, was Orrin ihrem Ehemann angetan hat – du weißt Durrel, den nie wieder jemand sah. Er hat ihr mit demselben Schicksal gedroht. Der *Klan* hat ihn gelyncht. Orrin fühlte sich betrogen, als Durrel ging. Er hat seine Ermordung arrangiert und Addie jahrelang mit diesem Wissen gequält."

„Du *weißt* das alles?" Bria wurde es eng in der Brust. Es fiel ihr schwer, Luft zu holen. „Aber du hast nie gesagt …"

„Wozu auch? Sie ist meinetwegen geblieben, wegen dem, was sie dachte, was Orrin mir antun würde, wenn sie ginge. Ich kenne dich, Bria. Du hättest darüber nicht schweigen können. Du hättest irgendetwas unternommen, weil du geglaubt hättest, man könnte etwas tun. Da unterscheidest du dich gar nicht so sehr von Randall. Ihr beide würdet gegen Windmühlenflügel kämpfen."

„Ich hätte ihn aufgehalten", erwiderte Bria leise.

„Er *wurde* aufgehalten." Elizabeths Samtkleid strich flüsternd über den Polsterbezug aus Brokat, als sie wieder aufstand. Sie ging zum Kamin und stocherte mit einem Schüreisen zwischen den Holzscheiten. Ein paar Augenblicke lang war das Knistern der Flammen das einzige Geräusch im Zimmer. „Orrin hat von Addie erfahren, was du für die Häuser der Arbeiter getan hast. Sie konnte nicht wissen, wozu das führen würde. Als Orrin absichtlich John für die Misshandlungen auswählte … als er Austin und Sam und den anderen sagte, sie sollten die Kirche niederbrennen … als er …" Elizabeth brach ab. Ihre Hände krampften sich um den Schürhaken. „Es war zu viel", erklärte sie schließlich. „Zu viel, um es weiter zu ertragen."

Bria wollte zu ihrer Mutter gehen, aber Luke hielt sie davon ab. „Lass sie ausreden", sagte er. „Sie will das aussprechen."

Elizabeth legte das Schüreisen fort und drehte sich um. „Ich wusste, dass Orrin einen Revolver versteckt hatte. Jeb hat mir davon berichtet, als er das erste Mal auf den Kasten stieß. Es war immer schon nur eine Waffe darin. Das ist jetzt Jahre her, kurz nachdem ich Orrin geheiratet hatte. Ich habe nie viel darüber nachgedacht, sondern es einfach für eine von seinen kleinen Marotten gehalten."

Sie holte tief Luft und atmete langsam aus. „Nach dem, was mit John Whitney geschehen ist …" Ihre Stimme erstarb, und es verstrichen mehrere Augenblicke, bevor sie weitersprach. „Es war zwar eine gründliche Suche über ein paar Tage notwendig, aber schließlich wurde der Kasten zwischen Orrins Lieblingsweinen gefunden. Die Gelegenheit, die Waffe zu verwenden, ergab sich kurz darauf. Da feststand, dass Orrin höchstwahrscheinlich ohne Lukes

Begleitung von Franklin zurückfahren würde, schien das die beste Chance zu bieten. Es war kein sonderlich durchdachter oder ausgeklügelter Plan, sondern schlicht mein einziger. Am Tag vor dem Kartenspiel ging ich an den Fluss und feuerte den Revolver ab, nur um sicherzugehen, dass ich es konnte. Doch ich wusste nicht, dass Addie mir gefolgt war. Sie hatte Angst, sorgte sich, ich könnte die Waffe gegen mich selbst richten. Ich musste ihr die Wahrheit sagen, damit sie sich nicht an einen von euch wandte."

Bria runzelte die Stirn. „Aber hattest du nicht die Befürchtung, dass sie zu Orrin gehen würde?"

„Nein", entgegnete Elizabeth einfach. „Der Gedanke ist mir nicht ein einziges Mal gekommen."

Luke nickte, da er verstand, dass Addie Elizabeth nie auf diese Weise hintergehen würde. „Sie hat John eingeweiht, nicht wahr?"

Geistesabwesend und irgendwie auch nervös strich Elizabeth ihre Samtröcke glatt. „Ja. Damit hatte ich nicht gerechnet. Sie haben versucht, es mir auszureden, natürlich, und ich habe ihnen erlaubt, zu glauben, dass es ihnen gelungen sei. Ich habe sogar John den Kasten aus Walnussholz gegeben."

„Aber nicht den Revolver", warf Luke ein.

„Ich weiß nicht, ob es mir gefällt, so durchschaubar zu sein", erwiderte sie. „Aber es stimmt. Ich habe ihm nicht die Waffe gegeben. Als John das merkte, war ich bereits auf dem Weg zu der Stelle, an der ich auf Orrin warten wollte. Stundenlang, wenn nötig. Es war leicht für John, mich zu finden. Addie war bei ihm."

„Wie konnte ich nichts davon ahnen?" wollte Bria wissen.

„Du hattest keinen Grund, anzunehmen, dass ich irgendwo anders wäre als auf meinem Zimmer."

Bria erinnerte sich daran. „Ich dachte, John ging es noch nicht wieder so gut, dass er aufstehen konnte."

„So war es auch. Aber er kam trotzdem."

Luke rieb sich die Nasenwurzel. „Bria und ich wissen schon seit einiger Zeit, dass John in jener Nacht dort war. Er hat Spielkarten zurückgelassen, die Orrin gehörten."

Elizabeth nickte. „Drei Damen und zwei Vieren. Orrin hatte sie in seiner Rocktasche stecken. Du musst wirklich gute Karten gehabt haben, um ein Full House zu schlagen."

„Einen Vierling. So war es aber nicht geplant. Tipping wollte Orrin noch bessere Karten von unten geben. Ich habe das verhindert und habe für mich etwas Besseres herausgeholt. Orrin schien nicht zu wissen, dass die Karten gezinkt waren. Ich denke, er glaubte, dass er gewinnen würde. Seine Freunde haben ihn wohl schon einige Zeit mit ihrem *freundschaftlichen* Spiel über den Tisch gezogen."

„Zweifelsohne. Austin Tipping macht seinem Vater keine Ehre. Robert war ein freundlicher, ehrenhafter Mann. Man muss nur ein wenig an der Oberfläche kratzen, um zu erkennen, dass Austin keines von beidem ist. Seine Schwester habe ich immer gemocht, aber ich kann es nicht bedauern, dass unser Schicksal nicht mit dem ihren verknüpft ist."

Bria wollte nicht von den Tippings reden. „Mutter. Was ist mit Orrin? Was ist geschehen?"

Elizabeth blickte ihre Tochter verständnislos an. „Aber du weißt doch, was geschehen ist. Er wurde erschossen." Sie erkannte augenblicklich, dass das Bria nicht zufrieden stellte. „Ich habe nicht die Absicht, dir zu verraten, von wem. Ich habe Addie versprochen, dass ich dir sagen würde, dass ich am Ende nicht allein gehandelt habe. Sie und John müssen gewusst haben, dass ich das Versprechen vielleicht brechen würde. Darum, vermute ich, hat John die Karten liegen lassen. Er wollte sichergehen, dass du erfährst, dass er in jener Nacht auch auf der Straße zu Franklins Haus war."

„Aber du hattest den Revolver", sagte Bria.

„Am Anfang schon ... und vielleicht wieder im entscheidenden Moment, aber ich ließ ihn fallen, als John ihn mir zu entwinden suchte. Da lag er zwischen uns auf dem Boden, und wir alle wollten ihn nehmen." Elizabeth sah ihrer Tochter in die Augen. „Du musst dich fragen, ob du besser dran wärest, wenn du die Wahrheit wüsstest. Wie kann es wichtig sein, ob ich abgedrückt habe? Ich hatte die Absicht, und ich hatte die Waffe. Addie und John waren dort, um mich zu schützen. Alles, was sie getan haben können, geschah zufällig. Ich war diejenige, die den Plan gefasst hatte."

Eine Weile schwiegen sie alle. Elizabeth kehrte zu ihrem Lehnstuhl zurück und widmete sich wieder ihrem Tee. Bria betrachtete ihre Hände, die sie im Schoß gefaltet hielt, und fragte sich, was sie hätte tun können, um ihre Mutter davor zu bewahren, an diesen Punkt zu gelangen. Luke blickte von Elizabeth zu Bria und wieder zurück und erkannte, was Orrin Foster nie begriffen hatte: Orrin hatte die falsche Frau gefürchtet.

Bria hob den Kopf und schaute ihre Mutter an. „John und Addie, wohin gehen sie?"

„Weit weg von hier", antwortete Elizabeth. „An einen sicheren Ort."

Bria drang nicht weiter in sie. „Hast du ihnen Geld gegeben?"

„Ja. Das war das Mindeste, was ich tun konnte. Addie hat vor, sich wieder zu melden, wenn sie und John sich irgendwo niedergelassen haben. Ich glaube, sie will den nächsten Brief an dich schreiben."

„Ich vermisse sie."

„So wie ich."

Bria erhob sich und ging zu ihrer Mutter. Sie setzte sich neben ihrem Stuhl auf den Boden und lehnte ihren Kopf an Elizabeths Knie. Der Samt schmiegte sich weich an ihre Wange. Elizabeth legte ihr die Hand auf den Scheitel, strich ihr übers Haar und begann leise zu summen.

Lautlos verließ Luke den Raum. Er nahm nicht an, dass man ihn vermissen würde.

Bria begann sich verschlafen zu regen. Sie reckte sich, erst die Arme, dann die Beine. Als sie sich auf die Seite rollte, stieß sie gegen Lukes breite Brust.

Vorsichtig öffnete sie ein Auge und sah ihn an. Er beobachtete sie. Seine Pupillen waren geweitet und ganz dunkel, sein Blick war eindringlich und verlangend. Dieses Verlangen galt ihr allein.

Bria durchlief ein sinnlicher Schauer.

Lukes lachte leise. „Ich weiß, dass du wach bist."

„Ich will es aber gar nicht sein." Sie barg ihr Gesicht im Kissen. „Dein Blick ist ziemlich laut."

Luke war nicht sicher, ob er sie richtig verstanden hatte, wusste es jedoch besser, als sie zu bitten, es noch einmal zu wiederholen. Stattdessen legte er ihr seine Hand auf den Rücken und begann, ihr Kreuz sanft zu massieren. Ihr gedämpftes, zufriedenes Stöhnen richtig zu deuten bereitete ihm keinerlei Schwierigkeiten.

Es dauerte nicht lange, da hob Bria den Kopf und fing an, kleine leichte Küsse auf seine Schulter zu pressen. Mit ihrer Zungenspitze leckte sie an der empfindlichen Haut an seinem Halsansatz. Er zog ihr Nachthemd nach oben und umfasste ihren Po, und sie rieb sich an ihm.

„Hast du es eilig, Yankee?" erkundigte sie sich gedehnt.

„Ich bin schon länger wach als du."

„Ich bin mir nicht sicher, ob ich überhaupt wach bin. Du solltest mich besser küssen."

Der Kuss war tief, langsam und gründlich. Er ließ seine Zunge über ihre gleiten, und er schien gar nicht aufhören zu wollen.

Als er in sie kam, war es genauso. Er füllte sie, hielt sie und bewegte sich in ihr, als wäre alle Dringlichkeit verflogen und die Zeit würde nur noch in Stunden gezählt.

Er küsste ihre Brüste fast ehrfurchtsvoll, sog die rosigen Spitzen in den Mund, liebkoste sie mit Zunge und Zähnen. Er küsste ihre geröteten Wangen, ihr Kinn. Er barg sein Gesicht an ihrem Hals und atmete tief den Duft ihres Haares ein. Ihre Haut war warm und roch leicht nach Moschus, ihr Haar wie immer nach Lavendel.

Sie strich ihm das vom Schlaf zerzauste Haar aus der Stirn und betrachtete ihn eindringlich. Sein Gesicht war ihr vertraut und seltsam fremd zugleich. Sein Mund war zusammengepresst, das leicht schiefe Lächeln, das sie so liebte, fehlte. Das kühle Grau seiner Augen war beinahe völlig von den geweiteten Pupillen zurückgedrängt. Eine Sehne trat an seinem Hals hervor. Er verharrte reglos, und diese Anstrengung forderte ihren Preis. Seine Züge spiegelten Lust und Verweigerung, weil er in diesem Moment beides erlebte.

Bria schwoll das Herz. „Ich verliebe mich immer noch in dich."

Er senkte den Kopf, bis sein Mund dicht an ihrem Ohr war. Das wollte er sein Leben lang von ihr hören. Und das sagte er ihr auch.

Sie liebten sich einmal und dann noch einmal. Um sie herum erwachte das Haus langsam zum Leben, aber sie wollten die Sicherheit ihres warmen Bettes noch nicht verlassen. Sie hörten Martha mit einer ihrer Schwestern auf dem Flur schwatzen. Das Geschirr auf dem Tablett mit Elizabeths Frühstück klapperte, als es an ihrer Tür vorbeigetragen wurde. Draußen bewegten Tad und Geordie die Pferde, es wurde geschäftig gearbeitet und aus Elsies Küche drangen verlockende Düfte.

„Ich denke nicht, dass ich mich heute überhaupt rühren will", verkündete Bria. „Wenigstens nicht mehr, als ich es bereits getan habe."

Luke stützte sich auf einen Ellbogen und betrachtete sie unter hochgezogenen Brauen. „Unanständige Anspielungen, Mrs. Kincaid? Und noch nicht einmal ein Erröten, um sie zu mildern."

„Ich verspüre keine Neigung, zu erröten. Ich bin vollends kompromittiert." Sie hob die Hände über ihren Kopf und reckte sich noch einmal. Das Laken glitt köstlich über ihre empfindlichen Brüste, was ihr ein sinnliches Lächeln entlockte. Bria musste lachen, als sie sah, was Lukes Interesse erregte. Sie legte die Hände auf seine Brust und stieß ihn zurück, dann setzte sie sich auf. „Zeig mir deine Gärten", verlangte sie. „Bis zum Frühling sind es nur noch ein paar Monate, und ich habe sie nie richtig gesehen."

„Nicht richtig vielleicht. Aber ich weiß, dass du sie gesehen hast."

Zuerst wusste Bria nicht, was sie sagen sollte. „Das weißt du?" fragte sie schließlich.

„Ja. Sie waren unter meinem Bett, bevor ich hier eingezogen bin. Du rollst die Pläne nicht so fest zusammen wie ich."

„Warum denkst du, dass ich es war? Addie könnte doch auch ..."

„Addie hätte sie finden können, aber sie hätte sie nicht angeschaut. Martha oder Jeb genauso wenig. Was hattest du zu entdecken gehofft?"

„Genau das, was ich entdeckt habe. Es war kurz nachdem du mir deine Pläne für das Haus gezeigt hattest. Ich wollte wissen, ob du noch mehr hättest, und ging in dein Zimmer, um danach zu suchen."

„Du hättest doch einfach fragen können."

„Nein, das hätte ich nicht. Ich wollte nicht, dass du wusstest, dass ich mich dafür interessierte."

„Für die Pläne oder mich?“

Bria beugte sich vor und küsste ihn auf den Mund. „Weißt du es noch nicht? Das eine unterscheidet sich nicht von dem anderen.“ Ihre Worte zauberten das schiefe Lächeln auf seine Lippen. Es war sowohl verlegen, als auch lausbubenhaft, und Bria musste flink sein, um seinem Griff auszuweichen.

Luke beobachtete, wie sie sich aus dem Bett beugte und darunter nach den Plänen suchte. „Ich dachte, du wolltest dich heute überhaupt nicht mehr rühren.“ Er tat so, als hätte er ihre erstickte Antwort verstanden. „Wenn du es sagst.“

Bria schlängelte sich unter dem Bett hervor und hielt die Pläne in die Höhe. Sie ließ sie neben Luke fallen, stand auf, holte ihren Morgenrock und streifte ihn sich über. Dann reichte sie ihm seinen, seine enttäuschte Miene nicht weiter beachtend. „Bring sie hier ans Fenster“, bat sie, „dann kannst du mir gleich zeigen, wie es von unserem Zimmer aus aussieht.“

Sie setzten sich auf die gepolsterte Bank am Fenster, die Zeichnungen zwischen sich, und Luke beschrieb, was er sich ausgedacht hatte, die Teiche, Irrgärten und die mit einem Künstlerauge zusammengestellte Farbpalette von Blumen, die das ganze Jahr hindurch blühen würden.

Bria drückte ihre Nase an die Fensterscheibe und schaute so weit sie sehen konnte nach Osten und Westen. Unter ihrem Atem beschlug das Glas. „Wir werden exotische Fische in die Teiche setzen.“

„Wenn du willst.“

„Und Mutter wird im Frühling ein Fest abhalten mit Papierlaternen, den ganzen Weg zum Fluss entlang.“

„Nicht dieses Frühjahr“, erklärte Luke. „In ein paar Jahren, wenn die Pflanzen gewachsen sind.“

„Trotzdem wird sie jetzt anfangen, alles zu planen.“ Bria deutete dorthin, wo wilde Geranien und Kornblumen stehen würden. „Dort werden wir uns lieben."

„Und hier." Er zeigte ihr, wo Rhododendren im Wald blühen würden. „Und hier."

„Im Teich?"

Luke schaute auf seinen Finger. „Hier." Er legte ihn auf den Irrgarten.

„Das ist besser."

Lachend rollte Luke die Pläne wieder zusammen und band sie, dann ließ er sie achtlos zu Boden fallen. Er lehnte sich zurück und zog Bria zwischen seine gespreizten Beine. Sie kam ohne zu zögern und schmiegte sich mit dem Rücken an seine Brust. „Du bist gestern Nacht noch lange bei deiner Mutter geblieben", bemerkte er.

Sie nickte. „Wir haben über so vieles gesprochen. Es hat uns beiden gut getan. Mir war vorher gar nicht klar, dass es möglich ist, sie so sehr zu lieben und doch so wenig zu verstehen." Bria wandte den Kopf, damit sie Luke ansehen konnte. In seinen Augen stand ein nachdenklicher Ausdruck. „Was ist mit deiner Mutter, Luke? Wann werde ich sie kennen lernen?"

„Willst du das denn?"

Es verletzte sie ein wenig, dass er das fragte. „Natürlich will ich. Warum sollte ich nicht?"

„Ich habe dir gesagt, was sie ist, Bria."

„Du hast mir erzählt, was sie *tut.* Ich möchte deine Mutter gern kennen lernen. Mary Kincaid. Du schämst dich ihrer doch nicht, oder?"

„Nein!" Ruhiger fuhr er fort: „Nein, aber ich könnte es verstehen, wenn du Zweifel hättest."

„Die habe ich. Aber sie haben alle damit zu tun, ob sie wohl glaubt, dass ich gut genug für dich bin. Was, wenn sie denkt, du hättest jemand Besseren verdient? Vielleicht meint sie, ich hätte dich wegen deines Geldes geheiratet."

„Bei unserer Hochzeit war ich ja wohl kaum ein reicher Mann."

„Aber jetzt bist du es. Oder könntest es sein, wenn du meiner Mutter verraten würdest, dass das, was sie geerbt hat, von Rechts wegen dir zusteht."

„Ich mache mir keine Sorgen, dass sie es verprasst."

„Sie könnte wieder heiraten."

„Dann werden wir es ihr erklären, wenn die Zeit gekommen ist. Jetzt ist es ohne Bedeutung. Meine Mutter ist damit zufrieden, dass sie weiß, Orrin Foster war Walter Wingate. Sie wird es akzeptieren, dass sie Conrads Namen nicht völlig reinwaschen kann. Auch das wird die Zeit bringen. Jetzt im Moment möchte sie dich gern kennen lernen."

„Wirklich?"

„Das hat sie geschrieben. Ein Besuch steht in nicht allzu ferner Zukunft an."

„Soll das heißen, dass wir nach New York fahren?"

„Das wäre der sicherste Weg, sie zu verpassen. Ich glaube, sie will herkommen."

„Luke!" Sie rückte von ihm ab, drehte sich zu ihm um und stieß ihm vorwurfsvoll den Zeigefinger in die Brust. „Wie lange weißt du das schon?"

„Seit gestern. Ihr Brief kam zusammen mit Addies."

„Und das erzählst du mir erst jetzt?"

„Deine Mutter hatte uns gestern Abend etwas zu sagen. Meine Nachricht konnte warten."

„Aber heute Morgen ..."

Er bedachte sie mit einem amüsierten Blick. „Heute Morgen habe ich nicht an meine Mutter gedacht." Luke zog Bria zurück an seine Brust, als sie zart errötete. „Jetzt bist du gar nicht mehr so kess, was?“ Er schlang seine Arme um sie und zupfte mit seinen Zähnen an ihrem Ohrläppchen. „Denkst du …“

Bria nickte, bevor er zu Ende sprechen konnte. „Die ganze Zeit“, erwiderte sie. „Es ist unanständig, wie oft ich …“

Er verschloss ihr den Mund mit einem Kuss. „Dann bleibt dir nur das einzig Anständige zu tun“, sagte er dicht an ihren Lippen. „Zeig es mir.“

EPILOG

Gemächlich rollte die Kutsche über die Straße, eine kleine Staubwolke hinter sich herziehend. Die Straße von Charleston nach *Henley* war nicht in besonders gutem Zustand, so dass die Passagiere im Innern des öfteren durchgerüttelt wurden, wenn auch nicht sehr stark, denn dafür saßen sie zu dicht gedrängt.

„Es war sehr freundlich von Ihnen, Ihre Kutsche mit uns zu teilen", bemerkte Mary Kincaid. „Wir möchten alle so gern möglichst schnell bei meinem Sohn eintreffen. Wir hätten noch Stunden am Straßenrand warten müssen, wenn Sie uns nicht geholfen hätten." In ihren weichen grauen Augen stand Dankbarkeit geschrieben, als sie dem Mann ihr gegenüber die Hand entgegenstreckte. „Ich bin Mary Kincaid. Und das hier sind meine Schwestern." Sie lächelte. „Wenigstens im Geiste."

Sechs Frauen schenkten ihrem guten Samariter ein ebenso strahlendes Lächeln.

All diese Aufmerksamkeit war fast ein wenig überwältigend. Zwei Rotschöpfe, eine Blondine, drei Brünette und Mary Kincaid mit Haar so dunkel wie Bitterschokolade. Sie lächelten offen, freundlich und manche sogar trotz der Tatsache, dass er in Begleitung seiner Frau reiste, flirtend.

Mary zog ihre Hand zurück. „Sie müssen sich wünschen, dass Sie unsere Kutsche hätten reparieren können. Jetzt haben wir Ihre einfach mit Beschlag belegt." Die Kutsche war erfüllt von dem Rascheln von Satin und Seide, die in allen Farben der Edelsteine leuchteten.

„Weder meine Frau noch ich haben je erwogen, Sie auf der Straße zurückzulassen. Ihre Gegenwart ist wie ein gutes Omen für die Dinge, die unserer harren."

„Sie meinen uns?“ fragte Lys und nahm ihren kecken Hut vom Kopf, weil dessen Straußenfeder immer wieder verrutschte und sie an der Wange kitzelte.

„Ein Omen?“ Lydia ordnete bei dem nächsten Holpern der Kutsche ihre Röcke, so dass Madelyn nicht mehr darauf saß.

„Ein *gutes?*“ erkundigte sich Madelyn mit einem misstrauischen Blick.

„Wie kann das sein?“ stimmten Laura und Nancy ein.

Mary Kincaids hübsches Gesicht trug eine entschuldigende Miene, doch ein kleines, ein wenig schiefes Lächeln zuckte um ihre Lippen. „Bitte verzeihen Sie. Wir sind neugieriger, als die guten Manieren es gestatten. Ihre Bemerkung ist jedoch verwunderlich, das müssen Sie zugeben.“

Für den Mann war nicht genug Platz da, so dass er sich hätte ausstrecken können, aber er verschaffte sich ein wenig mehr Raum, indem er sich seine Frau kurzerhand auf den Schoß hob. Das wurde von den anderen Damen mit leisem Gelächter und wissendem Lächeln zur Kenntnis genommen, ebenso wie die Tatsache, dass die Frau in seinen Armen nicht den geringsten Einwand erhob.

„Haben Sie je von dem Hamilton- und Waterstone-Rätsel gehört?“ fragte er.

„Ich glaube schon. Es hat etwas mit einem Schatz zu tun, denke ich. Mein Sohn hat mir davon geschrieben.“

„Wirklich? Dann kennen Sie die sieben Schwestern?“ Er beobachtete, wie Mary und die anderen Frauen sich verstohlene Blicke zuwarfen, aber er hatte keine Ahnung, was er daraus machen sollte.

„Vielleicht sollten Sie es erklären“, erwiderte Mary Kincaid schließlich vorsichtig. „Es scheint mir unwahrscheinlich, dass Sie dieselben sieben Schwestern meinen wie wir.“ Sie konnte sich nicht vorstellen, dass er von dem berüchtigten New Yorker Bordell mit diesem Namen sprach.

„Sieben Schwestern", begann er, „verflucht eine jede, sieben Schwestern ganz allein, eine immer schöner als die nächste, doch im Herzen kalt wie Stein."

Es herrschte Stille.

Endlich sprach Lys. „Nicht sonderlich schmeichelhaft, nicht wahr?"

Maggie nickte und fühlte sich jedoch genötigt, auf eine Stelle besonders hinzuweisen. „Da war das mit ‚eine immer schöner als die nächste'."

„Er kann nicht von meinem Herzen reden", verkündete Nancy. „Ich fordere jeden heraus, ein wärmeres als meines zu finden."

Er spürte, wie sich alle Blicke auf ihn richteten, der seiner Frau eingeschlossen. „Vielleicht solltest du es erläutern", sagte er zu ihr.

„Das denke ich auch." Sie schlang ihm einen Arm um den Nacken und wandte sich den anderen Frauen zu. Ihr hübsches Gesicht verriet Belustigung, der Blick aus ihren dunklen Augen war lebhaft. „Die sieben Schwestern sind sieben kostbare Edelsteine. Das war damit gemeint, dass ihre Herzen kalt wie Stein wären. Es ist ein Rätsel, das in die Irre führen, aber gleichzeitig interessant klingen sollte. Mein Ehemann hätte es bis zu Ende aufsagen sollen. In den letzten Zeilen wird das nämlich klar, wenn es heißt, dass die Schwestern auf ihrem Thron wieder vereint werden."

Madelyn stieß Maggie mit dem Ellbogen an. „Auf unseren Thron. Hast du das gehört?"

Maggie verdrehte die Augen. „Ich sitze schließlich hier, gleich neben dir."

„Als mein Ehemann und ich Sie alle sieben dort stehen sahen, mit ihren farbenfrohen Kleidern, so prächtig wie ein Regenbogen aus kostbaren Steinen, war es uns nicht möglich, einfach vorüberzufahren. Schließlich sind wir Schatzsucher. Oder waren es wenigstens, denn dieses Kapitel unseres Lebens haben wir abgeschlossen." Bestätigung suchend schaute sie ihren Ehemann an.

Er nickte. „Das haben wir."

„Dann haben Sie Ihren Schatz gefunden?" wollte Mary wissen.

Sein Lächeln hatte etwas Rätselhaftes, und er beantwortete ihre Fragen nicht direkt. „Wenn wir geahnt hätten, dass es möglich ist, Edelsteine wie Sie an der Straße nach *Henley* zu finden, wären wir vielleicht gar nicht erst fortgegangen."

„Er hat uns Edelsteine genannt", bemerkte Livia, erfreut über seine Erklärung. „Geradeso, als wäre ich Opal." Was sie in ihrem New Yorker Boudoir war. Sie kicherte über ihren kleinen Scherz, verstummte aber sofort, als sie Lauras strafenden Blick auffing.

Mary Kincaid räusperte sich. „Sie sagten, Sie seien auf dem Weg nach *Henley?* Das ist auch unser Ziel. Soweit ich es verstanden habe, hieß es bis vor kurzem *Concord.*"

„Ich kenne es als *Henley*", antwortete er kurzangebunden.

Mary bemerkte, dass seine Frau missbilligend die Stirn runzelte. „Dann ist es ja gut", wagte sie den Vorstoß, „dass dieser Name wieder verwendet wird."

Sich nach seiner Frau richtend wurde sein Ton freundlicher. „Was bringt Sie her? Sie erwähnten einen Sohn, glaube ich?"

„Ja. Lucas. Er hat vor kurzem geheiratet. Bald werde ich meine Schwiegertochter kennen lernen. Wenn man seinen Worten glauben kann, dann ist sie eine wunderschöne und tüchtige junge Frau."

„Ha", warf Nancy ein. „Als ob unser Luke sich an jemanden binden würde, der das nicht ist."

Lys nickte. „Ja, aber ich frage mich doch, wie sie auf Überraschungen reagiert."

„Ich bin sicher, dass sie höflich und gastfreundlich sein wird", sagte Mary. „Das ist den Menschen hier angeboren. Dasselbe gilt für ihre liebe Mutter. Luke ist derjenige, der sich nach einem Versteck wird umsehen wollen. Er wird denken, es handelt sich um einen Überfall."

„Dann kommt Ihr Besuch überraschend?"

„Ja. Und bei Ihnen?"

„Höchst überraschend." Ein Lächeln spielte um seine Lippen. „Offenbar hält uns alle Welt für tot."

Mary Kincaid blinzelte erstaunt. „Tot?"

Er nickte. „Unser Schiff ist vor der argentinischen Küste gesunken und gilt als verschollen."

Drei Frauen erkundigten sich gleichzeitig: „Aber wie haben Sie das überlebt?"

„Indem wir das Glück hatten, nicht an Bord der *Cerberus* zu sein, als sie unterging. Ich habe sie in Papeete verkauft, bevor wir die Südsee verlassen haben. Nach Monaten in tropisch warmen Gewässern war sie nicht mehr seetüchtig genug für die Rückreise, und wir – meine Frau und ich und die Besatzung – wollten so schnell wie möglich nach Hause. Keiner von uns wollte warten, bis der Rumpf repariert war. Wir haben die *Cerberus* in Tahiti zurückgelassen und sind auf einem Walfänger weitergesegelt."

Seine Frau erzählte weiter. Ihr englischer Akzent unterschied sich deutlich von der weichen, gedehnten Sprechweise ihres Gatten. „Der Kapitän versprach uns eine direkte Reise für den vereinbarten Preis, aber er war nicht ehrlich. Wenn er noch einmal vom Kurs abgewichen wäre, dann hätte es, glaube ich, eine Meuterei gegeben." Sie seufzte und strich sich gedankenverloren eine Strähne ihres dunkelbraunen Haares hinters Ohr. „Ich weiß das, weil ich sie angezettelt hätte. Trotzdem scheint es mir engstirnig, jetzt undankbar zu sein. So haben wir den Sturm verpasst, in dem die *Cerberus* gesunken ist. Erst nach unserer Ankunft hier haben wir davon erfahren. Die Leute waren so überrascht, uns zu sehen. Eine Geschichte nach der anderen wurde uns erzählt. Wir sind so schnell es sich einrichten ließ aus Charleston aufgebrochen. Es scheint ja eine Menge geschehen zu sein in unserer Abwesenheit."

Randall Hamilton schenkte Mary Kincaid ein herzliches Lächeln. „Offenbar eingeschlossen die Hochzeit meiner Schwester Bria mit Ihrem Sohn. Wenigstens ist das eine der Neuigkeiten, die uns berichtet wurden."

Marys Lippen öffneten sich einen Spalt weit. Sie hielt sich eine behandschuhte Hand vor den Mund, um etwas, das wie eine Mischung aus Schluckauf und ein Aufkeuchen klang, zu verbergen. „Ach, du meine Güte." Aus dem Augenwinkel sah sie, dass alle ihre Freundinnen ihre Neugier mit höflichen Lächeln kaschierten. „Randall Hamilton."

„Eben dieser", sagte er. „Und das hier ist meine Frau Claire."

„Ach du meine Güte", sagte Mary noch einmal. „Luke hat natürlich von Ihnen geschrieben, von Ihnen beiden. Er berichtete, wie traurig Bria über Ihren Tod war. Er fürchtete fast, sie würde ..." Mary schüttelte den Kopf, und langsam hellte sich ihre Miene auf, während sie von Randall zu Claire blickte. „Das ist jetzt nicht mehr wichtig, oder? Sie sind beide hier. Es wird ein außergewöhnliches Heimkommen sein. Was für ein Privileg für uns, dass wir Zeuge davon werden. Das heißt natürlich nur, wenn Sie keine Einwände haben. Vielleicht wollen Sie Ihre Gastfreundlichkeit noch einmal überdenken?"

„Und Sie am Straßenrand Ihrem Schicksal überlassen?" fragte Claire. „Ganz gewiss nicht."

„Mein Sohn wird es Ihnen danken."

„Wirklich?" entfuhr es ihm.

Mary lächelte. „Nein, stimmt. Er wird es Ihnen wahrscheinlich nicht danken. Er liebt uns alle sehr, aber Sie sehen ja selbst, dass wir als Gruppe ... nun ja, ein wenig überwältigend sein können."

Randall fand sich sechs weiteren halb glücklichen, halb hoffnungsvollen Lächeln ausgesetzt und begann ansatzweise zu begreifen, was seinem Schwager bevorstand. „Es gibt genug Zimmer für Sie alle auf *Henley.*" Ich werde Luke mit zum Fischen nehmen, beschloss er. Oft. „Sie werden es sehr bequem haben."

„Das genau hat Luke auch geschrieben", erklärte Mary. „Obwohl ich nicht glaube, dass er das als Einladung verstanden wissen wollte." Sie biss sich auf die Lippen und blickte besorgt aus dem Fenster, dorthin, wo die Straße breiter wurde, und versuchte *Henley* zu sehen, so wie Luke es ihr beschrieben hatte.

„Es sind noch mehrere Meilen", bemerkte Randall.

Mary Kincaid war sichtlich erleichtert, und sie musste selbstbelustigt lächeln. „Eine Mutter sorgt sich um ihren Sohn. Das müssen Sie ja aus eigener Erfahrung kennen."

Das tat er. „Meine Mutter wird für Ihre Anwesenheit dankbar sein. Und Bria auch. Ich kann mir gut vorstellen, dass Sie sie für einen Schatz halten wird."

Livia kicherte. „Es ist eine Tatsache, dass wir Schätzchen sind." Sie verstummte, als Nancy sie im Schutz ihrer Unterröcke trat.

„Was den Schatz betrifft", sagte Madelyn.

„Ja", pflichtete Laura ihr bei. „Der Schatz. Haben Sie …"

„Ihn gefunden?" beendeten Maggie und Lyssa den Satz.

Claire lachte und zog so einen bewundernden Blick ihres Gatten auf sich. „Mehr als Sie ahnen", sagte er leise. Er schaute kurz zu den sieben Schwestern, ein schwaches Lächeln auf den Lippen. „Aber das ist eine andere Geschichte."

Bria saß im Schneidersitz am Fußende ihres Bettes und fuhr sich träge mit einer Bürste durchs Haar. Als der Träger ihres Hemdes ihr über die Schulter rutschte, unternahm sie einen halbherzigen Versuch, den Ausschnitt gerade zu ziehen. Lukes leichtes Kopfschütteln ließ sie innehalten. In seinen Augen stand zweifelsfrei zu lesen, dass er sie gern ansah. Sie öffnete den Mund zu einem Tadel, dann jedoch schloss sie ihn wieder. Seinem jungenhaften Lächeln hatte sie nichts entgegenzusetzen.

So schüttelte Bria bloß den Kopf und klopfte ihm mit der Bürste auf den ausgestreckten Fuß. „Ich hoffe, dass wir nur Mädchen bekommen."

Diese Bemerkung riss Luke aus der versonnenen Betrachtung ihrer bloßen Schulter. „Gibt es dafür einen besonderen Grund?"

„Wenn deine Söhne dein Lächeln erben, dann kannst du nicht von mir erwarten, dass ich streng mit ihnen bin. Als Kinder werden sie kleine Rüpel sein und als junge Männer Schwerenöter erster Güte. Jemand wird sie erziehen müssen, Luke, und ich denke nicht, dass ich dieser Aufgabe gewachsen bin."

„Also willst du mich mit niedlichen kleinen Mädchen strafen, die ich als Kinder nach Strich und Faden verwöhne und als junge Frauen wegsperren muss." Er dachte einen Augenblick nach. „Das scheint mir vollkommen fair."

Bria legte die Bürste zur Seite und warf sich quer übers Bett, das Kinn in die Hände gestützt, und schaute Luke an. „Würde es dich stören, wenn unsere Kinder Mädchen wären?"

„Ich mag Mädchen." Er streckte die Hand aus und berührte eine der schweren Locken, die ihr über die Schulter gefallen war. Mit seinen Fingern kämmte er die weiche Strähne. „Werden wir Kinder haben?"

„Ich hoffe es." Ihre Mundwinkel hoben sich träumerisch. „Ich hätte auch nichts gegen Jungen, weißt du?" erklärte sie.

Luke lachte leise. „Vielleicht könnten wir mit je einem von beidem anfangen."

„Zwillinge? Ich denke nicht, dass das allein durch Wünsche machbar ist."

Sie am Handgelenk fassend zog Luke Bria näher. „Hm." Er beugte sich vor und küsste sie zärtlich auf den Mund. „Ich war eigentlich bereit, mehr zu tun, als du wünschst."

„Wirklich?" Lächelnd schlang Bria ihm die Arme um den Nacken und schmiegte sich an ihn. „Dann hast du mich ernsthaft unterschätzt."

Das war kein Fehler, den Luke sonderlich bereute. Dort in der Oase ihres Bettes, in völliger Unkenntnis der Tatsache, dass eine bestimmte Kutsche gerade in die Auffahrt von *Henley* einbog, liebten Luke und Bria sich.

Neckend und voller Übermut. Das Lachen war ihr Schatz.

– ENDE –

Band-Nr. 25157
5,95 € (D)
ISBN: 3-89941-196-X

Lynsay Sands

Zärtliches Spiel mit dem Feuer

Ein pikantes Doppelspiel beginnt, als der Earl of Radcliffe das Geschwisterpaar Charlie und Elizabeth nach London begleitet. Denn Charlie ist kein junger Mann, wie der Earl meint, sondern Elizabeths entzückende Zwillingsschwester Charlotte, die das Herz des Earls verzaubert, ohne dass er eine Erklärung dafür findet ...

MIRA®

Jo Goodman

Schätze der Leidenschaft

Ein historischer Liebesroman aus der bewegten Zeit nach dem amerikanischen Sezessionskrieg: Erst entdecken Lucas und die Südstaatenschönheit Bria ihre Leidenschaft füreinander. Dann verbünden sie sich gemeinsam gegen ihren Todfeind ...

Band-Nr. 25111
5,95 € (D)
ISBN: 3-89941-147-1

MIRA®

Betina Krahn

Der Liebesfluch

Nur wenn Peril, Earl of Whitmore, eine keusche Braut heimführt, ist der Fluch gebrochen, der auf seinem Land lastet. Seine Suche nach einem Mädchen reinen Herzens führt ihn zu einem Kloster, wo er der temperamentvollen Novizin Eloise begegnet ...

Band-Nr. 25138
5,95 € (D)
ISBN: 3-89941-177-3

Lauren Royal

Das geraubte Herz

Eine verzehrende Liebe entbrennt zwischen Lady Alice und dem wagemutigen Duke of Amberley, die in einer überstürzten Ehe gipfelt. Doch damit beginnen Leidenschaft und ein abenteuerliches Versteckspiel erst richtig ...

Band-Nr. 25139
5,95 € (D)
ISBN: 3-89941-178-1